Knaur.

Knaur.

Im Knaur Taschenbuch Verlag sind bereits folgende Bücher des Autors erschienen:

Der Wanderchirurg
Der Chirurg von Campodios
Die Mission des Wanderchirurgen

Tod im Apothekenhaus
Hexenkammer
Der Balsamträger
Der Puppenkönig
Das Spiel des Puppenkönigs

Über den Autor:
Wolf Serno hat lange als Texter und Creative Director in großen Agenturen gearbeitet. 1997, nach fast dreißig Jahren in der Werbung, beschloss er, nicht mehr für andere, sondern für sich selbst zu schreiben. Das Ergebnis war das erste Buch der Vitus-Saga, der Bestseller *Der Wanderchirurg.* Wolf Serno lebt mit seiner Frau, einer Richterin, und seinen drei Hunden in Hamburg.
Wenn Sie mehr über Wolf Serno erfahren wollen, besuchen Sie ihn auf seiner Homepage: www.wolf-serno.de.

Wolf Serno

Die Liebe des Wanderchirurgen

Roman

Knaur Taschenbuch Verlag

Besuchen Sie uns im Internet:
www.knaur.de

Originalausgabe November 2009

Ein Unternehmen der Droemerschen Verlagsanstalt
Th. Knaur Nachf. GmbH & Co. KG, München

Redaktion: Ilse Wagner
Umschlaggestaltung: ZERO Werbeagentur, München
Umschlagabbildung: The Four Days' Battle,
1st–4th June 1666: The Royal Prince (oil on canvas),
Velde, Willem van de, the Younger (1633–1707) /
© The Right Hon. Earl of Derby / The Bridgeman Art Library;
© The Gallery Collection / Corbis
Satz: Adobe InDesign im Verlag
Druck und Bindung: CPI – Clausen & Bosse, Leck
Printed in Germany
ISBN 978-3-426-50022-4

2 4 5 3

Wie immer für mein Rudel:
Micky, Fiedler († 16), Sumo, Eddi.

Und diesmal besonders für Buschmann,
meinen Oberstabs-Ranger a. D.

Die religiösen Zitate des Romans stammen aus: *DIE BIBEL. Die ganze Heilige Schrift des Alten und Neuen Testaments, siebenundzwanzigster Abdruck.* Gedruckt und verlegt von B. G. Teubner in Leipzig, 1877

* * *

Die Operationen und Behandlungen in diesem Buch spiegeln den wissenschaftlichen Stand des 16. Jahrhunderts wider. Zwar gab es schon damals Eingriffe, die sich im Prinzip bis in unsere Tage nicht verändert haben, und auch die Kräuter wirken heute nicht anders als vor über vierhundert Jahren, doch sei der geneigte Leser dringend vor Nachahmung und Anwendung gewarnt.

* * *

Die Handlung spielt in den Jahren 1587 und 1588, also zu einer Zeit, als bereits der gregorianische Kalender eingeführt war. Dennoch wurden sämtliche Zeitangaben nach dem alten julianischen Kalender vorgenommen, da die Schauplätze des Romans überwiegend in England liegen und dort der julianische Kalender bis 1752 galt.

Ich ließ sie ein menschlich Joch ziehen,
und in Seilen der Liebe gehen,
und half ihnen, das Joch an ihrem Halse tragen,
und gab ihnen Futter.

Hosea 11, 4

Prolog

»Du hast einen guten Tag gemacht, Herr«, sagte Pater Alfredo. Er stand im Eingang der Kathedrale *Santa Cruz* und blickte voller Dankbarkeit in den blauen Himmel über Cádiz. Man schrieb Samstag, den 19. April 1587, und es schien ein ganz normaler Wochentag zu sein, wenn man davon absah, dass die Luft verschwenderisch nach Frühling duftete und dass Pater Alfredo Geburtstag hatte. Er faltete die Hände und fuhr leise fort: »Du meinst es gut mit mir, Herr, sechsundfünfzig Jahre lang hast Du mir ein reiches, erfülltes Leben geschenkt, und ich kann mich an keinen Geburtstag erinnern, an dem das Wetter nicht schön gewesen wäre. Aber ich will nicht hoffärtig sein, wahrscheinlich ist es purer Zufall, dass auch heute die Sonne wieder scheint, sicher hast Du Wichtigeres zu tun, als Dich um das Wetter am Geburtstag Deines geringsten Dieners zu kümmern.«

Er schaute auf das Treiben in den umliegenden Gassen. Das Lärmen der Händler und das Geschrei der Marktfrauen hatte nachgelassen, denn es war bereits Nachmittag, und die meisten Geschäfte waren getätigt. Auch Pater Alfredo hatte ein Gutteil seiner Arbeit erledigt: Er hatte den Tag darauf verwandt, sich auf die Predigt für die morgige Sonntagsmesse vorzubereiten, doch im Gegensatz zu sonst war er nicht recht vorangekommen. Selbstverständlich hielt er seine Predigten auf Latein, was kaum eines seiner Schafe verstand, dennoch sollten seine Worte Sinn machen und nach Möglichkeit auf die Sorgen, die Nöte und die Wünsche der ihm Anvertrauten eingehen.
Er senkte die Augen. »Ich werde zur Strafe für meine unnützen Gedanken nicht wie beabsichtigt ein Gläschen Rioja im *Trocadero* trinken, Herr, auch will ich nicht wie üblich eine halbe Chorizo und ein Stück Ziegenkäse dazu verspeisen, sondern umgehend in Dein Haus zurückgehen. Gewiss wird mir dann mit Deiner Hilfe eine zündende Idee einfallen.« Er hielt inne und sah aus dem Augenwinkel eine prächtige Kutsche vorfahren. Ein Lakai sprang vom rückwärtigen Trittbrett herab, riss die Tür auf und klappte ein Treppchen heraus. Wer da wohl kam?
Pater Alfredo haderte erneut mit sich, denn schließlich hielt er Zwiesprache mit dem Allmächtigen, und nichts auf der Welt durfte ihn davon abhalten. »Vielleicht, Herr, sollte ich Dich während der Predigt bitten, allen Verirrten wieder den wahren, den einzigen Weg zu Dir zu weisen, so wie es im einundachtzigsten Psalm steht: *Weh' ihnen, dass sie von mir weichen, sie müssen zerstöret werden, denn sie sind von*

mir abtrünnig geworden! Ich wollte sie wohl erlösen, wenn sie nicht wider mich Lügen lehrten.«

Ein zierlicher Schuh erschien in der Kutschentür und trat auf die oberste Stufe des Treppchens. Es folgte eine ausladende rubinrote Robe und eine bis zum Ellbogen behandschuhte Hand, die sich ungeduldig dem Lakaien entgegenstreckte. Der Lakai ergriff sie dienernd. Ein Kopf neigte sich heraus, und wenig später wurde ein Gesicht erkennbar. Es war von schwarzen, streng in die Höhe gekämmten Haaren umrahmt und zeigte jene vornehme Blässe, die nur bei Vertretern des Adels vorkam. Die Farbe der Augen war auf die Entfernung nicht festzustellen, doch die Nase wies einen leichten Haken auf, und die grell geschminkten Lippen waren schmal. Insgesamt war das Gesicht nicht schön zu nennen, aber doch apart. Pater Alfredo hatte es noch nie gesehen.

Er betete weiter: »Und die Verirrteste der Verirrten ist, wie Du weißt, Herr, die eitle, gottlose, prunksüchtige Elizabeth von England, die Jungfräuliche Königin, wie sie sich nennen lässt, deren Vater Heinrich schon den Pfad des rechten Glaubens verließ, indem er der allein seligmachenden katholischen Kirche den Rücken kehrte …«

Bei allen Heiligen, die hochherrschaftliche Dame kam auf ihn zu! Pater Alfredo wollte sein Gebet unterbrechen, doch dann besann er sich eines Besseren. Vor Gott waren alle Menschen gleich, und diese Dame musste ebenso wie jeder andere warten, bis er sein Amen gesprochen hatte. Er tat, als sehe er sie nicht, und sprach weiter: »Elizabeth, diese Häretikerin, die mit ihrer Jungfräulichkeit seit Jahren kokettiert, hätte längst dem Werben unseres gottesfürchtigen Philipp nachgeben und ihn heiraten sollen. Doch sie denkt nicht daran. Sie ist dünkelhaft wie ein Pfau und bockig wie ein Esel. Da ist es nur recht und billig, dass unsere Allerkatholischste Majestät eine Armada gegen England rüstet, die sie in die Knie zwingen wird, die sie willens machen wird, ihm als Eheweib fromm und züchtig zur Seite zu stehen. Oh, Herr, welch ein erhebender Gedanke! Welch ein Kreuzzug!« Pater Alfredo seufzte. Er war jetzt sicher, das Thema für seine morgige Predigt gefunden zu haben.

Doch was war das? Die hochherrschaftliche Dame beachtete ihn gar nicht. Sie ging einfach an ihm vorbei und betrat die Kathedrale. Nun gut, das war ihr nicht zu verwehren. Niemandem war es zu verwehren, ein Gotteshaus zu betreten, wenn er seinem Schöpfer nahe sein wollte. Pater Alfredo beendete sein Gebet, indem er Gott versicherte, dass die Zukunft und das Schicksal der dünkelhaften Elizabeth selbstverständlich in Seiner Hand lägen, und dass er, Alfredo, nur ein paar eigene Gedanken habe äußern wollen. Er sagte hastig »Amen« und betrat erneut die Kathedrale.

Drinnen umfing ihn Kühle, während seine Augen sich an das dunklere Licht gewöhnten. Er ging durch das Hauptschiff, vorbei an dem durch Jahrhunderte geschwärzten Kirchengestühl, machte im Angesicht der großen Christusfigur das Kreuzzeichen – und ertappte sich dabei, dass er insgeheim Ausschau nach der Fremden in der rubinroten Robe hielt. Sie war nicht da. Niemand war da, was ungewöhnlich schien zu dieser Stunde. Pater Alfredo schüttelte den Kopf. Er wollte einen Winkel der Sakristei ansteuern, in dem er sich zu sammeln pflegte und seinen Predigten

den letzten Schliff gab, als ihn ein plötzlicher Ruf herumfahren ließ: »Pater!«
Er brauchte zwei oder drei Herzschläge, um zu begreifen, dass der Ruf aus dem Beichtstuhl gekommen war. Der Beichtstuhl stand an der linken Seite des Hauptschiffs zwischen der *Genueser Kapelle* und der *Kapelle Jesus von Nazareth.* Er war ein Meisterwerk der Möbeltischlerei, geschlossen und zweigeteilt, und sein schrankartiger Aufbau wurde überdeckt von üppigen, Rosen darstellenden Schnitzereien.
»Vater, ich möchte beichten, und zwar möglichst rasch!«
Die Stimme gehörte einer Frau; sie hörte sich energisch und ein wenig metallisch an – und befehlsgewohnt. Pater Alfredo zweifelte keinen Augenblick daran, dass sie der adeligen Dame gehörte, und ebenso zweifelsfrei war, dass der Ton der Dame sich nicht geziemte. In einem Gotteshaus hatte nur einer zu befehlen, und das war der Allmächtige selbst. Andererseits hatte jeder Gläubige das Recht und die Pflicht, zu beichten, mehrmals im Jahr, je nachdem, wie viel Schuld er auf sich geladen hatte. Wer krank oder auf Reisen war oder andere triftige Gründe anführen konnte, dem Bußsakrament fernzubleiben, sollte versuchen, wenigstens ein Mal pro Jahr die *confessio* abzulegen, und das möglichst am Osterfest. Der Auferstehungstag Christi lag in diesem Jahr zwar schon vier Wochen zurück, aber das musste nichts bedeuten. Vielleicht hatte Gott die Schritte der Fremden ganz bewusst nicht früher in Sein Haus gelenkt? Sein Ratschluss war unergründlich.
Pater Alfredo streckte sich und schritt auf den Beichtstuhl zu. »Wohlan, ich werde Euch die Beichte abnehmen«, sagte

er, während er seinen Platz neben der Trennwand einnahm. Dann legte er sein Ohr an die Gitteröffnung und lauschte. Eine Zeitlang geschah nichts. Es war so still, wie es nur in einer Kirche sein konnte. Plötzlich meldete sich die Stimme wieder: »Ich möchte, dass Gott mir meine Sünden vergibt.«
»Nun, nun, so einfach geht das nicht.«
»Weshalb nicht?«
Pater Alfredo räusperte sich. »Es ist wohl einige Zeit her, dass Ihr Eure Sünden vor Gott dem Herrn bekannt habt?«
»Warum sollte das so sein?«
»Weil Ihr, wie es scheint, die Anfangsformel der *confessio* vergessen habt. Schlagt das Kreuz, dann will ich sie für Euch sprechen.«
»Gut, ich habe es geschlagen.«
»*In nomine patri et filii et spriritus sancti. Amen.* Merkt Euch den Satz, er wäre Euer Part gewesen.«
»Wie Ihr meint, Vater.«
»Gott, der unser Herz erleuchtet, schenke dir wahre Erkenntnis deiner Sünden und Seiner Barmherzigkeit«, sprach Pater Alfredo den Anschlusstext, während er die Augen schloss, um sich besser konzentrieren zu können.
»Ich höre«, sagte er.

Sir Hippolyte Taggart war eine Erscheinung, der man den Seemann schon von weitem ansah. Er hatte ein kantiges Äußeres, wasserhelle Augen und eine Haut, die von allen Meeren dieser Welt gegerbt worden war. Doch nicht nur Wind und Wetter hatten Spuren in seinem Gesicht hinterlassen, sondern auch die scharfe Schneide eines spanischen Schwerts. Anno 73 in der Karibik war es gewesen, als ihm bei der Eroberung einer Schatzgaleone die linke Gesichtshälfte gespalten wurde. Taggart war die Antwort nicht schuldig geblieben: Er hatte den Spanier mit einem Pistolenschuss getötet und wütend weitergekämpft, so lange, bis Doktor Hall, sein alter Schiffsarzt, ihn beschworen hatte, innezuhalten und die Verletzung unter Deck versorgen zu lassen.

Taggart hatte widerwillig zugestimmt und geknurrt, die Sache dürfe nicht länger als fünf Minuten dauern. Hall hatte die Blutung gestillt und die Verletzung mit ein paar groben Stichen genäht, hastig und bei schlechtem Licht, und vielleicht lag darin der Grund, warum die Wundränder später schief zusammengewachsen waren.

Fortan hing Taggart der linke Mundwinkel herunter, was ihm einen immerwährenden, grimmigen Ausdruck verlieh, ihn ansonsten aber nicht weiter anfocht. Er hatte festgestellt, dass ein Mann nicht nach seinem Aussehen zu beurteilen war, sondern einzig und allein nach seinem Charakter. Außerdem wog die Beute, die seine Männer aus der spanischen Schatzgaleone hervorholten, zehn solcher Schwertwunden auf.

Heimgekehrt nach England, sprachen die jubelnden Massen landauf, landab von der erfolgreichsten Kaperfahrt aller Zeiten, und die *Lady of the Seas,* wie die Jungfräuliche Elizabeth von allen Teerjacken liebevoll genannt wurde, jubelte ebenfalls, denn sie hatte einen hübschen Anteil der Beute für ihre Privatschatulle erhalten, weshalb sie Taggart wenig später zum Ritter schlug.

Seit dieser Zeit hatte Taggart einen Neider unter Englands Korsaren, wobei es sich weder um John Hawkins noch um Thomas Raunse handelte, sondern um keinen Geringeren als Francis Drake. Das Verhältnis zu ihm war mehr als angespannt, was sich auch nicht änderte, als Drake nach seiner Weltumsegelung an Bord der *Golden Hinde* ebenfalls die Ritterwürde erhalten hatte.
Doch irgendwann war es Taggart zu dumm geworden. Anlässlich eines Fests in Schloss Whitehall war er auf Drake zugegangen und hatte ihm ins Gesicht gesagt: »Hör mal, Drake, seit Jahren umschleichen wir uns wie die eifersüchtigen Kater, reden nicht miteinander und tun so, als wäre der andere Luft. Das ist eines Captains Ihrer Majestät nicht würdig. Das muss ein Ende haben. Ich als der Ältere breche mir keinen Zacken aus der Krone, wenn ich dir hiermit versichere, dass du der berüchtigste, verfluchteste und erfolgreichste Korsar aller Zeiten bist. Und wenn du willst, erzähle ich das jedem, der es hören will, auch unserer *Lady.*«
Eine Zeitlang hatten Drakes Augen ihn abschätzend gemustert, dann war ein breites Grinsen über sein Gesicht gewandert, und er hatte gerufen: »Da hast du ausnahmsweise mal recht, Taggart, aber auch ich will dir etwas sagen: Sollten mich wider Erwarten die Schiffswürmer vor dir zerfressen, fände ich in dir den besten Ersatz. Was trinkst du, Wein oder Brandy?«
»Rheinwein«, hatte Taggart geantwortet.
Und genau diese Antwort hatte er Drake auch eben gegeben. Nur dass beide nicht auf einem Hoffest weilten, sondern sich auf einer Kriegsgaleone befanden, genauer gesagt,

in der Kajüte von Drakes Flaggschiff, der *Elizabeth Bonaventure*. Außer ihnen hatten weitere erfahrene Kapitäne am Tisch Platz genommen, sämtlich Kommandanten eines stattlichen Geschwaders.

Am Morgen des 2. April 1587 hatten sie in Plymouth die Leinen losgemacht und den frischen Nordost genutzt, der sie zügig in Richtung Ushant Island blies und weiter an den Scillys vorbei in den Atlantik hinaustrug. Einen Tag später hatten sie Kurs Süd abgesteckt und in sauberer Formation die tückische Biskaya umsegelt. Es schien eine schnelle Reise zu werden, doch am 5. April, auf der Höhe von Kap Finisterre, hatte es sie erwischt. Sie gerieten in einen kapitalen Sturm, der die Schiffe wie Nussschalen auseinandersprengte und dafür sorgte, dass die Flotte sich erst zehn Tage später westlich von Lissabon wieder vereinigen konnte.

Von da an war Drake, der Draufgänger, nicht mehr zu halten gewesen, das Jagdfieber hatte ihn endgültig erfasst, und er preschte mit seinem Geschwader unter Vollzeug an der Küste der Iberischen Halbinsel entlang, bis er vor etwa einer Stunde plötzlich beidrehen ließ und per Flaggensignal die Kapitäne seiner wichtigsten Schiffe zu sich an Bord befohlen hatte.

»Ich hoffe, jeder von Euch hat etwas Anständiges zu trinken vor sich«, sagte Drake und scheuchte die hin und her wieselnde Ordonnanz hinaus. Er erhob sich, richtete seine Gestalt zu voller Höhe auf und musterte jeden einzelnen seiner Kapitäne aus flinken, hellwachen Augen. Was er sah, gefiel ihm: Die versammelten Herren stellten eine Runde dar, in der seemännisch das Beste saß, was die Britannische

Nation zu bieten hatte. Unter anderen waren vertreten: William Borough, ein kriegserfahrener, hochdekorierter Kommandant, der die *Lion* befehligte und den Titel eines Vizeadmirals trug, Henry Bellingham, der Schlachtenerprobte, der die *Rainbow* führte, und Thomas Fenner von der *Dreadnought,* der schon als Flaggkapitän unter Drake gedient hatte.

Drake selbst war ein Mann, dessen außergewöhnliche Fähigkeiten sich kaum in seiner Erscheinung widerspiegelten, denn bei Empfängen, Festen oder feierlichen Anlässen glich er äußerlich seinen vornehmen Landsleuten, die sich – Feind hin oder her – geschmacklich nach der spanischen Mode richteten: Dazu gehörten der obligatorische Knebelbart auf der Oberlippe und der Spitzbart am Kinn, zusammengenommen eine Zier, die durch den darunter getragenen, plissierten und getollten Kragen gut zur Geltung kam. Der Kragen wiederum bildete den oberen Abschluss eines vielknöpfigen, wattierten Wamses, das häufig aus golddurchwirktem Brokat gefertigt war. Abgerundet wurde die Staffage durch eine den Oberschenkel bedeckende Puffhose und eine die Waden eng umschließende Trikothose. Wer auf sich hielt, trug schwarz – und gab sich feierlich, würdevoll und steif.

Aber genau das tat Drake nicht. Manche Zeitgenossen behaupteten zwar, seine Erfolge seien ihm zu Kopf gestiegen, er umschwänzele ständig die Königin, sei zum Hofschranzen und zum Prahlhans geworden, doch sobald eine Sache ihn fesselte, war er noch immer der alte Drake, der wie kein Zweiter Lebhaftigkeit, Energie und Überzeugungskraft ausstrahlte. »Manch einer von Euch wird die zehn Tage verflucht haben, die der Sturm uns genommen hat, und auch ich hab's getan«, rief er laut, »aber dann, am Kap Roca vor Lissabon, hab ich ihm auf Knien gedankt!«

Die Herren blickten fragend drein, was Drake natürlich beabsichtigt hatte.

»Unser Geschwader umfasst über dreißig Schiffe, da mag es dem einen oder anderen entgangen sein, dass meine *Elizabeth Bonaventure* vor Lissabon zwei fette Kauffahrer gestellt hat, die bis unters Schanzkleid wertvolle Ware geladen hatten. Es juckte mir in den Fingern, sie auszuweiden, aber es waren Holländer.«

Diejenigen Herren, die über den Vorfall nicht informiert waren, lachten verständnisvoll. Ein holländisches Schiff durfte selbstverständlich nicht als Prise genommen werden, denn die Niederlande kämpften schon seit langem gegen die spanische Besetzung und wurden in diesem Kampf von der *Lady of the Seas* unterstützt. Wer Spaniens Feind war, war Englands Freund.

Borough räusperte sich und fragte: »Und warum habt Ihr dem Sturm auf Knien gedankt?«

»Weil mir ohne ihn die Holländer nicht vor den Bug gelaufen wären. Ihre Handelsgüter waren für mich zwar unantastbar, aber dafür haben sie mich anderweitig mehr als entschädigt.«

»Wie das?«, fragte Fenner.

Drake hob sein Glas. »Erst einmal wollen wir auf unsere geliebte Königin trinken. Sie möge lange leben!«

»Und ebenso lange Jungfrau bleiben«, ergänzte Bellingham, der gern mal einen Scherz machte, in diesem Fall aber strafende Blicke erntete.

»*Cheers!*« Die Herren tranken.
»Nun zu Eurer Frage, Fenner«, fuhr Drake fort. »Ihr wisst wie wir alle, dass Philipp II., dieser düstere Dauerbeter, noch in diesem Jahr England überfallen will, um es sich einzuverleiben. Und Ihr wisst natürlich auch, dass wir mit unseren Schiffen nicht ausgelaufen sind, um eine Spazierfahrt zu unternehmen. Philipp ist alles andere als untätig. Wenn er nicht gerade betet, dann kauft oder beschlagnahmt er überall Kriegsschiffe, um seine Streitmacht zu verstärken, nicht nur in Portugal, auch in Genua, Venedig, Neapel, Sizilien und weiß der Henker, wo noch. Außerdem rüstet er für seine Soldaten jede Menge Versorgungsschiffe und Truppentransporter aus. Sein Ziel ist es, die größte Armada der Welt zusammenzustellen und sie gegen uns zu senden. Es kann jederzeit losgehen!«
Die Herren blickten beeindruckt.
Drake fuhr fort: »Das alles sind keine Hirngespinste, sondern Tatsachen. Ich habe sie vor kurzem persönlich von Walsingham, dem Staatssekretär und Geheimdienstchef Ihrer Majestät, erfahren, denn ich hatte das Vergnügen, einen Tag mit ihm in Barn Elms, seinem schönen Wohnsitz an der Themse, zu verbringen.«
»Und was ist nun mit den holländischen Kauffahrern?«, fragte Taggart, der es nicht mochte, wenn einer lange um den heißen Brei herumredete.
Drake überhörte den ungeduldigen Unterton. »Die Holländer kamen aus Cádiz und waren auf dem Weg nach Middelburg. Sie haben mir erzählt, dass es in Cádiz nur so von spanischen Schiffen wimmelt. Es sind so viele, dass kein Zweifel daran bestehen kann: Von Cádiz, und nicht

von Lissabon, aus will Philipp seinen Seezug beginnen! Aber diese Suppe werden wir ihm versalzen!«
»An uns soll es nicht liegen«, meinte Bellingham. »Kann der Tanz wirklich jederzeit losgehen?«
»So ist es.«
»Dann sollten wir nicht warten, bis Philipp uns dazu auffordert, sondern ihm zuvorkommen«, knurrte Taggart, der sein Glas Rheinwein schon geleert hatte. »Wann schlagen wir los?«
Drake grinste. »Heute.«

Nachdem Pater Alfredo »Ich höre« gesagt und die Ohren gespitzt hatte, war er gespannt, was die Unbekannte vor Gott zu bekennen haben würde. Aber statt die *confessio* abzulegen, wie es sich gehörte, hatte sie ihn mit Fragen bedrängt, Fragen, die überflüssig waren und nicht in den Beichtstuhl gehörten. Welch seltsames Gebaren!
Gewiss, die vornehme Fremde hatte einiges über sich und ihre Ansichten preisgegeben, sie hatte erzählt, dass sie als Einzelkind aufgewachsen sei, aber daran sofort die Frage nach Pater Alfredos Kindheitstagen geknüpft. Sie hatte angedeutet, dass sie aus begütertem Hause stamme, und anschließend wissen wollen, wie hoch die Bezüge eines Priesters seien, sie hatte behauptet, die Erde sei eine Kugel, und ihn gefragt, warum die Kirche diese Meinung nicht teile, sie hatte auf den goldfunkelnden Hauptaltar sowie auf die mit Juwelen verzierten Reliquien und Monstranzen verwiesen und gefragt, ob die Zurschaustellung solcher Pracht zum

Glauben erforderlich sei, sie hatte die heilige Inquisition verurteilt und ihn gefragt, warum er sich daran mitschuldig mache, sie hatte von Marias jungfräulicher Empfängnis gesprochen, diese bezweifelt und anschließend wissen wollen, wie schwer es einem Gottesmann fiele, sich der Fleischeslust zu enthalten.
Das alles und mehr hatte sie gefragt, und Pater Alfredo hatte ihr immer wieder klarzumachen versucht, dass die Beichte kein Frage-und-Antwort-Spiel war, sondern das Bekenntnis der eigenen Verfehlungen.
Ein paarmal hatte er aufstehen und das fruchtlose Gespräch abbrechen wollen, doch er war stets sitzengeblieben. Die Fremde war zweifellos eine ungewöhnliche Frau, intelligent und eloquent, aber auch unbeherrscht und angriffslustig. War sie auch gläubig? Das herauszufinden und ihr die Beichte abzunehmen, stellte eine Herausforderung dar, die Geduld und einen wachen Geist erforderte.
Er hatte sich selbst ermahnt, nicht die *acedia,* die siebte Todsünde, zu begehen, welche die Trägheit des Geistes anprangerte, dazu die Faulheit, die Feigheit, die Ignoranz. Alle diese Teufelseigenschaften wollte er sich nicht selbst vorwerfen müssen. Vielleicht hatte die Unbekannte nur Angst, sich zu offenbaren? Vielleicht wollte Gott ihn nur auf die Probe stellen? Seine Langmut? Sein Verständnis?
Er seufzte. Wie viel Zeit war mittlerweile vergangen? Eine Stunde, zwei Stunden? Im Dunkel des Beichtstuhls verlor sich das Gefühl für Zeit. Alle Sinne vereinigten sich zu einem einzigen – dem Gehör.
Er konzentrierte sich wieder auf seine Aufgabe und fragte

in möglichst festem Ton: »Zum letzten Mal: Wollt Ihr nun beichten oder nicht?«
»Wie heißt Ihr eigentlich?«
»Ich bin Pater Alfredo, aber um das zu erfahren, seid Ihr nicht hier.« Pater Alfredo wurde immer unruhiger, er dachte an die Predigt, die er morgen halten wollte, und daran, dass er sie noch überarbeiten musste. Sie sollte brillant werden, denn es war eine Ehre, die Messe am Sonntag halten zu dürfen. Nicht jeder Pater durfte das, häufig taten es Höhergestellte, Berufenere und manchmal sogar der Erzbischof Antonio Zapata y Cisneros persönlich. »Wollt Ihr nun beichten oder nicht, meine Tochter?«
Ein spöttisches Lachen war die Antwort. »Ich bin nicht Eure Tochter, Pater. Wenn ich es wäre, hättet Ihr den Zölibat gebrochen, und das habt Ihr doch wohl nicht?«
Pater Alfredo erstarrte. Er war bemüht, Geduld zu üben, aber nicht gewillt, sich Unverschämtheiten anzuhören. »Ich glaube, es ist besser, Ihr verlasst jetzt das Haus Gottes«, sagte er zornig.
»Ich bin das letzte Mal als Kind zur Beichte gegangen, Pater. Und normalerweise wäre ich auch heute nicht gekommen.«
Pater Alfredo horchte auf. Es war ein anderer Ton, der da plötzlich durch die Trennwand klang. Sollte seine Langmut sich doch auszahlen? »Warum seid Ihr heute hier?«, fragte er.
»Weil meine Mutter es so wollte.«
»Eure Mutter wollte es?«
»Ja, sie sitzt draußen in der Kutsche und wartet dort auf mich, denn sie ist gebrechlich.«

Pater Alfredo überlegte. »Ich vermute, Eure Mutter wollte schon öfter, dass Ihr zur Beichte geht, warum habt Ihr erst heute auf sie gehört?«

»Darüber möchte ich nicht sprechen.«

»Darüber müsst Ihr sprechen.«

»Nun gut, seid Ihr sicher, dass kein Sterbenswort aus diesem Kasten an die Öffentlichkeit dringt?«

Pater Alfredo spürte erneut Unmut. »Alles, was Ihr sagt, sagt Ihr *sub rosa,* also unter der Rose. Die geschnitzte Rose schmückt diesen ›Kasten‹, wie Ihr ihn zu nennen beliebt, in üppiger Pracht und ist das Zeichen der Verschwiegenheit. Seid versichert, ich werde das Beichtgeheimnis in jedem Fall wahren.«

»Nun gut, ich glaube Euch. Ich will noch heute an Bord eines Schiffs gehen, das mich in die Spanischen Niederlande bringt.«

»Aha. Und weiter?«

»Ich bin Seiner Exzellenz Paolo Farnese, einem Neffen des Herzogs von Parma, versprochen. Ich werde ihn heiraten.«

»Und nehmt dies zum Anlass, Eure Seele zu reinigen, bevor Ihr die gefährliche Reise antretet. Das nenne ich gottgefällig«, ergänzte Pater Alfredo. Er war sehr zufrieden mit sich. Geduld zahlte sich am Ende doch aus.

»Ich höre«, sagte er.

Als Taggart durch die Fallreepspforte seine *Falcon* betrat, hatte er Mühe, ein gleichgültiges Gesicht zu ziehen, nicht, weil der ihm übertragene Einsatz ihn sonderlich beunruhigte, sondern weil es ihn erhebliche Mühe gekostet hatte, die Jakobsleiter hinaufzuklettern. Schuld daran war der Zahn der Zeit, der auch vor seinen Gelenken nicht haltmachte. Er zählte zweiundsechzig Jahre, und mit jedem Monat, den Gott werden ließ, fiel es ihm schwerer, die Beine zu biegen.

»Willkommen an Bord, Sir!« John Fox, der Erste Offizier, stand an Deck und grüßte.

»Danke, John.« Taggart unterdrückte ein Ächzen und richtete sich bolzengerade auf. »Irgendwelche Neuigkeiten?«

»Bei uns nicht, Sir.«

Taggart grinste schief, er hatte die unausgesprochene Frage verstanden. »Kommt mit in meine Kajüte.« Gemeinsam schritten sie über das Hauptdeck nach achtern und betraten den Raum des Kommandanten. Im Gegensatz zu Drake, der gerne zeigte, was er hatte, war Taggarts Reich eher spartanisch eingerichtet. Nur zwei oder drei schöne Mahagonimöbel standen darin sowie ein großer, seefest verschraubter Tisch, an dem zehn Männer bequem speisen konnten, ferner ein drehbarer Globus aus spanischem Besitz, ebenfalls fest mit dem Deck verbunden, weitere Stühle und ein Kartentisch, auf dem sich Seekarten und Navigationstabellen türmten, hier und da beschwert von nautischen Instrumenten wie Abgleichzirkel, Reißfeder und Winkelfasser. Unter dem großen Heckfenster, hinter einem Paravent, hatte Taggart den Nachtstuhl und eine Waschgelegenheit plazieren lassen.

Der insgesamt recht großzügige Eindruck wurde nur unterbrochen durch das massive Rund des Besanmasts, der mittig die Kajüte teilte.

Taggart setzte sich an den Kartentisch und forderte Fox auf, Platz zu nehmen. Tipperton, der Schiffsschreiber, der gleichzeitig für Getränke zu sorgen hatte, erschien in der Tür und fragte gähnend, was die Herren wünschten.

»Nichts«, blaffte Taggart, der Tipperton nicht sonderlich mochte, da dieser stets eine kaum hinnehmbare unmilitärische Art an den Tag legte. Dennoch gehörte Tipperton seit Jahren zum Inventar, vielleicht, weil er trotz seiner Pomadigkeit sämtlichen Papierkram zuverlässig erledigte.

Als der Schreiberling verschwunden war, seufzte Taggart und streckte seine schmerzenden Beine aus. »Ich sage immer: Ehe Tipperton sich bewegt, bleibt die Zeit stehen!«

John Fox lachte und strich sich über seinen Vollbart.

»Nun will ich Euch aber nicht länger auf die Folter spannen. Hört, was es Neues gibt.« Taggart erzählte ausführlich von dem Kapitänstreffen an Bord der *Elizabeth Bonaventure* und fügte am Schluss hinzu, dass es Aufgabe der *Falcon* sein würde, das Geschwader während des Überfalls nach hinten abzusichern.

John Fox schwieg eine Weile und sagte dann: »Das wird eine knifflige Aufgabe, Sir.«

»So ist es, aber wir werden sie lösen. Seid jetzt so gut, und bringt die *Falcon* wieder in Fahrt. Der Abstand zum Geschwader soll nicht mehr als drei Kabellängen betragen.«

»Aye, aye, Sir!« John Fox sprang auf und eilte fort.

Taggart erhob sich schnaufend, öffnete ein hölzernes Schapp auf der Backbordseite und holte eine Majolikadose mit der Aufschrift *Castoreum anglicum* hervor. Er hasste den Geruch von Bibergeil, aber Martin Frobisher, ein Freund und Seefahrer wie er, hatte geschworen, es gäbe

nichts Besseres gegen Gelenkschmerzen. Die Indianer vom Stamm der Micmac, denen er während seiner Forschungsreisen auf dem nordamerikanischen Kontinent begegnet sei, hätten das Zeug mit großem Erfolg angewendet.
Taggart fiel es schwer, das zu glauben, dennoch wollte er nichts unversucht lassen. Er brüllte in Richtung Tür: »Tipperton, ich will jetzt nicht gestört werden!«, und ließ die Hose herunter. Dann griff er widerwillig in die Dose und nahm eine Portion der schwarzbraunen salbenartigen Masse heraus. Während er sich die Knie einrieb, dachte er an die längst vergangenen Tage, in denen er ohne jegliche Beschwerden die Wanten hinauf- und herunterturnen konnte. Nun ja, die Zeit war eine lautlose Feile, und was nicht zu ändern war, war nicht zu ändern. Langsam wurden ihm die Knie warm, das Blut kam in Wallung, was für kurze Zeit einige Linderung versprach. Er zog die Hose wieder hoch und schloss die Gürtelschnalle. Dann warf er sich seinen alten Wachstuchmantel über, der für diese Breiten eigentlich zu warm war, und ging steifbeinig nach draußen.
Auf dem Kommandantendeck machte John Fox Meldung: »*Falcon* wie befohlen in Fahrt, Sir. Dunc steht am Kolderstab, Geschwader läuft Kurs Südost.«
»Danke, John, haben die Spanier sich schon blicken lassen?«
»Bisher nicht, Sir, weit und breit nichts von den Dons zu sehen.«
»Schön, wir werden ihnen noch früh genug begegnen.« Taggart trat an die Querreling. Er legte die Hand auf das Holz und spürte sein Schiff. Es war ein gutes, seltsam lebendiges Gefühl. Die *Falcon* war alt, aber stark. Und voll funktions-

tüchtig. Einen Schönheitspreis allerdings konnte sie nicht mehr gewinnen, denn durch die vielen Reparaturen, die Mister Colby, der Zimmermann, über Jahre hinweg hatte durchführen müssen, sah sie aus wie eine bunte Kuh. Taggart betrachtete die Ausbesserungen mit gemischten Gefühlen. Wie gern hätte er Colby mit der Anfertigung neuer Kniegelenke beauftragt! Genug der unnützen Gedanken …

»Land in Sicht!« Der Ruf kam aus dem Krähennest des Hauptmasts.

»Wo?«, bellte Taggart.

»Steuerbord voraus!«

»Danke.« Taggart tat so, als würde er den grauen Umriss am Horizont sehen. Niemand brauchte zu wissen, dass sein Augenlicht nicht mehr das Beste war. »Wo ist Mister Pigett?«

»Vermutlich in seiner Kabine«, sagte John Fox.

»Und was macht er da? Däumchen drehen?« Taggart hatte zu Pigett, seinem Zweiten Offizier, kein so gutes Verhältnis wie zu seinem Ersten.

»Ich werde Pigett sofort holen lassen, Sir!«

Als Samuel Pigett kurze Zeit später auf dem Kommandantendeck erschien und grüßen wollte, winkte Taggart ab. »Keine Formalitäten. Wie Ihr vielleicht bemerkt habt, ist Land in Sicht. Wir werden Cádiz anlaufen und die Dons dort stellen. Habt Ihr eine Karte von der Reede und den Kaianlagen?«

»Potz Blitz!«, rief Pigett überrascht. »Heißt das, die Armada liegt in Cádiz, Sir?«

»Ihr habt es erraten. Habt Ihr nun eine Karte oder nicht?«

»Leider nein, Sir, nur eine von der Küste.«

»Aha.« Das hatte Taggart sich fast gedacht. Er selbst hatte auch keine Karte, doch er war in jungen Jahren einmal in Cádiz gewesen und erinnerte sich lebhaft an die feurigen Mädchen und die Sehenswürdigkeiten der Stadt. Nun ja, an Letztere vielleicht nicht ganz so lebhaft. »Wenn Ihr schon keine Karten habt, Mister Pigett, lasst wenigstens alle Mann an Deck antreten, auch unsere Musikusse.«

»Aye, aye, Sir!«

Taggart wandte sich ab und stakste zurück in seine Kajüte, wo er ein Buch mit der Aufschrift *Articuli fidei* aufschlug, ein Werk, in dem sämtliche neununddreißig Glaubensartikel der anglikanischen Kirche niedergelegt waren. Hastig blätterte er darin und suchte eine passende Stelle für die vor jeder Schlacht übliche Andacht. Er verfluchte im Stillen die Tatsache, dass er keinen Vikar oder wenigstens einen Prediger an Bord hatte, der ihm die Arbeit abnehmen konnte, aber es half nichts, wieder einmal musste er den Gottesmann spielen. Schließlich entschied er sich für eine verkürzte Fassung des siebzehnten Artikels, der die Vorherbestimmung und Erwählung behandelte.

Er klemmte das Buch unter den Arm und strebte wieder hinaus.

»Mannschaft vollständig angetreten, Sir«, meldete John Fox auf dem Kommandantendeck.

»Danke, John.« Taggart stellte sich zwischen John Fox und Pigett, umfasste mit der Linken die Reling und betrachtete seine Männer, die in einem sauberen Karree vor ihm standen. Sie waren ein bunt zusammengewürfelter Haufen, aber trotzdem ganze Kerle, jeder für sich und auf seine Art. Stolz nannten sie sich *Falcons* und trugen zum Zeichen ihrer Verbundenheit ein dunkelblaues Seemannshemd, dazu eine silberne Spange in Form eines Raubvogelschnabels. Die Spange war wie ein Ritterschlag: Nur wer sich besonders ausgezeichnet hatte, durfte sie tragen.

»Guten Tag, *Falcons!*«, brüllte Taggart.

»Guten Tag, Captain!«, kam es lautstark zurück.

Taggart nickte zufrieden. »Es ist mal wieder eine Andacht fällig, Männer, könnt ihr euch denken, warum?«

Die Reaktion war freudiges Gejohle.

Taggart hob die Hand, was zum sofortigen Ende des Freudenausbruchs führte. »Richtig, wir ziehen in den Krieg!« Dann verkündete er mit knappen Worten, worum es ging. Manch einer der Männer kannte das Ziel der Mission bereits, denn Neuigkeiten im Geschwader verbreiteten sich auf unerklärbare Weise so schnell wie die Blitze in einer Wetterwand, dennoch hingen alle wie gebannt bis zum Ende der Erklärung an seinen Lippen. »Noch Fragen, Männer?«

Nein, keine Fragen.

»Dann Mützen ab!«

Die *Falcons* gehorchten, und drei Musikanten traten vor. Es handelte sich um einen Trompeter, einen Dudelsackpfeifer und einen Trommler. Sie spielten ein altes englisches Kirchenlied, dessen Melodie sich dahinzog und schließlich mit einem klagenden Ton des Dudelsacks endete.

»Ich lese jetzt aus dem siebzehnten Glaubensartikel unserer gesegneten anglikanischen Kirche!«, rief Taggart.

»Daher werden diejenigen, welche mit einer so herrlichen Wohltat Gottes beschenkt sind, durch seinen Geist, der zur rechten Zeit wirkt, nach seinem Vorsatz beru-

fen; sie gehorchen der Berufung durch die Gnade, sie werden dem Bilde Seines eingeborenen Sohnes Jesus Christus gleichgemacht, sie wandeln heilig in guten Werken und gelangen endlich durch Gottes Barmherzigkeit zur ewigen Seligkeit.«

Taggart sah auf. Da standen sie, seine Männer, blickten gottergeben und hatten den Text mit Sicherheit kaum verstanden, doch das war ihm egal. Wenn die Kerle lieber ihren Gebetsteppich ausrollten, einen indischen Tempeltanz aufführten, ihre Körper mit Götzen volltätowierten, vor Totemzeichen niederfielen, den Leviathan mit Weihwasser bespritzten oder den großen Manitu aller Indianer anriefen, dann war das ihre Sache und focht ihn nicht weiter an – solange sie es während ihrer Freiwache taten und dabei friedlich blieben. Aber Gottesdienst war im wahrsten Sinne des Wortes Dienst, und da hatte jeder zu erscheinen.

»Sollte das jemand nicht ganz verstanden haben, sage ich es noch einmal kürzer!«, rief Taggart. »Ihr seid von Gott auserwählt, und wenn ihr heute eure Sache gut macht, winkt euch die ewige Seligkeit.«

Erneutes Gejohle der Männer.

»Amen!«

»Amen«, brüllten die *Falcons.*

»Mister Fox!«

»Sir?«

»Klar Schiff zum Gefecht.«

»Aye, aye, Sir!«

Augenblicke später liefen die Männer auseinander, Pfiffe

und Befehle gellten über die Decks, es herrschte eine Betriebsamkeit, als hätte jemand in einen Ameisenhaufen gestochen. Doch wer näher hinsah, erkannte Ordnung in dem Chaos: Scharfschützen kletterten in die Wanten, Seesoldaten verteilten sich über das Schiff, Kanoniere streuten Sand auf die Batteriedecks, Pulveräffchen schleppten Kugeln zu den Geschützen und bauten sie daneben pyramidenförmig auf, Läufer und Melder gingen auf ihre Posten, Matrosen füllten Löscheimer und legten Äxte bereit, um stehendes Gut kappen zu können.

Taggart stand oben auf dem Kommandantendeck und betrachtete mit dem üblichen grimmigen Gesichtsausdruck das Treiben, während das Geschwader sich langsam der Landzunge von Cádiz näherte. Die *Elizabeth Bonaventure* und die anderen Schiffe boten einen prachtvollen Anblick. Das Meer schimmerte wie grünes Glas, nur unterbrochen von lichteren Stellen, wo die gefährlichen Sandbänke lauerten. John Fox kam aufs Kommandantendeck geeilt. »Schiff gefechtsbereit, Sir.«

»Hm«, brummte Taggart und schaute auf den Knotenmesser, der ihm als Uhr diente, »das waren neun Minuten, nicht schlecht, aber auch nicht gut.«

John Fox erlaubte sich ein Grinsen. Er wusste, dass neun Minuten ein exzellenter Wert waren, und er wusste auch, dass Taggart das niemals zugeben würde. »Aye, Sir! Habt Ihr weitere Befehle?«

»Meine Empfehlung an die Stückmeister Scott und Dilling. Von ihren Crews hängt heute alles ab. Sie sollen den Männern Feuer unter dem Hintern machen. Geschützpforten werden aber erst auf meinen ausdrücklichen Befehl geöffnet. Bis dahin tun wir so, als machten wir eine Ruderpartie auf der Themse.«

»Aye, aye, Sir!« John Fox eilte persönlich hinunter ins Batteriedeck, wo die Culverines bereits fertig zum Ausrennen standen. Taggart beobachtete unterdessen die weitere Entwicklung. Steuerbord querab lag jetzt die Spitze der Landzunge, voraus grüßte eine Säule, auf der die Statue eines muskelbepackten Mannes stand. *»Good afternoon, Mister Hercules«*, knurrte Taggart. Er wusste, dass Herkules der Legende nach als Gründer der Stadt galt. Und er wusste auch, dass in unmittelbarer Nähe eine schwere Batterie postiert war. »Mister Pigett, meine Augen sind heute etwas entzündet, seht Ihr die Batterie dort?«

»Aye, Sir, ich erkenne sie.«

»Irgendwelche Aktivitäten?«

»Nein, Sir, kein Mensch zu sehen.«

Taggart grunzte: »Offenbar ist der Sohn des Zeus doch nicht so wehrhaft.«

»Wie meint Ihr, Sir?«

»Nichts, nichts.« Taggart musste sich konzentrieren, denn allmählich galt es, die Augen überall zu haben. Weiter voraus, auf einem Kliff, lagen die Altstadt von Cádiz und das Fort Matagorda, darunter, zum Hafen hin, eine weitere Batterie. So wie es aussah, befand sich das Fort außer Kernschussweite, die Batterie jedoch nicht. Sie konnte gefährlich werden. Drake schien das zu wissen, denn er ließ Backbordruder legen und vergrößerte die Entfernung. Auf diese Weise wurde die Sicht ins Innere der Bucht frei, und Taggart hatte Mühe, einen Ausruf des Erstaunens zu unterdrücken. Eine riesige Anzahl von Schiffen wurde erkennbar, ein Mastenwald von einem Ausmaß, wie er ihn nie zuvor erblickt hatte. Sechzig oder siebzig Schiffe lagen da auf Reede, Schiffe jeder Größe und Stärke. Kaum eines von ihnen trug Segel, was nichts anderes bedeutete, als dass sie wie der Fuchs in der Falle saßen. Die wenigen, die Segel trugen, darunter einige Kriegsbarken und Ausrüsterboote, machten sich eilig davon Sie strebten der Landenge zu, die in eine zweite Bucht führte.

Und Taggart sah noch mehr: Er sah, wie unter den ankernden Spaniern Panik ausbrach, ein Chaos, das von Minute zu Minute größer wurde, denn das gesamte englische Geschwader zeigte mittlerweile die Zähne. Breitseite auf Breitseite schlug in die Armada ein. Masten brachen, Rahen splitterten, Feuersäulen schossen in die Luft. Als ein riesiger Kauffahrer aus dem sizilianischen Ragusa in Stücke geschossen wurde und sank, fluchte Taggart gotteslästerlich. Zwar spürte er angesichts der Zerstörung eine gewisse Genugtuung, doch es tat ihm in der Seele weh, mit ansehen zu müssen, wie so viele gute Schiffe zum Teufel gingen. Er liebte Schiffe, gleich welcher Nation, denn jedes für sich war ein großartiger Organismus aus Holz, Segeltuch, Kupfer, Teer, Farbe und menschlichen Muskeln und Gehirnen. Schiffe bewegten sich wie empfindliche Kreaturen über das Wasser, sie wiegten sich im Takt der Wellen, sie preschten vor oder glitten langsam dahin, sie ächzten, knarrten, heulten und sangen, waren stolz oder unscheinbar, jung oder alt.

Und dennoch mussten diese hier vernichtet werden.

Was war das? Zehn Galeeren schossen plötzlich in Linie auf das Geschwader zu. Sie kamen aus dem Hafen von Cá-

diz, und sie waren schnell, ihr Ruderschlag war kraftvoll. Noch wollten die Dons sich nicht geschlagen geben!
Das hatte auch Drake erkannt, denn er ließ augenblicklich feuern. Sieben der Galeeren drehten schwer getroffen ab, passierten in großem Abstand die *Falcon* und suchten Schutz hinter den Untiefen von Puercas, zwei flüchteten tiefer in die Bucht, und die letzte trieb brennend und führerlos direkt auf sie zu. Taggart durchlief es wie ein Ruck. Zwar ging von dem schweren 24-Pfünder an ihrem Bug keine Bedrohung mehr aus, doch ein Übergreifen des Feuers war jederzeit möglich.
»John!«, brüllte er, doch John Fox war schon hinunter zu den Löschmannschaften geeilt.
Statt seiner trat Pigett vor. Seine Augen glitzerten, Jagdlust stand darin. »Ich erbitte Feuererlaubnis, damit wir den verdammten Dons den Fangschuss geben können.«
Einen Augenblick war Taggart versucht, der Bitte zu entsprechen, doch dann überlegte er es sich anders. Die Spanier hatten mit ihren schwach bestückten Galeeren den Kampf aufgenommen, obwohl es für sie nicht den Hauch einer Chance gab. Das war tollkühn, wenn nicht gar todesmutig, und verlangte Respekt. Bei einem Feind, der schon am Boden lag, trat man nicht nach.
»Erlaubnis verweigert! Ruder hart Backbord, holt das Schiff herum, verdammt noch mal, macht schon!« Folgsam wie ein Hund an der Leine, drehte die *Falcon* ab und entging mit knapper Not der Kollision. Taggart sah mit Erleichterung, wie der Feind nur fünfzig Fuß entfernt vorüberglitt. Die Galeere brannte wie eine Fackel. Schwarze Schwaden hüllten sie ein. Schmerzensschreie drangen her-

über, qualvolles Husten, dazwischen Rufe nach der Mutter Gottes, aber auch Kommandos, die zu retten versuchten, was zu retten war.
Taggart straffte sich. »He, ihr da drüben!«, bellte er in leidlichem Spanisch. »Wer kommandiert euer Geschwader?«
»Wer will das wissen?«, kam es trotzig zurück.
»Taggart, der Korsar!«
»Dann hört, Taggart: Es ist Don Pedro de Acuña, kommandierender Admiral Seiner Majestät! Ich bin sicher, er wird Euch den Überfall gern heimzahlen.«
Taggart grinste schief. Hat Schneid, der Bursche, dachte er. Dann grüßte er militärisch knapp und brüllte: »Meine Empfehlung an ihn!«

Pater Alfredo hatte eine Zeitlang angestrengt gelauscht, aber von der anderen Seite des Beichtstuhls war nicht das leiseste Wort mehr gekommen. Was hatte das nun wieder zu bedeuten? Wieso schwieg die Fremde abermals? Sie hatte doch schon einiges von sich erzählt! Um das Gespräch erneut in Gang zu bringen, sagte er: »Ich habe Euch vorhin meinen Namen genannt, würdet Ihr mir auch den Euren verraten?«
»Nein.«
Da war sie wieder, diese Unnahbarkeit, diese Überheblichkeit! Pater Alfredo schluckte seinen Ärger hinunter. Er hätte nicht fragen sollen. Nirgendwo stand geschrieben, dass der Beichtende seinen Namen nennen musste. »Nun gut, jedenfalls seid Ihr die junge Dame, die Seine Exzellenz

Paolo Farnese heiraten wird. Nun beichtet mir Eure Sünden, damit ich Euch eine geziemende Buße auferlegen kann.«
Wieder das spöttische Lachen. »Ich bin mir keiner Verfehlung bewusst, lieber Pater.«
Pater Alfredo wollte die Unbekannte zurechtweisen und ihr sagen, sie könne sich ihre herablassende Art sparen, doch er unterließ es. Er musste Gelassenheit ausstrahlen. »Wenn ich mich recht erinnere, sagtet Ihr eingangs, Ihr wolltet, dass Gott Euch Eure Sünden vergibt?«
»Das stimmt. Ich sagte es, weil man es so sagt. Aber ich wüsste nicht, was ich mir vorzuwerfen hätte.«
»Niemand von uns ist ohne Sünde. Wart Ihr nie schadenfroh, wenn einem Mitmenschen ein Missgeschick widerfuhr, habt Ihr nie falsch Zeugnis wider einen Nächsten abgelegt, hattet Ihr niemals unzüchtige Gedanken oder Wünsche im Beisein des anderen Geschlechts?«
»Nun gut, wenn Ihr unbedingt darauf besteht: Ich habe manchmal meinen Teller nicht leergegessen.«
»Äh, wie?« Pater Alfredo zweifelte, ob das eine Sünde war. Immerhin konnte die übrig gebliebene Speise noch zur Sättigung der Armen Verwendung gefunden haben. »Und weiter?«
»Ich habe manchmal zu viel getrunken, und ich habe manchmal bei Tisch gefurzt.«
Pater Alfredo merkte erst jetzt, dass die Fremde ihn verhöhnte. Warum tat sie das? Zorn wallte in ihm auf. Sie hatte ein Benehmen an den Tag gelegt, das unerhört und ketzerisch war. Einen geweihten Mann Gottes beleidigte man nicht, denn das war, als beleidigte man Gott selbst. Wahr-

lich, Gott war soeben in schändlichster Weise geschmäht worden, seine Antwort würde nicht lange auf sich warten lassen! Pater Alfredo zuckte zusammen, denn in diesem Moment entlud sich ein gewaltiger Donner über dem Hafen der Stadt. Da war es schon, das Zeichen! Ja, Gott war groß, ihm entging nichts. Wenn er sich recht besann, hatte der Allmächtige es bereits ein paarmal donnern lassen – kein Wunder angesichts der ketzerischen Reden dieser aufsässigen Fremden! Oder sollte es sich nur um ein ganz normales Gewitter handeln? Ein Gewitter, das der Herr mitten hinein in den wolkenlosen Himmel Andalusiens geschickt hatte, ausgerechnet an seinem Geburtstag?

Pater Alfredo merkte, dass er gedanklich abglitt, konzentrierte sich wieder auf das Gespräch und bemühte sich um eine scharfe Antwort: »Hütet Euch, denn Eure Rede ist gottlos! Schon im zweiten Buch Mose warnt der Allmächtige die Menschen mit himmlischem Donner.«

»Mir kam es eher wie Kanonendonner vor«, sagte die Unbekannte kühl. »Wahrscheinlich Salutschüsse für irgendwen.«

»Ihr solltet froh sein, dass es nicht die Posaunen des Jüngsten Gerichts waren, denn dann müsstet Ihr jetzt in Sünde vor Euren Schöpfer treten.«

Die Fremde schwieg. Es war ein hochmütiges Schweigen, wie Pater Alfredo zu spüren glaubte, doch er wollte nicht ungerecht sein, deshalb sagte er: »Wie dem auch sei: Gott straft nicht nur, Gott vergibt auch. Eure häretischen Äußerungen seien Euch verziehen, meine Tochter. Aber nun bekennt Euch endlich zu Euren Sünden. Ich höre.«

Pigett, der Navigator, sah der brennenden Galeere nach und sagte mit einem Schulterzucken: »Bei allem Respekt, Sir, eine solche Gelegenheit kommt vielleicht nicht wieder.«
»Und wenn schon«, knurrte Taggart. »Es gibt auf See einen Ehrenkodex, den Ihr anscheinend nicht kennt.« Er wusste jetzt, warum er Pigett trotz all seiner Qualitäten nicht mochte. Der Mann war feige. Hilflose Gegner konnte er abschlachten, bei wehrhaften machte er sich in die Hose. Schon in der Vergangenheit hatte der Mann stets dann am Kartentisch zu tun gehabt, wenn einem an Deck die Kugeln um die Ohren pfiffen.
Andererseits war vielleicht etwas dran an dem, was Pigett gesagt hatte. Der Kampf tobte nun schon länger als zwei Stunden, und die *Falcon* war bisher nicht mehr als ein stiller Beobachter gewesen. Die Arbeit hatten andere getan.
Was konnte er tun?
Ganz einfach: Drakes Befehl ausführen und die Flotte nach achtern absichern. Aber da war nichts abzusichern. Die sieben getroffenen Galeeren, die hinter die Untiefen von Puercas geflüchtet waren, ließen sich nicht blicken. Mehr tat sich dagegen voraus. Drake schien seine *Elizabeth Bonaventure,* die *Lion* und die *Rainbow* inmitten der zerstörten Armada ankern zu lassen, wahrscheinlich, um nicht von Attacken des Feindes überrascht zu werden. Vielleicht vermutete er auch einen Angriff weiterer Galeeren.
Die Batterie am Hafen stellte mittlerweile die einzige Gegenwehr der Dons dar. Aber sie war gefährlich. Und unangreifbar. Als Taggart mit seinen Überlegungen so weit gediehen war, kam ihm etwas in den Sinn, das sich bisher im

Nebel seiner Erinnerungen verborgen hatte: Oberhalb der Batterie, ganz in der Nähe der Kathedrale, gab es ein steinernes Munitionsdepot. Wenn er sich recht entsann, barg es bis unters Dach tonnenweise Pulver und Kugeln …

»Mister Pigett!«

»Sir?«

»Die Stückmeister Scott und Dilling sofort zu mir!«

Kaum eine Minute später standen die beiden Genannten auf dem Kommandantendeck. »Zur Stelle, Sir!«

Taggart deutete ohne Umschweife nach steuerbord. »Dort auf dem Kliff seht Ihr Cádiz. Zwischen den weißgetünchten Häusern im Vordergrund und der sie überragenden Kathedrale im Hintergrund steht ein aus Felssteinen errichtetes großes Gebäude. Könnt Ihr es erkennen?«

Scott und Dilling spähten nach oben. »Aye, Sir.«

»Es ist ein Munitionsdepot. Ich möchte, dass Ihr es in die Luft jagt. Wenn es gelingt, dürfte die Explosion so groß sein, dass die Dons mit ihrer Batterie direkt in den Himmel fliegen.«

»Aye, aye, Sir!« Scott und Dilling strahlten.

Wieder wartete Pater Alfredo vergebens auf eine Antwort. Dies und die Tatsache, dass es draußen immer lauter krachte und donnerte, trugen nicht gerade zu seiner inneren Ruhe bei. Er musste der Posse ein Ende bereiten, und das gleich jetzt. Gleich jetzt? Schon einmal hatte sich seine Geduld ausgezahlt, und die Fremde hatte zu erzählen begonnen. Andererseits konnte das Geplänkel nicht ewig so wei-

tergehen, zu viele unerledigte Arbeiten harrten seiner, allen voran die Predigt für den morgigen Sonntag.
Gemach, dachte er im Stillen, gemach! Die Frucht des Geistes ist Geduld, so steht es schon bei den Galatern. Ich will deshalb langsam bis zehn zählen, wenn sie dann nicht gesprochen hat, werde ich die Uneinsichtige nach Hause schicken. Doch will ich sie vorher segnen, damit sie des Eheglücks teilhaftig werde, auch wenn sie es nicht verdient hat.
Er blickte hinunter auf seine gefalteten Hände und begann lautlos zu zählen. Als er bei sechs angekommen war, spürte er eine sanfte Berührung im Nacken. Es war ein angenehmes Gefühl, und im ersten Moment dachte er, es handele sich um einen Windhauch, doch gleich darauf merkte er, dass es mehr war. Es war ein leichter Druck, ein Tasten zunächst, dann ein Streicheln, es war angenehm, es war warm, es war eine Hand!
Die Hand der Fremden.
Sie hatte sich durch das Trenngitter geschlängelt und streichelte ihn, als sei es die größte Selbstverständlichkeit der Welt. Heiliger Vater, vergib dieser Frau!
Ein Schauer lief Pater Alfredo über den Rücken, aber nicht vor Entrüstung, sondern vor Wonne. Er wollte sich aufrichten, dem Spuk ein Ende bereiten, doch er war nicht in der Lage dazu. »Und führe uns nicht in Versuchung …«, murmelte er hilflos, während die Hand der Fremden ihn unablässig weiterstreichelte, hin und her wanderte, sein Kinn umschmeichelte, seine Wangen liebkoste. Ein Finger löste sich aus der Hand und legte sich auf seine Lippen. »Pst«, schien der Finger zu flüstern. »Pst, Pater Alfredo,

ich glaube, du bist ein Mann wie jeder andere auch, du führst den Namen Gottes nur im Mund, während du die ganze Zeit daran denkst, dass ein Finger zu einer Hand gehört, zu einem Arm, zu einer runden Schulter, zu vollen Brüsten und einem feuchten, lockenden Schoß ... sag mir, dass es so ist.«

»Weiche von mir, Satan«, krächzte Pater Alfredo. »Weiche von mir ...« Er kam sich vor wie das Kaninchen, das auf die Schlange starrt, die Schlange der Versuchung, die Schlange, die Adam und Eva dazu überredete, entgegen dem Verbot Gottes vom Baum der Erkenntnis zu essen. »Weiche von mir, bitte ...«

Sag mir, was du willst, kleiner Pater, schien der Finger zu flüstern, du willst nicht mehr beten, du willst nicht mehr die Beichte abnehmen, du willst etwas ganz anderes, sag es mir, sag es mir.

In seine unsägliche Verwirrung hinein hörte Pater Alfredo plötzlich Rufe, sie waren laut, sehr laut, und sie waren wie eine Erlösung. Sie sprengten den Ring seiner Erstarrung und schwollen an, wurden zu Schreien, zu hilflosen, jammervollen Schreien, die sogar das Donnern übertönten.

Da musste etwas Furchtbares passiert sein!

Pater Alfredo sprang auf, öffnete die Tür des Beichtstuhls und eilte hinaus ins Kirchenschiff.

»Was geht hier vor?«, rief er. Doch er bekam keine Antwort. Stattdessen hasteten ihm Menschen entgegen, händeringend, gestikulierend, Verzweiflung, Angst und Entsetzen im Gesicht. Sie riefen durcheinander: »Mein Haus brennt!« – »Feuer überall!« – »Englische Galeonen!« – »Wir werden beschossen!« – »Helft uns, Pater, helft uns!«

Pater Alfredo brauchte mehrere Augenblicke, um die Situation zu begreifen. Sollte das, was er gehört hatte, wirklich kein Gotteszeichen, sondern Kanonendonner gewesen sein? Wie konnte er sich nur so geirrt haben? Doch langes Überlegen half nichts. Jetzt musste gehandelt werden. Er blieb vor den Menschen stehen und tat etwas, von dem er wusste, dass es die Leute stets beruhigte. Er schlug das Kreuz. »Kniet nieder und hört, was ich euch zu sagen habe: Gott ist groß, Sein Wille geschehe, in Seiner Hand sind wir geborgen.«

Er beobachtete, wie die Gläubigen, egal, wo sie standen, niedersanken, die Hände falteten und ruhiger wurden. Ja, Gott war groß! Er spürte, wie ihn ein erhebendes Gefühl durchströmte. Niemals wieder würden seine Worte so wichtig sein, niemals wieder würde die Gemeinde ihn so sehr brauchen.

Er breitete die Arme aus und wollte fortfahren, wollte von Gottes Ratschluss sprechen, von den Prüfungen, die er den Menschen auferlegte, von Hiob und seinen Schicksalsschlägen, doch zu alledem kam er nicht mehr: Jählings raste eine gewaltige Druckwelle durch das Kirchenschiff, gepaart mit einem apokalyptischen Donnerschlag. Die Druckwelle hatte ein nie gekanntes Ausmaß, sie durchschlug nicht nur die Trommelfelle der Betenden, sondern auch die bunten bleigefassten Glasfenster der Kathedrale. Lange, nadelspitze Splitter schossen wie Pfeile durch das Kirchenschiff. Einer von ihnen traf Pater Alfredo von hinten in den Hals. Die Wucht des Aufpralls war so stark, dass der Splitter am Kehlkopf wieder heraustrat.

Pater Alfredo taumelte und fiel vornüber auf den Boden,

mit seinen ausgebreiteten Armen an den gekreuzigten Heiland erinnernd. Blutend und zuckend lag er vor seinen knienden Schafen. Die Sinne schwanden ihm, mit letzter Kraft formte er die Worte, die noch gesagt werden mussten:
»Fürchtet euch nicht«, röchelte er.

»Das ging schneller, als ich dachte«, sagte Taggart zufrieden. »Dilling hat die Aufgabe gemeistert. Hat aus dem verdammten Depot einen speienden Vulkan gemacht. Die Dons von der Batterie dürften in diesem Moment an die Himmelstür klopfen.«
»Aye, Sir«, bestätigte John Fox. »Von denen geht keine Gefahr mehr aus.«
»Halleluja«, knurrte Taggart.
»Ich möchte die Schiffslaternen anzünden lassen, Sir, die Nacht bricht herein.«
»Warten wir damit noch ein wenig, John. Die Reede ist hell erleuchtet, Drake scheint noch den einen oder anderen Kauffahrer abzufackeln.«
»Sieht ganz so aus, Sir.«
Taggart machte eine ungeduldige Bewegung. »Bei allen Schiffsratten, ich wünschte, wir wären nicht so weit vom Schuss. Komme mir sehr überflüssig vor.«
»Aber die Vernichtung des Munitionsdepots ist doch ein beachtlicher Erfolg«, wandte John Fox ein.
»Ja, ja, Ihr habt ja recht.«
»Galeeren achteraus!«
»Was? Wo?«, bellte Taggart, fuhr herum und unterdrückte

mit knapper Not einen Schmerzensschrei. Die verdammten Knie!
»Fünf oder sechs sind's, Sir. Sie kommen hinter den Untiefen hervor.«
»Wie ist dein Name, Matrose?«
»Ted, Sir.«
»Lass dir beim Wachwechsel einen Becher Brandy geben.«
»Danke, Sir.«
»Schon gut, mein Sohn. He, Mister Pigett, jetzt habt Ihr gleich mehrere Galeeren, denen Ihr den Fangschuss geben könnt. Runter ins Batteriedeck mit Euch, das Feuer soll augenblicklich eröffnet werden!«
Während Pigett nach unten eilte, fluchte Taggart nochmals, denn wie immer ging ihm alles nicht schnell genug. Doch so wütend er war, so beeindruckt war er von dem Mut der Galeeren. Dieser Acuña ließ sich nicht kleinkriegen, obwohl seine Schiffe nur noch wenige Riemen für den Vortrieb hatten. Gott sei Dank waren sie deshalb nur halb so schnell. Donnerndes Krachen und beißender Pulverdampf verrieten ihm, dass Pigett der Geschützmannschaft Beine gemacht hatte. Endlich! Heraus mit dem Eisen! Er schirmte mit der Hand die Augen ab, um besser sehen zu können. Richtig, eine Galeere war schwer getroffen worden, halleluja! Aber was war mit den anderen? Sie drehten ab. Gerade so, als wollten sie ihn nur ein wenig foppen. Verdammte Dons!
Taggart holte tief Luft und nahm sich vor, den Männern an den Geschützen ebenfalls einen Brandy zu spendieren.

Sonntagvormittag. Das helle Kling-Kling der Schiffsglocke erklang dreimal – elf Uhr. Taggart stand auf der Backbordseite seines Kommandantendecks und beobachtete eine Pinasse, die sich der *Falcon* näherte. »John!«
»Sir?« John Fox eilte herbei. Er hatte gerade die Spleißarbeiten an einigen verschlissenen Tauen kontrolliert.
»Wir kriegen Besuch. Kommt in meine Kajüte. Pigett soll übernehmen.«
»Aye, aye, Sir.«
»Nun, Mister Cross, was verschafft mir die Ehre Eures Besuchs?«, fragte Taggart nur Minuten später. Cross, ein junger Schiffsführer mit Leutnantspatent, stand in strammer Haltung vor Taggart, während dieser und John Fox gemütlich am Kartentisch saßen.
»Ich habe den Auftrag, Euch über die Geschehnisse der vergangenen Nacht zu informieren, Sir.«
»Das wurde auch langsam Zeit«, knurrte Taggart.
Cross hüstelte verlegen.
»Setzt Euch, Cross. Hier ist eine Schale mit Biskuits. Greift nur zu. Die Dinger hat mein Weib persönlich gebacken, daheim auf der schönen Isle of Wight. Sehr zu empfehlen.«
»Ergebensten Dank, Sir.« Cross nahm eines und biss krachend hinein.
»Sind hart wie der Zahn des Narwals, salzwasserfest und halten hundert Jahre.«
Cross lachte höflich und lobte den Geschmack.
»Setzt Euch doch. Ein Gläschen Brandy dazu?«
»Sehr freundlich, Sir, aber es pressiert mir etwas. Wenn Ihr erlaubt, berichte ich Euch gleich jetzt.«
»Schießt los.«

»Um es kurz zu machen, Sir: Der Oberbefehlshaber hat an die dreißig Schiffe gekapert. Alles, was zu gebrauchen war, hat er den Dons abgenommen, vor allen Dingen Proviant, aber auch eine ganze Schiffsladung aus Hufeisen, Nägeln und eisernen Bändern für Wasserfässer. Anschließend wurden die Kähne verbrannt.«

»Das haben wir gesehen«, sagte John Fox. »Die Wracks trieben zu den Untiefen, sie fackelten ab wie die Brander.«

»Aye, Sir. Der Oberbefehlshaber nahm auch eine Reihe von Prisen, darunter drei Dreihunderttonner und eine Bark von zweihundertfünfzig Tonnen. Die Prisen sollen verteilt werden.«

»Gut so«, knurrte Taggart und dachte an seine *Falcons.* Und sonst?«

»Sonst gibt es nichts Erwähnenswertes, Sir. Alles läuft nach Plan.« Cross zögerte. »Wenn Ihr erlaubt, entferne ich mich jetzt; ich bin etwas in Sorge, der Wind scheint nachzulassen.«

Taggart grinste schief. »Ja, ja, der Wind, der Wind, das Sorgenkind.«

Am Nachmittag wollte das Geschwader die Stätte seines Triumphs verlassen und zurück nach England segeln, aber mittlerweile hatten es Drake und seine Flotte mit dem mächtigsten Feind aller Meere zu tun: dem Wind.

Er war fort. Nicht das leiseste Lüftchen regte sich.

Die Stunden zogen sich dahin. Bleierne Hitze lag über der

Bucht. Die englischen Galeonen saßen wie Raubtiere im Käfig, während die Spanier versuchten, diesen Vorteil zu nutzen. Sie brachten ein neues schweres Geschütz in Position, was zur Folge hatte, dass die Flotte auf der Hut vor Treffern sein musste. Auch Don Pedro de Acuña, der Unermüdliche, war wieder präsent. Er mobilisierte alle zur Verfügung stehenden Kräfte, griff immer wieder an, aber gegen die weittragenden Geschütze der Engländer war er machtlos.

»Er ist wie ein Faustkämpfer, dem die Reichweite fehlt«, brummte Taggart. »Er kann um uns herumtänzeln, solange er will, er kommt nicht an uns heran.«

»Aye, Sir, aber auch wir können nichts machen, solange der Wind auf sich warten lässt«, wandte John Fox ein.

Taggart fuhr aus der Haut: »Bei den Arschbacken Poseidons, wann kommt er denn endlich? Lieber ein anständiger Orkan als diese Flaute. Wir schmoren hier wie in der Hölle.«

»Er wird schon kommen, Sir.«

Und er kam tatsächlich, obwohl er sich noch den ganzen Abend und den Großteil der Nacht Zeit ließ. Erst am Montagmorgen, zwei Stunden nach Mitternacht, regte er sich wieder. Das Geschwader sammelte sich, um zwischen den Untiefen Las Puercas und El Diaman nach Norden aus dem Hafen auszulaufen.

Die *Falcon* reihte sich nicht ein in die Formation, denn Drakes Befehl galt nach wie vor. Sie musste die Flotte nach hinten absichern. Taggart gefiel das ganz und gar nicht. Er hatte »diesen Präsentierteller, der von Geiern umgeben ist« satt und wollte nach Hause. Die Arbeit war getan, was sollte noch groß passieren.

Er hatte eine Position südlich von El Diaman gewählt und sah zähneknirschend zu, wie Schiff auf Schiff die *Falcon* passierte. Der Wind war noch immer schwach, aber stetig, und die Ebbe hatte mittlerweile eingesetzt, was dem Geschwader eine annehmbare Geschwindigkeit verlieh. Drakes Flotte hatte sich dank der Prisen um einiges vergrößert, so dass es jetzt an die vierzig Schiffe waren, die den Hafen verließen. »John!«

»Sir?«

»Wenn uns das letzte Schiff passiert hat, scheren wir ein, Abstand zunächst noch drei Kabellängen, wie gehabt.«

»Aye, aye, Sir.«

»Steht Dunc am Kolderstab?«

»Aye, aber wir haben gleich acht Glasen, dann wird er abgelöst.«

»Dann soll er zu mir kommen.«

»Aye, aye, Sir.«

Taggart stelzte in seine Kajüte, ging zum Schapp und holte das Bibergeil hervor. Er hatte stundenlang auf dem Kommandantendeck gestanden, und die Knie brannten ihm, als hätte jemand ein Kautereisen darangedrückt. Nach der Behandlung mit dem ekligen Zeug atmete er auf und setzte sich hinter den Kartentisch. Keine Minute zu früh, denn es klopfte. »Herein!«

»Ihr habt mich rufen lassen, Sir?« In der Tür stand Duncan Rider, die Mütze unter den Arm geklemmt. Er war ein guter Mann und zählte zu den Veteranen der *Falcon.* Aber nicht nur deshalb fühlte Taggart sich ihm besonders verbunden, sondern auch, weil Dunc einst eine schwere Operation überstanden hatte. Er war über ein aufgeschossenes Tau gestolpert und hatte sich eine Impressionsfraktur des Schädeldachs zugezogen, so jedenfalls war die Diagnose von Doktor Hall, dem Schiffsarzt, gewesen. Ein guter Freund von Taggart, der Cirurgicus Vitus von Campodios, der sich zu dem Zeitpunkt ebenfalls an Bord befunden hatte, war zum gleichen Ergebnis gekommen. Er hatte später auch die Trepanation durchgeführt.

Nach der Operation war die kreisrunde Öffnung im Schädeldach kunstvoll verschlossen worden, und zwar mit einer Golddublone aus Taggarts persönlicher Schatulle. Der Eingriff war so erfolgreich gewesen, dass Dunc schon wenige Wochen später wieder Dienst verrichten und sogar die *Hornpipe* tanzen konnte. Die *Hornpipe,* einen aus Schottland stammenden Volkstanz, hatte er bei der Gelegenheit gleich dem Cirurgicus beigebracht, der, trotz seines höheren Stands, lachend mitgemacht hatte.

Überhaupt war der Cirurgicus ein bemerkenswerter Mann. Aufgewachsen in einem spanischen Zisterzienserkloster namens Campodios, war er dort nicht nur in den *Artes liberales* unterrichtet, sondern auch zu einem kenntnisreichen Arzt und Kräuterheilkundigen ausgebildet worden. Danach hatte es ihn als Wanderchirurg hinaus in die Welt gezogen, denn er kannte seine Herkunft nicht. Nach vielen Schicksalsschlägen und Abenteuern stellte sich heraus, dass er der einzige überlebende Spross derer von Collincourt war, und Elizabeth I., die Jungfräuliche Königin, hatte ihn höchstpersönlich zum Earl of Worthing gemacht. Taggart erinnerte sich noch genau an das große Fest, das anlässlich der Hochzeit des frisch ernannten Earls mit der schönen Nina stattgefunden hatte, es war vor sechs Jahren auf Schloss Greenvale Castle gewesen, und seine Knie hatten beim *Jig* und bei der *Gaillarde* noch anstandslos mitgemacht …

Dieser Gedanke brachte ihn zurück in die Gegenwart. Dunc stand noch immer in tadelloser Haltung vor ihm. Seit Jahren trug er nun die Golddublone seines Kommandanten im Schädel, und seit Jahren ließ dieser es sich nicht nehmen, ihn nach dem Zustand seiner Münze zu fragen. »Nun, Dunc, wie geht es meinem Gold?«

Dunc grinste. »Weiß nicht, Sir, habe zu viel im Kopf.«

Taggart lachte. Der Dialog war ein altes Wortspiel zwischen ihnen. »Willst du ein Biskuit meiner Frau?«

»Lieber nicht, Sir, letztes Mal hat's mich 'nen halben Zahn gekostet.« Auch das gehörte zum Wortspiel.

Taggart wurde ernst. »Wie ist die Stimmung in der Mannschaft?«

»So weit gut, Sir, aber die Männer fragen sich, ob Drake, äh, ich meine der Oberbefehlshaber, uns an den Prisen beteiligen wird.«

»Das wird er, Dunc, mein Wort darauf. Ich werde … Bei allen Schirmquallen, was ist denn nun schon wieder?«

Draußen hatte es kräftig geklopft. Kräftiger, als Taggart es schätzte. »Herein, zum Teufel!«

»Ich bitte, die Störung zu entschuldigen, Sir.« Pigett grüßte. »Das letzte Schiff des Geschwaders, die *Lion,* ist gerade vorbei.«

»Ja, und? Mister Fox hat Befehl, danach einzuscheren, warum kommt Ihr noch einmal extra zu mir?«
Pigett gab sich Mühe, kein beleidigtes Gesicht zu ziehen. »Es treibt ein Boot im Kielwasser der *Lion.*«
»Ein Boot? Was für ein Boot? Ein Beiboot?«
»Nein, Sir, es ist kleiner, es ist eher eines, wie es zum Übersetzen von Personen Verwendung findet.«
»Aha. Meinetwegen. Dann hat es mit der Flotte nichts zu tun. Lasst es dahin treiben, wo der Pfeffer wächst.«
»Sicher, Sir, in dem Boot scheint allerdings eine Frau zu sitzen.«
»Was! Warum, zum Teufel, sagt Ihr das nicht ...« Taggart unterbrach sich. Es tat der Disziplin nicht gut, einen Vorgesetzten im Beisein eines Untergebenen anzuschnauzen. »Äh, Dunc, du kannst jetzt gehen, hau dich ein wenig hin.«
»Aye, aye, Sir.« Dunc verschwand grinsend.
»So, Mister Pigett, was ist mit der Frau? Lasst Euch nicht jede Einzelheit wie einen Wurm aus der Furche ziehen!«
»Äh, nichts, Sir. Sie scheint etwas Besseres zu sein. Jedenfalls trägt sie ein teures Kleid, oder das, was davon übrig ist.«
»Was sagt John Fox dazu?«
»Der hat Freiwache, Sir.«
»Bei allen Sargasso-Aalen!« Taggart erhob sich mühsam. »Muss man denn alles selber machen? Geht schon mal vor, Pigett.«
Als Pigett ihm den Rücken gekehrt hatte, biss Taggart die Zähne zusammen und machte mit vorgestreckten Händen ein paar Kniebeugen, wobei ihm vor Schmerz der Schweiß

auf die Stirn trat. Dann fühlte er eine gewisse Gängigkeit in den Gelenken und stakste hinaus auf sein Kommandantendeck.

»Dort, Sir.« Pigett wies auf eine kleine Schaluppe, die Steuerbord voraus trieb.

»Hm.« Taggart konnte in der Morgendämmerung nicht viel ausmachen. Immerhin erkannte er in dem Boot einen Menschen, und er sah auch, dass der Kopf dieses Menschen kraftlos nach vorn hing. Der Unbekannte – oder wenn man Pigetts Worten Glauben schenkte, die Unbekannte – schien ohnmächtig zu sein, vielleicht auch tot. Sollte die Person tot sein, überlegte Taggart, musste man keinen weiteren Gedanken an sie verschwenden, sie würde mit der Ebbe hinaus aufs Meer treiben und irgendwann ein Fressen für die Haie werden. Sollte sie noch leben, sah die Sache allerdings anders aus. Ihr nicht zu helfen, hieße, sie zum Tode zu verurteilen. Niemand, auch nicht der nimmermüde Acuña, würde vorbeikommen, um sie zu retten. Das wollte Taggart nicht auf sein Gewissen nehmen.

»Tja, hm«, sagte er, »fischt diese Person auf, flößt ihr eine Suppe ein, lasst sie schlafen, und wenn sie wieder bei sich ist, will ich sie in meiner Kajüte sehen.«

»Aye, aye, Sir.«

Fünf Stunden später, Taggart hatte den Vorfall fast vergessen, stand die Sonne wie ein glühender Ball am östlichen Himmel. Obwohl das Geschwader die offene See bereits erreicht hatte, war es drückend heiß an Bord. Taggart saß in seiner Kajüte und wartete wieder einmal auf Tipperton. Der Schiffsschreiber hatte den Auftrag bekommen, Wasser und Wein für seinen Kapitän zu kühlen, was bei den Temparaturen ein allzu verständlicher Wunsch war. Umso schwieriger war die Erfüllung des Wunsches. Tipperton hatte zwei Flaschen aus grünem venezianischem Glas genommen, die Flüssigkeiten hineingegeben und sie oberhalb der Kajüte im Schatten der Segel an den Besanmast gehängt. Nun kletterte er alle fünf Minuten aufs Kajütendach und benetzte die Flaschen mit Wasser. Die Feuchtigkeit und der Fahrtwind sorgten dafür, dass der Inhalt langsam, aber sicher kälter wurde.

»Tipperton! Wie lange dauert das denn noch?«

Tipperton gab keine Antwort, doch wunderbarerweise trat er wenige Augenblicke später in die Kajüte, in der Hand die beiden venezianischen Flaschen. »Ich wäre dann so weit, Sir.«

Taggart hielt ihm ein Glas entgegen. »Verdünnt mir den Wein eins zu eins.«

»Aye, aye, Sir.« Tipperton wollte gehorchen, wurde aber von Taggart unterbrochen. »Nein, nehmt ruhig ein bisschen mehr Wein.«

Tipperton tat, wie befohlen.

»So viel Wein nun auch wieder nicht! Wollt Ihr mich in Alkohol ersäufen?«

»Sir, ich …«

Es klopfte. An der Art des Pochens erkannte Taggart, dass es John Fox war. »Kommt herein, John.«

Die Tür öffnete sich. Der Erste Offizier trat ein und half

dabei einer jungen Frau über das Süll, die mehr als derangiert aussah. Ihre schwarzen Haare mochten einst zu einer prachtvollen Frisur aufgesteckt worden sein, jetzt waren sie nur noch ein armseliges Gewirr, ihre grauen Augen blickten klar, aber aus einem rußverschmierten Gesicht, und ihre Robe war kaum noch als solche zu erkennen! Sie mochte einmal rot gewesen sein. Taggart schätzte ihr Alter auf achtzehn, höchstens neunzehn Jahre.

»Wir haben sie wie befohlen an Bord gebracht, Sir«, sagte John Fox. »Leider kann ich sie Euch nicht vorstellen, denn sie sagte mir ihren Namen nicht. Wies auch sonst jegliche Hilfe von sich, die Miss. Scheint etwas kratzbürstig zu sein.«

»So, so.« Taggart war aufgestanden und musterte eingehend die Gerettete, die offenbar alle Kraft brauchte, um sich aufrecht zu halten. John Fox wollte sie stützen, aber sie schüttelte seinen Arm ab.

»Ich bin Captain Taggart, und wer seid Ihr?«

»Mörder!« Es fehlte nicht viel, und die Frau hätte vor ihm ausgespuckt.

Taggart registrierte es mit Verdruss. »Wenn Ihr durch unseren Angriff auf Cádiz zu Schaden gekommen sein solltet, Miss, tut es mir leid. Wir haben nur unsere Pflicht getan – ebenso wie Eure Landsleute ihre Pflicht tun, wenn sie eine Armada gegen mein Land ausrüsten.«

»Pah!«

»Wie ich bereits sagte: Ich bin Captain Taggart, und bevor ich Euch an Bord willkommen heiße, wüsste ich gern Euren Namen.«

Die Fremde schwieg.
Taggart hatte es nun endgültig die Laune verhagelt. Ihn einen Mörder zu nennen, das war starker Tobak. Er streckte sich. »Mein Name ist Sir Hippolyte Taggart, ich bin Kapitän und Korsar und darf von mir behaupten, mit Ihrer Majestät, der Königin von England, sehr wohlbekannt zu sein. Also, wer seid Ihr?«
Die Unbekannte schaute ihn an, als wäre er ein Wurm. Dann ließ sie sich zu einer Frage herab: »Was ist das für ein Wein?«
»Rheinwein«, antwortete Tipperton ungefragt.
Taggart winkte den Schreiber hinaus. »Ihr seid zwar nicht sonderlich höflich, Miss, aber niemand soll von mir dasselbe behaupten. Ein Glas gefällig?«
»Ich will Euren Wein nicht.«
»Verdammt!« Taggart platzte der Kragen. »Warum habt Ihr dann eben gefragt, was für ein Wein das ist?«
Wieder schwieg die Fremde hochmütig.
»Keine Antwort ist auch eine Antwort. John, führt die Lady zu Tipperton, er soll sehen, wo er sie unterbringt.«
»Tipperton? Wer ist das?« Jetzt geruhte die Unbekannte wieder zu sprechen.
»Mein Schreiber. Frauen an Bord bringen zwar nichts als Unglück, Ihr werdet mir das offene Wort verzeihen, aber irgendein Logis wird er für Euch schon auftreiben.«
»Das wird nicht nötig sein!« Die Augen der Fremden blitzten. »Ich gedenke, noch heute nach Cádiz zurückzukehren!«
»Ach, gedenkt Ihr das?« Taggart setzte sich wieder und

hatte kein Problem damit, die Frau, die ihn Mörder genannt hatte, weiter stehen zu lassen. »Ich glaube nicht, dass daraus etwas wird.«

»Ich bestehe darauf! Ich bin Isabella del Pilar y Ribera, eine Nichte des siebten Herzogs von Medina Sidonia, Alonso Pérez de Guzmán El Bueno!«

Taggart lehnte sich zurück. »Aha, die Dame hat also doch einen Namen.«

»Ich verlange, sofort nach Cádiz zurückgebracht zu werden. Ich muss einen wichtigen Termin wahrnehmen.«

»Ich auch. Mit dem Klabautermann.« Taggart nahm die Frau nicht mehr ernst.

Sie stampfte mit dem Fuß auf. »Ich bin Isabella del Pilar y Ribera, eine Nichte des siebten Herzogs von Medina Sidonia, Alonso Pérez de Guzmán El Bueno!«

»Sieh da, erst will die Miss ihren Namen um nichts in der Welt preisgeben, und nun nennt sie ihn gleich zweimal hintereinander.«

»Zusammen mit der ganzen buckligen Verwandtschaft«, ergänzte John Fox grinsend.

»Ich muss umgehend nach Hause zurück. Bitte gebt die entsprechenden Befehle.«

Das klang schon verbindlicher und stimmte Taggart etwas milder. »Ihr könnt jetzt nicht nach Hause, Ihr könnt vielleicht nie wieder nach Hause.«

»Es soll Euer Schaden nicht sein.«

»Nein, ich kann nichts für Euch tun.«

»Was heißt das?«

Taggart deutete auf sein Weinglas. »Ihr solltet vielleicht doch etwas trinken.«

Isabella del Pilar y Ribera warf den Kopf in den Nacken. »Wozu?«
»Nun, Miss« – Taggart zog die Worte in die Länge –, »Ihr seid auf direktem Weg in Feindesland.«

Der Zweite Offizier Pigett

*»Du solltest etwas für mich gemacht haben,
etwas sehr Schönes sogar.
Hast du es?«*

Der englische April zeigte sich wieder einmal von seiner launischen Seite. Gestern noch hatte in Portsmouth die Sonne geschienen, heute lag bleiernes Grau über der Stadt. Es war kalt, von Frühling keine Spur, wenn man von dem wenigen Grün absah, das sich an manchen Zweigen zaghaft zeigte. Am Morgen waren sogar pennygroße Hagelkörner auf die weitläufigen Hafenanlagen herabgeprasselt. Keinen Hund mochte man bei dem Wetter vor die Tür jagen, und doch wurde auf den Kriegsgaleonen Ihrer Majestät verstärkt Wache gegangen. Die Flotte musste auf der Hut sein.

Drakes Überfall auf Cádiz, bei dem der spanische König Dutzende seiner Schiffe verloren hatte, lag erst ein Jahr zurück, aber schon wieder mehrten sich die Gerüchte, seine Armada mache sich bereit, die Britannische Insel zu erobern.

Bloody weather, fluchte so mancher Matrose an Deck, schlug den Mantelkragen hoch und hauchte sich in die rotgefrorenen Hände. Wann würden die verdammten Dons kommen? Würden sie überhaupt kommen? Spanien war weit, und die Hafenkneipen waren nah. Doch es half nichts, die Runden mussten gelaufen werden und die Posten besetzt sein. Befehl war Befehl, in diesem Fall sogar vom Lordadmiral persönlich, der strenge Order erlassen hatte, dass jede Ungewöhnlichkeit, jede Auffälligkeit, jede noch so kleine Abweichung von der Normalität unverzüglich einem Vorgesetzten zu melden sei, und sämtliche Schiffe hielten sich daran.

Sämtliche Schiffe, bis auf eines.

Es lag etwas abseits vom dichten Mastenwald an einem Ausrüstungskai und hieß *Falcon.*

Jeder im Hafen wusste, dass die *Falcon* kein neues Schiff war, und wer es nicht wusste, der sah es an den vielen Reparaturen, die im Laufe der Jahre an ihr vorgenommen worden waren, um ihre Kampfkraft zu erhalten. In letzter Zeit jedoch schien es ruhig um sie geworden zu sein, sie machte einen vernachlässigten und ausgestorbenen Eindruck. Keine Menschenseele war an Bord zu sehen. Nur auf dem Kommandantendeck, das den Offizieren vorbehalten war, stand eine vermummte Gestalt und trat von einem Bein aufs andere.

Ein Unteroffizier und zwei Seesoldaten, die den Auftrag hatten, das Hafengelände zu inspizieren, machten halt vor dem Schiff, und der Unteroffizier rief zu der vermummten Gestalt hinauf: »He, Sir, darf ich fragen, warum Ihr keine Wachen aufgezogen habt?«

»Wer will das wissen?«, kam es zurück.
»Hafenpatrouille, Sir, Unteroffizier Walker, neu abkommandiert. Und nun habt die Güte, nennt mir Euren Namen und sagt mir, wo Eure Wachen sind.«
Der Vermummte blickte auf. Er hatte ein rundliches, nichtssagendes Gesicht, dem ein spärlicher Bart Ausdruck zu verleihen suchte. »Ich bin Samuel Pigett, Zweiter Offizier der *Falcon.* Die Wache läuft gerade unter Deck.«
»Unter Deck?« Walker wunderte sich. »Ihr solltet sie lieber auf dem Deck laufen lassen. Das ist Vorschrift.«
»Sicher, sicher.« Pigett war um einen verbindlichen Ton bemüht. »Es ist nur so, dass viele meiner Männer krank sind.«
»Wenn sie krank sind, stellt sich die Frage, ob eine Quarantäne über das Schiff verhängt werden muss.«
»Nein, nein, es ist nichts Schlimmes, es sind nur die Auswirkungen des Scharbocks von der letzten Reise.«
»Scharbock?« Walker war Landratte und kannte sich mit maritimen Ausdrücken wenig aus.
»Man nennt die Krankheit auch Skorbut. Jedenfalls fehlen mir Männer, um gleichzeitig mehrere Wachen laufen zu lassen.«
»Aber Ihr solltet Wachtposten an Deck haben, Sir«, beharrte Walker.
»Ihr habt ja recht, Unteroffizier, aber was soll ich machen? Deshalb stehe ich ja hier und habe sogar ein Auge auf die Laufbrücke hinüber zum Kai. Seid versichert, hier kommt selbst das kleinste Mäuslein nicht an Bord.«
»Nun gut, Sir, ich hoffe, Euren Männern geht es bald besser, sonst müsste ich Meldung machen.« Walker grüßte wichtigtuerisch und ging mit seinen Soldaten weiter.

Pigett sah ihm nach und zog eine Grimasse. Dann fing er an zu kichern und dachte: Wenn du Arschloch wüsstest, wie häufig kleine Mäuslein hier an Bord gewesen sind, würdest du mächtig dicke Backen machen. Allerdings sollte ich in Zukunft etwas vorsichtiger sein und der Form halber einen Mann aufs Vorschiff und einen aufs Achterschiff stellen. Wer hätte auch ahnen können, dass du mit deinem Diensteifer plötzlich daherkommst, da doch bisher alles immer in bester Butter war: Die anderen Unteroffiziere haben ab und zu ein kleines Geschenk erhalten und waren dafür stets zum rechten Zeitpunkt blind. Nun, auch du kannst es noch werden. Wir werden sehen. Alles ist letztlich eine Frage des Preises.

Pigett überzeugte sich, dass Walker außer Sichtweite war, grub die Hände in die Taschen und begab sich unter Deck. Natürlich lief hier keine Wache; die wenigen Matrosen, die sich blicken ließen, schliefen auf den nackten Planken, saßen trinkend beim Würfeln oder spielten mit Hingabe *primero,* ein weit verbreitetes Kartenspiel aus Spanien. Von den ehemaligen *Falcons* war kaum einer übrig geblieben. John Fox, Tipperton, Scott, Dilling, Dunc, Ted, und wie sie alle hießen, waren fort, nicht zuletzt, weil auch der bärbeißige Kommandant, Sir Hippolyte Taggart, von Bord gegangen war.

Nach dem Überfall auf Cádiz und der Rückkehr nach Portsmouth hatte er John Fox die Verantwortung für sein Schiff übertragen und war nach London zu Professor John Banester, einem Leibarzt der Königin, gereist, weil der Schmerz in seinen Knien ihn umzubringen drohte. Banester hatte ihn nach Strich und Faden ausgefragt, von oben

bis unten abgeklopft und anschließend viel Bewegung, am besten lange Spaziergänge in Wald und Flur, verordnet. Dazu eine gesunde Ernährung, wenig Wein und morgens und abends eine heiße Schlammpackung um die wunden Gelenke. Taggart hatte geknurrt und gehadert, sich dann aber in sein Schicksal gefügt und war nach Hause zu Maggy auf die schöne Isle of Wight gefahren.
Die Therapie und die Dauer derselben – mindestens zwölf Monate – hatte er John Fox in einem Brief mitgeteilt. Nur war dieser Brief niemals angekommen. Dafür hatte Pigett gesorgt.
John Fox wiederum hatte von höchster Stelle eine Order erhalten, die ebenso überraschend wie erfreulich war: Der Lordadmiral Howard persönlich hatte ihm zu einem eigenen Schiff verholfen, indem er ihm die *Exeter* gab, einen mit sechs Kanonen bestückten Fünfzigtonner. Selbstverständlich hatte John Fox das Taggart in einem Schreiben mitgeteilt, und ebenso selbstverständlich hatte Pigett auch diesen Brief unterschlagen.
Seitdem war Pigett Herr der *Falcon.*
Und seitdem konnte jeder an Bord tun und lassen, was er wollte, vorausgesetzt, er zahlte dafür. Wenn ein Matrose Landgang haben wollte, hielt Pigett die Hand auf. Wenn ein Matrose Schnaps haben wollte, hielt Pigett die Hand auf. Wenn ein Matrose ein Liebchen haben wollte, hielt Pigett die Hand auf. Es gab noch vieles mehr, für das Pigett zur Kasse bat, am einträglichsten aber war es, wenn er den Männern dazu verhalf, sich Huren an Bord zu halten, so wie es in den großen Häfen Englands immer wieder vorkam. Sofern die Zeiten es erlaubten.

Aber die Zeiten erlaubten es nicht. Jedenfalls nicht ohne hohes Risiko – die Begegnung mit diesem Walker war der beste Beweis dafür.

Deshalb hatte Pigett vor einiger Zeit beschlossen, dass auf der *Falcon* nur noch eine einzige Frau »zur Verfügung stehen sollte« und dass diese einzige Frau an alle »vermietet werden sollte«, wie er es ausdrückte. Natürlich von ihm.

Und zu ebendieser Frau war er unterwegs. Allerdings mit einem kleinen Umweg, der ihn zu einem Säufer führte, der seines Körpergestanks wegen Odder genannt wurde. Odder lebte im Vorschiff, und wenn er nicht gerade sturzbetrunken war, zeichnete er die widerwärtig schönsten Nacktbilder, die man sich vorstellen konnte.

Es dauerte eine Weile, bis Pigett Odder im Dämmerlicht zwischen zwei leeren Weinfässern aufgespürt hatte, und auch das gelang nur, weil Odder so gottserbärmlich schnarchte. »He, wach auf!« Pigett trat Odder in den Hintern.

Aber Odder hatte wieder einmal schwer geladen, was dazu führte, dass Pigett noch mehrmals treten musste, am Ende so stark, dass der Säufer mit einem Schmerzensschrei erwachte. »Was soll das, hab nix gemacht!«

»Das will ich nicht hoffen«, sagte Pigett kalt. »Du solltest etwas für mich gemacht haben, etwas sehr Schönes sogar. Hast du es?«

»Ach so. Ja doch, ja.« Odder rieb sich abwechselnd den schmerzenden Hintern und den dröhnenden Schädel.

»Dann lass sehen.«

Odder rülpste. Saurer Atem nebelte Pigett ein. »Hupps, ’tschuldigung, wo sin se denn?« Odder griff zu Stahl und

Stein, schlug mit zitternden Händen Feuer und entzündete eine Laterne. »Ach hier, unterm Stroh.« Er holte eine Anzahl pergamentener Blätter hervor.
»Lass sehen«, sagte Pigett noch einmal und griff ungeduldig nach den Blättern. »Leuchte mal!«
Als Odders Werke im Schein des Lichts erkennbar wurden, stieß Pigett einen anerkennenden Pfiff aus. Riesige Phalli sprangen ihm ins Auge, die aus allen denkbaren und undenkbaren Positionen in weibliche Vaginen eindrangen, von oben, von unten, von der Seite, im Sitzen, Stehen, Hocken und sogar im Knien.
Fast bewundernd fragte Pigett: »Woher kennst du bloß diese vielen Stellungen?«
»Du hast mir 'ne Kanne Wein versprochen, wenn ich sie dir zeichne«, krächzte Odder.
»Erst beantwortest du meine Frage.«
»Wo ich die Stellungen herhab?« Odder unterdrückte ein erneutes Rülpsen, wofür Pigett ihm dankbar war. »Die hab ich auf 'ner alten griechischen Vase gesehn.«
»Was, alle?«
»Nee, nich alle. In Rom gab's früher Bordelle mit Zimmern, un über jedem Zimmer war'n buntes Bild, Wandmalerei, weißte, da wussteste immer gleich, wie du's drinnen treiben konntest.«
»Donnerwetter, daher hast du also dein Wissen!« Pigett hatte nicht vermutet, dass Odder so gebildet war, aber das Leben ging verschlungene Wege, und wer wusste schon, was dem Säufer alles widerfahren war, bevor er auf der *Falcon* landete.
»Was is nu mit meiner Kanne?«

»Die kriegst du später.« Pigett wollte Unwichtiges von Wichtigem trennen. Er nahm die Laterne, verließ den jammernden Odder und stieg mehrere Niedergänge hinab. Er gelangte so tief in den Bauch des Schiffs, dass er hier und da eine Ratte huschen hörte. Im untersten Deck, auf der Backbordseite neben der Bilgenpumpe, steuerte er auf eine Tür zu, die mit einem schweren Schloss gesichert war. Er kramte nach dem Schlüssel. Dann sperrte er auf und trat ein. Es war ein Raum, in dem früher einmal Fässer gestanden hatten, in denen Ersatzsegel aufbewahrt wurden, damit die Ratten sie nicht anfraßen. Nun lebte eine Frau darin. Doch von »leben« konnte keine Rede sein. Die Frau vegetierte, und das seit vielen Monaten.

Pigett wusste das, schließlich hatte er sie eigenhändig in das Loch gesteckt, aber es scherte ihn nicht. Jeder musste sehen, wie er zurechtkam, und diese Frau hatte ihm schon so manchen Penny und so manchen Sixpence eingebracht. Dass es noch mehr werden würden, dafür sollten Odders Werke sorgen. Pigett wollte sie den Matrosen zeigen und auf diese Weise ihre Gier nach Weiberfleisch noch mehr anstacheln.

Ein zusätzliches Geschäft versprach er sich von der Auswahlmöglichkeit der Aktposition, wobei es zu überlegen galt, welche teurer und welche weniger teuer anzusetzen war. Um das zu beantworten, musste er die Positionen natürlich vorher selbst ausprobieren.

Wenn alles gutging, würde seine Barschaft bald groß genug sein, um das Schiff verlassen zu können – und sich ein schönes Leben zu machen.

Er betrat den Raum und sah im Schein der Laterne, dass die

Frau in einer Ecke auf dem Boden saß und ihm den Rücken zukehrte. Das tat sie immer. Vielleicht glaubte sie, er würde sich dadurch aufhalten lassen. Welch lächerlicher Gedanke.
Pigett näherte sich vorsichtig. Der Holzeimer, in den die Frau ihre Notdurft verrichtete, stand normalerweise in der anderen Ecke, aber man konnte nie wissen. Ganz am Anfang, als die Frau sich noch gegen ihr Schicksal auflehnte, hatte sie den Eimer direkt hinter die Tür gestellt, und Pigett war mitten hineingetreten. Aber das lag lange zurück.
Pigett stellte die Laterne auf dem Boden ab. »Dreh dich um, damit ich dich sehen kann.«
Die Frau wandte sich ihm zu. Sie schien ihn erst jetzt zu erkennen, denn sie riss den Mund vor Entsetzen auf, und er konnte die Lücke sehen, wo ihr ein Schneidezahn ausgeschlagen worden war.
Pigett grinste schmierig, hielt die Zeichnungen Odders ins Licht der Laterne und sagte: »Schau mal, was ich hier Schönes habe.«

Der Lordadmiral Howard

»Diese Aufgabe zu bewältigen ist
eine Herausforderung ohne Beispiel.
Ich will nicht dramatisch werden, Sir,
aber das Wohl und Wehe von über drei Millionen
Engländern kann davon abhängen,
das Schicksal eines ganzen Volkes!«

Das trübe Aprilwetter hielt bis zum Ende des Monats an und erstreckte sich sogar in den Mai hinein. Über ganz Südengland hingen dichte Wolken, die nur selten von einer schwachen, messingfarbenen Sonne durchdrungen wurden. Auch in London war der Himmel bedeckt, nur dass hier zu allem Übel noch der Nebel kam, der zäh und milchig von der Themse heraufzog.

In Barn Elms, dem Wohnsitz von Sir Francis Walsingham, waren deshalb im Arbeitszimmer Kerzen entzündet worden. Sie beleuchteten einen Tisch aus poliertem Rosenholz, auf dem zwei Schiffsmodelle standen. Eines stellte die spanische *Nuestra Señora de la Concepción* dar, die wegen ihrer schweren Bestückung *Cacafuego,* »Feuerscheißer«, genannt wurde, das andere zeigte die *Elizabeth Bonaventure,* die daneben fast filigran wirkte.

»Der Unterschied könnte größer nicht sein«, sagte Walsingham nachdenklich. »Ich habe die Modelle aufstellen lassen, damit sie mich stets daran erinnern, mit welch mächtigem Feind wir es zu tun haben.«

»Mächtig ist er, in der Tat«, pflichtete ihm sein Gast, Lordadmiral Howard, bei. »Das ist es ja gerade, was mir und meinem Stab seit geraumer Weile Kopfzerbrechen macht.«

Walsingham lächelte flüchtig. »Vergesst Eure Sorgen für einen Moment, und trinkt mit mir auf das Wohl der Königin, unserer Jungfräulichen Gloriana. Sie möge lange leben!«

»Und das bei bester Gesundheit«, ergänzte Howard.

Beide Herren erhoben sich. *»Cheers!«*

Sie tranken und setzten sich wieder.

Howard, ein zweiundfünfzigjähriger Mann, dessen Gesicht durch ernste Augen und eine lange Nase auffiel, stellte sein Glas neben der *Cacafuego* ab und räusperte sich. »Die Dons sind uns in nahezu allen Belangen überlegen, sie haben mehr Schiffe, sie haben größere Schiffe, sie haben mehr Kanonen und Zehntausende hervorragend gedrillter Soldaten, die nur darauf warten, unseren Küstenmilizen die Köpfe abzuschlagen und nach London zu marschieren.«

»So weit ist es noch nicht.« Walsingham stellte sein Glas neben der *Elizabeth Bonaventure* ab.

»Ihr habt ja recht.« Howard trank einen weiteren Schluck. »Wenn wir nicht die wendigeren Galeonen und die weitertragenden Feldschlangen hätten, würde ich unserer Sache kaum eine Chance einräumen.«

»Aber wir haben sie, dank Matthew Baker, unserem genialen Schiffskonstrukteur, und dank unserer erfindungsreichen englischen Geschützgießer. Hier liegt, denke ich, der Vorteil auf unserer Seite.«

»Sicher, sicher.« Howard wirkte leicht pikiert. »Aber wir haben mehrheitlich nur Sechs-, Neun- oder Achtzehnpfünder an Bord unserer Schiffe, während die Spanier Vierundzwanzig- und Sechsunddreißigpfünder in die Schlacht führen können.«

»Worauf wollt Ihr hinaus?« Walsingham, der nicht nur Staatssekretär Ihrer Majestät war, sondern auch Gründer des englischen Geheimdienstes, hatte ein feines Gespür dafür, wenn jemand mit etwas hinter dem Berg hielt.

»Kugeln!«, stieß Howard hervor.

»Kugeln? Was meint Ihr damit?«

»Wir haben zu wenige davon. Was nützen die schönsten weittragenden Culverines, die uns die Spanier vom Leibe halten sollen, wenn uns die Kugeln fehlen.«

»Habt Ihr über dieses Problem schon mit der Königin gesprochen?«

Howard machte eine resignierte Bewegung. »Das habe ich. Und natürlich hat sie mir freundlich zugehört. Aber eine Zusage hat sie mir nicht gemacht. Deshalb dachte ich, vielleicht könntet Ihr …«

»Ach so.« Daher also wehte der Wind. Für Walsingham war klar, warum die Königin keine Hilfe in Aussicht gestellt hatte. Nicht aus bösem Willen, nicht aus mangelndem Interesse, sondern einfach, weil nach mehreren Jahren intensiver Flottenrüstung Ebbe in der Staatskasse herrschte. Er selbst konnte ein Lied davon singen, seine Spionage-

Organisation verschlang ungeheure Summen, die er wegen der misslichen Finanzlage zum großen Teil aus der eigenen Tasche bestritt. Allerdings fiel ihm das zunehmend schwerer, seitdem sein Schwiegersohn, Sir Philip Sidney, vor zwei Jahren das Zeitliche gesegnet und ihm einen Riesenberg Schulden hinterlassen hatte. Doch das tat nichts zur Sache. In jedem Fall glaubte er nicht, dass die Königin ihm mehr Gehör schenken würde als Howard. Trotzdem sagte er höflich: »Ich will sehen, was sich machen lässt.«

Howards ernste Augen leuchteten auf. »Ich wusste, dass ich auf Euch zählen kann!«

»Versprechen kann ich nichts.«

»Natürlich nicht. Dennoch ist es ein Strohhalm, an den ich mich klammere. Ach was, wieso ich! Die ganze Nation klammert sich daran! Was nützen die schönsten Strategien, was nützen die geschicktesten Geschwader, was nützen die besten Windkenntnisse, die genauesten Karten, die schnellsten Signalstationen, die besten Kapitäne, die tüchtigsten Offiziere, die tapfersten Mannschaften, was nützt das alles, wenn dem Schwertarm das Schwert fehlt!«

»Wohl wahr.« Walsingham wunderte sich. So temperamentvoll, so leidenschaftlich hatte er Howard noch nie erlebt. Langsam begriff er, warum die Admiralität ihn schon anno 1585 zum Lord High Admiral, zum obersten Befehlshaber der englischen Flotten, ernannt hatte – und nicht Drake oder Hawkins.

Howard, der sich bei seinem Ausbruch halb erhoben hatte, setzte sich wieder. »Wir haben leider nicht das Glück, in Neuspanien die Wilden erschlagen und anschließend ihr Gold tonnenweise nach Europa schiffen zu dürfen. Wir können nicht in Juwelen und Preziosen baden. Wir müssen sehen, wie wir zurechtkommen. Aber jede Kugel, die ich mehr an Bord meiner Galeonen habe, ist gut für ein Loch im Wanst der dicken Dons, das schwöre ich.«

»Ich glaube Euch aufs Wort.« Walsingham war nicht unbeeindruckt. Vielleicht ließ sich bei der Königin doch etwas machen. Seit der Aufdeckung der Babington-Verschwörung, bei der Elizabeth ihr Leben verlieren und Maria Stuart den Thron gewinnen sollte, wusste sie, dass er ihr mindestens ein Mal das Leben gerettet hatte. Das zu bewerkstelligen war im Übrigen nicht ganz einfach gewesen. Die Attentäter hatten ein hohes Maß an Raffinesse an den Tag gelegt und sich mit Maria Stuart über verschlüsselte Nachrichten verständigt, die sie in einem ausgehöhlten Spund versteckten. Der Spund diente als Verschluss eines Bierfasses, das unverdächtig zwischen ihnen und Chartley Hall, dem Gefängnis Marias, hin und her transportiert wurde.

Es hatte vieler Bestechungsgelder, großer Geduld sowie des Abfangens und Fälschens immer neuer Informationen bedurft, bis die Umstürzler samt ihrer Wunschkönigin in die Falle gegangen waren und aufs Blutgerüst geführt werden konnten. Ja, es war nicht sonderlich gesund, »Walsinghams Dolch von der falschen Seite aus zu sehen«.

Howard atmete tief durch. »Es tut gut, Euch auf meiner Seite zu wissen! Deshalb hatte ich auch die Kühnheit, Euch zu bitten, mich mit dem Earl of Worthing bekannt zu machen. Ihr hattet ja in der Vergangenheit das Vergnügen, ihn ein paarmal zu treffen.« Er warf einen Blick auf die Wanduhr. »Gleich elf, er müsste jeden Au-

genblick hereinkommen. Äh, Ihr hattet ihn doch hergebeten?«
»Selbstverständlich, das hatte ich. Der Earl weilt gerade für einige Tage in London und konnte deshalb einen Besuch in Barn Elms einrichten.« Walsingham wandte sich um, denn Christopher Mufflin war auf der Bildfläche erschienen, »der Bücherwurm«, wie er von seinem Herrn stets genannt wurde.
»Sir Francis«, sagte der Bücherwurm und machte einen Kratzfuß, »verzeiht die Störung, aber der Earl of Worthing ist soeben eingetroffen und möchte Euch seine Aufwartung machen.«
»Ich lasse bitten.«
Beide Herren erhoben sich und blickten neugierig zur Tür. Ein jüngerer Mann stand darin, um die dreißig, von fester Statur, mit einem markanten Gesicht, aus dem zwei kluge graue Augen blickten. Einen Bart trug er nicht. Es schien, als sei die Kraft, die das Wachstum einer solchen Zier erforderte, zusätzlich in sein prachtvolles Haupthaar geschossen. Es war lang, lockig und blond. Und es wirkte etwas wild, wie nach einem scharfen Ritt.
Umso gesitteter war seine Kleidung: Zu einem weißen Spitzenhemd trug er ein gutsitzendes ausgestopftes Wams von marineblauer Farbe und eine perfekt geschnittene schwarze Oberschenkelhose. Die Strümpfe waren ebenfalls marineblau und die Schuhe mit den silbernen Schnallen wiederum schwarz. Alles bestand aus besten Materialien, machte aber keinen aufschneiderischen Eindruck.
Howard kräuselte die Lippen. So hatte er sich den Earl

nicht vorgestellt. Nicht so jung und nicht so – stattlich. Er fragte sich unwillkürlich, mit welchen Worten er den Eindruck beschreiben würde, den der Earl auf ihn machte, und er dachte bei sich: Nun, er wirkt ruhig, freundlich und selbstsicher. Wobei die Selbstsicherheit, das sieht man wohl, ihre Ursache nicht in Überheblichkeit hat, sondern eher in Erlebtem und Durchlittenem. Doch ein paar Fältchen um die Augenwinkel verraten, dass ihm bei alledem der Humor nicht abhanden gekommen ist.

»Ich grüße Euch, Gentlemen«, sagte der Earl und ging lächelnd auf Walsingham und Howard zu.

»Guten Tag, Mylord«, sagten Walsingham und Howard und verneigten sich steif.

»Ich danke Euch für die Einladung, Sir Francis. Wenn Ihr erlaubt, darf ich unserem Gespräch eine Bitte voranstellen: Ich kann mich noch gut an jenen Tag vor acht Jahren erinnern, als ich mit Euch sprach, bevor die Königin mir eine Audienz gewährte, in deren Verlauf sie mich adelte. Mein Name war zu dem Zeitpunkt Vitus von Campodios, und Ihr redetet mich mit ›Sir‹ oder ›Cirurgicus‹ an. Seid so freundlich und lasst es auch weiterhin dabei bewenden.«

Walsingham nickte erfreut.

»Die Bitte geht auch an Euch, Lordadmiral.« Der Earl, den seine Freunde einfach Vitus nannten, verbeugte sich leicht in Richtung Howard.

»Wie Ihr wünscht – Sir.« Howard war zum zweiten Mal überrascht, angenehm überrascht, um es genau zu sagen. Er führte den Titel Viscount Howard of Effingham, den er von seinem Vater geerbt hatte, und dieser Titel war im Rang niedriger einzustufen als der eines Grafen. Gleiches galt für den Ritterstand, in den Walsingham von der Königin erhoben worden war. Dass der Earl dennoch auf die Anrede »Mylord« verzichtete, mochte als gutes Vorzeichen für das kommende Gespräch gelten. »Es ist mir eine Ehre, Eure Bekanntschaft machen zu dürfen, Sir. Im Gegensatz zu anderen war mir noch nicht das Glück vergönnt, Euch bei Hofe zu begegnen.«

»Was aber nicht weiter verwunderlich ist.« Vitus lachte. »Die Male, die ich in Whitehall war, kann man an einer Hand abzählen.«

»Nanu, wie das?«

»Um der Wahrheit die Ehre zu geben: Ich komme mir dort fehl am Platze vor.« Diese Formulierung war eine höfliche Untertreibung, denn in Vitus' Augen war der Palast mehr oder weniger eine Stätte der Begierden, eine Schlangengrube, in der die großen und kleinen Schranzen, die Kriecher und Speichellecker nichts anderes im Kopf hatten, als sich geschmeidig zu verhalten und sich Vorteile zu erzüngeln.

»Wollen wir uns nicht setzen?«, fragte Walsingham und deutete auf ein drittes Sitzmöbel, das von Mufflin bereitgestellt worden war.

Während die Herren Platz nahmen, kam der Bücherwurm mit einem Tablett und bot eine Auswahl kräftigender Getränke an, darunter Wein, Gin, Whisky und Armagnac, einen zwanzig Jahre alten französischen Brandy. »Was darf es sein, Mylord?«, fragte er mit gemessener Stimme.

»Oh, nichts Kaltes bei dem Wetter. Vielleicht eine heiße Suppe, wenn Ihr habt.«

»Eine heiße Suppe? Äh, sehr wohl, Mylord.« Mufflin verschwand.
In die entstehende Stille hinein sagte Vitus: »Das sind zwei sehr hübsche Schiffsmodelle.«
»In der Tat, in der Tat.« Walsingham wusste nicht recht, wie er das Gespräch beginnen sollte, deshalb sagte er: »Ich danke Euch, dass Ihr Euch herbemüht habt, Cirurgicus. Wenn es sich nicht um eine Angelegenheit von größter Dringlichkeit handelte, hätte ich Euch nicht in mein Haus gebeten.«
»Ihr macht es spannend, Sir.«
»Wenn Ihr erlaubt, gebe ich das Wort gleich weiter an den Lordadmiral. Er wird Euch erklären, worum es geht.«
»Gern.«
»Nun …« Die Gesprächswendung kam für Howard etwas plötzlich. Er sammelte sich. Dann wusste er, wie er anfangen konnte. »Sir, Ihr habt eben ganz richtig bemerkt, dass es sich bei den zwei Schiffen um sehr hübsche Modelle handelt. Der Meinung bin auch ich. Aber gleichzeitig machen sie deutlich, in welch großer Gefahr sich England und die Krone befinden.«
Howard machte eine Pause, um dem jungen Earl die Gelegenheit für eine Reaktion zu geben, aber es kam keine. Vitus hörte nur konzentriert zu.
»Die *Nuestra Señora de la Concepción* steht stellvertretend für die spanische Flotte, die *Elizabeth Bonaventure* für die englische. Ihr mögt daran erkennen, wie die Kräfteverhältnisse sind. Die Armada wird in naher Zukunft, damit erzähle ich Euch sicher nichts Neues, nach England aufbrechen, um unser Land zu überfallen und die Königin

abzusetzen. Wir sind also nicht nur in der Rolle des Unterlegenen, sondern dazu in der des Verteidigers. Eine doppelt schlechte Ausgangslage.«

»Da will ich Euch nicht widersprechen. Auch ich mache mir meine Gedanken. Aber was hat das Ganze mit mir zu tun?«

»Habt noch einen Augenblick Geduld, Sir, Ihr werdet es gleich erfahren. Die Admiralität ...«

»Die Suppe, Mylord.« Mufflin setzte ein Tablett mit Teller und Terrine auf einem Beistelltisch ab. »Es wäre auch noch weißes Brot und Hirschpastete da.«

»Danke, Mufflin, vielleicht später.«

Howard war nicht begeistert über die Unterbrechung, machte aber gute Miene zum bösen Spiel. »Stärkt Euch nur erst, Sir, ich kann später fortfahren.«

»Nein.« Vitus schüttelte den Kopf. »Sprecht weiter, Ihr habt mich neugierig gemacht. Außerdem dürfte die Suppe noch viel zu heiß sein.«

»Nun gut. Die Admiralität und ich sind der Meinung, dass die Schlacht gegen die Dons nur dann zu gewinnen ist, wenn wir sie in den Kanal verlegen. In der Enge dieses Gewässers wird der Feind einen Großteil seiner Bewegungsfähigkeit einbüßen, während wir den Vorteil haben, ihn aus unseren Häfen heraus bekämpfen zu können. Dazu kommt, dass wir Wind, Wetter und Gezeiten genau kennen.«

»Das leuchtet ein.« Vitus kratzte sich nachdenklich am Kinn, in dessen Mitte ein Grübchen saß. »Aber warum erst abwarten, bis der Feind vor der Tür steht? Warum segeln wir ihm nicht entgegen und stellen ihn auf dem offenen Meer? Angriff ist die beste Verteidigung.«

Howard gestattete sich ein Lächeln. »Nicht immer, Sir, nicht immer. Das Meer ist groß, und es wäre fatal, wenn wir den Feind verpassten. Stellt Euch vor, die Spanier würden unsere Küsten stürmen und in einer blutigen Schneise nach London marschieren, während unsere Kapitäne sie noch auf hoher See suchen.«

»Ich muss zugeben, dass ich daran nicht gedacht habe.« Vitus blies auf die Suppe und nahm mit spitzen Lippen den ersten Löffel. »Hm, sehr gut!«

»Das freut mich, Cirurgicus«, sagte Walsingham.

»Guten Appetit«, wünschte Howard und fuhr fort: »Wenn wir aber den Feind im Kanal erwarten, müssen wir versuchen, die Armada nach ihrem Auslaufen baldmöglichst zu sichten, um ihre genaue Größe, Zusammensetzung, Bewaffnung und so weiter zu erfahren. Je früher, desto besser. Nur so werden wir die Möglichkeit haben, unsere Abwehrmaßnahmen perfekt abzustimmen.«

»Das klingt schlüssig. Aber um das zu erreichen, müsstet Ihr ein Schiff hinunter nach Spanien schicken. Eines, das außerordentlich schnell ist und von einer hervorragenden Crew gesegelt wird.«

»Genau das habe ich vor, Sir.«

»Verzeiht, aber ich verstehe noch immer nicht, was Eure Überlegungen mit mir zu tun haben.«

»Ich beabsichtige, die *Falcon* zu entsenden.«

»Die *Falcon?* Wenn mich nicht alles täuscht, hat sie mehr als zwanzig Jahre auf dem Buckel!«

»So ist es, Sir. Trotzdem ist sie noch immer das schnellste hochseetaugliche Schiff unserer Flotte.«

Walsingham mischte sich ein: »Das ist sie fürwahr. Sie wurde damals als eine Art Versuchsschiff von Matthew Baker, unserem Meisterkonstrukteur, auf Kiel gelegt. Alle seine genialen Ideen wurden bei ihrem Bau verwirklicht, denn im Gegensatz zu später, als das Flottenamt mit seinen bürokratischen Forderungen und Einschränkungen kam, hatte er bei seinem Erstling freie Hand. Die sogenannte Baker-Galeone, deren Rumpf eine Symbiose aus der Form von Dorschkopf und Makrelenschwanz ist, wurde hier in ihrer reinsten Form verwirklicht.«

»Das habe ich nicht gewusst.«

»Und wenn wir schon bei Matthew Baker sind«, nahm Howard den Faden auf, »müssen wir auch über ein Phänomen sprechen, das er mir gegenüber einmal erwähnte: ›Nehmt zwei völlig gleiche Schiffe und zwei völlig gleiche Mannschaften‹, sagte er, ›nehmt die gleichen Winde, das gleiche Wetter, die gleiche See, und doch wird immer eines der beiden Schiffe schneller sein. Der Grund liegt in seiner Persönlichkeit. Jedes hat eine andere, eine ganz eigene. Es gibt Schiffe, die segeln nur mit, und es gibt welche, die wollen gewinnen. In ihnen steckt etwas Unbekanntes, etwas, das in keine mathematische Formel zu gießen ist, nennt es das Unerforschliche, das Unbegreifbare, meinetwegen das Göttliche. Tatsache ist: Es ist da. Und in einem ganz besonderen Maße steckt es in der *Falcon.*‹ Tja, das sagte er zu mir. Seitdem bin ich fest davon überzeugt, dass kein anderes Schiff der *Falcon* das Wasser reichen kann, auch wenn sie die Narben vieler Schlachten trägt.«

Vitus legte den Suppenlöffel beiseite. Walsinghams und Howards Ausführungen waren so fesselnd gewesen, dass er das Essen darüber vergessen hatte. »Ich selbst bin auf der *Falcon* gefahren«, sagte er. »Und ich glaubte, sie zu kennen, aber jetzt sehe ich sie in einem neuen Licht. Sie ist ein ganz besonderes Schiff, das sich der Aufgabe sicher würdig erweisen wird. Sie und mein Freund Sir Hippolyte Taggart.«

»Captain Taggart war leider sehr erkrankt.«

»Wie bitte? Das kann nicht sein!«

»Und doch ist es so«, beharrte Howard. »Taggarts Kniegelenke machten nicht mehr mit. Der Arme hatte nur noch Schmerzen. Konnte keinen Schritt mehr vor den anderen setzen. Deshalb musste er sich im letzten Jahr in die Behandlung von Professor Banester begeben. Wie man hört, schlug die Therapie gut an, mittlerweile juckt es ihn schon wieder in allen Knochen, auf sein Schiff zurückzukehren, aber ich habe da meine Bedenken.«

Vitus nickte. »Die hätte ich auch.«

»Es sei denn, der Captain befände sich in Begleitung eines sehr guten Arztes. Eines Arztes, mit dem er befreundet ist und auf den er hört.«

»Ihr meint doch nicht etwa mich?«

»Um es geradeheraus zu sagen: Ja, ich meine Euch, Sir. Ich bitte Euch, die medizinische Versorgung von Taggart zu übernehmen.«

»Da also liegt der Hase im Pfeffer! Nun, meine Antwort ist: nein. Taggart zu begleiten ist unmöglich, und es kommt auch, äh, viel zu plötzlich!« Vitus wandte sich an Walsingham. »Sagt, Sir, hat unser Geheimdienst denn nicht die Möglichkeit, den Auslaufzeitpunkt der Armada zu erkunden und ihre Stärke nach England zu melden?«

Walsingham runzelte die Stirn. »Im Prinzip, ja, Cirurgicus,

Ich darf bei aller Bescheidenheit sagen, dass meine Männer die gerissensten, verwegensten und abgebrühtesten Burschen sind, die man für Geld kaufen kann. Sie sind überall eingeschleust, in sämtlichen Ländern Europas, in allen großen Städten – auch in Lissabon, in Madrid und im Klosterschloss Escorial, dem Sitz Philipps II. Dort arbeiten sogar die Tüchtigsten von allen.«

»Aber?«

Walsingham zuckte mit den Schultern. »Ich sage es nicht gern, aber seit vierzehn Tagen ist jegliche Verbindung nach Spanien abgebrochen. Meine Vertrauensmänner melden sich nicht mehr, sie sind stumm wie ein Fisch im Wasser. Es gibt nur eine Erklärung dafür: Sie sind tot oder enttarnt.«

Howard schaltete sich wieder ein: »Ihr seht, Sir, es gibt keine andere Möglichkeit, wir müssen hinunter vor Ort, und das lieber heute als morgen. Die Zwickmühle, in der ich stecke, wird deshalb nicht kleiner. Soll ich die *Falcon* unter einen anderen Kommandanten stellen? Taggart würde mich erschlagen. Soll ich statt der *Falcon* einen anderen Segler schicken? Taggart würde mich ebenfalls erschlagen. Glaubt mir, ich kenne ihn. Wenn er von der Aufgabe erfährt, und früher oder später erfährt er von ihr, wird er sich von nichts und niemandem davon abhalten lassen, sie zu erfüllen.« Howard holte tief Luft. »Diese Aufgabe zu bewältigen ist eine Herausforderung ohne Beispiel. Ich will nicht dramatisch werden, Sir, aber das Wohl und Wehe von über drei Millionen Engländern kann davon abhängen, das Schicksal eines ganzen Volkes!«

Er machte eine kurze Pause und sprach dann eindringlich weiter: »Aber was wäre, wenn Taggart während der Reise ausfiele? Die *Falcon* wäre nur noch die Hälfte wert. Die beiden bilden eben eine Einheit. Sie kann nicht ohne ihn, er kann nicht ohne sie.«

Vitus nickte langsam.

»Frei heraus, Sir, was würdet Ihr an meiner Stelle tun?«

»Ich habe selten eine so gute Argumentation gehört.«

»Danke, Sir.« Howard war etwas verwirrt. Dann fügte er hinzu: »Auch auf die Gefahr hin, dass ich Euch lästig falle – was würdet Ihr an meiner Stelle tun?«

Vitus grinste. »Nun, ich würde dieselbe Frage an mich richten.«

»Und wie lautet Eure Antwort?« Howard beugte sich gespannt vor.

»Ich bitte mir Bedenkzeit aus.«

»Natürlich.« Howard lehnte sich enttäuscht zurück. Dass es darauf hinauslaufen würde, hätte er sich denken können.

»Wie lange, äh, würdet Ihr denn für Eure Überlegungen brauchen?«

Wieder grinste Vitus. »Bis ich die Suppe aufgegessen habe, Sir.«

»Ah, ja. Natürlich.« Howard fragte sich, ob die Antwort ein Scherz sein sollte, ob sie positiv oder negativ zu bewerten sei, ob sie überhaupt etwas zu bedeuten hatte. Aber die Ungewissheit sollte ihn nicht lange plagen, denn die Suppe war mittlerweile lauwarm, und der junge Earl aß sehr schnell. Dann schob er den Teller zur Seite, legte den Löffel sorgfältig hinein und sagte: »Ich brauche eine Woche.«

»Äh, Sir?«

»Wenn ich es recht sehe, schreiben wir heute den siebten Mai. Ich werde einige Verpflichtungen absagen und schon

am Nachmittag nach Greenvale Castle aufbrechen, übermorgen früh dort ankommen und mich anschließend um den Gutsbetrieb kümmern, was jetzt im Frühjahr sicher mehrere Tage in Anspruch nehmen wird. Wenn alles erledigt ist, will ich nach Portsmouth reiten und an Bord gehen. Doch vor dem vierzehnten werde ich es kaum schaffen. Wäre Euch damit gedient?«
»Sir, ich …!« Howard war aufgesprungen. »Ich danke Euch!« Er packte Vitus' Rechte und drückte sie, als wolle er Most aus ihr herauspressen. »Auch im Namen Ihrer Majestät! Auch im Namen Ihrer Majestät!«
»Nichts zu danken, Sir.«
»Ich werde sofort einen Kurier mit der entsprechenden Order zu Taggart schicken. Der wird Augen machen!«
»Gewiss, Sir. Haltet mir die Daumen, dass Lady Nina genauso viel Verständnis für die Notwendigkeit dieser, äh, Segelpartie aufbringt wie ich.«
»Mein Wort darauf. Daran soll es nicht scheitern!« Howard lachte befreit.
Walsingham hatte unterdessen Mufflin, den Bücherwurm, losgejagt, damit er abermals Alkoholisches herbeischaffe. Als das Gewünschte kam, rief er: »Ich denke, dass wir mit einem guten steifen englischen Gin auf das Unterfangen anstoßen.« Er stand auf, erhob sein Glas, und seine beiden Gäste taten es ihm gleich. »Auf die Königin und auf das glückhafte Gelingen Eurer Mission, Cirurgicus! *Cheers!*«
Die Herren tranken, verschnauften, ließen nachschenken und setzten sich. Howard war so beschwingt, dass er dabei versehentlich die *Elizabeth Bonaventure* streifte. Das

hübsche Modell schwankte und fiel scheppernd zu Boden.
»Großer Gott!«, rief Howard.
Auch Vitus blickte betreten.
Walsingham war der Erste, der sich von dem Schreck erholte. »Hoppla«, lachte er, »wie gut, dass wir nicht abergläubisch sind!«

Die Schlossherrin Lady Nina

»Nun reite schon. Lass uns allein.
Du bist ja durch nichts aufzuhalten,
willst dich nicht einmal von deinen Söhnen
verabschieden.«

Villancicos de diversos Autores stand auf der Titelseite des kleinen Notenhefts, das Lady Nina aufgeschlagen und in den hölzernen Deckel ihres Klavichords gestellt hatte. *Villancicos* waren Melodien, die ihre Wurzeln in den Weisen des spanischen Landvolks hatten, und Nina liebte sie, weil sie selbst ein Kind des Volks war. Sie stammte aus dem Norden der Iberischen Halbinsel, aus der Nähe des Klosters Campodios in der Sierra de la Demanda.

Aber nicht nur deshalb hatte sie an diesem Vormittag die alten Noten hervorgeholt, sondern auch, weil unter ihnen einige Kinderlieder waren, die sie ihrem jüngst geborenen Töchterchen, der kleinen Jean, vorspielen wollte. Die sanften Melodien sollten ihr süße Träume schenken, und das beruhigende Grün der Pflanzen im Kleinen Salon des Schlosses sollte das seinige dazu beitragen.

Begleitet wurde Nina dabei von ihren Söhnen, dem sechsjährigen Odo, der die Gambe spielte, und von Carlos, der erst viereinhalb Jahre zählte, aber schon recht artig die Laute zupfte.
Der einzige Mann in der Runde war ein etwa vierzigjähriger Freund der Familie, Ramiro García, ein Studierter der Jurisprudenz, der von aller Welt »Magister« gerufen wurde. Der Magister war eine bemerkenswerte Erscheinung. Er hatte das, was man einen Gelehrtenkopf nennt, mit hoher Stirn und krauser Mähne, einen Kopf, der nicht recht zu dem übrigen, eher kleinen Körper passen wollte. Seine Gesichtszüge wirkten klug und klar. Die freundlichen Augen, in denen nicht selten der Schalk saß, blinzelten häufig, denn er war stark kurzsichtig. Diesen Mangel versuchte er durch zwei dicke Berylle auszugleichen, die er mit Hilfe eines Nasengestells trug.
Der letzte Ton des Wiegenlieds verklang, Nina nahm die Hände von den Tasten des Klavichords. »Warum hast du nicht mitgesungen, Magister?«, fragte sie. »Du singst doch sonst so gern?«
Der Magister, der neben dem Kinderbettchen saß und es behutsam hin und her wiegte, hielt inne und antwortete mit seiner überraschend dunklen Stimme: »Ich singe zwar gern, aber ich singe nicht gut. Dieser Erkenntnis muss ich mich beugen. Der eine reitet die Noten, der andere die Paragraphen, dabei soll's bleiben.«
»So düster kenne ich dich gar nicht, Magister.«
»Wie heißt es doch so schön: Schuster, bleib bei deinem Leisten! Oder, damit die jungen Herren gleich etwas lernen: *Ne sutor supra crepidam.*«

»Leisten, was für'n Leisten?«, krähte Carlos und legte die Laute beiseite.
»Das sagt man so«, erklärte Odo altklug. »Der Magister hat's heute Morgen schon mal gesagt, da wollte er sich einen Knopf an die Hose nähen, weil Nella grad nicht da war. Die war in der Küche und musste Mrs. Melrose beim Mandelkäse helfen. Und neulich hat er's auch gesagt, als er sich mit dem Hammer auf den Daumen gehauen hat. Ich glaub, man muss es dauernd sagen, wenn man erwachsen ist.«
»Pst«, machte Nina und legte den Zeigefinger auf die Lippen. »Euer Schwesterchen schläft, ihr wollt doch nicht, dass es wach wird.«
»Nee, wolln wir nich!«, krähte Carlos mit unverminderter Lautstärke.
»Silencium!«, gebot der Magister. Er hielt die Wiege an und erhob sich. »Ich will dann mal. Muss noch ein paar Dinge in Worte fassen. Catfield hat mich in einer Verwaltungssache um juristischen Rat gebeten. Hoffentlich hat er damit nicht den Bock zum Gärtner gemacht, ich kenne mich nach wie vor besser im spanischen Recht aus als im englischen. Schuster, bleib bei deinem Leisten.«
»Schon wieder«, rief Odo triumphierend. »Er hat es schon wieder gesagt!«
Der Magister lächelte flüchtig. »Diesmal aber mit Absicht, du Schlauberger.« Er fuhr dem Jungen durchs Haar. Es war blond und lockig wie das seines Vaters, und bildete damit einen starken Gegensatz zu Carlos' pechschwarzen Haaren, der diese von seiner Mutter geerbt hatte. »Wir sehen uns bei der Mittagsspeise im Grünen Salon.« In der Tür

stieß er mit einem Zwerg zusammen, der die Ärmchen in die Hüften gestemmt hatte und mit fistelnder Stimme rief: »Glatten Schein un kronig Jamm, ihr Notenquäler. Nu, wie strömt's?«
»Es geht uns gut, Enano. Wir haben gerade musiziert«, antwortete Nina, die sich nicht im mindesten über die seltsame Ausdrucksweise des Winzlings zu wundern schien. Es war ein kauziges Rotwelsch, dessen er sich bediente, »das Gebrabbel der Wolkenschieber und Zitronenschleifer«, wie er zu sagen pflegte, und wer länger mit ihm zusammen war, der konnte das meiste sogar verstehen.
Der Magister klopfte dem Zwerg auf die Schulter, murmelte einen Gruß und verschwand.
»Hatte grad 'nen knäbbigen Aufstoß!«, fistelte der Zwerg.
»Einen knäbbigen Aufstoß? Heißt das, es ist jemand gekommen?« Nina nahm Jean vorsichtig aus der Wiege, weil sie ihr die Brust geben wollte. Den Vorschlag der älteren Mägde, dafür doch standesgemäß eine Amme zu nehmen, hatte sie strikt abgelehnt. Jean war ihr Kind, und es sollte mit ihrer Milch aufwachsen – genauso wie Carlos und Odo zuvor.
»Wui, wui.« Enanos Fischmündchen stülpte sich bei jedem »W« vor.
»Wer ist es denn?«
»Der Örl.«
»Was, Vitus? Der wollte doch erst in der nächsten Woche wiederkommen?« Nina legte Jean zurück in die Wiege und war froh, dass die Kleine einen so festen Schlaf hatte. »Odo, Carlos, lauft und begrüßt euren Vater, sagt ihm, Jean und ich wären im Kleinen Salon, und du, Enano, eile in die Kü-

che und sage Mrs. Melrose, Mylord wäre zurück, sie möge ein Besteck mehr auflegen.«
»Wui, wui, Örlin. Will's meiner Bratwachtel schon stecken.« Der Zwerg kehrte Nina den buckligen Rücken zu und verschwand mit flinken Hüpfern.

Kurz darauf hielt ein strahlender Vitus die kleine Jean in den Armen und versuchte gleichzeitig, seine Frau zu küssen. Der Versuch misslang, weil die Kleine so zappelte. »Liebste, ich kann es noch immer kaum fassen, dass wir seit einigen Monaten ein kleines Mädchen haben. Ist sie nicht süß? Ist sie nicht goldig? Ist sie nicht herzallerliebst?«
Nina, die das alles selbst wusste, lächelte. »Ja, das ist sie, und Nella hat gestern gesagt, sie würde dir ähnlich sehen.«
»Nella?«
»Ja, Enanos Tochter. Du hast sie länger nicht gesehen, weil sie sich ständig in den Ställen herumtreibt, aber sie ist mittlerweile schon acht und eine richtige Amazone.«
»Wie die Zeit vergeht.« Vitus hatte nur halb zugehört, dafür aber sein Töchterchen umso aufmerksamer betrachtet. »Welche Haarfarbe Jean wohl bekommt? Bis jetzt kann man es nicht genau sehen, es ist eine Mischung aus Blond und Schwarz, findest du nicht auch? Vielleicht hat die Natur sich noch nicht entschieden?«
»Unsere Kleine ist dunkelblond, Liebster. Aber die Haarfarbe eines Säuglings kann sich durchaus ändern, das hat

jedenfalls die Hebamme gesagt. Warten wir's ab. Hauptsache, Jean ist gesund.« Nina nahm Vitus das zappelnde Bündel ab. »Sie muss jetzt ihre Milch bekommen, sonst fängt sie an zu schreien, und anschließend wollen wir zu Mittag essen. Es gibt heute nur Kapaun aus der Ofenröhre, dazu eine kräftige Kohlsuppe und Brot mit Butter. Vielleicht auch ein Stück Mandelkäse. Wir wussten ja nicht, dass du kommst. Mrs. Melrose wird es dir nie verzeihen, dass du dich nicht rechtzeitig angekündigt hast.«

»Ach, Mrs. Melrose. Als wenn es nichts Wichtigeres als Essen gäbe.« Auf Vitus' Gesicht fiel ein Schatten.

»Sei nicht ungerecht. Die Gute vergöttert dich. Du kommst gleich nach ihrem über alles geliebten Zwerg, dem sie jeden Wunsch von den Lippen abliest. Man könnte meinen, sie sei ein Backfisch, dabei wird sie in diesem Jahr siebzig. Aber wo die Liebe hinfällt …«

»Das stimmt.« Vitus' Gesichtszüge glätteten sich wieder. »Ich freue mich auf ein Mahl im Kreise meiner Lieben. Wie geht es übrigens dem Magister?«

»Der Magister, nun, er wirkte heute beim Musizieren etwas abwesend. Du weißt, wie gern er singt und wie wenig er sich darum schert, ob er die Töne richtig trifft oder nicht, aber heute schien es ihm keinen Spaß zu machen. Er war irgendwie – angespannt.«

»Ich werde ihn nach dem Essen beiseite nehmen und ihn fragen, ob ihn etwas bedrückt. Ich muss sowieso mit ihm sprechen und, äh, mit dir auch, meine Liebste.«

»Worum geht es denn?« Nina kannte ihren Mann viel zu gut, um den Unterton in seinen Worten nicht herausgehört zu haben.

»Später.« Vitus küsste sie.
»Warum später?«
»Weil es etwas ist, das sich nicht mit einem Satz erklären lässt.«
»Oh, das hört sich furchtbar wichtig an! Aber ich will mich bemühen, keine allzu neugierige Ehefrau zu sein.«
»Du bist wunderbar.« Zum ersten Mal nach seiner Rückkehr sah er sie bewusst an. Sie war noch immer gertenschlank, trotz dreier Geburten, und ihre Haare und Wimpern zeigten noch immer das seidige Schwarz, das ihn vom ersten Moment an fasziniert hatte. Mit ihren sensiblen Gesichtszügen und ihrer samtenen olivfarbenen Haut war sie eine schöne, voll erblühte Frau. Er liebte sie wie am ersten Tag.
»Die kleine Jean kriegt jetzt erst einmal zu trinken. Wenn es nicht gleich losgeht, fängt ein großes Geschrei an.«
Vitus schmunzelte. »Darauf wollen wir es nicht ankommen lassen. Darf ich zusehen?«
»Natürlich. Ich frage mich nur, was so Besonderes daran sein soll. Auch bei Odo und Carlos warst du schon immer gern dabei.«
»Willst du das wirklich wissen?«
»Aber natürlich.« Nina setzte sich, öffnete ihr Mieder und holte eine ihrer vollen Brüste hervor. Als sie das Köpfchen ansetzen wollte, sagte Vitus plötzlich: »Lass mich das machen.« Er ließ sich neben ihr nieder, nahm die Brustspitze sanft zwischen Daumen und Zeigefinger und beobachtete fasziniert, wie dabei ein kleiner Tropfen Milch heraustrat. Dann drückte er Jeans winziges Mündchen daran. Augenblicklich fing die Kleine an zu saugen – eifrig und zufrie-

den. Eine Welle des Glücks durchrieselte ihn. Warum gab es auf der Welt nicht mehr von dieser Harmonie?

»Vitus?«

»Ja, Liebste?«

»Du wolltest mir sagen, warum du mir so gern beim Stillen zusiehst.«

»Ach so.« Er besann sich, dann lächelte er verschmitzt. »Nun, wenn ich dich dabei betrachte, wünsche ich mir jedes Mal noch mehr Kinder.«

»Aber die kommen nicht von selbst, Mylord.«

Er küsste sie. »Das ist es ja gerade.«

Während oben im Grünen Salon der Schlossherr, seine Familie und der Magister speisten, saßen unten in der Küche Mrs. Melrose und das Gesinde ebenfalls beim Essen. Die Köchin war eine korpulente Frau mit kleinem Kopf und gewaltigem Busen, eine Art Faktotum im Reich der Kulinarien, ebenso unersetzlich wie eigenwillig. Und eigennützig.

Mit der größten Selbstverständlichkeit hatte sie bereits vor dem Mahl dafür gesorgt, dass nicht nur die Herrschaften Kapaun aßen, sondern auch sie selbst. Sie – und der bucklige Zwerg an ihrer Seite, den sie vergötterte. Warum sie allerdings einen Wicht mit mondgesichtigem Kopf und fassähnlichem Buckel in einem Gewand von aufdringlich hellblauer Farbe liebte, das war ihr großes Geheimnis. Seine Tochter Nella jedenfalls, die er aus fernen Landen mitgebracht hatte und die eigentlich gar nicht seine Tochter war, liebte sie nicht. Weshalb diese auch grundsätzlich nichts von den Extrarationen abbekam – ein Umstand, der dazu führte, dass der Zwerg seine Portion oft an Nella abtrat. Was wiederum die Köchin nicht wusste. Ebenso wie sie nicht ahnte, dass der Winzling ihre Gefühle keineswegs erwiderte und, was ihr Verhältnis anbetraf, nur mit der Wurst nach dem Schinken warf. Oder, wie er es ausgedrückt hätte, »mit'm Längling nach der Sehnsucht schmiss«.

Neben diesem auf so unterschiedliche Weise verbundenen Trio aßen die Küchenmägde Mary und Molly, mehrere Bedienstete und der Gärtner mit seinem Gehilfen von der dampfenden Kohlsuppe, wobei jeder, so schnell er konnte, seinen Löffel in die große Gemeinschaftsschüssel tauchte. Wer bei Mrs. Melrose nicht rasch genug aß, drohte mit leerem Magen wieder aufzustehen.

Neben der großen Schüssel stand ein Rest des Mandelkäses, den Mrs. Melrose großzügig der Allgemeinheit zur Verfügung gestellt hatte. Es handelte sich um ein Kunstwerk, das aus passierten Mandeln, Wasser, Rosenwasser, Safran sowie einem Stück nicht zu scharfem, geschnetzeltem Kuhmilchkäse zubereitet wurde. Das Rezept, das sie wie ihren Augapfel hütete, hatte ihr vor Jahrzehnten ein Küchenmeister der Dominikaner verraten.

»Na, wie viel von dem Mandelkäse hast du denn selbst schon gefressen?«, fragte Pat, der Gehilfe des Gärtners, den eine innige Feindschaft mit Mrs. Melrose verband.

»Halt den Mund, Rotzlöffel!«, rief Mrs. Melrose, die solche Unverschämtheiten schon kannte. »Sollst froh sein, dass du in diesen Zeiten satt zu essen hast.«

»Satt zu essen? Hörte ich da satt zu essen? Schau mich an,

bin dünn wie ein Spargel. Und wer ist die fetteste Schnecke am Tisch?«
Das Gesinde lachte, einschließlich des Zwergs und Nellas. Das erboste Mrs. Melrose noch mehr. »Hollister, sag deinem vorlauten Handlanger, er soll die Klappe halten. Wenn Pat mich noch einmal beleidigt, wird sein Maul nie wieder essen. Jedenfalls nicht in meiner Küche. Dafür will ich sorgen!«
»Reg dich nicht auf, Catherine«, sagte Hollister, der Gärtner. »Es ist bekannt, dass du den Satz ›Selber essen macht fett‹ recht wörtlich nimmst.«
»Alles, was ich zubereite, ist mit dem Herzen gemacht und in erster Linie für Mylord und seine Familie bestimmt. Es ist furchtbar, dass mir niemand von der vorzeitigen Rückkehr des gnädigen Herrn berichtet hat. Wie gern hätte ich ihm Hechtklößchen mit Meerrettichsauce oder eine Kaninchenpastete zubereitet! Und nun musste es bei ein paar Kapaunen bleiben.«
»Von denen du dir mindestens zwei einverleibt hast.« Pat ließ nicht locker.
»Was weißt denn du! Mr. Catfield, der Verwalter, muss schließlich auch essen, und Keith, der Stallmeister, ebenso.«
Pat stand auf, weil Hollister sich ebenfalls erhoben hatte. Im Fortgehen sagte er: »Wir alle müssen essen, aber du stets am meisten, und das stört uns.«
Auch die Mägde und die Bediensteten standen auf, denn in Mrs. Melroses Augen kündigten sich Blitz und Donner an. Es war besser, die Entladungen nicht abzuwarten und sich flink an seine Arbeit zu machen.

Nur der Zwerg und seine Tochter Nella blieben bei ihr. Nella wollte sich noch ein kleines Stück von dem Mandelkäse nehmen, aber Mrs. Melrose ging dazwischen. »Du hast genug! Der Rest ist für morgen! Als ich so alt war wie du, habe ich niemals nachgenommen.«
»Blausinn!« Der Winzling, der die Köchin normalerweise nicht ernst nahm, wurde ärgerlich. Wenn es um Nella ging, verstand er keinen Spaß. Er hatte sie vor acht Jahren, als im Oberitalienischen die Pest umging, zusammen mit Vitus und dem Magister vor dem Schwarzen Tod gerettet und anschließend mit Ziegenmilch hochgepäppelt. Er liebte sie auf seine eigene Art, stets keck im Wort und doch irgendwie scheu. Sogar christlich taufen hatte er sie lassen, obwohl er mit »dem grandigen Machöffel« da oben nicht viel am Hut hatte. »Lass den Streichling in Ruh! Jeder pickt, so viel er stechen kann.«
Mrs. Melrose stutzte. Es kam selten vor, dass der Zwerg so wütend dreinblickte. Aber die Küche war ihr Reich, und wer etwas essen durfte, das hatte nur sie zu bestimmen. Außerdem war sie eifersüchtig auf Nella. »Der Mandelkäse ist noch für morgen. Nella, untersteh dich, davon zu nehmen! Stell ihn weg in den Brotkasten.«
Nachdem sie sich dergestalt durchgesetzt hatte, strich sie dem Zwerg über die rotborstigen Haare, und ihr Ton wurde schmeichlerisch: »Ich muss mit dem Kuchen haushalten. Das verstehst du doch sicher, mein kleiner Prinz?«
»Schäl den Mondschein.«
»Na, na, du sollst doch nicht immer so mit mir sprechen. Was willst du mir damit sagen?«
»Wui, wui, Frau Bratwachtel.« Enanos Fischmündchen lä-

chelte. Aber es war ein kaltes Lächeln, und in seinen Augen stand Bosheit.
»Dann bin ich beruhigt.« Immerhin wusste Mrs. Melrose, dass »Wui, wui« aus dem Französischen kam und »Ja, ja« bedeutete. Ohne auf Nella zu achten, drückte sie den Winzling wie eine Puppe an ihren üppigen Busen, hauchte ihm einen Kuss auf die Stirn, gab ihn frei, zog ihn neuerlich an sich, rieb ihre Wange an der seinen, grunzte wie eine Bache und erhob sich schließlich ächzend. »Nella, du kannst Mary und Molly im Hof beim Töpfeschrubben helfen. Und nimm gehörig Sand, auch für außen, der Ruß muss von den Böden runter. Wenn du fertig bist, sagst du Bescheid, dann gebe ich dir eine andere Arbeit. Du treibst dich in letzter Zeit sowieso viel zu viel in den Ställen bei den Pferden rum. Da hast du nichts verloren.«
Nella blickte den Zwerg an.
Der Zwerg blickte Nella an – und nickte unmerklich.
Nella zog eine Grimasse und verschwand.
»Na bitte. Man muss dem Mädchen nur sagen, was es zu tun hat, dann geht es.« Mrs. Melrose schnaufte zufrieden. »Ich muss jetzt in die Vorratskammer, will dort die Bestände prüfen. Wartest du hier auf mich, mein kleiner Prinz?«
Der Zwerg machte eine Kopfbewegung, die Mrs. Melrose als Zustimmung verstand, und sie verschwand.
Als sie fort war, erhob sich der Winzling, ging zum Brotkasten und öffnete ihn. Als Erstes schnitt er ein großes Stück vom Mandelkäse ab, schlug es in ein Stück Leinen und steckte es sich ins Gewand. »'s ist fürs Nella-Kind.«

Dann nahm er das Messer ein zweites Mal, machte einen waagerechten Schnitt und trennte die oberste Schicht des Kunstwerks ab. »Kraute zu Korbe, alte Keife!«, fistelte er und strich zwei Löffel scharfes Salz auf den Käse. Anschließend setzte er das oberste Stück wieder drauf, betrachtete sein Werk und kicherte: »'s wird dir 'ne Lehre sein, alte Wahn-Wachtel. Beiß rein un verblüh. Das Nella-Kind wird's freuen, wenn ich ihm die Geschicht verspinn.«

Als Mrs. Melrose wenig später zurückkam, war der Brotkasten wieder zu und der Zwerg verschwunden.

Nachdem Hartford, der zur Hochnäsigkeit neigende Diener, das Mahl im Grünen Salon serviert hatte, nahm Vitus den Magister beim Arm und ging mit ihm hinunter in den Schlossgarten. Der Tag war schön und lud zum Spazierengehen ein. Sie wandelten die verschlungenen Wege entlang, jeder in seine Gedanken vertieft, und als sie das Rondell mit der alten Ligusterhecke erreichten, sagte Vitus: »Siehst du die Bank dort? Auf der hat mein Großonkel Odo immer gern gesessen.«

Der Magister blinzelte. »Ich sehe sie. Und daran, dass er dort gern gesessen hat, erinnere ich mich gut.«

»Machen wir's ihm nach.«

Sie setzten sich.

Vitus brach einen Zweig aus dem Strauchwerk und begann damit zu spielen.

Eine Weile verging, während sie eine Heckenbraunelle beobachteten, die emsig hin und her flog. Wahrscheinlich, um ein Nest zu bauen.

Irgendwann brach der Magister das Schweigen. »Lass mich raten«, sagte er.

»Raten? Was willst du raten, Magister?«

»Deine Gedanken.«

»Da bin ich aber gespannt.« Vitus warf den Zweig fort.

»So wie du dem Vogel hinterherschaust, möchte ich wetten, dass es dich in deinen Reiseschuhen juckt.«

Vitus hob den Zweig wieder auf. Der Magister sollte sein überraschtes Gesicht nicht sehen. »Und wenn es so wäre?«

Der kleine Gelehrte grinste. »Ist es so?«

»Ja – du Unkraut.« Vitus wählte die Anrede mit Bedacht, denn sie stand stellvertretend für die tiefe Verbundenheit, die zwischen ihnen herrschte. Zwölf Jahre lag es mittlerweile zurück, dass die spanische Inquisition sie in das tiefste Verlies einer Kleinstadt namens Dosvaldes geworfen hatte, um sie danach gnadenlos zu foltern. Die Gründe waren nichtig, und die Not hatte sie zusammengeschweißt.

Bevor er zum peinlichen Verhör geführt wurde, hatte der kleine Gelehrte stets »Mach dir keine Sorgen, Unkraut vergeht nicht!« gerufen, weshalb Vitus ihn irgendwann halb tröstend, halb bewundernd mit »Du Unkraut« ansprach. Der Magister wiederum sagte dasselbe zu Vitus, denn auch dieser hatte grausam unter Daumenschrauben und Stachelstuhl gelitten. Seitdem waren sie unzertrennlich. Sie hatten zusammen Schiffskatastrophen, Raubüberfälle, Pestseuchen, Hungersnöte, Gewaltmärsche, Mordanschläge und manches mehr überlebt, und immer hatte der eine dem anderen zur Seite gestanden. Selbst Vitus' glückliche Ehe mit Nina hatte ihrer Freundschaft keinen Abbruch getan.

»Und wohin werden deine Reiseschuhe dich führen?« Der Magister blinzelte heftig, und das nicht nur, weil er kurzsichtig war.

»Du bist der Erste, dem ich es sage.«

»Das ehrt mich. *Honos reddatur dignis.*«

»Ich werde in wenigen Tagen nach Portsmouth reisen und an Bord der *Falcon* gehen, genauer gesagt, am vierzehnten Mai. Taggart und ich haben von höchster Stelle den Auftrag erhalten, in See zu stechen und das Herannahen der Armada frühzeitig auszuspähen. England ist in höchster Gefahr. Alle Kräfte müssen gebündelt werden, um den Feind abzuwehren. Je eher, desto besser. Denn eines ist klar: Er wird kommen. Vielleicht ist er sogar schon unterwegs.«

Der Magister nickte schwer.

»Ich weiß nicht, ob der Zwerg diesmal mitfahren wird, ich meine wegen Nella. Die letzten Jahre ist er nicht von ihrer Seite gewichen, weil er seine Vaterrolle sehr ernst nimmt.« Vitus machte eine Pause und lächelte. »Wir werden deshalb wohl auf seine Gesellschaft verzichten müssen.«

Der Magister schwieg.

»Es kommt natürlich alles ein bisschen plötzlich, aber Walsingham und Lordadmiral Howard haben die Sache äußerst dringlich gemacht. So dringlich, dass ich keine Wahl hatte, ich musste zustimmen. Taggart soll nicht mehr und nicht weniger, als dem Teufel ein Ohr absegeln, damit er so schnell wie möglich vor Spaniens Küste kommt, und ich soll mich derweil um seine Knie kümmern, damit er nicht wieder ausfällt. Die *Falcon* ohne Taggart ist wie ein Rennpferd ohne Beine. Ich bin sozusagen als sein Leibarzt mit an Bord. Das Wohl und Wehe von über drei Millionen Engländern hinge von dieser Mission ab, so drückte Howard sich aus. Klingt etwas dramatisch, das Ganze, aber ich fürchte, er hat recht.«

»Ja«, sagte der Magister.

»Du kennst ihn ja fast ebenso gut wie ich. Gemeinsam werden wir seine Kniegelenke schon im Lot halten, was?« Vitus stieß dem Magister aufmunternd in die Seite.

»Hm.«

»Hör mal, mein Alter, ist irgendetwas? Nina meinte vorhin, du wärst in letzter Zeit etwas, äh, angespannt?«

»Nein, nein.« Der Magister griff sich ans Nasengestell und rückte seine Berylle zurecht. »Es ist nur so, dass ich vorhin ebenfalls der Heckenbraunelle hinterhergeschaut habe.«

»Natürlich, ja und?«

»Tja ...«

»Was, tja ...?«

»Mich juckt es auch in meinen Reiseschuhen.«

Vitus brauchte einen Augenblick, um zu begreifen. Dann platzte er heraus: »Aber das ist ja großartig! Ich dachte schon, du hättest irgendetwas. Ich dachte schon, du kämst nicht mit.«

»Ich komme auch nicht mit.«

»Wie bitte? Jetzt verstehe ich gar nichts mehr.«

Der Magister machte eine hilflose Geste. »Ich bin zwar schon ein halber Engländer, aber im Grunde meines Herzens immer noch Spanier. Ich werde zurück nach La Coruña gehen. Dorthin, wo ich herkomme. Ich will versuchen, meinem Land in der kommenden Zeit zu dienen.«

Unwillkürlich rückte Vitus ein wenig ab. »Willst du damit sagen, die Sache Englands sei nicht gerecht? Willst du die Rolle Spaniens damit billigen? Spanien ist der Angreifer in diesem Fall!«

Der Magister zuckte hilflos mit den Schultern. »Glaub nicht, dass ich es mir leicht gemacht habe. Aber wie sagt ihr Engländer so richtig: *Right or wrong, my country.*«

Vitus konnte es noch immer nicht fassen. »Aber Philipp II. lädt seit Jahren Schuld auf sich. Er bekriegt die Niederlande, zerstört Städte, verwüstet Landstriche, unterbindet den Handel. Und das alles vor Englands Haustür. Damit nicht genug, will er jetzt auch uns unterjochen. Meine Landsleute! Meine Familie! Mich! Tausende, wenn nicht Zehntausende werden auf beiden Seiten sterben, nur weil dieser Verblendete uns allen den katholischen Glauben zurückbringen will.«

»Du warst doch auch einmal katholisch, damals, als Schüler im Zisterzienserkloster Campodios.«

»Und heute bin ich Engländer und anglikanischen Glaubens.«

»Damals fühltest du dich ganz als Spanier. Du hast auf Spanisch gebetet, auf Spanisch gesungen und auf Spanisch um die Vergebung deiner Sünden gefleht. Versetze dich doch in die Zeit zurück. Es war eine schöne Zeit, das hast du immer

wieder gesagt. Kannst du mich nicht ein wenig verstehen?«
»Philipp will ganz England seinen Willen aufzwingen, will es zu einer seiner Kolonien machen und unsere Königin absetzen, wahrscheinlich sogar ermorden lassen.«
»Nachdem diese Maria Stuart ermorden ließ.«
»Die wiederum mit Philipps Wissen in das Babington-Komplott verstrickt war, um Elizabeth zu beseitigen.«
Der Magister seufzte. »Auf dieser Welt sollte überhaupt niemand beseitigt werden, das fünfte Gebot gilt sowohl für Katholiken wie für Anglikaner. Elizabeth hätte Maria Stuart niemals enthaupten lassen dürfen. Das ist Königsmord, der schlimmste Mord, den die Jurisprudenz kennt.«
»Aber noch lange kein Grund für Philipp, England zu überfallen. Schlimm genug, dass er die Eingeborenen in Neu-Spanien abschlachten lässt. Übrigens auch unter dem Vorwand, sie zum katholischen Glauben bekehren zu wollen.«
Der Magister erhob sich. »Ich glaube nicht, dass Hawkins, Cabot, Frobisher und andere Engländer edler gehandelt haben, als sie nordamerikanische Indianer töteten. Töten ist immer unrecht. Die einzelnen Nationen haben einander da nichts vorzuwerfen. Was zählt, ist die Heimat, in der man aufgewachsen ist.«
Vitus' Blick wurde eisig. »Du willst England – und mir – also wirklich den Rücken kehren?«
»Ich muss es – altes Unkraut. Stell dir vor, du wärst in meiner Lage. Würdest du dich nicht auch für deine Wurzeln entscheiden? Im Übrigen ist es keinesfalls so, dass von zwei Kontrahenten immer nur einer das Recht auf seiner Seite

hat. Einen Ausschließlichkeitsanspruch darauf hat niemand, niemand außer dem Allmächtigen über uns. Lassen wir ihn entscheiden. Er wird wissen, was zu tun ist, und der richtigen Partei den Sieg schenken.«

»Das heißt, alles, was wir gemeinsam durchlebt und durchlitten haben, zählt auf einmal nichts?

»Doch, natürlich. Das ist es ja gerade, was es mir so schwermacht. Aber … aber ich kann nicht anders.«

»Ist das dein letztes Wort?«

»Ja.« Der Magister streckte langsam die Rechte aus, doch Vitus versagte ihm den Handschlag.

»Nun gut. Leb wohl, mein Freund. Ich habe befürchtet, dass es so kommen würde.«

Mit hängenden Schultern kehrte der kleine Mann ins Schloss zurück.

In der darauffolgenden Nacht lag Vitus schlaflos neben Nina im Bett, denn das Gespräch mit dem Magister ging ihm nicht aus dem Kopf. Es belastete ihn. Der kleine Gelehrte hatte einige Dinge gesagt, die nicht von der Hand zu weisen waren.

Und dennoch: Was blieb, war die Tatsache, dass er fortwollte, um einen unrechtmäßigen Überfall auf England zu unterstützen – und dabei seinen besten Freund im Stich ließ.

Was war nur in ihn gefahren?

Vitus wälzte sich herum. Er brauchte jemanden, mit dem er darüber reden konnte, aber Nina schlief tief und fest.

»Was ist denn, Liebster?«
»Oh, ich dachte, du schläfst.«
»Du verströmst eine derartige Unruhe, wie soll ich da schlafen?«
»Tut mir leid.«
Nina strich sich eine Haarsträhne aus dem Gesicht. »Wenn ich schon wach bin, kannst du mir auch sagen, was mit dir los ist.«
»Ich habe mich mit dem Magister gestritten.«
»Du hast was …?«
»Ja, ich hatte Streit mit ihm.«
»Aber ihr wart doch immer ein Herz und eine Seele?«
»Jetzt sind wir es nicht mehr.« Vitus erzählte, was zwischen ihnen vorgefallen war, wobei er sich darauf beschränkte, die Treulosigkeit des Magisters heftig zu beklagen.
Nina starrte währenddessen hinauf zum Stoffdach des Pfostenbetts und sagte nichts.
»Hast du mir eigentlich zugehört?«
»Ja, Liebster, und ich habe mir meine Gedanken gemacht. Ich kann dich und deine Enttäuschung verstehen. Aber ich kann auch den Magister verstehen. Wir Spanier sind ein stolzes Volk und vergessen unsere Herkunft niemals.«
»Fängst du jetzt auch noch an?« Vitus hatte das Gefühl, ihm würde ein Dolch in den Rücken gestoßen.
»Nein, beruhige dich. Ich finde nur, dass es Situationen im Leben gibt, die nicht einfach mit einem Dafür oder Dagegen gelöst werden können. In jedem Fall solltest du die Tür nicht hinter ihm zuschlagen. Eure Freundschaft darf nicht zerbrechen.«

»So, meinst du.« Vitus klang bitter. »Das heißt, wir trennen uns in aller Freundschaft, und wenn wir uns demnächst auf dem Schlachtfeld wiedersehen, schlagen wir uns in aller Freundschaft die Köpfe ein?«
»Auf dem Schlachtfeld? Was heißt das?«
»Ach, nichts. Komm in meinen Arm, so wie früher. Und dann schlafen wir. Morgen sieht alles besser aus.« Vitus wollte Nina an sich ziehen, doch sie sträubte sich. »Du hast eben gesagt, ihr würdet euch auf dem Schlachtfeld die Köpfe einschlagen. Was hat das zu bedeuten?«
Er lachte verlegen. »Nun, irgendwann muss ich es dir ja sagen: Es heißt, dass auch ich fortgehen werde. Ich werde dem Feind entgegensegeln.« Dann erzählte er ihr von dem Auftrag, den Taggart und er zu erfüllen hatten.
»Nein«, sagte Nina.
»Was meinst du mit ›nein‹?«
Sie blickte ihn direkt an. Die bernsteinfarbenen Sprenkel in ihren Augen sprühten. »Ich will nicht, dass du fortgehst!«
»Es muss sein.«
»Gar nichts muss sein! Bitte bleib hier!«
»Aber Nina …«
»Du bist zweiunddreißig Jahre alt, du hast Familie, eine Frau und drei prächtige Kinder, du hast ein Schloss, einen Gutshof, Dörfer, Äcker, Wiesen, Weiden, du hast Freunde, Bekannte, Bedienstete, du hast Verantwortung, hast Verpflichtungen. Lass andere in den Krieg ziehen, Jüngere, dein Maß an Abenteuern ist lange voll.«
Vitus schlug die Augen nieder. Selten hatte er Nina so aufgeregt erlebt. »Es geht nicht.«

»Natürlich geht es. Du musst nur zwischen Wesentlichem und Unwesentlichem unterscheiden. Du willst doch nicht behaupten, dass der Krieg wichtiger ist als die Kinder und ich?«

»Nein, nein.«

»Oder liebst du mich etwa nicht mehr?«

»Doch, doch, mehr als ich je auszudrücken vermag.« Er zog sie an sich, und diesmal ließ sie es geschehen.

»Dann bleib hier. Kümmere dich um uns – und um sonst gar nichts.«

Vitus umschlang sie noch enger. »Nur dieses eine Mal muss ich noch fort.«

»Nein.«

Er spürte, wie sie sich steif machte. »Bitte, Liebste. Es geht nicht anders. Versteh doch. Ich bin ... im Wort.«

»Dann geh doch!« Sie stieß ihn von sich, schluchzte auf, trommelte mit den Fäusten auf seine Brust. »Mach, dass du fortkommst, spiele deinen verdammten Krieg, töte und werde selbst getötet, oh, oh, oh ...« Sie hatte sich abgewandt und zuckte am ganzen Körper.

»Liebste, ich ...«

»Du wirst nicht wiederkommen, ich weiß es genau, ich werde dich nie wiedersehen, die Kinder und ich werden dich nie wiedersehen, oh ...«

In ihr Schluchzen hinein erklang das Plärren der kleinen Jean.

»Da siehst du, was du angerichtet hast!«

»Es tut mir leid.« Niemals zuvor war er sich so hilflos vorgekommen.

»Verlasse mein Schlafgemach.«

»Es ist auch mein Schlafgemach. Bitte lass uns noch einmal darüber reden.«

»Nein.«

»Bitte, Liebste. Wir hatten uns einmal vorgenommen, niemals im Streit einzuschlafen.«

»Nein.«

»Wie du willst.« Er nahm sein Bettzeug und ging in den angrenzenden Raum.

Am anderen Morgen fand das Morgenmahl in eisiger Atmosphäre statt. Den Kindern zuliebe versuchten Vitus und Nina, sich nichts anmerken zu lassen, aber natürlich gelang ihnen das nicht, und Odo und Carlos fragten ein ums andere Mal, was denn los sei. Auch der hochnäsige Hartford rätselte insgeheim, was seine Herrschaft bewegte, denn niemals zuvor hatte er sie so erlebt. Schließlich räusperte er sich und sagte: »Es ist neun Uhr, Mylord, der Herr Magister bat mich, Euch zu diesem Zeitpunkt etwas zu überreichen.«

Erst jetzt fiel Vitus auf, dass der kleine Gelehrte am Tisch fehlte. »Was ist es denn, Hartford?«

»Vermutlich eine Nachricht, Mylord.« Mit spitzen Fingern überreichte der Diener das Papier.

Vitus erbrach das Siegel und las:

Ich habe nur das mitgenommen, was ich auf dem Leibe trage. Catfield hat von mir den Gegenwert für ein gutes Pferd und einen Sattel erhalten. Der Allmächtige möge

über uns wachen und uns eines Tages wieder zusammenführen.
Verzeih mir.
Ramiro

»Was schreibt er denn?«, fragte Nina in die Stille hinein.
Vitus übergab das kleine Papier.
»Ja, was schreibt er denn?«, krähte Odo, der selbst schon ein paar Buchstaben niederkritzeln konnte.
»Der Magister wird für einige Zeit fort sein«, sagte Nina.
»Wann kommt er denn wieder?«, fragte Carlos mit vollem Mund.
»Das wissen wir nicht genau.«
»Er soll wiederkommen!«
»Ja, er soll wiederkommen!«, krähte Carlos. »Er ist so lustig und nett! Wann kommt er denn wieder?«
»Das weiß nur Gott allein«, sagte Nina.

Zwei Stunden später stand Vitus in der alten Schlosskapelle vor der Familiengruft. Viele seiner Ahnen schliefen an dieser Stelle den ewigen Schlaf, und auch Arlette, seine erste große Liebe, war hier bestattet. Sie war eine Cousine sechsten Grades gewesen und hatte sein Kind unter dem Herzen getragen. Doch dem Allmächtigen hatte es nicht gefallen, sie mit Vitus glücklich werden zu lassen. Er hatte die Pestilenz geschickt und Europa einmal mehr mit dem Schwarzen Tod geschlagen. Auch Arlette und ihr Kind waren Opfer der Seuche geworden, und Vitus, der sich wie durch ein

Wunder nicht angesteckt hatte, war untröstlich gewesen. Ebenso wie Doktor Burns, der alte Dorfarzt, dessen Wissen die Katastrophe ebenfalls nicht verhindern konnte, wie Reverend Pound, der schwergewichtige Pfarrer, dessen Gebete anscheinend ungehört verhallten, und wie der Zwerg, dessen »lenzige Schallerei«, die er mit Flöten und Schalmeien produzierte, sich als wirkungslos erwies.

Niemand, nicht einmal der Magister, hatte Vitus aufzumuntern vermocht, bis der kleine Gelehrte schließlich einen letzten Versuch unternommen und OMNIA VINCIT AMOR in Arlettes Grabplatte geschlagen hatte.

»Die Liebe besiegt alles«, hatte er gesagt. »Sie besiegt Haß, Neid und Missgunst, sie überwindet Gewalt und Krieg, sie läßt Tränen trocknen und Trauer vergessen. Damit nicht genug, spendet sie Harmonie und neue Hoffnung – überall auf der Welt.«

Ein schöner Satz, der noch immer dastand – und noch immer seine Gültigkeit hatte. Wenn man von dem menschlichen Versagen des Magisters einmal absah.

Vitus murmelte: »Schlafe weiter in Frieden, Arlette, du hast mir über den Tod hinaus immer wieder geholfen, indem ich hier Zwiesprache mit dir halten durfte. Wie hättest du an meiner Stelle gehandelt? Hättest du mehr Verständnis als Nina für mich aufgebracht? Ist es richtig, was ich tun will?«

Lange wartete er auf eine Antwort. Doch diesmal kam sie nicht.

Da schlug er das Kreuz und verließ die Kapelle.

Eine weitere Stunde später befand Vitus sich in den Stallungen, wo er nach Telemach schaute, dem Sohn eines fünfundzwanzigjährigen Rappen namens Odysseus, der noch vom alten Lord geritten worden war. Vitus hatte beschlossen, auf Telemach nach Portsmouth zu reiten. Nicht erst in einigen Tagen, sondern bereits heute. Die Kälte, mit der Nina ihm seit der letzten Nacht begegnete, hatte ihn zutiefst verletzt. Er wollte fort, wollte auf andere Gedanken kommen, in der Hoffnung, bei seiner Rückkehr würde alles vergessen sein.
Keith, der junge Stallmeister, strich über den Hals des Hengstes, was dieser mit einem Spiel seiner Ohren beantwortete. »Wenn Ihr ihm nicht allzu sehr die Sporen gebt, wird er Euch sicher tragen, Mylord.«
»Danke, Keith, das glaube ich auch.«
»Wenn Ihr erlaubt, werde ich Euch nach Portsmouth begleiten. Ich habe schon mit Marth gesprochen, und sie meint, es sei besser, in diesen Zeiten eine Begleitung zu haben, auch wenn ihr der Ehemann ziemlich fehlen würde.« Keith grinste stolz. »Ich schlage vor, zwei Packpferde mitzunehmen. Ihr habt sicher viel zu transportieren, Mylord.«
»Nein, das habe ich nicht«, sagte Vitus und dachte, dass er nur das mitnehmen würde, was er auf Reisen immer mitnahm: seine alte Kiepe mit ein paar Kleidern und seinem chirurgischen Besteck, dazu ein Dutzend Kräutersäckchen mit den wirksamsten Heilpflanzen gegen die häufigsten Zipperlein. Ferner einen wehrhaften Wanderstock und ein ganz bestimmtes Paar Schuhe, nämlich gelbe Pantoffeln aus Fez, an denen viele Erinnerungen hingen und in denen es sich angenehm und leicht marschieren ließ.

Besonders die Kiepe als bewährtes Behältnis seiner Habe sah keineswegs eines Earls würdig aus. Sie war verwittert und in sich verzogen, doch hatte sie ihn um die halbe Welt begleitet und ihm stets Glück gebracht. Außerdem wies sie einen doppelten Boden auf, in dem er sein kostbarstes Buch verwahrte. Es hieß *De morbis hominorum et gradibus ad sanationem*, kurz *De morbis* genannt, war eintausendzweihundert Seiten stark und mit dem Wissen und den Anleitungen der alten Meisterärzte gespickt.

»Wie Ihr meint, Mylord.«

»Holdrio un fitzen Dampffetz!«

Vitus fuhr herum und erblickte den Zwerg. »Enano? Was willst denn du?«

»Wiewo, was willst denn du?«, äffte der Winzling ihn nach. »Will nich grieslerisch auf'm Kastell zurückbleiben. Will dich akkompanieren alleweil!«

»Wirklich?« Offenbar hatte sich doch nicht alle Welt gegen ihn verschworen. »Und deine Tochter?«

»'s Nella-Kind? 's geht unter die Fittiche der Örlin, 's hattse mir jedenfalls geparlt. Könnt dich ja sonst nich akkompanieren, nich?«

Über Vitus' Lippen huschte ein Lächeln. Wenn Nina dafür sorgte, dass der Zwerg ihn begleiten konnte, dann war sie ihm vielleicht doch nicht so böse, wie er befürchtete? Nun, er würde es gleich sehen. Er musste sich ohnehin noch von ihr verabschieden.

Er ließ Keith und den Zwerg stehen und ging ins Schloss, wo er seine wenigen Habseligkeiten zusammensuchte. Er brauchte nicht lange fürs Packen, schulterte die Kiepe und nahm den wehrhaften Wanderstock in die Hand. Dann ging er in den Kleinen Salon, wo er auf Nina und Jean traf. »Liebste, ich habe mir etwas überlegt«, begann er, doch Nina schien ihn kaum zu hören. Sie beschäftigte sich angelegentlich mit ihrem Töchterchen, zog ihr ein Mützchen über den Kopf und drückte ihr eine Rassel in die winzigen Hände.

»Liebste, ich habe mich entschieden, schon heute zu reisen. Je früher ich fort bin, desto schneller bin ich wieder daheim – bei dir und den Kindern.« Die Begründung stimmte zwar nicht ganz, doch sie klang versöhnlich. »Wo sind übrigens Odo und Carlos?«

Nina blickte auf. Vitus sah, dass sie geweint hatte. »Catfield hat beide mit auf eine Kutschfahrt genommen. Er wollte zu den westlichen Dörfern, um dort den Stand der Aussaat zu kontrollieren.«

»Schade, ich hätte sie gern noch einmal gesehen. Vielen Dank übrigens, dass du dich um Nella kümmern willst.«

»Es wurde ohnehin Zeit. Sie soll nicht länger unten in der Küche essen. Ihr Verhältnis zu der unleidlichen Mrs. Melrose ist viel zu schlecht. Am liebsten würde ich die Köchin aufs Altenteil schicken, aber ich habe keinen Ersatz. Nella wird künftig mit Odo und Carlos zusammen sein, wie es sich von Anfang an gehört hätte. Nur die seltsame Verbindung zwischen der Köchin und dem Zwerg war der Grund für den bisherigen Missstand. Vielleicht kann Nella auch ab und zu auf Jean aufpassen.«

»Das wird sie sicher gern tun. Und der Zwerg weiß sie in guten Händen, während er mich begleitet.«

»Der Zwerg reist mit, weil ich sonst keine ruhige Minute hätte. Er ist ein Überlebenskünstler und mogelt sich über-

all durch.« Für einen Augenblick klang Ninas Stimme fast wieder normal. »Ich will, dass ihr zusammenbleibt und dass er auf dich aufpasst.«
»Das hast du lieb gesagt. Und ich will, dass Catfield auf dich aufpasst. Ich habe ihm einen Brief hinterlassen, in dem ich ihm mein volles Vertrauen für die Zeit meiner Abwesenheit ausspreche und ihn bitte, ein wachsames Auge auf seine Herrin und ihre Kinder zu haben.«
»Catfield ist ein hochanständiger Mann. Er würde seine Frau nie verlassen. Uns passiert schon nichts.«
»Tja, dann ...«
»Nun reite schon. Lass uns allein. Du bist ja durch nichts aufzuhalten, willst dich nicht einmal von deinen Söhnen verabschieden.«
»Es tut mir wirklich weh, es nicht mehr zu können.« Vitus trat an die Wiege heran und küsste und streichelte sein Töchterchen. »Bleib schön gesund, kleine Jean, der Papa ist bald wieder da.« Jean schien die Nachricht zu begrüßen, denn sie schlug mit der Rassel durch die Luft und quiekte vor Freude. »Bitte, Liebste, nimm dir ein Beispiel an unserer Kleinen, versuche doch auch, den Abschied nicht so tragisch zu nehmen.«
»Falls du in Portsmouth auf den Magister treffen solltest, könntest du dich mit ihm wieder vertragen, das wäre wenigstens etwas.«
»Der Magister ist für mich gestorben. Alles, was uns jahrelang verband, zählte für ihn plötzlich nicht mehr. Niemals wurde ich von einem Menschen so enttäuscht.«
»Du bist zu hart.«
»Das sagst du nur, weil du auch aus Spanien kommst.«

»Das sage ich als Frau – als deine Frau.«
»Komm, meine Frau, lächle doch nur ein einziges Mal, bevor ich dir Lebewohl sage.« Vitus trat auf Nina zu und nahm ihr Gesicht in seine Hände.
Doch da war kein Lächeln, nur zwei Tränen, die ihr aus den Augen rannen.
»Weine nicht, es gibt bestimmt ein Wiedersehen, viel früher, als du denkst.« Er wollte sie auf den Mund küssen, aber er traf nur ihre Wange.
Nina hatte den Kopf zur Seite gedreht.

Die Maate McQuarrie und Dorsey

»Über die Befestigung der Galionsfigur müssten wir sprechen, Sir.« – »Er meint, über das Huhn am Bug, Sir.« – »Hoho, wieder einer seiner Witze, Sir, wenn er ›Huhn‹ sagt, meint er natürlich die Galionsfigur.« – »Aye, Sir, im Moment sieht sie aus, als würde sie nach unten schielen und die Gischt von den Wellen picken.«

Am Samstag, dem 11. Mai, drei Tage früher als beabsichtigt, traf Vitus mit seiner Begleitung in Portsmouth ein. Es war ein frischer Seetag, die englische Kanalflotte dümpelte unruhig an ihren Liegeplätzen, Masten schwangen im Wind, Takelagen sangen, Trossen rieben sich knarrend an Duckdalben und Pollern.

Im Gegensatz zu dieser verhaltenen Kraft herrschte auf den Kaianlagen geschäftiges Treiben: Transport- und Proviantwagen fuhren hin und her, Kisten, Säcke und Ballen wurden verladen, Wasserfässer übernommen, Tauwerk, Munition, Ersatzsegel an Bord gehievt. Seesoldaten exerzierten auf den Piers, Presskommandos marschierten vorbei, Garküchen boten Essbares feil – und über alledem wurde lautstark gerufen, gepfiffen und kommandiert. Kein Zweifel: Hier machte sich ein großer Schiffsverband kampfbereit.

Vitus atmete tief ein. Das war die Luft, die er liebte: frisch und salzig und mit einem Beigeschmack nach Teer. Er ließ seinen Blick schweifen, aber die *Falcon* war nirgendwo zu entdecken. »Siehst du unser Schiff, Enano?«

»Wiewo? No, no! 's Wasserhaus is futsch.« Der Zwerg plierte ebenfalls in die Runde und deckte dabei mit der Handfläche seine »Spählinge« gegen das grelle Licht ab, aber auch das half nichts.

Keith, der von den dreien die jüngsten Augen besaß, rief plötzlich: »Dahinten, Mylord! Dahinten liegt noch ein Segler. Aber ich weiß nicht, ob es die *Falcon* ist. Hab sie mir immer ganz anders vorgestellt.«

Vitus blickte in die angegebene Richtung und schluckte mehrmals. »Und ich habe sie ganz anders in Erinnerung.«

In der Tat schien die *Falcon* – denn sie war es wirklich – nur noch ein Schatten ihrer selbst zu sein. Nahezu gänzlich abgetakelt, stießen ihre Masten einsam wie verkohlte Baumstämme in die Luft, ihr Rumpf schien nur aus abgeblätterter Farbe zu bestehen, und der Falke, der ihr als Galionsfigur am Bug voranflog, hing schief – insgesamt bot sie ein mehr als peinliches Bild für jeden Kapitän, der etwas auf sich hielt.

»Ich wette, Captain Taggart ist noch nicht an Bord«, murmelte Vitus. »Wenn es so wäre, würde man ihn über den gesamten Spithead hinweg brüllen hören. Was ist da nur los?«

Als sie den Liegeplatz erreichten, saß Vitus ab. Ein Weiterreiten bis zu der Laufbrücke, die aufs Schiff führte, war unmöglich, denn die Rahen der *Falcon*, allesamt auf starken Böcken liegend, versperrten ihnen den Weg. Offenbar hatte sie jemand zur Überholung an Land bringen lassen. Gleiches galt für die mehr als zwanzig Culverines, die in Reih und Glied auf ihren Lafetten ruhten. Ganz offensichtlich war hier etwas angefangen, aber nicht zu Ende geführt worden.

Vitus hielt vergeblich nach Besatzungsmitgliedern Ausschau, doch außer einer schlafenden Gestalt auf dem Vorschiff war niemand zu entdecken. »Da stimmt doch etwas nicht«, rief er.

»Wui, wui«, fistelte der Zwerg. »Da is was faul, ich spür's im Hintergeschirr.«

»Jawohl, so scheint's!« Keith packte seinen im Gürtel steckenden Dolch. »Soll ich Euch an Bord begleiten, Mylord?«

»Nein, Keith. Der Zwerg und ich kommen schon allein zurecht. Reite du nur nach Hause. Marth wird dich bestimmt schon vermissen.«

»Das hoffe ich doch, Mylord.« Keith grinste bis über beide abstehenden Ohren. Der Gedanke, seine Frau bald wiederzusehen, stimmte ihn froh.

»Und achte mir gut auf Telemach.« Vitus tätschelte den Hengst. »Ich habe ihm versprochen, mit ihm auszureiten, sobald ich zurück bin.«

»Ich werde mich um ihn kümmern, Mylord, mein Wort darauf.«

»Dann Gott befohlen.« Vitus gab Telemach einen Klaps. »Ach, da ist noch etwas. Grüße bitte Lady Nina von mir, und sage ihr nichts von dem, äh, Zustand der *Falcon.* Sage ihr, alles wäre in schönster Ordnung und ich wäre schon wieder so gut wie zu Hause.«

»Wie Ihr wünscht, Mylord. Angenehme Reise und heile

Rückkehr.« Keith verbeugte sich und strebte dann mit den Pferden zum Hafenausgang.

Telemach wieherte ein letztes Mal.

Vitus schulterte seine Kiepe und rückte sie zurecht. Dann packte er den kräftigen Wanderstock, der ihn schon durch so viele Länder begleitet hatte, und schritt die Laufbrücke zur Deckspforte hoch. Oben angekommen, bestätigte sich der äußere Eindruck. Auf dem Hauptdeck herrschten Schmutz, Dreck und Verwahrlosung. Alles, was das Auge erblickte, war kaputt oder lag wie Kraut und Rüben herum. Vitus dachte an Taggart und war froh, dass dieser das Elend nicht sah.

Er stolperte nach achtern, stieg einen Niedergang empor und suchte sich einen Weg zu den Kabinen und Kammern. Vielleicht würde er dort jemanden auftreiben, der ihm Rede und Antwort stehen konnte. Lautes Schnarchen drang aus einem der Räume. Er blickte hinein. Ein Betrunkener lag auf dem Boden inmitten von Erbrochenem.

Der Zwerg, der Vitus nicht von der Seite gewichen war, fistelte: »Is beschickert, der Bock.«

Vitus beugte sich herab und untersuchte den Mann kurz. »Beschickert ist gar kein Ausdruck. Der Kerl ist sternhagelvoll. Zum Glück ist er nicht beim Vomitieren erstickt. Ansonsten scheint er nur Schlaf zu brauchen, um wieder auf die Beine zu kommen.«

»Wui, wui.«

Sie gingen weiter. Nach und nach wurden immer mehr Schnapsleichen sichtbar. Vitus unterdrückte einen Fluch. »Nichts als Chaos, Unrat und Alkohol! Mein Gott, wer hat es so weit kommen lassen? Irgendjemand muss doch dafür verantwortlich sein.«

»Wiewo, der Taggart isses gewisslich nich.«
»Natürlich nicht. Der Captain ist vor fast einem Jahr von Bord gegangen. Aber warte mal, du bringst mich auf einen Gedanken. Komm mit.« Vitus ging zur Kajüte des Kommandanten, wobei er über weitere Betrunkene steigen musste. Er stieß die Tür auf und erblickte die vertraute Umgebung. Nichts schien sich verändert zu haben – bis auf den Mann, der schlafend auf einem Stuhl saß, die Beine auf dem Kartentisch ausgestreckt. Im ersten Moment dachte Vitus, es sei Taggart, aber natürlich war er es nicht. Der Mann war deutlich jünger. Er wirkte nicht ganz so zerlumpt wie die anderen Schnapsleichen, trug sogar die Uniformjacke eines Offiziers, stank aber genauso nach Fusel. Er hatte ein aufgedunsenes, nichtssagendes Gesicht und einen dünnen Bart.
Vitus rüttelte ihn an der Schulter. Er musste es mehrmals tun, bis der Kerl halbwegs erwachte. »Darf ich fragen, was Ihr in der Kajüte des Captains zu suchen habt?«
»Wer will das wissen?«
Vitus streckte sich. »Ich bin Vitus von Collincourt, Earl of Worthing. Und wer seid Ihr?«
»Der Kaiser von Cathai.« Ein hämischen Grinsen überzog das Gesicht des Unbekannten.
Vitus beherrschte sich. Sicher, sein Aufzug mit der alten Kiepe und dem Wanderstock wies ihn nicht gerade als Graf aus, und auch der Zwerg machte alles andere als einen adeligen Eindruck, aber das war noch lange kein Grund, ihm Unverschämtheiten an den Kopf zu werfen. »Ich nannte mich früher Vitus von Campodios, wenn Euch das mehr sagt. Ich werde von heute an auf der *Falcon* als Schiffsarzt

und Cirurgicus dienen. Und nun heraus mit der Sprache, wer seid Ihr?«

»Ich bin Samuel Pigett, wenn's beliebt.« Pigett bequemte sich, eines seiner Beine vom Kartentisch zu nehmen. »Zweiter Offizier der *Falcon.*«

»Seid Ihr der ranghöchste Offizier an Bord?«

»Erraten, Mister.«

Vitus schoss die Zornesröte ins Gesicht. »Hört gut zu, Pigett: Ihr habt mich eben zum ersten und letzten Mal ›Mister‹ genannt. Ihr werdet mich künftig mit ›Sir‹ anreden, wie es auf den Schiffen Ihrer Majestät üblich ist und wie es der nötige Respekt gebietet.«

»Mal langsam.« Pigett nahm das zweite Bein vom Kartentisch. Allmählich schien ihm zu dämmern, dass der andere keine Scherze mit ihm trieb.

»Wenn Ihr der ranghöchste Offizier an Bord seid, habt Ihr den Saustall hier zu verantworten. Ihr habt ein prächtiges Schiff bis zur Unkenntlichkeit verkommen lassen! Ich kann nur sagen: Gnade Euch Gott, wenn Captain Taggart eintrifft.«

Pigett sperrte den Mund auf. »Heißt das, er kommt …?«

»Genau das heißt es. Bis dahin rate ich Euch, alle nur erdenklichen Anstrengungen zu unternehmen, um die *Falcon* wieder auf Vordermann zu bringen. Tretet Euren versoffenen Männern in den Hintern, stellt einen Plan auf, was zuerst und am dringlichsten gemacht werden muss, sorgt dafür, dass aufgetakelt wird, lasst die Culverines wieder an Bord bringen.«

»Heißt das, wir segeln …?«

»Ihr habt es abermals erraten. Wir segeln so bald wie mög-

lich gegen den Feind. Und nun: Tut, was ich Euch gesagt habe, oder ich werde Euch tanzen lehren!« Vitus schwang drohend seinen Stock.
»Aye, aye, äh, Sir.« Pigett war aufgesprungen. »Mich trifft keine Sch...«
»Eure Erklärungen, wie es zu dieser Schweinerei gekommen ist, könnt Ihr Euch für den Captain aufsparen. Der wird sich freuen, Euren Rapport zu hören.«
»Wui, wui, Schütterbart, der Kaptein wird Reißtag mit dir halten, stanzen wird er dich, zwicken, beuteln, zerren ...« Pigett schwieg und schluckte.
»Noch etwas, Pigett: Dies ist die Kapitänskajüte, Ihr habt hier nichts verloren. Schert Euch raus.« Vitus machte eine weitere drohende Geste mit dem Wanderstock, was aber kaum mehr nötig war, denn der Zweite Offizier verließ freiwillig und fluchtartig den Raum.
Vitus atmete hörbar aus. »Das wäre geschafft. Der schmierige Kerl ist fort. Hoffentlich tut er, was ich ihm gesagt habe.«
»Wui, wui.«
»Du könntest mir einen Gefallen erweisen, Zwerg, geh zur Feuerstelle am Bug, vielleicht gibt es an Bord noch einen Koch. Eine heiße Brühe wird den herumliegenden Kreaturen auf die Beine helfen. Ich gehe derweil zur Kammer von Doktor Hall.«
Sie trennten sich. Während der Zwerg nach vorn hüpfte, suchte Vitus die Kammer des alten Schiffsarztes auf. Er erwartete nicht, ihn anzutreffen, denn Hall musste mittlerweile vierundsiebzig oder fünfundsiebzig Jahre zählen. Vielleicht war er auch schon tot.

Der Raum jedoch sah aus, als hätte Hall ihn gerade erst verlassen. Noch immer war er klein, noch immer ließ das Fenster wenig Tageslicht herein, und noch immer hing da der Schrank mit den chirurgischen Instrumenten. Vitus nahm die Kiepe von den Schultern, stellte sie ab, und blickte auf die drei Kojen, die ihn in Form eines offenen U umgaben. In der Fensterkoje hatte Hall gelegen, in den beiden anderen er und der Magister. Wie lange war das her? Zwölf Jahre? Nicht zu glauben, wie die Zeit verging. Vitus fragte sich, wo der kleine Gelehrte gerade sein mochte, schob den Gedanken aber ärgerlich beiseite. Der Magister war für ihn gestorben.

Er setzte sich auf die Koje, die einmal seine gewesen war, und begann die Kiepe auszupacken. Tausend Gedanken schwirrten ihm dabei durch den Kopf. Wie sollten Taggart und er mit einem so heruntergekommenen Schiff jemals Spanien erreichen? Es war unmöglich. Und selbst wenn es möglich war, die *Falcon* wieder segelfähig zu machen, würde das Wochen, wenn nicht gar Monate in Anspruch nehmen. Bis dahin wäre die Armada längst vor Englands Küsten. Unangemeldet und todbringend.

Als seine Sachen verstaut waren, warf Vitus einen Blick in den Instrumentenschrank. Die Werkzeuge, die darin hingen, waren sämtlich alt und angerostet. Man sah ihnen an, dass sie jahrelang nicht benutzt worden waren. Bevor die Skalpelle, Lanzetten, Spatel, Knochensägen, Spreizer und Pinzetten eingesetzt werden konnten – was hoffentlich nie der Fall sein würde –, mussten sie gründlich gereinigt und hergerichtet werden. Da er im Augenblick nichts anderes zu tun hatte, beschloss er, gleich damit anzufangen. Er scheuerte und schärfte die Stahlklingen der Skalpelle, wechselte die Blätter in den bügelförmigen Knochensägen aus, richtete verbogene Pinzetten, tat dies und tat das und merkte, wie er über alledem ruhiger wurde. Er breitete die Instrumente halbkreisförmig vor sich aus und spürte die Freude, die eine gut gelungene Arbeit vermittelt. Dann merkte er, wie seine Augenlider schwer wurden, aber er wollte jetzt nicht schlafen.

Eine der Pinzetten richtete sich auf, begann sich auf ihren Enden zu drehen, hüpfte mit einem zarten »Pling« auf den Schenkel eines Spreizers, der sie mit einem Pfeifton empfing und zu dehnen versuchte, was jedoch nicht gelang, weil ein Spatel dazwischenging. Der Spatel vibrierte dabei so stark, dass es wie ein Trommelwirbel klang. Seltsam, alle Instrumente schienen sich auf einmal zu bewegen, ein Eigenleben zu entwickeln, Töne zu produzieren. Was war das? Waren aus chirurgischen Instrumenten Musikinstrumente geworden? Unsinn, so etwas gab es nicht.

Vitus wachte auf. Er war für ein paar Minuten eingenickt. Die stählernen Werkzeuge lagen nach wie vor im Halbkreis da, nur brachten sie keine Töne hervor. Er stand auf und blickte aus dem Fenster. Richtig, in zweihundert Yards Entfernung marschierte ein Musikzug vorbei. Daher also sein wirrer Traum. Der Schlaf hatte ihm einen Streich gespielt. Es würde gut sein, den Kopf in eine Schüssel mit kaltem Wasser zu stecken. Das würde ihn wieder wach machen.

Was war eigentlich aus den Schnapsleichen geworden? Auch ihnen würde eine kalte Dusche guttun. Doch wenn er es recht bedachte, war das wohl nicht mehr nötig. Pigett

hatte ihnen sicher Beine gemacht. Er lauschte. Außer den verklingenden Tönen des Musikzugs war nichts zu hören. Das war ungewöhnlich, denn wo gearbeitet wurde, entstanden Geräusche.
Vitus beschloss, der Sache auf den Grund zu gehen, öffnete die Tür der Kammer, stieg über das Süll – und stolperte als Erstes über einen der Trunkenbolde. Der Mann hatte vorhin schon dagelegen, was nichts anderes hieß, als dass Pigett ihn nicht geweckt hatte.
Was war mit den anderen Schnapsleichen? Vitus schaute herum und stellte fest, dass sie alle noch ihren Rausch ausschliefen. Pigett, dieser Abklatsch eines Offiziers! War er nicht einmal in der Lage gewesen, seine Männer aufzuwecken und an die Arbeit zu schicken?
Mit einer gehörigen Wut im Bauch machte Vitus sich auf die Suche nach dem Zweiten Offizier, doch außer den wie Blei am Boden liegenden Zechbrüdern und dem Zwerg, der ohne Koch eine Brühe zu brauen versuchte, war niemand an Bord. Das konnte nur eines bedeuten: Pigett hatte sich davongestohlen.
Vitus knirschte vor Ärger mit den Zähnen. Pigett, dieser Feigling! Hatte sich davongemacht, um für das Tohuwabohu, das er angerichtet hatte, nicht zur Verantwortung gezogen zu werden. Aber es half nichts, der Kerl war fort, und es musste auch ohne ihn weitergehen.
Was war zu tun? Als Erstes musste er die Männer wieder zum Leben erwecken. Aber wie? Sein Blick fiel auf die Deckspumpe. Er ging hinüber, betätigte probehalber den Schwengel, und – o Wunder! – sie funktionierte. Ein kräftiger Strahl Seewasser prasselte auf die Planken. Vitus ging

zu dem nächsten der Trunkenbolde, packte ihn am Kragen und schleifte ihn unter die Pumpe. Nach mehreren Wassergüssen wachte der Mann endlich auf. Er prustete und schüttelte sich wie ein junger Hund.
»Name, Dienstgrad?«, herrschte Vitus ihn an.
»Leck mich«, sagte der Kerl und wollte sich wieder hinlegen, aber Vitus war schneller. Er nahm einen der herumliegenden Tampen und zog ihn dem Trunkenbold übers Gesicht. Normalerweise war es nicht seine Art, Untergebene zu schlagen, aber hier musste von Anfang an ein Exempel statuiert werden.
Der Mann schrie auf, rappelte sich hoch und stand schwankend vor Vitus.
»Name, Dienstgrad?«
»Hutch, Sir. Matrose, Sir.«
»Wie ich sehe, trägst du am Hemd die silberne Spange der *Falcons.*« Vitus trat auf Hutch zu und riss ihm das Abzeichen herunter. »Du bist nicht mehr würdig, diese Spange zu tragen.«
»A… aber Sir!«
»Ich werde sie für dich verwahren. Sieh zu, dass du sie dir wieder verdienst. Du kannst gleich damit anfangen, indem du deine versoffenen Kameraden unter die Deckspumpe schleifst – so wie ich es mit dir gemacht habe.«
»Aye, aye, Sir!« Hutch musste nicht weit laufen, um sich einen der Trunkenbolde zu schnappen. Er packte ihn am Gürtel und zog ihn heran.
»Dreh ihm das Gesicht nach oben!«
»Aye, aye, Sir!«
Vitus bearbeitete kräftig den Schwengel. Ein Schwall eis-

kaltes Seewasser klatschte dem Mann ins Gesicht. Mit einem Fluch richtete er sich auf.
»Name, Dienstgrad?« Die Prozedur, die schon Hutch über sich hatte ergehen lassen müssen, wiederholte sich.
Hutch und Jack, so der Name des zweiten Matrosen, schwärmten anschließend gemeinsam aus und zogen, zerrten oder trugen einen Saufbold nach dem anderen unter die Pumpe. Nach über einer Stunde waren endlich alle an Bord befindlichen Schnapsleichen wieder auf den Beinen, einundzwanzig Mann insgesamt, ausschließlich Mannschaftsdienstgrade. Vitus ließ sie neben der Pumpe im Halbkreis antreten und richtete das Wort an sie:
»Hört, Männer, ich werde euch nicht *Falcons* nennen, weil ihr es nicht mehr wert seid, so angesprochen zu werden. Ich weiß nicht, warum, und ich weiß auch nicht, wie es geschehen konnte, aber ihr habt dieses herrliche Schiff wie eine Hure behandelt, habt es behandelt wie Dreck und zu einem Dreckskahn gemacht! Dafür müsste ich jeden von euch einzeln kielholen lassen. Aber ich will von dieser Strafe großzügig absehen, zunächst jedenfalls. Stattdessen biete ich euch zwei Möglichkeiten. Die eine: Ich gehe zum Hafenkommandanten und sorge dafür, dass jeder von euch in Ketten gelegt wird und die nächsten Jahre hinter Gittern verbringt. Die andere: Jeder von euch gibt sein Äußerstes, um die *Falcon* so rasch wie möglich wieder unter Segel zu bringen. Wer für die zweite Möglichkeit ist, hebt die Hand.«
Erst zögernd, dann entschlossen, meldeten sich die Leute. Vitus sah zu seiner Erleichterung, dass es alle waren. Ein erster Erfolg!

»Gut, Männer, ich habe verstanden. Dann nichts wie an die Arbeit! Sämtliche Taue werden sauber aufgeschossen, die Decks blitzblank mit dem *Holy stone* geschrubbt, herumliegendes Zeug aufgeklart, alles hat an seinem Platz zu sein, spätestens morgen früh. Ja, ihr habt richtig verstanden: morgen früh. Wir werden im Vierstundentakt arbeiten und ruhen, wie auf See. Ist das klar?«

»Aye, aye, Sir!«, kam es wie aus einem Mund.

»Bevor ich es vergesse: Ihr sollt wissen, mit wem ihr es zu tun habt. Ich bin Vitus von Collincourt, der neue Schiffsarzt und Cirurgicus. Wir werden versuchen, die alten Zeiten aufleben zu lassen. Ich erwarte Captain Taggart in den nächsten Tagen an Bord. Wer ihn kennt, weiß, dass es besser ist – sehr viel besser ist! –, wenn er die *Falcon* tadellos in Schuss vorfindet. Und nun: Ran an die Arbeit! Hutch, Jack, ich ernenne euch hiermit zu Hilfsmaaten. Ihr teilt die Männer ein, ihr seid mir verantwortlich für alles! Lasst den Leuten nach jeweils vier Stunden etwas zu essen geben. Der Zwerg hält Brühe und Schiffszwieback bereit. Es herrscht absolutes Alkoholverbot! Ach, noch etwas: Sollte einer von euch eine Verletzung oder sonst ein Zipperlein haben, soll er sich bei mir melden. Er findet mich in der Kammer von Doktor Hall. Wegtreten!«

Die Männer machten sich umgehend an die Arbeit, und Vitus dachte, während er Halls Kammer zustrebte, dass Matrosen wie junge Hunde waren: Sie brauchten klare Befehle und sicheres Auftreten, sonst spielten sie verrückt und tanzten einem auf der Nase herum. Pigett jedenfalls, dieser erbärmliche Verschnitt eines Offiziers, hatte sie nicht führen können. Es stand zu befürchten, dass sich das gesamte

Ausmaß seiner Fehlleistungen erst in den nächsten Tagen zeigen würde.
In Halls Kammer entzündete Vitus eine Kerze, setzte sich – und stand gleich wieder auf. Es hatte geklopft. »Herein!«
»Verzeihung, Sir, ich hab da was.« In der Tür stand ein Matrose und deutete auf seine Hand.
»Wie ist dein Name?«
»Will, Sir.«
»Gut, Will, zeig mal her.« Vitus zog die kranke Hand ins Licht und sah in der Innenfläche einen anderthalb Zoll langen Splitter stecken. Um den Fremdkörper herum war die Haut rotviolett und zum Bersten geschwollen. »Du hast Glück, Will, dass ich heute an Bord gekommen bin. Morgen, spätestens übermorgen, wären deine Säfte so sehr im Ungleichgewicht gewesen, dass wahrscheinlich nur noch eine Amputation geholfen hätte.«
Will fuhr zusammen. »Is es so schlimm, Sir? Ich mein, 's tut auch höllisch weh. Will meine Hand auf keinen Fall verlieren!«
»Wir werden sehen, was sich machen lässt.« Vitus zündete weitere Kerzen an und stellte sie auf ein fest verschraubtes Tischchen. »Setz dich und leg die Hand auf den Tisch, Innenfläche nach oben. Ja, so. Ich sage dir jetzt, was ich machen werde. Ich werde mit dem Skalpell einen Schnitt direkt neben dem Splitter vornehmen, danach noch einen Schnitt quer, um die Haut aufklappen zu können. Anschließend werde ich den Übeltäter mit einer Pinzette herausziehen.«
Will schielte ängstlich nach dem Skalpell. »Könnt Ihr den Splitter nich einfach so rausziehen, Sir?«
»Das dürfte schwierig werden. Außerdem muss ich die

Stelle öffnen, damit der Eiter und die kranken Säfte abfließen können.«
»Ja, wenn's so is.«
Vitus antwortete nicht, sondern begann mit dem Eingriff. Halb drückend, halb schneidend drang er mit dem Werkzeug in das entzündete Gewebe. Will gab einen scharfen Laut von sich, hielt aber ansonsten still. Vitus arbeitete weiter, wobei er darauf achtete, keine Sehnen zu verletzen. Schließlich setzte er die Pinzette an und zog mit einer gleitenden Bewegung den Splitter heraus. »Jeder Fremdkörper ist leicht zu entfernen, wenn er genügend freipräpariert wurde«, sagte er dabei. Dann drückte er auf die geschwollenen Hautpartien, und ein Gemisch aus Eiter und Blut schoss hervor. Will konnte nicht mehr an sich halten und schrie auf.
»Schon gut, Seemann.« Vitus drückte noch zwei weitere Male, bis er sicher sein konnte, dass alle schlechten Säfte aus der Wunde entwichen waren. Dann tat er Zinksalbe darauf und verband sie. »Die Verletzung wird in den nächsten Tagen noch nacheitern, aber das Schlimmste ist überstanden. Du meldest dich regelmäßig bei mir, damit ich die Wunde kontrollieren und versorgen kann.«
»Aye, aye, Sir. Behalte ich jetzt die Hand?«
»Das kann ich dir nicht versprechen. Sagen wir mal, es sieht nicht schlecht aus.«
»Kann ich mich hinhauen, Sir, fühl mich 'n bisschen schwummrich, un arbeiten kann ich ja nun auch nich mehr?«
Vitus, der schon seine Utensilien forträumte, blickte auf. »Natürlich kannst du arbeiten. Ich habe dich an der linken

Hand operiert, da bleibt dir immer noch die rechte. Wenn nicht gerade einer mit dem Kopf unter dem Arm bei mir erscheint, wird er arbeiten, so wahr ich der Cirurgicus auf diesem Schiff bin, verstanden?«

»Aye, aye, Sir.«

Es gelang Will, halbwegs strammzustehen, bevor er die Kammer verließ.

Kaum war er fort, klopfte es schon wieder. Ein anderer Matrose stand in der Tür. »Ich bin Gerry, Sir«, teilte er zur Begrüßung mit, »ich kenn Euch noch von damals, als wir mit der *Falcon* in der Karibik waren.«

Vitus musterte den Mann, konnte sich aber nicht an ihn erinnern. Das jedoch musste nichts bedeuten. Seine Abenteuer in Neu-Spanien lagen zehn Jahre zurück, und seit dieser Zeit war viel passiert. »Wo drückt der Schuh, Gerry?«

»Hab die Scheißerei, äh, ich mein Durchfall, Sir. Alle Augenblicke spritzt es mir raus.«

»Blut dabei?«

»Nee, ich glaub nich.«

»Wie lange hast du das schon?«

Gerry zog die Stirn in Falten. »Vielleicht ein, zwei Tage.«

»Nun gut: runter mit der Hose, bücken, Hintern zum Licht.«

»Aber Sir, ich ...«

»Genierst du dich etwa? Du bist hier beim Arzt. Ich habe schon mehr Darmausgänge gesehen, als du Jahre auf dem Buckel hast.«

Gerry gehorchte, wenn auch zögernd.

Vitus sah sich den Anus und die ihn umgebende muskulöse

Manschette genau an, indem er die Gesäßbacken auseinanderzog. Rötungen und Schwellungen, wie sie für einen beschleunigten Darmdurchfluss typisch waren, konnte er nicht entdecken. Alles schien völlig normal zu sein. »Hm, hm, aha«, sagte er bedeutungsschwer.

»Isses sehr schlimm, Sir?«

»Du wirst nicht daran sterben. Ich gebe dir ein Heil-*Liquidum*, von dem du dreimal trinken sollst. Heute Abend einmal und morgen noch zweimal. Dann sollten deine Beschwerden verschwunden sein. Vitus griff zu einem Arzneifläschchen, an dessen flüssigem Grund ein Pulver aus Knospen der Gewürznelke lag. Es trug die Aufschrift *Aqua de Ambonis*, da die besten Gewürznelken von der Molukkeninsel Ambon stammten.

»Soll ich gleich davon nehmen, Sir?«

»Wenn du willst.« Vitus schüttelte das Fläschchen, damit das Pulver sich innig mit der Flüssigkeit vermischte, und erbrach den Wachsverschluss. »Gute Besserung.«

Gerry trank schwungvoll einen Schluck – und spuckte ihn fast wieder aus. »Pfui Teuf… äh, das schmeckt aber sehr bitter, Sir!«

»Die meisten Arzneien munden nicht nach Manna.« Vitus konnte sich ein Grinsen nicht verkneifen. »Nimm nur noch einen Schluck.«

Gerry tat es mit todesverachtender Miene.

»Dreh dich noch einmal zu mir.«

»Sir?«

»Dreh dich zu mir, ich will einen Blick auf deinen Penis werfen.«

»Aye, aye, Sir. Mit Verlaub: Worauf wollt Ihr gucken?«

»Auf deinen Schwanz, ich will sehen, ob er gesund ist.« Gerry gehorchte, und Vitus untersuchte das Glied. Er schob die Vorhaut zurück und betrachtete die Eichel, um nach Geschwüren und Läsionen zu forschen, konnte aber keinerlei Hinweise für die hochansteckende Syphilis entdecken. Das war beruhigend. Zunächst jedenfalls, denn die Krankheit war tückisch – nach dem ersten Stadium verbarg sie sich gern für ein paar Wochen vor dem forschenden Auge des Arztes. Zur Sicherheit ließ Vitus sich noch die Handteller und Fußsohlen zeigen, die zwar rissig und schmutzig, aber frei von jeglichen Papeln waren. »Hast du in letzter Zeit Knötchen in der Hand oder unter dem Fuß bemerkt?«

»Nee, Sir, nich dass ich wüsste.«

»Knubbel in der Leiste?«

»Nee, Sir.«

»Probleme beim Wasserlassen gehabt?«

»Nee, Sir.«

Das waren zufriedenstellende Antworten. Vitus nahm sich vor, in nächster Zeit alle Besatzungsmitglieder eingehend auf Syphilis zu untersuchen. »Du könntest dir den Schwanz öfter mal waschen.«

»Äh, Sir?«

»Wo die Deckspumpe ist, weißt du ja mittlerweile.«

»Aye, Sir.«

»Wann hattest du zuletzt Verkehr mit einer Frau?«

»Ihr wollt's aber ganz genau wissen, was, Sir?«

»Beantworte meine Frage.«

Gerry grinste anzüglich. »Vorgestern oder vorvorgestern, glaub ich.«

»Wo war das?«
Gerry grinste noch immer. »Hier, Sir.«
»Hier? Nun gut.« Vitus beschloss, nicht weiter zu fragen. Mit »hier« meinte Gerry wahrscheinlich eines der billigen Bordelle in Portsmouth, in denen namenlose Huren ihren Dienst verrichteten. »Zieh die Hose wieder hoch und geh an deine Arbeit zurück.«
»Aber Sir, ich hab doch die Scheißerei, ich muss doch alle Augenblicke …«
»Dann lass dich von Hutch für eine Arbeit im Vorschiff einteilen, da hast du es nicht so weit zum Garten.«
Der Garten war der *Locus necessitatis* für Mannschaften. Er befand sich in der äußersten Bugspitze und bestand aus Brettern mit Löchern, die über das Deck hinausragten. Wenn ein Matrose sich erleichtern wollte, sagte er häufig: »Ich geh mal eben in den Garten.«
»Äh, meint Ihr wirklich, ich könnte es mit der Arbeit wagen, Sir?«
»Das meine ich. Und nun hinaus mit dir.«
»Aye, aye, Sir.«
Vitus war sicher, dass der Mann simulierte. Deshalb hatte er ihm auch das Nelken-*Liquidum* gegeben, das eigentlich für Mundspülungen bei Patienten mit Zahnschmerzen vorgesehen war. Er hoffte, dass Gerry seine »bittere« Erfahrung gleich weitererzählte, damit die Leute wussten, dass er sich nichts vorgaukeln ließ.
Es klopfte abermals. Sollte das schon wieder ein Drückeberger sein?
»Wui, wui, Örl, ich bin's, der Kreipel. Wollt nach dir spähen, wie strömt's denn?« Der Zwerg trat ein.

»Danke, Enano, es geht ganz gut. Was im Übrigen auch für die Matrosen gilt, obgleich der eine oder andere ein Zipperlein vortäuscht. Wenn ich allerdings an den Zustand des Schiffs denke, wird mir angst und bange. Es sind einfach zu wenige Männer da.«

»Wui, oder zu viele sin verblüht un ha'm Fersengeld gegeben.«

»So kann man es auch sehen.« Vitus seufzte.

»Hab dir was zum Picken mitgebracht, Örl.« Der Zwerg stellte eine Kanne mit Brühe und zwei Becher auf den Tisch. In dem Gebräu schwammen Zwiebackstücke. Das Ganze sah nicht besonders einladend aus, roch aber lecker.

»Brüh un Bäckling, schmerfig, schmerfig! Hast bis jetzt ja nur Luftklöße un Windsuppe geschnappt.«

»Das stimmt.« Vitus hatte den ganzen Tag nichts gegessen und merkte erst jetzt, wie hungrig er war. Sie tranken die Brühe und kauten den Zwieback, und während sie es sich schmecken ließen, sagte Vitus: »Auf dich ist Verlass, Zwerg, du bist ein guter Freund.«

»Wui, nebbich.« Das Mondgesicht des Winzlings wurde rot.

»Nicht alle sind so treu wie du.«

»Blausinn! Der Magister is auch treu, wennste den meinst. Is nur grad nich da, der Blinzler, aber er is gewisslich lampenfrei, un wenn ihr euch wieder späht, wirste dich lenzen wie toll, un er sich auch.«

»Nun ja.« Vitus tat es bereits leid, das Thema angedeutet zu haben. »Wie sieht es bei dir aus? Hast du jemanden, der dir hilft, wenn schon kein Koch an Bord ist?«

»Wui, wui.«

»Und wie steht es mit den Vorräten?«
»Mies, schofel, schattnig!«
»Auch das noch.« Was Vitus befürchtet hatte, war eingetreten. »Das heißt, wir müssen uns verproviantieren. Daran hätte Lordadmiral Howard auch gern denken können, als er Taggart und mir die Segelorder erteilte. Schließlich wusste er, dass die *Falcon* seit einem Jahr am Kai liegt.«
»Wiewo, Örl?«
»Ach nichts. Mir wird schon etwas einfallen. Vielleicht hat Taggart ja auch ein paar Fässer Bohnen und Pökelfleisch dabei, wenn er kommt.«
»Wui, wui.« Der Zwerg erhob sich, gähnte, streckte die Ärmchen in die Luft und schickte sich an zu gehen. »Adjö!«
»Du kannst gern bei mir in der Kammer schlafen, Enano, es ist Platz genug vorhanden.«
»No, no. Bin alleweil lieber da, wo die Spachtelei gepflanzt wird.«
»Nun gut.« Das hatte Vitus sich schon fast gedacht. Der Zwerg pflegte stets dort zu sein, wo der Quell leiblicher Genüsse sprudelte. »Dann angenehme Nacht, Enano.«
»Glatte Schwärze, Örl.«
Vitus schaute dem Zwerg nach und streckte sich in der Koje aus. Es war die erste Nacht seit vielen Jahren ohne Nina an seiner Seite. Seine Frau fehlte ihm. Und Odo, Carlos und Jean fehlten ihm auch. Odo, den er nach seinem Großonkel benannt hatte, Carlos, der den Namen von Ninas Vater trug, und die kleine Jean, deren Name an seine Mutter erinnerte, die in Spaniens Erde begraben war. Sie alle fehlten ihm.

Was machte er eigentlich hier? Was hatte er hier zu suchen? Die Koje war hart, die Luft feucht, die Kammer klein und stickig. Nichts stimmte mit den schönen Erinnerungen überein, die er mit der stolzen *Falcon* von früher verband. Heute war sie nicht viel mehr als ein Wrack – und er hatte die Verantwortung für sie übernommen. Nina, du fehlst mir so sehr! Dein Duft, deine Wärme, dein leises Stöhnen, wenn ich dich liebkose …

Warum warst du so hart zu mir? So kenne ich dich gar nicht. Und ich kenne dich doch schon so lange. Genau genommen seit zwölf Jahren, seit ich dir und deiner Familie auf dem Feld begegnete. Damals warst du erst vierzehn, und ich hatte überhaupt keine Augen für dich. Aber später, viel später, haben wir uns zum ersten Mal geküsst. Es war während eines Gewitters, weißt du noch? Bei unserer Hochzeit haben wir uns geschworen, dass wir uns immer lieben werden, egal, was passiert, egal, was kommt, und so haben wir es die ganzen Jahre gehalten. Verzeih mir, dass ich fortgegangen bin. Ich konnte doch nicht anders. Ich hatte mein Wort gegeben. Oh, Nina, Nina. Wenn ich zurückkomme, werde ich dich nie wieder verlassen, das verspreche ich dir hoch und heilig.

Du fehlst mir.

Ich weiß, ich weiß, ich habe es nicht anders gewollt.

Am anderen Morgen war Sonntag. Vitus war früh auf den Beinen und fühlte sich wie gerädert. Er war in der Nacht mehrmals aufgestanden, um die Arbeiten im Schiff zu kontrollieren und hatte dabei einige Bummelanten erwischt, darunter auch Will und Gerry. Er hatte sie lautstark zusammengestaucht, so lautstark, dass er hoffte, Derartiges nie wieder tun zu müssen. Ein Mann jedoch, Odder mit Namen, schien ein hoffnungsloser Fall zu sein. Der Kerl hatte zwischen zwei Weinfässern gelegen und unüberhörbar geschnarcht. Vitus hatte ihn ein Gatt mit Takelwerk sparren lassen.

Nach einer flüchtigen Gesichtswäsche und einer ebenso flüchtigen Rasur stieg Vitus auf das Hauptdeck hinunter und ließ alle Männer, auch die der Freiwache, antreten. Er hielt eine kurze Sonntagsandacht, wie es sich auf den Schiffen Ihrer Majestät gehörte, und endete mit den Worten: »Wir sind bei allem, was wir tun, in des Allmächtigen Hand, wir sind Seeleute, die Jesus Christus, Gottes eingeborenem Sohn, vertrauen, wenn es gilt, den Feind aufzuspüren und ihn zu schlagen. Denn wie heißt es bei Jakobus im dritten Kapitel, Vers vier:

> *Siehe, die Schiffe, obwohl sie so groß sind und von starken Winden getrieben werden, werden sie doch gelenkt mit einem kleinen Ruder, wo Der hin will, Der es regieret.*
>
> *Amen.*«

Danach schickte er die Leute wieder an die Arbeit und machte sich auf einen Rundgang, um den Stand der Dinge zu inspizieren. Im Großen und Ganzen war er zufrieden mit dem, was Hutch und Jack mit ihren Männern zuwege brachten – auch wenn es hier und da seiner korrigierenden

Hand bedurfte. Danach schritt er die Laufbrücke hinunter an den Kai und hielt einen vorbeifahrenden Proviantwagen an. Der Kutscher hatte es eilig, aber Vitus zeigte ihm einige Silbermünzen und fragte ihn, was er eher gebrauchen könne: die Münzen oder die beiden Fässer auf seinem Wagen. Der Kutscher sagte, nachdem er das Geld mit begehrlichem Blick gezählt hatte, er habe keine Ahnung, was die Fässer auf seinem Wagen zu suchen hätten, sicher habe sich jemand einen Spaß erlaubt und sie daraufgestellt. Wenn der edle Herr wolle, könne er sie gern sofort haben.

Vitus ließ die Fässer zur *Falcon* fahren, nachdem er festgestellt hatte, dass in dem einen Pökelfleisch war und in dem anderen eingelegter Kohl. Er war sehr zufrieden mit seinem Fang. Zu dem Kutscher sagte er: »Sollten sich wieder ein paar Fässer auf deinen Wagen verirren, vielleicht welche mit Frischwasser, mit Bohnen, mit Linsen, mit Salzfisch, gib mir Bescheid. Du findest mich in den nächsten Tagen stets an Bord der *Falcon.*«

Der Kutscher grinste und meinte, er könne nichts versprechen, aber es gäbe sehr viele Zufälle im Leben.

Vitus grinste ebenfalls und rief Hutch zu sich, denn er fand, dass es an der Zeit war, die auf dem Kai liegenden Rahen zu überprüfen. Leider war unter den Mannschaften niemand, der etwas von Schiffszimmerei verstand. So war er auf sein eigenes Urteil angewiesen, und was er sah, gefiel ihm gar nicht. Die ledernen Ummantelungen, mit denen die Rahen vor der aggressiven Salzluft geschützt wurden, waren zerschlissen oder nicht mehr vorhanden. Das darunter befindliche Rundholz wirkte ausgetrocknet und rissig. Zumindest eine Ölung, um wieder Feuchtigkeit und Geschmeidigkeit in die Holzfasern zu bringen, war dringend vonnöten. Gelang das nicht, konnte eine Rahe wie ein dürrer Ast brechen und im schlimmsten Fall dafür sorgen, dass die gesamte Takelage wie ein Kartenhaus zusammenbrach. »Haben wir Öl, um die Rahen zu behandeln?«, fragte Vitus.

»Ich weiß nicht, Sir.« Hutch zuckte mit den Schultern. »Schmierfett ist da, Farbe auch. Vielleicht ginge es damit?«

»Vielleicht. Ich fürchte nur, dass bei manchen Rahen eine oberflächliche Behandlung nicht ausreichen wird, sie müssten erneuert werden.«

»Aye, Sir.«

Vitus ging weiter zu den Culverines auf ihren Lafetten. Er untersuchte sie genau und kam zu dem Ergebnis, dass die Läufe keine Risse oder Beschädigungen aufwiesen, die Pulverkammern und die Innenrohre jedoch gereinigt werden mussten. Wahrscheinlich sollten diese Arbeiten in einer Gießerei vorgenommen werden – andernfalls hätte es keinen Sinn gemacht, sie an Land zu bringen. Aber das spielte ohnehin keine Rolle mehr. Die Geschütze mussten schleunigst wieder an Bord, egal, wie, und das so rasch wie möglich. Das Dumme war nur, dass ihm die Männer dazu fehlten.

»Vitus von Campodios? … Sir?«

Vitus fuhr herum. Vor ihm standen zwei Burschen, offensichtlich altgediente Teerjacken. Der eine, ein kleiner, drahtiger Mann, trug außer seiner Schwerwetterjacke einen blaugrün karierten Tartankilt über den nackten Beinen, der andere war größer und trug ein salzfleckiges Wams, dazu die übliche weite Seemannshose aus festem Köperstoff. Beide strahlten um die Wette. Vitus musste ein zweites Mal

hinsehen, bevor er seinen Augen traute. »McQuarrie und Dorsey?«, brachte er schließlich hervor.
»So ist es, Sir!« McQuarrie, der Schotte, grüßte stramm.
»Ja, wo kommt ihr denn her? Woher wusstet ihr …?« Vitus suchte noch immer nach Worten.
McQuarrie griente. »Die Welt ist ein Dorf, Sir. Kennt Ihr einen gewissen Christopher Mufflin? Der Mann ist Schreiber bei Sir Walsingham, dem berühmten Spion unserer Jungfräulichen Majestät. Mufflin hat einen Bruder, der wiederum einen Schwager hat, der zur See fährt. Dieser Schwager nahm vorgestern eine Kutsche von London nach Portsmouth, um einen Onkel zu besuchen. Bevor er das tat, war er gestern allerdings im *White Unicorn* und erzählte …«
»Es war im *Golden Bear«*, unterbrach Dorsey.
»Wie? Ach ja.« McQuarrie war kurzzeitig aus dem Konzept gebracht, fing sich aber wieder und griente. »Wir haben nicht nur die eine Kneipe, äh, besichtigt, Sir. Es waren deren mehrere. Jedenfalls erzählte besagter Schwager, er habe erfahren, dass die *Falcon* wieder in See stechen würde, und zwar in besonders kitzliger Mission, und dass Captain Taggart auf dem Weg sei, sie wieder zu übernehmen. Tja, das haben wir uns natürlich nicht zweimal sagen lassen, wo wir doch seit Monaten in Portsmouth herumhängen und uns von den Landratten anöden lassen müssen. Als alte *Falcons* wollen wir gern dabei sein, wenn's wieder auf große Fahrt geht.«
Bevor Vitus antworten konnte, deutete Dorsey hinter sich, wo ein gutes Dutzend Männer stand. »Wir sind auch nicht allein gekommen, Sir. Haben bei der Gelegenheit gleich ein

paar altgediente *Falcons* aufgetrieben, denen die Landluft ebenfalls schon lange nicht mehr schmeckt.«

Die Männer traten vor, und wenn Vitus auch viele nicht mehr beim Namen nennen konnte, so kannte er doch noch alle Gesichter. Besonders Mahon und Reffles, die beiden Geschützführer, fielen ihm auf, ferner Jim und Tom, die Zimmermannsgehilfen, und darüber hinaus Arch, Muddy und Chock. Dazu Dunc, der Veteran, der Taggarts Golddublone in der Schädeldecke trug.

»Ihr alle kommt wie gerufen!« Vitus strahlte und gab McQuarrie und Dorsey die Hand. »Und dazu noch zwei erfahrene Maate wie ihr! Herzlich willkommen!«

»Danke, Sir!« Nun war es an den beiden Maaten, zu strahlen.

»Wie ihr erkennt, sieht unser altes Mädchen leider ziemlich gerupft aus. Es muss eine Menge geschehen, bis sie wieder über die Wellen fliegt, aber darüber lasst uns in Captain Taggarts Kajüte reden. Er ist noch nicht an Bord, wird aber zweifellos nichts dagegen haben, wenn wir es uns bei ihm gemütlich machen. Hutch, du kommst auch mit. Und ihr anderen« – er wandte sich an die alten *Falcons* –, »richtet euch auf dem Vorschiff ein. Alles Nähere später.«

Am Nachmittag gönnte Vitus sich eine Mütze voll Schlaf. Er hatte die Muße dazu, denn das Gespräch mit McQuarrie und Dorsey war sehr erfreulich verlaufen. Die beiden erfahrenen Maate hatten im Anschluss an die Unterredung sofort Maßnahmen ergriffen.

Sie waren an Deck gegangen und hatten mit dem kundigen Blick alter Seebären die Wachen neu eingeteilt, so dass beide, die Backbordwache wie auch die Steuerbordwache, gleich stark und gleich gut besetzt waren.
Sie hatten ein Kommando unter Hutch, dem Hilfsmaaten, zusammengestellt, das sich nach Ersatzrahen bei den anderen Schiffen »umsehen« sollte, wie sie es nannten.
Sie hatten einen Trupp unter dem zweiten Hilfsmaaten Jack gebildet, der sich auf die Suche nach jenem Kutscher machen sollte, der Vitus bereits zwei Fässer mit Nahrungsmitteln verkauft hatte. Ihn zu finden, konnte Gold wert sein, oder besser: das Ende aller Proviantsorgen bedeuten.
Sie hatten mit Mahon und Reffles, den beiden Geschützführern, die Culverines inspiziert und besprochen, wie und in welcher Reihenfolge die schweren Feldschlangen an Bord zu hieven seien. Sie hatten ferner erörtert, wie die Ruß- und Schlackerückstände in den Rohren am besten zu entfernen seien.
Sie hatten einen Befehl erlassen, dass es bis auf weiteres allen verboten war, die silberne Spange der *Falcons* zu tragen, denn keiner an Bord sollte sich etwas Besseres dünken als der andere.
Sie hatten eine Bestandsaufnahme des Brandys und des Weins durchgeführt und bei der Gelegenheit festgestellt, dass Ebbe in sämtlichen Fässern herrschte. Eine bedauerliche Tatsache, die sie Jack und seinem Proviantrupp mitteilten, verbunden mit der Order, ebenfalls Alkoholisches zu »organisieren«. Gleiches galt für Bandeisen und Rundstahl, denn der bordeigenen Schmiede fehlte es an Rohmaterial. Gleiches galt ebenso für einen Heckanker, denn der

alte war spurlos verschwunden, sowie für Munition – besonders an Kugeln für die Culverines fehlte es.
Diese und weitere Maßnahmen hatten sie innerhalb weniger Stunden in die Wege geleitet und darüber hinaus ein paar praktische Vorschläge unterbreitet, deren Sinn Vitus sofort einleuchtete. Wie ein altes Ehepaar hatten sie sich dabei abgewechselt, und McQuarrie hatte den Anfang gemacht: »Mit Verlaub, Sir, die Malerarbeiten an Deck sind nicht so wichtig.« – »Aye, sie sind nicht so wichtig, weil man mit Farbe nicht segeln kann.« – »Er macht einen seiner üblichen Scherze, Sir, er meint, wir sollten zuerst die Segel instand setzen …«
Es war noch eine Weile so weitergegangen, auch als über den geschnitzten Falken am Bug geredet wurde: »Über die Befestigung der Galionsfigur müssten wir sprechen, Sir.« – »Er meint, über das Huhn am Bug, Sir.« – »Hoho, wieder einer seiner Witze, Sir, wenn er ›Huhn‹ sagt, meint er natürlich die Galionsfigur.« – »Aye, Sir, im Moment sieht sie aus, als würde sie nach unten schielen und die Gischt von den Wellen picken.«
Vitus hatte das eine oder andere Mal über die beiden schmunzeln müssen. Ihre Energie war herzerfrischend, und er hatte einen Hauch der alten Zeiten gespürt.
Gegen sechs wachte er auf, mit hungrigem Magen und schlechtem Gewissen, denn er hatte tief geschlafen. Das allgegenwärtige Klopfen, Hämmern und Fußgetrappel war nicht in sein Bewusstsein gedrungen.
Er sprang aus der Koje, streckte die Glieder und wollte hinaus auf Deck, um das Fortschreiten der Instandsetzungen zu beaufsichtigen, pfiff sich aber selbst zurück. Er ver-

traute McQuarrie und Dorsey vollends, und er wollte dieses Vertrauen auch zeigen – und nicht durch kleinliches Kontrollieren in Frage stellen.

Was konnte er stattdessen tun? Natürlich, er konnte sein Lazarett einrichten, so wie es jeder umsichtige Cirurgicus an seiner Stelle tun würde. Nur wo? Die Kammer von Doktor Hall kam dafür nicht in Frage, sie war viel zu klein, obwohl sie wenigstens ein Fenster hatte, das bei Tag für Licht sorgte. Nein, es würde wohl wieder aufs Orlopdeck hinauslaufen.

Das Orlopdeck war das unterste Deck im Schiff, ein Ort, zu dem kein noch so kleiner Sonnenstrahl hinabreichte. Ewige Dunkelheit herrschte hier, und das Licht, das der Wundarzt für seine Operationen benötigte, musste mittels einer Reihe von Laternen hergestellt werden.

Vitus kannte den Behandlungsraum von früher, aber dass er so beengt war, hatte er nicht mehr in Erinnerung. In der Mitte stand nach wie vor der Operationstisch, der während einer Seeschlacht hauptsächlich zur Amputation von Körpergliedern diente. Der Tisch maß ungefähr sieben Fuß in der Länge und zweieinhalb Fuß in der Breite; an seinen Seiten befanden sich mehrere kräftige Gurte, mit denen der Patient angeschnallt werden konnte, damit er bei Schmerzen nicht den Operateur durch heftige Bewegungen störte.

Auf dem Tisch lagen mehrere Beißhölzer. Das waren Holzstücke, die dem Patienten in den Mund geschoben wurden, damit sie im Augenblick der größten Qualen daraufbeißen konnten.

Überdies gab es einen speziellen Stuhl für Kranke, denen

ein Blasenstein herausoperiert werden musste oder denen ein Starstich zu besserem Sehen verhelfen sollte.
Ein feststehender Beistelltisch rundete die Möblierung ab. Er bot genügend Fläche für alle zur Durchführung einer Operation notwendigen Instrumente.
In die Bordwand waren einige Regale und Schränke eingelassen. Sie dienten als Aufbewahrungsort für medizinische Bestecke, Verbandmaterial, liquide Arzneien wie Essenzen und Tonika, Salben, Pasten, Gallerte sowie Bücher. Vitus verstaute alles, was er besaß, auch seine Literatur, wobei er für das Werk *De morbis* einen gesonderten Platz vorsah.
Über dem Operationstisch hingen sieben Laternen in einer Reihe an ihren Haken. Vitus untersuchte sie im Licht seiner mitgeführten Lampe und stellte fest, dass die Laternen allesamt keinen Brennstoff mehr hatten und gewartet werden mussten. Ein Fall für McQuarrie und Dorsey.
Er setzte sich in den Stuhl, und begann im Buch *De morbis* zu blättern – eine Tätigkeit, die ihn von jeher beruhigte und entspannte. Nichts war erquicklicher als das Studium der alten Meisterärzte; man konnte sie immer wieder lesen, denn jedes Mal entdeckte man Neues und Wissenswertes. Nur das schummrige Licht verhinderte einen ungetrübten Lesegenuss. Und die Geräusche.
Die Geräusche auf einem Schiff unterschieden sich in ihrer Art sehr stark voneinander: Auf den obersten Decks herrschten stets Arbeits- und Windgeräusche vor, doch je weiter man nach unten stieg, desto leiser wurden sie und desto stärker wurden sie übertönt von dem Knarzen der Spanten, dem Ächzen der Verbände, dem Stöhnen der Bo-

denhölzer – untermalt von dem Scharren und Huschen der Ratten.

Und ganz unten, im Orlopdeck, hörte man all das am lautesten.

Doch ein neues Geräusch hatte sich heute zu den gewohnten gesellt: Es war eine Art Fiepen oder Wimmern, vielleicht auch ein Klagen, und es erinnerte Vitus an Welpen in einer Wurfkiste.

Hunde hier unten im Orlopdeck?

Das war schwer vorstellbar. Eher konnte es sich um eine Katze handeln. Ja, eine Katze, das mochte sein. Für eine Katze war das Orlopdeck mit seinen vielen versteckten Winkeln ein reichgedeckter Tisch.

Vitus hoffte, dass sie eine gute Jägerin war.

Und las weiter.

Der Schiffsschreiber Tipperton

*»Ihr müsst wissen, Sir, dass ich
seit Jahren auf dem Gut des Captains lebe,
ja, ich darf wohl sagen, dass ich fast
ein Familienmitglied bin.«*

Am 15. Mai um die Mittagszeit erschienen zwei Reiter auf dem Ausrüstungskai, staubbedeckt und sichtlich erschöpft. Sie saßen ab, übergaben ihre Pferde einem Hilfsmann und schritten auf die *Falcon* zu. Bei dem einen handelte es sich um Sir Hippolyte Taggart, wie man unschwer an seiner Gesichtsnarbe erkennen konnte, bei dem anderen um Tipperton, seinen ungeliebten Schreiber.

Wenn jemand die beiden gesehen hätte, wäre ihm aufgefallen, dass Taggart viel leichtfüßiger ging als noch vor wenigen Monaten. Aber es beobachtete sie niemand, weil alle *Falcons* wie die Teufel damit beschäftigt waren, ihr Schiff wieder in einen stolzen Falken zu verwandeln.

So kam es, dass Taggart erst auf der Laufbrücke entdeckt wurde und dass McQuarrie im letzten Augenblick herbeieilte, um auf dem Hauptdeck Meldung zu machen.

Er tat dies in strammer Haltung und großer Ausführlichkeit.
Als er geendet hatte – mehrere Minuten waren vergangen –, blaffte Taggart: »Die Oberwerke waren früher grün-weiß gestrichen, jetzt sind sie schwarz-weiß. Wieso?«
McQuarrie lächelte entwaffnend. »Wir hatten kein Grün mehr, Sir. Wir haben uns gedacht, weil die Oberwerke der guten alten *Elizabeth Bonaventure* ebenfalls schwarz-weiß sind …«
»Schon gut. Und was ist mit den Barkhölzern am Rumpf? Sie sehen aus wie die abgewetzten Beine eines Küchenschemels!«
»Sind in Arbeit, Sir. Wir haben sie erst einmal vorgestrichen, die Ockerfarbe kommt morgen drauf.«
»Aha, ist auch schwarzbraune Farbe da?«
»Aye, Sir, ich denke schon.«
»Dann nehmt die, ich hasse Ocker; Ocker erinnert mich immer an Dünnschiss.« In Taggarts Gesicht deutete sich etwas an, das als Grinsen ausgelegt werden konnte. »Ansonsten recht gute Arbeit, McQuarrie. Freue mich übrigens, Euch an Bord zu sehen, muss später sowieso mit Euch sprechen. Wo ist übrigens der Cirurgicus?«
»Hier, Sir!« Vitus kam mit großen Schritten über das Deck gelaufen.
Taggart nahm den Hut ab und beugte das Haupt. »Es ist mir eine Ehre, mit Euch auf Fahrt gehen zu dürfen, Mylord. Ich soll beste Grüße von Maggy, meinem Weib, ausrichten und natürlich auch von Lordadmiral Howard.«
Vitus verbeugte sich ebenso. »Vielen Dank, Sir. Die Freude ist ganz auf meiner Seite. Bitte sprecht mich genauso an wie

früher, denn der Earl hat hier an Bord nichts zu suchen. Er hat wieder dem Cirurgicus Platz gemacht.«

»Das soll mir recht sein – Cirurgicus.« Taggarts schiefer Mundwinkel produzierte ein noch stärkeres Grinsen. »Dann wollen wir keine Zeit verlieren. Ihr wisst ja um die Dringlichkeit unseres Auftrags. Wir treffen uns in einer halben Stunde in meiner Kajüte zu einem ersten Gespräch. Teilnehmer: Ihr, McQuarrie und meine Wenigkeit. Tipperton wird für Getränke sorgen und bei Bedarf hinzugezogen … Tipperton, hört Ihr mir überhaupt zu?«

Der Schreiber, der zwischenzeitlich in die Wanten gegafft hatte, wo die Matrosen wie die Äffchen herumturnten, zuckte zusammen. »Äh, selbstverständlich, Sir.«

»Dann wiederholt mal, was ich eben gesagt habe.«

Tipperton fuhr sich mit der Hand verlegen in den Kragen. »Nun, Sir, äh, ich bin gerade abgelenkt worden. Vielleicht …«

»Vielleicht solltet Ihr in Zukunft besser zuhören, sonst ersteche ich Euch mit Euren eigenen Federkielen!«

Eine halbe Stunde später erschien Vitus pünktlich in Taggarts Kajüte, wo für die Ankunft des Kapitäns alles gründlich aufgeräumt und entstaubt worden war. Aber Taggart wäre nicht Taggart gewesen, wenn er nicht trotzdem etwas auszusetzen gehabt hätte, deshalb knurrte er: »Wenn ich früher am Kartentisch saß, zeigte der Globus mir immer die Seite mit Neu-Spanien, jetzt muss ich mir auf einmal Cathai und Cipangu ansehen – dabei war ich noch niemals in China und Japan, und ich will verdammt sein, wenn ich jemals dahinkomme. Irgendein Ignorant hat den Globus verdreht. Tipperton!«

Taggart musste mehrmals rufen, bis der Schreiber erschien.

»Ich hörte meinen Namen, Sir?«

»Wie kommt Ihr dazu, meinen Globus zu verdrehen?«

»Aber Sir, ich habe nichts verdreht. Ich bin doch eben erst an Bord gekommen.«

»Ihr seid wie ich seit einer halben Stunde an Bord. Wollt Ihr etwa behaupten, Ihr hättet in dieser Zeit nicht die Gelegenheit gehabt, den Globus wieder auszurichten?«

»Verzeihung, Sir.«

»Bettelt nicht um Verzeihung, sondern schafft Getränke herbei. Ich trinke Rheinwein.«

»Sir, mit Verlaub, es ist erst früher Nachmittag. Normalerweise pflegt Ihr erst gegen fünf ein Gläschen zu trinken.«

»Papperlapapp!« Taggart wischte den Einwand mit einer Handbewegung beiseite. »Irgendwo auf dieser Welt ist es bestimmt schon fünf, also los!«

Tipperton verschwand, und Taggart begann das Gespräch, indem er sagte: »Hier hat sich viel verändert, Cirurgicus, zu viel nach meinem Geschmack. Aber in einem Jahr geschieht eine Menge, vier Jahreszeiten laufen darin ab, und was das bedeutet, sieht man meiner *Falcon* an allen Ecken und Enden an.«

»Wir haben getan, was wir konnten, Sir.« Vitus malte sich aus, was Taggart wohl vor ein paar Tagen zum Zustand seines Schiffs gesagt hätte. Sein Kommentar wäre gewiss nicht so zurückhaltend ausgefallen.

»Natürlich habt Ihr das. Und es ist ein Segen, dass Ihr, Mc-

Quarrie, wieder den Weg zu mir gefunden habt. Dorsey soll ja auch an Bord sein, für ihn gilt dasselbe. Wo ist er übrigens?«

»Wir haben gerade mit der Übernahme der gereinigten Culverines begonnen, Sir. Rohre und Schildzapfen glänzen wieder wie neu. Dorsey beaufsichtigt die Arbeiten«, antwortete McQuarrie.

»Schön. Ohne Geschütze ist ein Kriegsschiff wie ein Tiger ohne Zähne.« Taggart schielte zur Tür, hinter der Tipperton die Getränke vorbereitete, und fuhr fort: »Aber nicht sämtliche Männer haben den Weg zu mir zurückgefunden. Der Wind hat sie in alle Himmelsrichtungen verstreut. Ich will das nicht beklagen, aber vereinfachen tut es unsere Mission nicht. Dass John Fox mittlerweile sein eigenes Schiff befehligt, ist bis zu mir auf die Isle of Wight gedrungen, und dass Pigett, dieses Spottbild eines Offiziers, stiften gegangen ist, habt Ihr, Cirurgicus, mir erzählt. Gnade ihm Gott, wenn ich ihn irgendwo erwische. Ich werde ihn vor ein Kriegsgericht zerren und ihm seinen hirnlosen Schädel abschlagen lassen!«

»Aye, Sir«, sagte McQuarrie, »ich kenne Samuel Pigett von früher, um den ist es nicht schade.«

»Scott und Dilling, die beim Überfall auf Cádiz gute Arbeit mit ihren Culverines geleistet haben, sind auch nicht mehr dabei. Dafür haben wir Mahon und Reffles. Sie sind mindestens genauso erfahren. Ich werde beide zu Stückmeistern im Range eines Maaten befördern. Und da wir gerade bei Beförderungen sind, ich werde Euch, McQuarrie, zu meinem Ersten machen.«

»Sir!« Dem drahtigen Schotten fiel die Kinnlade herab.

Dann sprang er auf und tanzte vor Freude ein paar Schritte der *Hornpipe.* »Ich danke Euch, Sir, ich danke Euch! Ich werde mich Eures Vertrauens …«
»Setzt Euch, McQuarrie. Euer Gehüpfe ist eines Offiziers nicht würdig.«
»Äh, aye, aye, Sir.« Leicht ernüchtert nahm McQuarrie wieder Platz.
»Da ich auch einen Zweiten Offizier brauche, will ich Dorsey dafür vorsehen. Er ahnt zwar nichts von seinem Glück, aber er wird es noch früh genug erfahren. Wie ich höre, haben sich die Hilfsmaate Hutch und Jack ebenfalls recht anständig gehalten. Sie werden zu Maaten befördert. Der Rest meiner *Falcons* macht Dienst wie immer.«
»Nun, Sir«, ergriff Vitus das Wort, »da ist noch etwas, das Ihr wissen müsst.« Er berichtete notgedrungen, in welch erbärmlichem Zustand er die Mannschaft vorgefunden hatte, und dass sämtlichen Spangenträgern der silberne Falke abgenommen worden war. »Ich hielt es für absolut notwendig, Sir, und hoffe, die Maßnahme ist ein Ansporn für alle, sich wieder in den Besitz der Auszeichnung zu bringen.«
Taggart schürzte die Lippen. Nach einer Weile sagte er: »Das Schiff muss katastrophal ausgesehen haben, wenn Ihr eine derart drakonische Strafe verhängt habt, und ich billige Euren Befehl.«
»Danke, Sir.«
»Sollten die Leute sich auf dieser Reise wieder wie echte *Falcons* benehmen, werden sie die Spange zurückbekommen. Wie viele Mannschaftsdienstgrade haben wir genau?«
Vitus rechnete rasch nach. »Die neu ernannten Maate abgezogen, sind es dreißig Mann.«

»Was, nur dreißig Mann?« Taggarts Mundwinkel zuckte. »Damit kann ich gerade mal das Schiff segeln, aber wer soll die Geschütze bedienen? Ein Seemann ist kein Pulveraffe!«

Vitus und McQuarrie blickten sich ratlos an. Schließlich sagte Vitus: »Von den dreißig Mann sind fünf oder sechs Kanoniere, Sir. Es wird uns nichts anderes übrigbleiben, als zusätzlich einige Matrosen an den Geschützen auszubilden. Mahon und Reffles wird das sicher gelingen.«

»Aha, welch großartige Idee.« Taggart klang leicht ironisch.

Vitus setzte nach. »Wir können die *Falcon* auch mit nur acht oder zehn Mann in Fahrt halten, Sir, der Rest könnte im Gefecht die langen Culverines bedienen, das heißt, sechs oder sieben Geschütze stünden dann zur Verfügung.«

»Ja, ja.« Taggart trommelte wütend mit den Fingern auf dem Kartentisch. »Das könnten wir. Aber es muss trotzdem mal gesagt werden: Das Ganze ist eine gottverdammte Scheiße!«

»Oh, nein, Sir!« Tipperton stand in der Tür, ein Tablett mit Gläsern balancierend. »Bei allem Respekt, es ist Rheinwein, guter Rheinwein, und für den Cirurgicus ist es ein mit Vanilleschoten gewürzter Brandy, und für den Ersten Offizier ebenfalls.«

»Ihr versteht wie immer gar nichts, Tipperton«, blaffte Taggart. »Woher wisst Ihr überhaupt, dass McQuarrie Erster Offizier werden wird? Ihr hattet Eure Segelohren wohl schon wieder hinter der Tür aufgespannt?«

Tipperton schwieg beleidigt und begann die Gläser auszuteilen.

»Worauf trinken wir, Sir?«, fragte Vitus.
Taggart überlegte einen Augenblick. »Da Dorsey nicht anwesend ist, sollten wir erst später auf die Beförderung unserer neuen Offiziere trinken, halten wir es deshalb so, wie wir es immer halten: Bringen wir einen Toast auf unsere Jungfräuliche Königin aus, sie möge lange leben, in Gesundheit, Glück und, äh, Frieden. Nun, Gentlemen, mit dem Frieden wird es wohl vorerst nichts werden, aber den Krieg, den werden wir gewinnen! *Cheers!*«
»*Cheers!*«
»*Cheers!*«

Während die Arbeiten am Schiff pausenlos weitergingen, jetzt unter den Argusaugen von Taggart, der wie eine einsame Statue auf dem Kommandantendeck stand, zog Vitus sich am Nachmittag in Halls Kammer zurück. Er wollte die Zeit vor der Abfahrt dazu nutzen, einen Brief an Nina zu schreiben. Nach mehrfachen Versuchen, die richtigen Worte zu finden, lasen sich seine Zeilen so:

an Bord der Falcon,
Mittwoch, 15. Maius 1588

Meine Liebste,
ich hoffe, Keith hat Dir meine Grüße übermittelt und Dir gesagt, dass ich wohlauf bin. Die Abreise der Falcon *hat sich um einige Zeit verzögert, was niemand mehr bedauert als ich. Wie gern wäre ich bereits wieder zurück und würde Dich und die Kinder in die Arme schlie-*

ßen! Ihr fehlt mir sehr, besonders Du, meine Liebste. Ich fürchte, ich bin heute ein ungeschickter Schreiber, denn es will mir nicht gelingen, meine Liebe zu Dir in die richtigen Worte zu kleiden. Bitte verzeih mir!
Auf ein baldiges und glückliches Wiedersehen.
Ich bin für immer der Deine.

Vitus

Er war keineswegs zufrieden mit seinem Geschreibsel, es kam ihm zu steif und distanziert vor, dennoch faltete er den Brief zusammen, versiegelte ihn und steckte ihn in eine Segeltuchtasche. Vielleicht würde Tipperton so freundlich sein und auf dem Kai nach einem Kurier Ausschau halten, der nach Greenvale Castle ritt.
Es klopfte. Vitus erwartete den Zwerg, da er sich sonst niemanden denken konnte, der ihn um diese Zeit sprechen wollte. Umso überraschter war er, als Tipperton die kleine Kammer betrat. »Ich hoffe, ich komme nicht ungelegen, Sir?«
»Nein, Tipperton, ob Ihr es glaubt oder nicht, ich habe gerade an Euch gedacht.«
»Oh, aha.« Es war Tipperton anzusehen, dass er nicht wusste, wie er die Antwort deuten sollte.
»Ich wollte Euch bitten, diesen Brief für mich auf die Reise zu schicken. Würdet Ihr das tun? Einen Obolus für die Überbringung habe ich beigelegt.«
»Äh, selbstverständlich, Sir.« Tipperton nahm die Segeltuchtasche an sich und blieb unschlüssig stehen.
»Nehmt Platz, Tipperton.« Vitus deutete auf die gegenüberliegende Koje.

»Danke, Sir.« Tipperton ließ sich umständlich nieder.
»Was kann ich für Euch tun?« Vitus setzte sich ebenfalls. Rasch überlegte er, ob er dem Schreiber etwas anbieten sollte, aber das hätte wohl nicht gepasst.
»Nun, der Grund für meinen Besuch bei Euch« – Tipperton räusperte sich – »ist etwas delikater Natur.«
»Was Ihr nicht sagt.«
»Ja, in der Tat.« Erneutes Räuspern. »So ist es.«
»Ihr macht es spannend.«
»Es geht um den Captain, Sir.«
Vitus schwieg.
»Tja, wie gesagt, es geht um den Captain. Ich wollte Euch bitten, sich seiner auf dieser Reise ganz besonders anzunehmen.«
»Deshalb bin ich an Bord.«
»Gewiss, gewiss. Das ist mir wohlbekannt.«
»Aha.« Vitus beschloss, die Rede des Schreibers nicht weiter zu unterbrechen. Je weniger er das tat, desto früher würde er wissen, was sein Besucher wollte.
»Ihr müsst wissen, Sir, dass ich seit Jahren auf dem Gut des Captains lebe, ja, ich darf wohl sagen, dass ich fast ein Familienmitglied bin.«
»Ach was?«, entfuhr es Vitus.
»Nicht wahr, das wusstet Ihr nicht.« In Tippertons Ton lag eine Spur Selbstgefälligkeit. »Es ist so, dass der Captain und ich uns seit Kindesbeinen kennen. Wir stammen beide aus demselben Dorf, Osborne heißt es und liegt östlich von Cowes auf der Isle of Wight. Wir waren Nachbarskinder und spielten häufig zusammen. Der Captain war schon damals ein Draufgänger. Er liebte die wilden Auftritte wie

Fight the Knight, ein Spiel, bei dem ein Mädchen aus dem Dorf zum Burgfräulein erklärt wird und aus den Händen eines blutrünstigen Ritters befreit werden muss und so weiter …«

Vitus blieb stumm.

Tipperton sah sich genötigt, fortzufahren: »Ich dagegen hielt es eher mit den ruhigen Rätseln. Kennt Ihr *Flutter, flutter butterfly* oder *I spy with my eye something beginning with …?* Es ist ein ganz reizendes Spiel, bei dem eines der teilnehmenden Kinder einen Gegenstand in seiner Umgebung auswählt und dessen Anfangsbuchstaben nennt. Daraufhin müssen die anderen Kinder raten, wie der Name dieses Gegenstands ist. Wer ihn erraten hat, darf anschließend selbst die Aufgabe stellen. Wie gesagt, ein ganz reizendes Spiel.«

Vitus sagte noch immer nichts. Einerseits, weil er die genannten Spiele nicht kannte, andererseits, weil er aus dem Staunen nicht herauskam. Dass Taggart und sein schlafmütziger Schreiber einander seit Kindesbeinen kannten, war mehr als eine Überraschung.

Tipperton legte die Fingerspitzen aneinander und fuhr in seiner weitschweifigen Art fort: »Mit sechs kamen der Captain und ich – wir sind gleichaltrig, müsst Ihr wissen – auf eine Lateinschule. Da hieß es dann: *Non scholae sed vitae discimus* und später *Gallia est omnis divisa in partes tres …*«

»… quarum unam incolunt Belgae«, ergänzte Vitus, der sich entschlossen hatte, sein Schweigen zu brechen. »Auch ich habe nicht für die Schule, sondern für das Leben gelernt, und auch mir ist bekannt, dass ganz Gallien in drei

Teile zerfällt, dessen einer von den Belgiern bewohnt wird. Worauf wollt Ihr eigentlich hinaus, Tipperton?«
»Ich habe lange geschwankt, Sir, und mich dann doch dafür entschieden, es zu wagen.«
»Aha, was denn?«
»Nun, äh, ich wollte Euch auf etwas aufmerksam machen, Sir, auf etwas sehr Wichtiges, aber wenn Ihr gestattet, führe ich meinen Gedanken noch schnell zu Ende.«
Vitus begann zu begreifen, warum Taggart so häufig der Kragen platzte, wenn er es mit seinem Schreiber zu tun hatte.
»Der Captain war, ich darf das ohne Übertreibung sagen, in Latein ein mäßiger Schüler, es haperte bei ihm hauptsächlich an den Vokabeln, die zu lernen er keine Lust hatte oder keine Zeit fand. Ich dagegen war, in aller Bescheidenheit angemerkt, ein sehr guter Schüler. Ich kannte meinen Caesar, meinen Ovid und auch meinen Vergil so gut, dass ich über mehrere Jahre Klassenprimus war. In dieser Zeit habe ich dem Captain unzählige Male während des Unterrichts geholfen, indem ich ihn abschreiben ließ oder ihm vorsagte. Er dagegen half mir bei Astronomie und Geometrie aus, denn der Inhalt dieser Fächer flog ihm wie von selbst zu. Außerdem verteidigte er mich stets, wenn andere Jungen mich verprügeln wollten. Vielleicht könnt Ihr Euch das schwerlich vorstellen, Sir, weil der Captain zu mir häufig, äh, recht grob ist, aber glaubt mir, im Zweifelsfall lässt er nichts auf mich kommen. Das war immer so, und das ist auch heute noch so.«
Vitus fasste sich weiter in Geduld.
»Es gab Zeiten, da sahen wir uns wochenlang nicht, weil

der Captain insgesamt dreimal – nein, wartet, ich glaube, es war sogar viermal – von zu Hause ausriss. Immer zog es ihn zu den Schiffen im Hafen von Cows, sie übten eine magische Anziehungskraft auf ihn aus. Beim ersten Mal arbeitete er zwei Wochen auf einer Werft und fuhr anschließend mit einem Kohletransporter in die Irische See. Da war er neun Jahre alt, sah aber schon wie elf aus. Beim zweiten Mal war er elf, sah aber schon wie vierzehn aus, da hatte er auf einem Westindienfahrer angeheuert, doch sein Vater, ein trinkfreudiger Steinmetz und Grabsetzer, kam dahinter und holte ihn in letzter Minute vom Schiff herunter. Ihr könnt Euch vorstellen, Sir, was es danach für eine Tracht Prügel setzte. Beim dritten Mal …«

»Irgendwann ist der Captain dann mit Euch zusammen zur See gefahren.«

»Äh, sicher, Sir.« Tipperton wirkte leicht pikiert. »Aber bis dahin sollten noch Jahre vergehen. Wenn Ihr gestattet …«

»Überspringt die Jahre einfach.«

»Nun gut, ich bin nicht sicher, ob ich es tun sollte, aber wenn Ihr meint. Ich schenke mir dann die Schilderung, wie der Captain sich im Laufe der Jahre hochdiente, will auch darauf verzichten, Euch von Maggy, seinem Weib, zu berichten, das er bei einem Hahnenkampf in Cows kennenlernte. Wenn ich es recht erinnere, war es so, dass der Captain den Siegerhahn kaufte, damit zu Maggy ging und zu ihr sagte: ›Das ist der Hahn, der die Henne bekommen wird, die den Stall bekommen wird, der das Haus bekommen wird, das das Gut bekommen wird, das du bekommen wirst, wenn du mich heiratest.‹ Zugegeben ein recht ungewöhnlicher Antrag, aber Maggy nahm ihn an, und wie Ihr wisst, Sir, leben beide noch heute auf ihrem Gut – zusammen mit mir, wie ich hinzufügen möchte. Wo war ich stehengeblieben? Ach ja: Ich versage mir auch, Euch von den Abenteuern des Captains Anfang der siebziger Jahre in der Karibik zu erzählen, und gehe auch nicht ein auf seine Erhebung in den Ritterstand, die unsere Jungfräuliche Königin höchstselbst vornahm, ebenso wie ich unerwähnt lassen will, in welchen Jahren die fünf Kinder des Captains geboren wurden.«

»Dafür bin ich Euch dankbar.«

»Äh, wie meinen? Ich denke, ich sollte ferner darauf verzichten, Euch die Namen der Kinder zu nennen und ihre besonderen Begabungen, obwohl so viel Zeit eigentlich sein müsste. Ich will mich beschränken auf den Hinweis, dass sämtliche Kinder mittlerweile aus dem Haus sind; aus den Jungen wurden Seefahrer wie ihr Vater, wenn man von dem einen verkrüppelten Knaben absieht, der mit einem Buckel geboren wurde. Die Mädchen wurden standesgemäß verheiratet, es handelt sich um Josy, eigentlich Josephine, und Dotty, eigentlich Dorothee. Josy heiratete den Reedersohn John McAllan aus Farmouth, das war, wenn ich nicht irre, im Jahre 69, Dotty heiratete den Sohn des Apothekers von Cows, Sylvester Hancock, das war zwei Jahre später, übrigens an einem ähnlich schönen Maientag wie heute. Dotty hat den Captain dreimal zum Großvater gemacht, Josy leider kein einziges Mal. Nun ja, das nur nebenbei. Außer dem Gesinde leben auf dem Taggart'schen Gut mithin nur noch vier Personen: Der verkrüppelte Sohn Connor, der inzwischen – lasst mich nachdenken – siebenunddreißig Jahre zählen müsste und leider noch immer unverheiratet ist, Maggy, die Gutsherrin, der Captain und meine Person. Was unser aller Verhältnis zueinander angeht, so darf ich sagen, dass es ein sehr gutes ist. Selbstverständlich sind wir alle per Du, was den täglichen Umgang miteinander durchaus erleichtert. Natürlich gilt das nur für den privaten Bereich. Ihr mögt das schon daran erkennen, Sir, dass der Captain und ich uns stets im Dienst ihrzen ... Sir? ... Ist etwas, Sir? Ihr sagt ja gar nichts?«

»Ich nahm an, Ihr wärt noch nicht fertig.«

»Sehr freundlich von Euch, mich nicht zu unterbrechen, Sir. In der Tat bin ich noch nicht fertig. Wenn ich über die eben genannten Dinge nicht näher gesprochen habe, so will ich das gern und ausführlich – Euer Interesse vorausgesetzt – an anderer Stelle nachholen. Vielleicht zu einem günstigeren Zeitpunkt. Sprechen allerdings muss ich mit Euch über den Gesundheitszustand des Captains. Ihr wisst um diese leidige Kniegeschichte. Wenn Ihr ihn fragen würdet, und ich bitte Euch, es nicht zu tun, wie es seinen Beingelenken geht, würde er selbstverständlich antworten, dass mit ihnen alles zum Besten steht – genau das aber wäre gelogen, äh, sagen wir lieber: nicht ganz richtig. Professor Banester in London hat sich in der Vergangenheit zwar alle Mühe gegeben und seine ganze Heilkunst aufgewandt, um eine Besserung herbeizuführen, aber es ist ihm nur vorübergehend gelungen. Anders formuliert: Die Knie zwicken nach wie vor. Es ist, um der Wahrheit die Ehre zu geben, wohl etwas besser geworden, aber von einem Heilungserfolg kann leider keine Rede sein.«

»Als der Captain heute Mittag ankam, schien er aber ganz normal zu gehen.«

»Das ist es ja gerade, Sir! Der Captain beißt die Zähne zusammen, tut so, als wäre nichts, und leidet insgeheim Höllenqualen. Ich bitte Euch, lasst Euch nicht von dem oberflächlichen Eindruck täuschen und unternehmt etwas gegen die Schmerzen.«

»Ich werde sehen, was ich machen kann. Aber zu einer erfolgreichen Behandlung gehören immer zwei: Einer, der behandelt, und einer, der sich behandeln lässt.« Vitus dachte, dass schmerzende Gelenke zu den größten Herausforderungen eines Arztes gehörten. Wenn es stimmte, was Tipperton sagte, hatte er eine mehr als schwierige Aufgabe vor sich.

Tipperton wedelte wichtig mit dem Zeigefinger. »Wenn der Captain überhaupt auf jemanden hört, dann auf Euch, Sir. Bevor wir hierherritten, sagte er zu mir: ›Der Cirurgicus soll bloß die Finger von meinen Beinen lassen‹, aber er fügte auch hinzu: ›Verflucht sei die Stunde, in der Gott die Knie erschaffen hat.‹ Und ich antwortete ihm: ›Taggart, du solltest mehr auf deine Gesundheit achten, als auf die Rufe eines Howard und Walsingham zu hören. Bleib zu Hause, zumal deine Frau krank ist und dich braucht.‹«

»Wie, des Captains Frau ist krank?«, fragte Vitus aufgeschreckt. Er kannte Maggy als eine fröhliche Frau, die vor sieben Jahren bei seiner Hochzeit bis in den Morgen hinein getanzt hatte – allerdings nicht mit ihrem Gatten, der sich höchst ungern aufs Parkett begab.

»Sie hat es auf der Brust«, antwortete Tipperton, »aber sie sagt, es sei nichts, und Taggart hat es ihr nur zu gern geglaubt. Nichts konnte ihn auf der heimischen Scholle halten, er wollte unbedingt los.«

Genau wie ich, dachte Vitus schmerzlich. Was Nina wohl in diesem Augenblick macht?

»Lasst Euch, um Gottes willen, nicht anmerken, Sir, dass Ihr wisst, wie es um des Captains Gelenke steht. Ich käme in Teufels Küche. Es soll unser Geheimnis bleiben, einverstanden?«

Vitus zögerte, dann nickte er. »Einverstanden.«

»Ich danke Euch für Eure Verschwiegenheit, Sir, und ich danke Euch ebenfalls dafür, dass ich die Hintergründe für meine delikate Bitte in der gebotenen Kürze schildern konnte.« Tipperton erhob sich. »Ich darf mich empfehlen und wünsche Euch noch einen guten Tag. Ach, übrigens, ich war niemals hier in Eurer Kajüte, versteht Ihr?«

»Nein, das wart Ihr nicht«, murmelte Vitus nachdenklich. Dann schloss er die Tür hinter dem Schreiber und setzte sich wieder. Er musste das, was Tipperton erzählt hatte, erst einmal verdauen.

Tipperton und Taggart waren Duzfreunde!

Tipperton kannte Taggart von Kindesbeinen an!

Vitus wollte nach dem Werk *De morbis* greifen, stellte aber fest, dass es unten im Behandlungsraum des Schiffs lag. Wenn er nachschlagen wollte, was die alten Meisterärzte bei Gelenkverschleiß empfahlen, musste er sich hinunterbemühen.

Er stieg also die Niedergänge hinab und betrat den Arztraum. Im Schein einer Laterne setzte er sich auf den Spezialstuhl und nahm das zwölfhundert Seiten starke Werk in die Hand. Er erinnerte sich, dass Pater Thomas, der Arzt und Prior von Campodios, der einmal sein Lehrmeister gewesen war, stets von zweierlei Zuständen des Gelenkver-

schleißes gesprochen hatte: dem beschwerdefreien und dem schmerzenden. Die Behandlung sah unterschiedliche Wege vor, aber welche das waren, wusste er nicht mehr. Es lag schon mehr als vierzehn Jahre zurück, dass Pater Thomas darüber referiert hatte.
Was würden die alten Ärzte zu dem Problem sagen?
Vitus blätterte geduldig, schlug nach bei Susruta von Benares, forschte bei Hippokrates von Kos und studierte die Abhandlungen des Galenos von Pergamon, doch so viel er auch las, eine gezielte Therapie gegen entzündete Gelenke fand er nicht – bis er auf ein Kapitel des Arztes und Alchemisten Arnaldus de Villanova stieß, der um 1300 erstmals aus verschiedenen Flechtenarten ein Reagens namens Lackmus hergestellt hatte. Arnaldus berichtete unter anderem über die Verfärbung des Lackmus in Verbindung mit Harn und wies auf diese Weise im »menschlichen Wasser« Säure nach. Damit nicht genug, stellte er Vermutungen über den Zusammenhang der Harnsäure mit der Arthritis an und empfahl gegen dieses Leiden mehrere Heilpflanzen, darunter Brennnessel, Heublumen und Arnika. Dazu Wärme oder Kälte, je nach Befinden des Patienten.
Vitus klappte das Buch zu. Er hatte das Gefühl, einen Schritt weiter zu sein, für den Fall, dass Taggart seiner Hilfe bedurfte. Noch schien es nicht so weit zu sein – trotz der mahnenden Worte Tippertons. Was Professer Banester, sein alter Examinator, wohl verordnet hatte? Ob Tipperton das wusste? Taggart jedenfalls, so viel war klar, würde über die Behandlung, die Banester ihm hatte angedeihen lassen, kein Sterbenswort verlieren.
Vitus legte das Buch zur Seite, erklomm die Decks nach

oben und klopfte wenig später an Taggarts Kajütentür. Unter dem Eindruck des von Tipperton Gesagten wollte er sich nochmals ein Bild vom Gesundheitszustand des Kapitäns machen.

»Herein.«

Vitus betrat die Kajüte und sah, dass Taggart nicht allein war. Ihm gegenüber am Kartentisch saß ein außergewöhnlicher Besucher – der Zwerg.

»Wiewo, da spähste moll, was!«, krähte der Winzling.

Taggart grinste sein diabolisches Grinsen.

Vitus fasste sich. »Dich hier anzutreffen, hatte ich nicht erwartet, Zwerg«, sagte er. Dann fiel ihm ein, dass Taggart auch früher schon ein ganz besonderes, vertrautes Verhältnis zu dem Winzling gehabt hatte, nicht zuletzt wegen seines verkrüppelten Sohns.

»Enano und ich haben über vergangene Zeiten geplaudert und einen Erinnerungstrunk zu uns genommen«, sagte Taggart, vor dem ein Glas Rheinwein stand.

»Gewisslich ha'm wir das, un über den Rußling ha'm wir auch getruscht.«

»Über was?« Selbst Vitus verstand nicht immer, was der Zwerg meinte.

»Über die Küche, Örl. Die Feuerstelle! Jack un seine Gacken ha'm schon manches Fass fillfoll gebracht, aber's fehlen noch Bauerndegen un Böllerlein un Schießbaumwolle.«

Taggart mischte sich ein. »Enano will es sich nicht nehmen lassen, für die Mannschaft zu kochen; mit einer Hilfe, sagt er, wäre das kein Problem. Ich habe es ihm versprochen. Und ich habe ihm auch versprochen, dass noch Bohnen,

Kichererbsen und Sauerkraut besorgt werden. Blieb mir auch gar nichts anderes übrig, was Enano?«
»Wui, wui, Kaptein!«
Taggart trank einen Schluck Rheinwein, schrie »Tipperton!« und setzte das Glas ab. Vitus dachte, dass Wein ganz sicher nicht gut für die Kniegelenke des Kapitäns waren, sagte aber nichts. Taggart trank einen weiteren Schluck und prostete dem Zwerg zu, dessen Äuglein glühten.
»Tipperton!«
Endlich erschien der Schreiber. »Ihr habt mich gerufen, Sir?«
»Das habe ich in der Tat. Kennt Ihr Euren Namen nicht mehr, oder warum reagiert Ihr nicht?«
Tipperton zog ein hochmütiges Gesicht. Kein Muskel darin verriet, wie viel Privates er Vitus vor kurzem anvertraut hatte. »Ich war gerade damit beschäftigt, die neue Mannschaftsliste zu erstellen, Sir.«
»So, so, dann beschäftigt Euch jetzt mal damit, dem Cirurgicus ein Glas Wein zu bringen. Und mir könnt Ihr noch einmal nachschenken.«
»Aye, aye, Sir, ich …«
»Nein, nicht nötig!«, fiel Vitus Tipperton ins Wort. Er dachte daran, dass Taggart schon um die Mittagszeit mit ihm und McQuarrie ein paar Gläser getrunken hatte, und meinte, nun doch einschreiten zu müssen. Er versuchte es mit einer Andeutung. »Rheinwein geht mir zu sehr auf die Knie.«
Taggart zog die Stirn in Falten. »Euch vielleicht, mir nicht.«
»Aye, Sir.« Vitus gab sich dieses Mal geschlagen. Augenbli-

cke später stellte Tipperton ihm ein Glas vor die Nase. »Wohl bekomm's, Sir.«
»Danke, Tipperton.«
»Können wir jetzt endlich?« Taggart schaute auffordernd in die Runde. »Wir trinken auf eine glückliche und erfolgreiche Reise, äh, und natürlich auf eine schnelle! *Cheers!*«
»*Cheers!*«
»*Assusso!* Glatten Schein un grandig Schwein!«
Taggart schnaufte. »Das tat den alten Knochen gut! Wo ist Tipperton? Schon wieder fort? Meinetwegen. Aber wo er gerade sagte, er fertige die Mannschaftsliste an, Cirurgicus, muss ich Euch eröffnen, dass Ihr Euch leider verzählt habt.«
»Ich verstehe nicht, Sir?«
»Wir haben keine dreißig Mannschaftsdienstgrade an Bord, sondern nur neunundzwanzig, also einen weniger.«
»Einen weniger?« Vitus war sicher, sich nicht verzählt zu haben. Dann fiel ihm ein, dass Odder, den er in das Gatt mit dem Takelwerk hatte sperren lassen, einige Zeit später verschwunden war. Seitdem trieb der Kerl sich bestimmt irgendwo herum. »Es gibt da einen Mann, um den es sich handeln könnte, Sir. Odder ist sein Name. Leider ist er ein Säufer, der es gut versteht, sich unsichtbar zu machen und vor der Arbeit zu drücken.«
»Aha. McQuarrie!«
»Sir?«
»Suchen lassen, den Mann.«
»Aye, aye, Sir!«

Die »Ratte« Odder

»Ja, das isses, das hab ich immer im Suff gehört.
Weinst häufig, was? Bist verzweifelt, wie?
Brauchst keine Angst nich haben,
vor Odder braucht keiner Angst nich haben.
'n Verlorener tut 'ner Verzweifelten nix!
Selbst wenn ich Lust hätt, es mit dir zu treiben,
würd ich's nich tun, Ehrensache, verstehste?«

Es war ungefähr drei Wochen her, dass Odder den Weg vom Land aufs Schiff gefunden hatte. Und fast genauso lange lag es zurück, dass er den Schlüssel entwendet hatte. Es war ein Universalschlüssel, der dem Koch gehört hatte, bevor dieser die *Falcon* auf Nimmerwiedersehen verließ.

Seit dieser Zeit ging es Odder gut. Jede Tür öffnete sich ihm, und die Sorge um sein tägliches Quantum Wein, die ihn früher so oft geplagt hatte, gehörte der Vergangenheit an. Auch Nahrung, wo immer sie sich befand, war ihm jederzeit zugänglich, aber aus Nahrung machte er sich wenig. Wie jeder echte Säufer trank er lieber, als dass er aß.

Er war bis auf die Knochen abgemagert und pflegte Tag und Nacht vor sich hin zu dämmern, und wenn er irgendwann einmal aus seinem Halbschlaf erwachte, überkam ihn das große Zittern. Dann stand er auf, horchte auf die Geräusche im Schiff und machte sich, wenn die Luft rein war, auf die Suche nach etwas Trinkbarem. Manchmal war er dabei so schwach, dass er vorübergehend wieder einschlief. Bei dieser Gelegenheit war er das eine oder andere Mal überrascht und fast zur Arbeit eingeteilt worden, aber er hatte sich immer wieder rechtzeitig drücken können.

Am besten war es immer gewesen, wenn sich die gesamte Mannschaft betrank, dann fiel es nicht weiter auf, dass er sich unter sie mischte. Aber seit einigen Tagen wehte ein anderer Wind an Deck, und die Geräusche sprachen dafür, dass die *Falcon* demnächst wieder unter Segel gehen würde.

Odder war das gleich. Hauptsache, er hatte den Schlüssel. Mit seiner Hilfe ließ sich immer und überall ein Schlückchen finden.

Und manchmal fand sich auch etwas anderes.

Ein paar Tage nur war es her, dass er die Frau gefunden hatte. Das heißt, von »gefunden« konnte eigentlich keine Rede sein. Er war auf sie gestoßen, als er sich wieder einmal verstecken musste, um nicht von irgendwelchen Leuten zum Dienst eingeteilt zu werden.

Die Tür hatte er zunächst überhaupt nicht gesehen. Nicht, weil es zu dunkel war – er hatte einen Kerzenstummel dabei –, sondern weil sie so verborgen lag, tief unten neben dem Rohrende der Bilgenpumpe. Er hatte gekichert vor Freude über das willkommene Versteck und zur Sicherheit die Kerze gelöscht. Dann war er hineingekrochen in die Schwärze des Raums und hatte sich fallen lassen. Er war weich gefallen, auf irgendetwas, das einen Laut von sich gab. Er hatte sich zu Tode erschreckt und eine Weile stumm und regungslos dagelegen. Dann hatte er sich getraut, die Kerze neu zu entzünden. Und dann hatte er die Frau erblickt.

Odder war einiges gewohnt, denn er hatte ein bewegtes Leben hinter sich, aber als er die Frau sah, war ihm fast schlecht geworden. Wie eine Mumie hatte sie ausgesehen, mit einem Gesicht wie ein Totenkopf. Ihre Augen waren leer gewesen, ihre Lippen geöffnet wie zum Schrei, ihre Zähne zum Teil ausgeschlagen, ihre Haare voller Spinnweben und widerlicher Asseln.

Die Frau hatte genauso entsetzt geguckt wie er.

Er hatte einen Moment gebraucht, um zu begreifen, dass sie ihn genauso ekelerregend fand. »Hab keine Angst«, hatte er geflüstert, »Odder tut dir nix.« Aber die Frau hatte die Augen geschlossen und ihn nicht weiter beachtet. Da war er gegangen, jedoch nicht, ohne die Tür vorher abgeschlossen zu haben.

Am nächsten Tag war er wiedergekommen, und die Frau hatte dagelegen, als hätte sie sich keinen Zoll von der Stelle gerührt. Er hatte etwas Wasser mitgebracht und etwas Pökelfleisch, und die Frau hatte sogar von beidem genommen, aber gesagt hatte sie nichts.

Von dem Tag an hatte Odder immer an sie denken müssen, jedenfalls immer dann, wenn er nüchtern war, und er hatte sich ausgemalt, wo sie wohl herkam und was sie auf das Schiff verschlagen hatte.

Auch heute fragte er sich das. Wieder hatte er etwas Pökelfleisch aufgetrieben und etwas zu trinken. Diesmal jedoch eine Kanne Wein. Er fand, es betrank sich netter zu zweit. »Ich bin's, Odder«, flüsterte er verschwörerisch, während er die Tür aufschloss. »Haste schon auf mich gewartet?«

Die Frau lag da und antwortete nicht, und Odder machte erst einmal Licht. Er hatte nicht weniger als drei Kerzen mitgebracht, die er nacheinander abbrennen wollte, denn er gedachte, länger zu bleiben. »Hab wieder was zu beißen dabei, is alles für dich, hab mirs Fressen schon seit langem abgewöhnt, weißte. Ich nehm dafür 'n guten Schluck. Kannst auch was abkriegen, musst's nur sagen. Was, das willste nich? Auch gut, dann kriegste nix.«

Odder trank einen kräftigen Schluck und spürte, wie es ihm gleich besserging. »Von dem Fleisch willste wirklich nich? Mädel, Mädel, mach kein' Kokolores, bist ja fast so dürr wie ich. Solltest essen, ja, das solltest du.«

Die Frau sagte nichts. Odder vergaß sie und dämmerte vor sich hin. Dann zischte die Kerze, und er wachte wieder auf. »Da biste ja immer noch, un hast immer noch nix gespachtelt. Na, jeder, wie er will. Un ich will erst mal noch 'n Schluck.« Odder trank. »Weißte, ich muss aufpassen, dass ich nich zu schnell sauf, wenn ich zu schnell sauf, hör ich immer Töne, so welche, die ich nich kenn, weißte. Wenn ich's mir recht überleg, hab ich schon 'n paarmal gehört, wie du geweint hast, hab aber immer gedacht, 's wärn die Töne vom Suff. Der Suff kann einem böse Streiche spieln, wenn man nich aufpasst. Vor 'n paar Tagen isses mir passiert, da hat mich dieser Cirugu…, dieser Curirgi… dieser neue Arzt geschnappt un in 'n Loch mit alten Tauen gesperrt, aber als er weg war, hab ich ihm 'ne Nase gedreht un bin abgehauen. Hatte ja meinen Unviversalschlüssel dabei, hihi.«

Die Frau sagte nichts. Sie atmete schwer.

»Wart mal.« Odder kroch auf allen vieren zur Tür und schloss sie von innen. »Is sicherer, weißte. Durch 'ne zue Tür kann keiner kucken.«

Die Frau zuckte mehrmals zusammen. Odder sah es daran, dass sich ihr Lumpenkleid ruckartig bewegte. »Haste öfter solche Zuckungen? Brauchst keine Angst nich haben, vor Odder braucht keiner Angst nich haben. Ich bin 'n Verlorener, weißte, 's hat mal 'n Reverend zu mir gesacht. ›Ihr seid ein Verlorener‹, hat er zu mir gesacht un gleich mit'm Beten angefangen. Mir war's egal, beten hilft auch nich, aber sein Messwein hat mächtig gut geschmeckt.«

Die Frau begann leise zu wimmern.

»Ja, das isses, das hab ich immer im Suff gehört. Weinst häufig, was? Bist verzweifelt, wie? Brauchst keine Angst nich haben, vor Odder braucht keiner Angst nich haben. 'n Verlorener tut 'ner Verzweifelten nix! Selbst wenn ich Lust hätt, es mit dir zu treiben, würd ich's nich tun, Ehrensache, verstehste?«

Nach dieser Rede fühlte sich Odder etwas erschöpft. Er trank einen kräftigen Schluck aus der Weinkanne und nickte ein.

Als er aufwachte, brannte die zweite Kerze. Jemand musste sie entzündet haben, denn von allein konnte sie nicht brennen. Odder kramte in den Windungen seines Verstands und kam darauf, dass es die Frau gewesen sein musste. »Das is gut«, gähnte er. »Hast Licht gemacht. Haste auch was

gespachtelt? Nee, haste nich? Denn nich. Jeder muss selber wissen, was er will. Ich lass dir das Fressen da. Wenn de willst, nimmste später davon. Ich hau jetzt ab, muss woanders noch mal nach'm Rechten sehn. Brauchst keine Angst nich haben, ich komm wieder. Ich nehm den Scheißeimer mit un leer ihn für dich aus, is ja schon ganz voll, das Ding. Brauch dir nich peinlich sein, jeder muss mal auf'n Topf, sogar die Königin. Wenn ich geh, schließ ich's Schloss wieder ab, aber brauchst keine Angst nich haben, is nur für deine Sicherheit, un die Ratten können auch nich rein zu dir.«
Odder legte seine Hand zaghaft auf die Schulter der Frau. »Mach dir keine Sorgen nich, ich komm wieder.«

Als der Befehl »Leinen los!« ergangen war und die Springtaue vorn und achtern gelöst wurden, stand Taggart mit Vitus an der Querreling des Kommandantendecks und legte wie immer seine Hand auf das Holz. »Lange her, dass ich mein Schiff gespürt habe«, knurrte er. »Viel zu lange. Aber jetzt ist wieder Leben darin.«
»Aye, Sir.« Vitus packte ebenfalls die Reling, fühlte aber nichts als frisch geschmirgeltes, gut lackiertes Holz.
»Die Zimmerer Jim und Tom haben gute Arbeit geleistet, das habe ich ihnen auch schon gesagt.« Taggart beobachtete McQuarrie, der auf dem Galion stehend das Ablegemanöver leitete. Obwohl der Wind günstig blies, hatte er alle Hände voll zu tun, die *Falcon* sauber vom Kai fortzumanövrieren und ins Fahrwasser zu bringen. Aber der drahtige

Schotte war eine altgediente Teerjacke und hatte seine Männer gut im Griff.
Das sah auch Taggart, der trotz seiner Plauderei mit Vitus wie ein Schießhund aufpasste, ob alles nach guter Seemannschaft ablief. Ein Schiff, das den Hafen verließ, zog immer Hunderte von neugierigen Blicken auf sich, und wehe dem Kommandanten, der dabei eine schlechte Figur machte.
»Manchmal hätte ich mir allerdings Colby hergewünscht.«
»Colby, Sir?«
»Meinen alten Zimmermann. Der Kerl hatte gesegnete Hände. Es gab nichts, was der nicht bauen oder reparieren konnte ... He, McQuarrie, bringt das Schiff mehr an den Wind!« Ganz konnte Taggart es doch nicht lassen.
»Aye, aye, Sir!«, brüllte der drahtige Schotte und gab die entsprechenden Befehle.
»Was wurde aus Colby, Sir?«
»Keine Ahnung, Cirurgicus. Das ist es ja gerade. Er verließ meine *Falcon* wie so viele andere, kaum dass ich ihr den Rücken gekehrt hatte ... Mehr Backbordruder! ... Vielleicht weilt er auch nicht mehr unter den Lebenden. Er war schon achtundvierzig Jahre alt.«
»Schon achtundvierzig?« Vitus grinste.
»Ich weiß, was Ihr denkt. Ihr denkt, das sagt einer, der bereits dreiundsechzig ist.«
»Und vielleicht gut daran getan hätte, sich neue Knie von seinem Zimmermann bauen zu lassen«, scherzte Vitus nicht ohne Absicht.
Taggart schaute verblüfft. »Den Gedanken hatte ich tatsächlich ein paarmal, Cirurgicus, obwohl es natürlich Unsinn war. Nebenbei: Was spielt Ihr eigentlich dauernd auf

meine Knie an? Sie sind wieder in Ordnung. Könnten gar nicht besser sein. Professor Banester scheint da ein paar Sehnen oder Knorpel oder weiß der Teufel was kunstvoll zusammengespleißt zu haben.«

»Sind sie wirklich in Ordnung, Sir?«

»Nun ja.« Taggart zögerte. Dann schoss plötzlich seine Hand vor. »Seht mal da an Land, Cirurgicus. Scheint so, als hätte uns jemand noch besuchen wollen.«

Vitus' Augen folgten der angegebenen Richtung und entdeckten einen prächtigen Reitertrupp, der eine Kutsche eskortierte. »Dem Wappen nach ist es die Kutsche von Sir Francis.«

»Was, Drake? Was will der denn?«

»Ich meine Francis Walsingham, Sir, den Staatssekretär und Geheimdienstchef Ihrer Majestät.«

»Ach so, ach so.« Taggart ärgerte sich über sein schwächer werdendes Augenlicht. »Der Mann, dem wir unsere Mission verdanken. Nett, dass er zu unserer Verabschiedung gekommen ist.«

»Wollt Ihr nicht lieber noch einmal anlegen, Sir?«

Taggart schnaufte. »Der Abstand zwischen uns und dem Kai beträgt mindestens schon hundertfünfzig Yards. Der hohe Herr kommt zu spät, wir segeln weiter.«

»Aber Sir!«

»Walsingham hat uns eine wichtige Aufgabe gegeben, vielleicht die wichtigste in dem ganzen kommenden Krieg, aber er hat es nicht für nötig befunden, die Instandsetzung meines Schiffs auch nur mit einem Halfpenny zu unterstützen.«

»Da habt Ihr leider recht. Seht nur, Sir Francis ist ausgestiegen und schaut zu uns herüber. Und da steht noch ein zweiter Gentleman, es ist Lordadmiral Howard, sollten wir nicht doch besser …?

»Nein! Wir schreiben heute den einundzwanzigsten Mai, bald ist Weihnachten, und wir kommen gerade erst aus diesem gottverdammten Hafen raus. Das alles verdanken wir einzig und allein der Gleichgültigkeit und der Untätigkeit jener Herren.«

»Vielleicht haben sie noch eine wichtige Botschaft für uns, Sir?«

»Und wenn schon. Dann hätte es ein Kurier auch getan. Der wäre auch früher hier gewesen. Nein, nein, die Herren wollen nur gucken. Tut mir leid, Gentlemen.« Taggart blickte grimmig drein und grüßte zu Walsingham und Howard hinüber.

»Wir sind weg!«

»Wir sin schon zwei oder drei Tage auf See«, sagte Odder tief unten im Schiffsbauch zu der Frau. »Manchmal schaukelt's ganz schön. Haste's schon mitgekriegt?«

Die Frau schwieg. Aber sie aß von dem mitgebrachten Brei aus Rüben und Speck.

»Den Fraß hat der Zwerch gemacht. Das is jetzt unser Koch, musste wissen. 'n Zwerch als Koch, das gab's auch noch nich, aber schlechter als der davor isser auch nich. Der Koch heißt Enano, hab ich gehört. Enano is Spanisch un heißt Zwerch. Passt gut, nich?«

Die Frau antwortete nicht.

»Is ja auch egal, ob's passt oder nich, nich? Ich heiß übrigens Odder, falls ich's dir noch nich gesacht hab, un man nennt mich ›Ratte‹, kein schöner Name nich, aber hab mich dran gewöhnt. Ratten sin gar nich so dumm, wie sie aussehn, sin sogar ganz schön schlau. Musst dich mächtig anstrengen, wenn de eine fangen willst. Früher hab ich häufig welche geschnappt, wenn nix anderes zu fressen da war. Die schmecken nich schlecht. Wenn de nich weißt, dass de eine isst, merkste das gar nich. Vielleicht denkste, 's is Wildschwein oder Karnickel oder so was, nich schlecht.«
Die Frau schob die Schüssel von sich und legte sich wieder hin.
»Wie heißt'n du mit Namen?«
Die Frau streifte Odder mit einem Blick und drehte sich um.
»Hast recht, Namen sin unwichtig. Ich hätt ja auch sagen können, ich heiß James oder Henry oder William oder so, un du hättst mir das auch geglaubt, un ich wär deshalb auch kein schlechterer Mensch gewesen. Kennste Aberdeen? Da hab ich früher die Ratten geschnappt, manchmal zehn un mehr am Tach, un hab se verkauft. Bin da auch aufgewachsen. Meinen Alten hab ich nie gesehn, un meine Mutter war 'ne Seeschwalbe im Hafen, wenn de verstehst, was ich mein. Irgendwann isse weggeflogen. Bin zwischen Fischresten aufgewachsen, weißte. Das sin so Reste, die bleiben beim Fischeschlachten über, Flossen un Schwänze un Gedärm un so. Mit den Fischblasen konnten wir Jungs prima spielen, ha'm sie uns über'n Pimmel rübergezogen un Pimmelfechten gespielt un uns halb schlappgelacht. Oh, 'tschuldigung, wollt nich unanständig wer'n. Aber's war immer 'n

fürchterlicher Gestank mit den Fischen. Wenn de den Gestank einmal an dir hast, wirste den nie nich mehr los. 's is auch der Grund, warum ich immer etwas riech. Was soll's, 's gibt Schlimmeres. Schlimm is, wenn de jeden Tach Fisch fressen musst, weil nix anderes da is, der kommt dir zu den Ohren wieder raus, der Fisch, das sach ich dir, irgendwann kommt er dir zu den Ohren wieder raus. Wollte gern mal was anderes fressen als Abfälle, un da hab ich 'ne Arbeit angefangen, hab Fischkisten gebaut, das war 'ne üble Sache, 's war'n nämlich Fischbretter, die se dafür genommen ha'm, un die stanken auch ganz erbärmlich. *For Quai Use Only* hat auf den Brettern draufgestanden, aber das weiß ich nur, weil's mir einer gesacht hat, kann ja nich lesen. Kannste lesen?«

Die Frau schien zu schlafen, aber das störte Odder nicht. Er nahm einen tiefen Zug aus der Weinkanne und rülpste vernehmlich. »Weißte, ich hab mich gefragt, was du wohl so früher gemacht hast, un ich hab mir gedacht, du bist innem Schloss aufgewachsen un hast immer satt zu essen gehabt un Bedienung un Spielzeug un Puppen un so was un musstest kein' Fisch essen un konntest immer Braten un Fasan un so was essen un hast immer schöne Kleider gehabt, so richtig teure, wo jedes tausend Pfund kostet wie die Königin ihre, un dein Vater wär'n Fürst un deine Mutter 'ne Fürstin, un du wärst 'ne Prinzessin, hihi, 'tschuldigung, bin etwas albern.«

Odder trank einen weiteren Schluck. »Mach dir nix draus, war'n ja nur so Gedanken. Aber manchmal musste als armes Schwein so was denken, sach ich immer, sonst wirste verrückt. Verrückt wirste sonst ...«

Odder schlief ein.
Als er erwachte, war die Kerze heruntergebrannt. Sie lag gelöscht im Stroh. Er fand sie nur, indem er mit der Hand nach ihr tastete. Dabei stieß er gegen die Frau. Er glaubte, ihre Brust berührt zu haben, und erschrak. »'tschuldigung, beim Leben vom lieben Jesus, das wollt ich nich! Bist doch meine Verzweifelte un sollst nich noch verzweifelter wer'n! Weißte, was, ich verdünnisier mich jetzt, muss nur aufpassen, dass se mich nich erwischen, ha'm mich schon'n paarmal gesucht, die Hunde. War nett mit dir. Warte, ich mach wieder Licht. Is der Eimer schon wieder voll? Ich leer ihn aus, un morgen bring ich ihn wieder mit.«

In den folgenden Tagen zogen stürmische Winde auf, sie kamen aus verschiedenen Richtungen, heulten durch die Takelage und peitschten Gischt über die Wogen des Meers. Für einen Renner wie die *Falcon* war es genau das richtige Wetter, um beachtliche Etmale zu erzielen. Doch sie arbeitete sich nur langsam nach Süden vor, denn Taggart ließ einen ausgeprägten Zickzackkurs steuern, um die Biskaya in ihrer gesamten Breite ausspähen zu können. Er hatte befohlen, die Ausgucks Tag und Nacht zu besetzen, und für diese Arbeit die Männer mit den besten Augen abgestellt.
Aber die Armada ließ sich nicht blicken.
Taggart, den alten Fuchs, machte das nicht ruhiger. Ständig fragte er sich, wo der Feind steckte, ob er noch kommen würde oder ob er ihn schon verpasst hatte. »Unsichtiges

Wetter!«, fluchte er ein ums andere Mal und wich nicht von seinem Kommandantendeck, dem höchsten Punkt auf dem Achterschiff.

Der Sturm und die rauhe See forderten seinen Kräften das Äußerste ab, aber er schonte sich nicht – und die Mannschaft erst recht nicht. An allen Ecken und Enden fehlten Matrosen: an den Brassen ebenso wie beim Setzen und Reffen der Segel, am Kolderstab für die Steuerung, in den Ausgucken, bei der täglichen Wartung. Der Mangel wäre nicht ganz so erheblich gewesen, hätte nicht die Notwendigkeit bestanden, mehr als die Hälfte der Männer in die Geheimnisse der Geschützbedienung einzuweisen. Schlimmer noch: Wegen des Wetters konnte das Exerzieren sich nur auf Trockenübungen beschränken, was bei dem Rollen und Stampfen des Schiffs oftmals albern genug aussah, und selbst dem grimmigen Taggart hier und da ein Lächeln entlockte.

Dennoch war es alles andere als ein Witz, wenn die Männer bei schwerer See mit Schwabbern und Ladestöcken in der Hand hin und her torkelten, vergebens an den Brooktauen der Culverines Halt suchten und über alledem eine mehr als fragwürdige Figur machten.

»Poseidon, Poseidon!«, fluchte Taggart. »Kneif endlich die Arschbacken zusammen und lass weniger Winde wehen! Meine Männer müssen schießen lernen, Scharfschießen lernen!« Dabei beugte er sich vor und stützte sich mit den Unterarmen auf der Reling ab, um die Belastung seiner Knie zu mindern. Die vermaledeiten Gelenke taten mittlerweile so weh, als hätte Professor Banester nur ein paar Beschwörungsformeln und nicht seine ganze Kunst auf ihre Genesung verwendet. Aber für Gejammer war jetzt keine Zeit. Die *Falcon* hatte einen Auftrag übernommen, und dieser Auftrag war auszuführen. Koste es, was es wolle.

»Autsch!«, entfuhr es Taggart, denn ein rasender Schmerz schoss ihm durch die Beine. Eine Quersee hatte den Bug der *Falcon* jählings angehoben und so den Druck auf seine geplagten Gelenke nochmals erhöht. »McQuarrie!« Taggart formte die Hände zu einem Trichter, um besser gegen den Sturm anschreien zu können. »McQuarrie!«

Der drahtige Schotte hangelte sich über die Strecktaue auf dem Hauptdeck heran. »Sir?«

»Übernehmt mal für eine Weile. Ich, äh, ich muss mal einer menschlichen Regung nachgeben.«

»Aye, aye, Sir.« Der Schotte strahlte. Was Taggart da eben angeordnet hatte, stellte eine besondere Anerkennung dar. Es kam so gut wie niemals vor, dass der Kommandant seinen angestammten Platz räumte.

Taggart rang sich ein Lächeln ab und quälte sich den Niedergang hinunter, wobei er seinem Schöpfer dankte, dass der Grund für sein Hinken auf das Schwanken des Decks zurückgeführt werden konnte. Er riss die Tür zu seiner Kajüte auf, stolperte halb über das Süll und warf sich aufatmend in den Stuhl am Kartentisch. Einige Atemzüge verweilte er so, dann stand er auf, stelzte breitbeinig zu dem hölzernen Schapp auf der Backbordseite und holte die Dose mit der Aufschrift *Castoreum anglicum* hervor. Er beabsichtigte, sich eine Portion Bibergeil auf die Knie zu schmieren, so wie er es im vergangenen Jahr schon öfter praktiziert hatte – wenn auch mit geringem Erfolg. Er öffnete die Dose und verzog die Nase, das Zeug stank zum Gotterbarmen, ebenfalls wie im vergangenen Jahr, das hatte er ganz vergessen. »Dann wollen wir mal«, knurrte er und ließ – nach einem sichernden Blick in Richtung Tippertons Tür – die Hose herunter. »Aaah, die verfluchten Schmerzen.«

»Ich würde das nicht nehmen, Sir.«

»Was?« Taggart fuhr herum. Hinter dem Paravent, der den Nachtstuhl verdeckte, trat Vitus hervor. Auf Taggarts Stirn entstand eine Falte. »Wo kommt Ihr denn her?«

»Ich habe auf Euch gewartet, Sir.«

»Ihr habt hier nichts verloren!«

»Vielleicht doch, Sir.«

»Ihr seid unerlaubt in meine Kajüte eingedrungen!«

»Und Ihr habt mich belogen.«

»Ich? Euch belogen? Lächerlich!«

»Ihr habt mir versichert, mit Euren Knien sei alles in Ordnung. Wenn das so ist, frage ich mich, warum Ihr sie einreiben wollt.«

Taggarts Narbe begann zu glühen. »Nun, äh, eine Vorsichtsmaßnahme.«

»Unsinn!« Vitus ging auf Taggart zu und beugte sich zu ihm hinunter, so dass ihre Gesichter sich fast berührten. »Die Schmerzen sieht Euch ein Blinder an! Statt sich mir anzuvertrauen, der ich extra Euretwegen an Bord gekommen bin, hantiert Ihr mit dieser Salbe herum.«

»Moment mal, Ihr seid nur meinetwegen an Bord? Ich denke, es hat Euch gejuckt, die Nase mal wieder in die Seeluft zu halten? Jedenfalls hat Howard etwas Ähnliches auf der Segelorder vermerken lassen. Und ich habe ihm geglaubt.«

»Ich habe in erster Linie Euretwegen angeheuert, Sir. Das ist die Wahrheit.«

»Howard, dieser heimtückische Hurensohn! Er kann von Glück sagen, dass er zu spät an den Kai gekommen ist, ich hätte ihm sonst alle Rippen gebrochen. Mich so zu hintergehen!«

»Lordadmiral Howard hat sich Sorgen um Euer Wohlbefinden gemacht, dasselbe gilt für Sir Francis. Und nun stellt das Bibergeil zur Seite, es nützt sowieso nicht viel.«

»Das habe ich auch schon gemerkt.«

»Warum wollt Ihr es dann nehmen?«

Taggart grummelte irgendetwas.

»Zieht die Stiefel und die Hose aus und die lange Unterhose auch. Dann legt Euch auf Eure Koje, ich will mir Eure Knie genau ansehen.«

Taggart grummelte noch immer, gehorchte aber.

Vitus setzte sich auf die Kante der Koje und tastete die Beingelenke ab. Dann beugte er sie langsam und streckte sie wieder. Ob dieser Vorgang Schmerzen bereitete, musste er Taggart nicht fragen, er sah es ihm am Gesicht an. »Wie ich mir dachte: Eine *inflammatio* wütet in Euren Knien. In diesem Fall verordne ich Euch zunächst kalte Umschläge. Die Lappen dafür habe ich vorsorglich angefeuchtet und in den Wind gehängt, damit sie stark abkühlen und umso größere Linderung schenken. Das Feuer der Entzündung wird auf diese Weise zwar nicht gänzlich gelöscht, aber zumindest eingedämmt.«

Taggart ächzte: »Die Methode kenne ich. Tipperton kühlt mir auf diese Weise immer den Wein. Ein Gläschen würde mir jetzt guttun.«

»Das kommt überhaupt nicht in Frage, Sir. Wein und jegliche Form von Alkohol sind ab sofort verboten.« Vitus schlug die Tücher um die Knie, und Taggart zog scharf die Luft ein, jedoch nicht vor Schmerz, sondern weil die Lappen tatsächlich sehr kalt waren.

»Bleibt jetzt für eine Weile so liegen. Was hat übrigens Professor Banester gegen die Torturen unternommen?«

»Ach …« Taggart machte eine wegwerfende Geste.

»Irgendetwas muss er Euch ja gegeben haben.«

Taggart richtete den Oberkörper halb auf, wurde von Vitus aber wieder in die Kissen gedrückt. »Eine gottverdammte Pampe war das! Schlamm, wenn Ihr so wollt. Den hat er mir um die Knie gepackt und ein Tuch drumgewickelt. Gegen den Schmerz hat er mir Weidenrindentee eingetrichtert, manchmal auch *Laudanum*, wenn es zu schlimm wurde.«

Vitus nickte. »Ich kenne die Therapie mit heilendem Schlamm und Naturmoor, aber ich kann sie hier auf dem Schiff natürlich nicht anwenden, da ich beides nicht habe. Ich verordne Euch lindernden Tee und Salben zum Auftragen.«

»Also dasselbe, was Banester gemacht hat«, maulte Taggart.

»Es ist nur fast dasselbe«, korrigierte Vitus. »Wir Ärzte haben nicht viele Möglichkeiten, wenn es gilt, die Symptome Eurer Krankheit zu bekämpfen. Und die Schmerzen, die Ihr spürt, sind nichts anderes als Symptome. Sie stehen für das Ungleichgewicht der Säfte, das in Euren Knien herrscht. Die Säfte müssen wieder ins Gleichgewicht, was nur gelingen kann, wenn die Ursache der Gelenkentzündung bekämpft wird.«

»Solch theoretisches Zeug hat Banester auch von sich gegeben, und was es genützt hat, seht Ihr ja.«
Vitus verkniff sich eine scharfe Zurechtweisung. »Ihr seid genau das, was ich erwartet habe: kein besonders geduldiger Patient. Um die Ursache Eurer Leiden zu bekämpfen, müssen wir erreichen, dass Eure Knie weniger belastet werden. Das heißt, stundenlanges Stehen auf dem Kommandantendeck ist nicht mehr möglich.«
Taggart fuhr hoch und achtete nicht auf Vitus' Versuche, ihn zurückzudrängen. »Ach, und wie stellt Ihr Euch das vor? Soll ich wie ein Erzengel über dem Deck schweben, oder wie?«
»Ihr könntet Euch dort einen Stuhl installieren lassen, einen Seestuhl, fest verschraubt, witterungsbeständig ...«
»Sehr komisch! Warum nicht gleich ein Bett, eine Lagerstatt, eine Lotterkiste! Und wenn der böse Sturm kommt, zieht der Captain sich die Daunendecke hoch bis über beide Ohren!«
»Ich verstehe Euch ja, Sir. Aber als Arzt muss ich Euch sagen, was vonnöten wäre.«
»Mein Platz ist auf dem Kommandantendeck, am höchsten Punkt, von dem aus ich alles beobachten kann. Das war so, das ist so, und das wird immer so bleiben. Und wenn mir die verfluchten Knie dabei abfallen!«
Es gelang Vitus, Taggart wieder in die horizontale Lage zu drängen. »Regt Euch nicht auf, Sir. Sagt mir lieber, ob Ihr schon eine Besserung spürt.«
»Bei allen Klabautermännern, das tue ich tatsächlich! Ich wusste ja immer, dass Ihr ein guter Arzt seid, Cirurgicus.«
»Danke für die Lorbeeren, Sir, aber ich muss sie mir erst

noch verdienen. Ihr könntet mir – und in erster Linie Euch – helfen, wenn Ihr den Vorschlag mit dem Stuhl annehmen würdet.«

»Nein!«

»Nun, gut, ich merke schon, dass in dieser Hinsicht nicht mit Euch zu reden ist. Ich verlasse Euch jetzt. Ich werde die Arzneien vorbereiten und komme dann wieder. Versucht, Euch in dieser Zeit zu entspannen. Wartet, ich will die kalten Umschläge vorher noch einmal wechseln.«

Vitus ging hinaus, wo ein zweiter Satz feuchter Lappen am Mast hängend durchgekühlt war, kehrte zurück und schlug ihn um die Knie seines uneinsichtigen Patienten. »Ich brauche ungefähr eine halbe Stunde, Sir. Bis dann.«

Zur angegebenen Zeit war Vitus wieder da und fand Taggart tatsächlich schlafend vor. Schmerzen, das wusste er, konnten einen sehr erschöpfen. Ohne Taggart zu wecken, nahm er die Umschläge fort und ersetzte sie durch eine Salbenschicht, die aus den entzündungshemmenden Extrakten von Brennnessel und Arnika bestand sowie einem Ölanteil aus Wacholder, Lavendel und Rosmarin zur Förderung der Durchblutung. Eine Kanne mit würzigem, heißem Weidenrindentee sollte ein neuerliches Aufkommen starker Schmerzen verhindern.

»Wein wäre mir lieber«, murrte Taggart, der inzwischen wach geworden war. »Wollt Ihr mir noch die letzten Freuden des Lebens nehmen, Cirurgicus?«

»Ich will Euch helfen, Sir. Deshalb rate ich Euch nochmals dringend, die Knie nicht mehr so stark und so lange zu belasten. Steht wenigstens nicht mehr stundenlang auf dem

Kommandantendeck. Lasst Euch von McQuarrie oder Dorsey öfter ablösen, wenn Ihr schon keinen Stuhl aufstellen mögt. Im Übrigen brauche ich Eure Stiefel.«
»Bei allen Seespinnen, was soll das denn nun wieder heißen? Was wollt Ihr mit meinen Stiefeln?«
»Ich will erreichen, dass es sich in ihnen besser gehen lässt.«
»Meine Stiefel bleiben, wie sie sind! Ich habe sie seit dreizehn Jahren, sie sind wie eine zweite Haut. Daran wird nicht herumgebastelt!«
»O doch! Eure Stiefel mögen Euch lieb und wert sein, aber sie haben lederne Hacken. Und mit jedem Schritt, den Ihr tut, landen Eure Fersen auf eben diesen ledernen Hacken. Sie sind fest und unnachgiebig. Jede Erschütterung beim Auftreten läuft deshalb durch Eure Beine hinauf bis in die Knie – und belastet sie. Deshalb werde ich beide ledernen Hacken durch solche aus Hanf ersetzen. Ich werde dazu Hanfseil nehmen, es zu zwei Schnecken aufschießen und sie unter Eure Stiefel nageln. Euer Gang wird dadurch federnder werden, Eure Knie werden weniger beansprucht werden.«
Taggart stöhnte in komischer Verzweiflung: »Hacken aus Hanf, so weit ist es also schon gekommen! Ihr macht noch einen Narren aus mir.«

Odder schaute beim Schein der Laterne in die Spiegelscherbe und fand, dass er eigentlich gar nicht so schlecht aussah. Gewiss, seine Haare waren etwas lang und etwas wirr, auch

die dunklen Ränder unter den Augen machten ihn nicht jünger und die zwei scharfen Falten neben den Nasenflügeln auch nicht, aber sonst sah er ganz passabel aus. Was eine Rasur doch gleich ausmachte!
Fast eine Stunde lang hatte er sich mit dem Schermesser abgequält und sich ein paarmal geschnitten, aber wenigstens das Wasser war warm gewesen. Er hatte es dem Zwerg abgeschwatzt, der seit einiger Zeit als Koch auf dem Schiff arbeitete. Der Zwerg war der Einzige, mit dem er ab und zu sprach. »Was, heißen Plempel willste?«, hatte der Gnom gefistelt. »Da könnt ja jeder kommen. Für nix gibt's nix.«
Odder war nichts eingefallen, was er dem Zwerg hätte geben können. Schließlich hatte er gesagt: »Ich würd dir 'n paar Geschichten erzähln, die haste noch nie nich gehört, echt gute Geschichten.«
»Willst Meisen trällern lassen? Dass ich nich schmeiche! Kenn selbst jede Menge Meisen, nich zu knapp. Aber wenn de schon mal da bist, hier, stech dir den Plempel un verblüh.«
So war Odder an das heiße Wasser für seine Rasur gekommen, ganz ohne Gefahr, verraten zu werden. Denn die Verlorenen, zu denen er auch Zwerge mit Buckel zählte, hielten überall auf der Welt zusammen.
Noch einmal blickte er in die Scherbe, schnitt eine Grimasse und machte sich auf den Weg zu der Frau. Tief unten neben dem Rohrende der Bilgenpumpe schloss er die Tür auf und begrüßte sie: »Ich bin's wieder, Odder. Hab mich zwei Tage nich sehn lassen, oder waren's drei? Is egal, 's ging nich anders, is viel zu viel Unruhe im Schiff, weißte.

Dauernd üben se mit den Kanonen, das rummst un bummst, dass dir Hören un Sehen vergeht. Außerdem ha'm se mich schon wieder gesucht, musste höllisch aufpassen, ha'm gemerkt, dass ich fehl, aber Odder is schlau, da brauchste nich bange sein, mich kriegen se nich. Den ganzen Tach üben se an den Kanonen, jetzt, wo's Wetter besser geworden is, dabei is gar kein Feind zu sehn, un richtig schießen tun se auch nich. Un mit'n Segeln üben se auch immer, Segel rauf un runter, dabei is der Wind immer gleich, rauf un runter, warum, weiß ich auch nich, bin ja kein Seemann nich.«

Die Frau räusperte sich, als wolle sie etwas sagen, sagte aber nichts.

»Vielleicht wunderste dich, dass ich rasiert bin, aber 's war mal wieder nötich, sonst hätt ich's ja nich gemacht. Hatt sogar warmes Wasser dafür, hab an dich gedacht, 'n bisschen warmes Wasser würd dir auch guttun, ich mein, für die Haut, 's wär doch angenehm auf der Haut, nich?«

Die Frau strich sich mit einer trägen Bewegung über die Wange.

»Gegessen haste auch wieder nix, oder? Na ja, 'n bisschen. Aber so geht das nich, das sach ich dir, auf die Dauer geht das so nich. Fällst mir ja noch ganz vom Fleisch. Hab dir Zwieback mitgebracht, Zwieback vom Zwerch. Dem Koch, weißte. Is ganz nett, der Kleine, hat'n Buckel un is'n Freund von diesem Cirugu…, äh, Arzt. Aber sonst isser nett. Is auch'n Verlorener. Der Zwieback is gut, zweimal gebacken, un die Maden hab ich alle schon rausgeklopft. Willste mal probiern? Nee? Auch gut. Früher mocht ich auch keinen

Zwieback, wo mal Maden drin war'n. Vielleicht überlegste dir's noch mal. Wart, ich mach die Tür schnell zu, weißt ja, damit uns keiner sieht, man weiß ja nie. Kennste die Kneipe *Proud's Flag* in Southampton? Is eigentlich gar keine Kneipe, is'n Puff, da hab ich mal drin gearbeitet. Hab mich ganz gut mit der Puffmutter, Mrs. Proud, verstanden, nee, nich so, wie du jetzt denkst. Hab die Zimmer saubergemacht un die Flecken vonner Bettwäsche weggemacht, weil die immer für vier Wochen war, un hab den Mädels zu fressen geholt un mir ihre Geschichten angehört. Manche sin gar nich so übel, ich mein die Mädels, gar nich so übel sin die, eine war mal da, mit der hätt ich gern mal, äh, du weißt schon, aber sie wollt nich. Nach'n paar Tagen hab ich sie noch mal gefragt, aber sie hat gemeint, sie hätt grad Kopfschmerzen, un beim dritten Mal war's der Rücken, un beim vierten Mal war's der Magen, un beim fünften Mal warn's ihre Tage, immer hatte sie grad was, un irgendwann hat sie zu mir gesacht, sie hätt nix gegen mich, aber ich hätt ja auch nix für sie, un nur von lauer Luft könnt sie nich leben. Aber malen dürfte ich sie. Malen? Hab ich gefragt. Wieso malen? Ja, hat sie gesacht, sie hätt sich vorgestellt, ich wär'n Maler, un sie würd mir Modell liegen, un vielleicht würd sie dann irgendwann mal bei vornehmen Leuten inner Bude hängen.«

Die Frau kratzte sich heftig in den verfilzten Haaren, aber sie schien zuzuhören.

Odder, der bisher neben ihr gehockt hatte, legte sich neben sie. Die Kerze blies er aus, weil es sich so gemütlicher plaudern ließ. »Tja, so hab ich's Malen angefangen«, fuhr er fort. »'s ging ganz gut, Mrs. Proud meinte, ich hätt Talent, aber vielleicht lag's auch nur daran, dass ich die Mädels immer'n bisschen hübscher gemalt hab, als sie war'n. Hab die Dicken 'n bisschen dünner gemacht un die Dünnen 'n bisschen dicker. Einmal hab ich 'ne Dicke von ganz nah gemalt, du weißt schon, die Stelle zwischen den Beinen, da hat sie mir eine geknallt, das wär keine Kunst un so, hat sie gesacht, un auch Mrs. Proud war wütend. Da hab ich das Bild im Hafen verkauft, 's ging ganz leicht, hab'n Farthing dafür gekriegt, 's war viel Geld damals. Hab dann nur noch so ›Stellen‹ von den Mädels gemalt un nach un nach immer mehr ›männliche Teile‹ dazugemalt, wenn de verstehst, was ich mein. Bin rausgeflogen aus'm Puff, machte aber nix, weil die Sachen gut zu verkaufen war'n. Die Teerjacken auf den Schiffen war'n ganz wild danach un ha'm immer gefracht, wieso ich mich so gut auskenn, 's würd alles haargenau stimmen, was ich da so malen tät. ›Haargenau‹, hihi, verstehste? Hab dann immer gesacht, solche Bilder würd's in Rom in den Puffs anner Wand geben, weil mir'n alter Fahrensmann mal so was erzählt hat. Vielleicht war's auch in Venedig. Kennste Venedig? Ich auch nich. Egal, die Bilder gingen jedenfalls wech wie geschnitten Brot. Hab mir dann den einen oder andren Tropfen mehr gegönnt. Fing an, nich mehr Bier zu trinken, nur noch Wein. Französischen Wein, spanischen Wein, italienischen Wein, deutschen Wein. Der deutsche Wein is der beste. Wein is'n Göttertrank, hab ich mal gehört. Aber Wein is teurer wie Bier. Obwohl, gegen 'n schönes englisches Ale is auch nix einzuwenden. Aber trotzdem. War dann bald pleite. Fühlte mich nich. Konnt nich malen. 's dauerte 'n paar Wochen, bis ich mich wieder berappelt hatt, dann hab ich weitergemalt. Hab dann wieder Bier getrunken, englisches Ale, weil's billiger is, aber irgendwie wollt's mir nich mehr schmecken. Kennste das, wenn einem plötzlich nix mehr schmeckt? Ich glaub, 's is genau wie mit Kuchen. Wenn de dich erst an Kuchen gewöhnt hast, magste kein Brot nich mehr. Wenn de dich erst ans Faulenzen gewöhnt hast, schmeckt dir die Arbeit nich mehr. Wenn de dich erst ans Geld gewöhnt hast, schmeckt dir die Armut nich mehr. Kennste das? Aber da is noch was: Wenn de dich erst mal an die Freiheit gewöhnt hast, erträgste den Kerker nich mehr. Da hab ich drüber nachgedacht. Ich glaub, du erträgst den Kerker auch nich mehr. Ich glaub, du willst hier raus. Stimmt's?

Die Frau nickte langsam.

»Hab ich mir doch gedacht. Aber's wird nich einfach sein, dich hier rauszuholn. Jetzt sowieso nich bei dem Rummel im Schiff. Aber später vielleicht. Alle Augenblicke kommt einer gelaufen un will was, un sogar nachts haste keine Ruhe nich. Aber ich hab was für dich, warte mal, Odder hat was für dich.«

Odder entzündete wieder die Kerze und holte unter dem Hemd ein zusammengerolltes, verschnürtes Papier hervor. »Hier, kannstes ruhig nehmen. Ich muss jetzt los. Aber keine Bange, ich komm wieder.« Odder strich der Frau scheu über das verfilzte Haar. »Ich komm wieder, meine Verzweifelte.«

Als Odder fort war, richtete die Frau sich auf, so weit es ihr geschwächter Körper zuließ. Dann löste sie mit langsamen Bewegungen die Schnur und entrollte das Papier. Das Papier zeigte ein Bild mit zwei Köpfen, einen jungen Mann und eine junge Frau. Beide hatten schöne, glatte Gesichter, lächelten und schauten sich glücklich an. Es waren die Gesichter von Odder und der Frau.

Die Frau legte die Zeichnung zur Seite und weinte.

DIE STÜCKMEISTER MAHON UND REFFLES

»Ballast, Sir, wir haben an den Schiffsballast gedacht.« – »Er besteht fast immer aus Steinen, Sand und Kanonenkugeln, Sir!« – »Wir sollten nachsehen, Sir, vielleicht finden wir ein paar Geschosse.«

Mahon, der neuernannte Stückmeister, stand bei den Backbord-Culverines und schrie mit Stentorstimme: »Klar bei Brooktauen, Taljen abschlagen!«

Reffles, ebenfalls neu ernannt zum Stückmeister, stand bei den Steuerbord-Culverines und brüllte dasselbe.

Beide Männer trieben ihre Geschützbedienungen zu äußerster Geschwindigkeit an, es ging um die Zeit, und es ging um die Ehre, welche Seite die schnellere war.

Die Matrosen waren mit Feuereifer bei der Sache, auch wenn sie die Übungen nach wie vor nur trocken absolvierten. Keinen einzigen scharfen Schuss hatte die *Falcon* bisher abgegeben.

»Kanonen richten!« – »Pfropfen raus!« – »Kartuschen rein!« – »Kugeln rein!« – »Kanonen ausrennen!« – Pulverladungen klar!« – Lunten klar!« … So ging es Schlag auf

Schlag seit einer Stunde, eine überaus schweißtreibende Tätigkeit, bei der abwechselnd mal Mahon und mal Reffles mit seinen Matrosen die Nase vorn hatte und »Culverines feuerbereit, Sir!« melden konnte.

Taggart stand mit säuerlicher Miene auf dem Kommandantendeck, den Knotenmesser in der Hand, und stellte fest, dass die Prozedur vom Richten der Kanonen bis zur Meldung »feuerbereit!« ungefähr drei Minuten dauerte. Das war keine schlechte Zeit, aber was sie wirklich wert war, würde sich erst im Gefecht erweisen.

Mahon und Reffles befahlen eine Pause und baten um die Erlaubnis, das Kommandantendeck betreten zu dürfen.

»Erlaubnis erteilt!«, bellte Taggart. »Ich bin im Großen und Ganzen zufrieden mit dem Tempo, auch wenn ich schon schnellere Crews gesehen habe.«

»Mit Verlaub, Sir, wir sind nicht zufrieden«, entgegnete Mahon.

»Nein, Sir, das sind wir nicht«, sagte Reffles.

»Wie bitte?« Diese Reaktion kam für Taggart überraschend. Noch nie hatte er erlebt, dass Untergebene freiwillig ihre Leistung in Frage stellten. »Und darf man erfahren, warum?«

»Gewiss, Sir«, sagte Mahon. »Wir denken, die Drei-Minuten-Zeit ist erst dann von Wert, wenn sie unter Gefechtsbedingungen erzielt wird.«

»Ja, das denken wir«, bekräftigte Reffles.

Zu der Erkenntnis war Taggart auch schon gekommen. »Dann werdet eben etwas flinker, Gentlemen, damit wir sicher sein können, dass Eure Crews im Ernstfall schnell genug sind.«

»Das wäre möglich, Sir, aber nicht wirklichkeitsnah«, versetzte Mahon. »Wir müssten das Scharfschießen üben.«
Taggart schnaufte und ahnte, worauf das Gespräch hinauslief. »Wir haben sehr wenig Munition, Gentlemen.«
»Bei allem Respekt, Sir« – jetzt war wieder Reffles an der Reihe –, »nur beim scharfen Schuss entsteht ein Rückstoß bei den Kanonen, und nur dann legt sich das Schiff nach Feuerlee über.«
Mahon fiel ein: »Jawohl, Sir. Das bedeutet erschwerte Bedingungen für die Männer. Sie müssen die gewohnten Handgriffe bei starker Rollbewegung durchführen, eine Situation, die wir so nicht simulieren können.«
»Das weiß ich. Aber wir müssen mit den Kugeln knausern. Auch Euch dürfte bekannt sein, dass es ganz England an Kanonenkugeln mangelt, und meine *Falcon* macht da keine Ausnahme. Was nützt die eingespielteste Crew im Kampf, wenn ihr die Munition fehlt. Lieber schlecht geübt ohne Kugeln, als gut geübt mit Kugeln, die uns später fehlen. Ist das klar!«
»Aye, Sir. Aber wir haben uns da was überlegt«, sagte Mahon.
»Bei allen Stachelskorpionen, was ist denn jetzt noch?«, blaffte Taggart und sah, wie seine Stückmeister die Köpfe einzogen, dann aber Luft holten, um eifrig und im Wechsel ihre Überlegungen hervorzusprudeln: »Ballast, Sir, wir haben an den Schiffsballast gedacht.« – »Er besteht fast immer aus Steinen, Sand und Kanonenkugeln, Sir!« – »Wir sollten nachsehen, Sir, vielleicht finden wir ein paar Geschosse.«
»Sackerment!« Daran hätte Taggart zuallerletzt gedacht.

Dennoch hatte die Idee etwas für sich. Eine ganze Menge sogar, wenn man bedachte, dass bei der Suche nichts zu verlieren war. »Ich bin einverstanden. Probiert Euer Glück, Männer, schnappt Euch Eure Crews und ab mit Euch nach unten.«

»Danke, Sir!«

Taggart dachte an den pestilenzialischen Gestank über der Bilge und grinste sein schiefes Grinsen. »Viel Spaß.«

»Warum bist du damit nicht früher zu mir gekommen?«, fragte Vitus vorwurfsvoll. Er befand sich in seinem Behandlungsraum tief unten im Schiff und betrachtete den herabhängenden Arm von Chock, einem Veteranen der *Falcon.*

»Hab mich'n bisschen gekabbelt, Sir.«

»Mit wem?«

»Kann mich nicht mehr erinnern, wer's war, Sir.«

»Aha. Nun gut. Das lass mal den Captain nicht hören, dass du dich mit einem Kameraden geprügelt hast.«

»Prügeln wär zu viel gesagt, Sir, war nicht schlimm, die Sache, 'ne kleine Meinungsverschiedenheit, mehr nicht, wär sonst ja auch viel früher zu Euch gekommen.«

Vitus tastete die Schulter ab, wobei Chock vernehmbar die Luft durch die Zähne zog. »Du hast eine seltsame Logik, Chock.«

»Sir?«

»Lass gut sein. Wie ist es passiert?«

»Bin umgefallen, Sir, wollte mich mit dem Arm abstützen,

und plötzlich hat's ›knack‹ gemacht, und der Arm hing nebenbei.«

»Deine Schulter ist ausgerenkt. Zum Glück offenbar das Einzige, was dir bei deiner ›Kabbelei‹ passiert ist. Ich werde sie dir wieder einrenken. Gleich jetzt, damit keine Nerven und Gefäße Schaden erleiden. Leg dich der Länge nach auf den Boden, den Rücken nach unten, und bleibe ganz ruhig.«

Chock, ein kräftiger Kerl mit buschigen Brauen und stark behaarter Brust, folgte der Anweisung umgehend.

»Wir machen es nach der Art, die schon Hippokrates empfahl, es kann dir also gar nichts passieren.«

»Aye, Sir.« Chock war anzusehen, dass der Name Hippokrates ihm nichts sagte.

Vitus trat neben ihn und wollte die Behandlung beginnen, wurde aber von einem Klopfen unterbrochen. Ärgerlich blickte er zur Tür. »Ja?«

»Verzeihung, Sir, ich bin Mahon, der Stückmeister.«

»Und, was gibt's?«

»Laut Decksplan, Sir, befindet sich in diesem Raum eine Luke, die nach unten in den Bilgenraum führt. Wir müssten die Bilgenbretter mal lösen, um zu sehen, ob sich im Ballast die eine oder andere Kanonenkugel findet.«

»Was? Wie?« Vitus wurde immer ungehaltener, doch Mahon beschwichtigte ihn und erklärte genau die Hintergründe seiner Absicht. Schließlich hatte Vitus verstanden. »Schön und gut, das könnt Ihr alles später machen, ich bin mitten in einer Behandlung, wie Ihr seht. Und nun stört mich nicht länger.«

»Aye, aye, Sir!« Mahon machte, dass er hinauskam, und Vitus trat abermals neben Chock. Er umfasste mit beiden

Händen die Hand des verletzten Arms und hob ihn leicht an. Chock trat vor Qual der Schweiß auf die Stirn, aber Vitus achtete nicht darauf. Wer sich prügeln konnte, konnte auch Schmerzen ertragen. Dann stemmte er seinen Fuß in die Achselhöhle und zog gleichzeitig an dem Arm – kraftvoll und stetig. Chock stöhnte lauter, doch kurz danach gab es ein dumpfes Geräusch, ein Zeichen dafür, dass der Oberarmkopf in die Pfanne zurückgehebelt worden war. »Kannst du den Arm wieder bewegen?«

Chock biss die Zähne zusammen und versuchte es. Es ging. »Aye, Sir.«

»Schön.« Vitus half Chock auf die Beine. »Du wirst den Arm fürs Erste in einem Dreieckstuch tragen müssen, bis er wieder voll einsatzfähig ist.«

»Wie lange muss denn das sein, Sir?«

»Das werden wir sehen.« Vitus kannte die genaue Antwort nicht und nahm sich vor, bei Gelegenheit im Werk *De morbis* nachzublättern. »In jedem Fall kannst du noch keinen vollen Dienst versehen. Lass dir von Mister McQuarrie oder von Mister Dorsey eine leichte Arbeit zuweisen.«

»Aye, aye, Sir.«

Vitus war drauf und dran, Chock zu entlassen, entschloss sich dann aber doch, ihm die Fragen zu stellen, die er in den vergangenen Tagen schon an viele von Chocks Kameraden gerichtet hatte. »Fühlst du dich sonst ganz gesund, Chock?«

»Aye, Sir.«

»Was ist mit den Verrichtungen im Garten?«

»Mit den Verrichtungen ...? Ach so, alles in Ordnung, Sir.«

»Kein Dünnschiss?«
»Nein, Sir.«
»Keine Schmerzen beim Wasserlassen?«
»Nein, Sir.«
»Keine Juckstellen, keine Krätze?«
»Nein, Sir.«
Es gab noch eine Reihe weiterer Fragen, aber Chock beantwortete alle zufriedenstellend, und Vitus entschied, es damit bewenden zu lassen. Die Inaugenscheinnahme verborgener Körperteile mochte für heute entfallen. »Gut, Chock, dann melde dich wieder an Deck.«
»Aye, aye, Sir.«
Chock war fort, und Vitus griff zum Buch *De morbis,* um bei Hippokrates nachzuschlagen und zu erfahren, wie lange ein ausgerenkter Arm in der Regel Schonung brauchte. Er blätterte hin und her, doch dann fiel ihm ein, was Mahon gewollt hatte, und er blickte hinunter auf die Bodenplanken zu seinen Füßen. Richtig, da gab es eine Luke. Ohne weiter zu überlegen, nahm er eine Laterne und leuchtete die Stelle ab. Die Luke hatte einen eingelassenen Griff. Er zog daran, und der Deckel klappte nach oben auf. Es gab ein schauerliches Geräusch in den Scharnieren und ein jämmerliches Wimmern obendrein. Irgendetwas kam ihm daran seltsam vor. Versuchsweise schloss er den Deckel wieder, und es herrschte Ruhe. Ruhe? Nein, das Wimmern war nach wie vor da. Er öffnete abermals den Deckel, und das Wimmern verstärkte sich.
Es war ein Geräusch, das ihm bekannt vorkam.
Wo hatte er es schon einmal gehört?
Richtig, es war hier gewesen, hier im Behandlungsraum,

und genau wie heute hatte er im Werk *De morbis* geblättert. Er hatte gedacht, es wäre eine Katze, daran erinnerte er sich genau, und er hatte außerdem gewünscht, sie möge eine gute Jägerin sein.

Diesmal ließ Vitus den Deckel offen. Ein widerlicher, die Atemwege einschnürender Gestank drang von unten herauf. Fast hätte er sein Vorhaben aufgegeben, aber das fortwährende Wimmern hinderte ihn daran. Er band sich ein Tuch vor den Mund, ergriff die Laterne und begann den Abstieg in die Katakomben des Schiffs.

Mit den Füßen tastend, erreichte er einen glitschigen Boden, der aus durchweichten Hölzern bestand. Er wollte sich aufrichten, aber es gelang nur halb. Die Raumhöhe – sofern von »Raum« die Rede sein konnte – betrug höchstens fünf Fuß. Er verharrte. Das Wimmern hatte aufgehört.

War das Ganze nur Einbildung gewesen?

Vitus hätte es nur zu gern geglaubt, aber nun setzte das Klagen wieder ein. Es kam von der Backbordseite, und mit jedem Schritt, den er in diese Richtung setzte, wurde es stärker. Er landete vor einer Tür mit einem starken Schloss. Das war verwunderlich. Was war hier unten so wichtig, dass es mit einem starken Schloss gesichert werden musste?

Er rüttelte an dem Schloss.

Das Wimmern erstarb.

»Ist da drinnen jemand?«, rief er. Als er keine Antwort bekam, rüttelte er wieder an dem Schloss. Vergeblich. Wenn er wissen wollte, was oder wer sich hinter der Tür verbarg, musste er den Schlüssel für das Schloss haben. Zu diesem Zweck konnte er sich an McQuarrie oder Dorsey wenden, doch auf dem Schiff herrschte so viel Betrieb, dass er die Herren nicht behelligen wollte. Außerdem war keineswegs klar, ob sie den Schlüssel besaßen.

Vitus kletterte zurück in seinen Behandlungsraum, nahm eine Bügelsäge, einen Knochenmeißel und einen Hammer und erschien wenig später wieder vor der Tür. Von einem Wimmern oder Klagen war kein Deut mehr zu vernehmen. Doch er ließ sich nicht beirren. Nachdem die Säge sich als unbrauchbar erwiesen hatte, weil ihre Zähne zu weich waren, brach er mit ein paar kräftigen Schlägen das Schloss aus der Verankerung. Es fiel scheppernd zu Boden, und die Tür schwang knarrend nach innen auf.

Vitus gab ihr einen Stoß, so dass sie sich ganz öffnete. Er hielt die Lampe in den Raum und sah – nichts. Nichts außer einem Kübel, etwas Stroh und einem Bündel Lumpen am Boden. Er trat näher. Von irgendwoher musste das Wimmern kommen, und er war sicher, dass er kurz vor der Lösung des Rätsels stand.

Das Bündel Lumpen am Boden regte sich.

Die Bewegung kam so plötzlich, dass Vitus erschrak und einen Schritt zurückwich. Doch er fasste sich schnell. Stoff bewegte sich nicht von allein, irgendeine Kraft musste dafür gesorgt haben. Wahrscheinlich ein Muskel. Der Muskel eines Tiers. Oder der Muskel eines Menschen.

Eines Menschen?

War es möglich, dass ein Mensch in diesem stinkenden, widerwärtigen Abgrund vor sich hinvegetierte? Er beugte sich hinunter und leuchtete mit der Laterne das Bündel Stoff ab. Der Stoff war einmal rot gewesen, rot und schwarz. Nein, das Schwarze war kein Stoff, es waren – Haare.

»Kannst du mich hören?«, rief Vitus. »Wer hat dich hier eingeschlossen? Wie lange steckst du schon in diesem Loch?«
Die Antwort blieb aus, und Vitus schalt sich ob seiner vielen Fragen, denn dieser Mensch hatte sicher andere Sorgen, als seinen Wissensdurst zu stillen. »Ich helfe dir.« Er stellte die Laterne ab, kniete nieder und hob den Kopf des Menschen an, bis dieser in seiner Armbeuge lag. Dann drehte er den Kopf behutsam zu sich, damit er das Gesicht sehen konnte.
Was er sah, war kein Gesicht.
Was er sah, war ein mit Haut überspannter Totenschädel, aus dem ihn zwei Augen wie Fremdkörper anstarrten.
Er hatte schon vieles erlebt, aber nie zuvor war ihm ein so grauenerregender Anblick begegnet.
»Mein Name ist Vitus von Collincourt«, sagte er rauh, »ich bin Schiffsarzt und Cirurgicus hier an Bord. Dein Leiden ist zu Ende. Wenn du mich verstehen kannst, sage irgendetwas, oder gib mir ein Zeichen.«
Kaum merklich senkten sich die Augenlider.
»Gut. Dein Leiden ist zu Ende«, wiederholte Vitus. »Ich trage dich nach oben. Nie wieder sollst du lebendig begraben sein.«
Er hob das Bündel Mensch auf und trug es gebückt zur Luke, wo er es mit einiger Anstrengung nach oben durch die Öffnung stemmte. Nachdem er selbst hinaufgeklettert war, trug er seinen Fund zum Operationstisch, um ihn zu untersuchen. Er hatte sich noch keine Gedanken gemacht, ob es sich bei dem Menschen um einen Mann, eine Frau oder ein Kind handelte, doch nun löste sich ein Zipfel des

roten Stoffs, und ein schwarzes krauses Dreieck zwischen den Beinen sagte ihm, dass er es mit einer Frau zu tun hatte.

Das bedeutete, die Untersuchung würde schwierig werden. Der Anstand gebot, dass er sich nur den Kopf, die Schultern, die Arme und den unteren Teil der Beine ansehen durfte. Aber es gab noch eine andere Schwierigkeit: Mahon und seine Männer. Sie mussten jeden Augenblick hereinkommen, um den Ballast des Schiffs nach Kugeln zu durchsuchen. Das würde Unruhe, Lärm und neugierige Fragen mit sich bringen.

Was konnte er dagegen unternehmen? Nichts, die Suche nach den Kugeln musste sein, Befehl des Kapitäns. Aber er konnte die Frau nach oben in Doktor Halls Kammer tragen, wo die Luft ohnehin besser war. Dort konnte er sie mit der gebotenen Zurückhaltung untersuchen und erste Schritte zu ihrer Genesung einleiten. Alles andere würde sich finden.

Abermals hob er die Frau hoch und trug sie hinauf in die oberen Decks, wobei er überlegte, was er antworten sollte, wenn ihn jemand fragte, was er da habe. Aber es begegnete ihm niemand, und wenig später öffnete er schwer atmend mit einer Hand die Tür zur Kammer, wo er seine Last in einer der freien Kojen ablegte.

»So, das wär geschafft. Willst du einen Becher Wasser?«

Die Frau antwortete nicht, aber ihre Augen sahen ihn an. Er hätte nicht zu sagen vermocht, warum, aber irgendwie kam ihm ihr Blick hochmütig vor, was natürlich Unsinn war. Er holte einen Becher und einen Krug, goss Wasser ein und nahm den Kopf der Frau in seine Armbeuge, so wie er es schon einmal getan hatte. Er flößte ihr ein paar Tropfen ein und beobachtete, wie sie mit geschlossenen Augen trank. Als sie fertig war, sah sie ihn wieder an.

»Du wirst bald wieder unter den Lebenden weilen«, sagte er. Wie ist dein Name?«

Die Frau antwortete nicht.

»Ich bin Vitus von Collincourt, aber alle nennen mich nur Cirurgicus oder Sir.«

Die Frau schwieg.

Vitus zuckte mit den Schultern. Wenn er es recht bedachte, interessierte ihn der Name der Frau viel weniger als ihr Gesundheitszustand. Mit den Augen des Arztes musterte er Zoll für Zoll ihren Kopf. Er sah verwahrlost aus. Die schwarzen Haare waren ein schmutziges, schmieriges, verfilztes Gewirr, das zu einer Behausung von Läusen und Asseln geworden war. Die Augen, die ihn noch immer unverwandt ansahen, waren eisgrau – und strahlten eine Lebendigkeit aus, die nicht zu der übrigen Verfassung der Frau passte. Die Jochbeine standen stark hervor und wiesen Zeichen von Einblutungen auf. Die wächserne Farbe der Haut wurde unterbrochen von Flechten und Schrunden. Immerhin, die Nase schien unversehrt zu sein, obwohl sie von der Natur mit einer leichten Krümmung versehen worden war. Die Lippen waren schmal, spröde und rissig. Vitus spreizte sie auseinander und untersuchte die Zähne. Von den oberen Schneidezähnen fehlte der linke, er war kurz über dem Zahnhals abgebrochen, vielleicht auch herausgeschlagen worden. Von den unteren Schneidezähnen fehlten zwei. »Zeig mir deine Zunge.«

Die Frau tat, als gäbe es ihn nicht.

»Ich möchte deine Zunge sehen.«
Die Frau drehte den Kopf zur Seite.
Vitus wurde energisch, er packte das Kinn der Frau und drehte ihren Kopf wieder zu sich. »Hör gut zu, Lady Unbekannt, du zeigst dich ziemlich störrisch. Warum, weiß ich nicht, dein Zustand jedenfalls gibt dir keinerlei Anlass dazu. Ich werde dir jetzt etwas in aller Deutlichkeit sagen: Du könntest das starrsinnigste, hochnäsigste, verkommenste, niederträchtigste, wertloseste, gemeinste Stück Mensch auf dieser Welt sein, es würde mich nicht interessieren. Ich würde dich dennoch untersuchen, und ich würde dir dennoch helfen, weil ich Arzt bin. Ich bin Arzt aus Leidenschaft. Also mach keine Faxen, sperr den Mund auf, damit ich deine Zunge sehen kann.«
»Mierda!«
»Oh, du kannst auf einmal sprechen! Habe ich da ein Wort gehört? Das spanische Wort für Scheiße? Oder heißt du am Ende *Mierda?*«
Die Frau sagte nichts, aber ihre Augen sprühten vor Zorn.
»Nun, vielleicht verrätst du mir irgendwann deinen richtigen Namen, Leben scheint jedenfalls genug in dir zu stecken«, sagte Vitus auf Spanisch. Er zwängte der Frau die Zähne auseinander und betrachtete die Zunge und den Rachenraum. »Das sieht ganz zufriedenstellend aus. Soll ich weiter spanisch sprechen? Wäre dir das lieber?«
Die Frau antwortete nicht, aber das kannte Vitus bereits.
»Ich will deine Schultern und deine Arme untersuchen, am liebsten auch deinen Oberkörper, um zu sehen, ob du irgendwelche Frakturen oder Prellungen hast. Nein, keine Angst, ich komme dir nicht zu nahe. Was ist das denn?«

Vitus zog ein Stück Papier zwischen den Falten des verschmutzten Kleiderstoffs hervor, und die Frau wollte danach greifen. Es war die erste Bewegung, die sie machte.
»Keine Angst, ich nehme dir nichts weg.« Vitus betrachtete die Zeichnung auf dem Papier und erkannte zwei Köpfe. Einer stellte zweifellos seine Patientin dar, bei dem anderen handelte es sich um einen Männerkopf. Vitus meinte, die Gesichtszüge schon einmal gesehen zu haben, brachte aber keinen Namen damit in Verbindung. Er legte die Zeichnung beiseite und beschäftigte sich mit den Händen und den Füßen der Frau. Die Nägel waren schmutzig und sehr lang, sie machten den Eindruck, als wären sie über Monate hinweg nicht geschnitten worden. Dann sah er der Frau abschließend unter die Arme. Die Härchen in den Achseln schienen – im Gegensatz zum Haupthaar – keinen Bewohnern Quartier zu bieten. »So weit scheint alles in Ordnung zu sein. Bleibt die Frage, ob du Schmerzen, Jucken, Stechen oder sonstige Beschwerden im Unterleib spürst. Wie steht es damit?«
Die Frau versuchte wieder, nach dem Papier mit den Köpfen zu greifen. Vitus gab es ihr. »Wenn du mir schon die Antwort schuldig bleibst, hoffe ich, dass du an dem genannten Ort ohne Probleme bist. In diesem Fall brauchst du nur einen Zuber mit Wasser, Seife und eine Schere. Und natürlich kräftigende Nahrung, allerdings in wohldosierter Form, weil du sonst alles gleich wieder von dir gibst.«
Er ging zu seiner Kiepe und entnahm ihr eine Schere. »Als Erstes werde ich dir die Haare abschneiden. Es ist die einzige Möglichkeit, rasch und wirksam das Ungeziefer loszuwerden.«

Die Augen der Frau weiteten sich vor Schreck. *»No! No!«*
»Es muss sein. Hast du in meinem Behandlungsraum den Tisch mit den Haltegurten gesehen? Wenn du dich wehrst, werde ich dich nach unten tragen und dort festschnallen. Du kannst es dir aussuchen. Also?«
Die Frau schien nachzugeben, sie schloss die Augen wieder. Vitus machte ein paar große Schnitte mit der Schere, was nicht sehr gekonnt aussah, aber wirksam war. Nach kaum zwei Minuten standen der Frau nur noch Stoppeln auf dem Kopf. Sie sah überraschend männlich aus. »So, Lady Unbekannt, ich lasse dich einen Augenblick allein. Bin gleich wieder da.«
Vitus strebte zum Bug des Schiffs, wo er den Zwerg bei der Feuerstelle traf. »Hallo, Zwerg, wie geht's?«
»Wui, wui, recht knäbbig, un wie strömt's selbst?«
»Danke.« Vitus erzählte von der Frau, denn er wusste, dass Enano schweigen konnte, besonders, wenn man ihn ausdrücklich darum bat. »Ich will, dass der Captain der Erste ist, der von der Frau erfährt, jedenfalls soll er das glauben. Verstehst du das?«
»Wui, wui.«
»Gut, du Wicht. Du weißt doch, dass ich in Doktor Halls Kammer einen Zuber habe, den ich hin und wieder zum Baden benutze. Ich will, dass die Frau sich säubert, deshalb brauche ich heißes Wasser, am besten gleich mehrere Eimer voll.«
»Wiewo, alle Welt will heißen Plempel.«
»Wie meinst du das?«
»Nix, nix, Örl. Kannst den Plempel haben.«
Der Winzling besorgte vier Holzeimer, die er mit Vitus'

Hilfe aus dem großen Kessel befüllte. »Wui, wui, ’s wird die Schickse lenzen, wennse im Plempel sitzt, komm, ich helf dir karrieren.«
Gemeinsam trugen sie die Eimer nach achtern. Vor Doktor Halls Kammer sagte Vitus: »Danke, Zwerg, du bist ein guter Freund.«
»Gickgack, Blausinn!« Der Winzling stieß die Tür auf und watschelte mit den Eimern hinein. »Glatten Schein, schöne Schickse, Enano is der Name, sollst plempeln, hat der Örl gesacht. Nu, nu, mach zu!«
Die Augen der Unbekannten weiteten sich vor Schreck angesichts des buckligen Gnoms und seines mit rotwelschen Brocken durchsetzten Spanisch, doch schien er etwas an sich zu haben, das sie gleich darauf beruhigte.
Das Fischmündchen redete weiter: »Kommst aus der Krax, wie? Nu prassel dir die Plauz schön. Enano is gleich wieder wech. Wie war noch der werte Name?«
»Isabella.«
»Wui, wui, is’n schöner Name für’n schönes Pupperl, ›Isabella von Kastilien hat zwei Brüste, weiß wie Lilien‹, so heißt’s wohl. Nu plempel schön, wenn noch was is, sachste Bescheid.«
Der Zwerg hüpfte hinaus.
Vitus sah ihm staunend hinterher. Dann füllte er das Wasser in den Zuber. »Ich freue mich, dass du etwas, äh, zugänglicher zu werden scheinst, Isabella. Du hast gehört, was der Zwerg gesagt hat. Bade ausgiebig und reinige dich. Fühlst du dich dazu schon in der Lage? Ja? Nein? Keine Antwort ist auch eine Antwort, ich nehme dein Schweigen als Bejahung. In meiner Kiepe findest du Seife und ein paar Klei-

der. Sie werden dir zu groß sein, aber sie sind sauber. Krempel die Hosenbeine und die Hemdsärmel hoch, dann wird es schon gehen. Ich lasse dich jetzt allein. Ich muss zu Captain Taggart und melden, dass ich dich gefunden habe.«

»No!« Der Ausruf Isabellas war fast ein Schrei.

»Nein?« Vitus wunderte sich. »Was kannst du dagegen haben, wenn ich zum Captain gehe?«

»No, por favor!« Isabella hob flehend die Hände.

Vitus, der schon halb in der Tür gestanden hatte, kam noch einmal zurück. »Du musst mir schon einen guten Grund nennen, damit ich dem Captain dein Auftauchen verschweige.«

Isabellas Hände verkrampften sich, zitterten plötzlich, begannen zu flattern. Sie schienen Ausdruck eines inneren Kampfs zu sein. *»Más tarde! Por favor …«*

»Nun gut, ich weiß nicht, warum ich es tue, aber ich verspreche es.«

Schulterzuckend verließ Vitus Doktor Halls Kammer.

Taggart stand hoch oben auf dem Kommandantendeck und war seinem Schöpfer gleich doppelt dankbar. Zum einen, weil der Schmerz in seinen Knien sich heute ertragen ließ, zum anderen, weil prachtvolles Wetter herrschte. Der freie Blick über die graugrüne See und die sich im ewigen Gleichklang auftürmenden Wellen, der stampfende Bug, der die Wogen durchteilte, der Wind, der die Segel blähte und die Takelage zum Singen brachte, Mahons und Reffles' Männer, die an Backbord und Steuerbord die Kanonen richte-

ten und Kugeln zum Probeschießen herbeischafften, die emsige Betriebsamkeit, die allerorten herrschte – das alles beseelte ihn mit Glück.
»Ein Mann auf Kommandantendeck, Sir?«
Taggart sah zum Niedergang und entdeckte Vitus. »Genehmigt, kommt herauf, Cirurgicus.«
»Danke, Sir.« Vitus stellte sich neben Taggart und genoss wie dieser die herrliche Aussicht. »Wie ich sehe, scheint sich die Suche im Ballast des Schiffs gelohnt zu haben, oder woher kommen die Kugeln dort unten?«
Taggart schnaufte. »Ganze siebenundzwanzig Stück haben Mahon und Reffles mit ihren Männern aufgetrieben, und von den siebenundzwanzig passen nur zwölf in unsere langen Culverines. Immerhin, ich habe die Freiwache angewiesen weiterzusuchen und die Erlaubnis erteilt, dass alles, was gefunden wird, auch verschossen werden darf.« Taggarts schiefe Gesichtshälfte produzierte ein Grinsen. »Mahon und Reffles sind mir dafür fast um den Hals gefallen. Sie konnten sich gerade noch beherrschen, der Disziplin sei Dank. Überhaupt ist die Disziplin an Bord recht ordentlich geworden, fast schon so straff wie früher, aber man soll den Tag nicht vor dem Abend loben.« Taggart verstummte, weil er eigentlich nichts von langen Reden hielt und sich schon schwafelig vorkam.
»Das hört sich gut an, Sir. Und was sagen Eure Knie zu alledem?«
»Sie verhalten sich ruhig, Cirurgicus. Oder sagen wir: ziemlich ruhig. Denn ein bisschen zwicken sie schon noch.«
Vitus freute sich. »Die Hanfabsätze haben sich also bewährt. Schön wäre, wenn ich Euch in diesem Zustand

Brennnesselsaft zur regelmäßigen Einnahme verordnen könnte, aber ich habe nur Brennnesseltee. Wenn Ihr ein Übriges tun wollt, Sir, solltet Ihr weniger stehen und dafür mehr gehen. Ich schlage vor, fünf Schritte auf, fünf Schritte ab. Bewegung ist das A und O für Eure Knie. Ihr merkt es sicher auch beim Aufstehen: Zunächst sind die Beschwerden da, aber nach einiger Zeit habt Ihr Euch eingelaufen, und die Schmerzen klingen ab, richtig?«

»Richtig, richtig, Cirurgicus ... He, Mahon, he, Reffles! Macht Euren Männern Beine, bald ist Weihnachten, und ich warte noch immer auf Feuerbereitschaft! ... Aber das mit dem Gehen kommt nicht in Frage. Abgelehnt! Wenn ich hier oben herumliefe wie ein aufgescheuchtes Huhn, bekäme ich nichts mit. Ich muss sehen, was an Bord passiert, sonst könnte ich mich gleich in die Koje legen.«

»Aye, Sir.«

»Ich würde zum Beispiel nicht mitkriegen, ob Mahon oder Reffles mit ihren Crews in der Lage sind, das Übungsziel dahinten zu treffen.«

Vitus schaute in die angegebene Richtung und erkannte ein floßähnliches Gebilde mit aufgeriggtem Mast und Segel.

»Das ist aber sehr weit entfernt, Sir!«

»Fast fünfhundert Yards, Cirurgicus. Mal mehr, mal weniger, je nach Wellen und Wind. Wir schleppen das Ziel an einer Leine mit, damit es nicht abtreibt. Aber die Leine kann jederzeit brechen, weil die Entfernung so groß ist, wie Ihr schon richtig bemerktet.«

»Aber warum die große Distanz, Sir?«

Taggart schien zu überlegen, wie er es am besten ausdrücken sollte. Dann sagte er: »Wir müssen den Vorteil unserer langen Culverines nutzen, Cirurgicus. Sie sind ungewöhnlich weittragend, und wenn sie treffen, halten wir uns damit die stärksten Gegner vom Leibe. Stellt Euch vor, uns gelänge das nicht, und es käme zum Enterkampf. Fünfzig oder hundert oder noch mehr der verdammten spanischen Seesoldaten würden sich dann auf unsere Decks ergießen und unsere paar Männer im Handumdrehen abschlachten. Ihr seht also, wir tun gut daran, uns nicht nur auf unsere Schnelligkeit zu verlassen, sondern auch auf unsere weitreichenden, eisernen Grüße.« Taggart schnaufte. Er fand, er hatte schon wieder zu viel geredet.

»Wann beginnt denn das Probeschießen, Sir?«

»Es hätte eigentlich schon längst im Gange sein sollen, aber Mahon und Reffles haben mir gesagt, die gefundenen Kugeln wären allesamt verrostet, sie müssten gereinigt und geschliffen und was weiß ich noch alles werden, bevor sie eingesetzt werden können. Fassen wir uns also in Geduld.«

»Aye, Sir, fassen wir uns in Geduld.«

Odder hatte sich fest vorgenommen, dass heute der Tag sein sollte, an dem die Frau ihm verriet, wer sie war. Er fand das wichtig, denn immer, wenn er an sie dachte, spürte er, dass ihm ihr Name fehlte. Mit Namen war es seltsam. Er hatte einmal eine Frau gekannt, die Bridget hieß, und Bridget war sehr hässlich gewesen. Fortan hatte er immer, wenn dieser Name fiel, ein unansehnliches Gesicht vor Augen gehabt – bis er eines Tages einer Frau begegnete, die ebenfalls Bridget hieß und berückend hübsch aussah. Da war etwas Komisches passiert, denn von dem Tag an verband er nur angenehme Gedanken mit diesem Namen. Eine Frau konnte also einen Namen schön machen … Ob die Frau im Versteck wohl auch ihren Namen schön machen konnte? Bestimmt konnte sie das.

Sie musste ihn nur verraten.

Da niemand besser als Odder wusste, dass Alkohol geschwätzig machte, hatte er gleich zwei Kannen Wein dabei, als er sich auf den Weg zu der Frau machte. Er hatte auch etwas Essbares in der Tasche, aber eigentlich nur der Form halber, denn Nahrung löste die Zunge nicht.

Als er mit seiner Last in die Tiefen des Schiffs hinuntergekraxelt war, musste er erst einmal verschnaufen, denn er war nicht mehr der Stärkste, und zwei Kannen Wein hatten ihr Gewicht. Er stand vor der Tür und blinzelte im trüben Schein der ebenfalls mitgeführten Laterne. »Is die Tür nu auf oder nich?«, fragte er sich, um dann selbst die Antwort zu finden: »Ich glaub, sie is auf, aber's kann eigentlich nich sein, hatt sie doch zugesperrt, ja doch, zu war sie, un nu is sie auf.«

Er schluckte vor Aufregung, und dabei merkte er, dass er nur Speichel im Mund hatte und dass dieser Zustand geändert werden musste. Er trank einen kräftigen Schluck aus einer der Kannen und fühlte sich gleich besser. Auch das Denken fiel ihm leichter. »Wenn die Tür auf is, is die Frau wech«, sagte er. »Abgehauen, verduftet, über alle Berge. Oder die Tür is auf, un die Frau is nich wech, weil se noch da is, weil se auf mich gewartet hat, weil ich ihr'n Bild gemalt hab, dass wir zusammengehörn. Aber wer hat die Tür aufgemacht, das kann die Frau nich gewesen sein, ’s muss von außen passiert sein, am besten, ich frach die Frau mal.« Als Odder mit seinen Überlegungen so weit gediehen war, fiel ihm wieder ein, dass er den Namen der Frau nicht kannte. Es wurde wirklich höchste Zeit, ihren Namen zu erfahren, und es würde am besten sein, das Verlies jetzt gleich zu betreten.

»Achtung, ich komm. Hör mal, das mit der Tür is aber ’ne Sache. Nanu, du bist nich da? Komisch, dein Eimer is doch noch da un das Stroh un alles.« Odder trank einen weiteren Schluck und setzte sich erst einmal.

Langsam wurde ihm klar, dass die Frau tatsächlich fort war. Und was das für ihn bedeutete. Trennungsschmerz stieg in ihm hoch, Angst, Verzweiflung, Einsamkeit, und er tat das, was alle Säufer tun, die sich verlassen fühlen: Er trank einen kräftigen Schluck. Der Schluck war vielleicht ein wenig zu kräftig gewesen, denn Odder fiel um. Aber er behielt die Besinnung. Und weil das so war, trank er noch einen kräftigen Schluck. Und noch einen. »Nu geht’s«, sagte er, und weil sein Körper vom Alkohol so sehr geschwächt war, lehnte er sich an die Wand. Das war bequemer, und es trank sich auch leichter. »Ich seh dich, ich seh dich genau«, murmelte er. »Du hast mein Bild inner Hand, ’s is das Bild von dir un mir, un ich will jetzt deinen Namen wissen. Sach mir’n Buchstaben, mit dem er anfängt. B? Hastu B gesacht? Hihi, B wie Buchstabe, das is lustich. B… B… Is gut, Bridget, ich wusste, dass de so heißt, ich wusst’s schon beim ersten Mal.«

Odder nahm einen kräftigen Schluck. Es war bereits die zweite Kanne, die er sich an den Mund setzte. »Un nu bist du hier un heißt Bridget, oh, Bridget …«

Odder wollte noch mehr sagen, aber ein großer Schwindel erfasste ihn, und sein Herz klopfte plötzlich sehr unregelmäßig. Er wollte noch einen Schluck trinken, aber es war ihm nicht mehr vergönnt. Seine Organe hatten ihren Dienst eingestellt. Sein Körper hatte den Kampf gegen den Alkohol aufgegeben.

»B… Bridget …«

»Feuerbereitschaft hergestellt, Sir!«, meldete Mahon zum Kommandantendeck herauf. »Drei Culverines geladen und auf Übungsziel ausgerichtet.«

»Na endlich!«, bellte Taggart. »Wir versuchen es mit Einzelfeuer, für Salven fehlen uns die Kugeln! Lasst nach eigenem Ermessen feuern, Mahon.«

»Aye, aye, Sir.« Der Stückmeister eilte zurück zu seinen Männern.

Taggart steckte die Nase in den Wind. »Es braut sich was zusammen, Cirurgicus, die Dünung wird höher. Mahon wollte unter erschwerten Bedingungen üben, vielleicht werden sie bald schwerer sein, als ihm lieb ist.«

»Aye, Sir.«

»Bei allen Suppenschildkröten, ich höre nichts! Wird's bald?«, brüllte Taggart zu den Crews hinunter.

»Feuer!« Das war Mahons Stimme.

Ein donnernder Schuss löste sich, die *Falcon* krängte leicht, und Taggart schaute wie gebannt auf das entfernte Ziel. »Komm schon, komm«, knurrte er.

»Daneben«, sagte Vitus bedauernd.

»Das weiß ich selbst!« Taggart schluckte seine Enttäuschung hinunter. »Weitermachen, Männer, ich will Treffer sehen!«

Der nächste Schuss ging ebenfalls vorbei.

Und der übernächste auch.

Taggart brauchte seine ganze Kraft, um nicht vor Ärger zu platzen. Äußerlich ruhig, rief er: »McQuarrie, wo seid Ihr?«

»Hier, Sir!« McQuarrie eilte herbei.

»Lasst halsen, alles, was Hände hat, an die Brassen. Jetzt ist Reffles mit seinen drei Crews dran. Reffles!«

»Aye, Sir! Feuerbereitschaft der Steuerbord-Culverines hergestellt.«

»Ausrichten, sobald McQuarrie das Manöver beendet hat. Nach eigenem Ermessen feuern!«

»Aye, aye, Sir!« Reffles verschwand.

Taggart stand da, zur Untätigkeit verdammt. Vitus wollte ihn etwas aufmuntern und sagte: »Bei der See ist es wirklich nicht einfach, Sir.«

»Pah! Wir können uns weder das Wetter noch den Feind aussuchen, oder meint Ihr, ich könnte zu den Dons sagen: ›Hört mal, Leute, die See geht ziemlich hoch, sollen wir nicht lieber warten, bis sie wieder glatt ist, damit meine Crews euch besser treffen können?‹«

»Natürlich nicht, Sir. Aber wir dürfen uns immer noch auf unsere Schnelligkeit verlassen.«

»Feuer!« Jetzt versuchte Reffles sein Glück, aber es war ihm nicht hold. Der Schuss ging daneben.

Der nächste traf das Übungsziel, stanzte aber nur ein Loch in das Segel.

Der dritte und letzte Schuss ging wieder daneben.
Taggart schäumte. Er steckte wahrhaft in der Klemme. Dies war eine Situation, die nur durch häufiges und scharfes Üben verbessert werden konnte – und dazu fehlte es ihm an Munition. »Mister McQuarrie, ich will, dass jeder Mann, der einigermaßen entbehrlich ist, sich zusätzlich auf die Suche nach Kugeln macht. Wir brauchen Kugeln für die langen Culverines, Kugeln, Kugeln, Kugeln – und wenn wir jeden Quadratfuß des Ballasts durchpflügen müssten!«
»Aye, aye, Sir!« McQuarrie eilte davon.
»Tja, Sir«, sagte Vitus, der an die neue Bewohnerin seiner Kammer denken musste, »auch ich muss fort, habe, äh, noch einige Dinge zu erledigen.«
Taggart knurrte nur.

Da er nicht wusste, was ihn erwartete, öffnete Vitus die Tür zu Doktor Halls Kammer sehr behutsam und fragte: »Darf ich hineinkommen?«
Die Antwort blieb aus.
»Nun gut, ich nehme an, du sitzt nicht mehr im Zuber.« Vitus trat ein und sah, dass dies tatsächlich nicht mehr der Fall war. Isabella saß auf ihrer Koje, nackt, wie Gott sie erschaffen hatte, die Beine hochgezogen und wütende Blicke um sich werfend. Der Grund dafür war offenbar der Zuber. Er lag auf der Seite und sein Inhalt hatte sich über den gesamten Boden der Kammer verteilt. Es bedurfte keiner großen Phantasie, um sich auszumalen, dass Isabella in

dem Zuber gesessen hatte und durch die immer höher gehende See umgeworfen worden war.
Vitus lachte. »Wasser hat keine Balken! Ich hoffe, es ist dir nichts weiter passiert?«
»*Culero!*«
»Wie bitte, du sagst Arschloch zu mir? Das will ich überhört haben.« Vitus wurde ernst. »Ich verstehe, dass du unten im Schiff Schreckliches durchgemacht haben musst, aber das ist noch lange kein Grund, mich zu beschimpfen. Irgendwer muss dich dort eingesperrt haben. Irgendwer, der dir Böses wollte. Warum? Ich weiß es nicht. Willst du es mir sagen?«
Isabella schwieg.
Vitus sah sie an und bemerkte, dass ihr Kinn zu zittern begann. »Dir ist kalt, du klapperst mit den Zähnen, höchste Zeit, dass du etwas auf den Leib bekommst!« Er ging zu seiner Kiepe und entnahm ihr leinene Leibwäsche, eine einfache Hose aus Blautuch und ein weißes Hemd mit Knöpfen aus Holz. »Das dürfte alles zu groß für dich sein, aber – wie ich schon sagte – was zu lang ist, krempelst du einfach um. Hier, fang.«
Er warf ihr die Kleider zu und stellte mit Befriedigung fest, dass sie auf den Bewegungsreiz prompt reagierte und die Sachen auffing. »Zieh dich an, ich drehe mich derweil um.«
Er wandte ihr den Rücken zu und wartete. Als nichts geschah, wiederholte er: »Zieh die Sachen an, oder ich tue es!«
Endlich hörte er hinter sich ein Rascheln und Nesteln und dann den Ausruf: »*Mierda!*«

Noch immer von ihr abgewandt, sagte er: »Ich nehme an, deine Missfallensäußerung bezieht sich auf das Aussehen deiner neuen Kleider. Du solltest nicht undankbar sein. Lieber den Spatz in der Hand, als die Taube auf dem Dach. *Más vale pájaro en mano que ciento volando.*«

»Mierda!«

»Du bist ziemlich kratzbürstig.« Vitus drehte sich um – und musste abermals lachen. Seine Besucherin saß auf der Koje und schien in den viel zu großen Kleidern zu ertrinken.

»Idiota!«

Er achtete nicht auf sie und krempelte ihr die Ärmel ein Stück weiter hoch. Sie hatte sich die Fingernägel gereinigt und geschnitten. Er sah es mit Wohlgefallen. »So mag es gehen. Aber was machen wir jetzt mit dir? Hierbleiben kannst du jedenfalls nicht. Ich werde mit dem Captain sprechen, ob für dich noch irgendwo eine Kammer frei ist. Ich muss sowieso mit ihm reden.«

»No, no!«

»Hör mal, Isabella, kannst du noch etwas anderes sagen, außer ›Scheiße‹, ›Arschloch‹, ›Idiot‹ und ›nein‹?«

Isabella schwieg. Demonstrativ schaute sie an Vitus vorbei und aus dem Fenster.

»Das wird mir jetzt zu dumm.« Vitus wandte sich zur Tür. »Ich rede jetzt mit dem Captain, was mit dir geschehen soll.«

»No!« Isabella wollte aufspringen und ihn aufhalten, aber sie war noch so entkräftet, dass sie der Länge nach auf die Decksplanken schlug.

»Um Gottes willen, ist dir etwas passiert?« Vitus eilte zurück und hob sie auf. »Bist du verletzt? Lass mal sehen. Gottlob, nein. Was ist nur in dich gefahren? Immer, wenn ich zum Captain will, reagierst du völlig überspannt. Das musst du mir erklären.« Er legte sie in die Koje zurück.

Eine Weile verging.

»Ich warte«, sagte Vitus.

Wieder verging eine Weile.

Vitus stand auf und ging zur Tür.

»No, no!«

»Herrgott im Himmel, jetzt ist aber Schluss!« Vitus fiel ein, dass Isabella aller Wahrscheinlichkeit nach Spanierin war, deshalb fuhr er auf Spanisch fort: »Wenn du mir irgendetwas zu sagen hast, sage es jetzt. Es ist deine letzte Chance, sonst gehe ich zum Captain.«

»Du … du sprichst meine Sprache gut«, sagte Isabella stockend.

Endlich hatte sie einen Satz herausgebracht! »Ich bin in Spanien aufgewachsen, ich spreche deine Sprache so gut wie du.« Vitus wollte es dabei belassen, doch weil er noch immer verstimmt war, fügte er hinzu: »Vielleicht sogar besser als du, denn ich verbrachte meine Jugend im Kloster Campodios und studierte die *Artes liberales.*«

Isabella schwieg.

»Sprichst du kein Englisch?«

»Ich hasse alle Engländer!«

»Dafür muss es einen Grund geben.«

Wieder verging eine Weile. Vitus wartete, diesmal geduldiger, denn er hatte das Gefühl, das Eis sei gebrochen.

»Ich heiße Isabella del Pilar y Ribera.«

»Aha, nun gut.« Vitus setzte sich Isabella gegenüber und schaute ihr prüfend in die Augen. Sie hielt seinem Blick stand. Er stellte fest, dass erneut ein Funke Hochmut in ihnen glomm. Mit einiger Phantasie, dachte er, lässt sich erahnen, wie du in besseren Tagen ausgesehen hast. Herrisch, stolz, unnahbar. Nicht wenig davon ist auch heute noch zu spüren. Und dennoch: Die Vorstellung, dass du als junge Adlige aus dem Haus Pilar y Ribera ausgerechnet in den dreckigsten Bilgenraum von Taggarts *Falcon* verschlagen wurdest, fällt schwer.

Er beschloss, die Frau auf die Probe zu stellen. »Es gibt eine berühmte spanische Adelsfamilie, die mit der deinen verwandt ist. Weißt du, welche ich meine?«

»Meine Familie ist mit den edelsten Geschlechtern Spaniens verwandt, aber ich vermute, du meinst die Guzmáns.«

Vitus horchte auf. »In der Tat, die meine ich.«

»Ich bin eine Nichte des siebten Herzogs von Medina Sidonia, Alonso Pérez de Guzmán El Bueno!«

Die Behauptung kam so selbstsicher, dass sie wahrscheinlich stimmte. Aber Vitus fand, dass sie ein wenig zu selbstsicher daherkam, deshalb sagte er: »Das mag sein. Allerdings siehst du im Moment kaum danach aus.«

»Einen Wundschneider der englischen Marine hatte ich mir auch anders vorgestellt.«

»Lassen wir das Geplänkel. Warum hasst du alle Engländer?«

Isabella schwieg.

»Oder wäre es der Señorita genehmer, wenn ich fragen würde: Warum hasst *Ihr* alle Engländer?«

»Du tätest gut daran, mich meinem Stand gemäß anzusprechen – auch wenn ich dir zu einem gewissen Dank verpflichtet bin.«

Aha, dachte Vitus, kaum ist die Dame dem Schlimmsten entronnen, trägt sie die Nase schon wieder hoch. Sie muss zäh sein wie Leder, sonst würde es ihr nicht schon wieder so gutgehen. Das Bad scheint ihr wohlgetan zu haben. Sie sieht etwas rosiger aus. Eigentlich sogar recht anziehend, wenn man von den schmalen Lippen absieht. Nun, das mag sich ändern, wenn sie nicht mehr so mager ist. Ich muss noch etwas für ihre Haut tun. Die Flechten und Unreinheiten sind rauh und trocken, sie müssten also mit feuchter Arznei behandelt werden, so sagen es die alten Meisterärzte. Am besten mit Molke. Aber ich habe natürlich keine. Wieso ärgere ich mich eigentlich ständig über sie? Ich will mich nicht ärgern. Sie ist nicht mehr als ein eingebildetes junges Ding. Höchstens zwanzig Jahre alt. Wahrscheinlich ihr ganzes bisheriges Leben verzogen und verhätschelt und in einem goldenen Käfig aufgewachsen. Hat noch nie im Leben etwas geleistet und bildet sich sonst was ein. »Vielleicht sollten wir es doch beim Du belassen«, sagte er laut. »Und sozusagen auf gleicher Ebene miteinander sprechen. Ich stamme aus einem normannischen Geschlecht, bin Vitus von Collincourt, Earl of Worthing.«

»Pah!«

»Du brauchst mir nicht zu glauben. Ebenso, wie du mir nicht sagen musst, warum du alle Engländer hasst. Ich gehe jetzt zum Captain …«

»No, no, por favor!« Isabella rang die Hände.

Vitus schüttelte den Kopf. »Du bist eine seltsame junge Frau, mal hochmütig, mal verzweifelt und bemitleidenswert. Ich werde aus dir nicht schlau. Aber beruhige dich. Ich gehe nur zum Captain, um mit ihm das Abendessen einzunehmen. Für heute will ich deine Anwesenheit an Bord verschweigen. Du brauchst Schlaf und gesunde Kost, damit du wieder auf die Beine kommst. Das ist zunächst das Allerwichtigste. Ich werde Enano bitten, dass er dir etwas bringt. Und nun entschuldige mich.«

Die Rächerin Isabella

»Pah, Wundschneider, was tust du denn schon den ganzen Tag. Untersuchst Krethi und Plethi und schmierst die Knie vom Capitán mit irgendwelchem Zeugs ein.«

Drei Tage später wusste Vitus, warum Isabella alle Engländer hasste.

Ihre erstaunliche Geschichte war der Grund dafür, warum er sie, ganz gegen seine ursprüngliche Absicht, noch immer in der Kammer von Doktor Hall versteckt hielt.

In der Nacht nach ihrer ersten Begegnung hatte sie sich heimlich in den Behandlungsraum im Orlopdeck geschlichen, wo er aus Anstandsgründen nächtigen wollte, und ihm von ihrem Schicksal erzählt.

Es war eine seltsame Situation gewesen, zwei Gestalten auf dem Operationstisch sitzend, die eine – Isabella – heftig gestikulierend, die andere – Vitus – mal staunend, mal ungläubig und immer wieder empört lauschend.

»Du willst wissen, warum ich alle Engländer hasse?«, hatte sie beim funzeligen Schein einer Laterne gefragt. »Ich wer-

de es dir sagen, und wenn du es weißt, wird es dir genauso ergehen wie mir!«
»Ich will es jetzt nicht wissen. Es ist spät. Wie kommst du überhaupt hierher, bist du von Sinnen?«, hatte er geantwortet.
»Es begann alles damit, dass deine verdammten Landsleute im letzten Jahr Cádiz überfielen. Sie kamen mit ihren Seglern in unsere Bucht und schossen unsere stolzen Schiffe zusammen. Ohne Grund, einfach so …«
»Moment, das stimmt nicht. Sie hatten sehr wohl einen Grund …«
»Sie schossen unsere stolzen Schiffe zusammen, die wehrlos im Hafen lagen! Sie schossen die halbe Stadt in Brand! Ich war zu dem Zeitpunkt in der alten Kathedrale. Ein Munitionsdepot flog in die Luft, Hunderte von Menschen starben. Auch meine arme Mutter, die in unserer Kutsche auf mich wartete. Unschuldige Bürger liefen brennend wie Fackeln durch die Straßen! Frauen und Kinder! Ich habe es selbst gesehen, denn ich war dabei.«
»Du hast mein Mitgefühl. Aber ich glaube nicht, dass englische Seeleute absichtlich Frauen und Kinder töten«, hatte er eingewandt.
»Aber sie haben es getan! Ich lief von der alten Kathedrale die engen Gassen hinunter zum Hafen, denn ich sagte mir, wo Wasser ist, ist kein Feuer, doch das Feuer holte mich ein. Sämtliche Schuppen standen plötzlich in Brand. Alles war voller Rauch. Leichen lagen auf den Straßen herum, gekrümmt, verkohlt, die Münder im Todesschrei geöffnet! Ich sprang in ein Boot, um dem Inferno zu entrinnen.«
Vitus hatte kaum glauben können, was er da hörte. Die

Kunde von der Vernichtung gewaltigen Schiffsraums in Cádiz war auf der gesamten Britannischen Insel wohlbekannt, die Begleiterscheinungen für die Einwohner jedoch keineswegs. »Krieg ist immer grausam und immer ungerecht, überall auf der Welt. Ich gebe zu, es war ein unverhoffter Angriff, aber er diente einzig und allein dem Schutz Englands.«

»Schutz? Dieser Schutz hat mich fast umgebracht! Meine kostbare Robe war gänzlich verkohlt, meine Haare und meine Augenbrauen waren versengt, meine Haut verbrannt, ich muss furchtbar ausgesehen haben, wie die liederlichste Schlampe aus dem dreckigsten Armenviertel! Wie ich in die Bucht gekommen bin, weiß ich nicht mehr, ich weiß nur, dass der Alptraum irgendwann vorbei war, als man mich auffischte.«

»Wer hat dich gerettet?«

»Engländer. Männer dieses Schiffs unter Capitán Taggart.«

»Was du nicht sagst! Da siehst du, dass man nicht alle Menschen über einen Kamm scheren kann«, hatte er erwidert.

»Taggart mag eine Ausnahme sein. Er hat zwar ungehobelte Manieren und weiß sich einer Dame gegenüber kaum zu benehmen, aber insgesamt behandelte er mich recht anständig. Allerdings erst, nachdem ich ihm gesagt hatte, wer ich bin.«

»So, so.«

»Er weigerte sich doch tatsächlich, den Kurs zu ändern und mich umgehend zurück nach Cádiz zu bringen! Wenn ich meine Dienerschaft bei mir gehabt hätte, hätte ich ihn auspeitschen lassen.«

»Aber so ist der Captain noch einmal davongekommen.«

Vitus hatte sich ein Grinsen nicht verkneifen können. Die Vorstellung, der alte Seebär würde von irgendwelchen verweichlichten Lackaffen mit einer Peitsche bearbeitet, war zu komisch gewesen.

»Er sagte mir, ich befände mich auf direktem Weg in Feindesland, und wies mir eine Kammer zu. Es war die Kammer neben deiner. Sie gehörte einem Ungeheuer namens Pigett. Pigett kehrte mir gegenüber zunächst den vollendeten Hidalgo heraus – ihr Engländer würdet wohl Gentleman sagen –, doch später versuchte er immer öfter, mich nachts zu ›besuchen‹. Ich beschwerte mich bei Capitán Taggart, aber Pigett beteuerte seine Unschuld. Sein Wort stand gegen das meine, und Taggart, dieser Barbar, unternahm einfach nichts.«

»Na, na, Captain Taggart ist kein Barbar, immerhin hat er dich auffischen lassen. Ohne ihn würdest du nicht hier sitzen«, hatte Vitus entgegnet.

»Capitán Taggart hat mir das Blaue vom Himmel erzählt! Seine Behauptung, ich befände mich auf direktem Weg in Feindesland, war eine Phrase – um nicht das Wort Lüge zu gebrauchen. Erst segelte die *Falcon* mit dem Geschwader nach Lagos, dann nach Sagres, dann zum Kap São Vicente, wo sie wochenlang weitere Schiffe unseres guten Königs vernichtete, immer vor Portugals Küste und immer nur wenige Meilen von Cádiz entfernt, dann machte sie einen Abstecher zu den Azoren, wo sie *El Dragón*, diesem Scheusal, half, einem Kauffahrteischiff aufzulauern.«

»Es war die portugiesische Karacke *San Felipe*«, hatte Vitus eingeworfen. »Sie führte Waren im Wert von hundertfünfzehntausend Pfund mit sich und wurde von *El Dragón*, wie du Sir Francis Drake zu nennen beliebst, als Prise genommen. Unsere Königin erhielt davon einen nicht unerheblichen Anteil.«

»Möge sie an dem Geld ersticken!«

»Beherrsche dich! Unsere Königin Elizabeth ist eine starke, bewundernswerte Frau, die ihren Weg geht.«

»Mag sein, ich kenne sie nicht. Vielleicht hätte ich sie kennenlernen können, als ich endlich in England war. Portsmouth heißt der Hafen, in dem die *Falcon* festmachte. Capitán Taggart, immerhin, war so großzügig und gab mir einen Betrag Geldes gegen einen Schuldschein, den ich ihm ausstellen musste. Zwanzig Pfund waren es.«

»Zwanzig Pfund?« Vitus hatte gestaunt. »Das ist ein kleines Vermögen!«

»Ich kaufte mir neue Kleider und stieg in der besten Herberge der Stadt ab. Gleichzeitig versuchte ich, Kontakt zu dem spanischen Gesandten in London aufzunehmen, aber sei es, dass er ein Bauerntölpel ist und mit dem Namen Pilar y Ribera nichts anfangen konnte, sei es, dass es ihn schon gar nicht mehr bei Hofe gab, in jedem Fall wartete ich mehrere Wochen vergebens auf Hilfe.«

»Hast du dich nicht selbst um eine Passage nach Spanien gekümmert?«

»Ich? Mich selbst gekümmert? Du machst wohl Witze?«

»Nun ja, auch wenn du es versucht hättest, wärst du wohl nicht erfolgreich gewesen. Die Verbindungen zwischen deinem Land und meinem Land sind seit über einem Jahr gekappt, die einzige Chance wäre wohl ein neutraler Segler gewesen. Vielleicht ein Däne oder ein Schwede.«

»Ich wäre niemals mit einem Segler aus Dänemark oder

Schweden gefahren. Dort versteht man nichts von Seefahrt!«

»Natürlich. Wenn du es sagst.«

»Ich war vielleicht zwei oder drei Monate in Portsmouth, als ich mehr und mehr von raffgierigen Gestalten belästigt wurde, die behaupteten, sie seien Gläubiger von mir. Die Ersten warf der Herbergswirt noch vor die Tür, die Nächsten nicht mehr, denn er war selbst unter ihnen. Sie alle behaupteten, ich wäre ihnen etwas schuldig. Dabei hatte ich mich die ganze Zeit auf das Wenigste beschränkt.«

»Das kann ich mir lebhaft vorstellen.«

»Du brauchst dich gar nicht lustig über mich zu machen. Jedenfalls war meine Barschaft erschöpft, und da traf es sich gut, dass eines Tages ein Matrose von der *Falcon* bei mir in der Herberge auftauchte, einen Gruß von Capitán Taggart ausrichtete und mich an Bord zu einem Abendessen einlud.«

»Nanu?« Vitus hatte sich gewundert. »Der Captain weilte doch zu jener Zeit auf der Isle of Wight, um seine Kniebeschwerden auszukurieren?«

»Das sollte ich noch früh genug erfahren. Man hatte mich grausam getäuscht. Kaum war ich an Bord, zerrte man mich unter Deck, schlug mich brutal und … und …« Isabella hatte zu schluchzen begonnen. »Ich … oh, es war so furchtbar!«

Vitus hatte den Arm um Isabella gelegt, denn sie tat ihm wirklich sehr leid, den Arm dann aber schnell wieder fortgenommen – aus Sorge, sie könne seine Geste falsch verstehen.

»Man … man warf mich in den Raum, in dem du mich gefunden hast. Es war die Hölle, die Hölle …« Isabella hatte

hemmungslos geweint, und Vitus hatte keine andere Möglichkeit gesehen, als den Arm wieder um sie zu legen.
»Und dann kam er – Pigett. Plötzlich stand er mit einer Laterne vor mir, schmierig grinsend, die Hose schon heruntergelassen. Er … Er fummelte an seinem Ding und sagte, es wäre nun endlich an der Zeit, ihn als Besucher zu ›empfangen‹. Oh … es war so demütigend, so … so … widerwärtig!« Isabella hatte die Hände vor das Gesicht geschlagen und für Minuten die Fassung verloren. Vitus hatte sie nicht zu beruhigen vermocht, obwohl er sie wie ein Kind hin und her wiegte.
Irgendwann hatte sie weitergesprochen: »Von da an musste ich allen Matrosen zu Willen sein, immer wieder, am meisten aber Pigett, diesem Schwein! Erspare mir, dir zu erzählen, was ich alles machen musste, um die niederen Begierden dieser Bestien zu befriedigen. Sie haben mich behandelt wie ein Stück Vieh, mich, Isabella del Pilar y Ribera! Aber wenn der Herrgott es will, wird der Tag der Rache kommen. Ich werde eine grausame Rächerin sein. Oh, wie ich diesen Tag herbeisehne!«
Isabella hatte wieder zu weinen begonnen und unter krampfartigem Schluchzen berichtet, ihre »Besucher« hätten ihr gesagt, es sei nichts Besonderes, Flittchen an Bord zu haben, wenn das Schiff im Hafen läge, überall wäre das so, in London, in Southampton, in Falmouth …
Vitus war aufgestanden und hatte ihr einen Becher Wein geholt, aber sie hatte nur einen winzigen Schluck getrunken. Dann war ein freudloses Lächeln über ihr Gesicht geglitten, und sie hatte gesagt: »Jetzt weißt du, warum ich alle Engländer hasse, und du weißt auch, warum ich Capitán

Taggart nicht unter die Augen treten will. Es wäre mir einfach zu peinlich, vor ihm wie eine Hure dazustehen.«

»Das leuchtet mir ein«, hatte er nach einiger Überlegung gesagt. »Ich bringe dich jetzt zurück in Doktor Halls Kammer. Wenn uns jemand begegnet, sagst du nichts und tust so, als wärst du ein Matrose. Du brauchst deinen Schlaf – genau wie ich.«

So war ihr erstes Gespräch verlaufen. Und heute, am 29. Mai, fühlte Vitus sich wie gerädert. Die vergangenen Nächte, die er allesamt auf dem harten Operationstisch verbracht hatte, gingen ihm mehr und mehr aufs Kreuz. Und das Wetter, das in den letzten Tagen immer schlechter geworden war, tat ein Übriges dazu.

Da er nicht Isabellas wegen an Bord war, sondern in erster Linie, um Taggarts Knie zu versorgen, erbat er gegen Mittag die Erlaubnis, das Kommandantendeck betreten zu dürfen.

Taggart stand in seiner typischen Haltung an der Querreling und beobachtete mit salzverkrusteten Augen sein Schiff. Die *Falcon* kämpfte schwer in der brüllenden See, sie stampfte, rollte, schlingerte so stark, dass selbst einige der altgedienten Fahrensleute unter der Seekrankheit litten. Vitus taumelte mehr, als dass er schritt, und landete glücklich an Taggarts Seite. »Was machen Eure Knie, Sir?« Er musste schreien, um sich verständlich zu machen.

»Taub!«, brüllte Taggart zurück. »Gott sei's getrommelt und gepfiffen, sie sind völlig taub. Keinerlei Schmerzgefühl bei der Kälte! Ich wünschte, das Wetter wäre immer so.«

Vitus war einerseits froh, dass Taggart keine Beschwerden

spürte, dachte andererseits aber an Isabella, die unten in Doktor Halls Kammer saß und den Seegang sicher viel mehr zu spüren bekam als er. »Wie ist unsere Position, Sir?«

»Wenn ich das genau wüsste! Die Sonne lässt sich ja nicht mehr blicken. Als ich vor zwei Tagen die Breite nahm, standen wir querab von La Coruña. Ich schätze, wir befinden uns jetzt südlich von Kap Finisterre.« Taggart rückte seine Regenhaube aus Öltuch zurecht, denn starke Schauer hatten eingesetzt.

»Und die Armada, Sir?«

»Gott versenke sie! Wenn wir sie nicht bald sichten, hat sie uns passiert.«

McQuarrie erschien auf dem Niedergang zum Kommandantendeck. »Der Sturm wird zum Orkan, Sir, wir haben nur noch den Fockmast unter Segeln. Wenn's noch mehr bläst, müssen wir weiteres Tuch wegnehmen, ich schlage vor, den Mars. Die Lateiner vom Besan sind auch schon runter!«

»Das ist mir nicht entgangen.« Taggart hob die Hand, um sein Einverständnis zu signalisieren.

»Ich möchte noch einen Strich westlicher halten, Sir, damit wir nicht plötzlich auf Legerwall liegen. Niemand weiß genau, wie nah wir der Küste sind.«

»Nur zu!«, brüllte Taggart.

McQuarrie verschwand und gab die entsprechenden Befehle. Doch kaum hatte er das getan, kehrte er schon wieder zurück. »Sir!«, meldete er atemlos. »Reffles hat bei der Suche nach Kanonenkugeln einen Toten in der Bilge gefunden. Der Mann heißt Odder!«

»Odder?«, knurrte Taggart. »Ich erinnere mich nur schwach. Wer war das noch mal?«
»Ein Säufer, Sir«, antwortete Vitus für McQuarrie. »Ein Säufer und Drückeberger. Kein guter Seemann, vielleicht überhaupt kein Seemann. Wenn ich es recht bedenke, könnte er der vermisste dreißigste Mann sein.«
Taggarts schiefer Mundwinkel zuckte. »Wenn es so ist, muss der Kerl sich tagelang versteckt haben. Und das auf meinem Schiff! Der Bursche war nie ein echter *Falcon,* so viel steht fest.«
»Aye, Sir, wenn Ihr erlaubt, gehe ich hinunter in die Bilge und untersuche ihn.«
»Genehmigt.«
Vitus verließ das Kommandantendeck ohne einen trockenen Faden mehr am Leib und hangelte sich die Niedergänge hinab. Er schätzte sich glücklich, nicht unter der Seekrankheit zu leiden, denn hier unten, in den tiefsten Eingeweiden des Schiffs, teilten sich die Bewegungen des Rumpfs viel unbarmherziger mit.
Odder lag gekrümmt auf der Seite, sein von den Spuren des Alkohols gezeichnetes Gesicht sah nahezu friedlich aus, vielleicht sogar dankbar, denn die Mühsal des Lebens war für ihn zu Ende. Vitus überlegte einen Moment, an was ihn das Gesicht erinnerte, dann wusste er es. Es war die Zeichnung, die Isabella bei sich trug, als er sie befreit hatte. Einer der beiden Köpfe darauf war Odders Kopf. Odder und Isabella, was hatten die beiden miteinander zu tun?
Vitus beschloss, die Beantwortung der Frage aufzuschieben, und machte sich an die Untersuchung der Leiche. Viel

war jedoch nicht zu tun. Odder war eindeutig tot, er atmete nicht mehr, sein Puls war nicht zu fühlen, und der Zustand seiner Haut mit den Druckstellen und den ausgeprägten Totenflecken bewies, dass auch der *Rigor mortis,* die Totenstarre, aller Wahrscheinlichkeit nach schon länger vorbei war. Ein Abtasten der Leber ergab erwartungsgemäß eine beachtliche Verdickung. Kein Zweifel, Odder hatte sein Leben in Wein ertränkt. Er war den Säufertod gestorben.

Doch was war vorher geschehen? Er hatte zwei Kannen mit Wein dabeigehabt, die er womöglich mit Isabella teilen wollte – nur war er zu spät gekommen. Seltsam. Hatten die beiden öfter miteinander gezecht? Hatte Isabella übertrieben, als sie behauptete, zahllose Male vergewaltigt worden zu sein? Was steckte dahinter? Vitus beschloss, das Naheliegendste zu tun.

Er würde sie fragen.

Wenig später – Vitus hatte dafür gesorgt, dass Taggart über den neuesten Stand der Dinge informiert wurde – saß er Isabella in Doktor Halls Kammer gegenüber. Ihr schien der Seegang ebenso wenig auszumachen wie ihm, denn ihre Gesichtsfarbe war gesund, die Flechten und Unreinheiten auf ihrer Haut waren größtenteils verschwunden. Überhaupt war festzustellen, dass sie sich überraschend schnell erholt hatte.

»Odder ist tot aufgefunden worden«, sagte er ohne Umschweife.

Isabella sagte nichts. Nur ihre Augen weiteten sich kurz.
»Ich nehme an, du kennst Odder, und ich nehme außerdem an, dass er dich in deinem Verlies besuchte. Die Zeichnung mit deinem und seinem Kopf spricht dafür. Irgendjemand muss sie angefertigt haben.«
Isabella schwieg.
»Warum sagst du nichts?«
»Du hast mich nichts gefragt.«
»Natürlich habe ich dich etwas gefragt. Ich will wissen, was zwischen Odder und dir war. War er einer deiner, äh, Liebhaber?«
»Das geht dich nichts an.«
»O doch, das tut es! Zufällig habe ich dich halb tot aufgefunden, zufällig habe ich dir das Leben gerettet, zufällig habe ich dich hier versteckt. Also?«
»Odder war ein … Freund.«
»Was heißt das?«
»Das geht dich nichts an.«
»Du machst es mir nicht gerade leicht.«
»Warum sollte ich es dir leichtmachen?«
Vitus gab es auf. »Ich stelle also fest, dass du Odder kanntest, er war sogar dein Freund, er hat offenbar eine Zeichnung mit seinem und deinem Kopf zu dir ins Verlies geschmuggelt, ebenso wie Wein und wahrscheinlich auch Nahrung. Ich vermute, er benutzte dein Verlies als Versteck, denn in der Vergangenheit wurde immer wieder nach ihm gesucht. Ich vermute ferner, dass seine Säuferseele so etwas wie Geborgenheit bei dir suchte, eine Geborgenheit, die du wohl genauso brauchtest wie er. Vielleicht hat er dich sogar auf seine Weise angehimmelt, denn er sah sich und dich als ein

Paar. Wenn ich näher darüber nachdenke, muss er die Zeichnung selbst angefertigt haben, was ungewöhnlich, aber nicht unwahrscheinlich ist. Niemand sonst kommt dafür in Frage. War es so?«

Isabella sagte nichts.

»War es so?«

»Für einen Wundschneider bist du ziemlich gewitzt.«

Weitere drei Tage später hatte das Wetter etwas aufgeklart, noch immer preschte die *Falcon* nach Süden, und noch immer war der Feind nicht in Sicht. Konnte es sein, dass er sich noch gar nicht auf den Weg gemacht hatte?

Alle auf dem Schiff waren in angespannter Erwartung.

Taggart verharrte Stunde um Stunde hoch oben auf seinem Kommandantendeck, einem Wechselbad der Gefühle zwischen Wut, Schmerz und Sorge ausgesetzt.

Tipperton hockte in seiner kleinen Kammer neben Taggarts Kajüte, vor sich die *Carmina,* die ergötzlichen Gedichte des römischen Dichters Catull.

Chock hatte zum ersten Mal das Dreieckstuch abgenommen, seit Vitus ihm die Schulter wieder eingerenkt hatte, und würfelte mit Muddy und Gerry um ein Pint Brandy. Gerry, der Simulant, litt auch heute nicht unter Durchfall – so wie er niemals darunter gelitten hatte.

Arch, ebenfalls einer der *Falcon*-Veteranen, schnitzte an einem Stück Walrosszahn. Was er herstellen wollte, wusste er noch nicht, vielleicht eine Flöte, um darauf für eine *Lancashire Hornpipe* aufzuspielen.

Jim und Tom, die beiden Zimmerleute, standen an der Hobelbank in ihrer Werkstatt und glätteten Handläufe für die Niedergänge zum Batteriedeck.
McQuarrie und Dorscy, die beiden Offiziere, hatten ein Auge auf die immer gleichen Arbeiten an Deck und fragten regelmäßig den Ausguck im Hauptmast, ob er nicht endlich Segel an der Kimm sehe.
Dunc, der Veteran und beste Steuerer der *Falcon,* stand am Kolderstab, einem kräftigen, durch die Decks nach unten ragenden Stock, mit dessen Hebelwirkung die schwere Ruderpinne am Heck bewegt wurde.
Der Zwerg kochte Suppe aus »Bauerndegen un Böllerlein« an der Feuerstelle direkt hinter dem Vorschiff, wobei er unanständige Lieder aus dem Askunesischen vor sich hin trällerte und auf die Frage seines Assistenten, wo das denn liege, antwortete: »'s is Deutschland, du Strohputzer!«
Vitus saß in seinem Behandlungsraum und studierte Schriften des Fabricius Wilhelm Hildanus, in denen dieser einige Verbesserungen für Brust- und Gliederamputationen erläuterte. Auch seine Ausführungen zur Therapie von Frakturen waren sehr lesenswert.
Isabella Dolores Conchita Maria del Pilar y Ribera, wie sie mit vollem Namen hieß, lag in Doktor Halls Kammer auf ihrer Koje und dachte an Paolo Farnese, den Neffen des Herzogs von Parma, dem sie versprochen war, und der irgendwo in den Spanischen Niederlanden auf sie wartete. Wartete er wirklich auf sie? Wahrscheinlich genauso wenig wie sie auf ihn. Die geplante Heirat war eine reine Zweckehe und hatte mit Gefühlen oder gar Liebe nichts zu tun. Sie hatte ein Medaillon erhalten, das eine Miniaturmalerei

auf Elfenbein mit der Abbildung ihres Zukünftigen zeigte. Demnach konnte Paolo Farnese nicht gerade als Adonis bezeichnet werden, und wenn man bedachte, dass Miniaturen in aller Regel schamlos verschönten, stand zu vermuten, dass er ein Ausbund an Hässlichkeit war.
Der Wundschneider, der sich Vitus von Collincourt nannte und behauptete, ein Earl zu sein – was natürlich völliger Unsinn war –, sah dagegen ungewöhnlich gut aus. Allerdings fehlte es ihm ein wenig an Temperament. Wie alt er wohl war? Dreißig vielleicht? Höchstens. Eigentlich sah er sogar noch jünger aus. Besonders, wenn er lächelte. Ob er wirklich Engländer war? Spanisch jedenfalls sprach er ohne jeden Akzent. Englisch auch? Das ließ sich schlecht sagen. Was hatte er erzählt? Er sei in einem spanischen Kloster aufgewachsen und hätte die *Artes liberales* studiert? Kaum zu glauben, denn das hieße, er habe sich mit Grammatik, Rhetorik, Geometrie, Musik und all diesen Dingen beschäftigt, dabei war er doch nur ein kleiner Wundschneider. Mit seinen medizinischen Künsten konnte es nicht weit her sein, sonst hätte er die Knie des Kapitäns längst kuriert. Und doch, irgendetwas war an ihm.
Isabella trug nach wie vor Vitus' Kleider. Es war ein seltsames Gefühl, in diesen billigen Stoffen zu stecken, obwohl sie sauber waren und nicht kratzten. Sogar einen Eigengeruch hatten sie, den Geruch nach ihrem Träger. Sie hielt sich einen Ärmel an die Nase und roch an dem Leinenstoff. Ja, da war er wieder, dieser ganz bestimmte Hauch … nicht unangenehm. Und ausgesprochen männlich.
Ihr Blick fiel auf die Kiepe, die in der Ecke stand, und sie beschloss, das Behältnis unter die Lupe zu nehmen. Es ge-

hörte sich zwar nicht, in fremder Leute Eigentum zu stöbern, aber erstens war der Wundschneider nicht da, zweitens war er gar nicht mehr so fremd, und drittens machte sie sowieso, was sie wollte.
Nacheinander nahm sie die Sachen heraus, wobei sie sich die Reihenfolge merkte, um sie später genauso wieder hineinlegen zu können, und stellte dabei fest, dass der Inhalt kaum der Rede wert war. Richtig, den Hauptteil seiner Utensilien hatte der angebliche Earl nach unten in seinen Behandlungsraum gebracht. Aber was war das? Ein Ring? Tatsächlich!
Isabella hielt den Fingerschmuck ins Licht und erkannte, dass es sich um einen goldenen Wappenring handelte. Das Wappen war kreisförmig, es zeigte ein Schiff mit zwei dreieckigen Segeln und darüber einen fauchenden Löwen, der in seiner Form an den englischen Löwen erinnerte … Isabella dachte nach. Sollte der Mann, der sich Vitus von Collincourt nannte, vielleicht doch ein Earl sein?
Das wäre sehr aufregend.
Spielerisch schob sie den Ring über ihren Mittelfinger, spreizte die Hand und hielt sie auf Armeslänge von sich. Natürlich war der Ring zu weit, aber er strahlte ein großes Maß an Würde aus.
Sie fand, er stand ihr gut.

Bei sechs Glasen am Nachmittag hielt es Taggart nicht mehr auf seinem Kommandantendeck, denn er war voller Unruhe, und die Knie taten ihm weh. Rastlos streifte er durch sein Schiff, schaute hier und dort nach dem Rechten, lobte, tadelte, fluchte, und überall, wo er erschien, erhöhte sich wie von Zauberhand die Arbeitsgeschwindigkeit der Männer. Die einzige Ausnahme war Dunc, der regungslos am Kolderstab stand, den Blick auf den Kompass vor sich gerichtet und den befohlenen Kurs haltend.

Taggarts Knien hatte die Bewegung gutgetan, deshalb sagte er nicht unfreundlich: »He, Dunc, wie geht es meinem Gold?«

Dunc grinste. »Weiß nicht, Sir, habe zu viel im Kopf.«

»Das ahnte ich schon. Ein Biskuit meiner Frau kann ich dir im Moment nicht anbieten.«

»Nicht weiter schlimm, Sir, letztes Mal hat's mich 'nen halben Zahn gekostet.«

»Ich weiß, ich weiß, ich ...«

»Seeeeegler!«

»Segler? Wo?«, bellte Taggart aufgeschreckt. Dann eilte er, so schnell es seine Knie erlaubten, zur Schiffsmitte. »Wie viele Segler siehst du?«, brüllte er zum Hauptmast empor.

»Zwei, Sir, direkt voraus!«, rief der Mann im Ausguck zurück.

Taggart spähte in die angegebene Richtung, konnte aber nichts entdecken. »Zwei läppische Segler, das heißt gar nichts«, knurrte er. »Das können genauso gut Froschfresser sein.«

»Drei Segler, Sir ... fünf ... sieben, acht!«

»Bei allen Hummerschwänzen! Es sind wohl doch keine Franzosen.« Taggart biss die Zähne zusammen, tat, als wäre es die leichteste Sache von der Welt, und kletterte die Wanten hinauf bis zur halben Höhe der Saling. Lange spähte er

über den Bug der *Falcon* nach vorn. Dann stieg er langsam wieder hinunter aufs Deck.
»Sie sind es«, sagte er.

Bei acht Glasen war die Zahl der gesichteten Spanier auf über hundert angestiegen. Taggart stand wieder auf seinem erhöhten Kommandantendeck, diesmal zur Abwechslung Tipperton neben sich, der, an einem provisorisch aufgebauten Pult stehend, die Beobachtungen seines Kommandanten peinlich genau schriftlich festhalten musste.
Taggart diktierte: »Der Kern der Kriegsschiffe besteht aus Galeonen und Naos, von denen nicht wenige über fünfhundert Tonnen groß sein dürften, einige an die tausend Tonnen. Ihre geschätzte Zahl liegt bei sechzig bis siebzig. Eine weitere große Gruppe bilden die Transporter, welche die Spanier Urcas nennen …«
»Bitte nicht so schnell, Sir.« Tippertons Feder kratzte über das Papier. »Ich war bei … die Transporter, welche …«
Taggart unterdrückte eine abfällige Bemerkung und wiederholte den Rest des Satzes. Dann fuhr er fort: »… Sie sind an der schwächeren Bestückung zu erkennen, ihre veranschlagte Zahl beträgt dreißig, an Kauffahrern, sogenannten Pataches, Zabras, Pinazas wurden ausgemacht dreißig bis vierzig …«
»Bitte, Sir! Nicht ganz so schnell, ich komme einfach nicht mit.«
»Bei allen Mondfischen! Was kritzelt Ihr auch so langsam!

Bald ist Weihnachten, wollt Ihr da immer noch die Feder schwingen?« Wohl oder übel wiederholte Taggart seine Rede und diktierte weiter: »... dreißig bis vierzig. Die Gesamtstärke der Seesoldaten kann mit zwanzigtausend Mann angenommen werden ... Habt Ihr das, Tipperton?«

Tipperton schrieb endlos weiter, dann bejahte er. »Ihr müsst verstehen, Sir, das Papier will mir auch ständig davonfliegen.«

»Ja, ja.« Taggart setzte neu an: »... die Anzahl der Galeeren und Galeassen scheint gering zu sein, es ist anzunehmen, dass auch Lazarettschiffe den Verband begleiten, die Zahl der schweren Kanonen ...«

Und so ging es eine ganze Zeit lang weiter. Taggart erhielt ständig neue Zahlen aus dem mittlerweile dreifach besetzten Krähennest und brachte mit seinen Korrekturen Tipperton zur Verzweiflung. McQuarrie hingegen musste seine ganze Manövrierkunst aufbringen, um einerseits die *Falcon* nahe genug an die Armada heranzubringen, andererseits ihren misstrauischen Schnellseglern immer wieder auszuweichen.

Nachdem sie den Spaniern ein paarmal um Haaresbreite entwischt waren, standen bei Dunkelwerden die wichtigsten Daten fest. Die englische Flotte würde es mit acht bis zehn Geschwadern, mindestens hundertdreißig Schiffen, zwanzigtausend Soldaten und dreitausend Kanonen aufnehmen müssen – einer geballten Streitmacht, die schier unüberwindlich schien.

»Das wird ein netter Tanz im Kanal«, befand Taggart. »Höchste Zeit, den Dons die Hecklaterne zu zeigen. Tip-

perton, befreit mein Deck von Euch und Eurem Schreibmöbel und kühlt mir ein paar Gläser Rheinwein. McQuarrie …!«
»Sir?« Der drahtige Schotte eilte herbei.
»Wir gehen mit dem Heck durch den Wind! Fertigmachen zur Halse, neuer Kurs Nordwest!«
»Aye, aye, Sir, fertigmachen zur Halse, neuer Kurs Nordwest!«, wiederholte McQuarrie und scheuchte die Männer der Wache an die Brassen.
»Neuer Kurs Nordwest«, wiederholte auch der Rudergänger am Kolderstab.
»Jetzt rauschen wir ihnen davon«, knurrte Taggart und stelzte zufrieden in seine Kajüte.

Am späten Abend dieses turbulenten Tages versuchte Vitus, es sich auf dem Operationstisch bequem zu machen, doch wie schon in den Nächten zuvor, gelang ihm das nicht. Der Rücken zwickte und zwackte an allen Ecken und Enden. Zwar hatte er seine Matratze mit nach unten genommen, aber die reichte nicht aus. Er brauchte eine weitere. Doch woher nehmen? Die dritte Koje in Doktor Halls Kammer fiel ihm ein, die war unbenutzt und bot eine weitere, willkommene Unterlage. Wieso hatte er nicht früher daran gedacht?
Er stand ächzend auf und stieg die Decks hinauf nach oben. Fast hätte er angeklopft, aber das ging natürlich nicht. Ein Mann, der seine eigene Kammer betrat, klopfte nicht an.
»Störe ich?«, fragte er beim Eintreten – und sah augen-

blicklich, dass er tatsächlich störte, denn Isabella lag mit entblößtem Oberkörper auf ihrem Bett. Ihre Brüste schimmerten rosig im milden Schein einer Laterne.

»Oh, Verzeihung, damit hatte ich nicht gerechnet«, murmelte er und blickte weg.

»Du störst nicht«, sagte Isabella. Ihre Stimme klang metallisch und kokett zugleich.

»Zieh dir was über.« Vitus ging an ihr vorbei und nahm die Matratze aus der Fensterkoje. Dann drehte er sich ihr wieder zu, die Matratze als Sichtschutz benutzend. »Ich brauche nur eine Unterlage für meinen Rücken.«

»Du kannst ruhig gucken.«

»Ich will nicht gucken. Ich will hinunter und schlafen.« Er strebte dem Ausgang zu, wurde aber erneut von ihr aufgehalten. »Nun guck schon!«

Vitus ließ die Matratze sinken und sah, dass sie sein Hemd übergestreift hatte. Fast war er ein wenig enttäuscht darüber. »Gute Nacht.«

»Gute Nacht – Mylord!« Isabella hielt Vitus ihre Rechte mit gespielter Grazie zum Handkuss hin. Er sah, dass an ihrem Mittelfinger ein Wappenring steckte. Sein Ring! Er brauchte einen Augenblick, um die Ungeheuerlichkeit zu begreifen. »Du hast in meiner Kiepe herumgeschnüffelt!«, presste er schließlich hervor.

»Ich habe mal einen Blick hineingeworfen, mehr nicht.«

»Was fällt dir ein, gib sofort den Ring her!«

»Hol ihn dir doch.« Wieder klang ihre Stimme kokett.

Vitus griff danach, doch blitzschnell zog sie ihre Hand zurück. Nun wurde es ihm zu bunt, er legte die Matratze zur Seite und beugte sich zu ihr hinunter. Eine Ader schwoll an

seiner Stirn, Gesicht an Gesicht drohte er ihr: »Du gibst sofort den Ring zurück, sonst versohle ich dir eigenhändig den Hintern!«
»Das wagst du nicht.«
»Verlass dich nicht darauf!«
»Bist du wirklich ein Earl?«
»Herrgott, ja, nun gib mir endlich meinen Ring.«
»Kennst du die Königin persönlich?«
»Ja, allerdings.«
»Hast du ein Schloss, hast du Dienerschaft, hast du Ländereien?«
»Ja, ja, ja.«
»Ich glaube dir nicht.«
»Dann eben nicht.«
»Ein richtiger Earl würde sich niemals von seinem Ring trennen; er würde ihn immer tragen.«
»Ich trage ihn nicht, weil er mich in der Ausübung meiner Aufgaben behindern würde.«
»Pah, Wundschneider, was tust du denn schon den ganzen Tag! Untersuchst Krethi und Plethi und schmierst die Knie vom Capitán mit irgendwelchem Zeugs ein.«
»Genau das tue ich. Und dabei trage ich die Nase nicht hoch und bilde mir nichts ein auf meine adlige Herkunft – wie andere hier an Bord.«
»Culero!« Isabella schlug ihm ins Gesicht.
Vitus lief puterrot an, er zitterte vor Wut. »Ich bin noch nie von einer Frau geschlagen worden«, stieß er hervor. »Danke deinem Schöpfer, dass er aus dir keinen Mann gemacht hat. Du wärst sonst tot.«
Er nahm seine Matratze und ging zur Tür. Als er sie öffne-

te, hielt ihn ihr Ruf zurück: »Hier, Euer Hochwohlgeboren, habt Ihr Euren blöden Ring zurück!«
Sie warf ihm das kostbare Stück vor die Füße und lachte. Schweigend bückte er sich, hob den Ring auf und verließ den Raum.

Der Patient Sir Hippolyte Taggart

»Wenn dieses Laudazeugs nicht da ist,
bleibt mir nichts anderes übrig, als mich von Bacchus
trösten zu lassen, oder wollt Ihr, dass ich weiter
in mein Gesangbuch beiße? In dulci jubilo,
damit der Schmerz nachlässt?«

Die Morgenstunden des darauffolgenden Sonntags hatte Taggart genutzt, um die Erkenntnisse des vorangegangenen Tages noch einmal zu überprüfen, doch die Zahlen der feindlichen Schiffe änderten sich im Wesentlichen nicht. Danach war er auf Nordkurs gegangen und hatte bis zum Mittag die Armada weit hinter sich gelassen. Am Frühnachmittag hatte er alle abkömmlichen Männer auf das Hauptdeck befohlen und einen Dankgottesdienst für den glückhaften Ausgang der Mission gehalten.

Wer unter dem Schirm des Höchsten sitzt, und unter dem Schatten des Allmächtigen bleibt, der spricht zu dem Herrn: Meine Zuversicht und meine Burg, mein Gott, auf den ich hoffe. Denn Er errettet mich vom Strick des Jägers, und von der schädlichen Pestilenz. Er wird dich mit Seinen Fittichen decken, und deine Zuversicht wird sein unter Seinen Flügeln. Seine Wahrheit ist Schirm und Schild …

Nun stand er mit Vitus an der Querreling und beobachtete das muntere Treiben auf dem Hauptdeck. Wer nicht dienstlich gebunden war, durfte feiern. Taggart hatte jedem Mann einen halben Becher Brandy spendiert und die Genehmigung für Gesang und Tanz erteilt.
Das ließen die Männer sich nicht zweimal sagen. McQuarrie holte seinen Dudelsack hervor und Arch seine fertig geschnitzte Flöte. Was fehlte, war ein Trommler. Doch nach einigem Hin und Her erklärte sich der Zwerg bereit, einen seiner Töpfe umzudrehen und zwei Belegnägel als Schlegel zu verwenden. Die daraus entstehende Musik schleppte sich zunächst recht holprig dahin, aber nach einigen Schlucken des vorzüglichen Brandys aus Taggarts Privatbeständen klang sie zusehends runder, die Männer wurden ausgelassener, begannen zu singen und den *Bacca Pipes Jig* zu tanzen. Der Höhepunkt der Ausgelassenheit wurde erreicht, als einige der Männer sich als Frauen verkleideten, indem sie sich aus Schwabbern Perücken bauten und alte Segel zu einer Art Wickelrock um die Leiber schlangen. Dieserart ausgestattet, versuchten sie sich an einer *Volta,* dem Lieblingstanz ihrer Königin, wobei sie grölend und sich gegenseitig anfeuernd das skandalträchtige Entblößen des Unterrocks andeuteten; sie hüpften, sprangen und schlitterten mit ihren »Partnern« im Dreivierteltakt über das Deck, sangen zweideutige Lieder, jauchzten und schrien und fühlten sich allesamt, als könnten sie Bäume ausreißen.

Vielleicht war der Ausbruch ihrer Gefühle auch ein Ausdruck der Befreiung, denn jeder an Bord wusste, dass die gestrige Aktion ein Husarenstreich gewesen war, gefährlich und voller Brisanz, und dass es nun endlich nach Hause ging.

Taggart grinste gutmütig, so weit es seine Narbe zuließ, und sagte zu Vitus: »Sie sind wie Kinder, Cirurgicus, denken nicht an morgen, nur an das Hier und Jetzt.«

Vitus nickte und dachte an Isabella. Er hatte die halbe Nacht nicht geschlafen, sich herumgewälzt und darauf gewartet, dass seine Wut auf diese dreiste, hochmütige Person nachlassen würde. Nur langsam hatte er sich beruhigt, hatte sich gesagt, dass sie eine unvorstellbar schwere Zeit hinter sich gebracht hatte und dass ihre Säfte zweifellos noch nicht wieder im Einklang waren. Das musste man verstehen.

Jetzt, bei Tage, war sein Zorn weitgehend verraucht, und sie tat ihm fast leid, denn natürlich hörte sie in ihrer selbst gewählten Abgeschiedenheit, wie fröhlich und lautstark gefeiert wurde.

Sein Blick glitt über die einzelnen Männer, und besonders über diejenigen, die schon vor ihm an Bord gewesen waren und Isabella vielleicht »besucht« hatten. Taggart hatte recht: Sie waren wie Kinder, lebten im Hier und Jetzt, und hatten den Bilgenraum und die darin vegetierende Frau sicher längst vergessen.

»Woran denkt Ihr, Cirurgicus?«

»Ach, äh, nichts Besonderes, Sir. Wann wollt Ihr eigentlich den Männern ihr *Falcon*-Abzeichen wiedergeben?«

»Meint Ihr, sie hätten es schon verdient?«

»Nun, immerhin haben sich alle gestern wacker gehalten.

Die eine oder andere Situation war doch recht kitzlig. Manchmal dachte ich, wir würden auf einem Vulkan tanzen.«

»Ehrlich gesagt, ich auch, Cirurgicus. Aber um bei Eurem Vergleich zu bleiben: Zum Glück spie der Vulkan kein Feuer – er war zu langsam und zu schwerfällig.«

»Seeeeegler an Steuerbord!«

Taggart spähte hinauf zum Hauptmast. So willkommen ihm die gestrige Sichtung von Schiffen war, so ungelegen kam sie ihm heute. Wie seine tanzenden Männer auf dem Hauptdeck, so wollte auch er möglichst schnell nach Hause. Natürlich zeigte er das nicht und bellte stattdessen: »Wie viele?«

»Einer, Sir. Der Bauart nach eine Galeone.«

»Welcher Kurs?«

»Sie hält nach Westen, Sir.«

»Jetzt sehe ich sie auch.« Taggart kniff die Augen zusammen. »Ich hatte mal ein Okular von einem Holländer, eine Art Rohr, das aus zwei Linsen bestand, die verschiebbar waren. Irgendwie konnten sie Gegenstände vergrößern. Ich wünschte, ich hätte das Ding noch.«

»Was ist denn daraus geworden, Sir?«, fragte Vitus.

»Habe es zu den Fischen gegeben. Es taugte nichts, ein Klapperatismus. Die Zeit war wohl noch nicht reif für eine solche Erfindung … He, Ausguck: Welche Nationalität?«

»Spanier, Sir, ich erkenne das rote Kreuz auf den Hauptsegeln!«

»Bei allen Seeschlangen, das heißt nichts! Unser gutes Georgskreuz ist auch rot!«

»Aber es ist das Kreuz der Kreuzfahrer, Sir!«

Taggart knurrte: »Zur Hölle mit meinen Augen, letztes Jahr konnte ich noch auf einem Segel in dreihundert Yards Entfernung zwei Stubenfliegen nach dem Geschlecht auseinanderhalten. Dass wir einen Don vor der Nase haben, will mir nicht schmecken.«

»Captain, Sir!« Dorsey kam herbeigeeilt, bat um Erlaubnis, das Kommandantendeck betreten zu dürfen, und meldete in strammer Haltung: »Dicke Luft von Westen, Sir. Wind frischt auf. Riecht nach einem kapitalen Sturm.«

»Verdammte … Überraschung!« Taggart konnte es gerade noch vermeiden, in die Fäkalsprache abzugleiten. Er ärgerte sich, dass ihm die Wetterentwicklung über der Feierei völlig entgangen war, und er ärgerte sich über den Spanier. Sein Bauch sagte ihm, dass er gefährlich war. Oder wollte er nur zur Armada stoßen? Selbst wenn, er konnte die *Falcon* dennoch angreifen. Man durfte das Maß seines Glücks nicht überstrapazieren.

»Dorsey!«, bellte Taggart. »Der Don interessiert uns nicht, wir tun so, als wär nichts. Die Maskerade ist vorbei. Der Ernst des Lebens beginnt wieder. Kurs Westnordwest. Wir segeln direkt in den Sturm. Die Feuerstelle ist zu löschen. Lasst vorsorglich Strecktaue spannen. Sämtliche Segel bleiben oben, solange es irgend geht. Wache und Freiwache an die Brassen. Wir sagen *adios* und machen uns davon.«

»Aye, aye, Sir!« Dorsey eilte fort, um die Befehle weiterzugeben.

Fünfzehn Minuten später war der Spanier hinter turmhohen Wellen verschwunden.

Wieder lag eine Nacht auf dem Operationstisch hinter Vitus. Ursprünglich hatte er zu Isabella gehen und ihr von der neuesten Entwicklung berichten wollen, es dann aber nicht getan. Zwar grollte er ihr nicht mehr, doch konnte es nicht schaden, sie mit ihren Gedanken für ein paar weitere Stunden allein zu lassen. Vielleicht würde ihr dann klarwerden, welch unmögliches Benehmen sie ihm gegenüber an den Tag gelegt hatte.

Nach einer ausgiebigen Rasur im Schein seiner Operationslaternen und einer Reinigung der nötigsten Körperteile stieg er hinauf an Deck. Wie jeder alte Fahrensmann hatte er sich angewöhnt, zunächst einmal die Nase in den Wind zu halten und das Wetter zu prüfen.

Es war nicht viel besser als gestern. Die Windstärke hatte etwas nachgelassen, und die Dünung war nicht mehr so hoch. Eine blasse Sonne lugte dann und wann zwischen den Wolken hervor. Die *Falcon* machte gute Fahrt bei einem frischen Südwest.

»Kommt herauf, Cirurgicus!« Taggart stand auf seinem Kommandantendeck wie eine in Stein gemeißelte Statue. »Ich brauche einen, mit dem ich schwatzen kann.«

»Aye, aye, Sir.« Vitus hatte eigentlich dem Zwerg einen Besuch abstatten wollen, um eine heiße Suppe oder Ähnliches zu ergattern, denn die Feuchtigkeit und die Kälte, die überall im Schiff herrschten, mussten mit Wärme von innen bekämpft werden. Im Anschluss daran wollte er die Schlafplätze der Mannschaften auf Schwamm und Schimmel untersuchen und sie nötigenfalls mit Essigwasser auswaschen lassen. Aber wenn der Kapitän rief, musste dem selbstverständlich Folge geleistet werden.

»Ich will nachher die Breite nehmen, Cirurgicus, habe den Kreuzstab und das Astrolabium schon parat gelegt.«
»Aye, Sir. Bis Mittag sind es mindestens noch drei Stunden, Ihr solltet Eure Knie bis dahin schonen und Eure Kajüte aufsuchen.«
»Aber ich habe keine Schmerzen. Jedenfalls so gut wie keine. Ich glaube wirklich, es liegt an der Kälte, Cirurgicus, äh, und natürlich an Eurer Behandlungskunst.«
»So weit ist es mit der Kunst nicht her, Sir, die Möglichkeiten des Arztes sind bei Euren Beschwerden begrenzt. Dass Ihr keine oder kaum Schmerzen verspürt, kann an der Kälte liegen, aber auch an dem starken Brennnesselaufguss, den ich Euch verschrieben habe, oder daran, dass Ihr in den letzten Tagen weniger Gelegenheit hattet, Euren geliebten Rheinwein zu trinken, oder einfach daran, dass die Krankheit launisch ist, sich für ein paar Tage verabschiedet, um anschließend wieder verstärkt aufzutreten.«
»Was wir nicht hoffen wollen!«
»Seeeeegler!«
»Himmel und Hölle und bei den Arschbacken Poseidons, schon wieder? Wo, Ausguck?«
»Achteraus, Sir, geschätzte Entfernung zwei Meilen!«
»Hat man überhaupt keine Ruhe mehr! Nationalität?«
»Ich glaube, es ist der Spanier von gestern, Sir!«
»Himmel und Hölle und ...« Taggart brach ab, denn beim Fluchen wiederholte er sich nicht gern. »Verdammte Dons! Dass sie auch immer so zäh sein müssen! McQuarrie!«
»Sir?« Der drahtige Schotte kam herbeigestürmt.

»Jetzt werden wir mal ein Exempel statuieren. Der Don soll merken, dass er es mit dem schnellsten Schiff Ihrer Majestät zu tun hat, und wird, ob er will oder nicht, zähneknirschend die Verfolgung abbrechen müssen. Mag er nach La Coruña zurücksegeln, wo, wie es scheint, die Gran Armada Schutz vor dem Unwetter gesucht hat. So ein Sturm ist eben nichts für große Geschwader und schwere Schaluppen.«

»Aye, aye, Sir.« McQuarrie wollte davonpreschen, wurde von Taggart aber zurückgehalten. »Ich will, dass auch der letzte Quadratzoll Tuch an die Rahen kommt. Ein Strich nach steuerbord, ich brauche raumen Wind!«

»Aye, aye, Sir.« Taggarts Befehle traten die gewohnte Wanderung von Mann zu Mann an, und alsbald rauschte die *Falcon* wie eine Windsbraut durch die See. Der Spanier achteraus wurde zusehends kleiner.

Taggart strahlte – und taumelte plötzlich. Ein Schlag wie von einer Riesenfaust hatte das Schiff getroffen. »Himmel und Hölle ...« Taggart fing sich wieder. »Was, zum Teufel ...? Großer Gott!«

McQuarrie erschien und verkündete kreidebleich, was Taggart und Vitus schon gesehen hatten: »Die Bramrah vom Fockmast ist gebrochen, Sir!« Unaufgefordert fügte er hinzu: »Sie hat der Belastung nicht standgehalten.«

»Das sehe ich!« Taggart beherrschte sich mühsam. »Äxte ausgeben! Stehendes Gut kappen! Segel bergen! Schmeißt die Rah über Bord! Macht schon, macht schon, wir haben keine Zeit zu verlieren!«

Wie besessen arbeiteten die Männer, doch es zeigte sich, dass es mit den von Taggart befohlenen Arbeiten nicht getan war, denn der Bruch der Rah brachte zusätzlich das Marssegel zum Killen, so dass auch dieses geborgen werden musste. Das alles hatte zur Folge, dass die *Falcon* an Fahrt verlor und der Spanier stark aufkam.

Taggart haderte mit seinem Schicksal. Jetzt rächte sich, dass die Rahen monatelang an Land gelegen hatten, ohne gründliche Überholung, ohne neuen Lederbezug; sie waren mürbe geworden, trocken und brüchig. Doch Jammern nützte nichts, neben den ergriffenen Maßnahmen mussten neue befohlen werden.

»McQuarrie!«

»Sir?«

»Lasst die Geschützpforten öffnen. Mahon und Reffles sollen Feuerbereitschaft herstellen. Wenn wir den Dons schon nicht die Hacken zeigen können, wollen wir sie wenigstens auf Abstand halten.«

Doch es zeigte sich, dass Fortuna nicht mit ihnen im Bunde war. Mahon und Reffles erzielten mit ihren Männern zwar gute Treffer, doch sie erwiesen sich als nutzlos. Der Spanier kam immer näher und eröffnete nun seinerseits das Feuer. Als ein Teil des Galions davongeflogen war und ein Unterwassertreffer das Schiff erschüttert hatte, ließ Taggart alle verfügbaren Männer zusammentrommeln und hielt eine seiner berühmten knappen Reden:

»Männer! Heute hat nicht alles so geklappt, wie es sein soll. Wer trotzdem von Euch nach Hause will, wird kämpfen müssen wie noch nie in seinem Leben. Wenn die Dons entern, schmeißt sie ins Meer zurück! Kämpft mit Zähnen und Klauen! Erschießt sie, erschlagt sie, erdrosselt sie, erwürgt sie, erhängt sie! Macht, was Ihr wollt, aber wehrt sie

ab. Für unsere Jungfräuliche Königin, für unser England, für unsere *Falcon!*«
Die Männer johlten und brüllten: »Und für unseren Captain!«
»McQuarrie! Dorsey! Jetzt gilt's! Waffen ausgeben! Drei Musketenschützen in die Krähennester, der Rest verteilt sich aufs Vor- und Achterschiff! Wer nicht Schütze ist, empfängt Beile und Entermesser! Dorsey: Sorgt umgehend dafür, daß ein paar Männer an den Rahnocken die Kampfsicheln aufsetzen. Und gebt dem Zwerg Bescheid: Er soll seinen größten Topf nehmen und für uns die Kriegstrommel dröhnen lassen. Im Gleichtakt kämpft sich's besser. Stückmeister! Stückmeister Batteriedeck!«
Mahon und Reffles eilten aus den Tiefen des Schiffs herbei.
»Sir?«
»Pausenlos weiterschießen! Auch mit den kleinen Feldschlangen! Bis zur letzten Kugel! Munitionsknappheit spielt keine Rolle mehr! Pumpt den Dons den Bauch voll Eisen, damit ihnen die Lust am Entern vergeht! Unser Vorteil ist unsere schnelle Schussfolge, verstanden?«
»Aye, aye, Sir!«
»Sehr schön. Und lasst Sand ausstreuen, damit die Männer nicht in ihrem eigenen Blut ausrutschen. Alles klar?«
»Aye, aye, Sir!«
»Mit Gott!«
Vitus meldete sich: »Was kann ich tun, Sir? Ich möchte nicht untätig dabeistehen.«
Taggart nahm einem herbeieilenden Matrosen zwei Entermesser ab und gab Vitus eines. »Ihr könnt mit mir dafür sorgen, dass keiner der verdammten Dons meinen geheilig-

ten Boden betritt. Wenn wir sie abwehren, haben wir gewonnen, wenn nicht, gnade uns Gott. Sie sind die tapfersten Soldaten der Welt.«

Unterdessen war der Spanier, eine Achtundzwanzig-Kanonen-Nao mit Namen *San Juan,* bis auf dreißig Yards herangekommen. Anscheinend unbeeindruckt durch das stetige Feuer von Reffles' Culverines, legte sie sich längsseits, während Dutzende ihrer Männer wie im Fieber darauf warteten, den Sprung von Schiff zu Schiff zu wagen.

»Santiago!« Ihr heiserer Kriegsschrei kam rhythmisch wie aus einem Mund. *»Santiago ... Santiago!«* Stahl blitzte in der fahlen Sonne auf, Schüsse knatterten, Enterhaken mit Seilen flogen herüber und fraßen sich im Schanzkleid der *Falcon* fest. Es sah aus, als würde eine Spinne blitzschnell ihr Netz auswerfen, nur mit dem Unterschied, dass sie nicht auf ihre Beute wartete, sondern selbst kam.

Die *Falcons* antworteten mit Gebrüll und dem dröhnenden Gleichklang ihrer vom Zwerg bearbeiteten Trommel: *Fal - con! – Bummm – Bummm ... Fal - con! – Bummm – Bummm ...*

»Santiago!« Die mutigsten Angreifer sprangen über das Schanzkleid und wurden mit Äxten und Entermessern zurückgetrieben, doch während das geschah, sprangen schon weitere Spanier auf die Decks der *Falcon,* wurden in Kämpfe verwickelt, griffen an, wurden zurückgedrängt, griffen wieder an und wurden wieder zurückgedrängt. Einige der *Falcons* stimmten ihr altes Kampflied an:

> *»Brave bird,* Falcon, *brave bird,*
> *fights like an eagle, fights like a knight,*

fights by day and fights at night,
spreads horror and spreads hurt,
brave bird, brave bird,
Falcon, *brave bird ...«*

Ihr Gesang verwehte und ging in den heiseren Schreien des Feindes unter, denn die Spanier waren an Zahl weit überlegen. Immer lauter wurde ihr *»Santiago!«* und immer leiser die Antwort der *Falcons.* Das Musketenfeuer des Gegners konzentrierte sich jetzt auf das Kommandantendeck, wo Taggart und Vitus bislang kaum hatten eingreifen können. Drei oder vier Spanier sprangen die Niedergänge an Backbord und an Steuerbord empor, schreiend, ihre Waffen schwingend. Taggart wandte sich mit einem Fluch nach links, froh darüber, noch rechtzeitig seine beiden Radschlosspistolen präpariert zu haben. Mit zwei gezielten Schüssen machte er die ersten zwei Backbord-Angreifer kampfunfähig, den dritten Mann schrie er an: *»Felipe mierda!«*, und als dieser, außer sich vor Wut über die Beleidigung seines Königs, für den Bruchteil eines Augenblicks unachtsam wurde, rannte Taggart ihm das Entermesser in den Wanst.
Vitus hatte unterdessen auf der Steuerbordseite ebenfalls alle Hände voll damit zu tun, sich der Angreifer zu erwehren. Es lag zwar lange zurück, dass er die Fechtkunst erlernt hatte, aber er war seinerzeit bei Arturo, dem Wortführer der Gauklertruppe *Artistas unicos*, in eine harte Schule gegangen, und so gelang es ihm, die Angreifer zurück aufs Hauptdeck zu treiben. Dann wandte er sich Taggart zu und brüllte über das Kampfgetümmel hinweg: »Sir, man hat Euch im Visier, nehmt hinter dem Besanmast Deckung!«

»Niemals! Soll ich etwa vor ein paar schlecht gezielten Kugeln davonlaufen?« Taggart schwang drohend sein Entermesser.
»Sir, so kommt doch endlich, Euer Handeln heißt Gott versuchen. Sie zielen direkt auf uns!«
Es war das Bemühen eines jeden Scharfschüzen, den gegnerischen Kapitän und dessen Offiziere auszuschalten, um so die Kapitulation des Feindes herbeizuführen; außerdem winkten lukrative Prämien für den erfolgreichen Schuss.
Vitus war mit dem sich sträubenden und Verwünschungen ausstoßenden Taggart schon halb hinter dem Mast, als dieser seinen Lieblingsfluch plötzlich unterbrach: »Himmel und Hölle und bei den Arschb…« und stattdessen zusammenknickte. »Oh, oh …«
Vitus sah mit Schrecken, dass Taggarts linkes Bein durchschossen worden war und in einem bizarren Winkel abstand. »Sir, ich muss Euch sofort in Sicherheit bringen!«
Taggart stöhnte: »Verdammt, ich werde doch nicht …!«
»Sir, mit Verlaub, jetzt spricht der Arzt: Ihr seid kampfunfähig, Euer Leben muss gerettet werden. He, *Falcons,* zu mir! Rettet Euren Captain!«
Als hätte dieser Hilferuf ihnen Flügel verliehen, strebten McQuarrie und einige Männer augenblicklich dem Kommandantendeck zu. Mit dem Mut der Verzweiflung hieben sie sich eine Gasse durch die Spanier, eilten die Treppen hinauf und deckten mit ihren Körpern den Kapitän ab. Gleichzeitig schossen sie zurück und erwehrten sich immer neuer Attacken der Angreifer, denn kaum war einer von ihnen niedergehauen, erschien schon der Nächste, um den Kampf fortzuführen.

Taggart, der sich in einem Schockzustand befand, musste unbedingt in seine Kajüte gebracht werden, doch da der Weg über das Hauptdeck vom Feind verstellt war, blieb keine andere Wahl, als ihn über das Heck hinunter abzuseilen. »Nehmt Tauwerk, knotet den Captain hinein und fiert ihn über die Heckreling weg, aber vorsichtig, Männer!«, schrie Vitus. »Wegfieren bis runter zur Galerie! McQuarrie, Ihr geht mit, Ihr schlagt ein Kajütenfenster ein und bringt den Captain in Sicherheit. Und nun nichts wie los, macht schon, macht schon!«

Vitus klang gehetzt, denn der Druck der nachrückenden Spanier hatte sich nochmals verstärkt. Überall lagen tote oder verletzte *Falcons* herum. Das Deck war rot von Blut. Nur noch kleine Grüppchen wehrten sich hier und dort, die Übermacht der Spanier war einfach zu groß. »He, *Falcons,* alle zu mir aufs Kommandantendeck!«

Die Verzweiflung gab Vitus Kraft, und er wiederholte mit Stentorstimme seinen Befehl: »*Falcons* zu mir aufs Kommandantendeck! Auf zum letzten Gefecht!«

Gott sei Dank schien wenigstens McQuarrie mit der ihm gestellten Aufgabe klarzukommen, denn eben verschwand Taggart, der wie ein Kokon verschnürt war, hinter der Heckreling aus dem Gesichtsfeld. Dafür sah es zum Bug hin umso düsterer aus, obwohl sich zehn oder zwölf *Falcons* verbissen in seine Richtung vorkämpften. Sie wussten, die Vereinigung der Kräfte auf dem höchsten Deck war ihre einzige Chance, zu überleben.

»Alle *Falcons* aufs Kommandantendeck!«, schrie Vitus ein drittes Mal, denn er wollte sicherstellen, dass auch der letzte Mann seinen Ruf hörte.

> »*Brave bird,* Falcon, *brave bird,*
> *fights like an eagle, fights like a knight ...*«

Es war, als gäbe ihnen ihr gemeinsames Lied die zweite Luft, denn noch einmal fochten sie mit neuem Mut, und es gelang ihnen tatsächlich, sich mit Vitus' Männern zu vereinigen. Kaum zwanzig *Falcons* standen nun mindestens dreimal so vielen Spaniern gegenüber, und obwohl sie den Vorteil der höheren Position hatten und obwohl wie durch ein Wunder das dröhnende *Bummm - Bummm* des Zwergs noch immer vom Vorschiff herüberklang, war der Kampf so gut wie verloren.

»Für unsere *Lady of the Seas!*«, rief Vitus, nicht ahnend, dass dies für lange Zeit sein letzter Ruf gewesen sein sollte, denn wie aus dem Nichts kommend traf etwas mit furchtbarer Wucht seinen Schädel. Einen Augenblick wankte er, erstaunt und ungläubig, dann fiel er, und im Fallen schossen ihm die Bilder seines ganzen Lebens über die Netzhaut: Der Abt Hardinus und seine Güte ... der Folterknecht Nunu und seine Brutalität ... der Magister und seine unverbrüchliche Treue ... die »Damen« Phoebe und Phyllis und ihre Auswanderungspläne ... die Braut Arlette und ihr tragischer Tod ... der Handelsherr Hadschi Moktar Bônali und seine zwölf Paar gelber Pantoffeln ... Nina, seine Nina, die Sanfte, Schöne, Strenge ...

Dann krachte sein Körper auf die Planken, und in ihm war nur noch eine große Leere.

Er träumte, er läge in Doktor Halls Kammer, es war Ruhe auf dem Schiff, ein leichter Wind wehte, Seewasser rieb sich glucksend am Rumpf. Seltsam, Isabella stand da mit ihren kurzgeschorenen Haaren, in seinen Männerkleidern. Er wollte ein grimmiges Gesicht ziehen, aber er hatte das Gefühl, als gelänge es ihm nicht. »Du hast gut gekämpft«, sagte sie, und ihre Stimme klang wieder so metallisch. »Fast so tapfer wie ein Spanier.« Er antwortete nicht, er schaute sie nur an. Geschäftig ging sie in der Kammer auf und ab, ein Tuch in der Hand, das sie von Zeit zu Zeit in der Wasserschüssel anfeuchtete und ihm auf den Kopf legte. Er wunderte sich, denn das Tuch sah aus wie ein Vlies aus Gold. »Was ist das für ein goldenes Tuch?«, hörte er sich fragen. »Es ist nicht golden, es sind die Sonnenstrahlen, die darauf fallen«, antwortete sie. Eine grenzenlose Enttäuschung bemächtigte sich seiner. Wie konnte ein Tuch seine Schmerzen lindern, wenn es nicht aus Gold war? »Ich will es nicht, es ist wertlos«, sagte er. »Ich will dein Tuch nicht, und dich will ich auch nicht. Lass mich allein, Nina kommt gleich und wird mir helfen. Nina, oh, Nina, meine Sanfte, Schöne, Strenge …« Isabellas Stirn umwölkte sich, doch dann lächelte sie wieder mit ihrem schmalen Mund. »Nina«, sagte sie, und es klang wie *niña* – Mädchen, kleines, dummes Mädchen, »Nina ist nicht hier, Nina ist unerreichbar, für immer unerreichbar.« Er spürte, wie sich sein Herz zusammenzog, denn seine Sehnsucht nach Nina war übermächtig, doch Isabella lächelte noch immer, und ihr Mund wurde größer und größer, denn er kam näher und immer näher. Er spürte ihre Lippen auf den seinen, und im ersten Augenblick wunderte er sich, weil sie viel weicher waren, als sie aussahen; sie waren weich und neugierig und erforschten die Konturen seines Mundes, drückten ihn, öffneten ihn, ihre Zunge drang vor und wanderte zwischen seinen Zähnen hindurch, traf sich mit seiner Zunge, spielte mit ihr, schob sie nach innen, umschlang sie, zog sich zurück, kam wieder und umschlang sie wieder ... Er spürte, wie sich etwas zwischen seinen Beinen regte, und er spürte ihre Hand genau an dieser Stelle. Er wollte, dass ihre Hand mehr tat, aber das durfte er nicht zulassen. Was würde Nina dazu sagen? Isabellas Zunge schien das nicht zu kümmern, sie grub sich weiter in seinen Mund, und ihre Hand schloss sich fest um sein Gemächt. Es durfte nicht sein. Es war so schön. Es durfte nicht sein. Er schöpfte Luft wie ein Ertrinkender, sein Herz raste, er atmete schwer und schlug um sich.

Halb wach geworden, blinzelte er und sah, dass er tatsächlich in Doktor Halls Kammer lag, dass tatsächlich Ruhe im Schiff herrschte.

Dann kam die Erinnerung wie ein Blitz: der Kampf mit dem Spanier. Die Schüsse. Die Schreie. Die Toten. Die Verletzung von Taggart. Taggart! Was war mit ihm? Er brauchte seine Hilfe!

Vitus wollte sich aufrichten, wurde aber von Isabellas Hand energisch zurückgedrängt. »Du musst liegen bleiben«, sagte sie. »Ich glaube, du hast eine Gehirnerschütterung.«

»Unsinn«, krächzte er und wollte sich abermals aufrichten, doch er spürte, wie ihm schwindelig wurde. »Was ist passiert?«

»Das müsstest du besser wissen als ich. Ich habe während der ganzen Zeit in diesem Loch gesessen und meinen

Landsleuten die Daumen gehalten. Ich wusste, sie würden siegen. Als die Kämpfe zu Ende gingen, habe ich die Kammer verlassen und wollte mich an Bord der *San Juan* begeben. Doch es war anders, als ich gedacht hatte. Ihr verfluchten Engländer wart trotz allem dabei, die Oberhand zu gewinnen und meine Landsleute auf ihr Schiff zurückzutreiben. Matrosen kamen herbeigeeilt, sie trugen dich. Im ersten Moment wollte ich fortlaufen, doch dann fiel mir ein, dass ich Männerzeug anhatte, und verließ mich auf die Verkleidung. Ich sprang zurück zur Tür, riss sie auf und rief mit meinem besten Englisch: »Schafft ihn hier rein!« Sie taten es und merkten überhaupt nicht, dass sie es mit einer Frau zu tun hatten. Sie waren viel zu aufgeregt. Sie legten dich in die Koje, deckten dich zu und verschwanden, um weiterzukämpfen. Das war's.«

Eine Weile verging. Vitus' Gedanken drehten sich wie ein Kreisel. Er konnte das alles noch nicht glauben.

Isabella nahm ein gelbleinenes Tuch, tauchte es in die Waschschüssel, wrang es aus und kam damit zu ihm. Ein Lichtstrahl fiel durchs Fenster auf das Tuch, es blitzte golden auf. Golden? Vitus schluckte. Die Bilder des Traums erschienen vor seinem geistigen Auge. Das Vlies. Isabella. Ihr Mund. War das wirklich nur ein Traum gewesen? Großer Gott, wenn es kein Traum gewesen war, was war es dann?

»Du warst lange bewusstlos.« Isabella schien spöttisch zu lächeln.

»Wie lange?«

»Den Abend und die ganze Nacht.« Wieder dieses Lächeln. »Hattest du angenehme Träume?«

»Ich …«

Es klopfte laut gegen die Tür. »Cirurgicus, Sir? Ich bin's, McQuarrie, geht es Euch gut? Darf ich reinkommen?«

»Ja! Nein! Ich meine … Augenblick …« Vitus nahm alle Kraft zusammen und setzte sich auf.

Isabella wollte ihm Einhalt gebieten, öffnete den Mund, schloss ihn aber gleich wieder. Niemand durfte wissen, dass Vitus nicht allein in seiner Kammer lebte.

Er stand auf und kämpfte das Schwindelgefühl nieder. Isabella wollte ihn stützen, aber er schob sie beiseite. In seinem Kopf hämmerte es. Er atmete tief ein und öffnete die Tür. Ohne dass McQuarrie einen Blick in die Kammer werfen konnte, trat er hinaus.

Der drahtige Schotte erschrak. »Sir, Ihr seid ja bleich wie der Mond!«

»Nicht der Rede wert. Ein wenig frische Luft, dann geht es wieder.« Vitus schleppte sich an die Reling.

»Mit Verlaub, Sir, Ihr habt einen herunterfallenden Block auf den Kopf gekriegt, damit ist nicht zu spaßen. Ihr habt eine Beule, die es an Größe mit einem Hühnerei aufnehmen kann.«

Vitus antwortete nicht. Er spürte, wie gut ihm die frische Seeluft tat. »Eigentlich müssten wir alle bei den Fischen sein. Wo ist der Spanier geblieben?«

»Hat sich mit eingeklemmtem Schwanz davongemacht, Sir!« McQuarries Gesicht war der fleischgewordene Triumph. »Nachdem Ihr das dritte Mal ›Alle *Falcons* aufs Kommandantendeck!‹ befohlen hattet, kamen plötzlich Mahon und Reffles mit ihren Männern vom Batteriedeck herauf. Sie hatten bis dahin weiter den Rumpf des Spaniers beharkt und Euch nicht gehört. Sie waren zu neunt und griffen die Dons im Rücken an, während wir von oben weiter auf sie einhieben. Das verwirrte sie. Kampf gegen zwei Fronten! Wir bemerkten ihre Unsicherheit, uns erwuchsen noch einmal Riesenkräfte. Irgendeiner stimmte wieder unser Lied an, und gemeinsam trieben wir sie zurück auf ihren Kahn. Sie machten, dass sie davonkamen, mehr schlecht als recht, denn ihr Rumpf sah aus wie ein löchriger Käse.«

»Bei dem, was die *San Juan* abbekommen hat, hätte sie eigentlich sinken müssen.«

»Das dachte ich auch, Sir, bis ich sah, dass sie fünffach geplankt ist. Die hält was aus, sag ich Euch. Wenn's nicht so wäre, hätte sie sich uns gar nicht nähern können.«

»Nun gut.« Vitus fühlte sich etwas besser. Der bohrende Schmerz im Kopf war noch da, aber das Schwindelgefühl war fort. »Wie geht es Captain Taggart?«

»Er war lange Zeit ohnmächtig wie Ihr, Sir. Seit er wieder wach ist, trinkt er Rheinwein und beißt vor Schmerz in die Deckel eines Buchs. Er scheint froh zu sein, dass alles glimpflich ausgegangen ist, aber fluchen tut er trotzdem.«

»Irgendwelche Männer, die schwer verletzt sind?«

»Ich glaube nicht, Sir. »Wir haben dreizehn Tote zu beklagen, darunter Arch, den Flötenspieler, Tom, den Zimmermann und Gerry, den ewig Kranken. Am schlimmsten aber ist, dass es auch Dorsey erwischt hat, Sir. Hab selbst gesehen, wie er am Schluss gegen drei Dons focht. Er war ohne jede Chance, denn sie hatten ihn zwischen Beiboot und Lukenaufbau gestellt. Er saß wie ein Fuchs in der Falle. Er war mein Freund.«

»Das tut mir wirklich sehr leid für Euch, McQuarrie. Der Dienst wird dadurch für Euch nicht leichter.«
»Ach, wenn's nur der Dienst wäre, Sir.«
»Ich weiß, ich weiß ...« Weil McQuarrie von seinem Freund gesprochen hatte, musste Vitus an Enano denken. »Was ist mit dem Zwerg?«
»Unserem Suppenkasper, unserem kleinen *Jack Pudding*? Der scheint sieben Leben zu haben, Sir. Man sagte mir, immer, wenn der Feind ihn greifen wollte, hätte er sich rechtzeitig unter seinen Töpfen versteckt, und immer, wenn der Feind wieder abgezogen war, hätte er weitergetrommelt.«
Vitus atmete auf. Gott sei Dank war dem Winzling nichts passiert. »Und wie viele Verletzte haben wir?«
»Nicht viele, Sir, nur fünf, weil alle bis zum letzten Atemzug gekämpft haben.«
»Ich sehe sie mir später an. Bitte lasst meine chirurgischen Instrumente aus dem Orlopdeck holen und sorgt dafür, dass ein Kauter in der Schiffsschmiede glühend gemacht wird. Ich brauche alles in der Kajüte des Captains.« Vitus überlegte einen Augenblick, dann fügte er hinzu: »Und bestellt dem Zwerg einen Gruß, er möge ebenfalls in die Kajüte kommen.«
»Aye, aye, Sir.« McQuarrie verschwand. Vitus machte sich auf den Weg zu Taggart und bedachte dessen Situation. Er erinnerte sich, dass das Bein durchschossen worden war, wahrscheinlich auf Kniehöhe. Wenn dem so war, hatte der Captain wenig Chancen auf Wiederherstellung.
Er klopfte.
»Herein.« Taggarts Stimme klang gepresst.
Vitus trat ein und sah, dass Taggarts Stimme seiner allge-

meinen Verfassung entsprach. Der Schmerz hatte sich tief in sein Gesicht gegraben. Er saß in seinem Lieblingsstuhl, das verletzte linke Bein auf den Kartentisch gelegt, und hielt eine Karaffe mit Wein in der Hand.

Vitus wusste nicht, wie er beginnen sollte. Einerseits schien Taggart sehr geschwächt zu sein, andererseits wirkte er bärbeißig wie immer. »Herzlichen Glückwunsch zum Sieg, Sir.«

Taggart schnaufte und trank einen Schluck. Es lag etwas Meschanisches in seinen Bewegungen. »Habe ihn nicht mitbekommen, genauso wenig wie Ihr, wie ich höre. Hätte zu gern die verdammten Dons verduften sehen.«

»Wie geht es Eurem Bein, Sir?«

Taggart schnaufte erneut. »Tantalusqualen! Nur im Suff zu ertragen.«

»Darf ich mal? Bitte lasst das Bein, wo es ist.« Vitus ergriff ein Federmesser vom Tisch und schlitzte behutsam das Hosenbein bis zur Leiste auf. Dann schlug er es zurück und tat einen ersten Blick auf die Wunde.

Das Knie war ein einziger Brei.

Man brauchte kein großartiger Arzt zu sein, um festzustellen, dass hier nichts zu retten war. Der *Articulatio genus*, wie das Verbindungsgelenk zwischen Ober- und Unterschenkel genannt wurde, war völlig zerstört. Die Kniescheibe war zerschlagen, Bänder und Sehnen waren durchtrennt, Teile des Oberschenkelknochens abgesplittert. Von der Musketenkugel, die das alles angerichtet hatte, war nichts zu sehen. Doch die Wucht ihres Aufpralls hatte dafür gesorgt, dass die Wunde voller Stoffreste war.

Vitus überlegte, wie er es Taggart schonend beibringen

konnte, dass eine Amputation unumgänglich war, entschloss sich aber zunächst für das Naheliegendste. »Sir, ich werde Euch etwas *Laudanum* geben, das bläst den Schmerz schnell fort.«

»Das wäre gut. Wo habt Ihr es denn?«

»Es wird gleich kommen, ich habe McQuarrie damit beauftragt, meine chirurgische Ausrüstung zu holen.«

»Aha, es kann also noch dauern, na dann, *cheers.*« Taggart trank einen großen Schluck direkt aus der Karaffe.

»Sir, bitte, Ihr solltet keinen Alkohol trinken. Alkohol hilft nicht, er schwächt nur.«

»Ach was!« Ein Funke von Taggarts alter Widerborstigkeit glomm auf. »Wenn dieses *Laudazeugs* nicht da ist, bleibt mir nichts anderes übrig, als mich von Bacchus trösten zu lassen, oder wollt Ihr, dass ich weiter in mein Gesangbuch beiße? *In dulci jubilo,* damit der Schmerz nachlässt?«

»Kronig jam un glatten Schein, Kaptein!« In der geöffneten Tür stand der Zwerg. »Ich hör, 's fetzt im Bein?«

»Ja, Zwerg, so ist es.« Taggart unterdrückte ein Stöhnen. Da der Winzling ihn an seinen Sohn erinnerte, fühlte er sich ein wenig in der Vaterrolle – und musste in dieser stark sein.

»'s wird schon wieder, der Örl is'n guter Pulsquetscher, der kriegt den Stelzer schon ab.«

Bevor Taggart etwas antworten konnte, kam McQuarrie und trug persönlich Vitus' Utensilien in die Kajüte. Den glühenden Kauter hatte er extra in einem metallenen Behältnis verwahrt. Vitus bedankte sich und füllte als Erstes eine geringe Menge *Laudanum* in ein Trinkgefäß um. »Nehmt das, Sir, es wird Euch guttun.«

»Danke, Cirurgicus.« Widerstrebend trennte sich Taggart von der Karaffe und trank die Arznei. »Brrr, das schmeckt wie Tintenfischtinte!«
»Aber es hilft weitaus besser. Wir sollten uns jetzt ein wenig in Geduld fassen, Sir, dann werden Eure Schmerzen vergehen, und eine angenehme Entspanntheit wird von Euch Besitz ergreifen.«
Vitus behielt recht, denn kurz darauf glätteten sich Taggarts Züge, eine gewisse Teilnahmslosigkeit ergriff ihn, und er fragte: »Was habt Ihr vor, Cirurgicus? Ihr wollt doch nicht etwa mein Bein abnehmen?«
»Genau das will ich, Sir.«
»Nein, zur Hölle!«
»Es muss sein. Wenn es nicht heute geschieht, werdet Ihr spätestens übermorgen den Wundbrand haben, und dann müsste ich sowieso amputieren.«
Bevor Taggart erneut protestieren konnte, erschien Tipperton auf der Bildfläche. »Sir, ich habe mir gedacht, auch ich möchte meinen Beitrag leisten, wenn Euer Bein abgenommen wird.«
»Woher wisst Ihr, dass mein Bein abkommt, hattet Eure Segelohren wohl schon wieder hinter der Tür aufgespannt?« Trotz der streitbaren Worte klang Taggart matt.
Vitus sorgte dafür, dass Taggarts verletztes Bein mit größter Vorsicht vom Kartentisch heruntergenommen und auf einem bereitgestellten Schemel plaziert wurde. »Macht Euch keine Sorgen, Sir, entspannt Euch weiter, legt die Arme auf die Armlehnen Eures Stuhls. Alles andere überlasst mir.« Er klang sicherer, als er in Wirklichkeit war, denn es lag lange zurück, dass er ein Bein amputiert hatte. Am liebsten

hätte er die Operation unten in seinem Behandlungsraum vorgenommen, aber er wusste, dass Taggart das rundherum abgelehnt hätte. Außerdem wäre der Transport über die vielen Niedergänge hinunter in den Bauch des Schiffs viel zu riskant gewesen.

Vitus legte seine Instrumente zurecht und wies Tipperton und McQuarrie an, links und rechts hinter Taggart Aufstellung zu nehmen, um ihn notfalls packen und ruhighalten zu können. Dann trat er vor, das Skalpell in der Hand. Wie immer, wenn es ernst wurde, kam eine große Ruhe über ihn, die jeden seiner Handgriffe schnell und sicher gelingen ließ. »Ich werde drei Zoll oberhalb des Knies operieren, Sir«, sagte er, um einen sachlichen Ton bemüht. »Ich würde gern mehr von Eurem Bein erhalten, aber da die *Patella* und ein Teil des *Femurs* zerstört sind, bleibt keine andere Wahl.«

Taggart grunzte nur, aber Vitus hatte auch keine Antwort erwartet. Seine Erfahrung war, dass es den Patienten stets beruhigte, wenn dieser wusste, was mit ihm geschah. »Ich werde Haut und Gewebe bis zum *Femur* durchschneiden, Sir. *Femur,* das ist der Oberschenkelknochen. Ich werde so schneiden, dass nach der Abtrennung drei große Hautlappen übrig bleiben, die es erlauben, den Stumpf sauber zu vernähen.«

Taggart rollte wild mit den Augen. Vitus dachte, dass er vielleicht doch ein wenig zu ausführlich gewesen war, und wandte sich an den Zwerg: »Enano, bist du bereit?«

»Wui, wui, Örl!« Die Äuglein des Winzlings leuchteten, und er begann mit fistelnder Stimme zu singen:

»Bin Glücksbringer un Blutstiller …
bin Glücksbringer un Blutstiller …!«

Vitus hatte sich für ein Skalpell mit langer Schneide und langem Griff entschieden. Nachdem er den Oberschenkel unterhalb der Leiste mit einem Lederriemen abgebunden hatte, setzte er die Klinge entschlossen an und schnitt tief und gleichmäßig in Zickzackform ein. Taggart zuckte, aber Tipperton und McQuarrie hielten ihn fest. Gleichzeitig starrte der Zwerg unverwandt auf das Skalpell und sang:

»Blutiges Blut, glutige Glut,
fließ zurück über die Brück,
sollst stehen, sollst stehen,
sollst ruhen still nach meinem Will!«

Tatsächlich bluteten die Einschnitte überraschend wenig, nur als Vitus die Oberschenkelschlagader durchtrennte, pulsierte der Lebenssaft heraus. Jetzt hieß es schnell sein. Vitus griff zur Knochensäge und setzte sie an, doch alsbald spürte er, dass er nicht vorankam, trotz gleichmäßigen Ziehens und Drückens. Die Säge taugte nichts! Ihm fiel ein, dass er mit ihr das Schloss zu Isabellas Bilgenverlies hatte öffnen wollen, wahrscheinlich waren dabei die Zähne stumpf geworden. Wie dumm er gewesen war! Hatte er wirklich geglaubt, mit einer Knochensäge Eisen bearbeiten zu können! Unnütze Überlegungen, der *Femur* musste durchtrennt werden, und mit diesem Instrument ging es nicht. Immerhin, es gab eine zweite Säge. Sie befand sich in seiner Kiepe, in Doktor Halls Kammer. Sie war zwar klei-

ner, aber besser als nichts. Er würde sie holen müssen. Es gab keine andere Möglichkeit.
»Zwerg, sing weiter! Los, sing weiter!«
»Wui, wui! *Bin Grücksbringer un Blutstiller … bin Glücksbringer und Blutstiller!*«
Vitus stürmte hinaus aus der Kajüte und hörte hinter sich den erstaunten Ausruf Tippertons: »Aber Cirurgicus, Ihr könnt doch nicht mitten in der Opera…«
In Doktor Halls Kammer rannte er Isabella fast um, als er sich auf seine Kiepe stürzte, darin herumgrub und schließlich die kleine Säge fand.
»Was ist denn in dich gefahren?«, rief Isabella, die sich gerade die Nägel schnitt.
»Keine Zeit!«, stieß er hervor, bevor er wieder verschwand.
Zurück in Taggarts Kajüte, war gottlob alles beim Alten. Der Zwerg sang aus Leibeskräften, während Taggart halb ohnmächtig im Stuhl saß, gehalten von Tipperton und McQuarrie. Einer von beiden musste dem Patienten das Gesangbuch zwischen die Zähne geschoben haben, vielleicht, weil er immer noch starke Schmerzen hatte, vielleicht auch, weil er immer noch fluchte. Vitus war es egal, er setzte die kleine Säge an. Sie war scharf, aber unzureichend. Wenn er mit der großen zwei Züge machte, brauchte er mit dieser vier oder sechs. Er kam nicht richtig voran, und die Zeit lief ihm buchstäblich unter den Fingern davon!
Als der Knochen endlich durchtrennt war und das untere Bein zu Boden fiel, bäumte Taggart sich auf. »Ruhig, Sir, es ist gleich geschafft!« Vitus griff zum Kauter und stellte fest, dass er nicht mehr glühte. Seine Temperatur würde nicht

mehr ausreichen, um die Wunde zu verschließen. Was tun?
Ambroise Paré, ein französischer Spezialist für Amputationen, fiel ihm ein. Dieser hatte sich entschieden gegen die Anwendung des Gluteisens oder das Ausgießen mit siedendem Öl gewandt und stattdessen das Setzen einer Arterienligatur empfohlen. Wie immer in der Medizin, wenn etwas Neues die gängige Lehre in Frage stellte, war diese Meinung zunächst heftig angegriffen worden, doch nach und nach hatten selbst die größten Gegner Parés eingesehen, dass die Methode erfolgversprechend war. Vitus entschloss sich, Parés Empfehlung zu folgen.
Taggart bäumte sich abermals auf, das Gesangbuch fiel ihm aus dem Mund und traf Vitus' Hände, die gerade den Faden auf die Nadel ziehen wollten. Tipperton und McQuarrie zwangen ihren Kommandanten wieder in die alte Position zurück, und Vitus begann, die Oberschenkelschlagader zu vernähen. Es war eine Arbeit, die er noch nie gemacht hatte und die demzufolge länger als beabsichtigt dauerte. Aber als er sie beendet hatte, erkannte er die Zweckmäßigkeit und Wirksamkeit von Parés Methode. Der letzte Schritt, das Vernähen der überstehenden Hautlappen, würde dagegen ein Kinderspiel sein.
Der Zwerg hatte unterdessen seinen Gesang eingestellt und räumte die benutzten Instrumente fort. Tipperton näselte ein ums andere Mal: »Unfasslich, unfasslich, ein *phaenomenon!* Mir war so, als wäre die Blutung vorübergehend tatsächlich zum Stehen gekommen. Und das nicht nur wegen des Lederriemens! Natürlich kann es auch Einbildung sein, aber ich glaube nicht, dass ich mich täusche. Bei derlei

Dingen pflege ich mich nicht zu täuschen. Ich kann mich an einen Fall erinnern, ich glaube, es war anno dreiunddreißig, als ein Dorfkind in Osborne über Nacht eine große Warze bekam. Nach vielerlei Bemühungen wurde endlich eine alte Kräuterfrau gefunden, welche versicherte, nur durch die Kraft ihrer Worte das unansehnliche Gewächs beseitigen zu können …«

Vitus unterbrach den Redefluss, während er konzentriert weiterarbeitete: »Erinnert Euch an Dunc und an die Operation mit der Golddublone, Tipperton. Auch damals schon hatten die Kräfte des Zwergs blutstillende Wirkung. Fragt mich nicht, wie oder womit er das macht, ich könnte Euch keine Antwort geben. Vielleicht könnte der Zwerg es sogar selbst nicht. Da sind eben mehr Dinge zwischen Himmel und Erde, als wir ahnen.«

»Gewiss, gewiss, Cirurgicus. Um auf die alte Kräuterfrau zurückzukommen …«

»Wui, wui, Griffelwackler!«, rief der Winzling. »Schränk die Labbe!«

Vitus tat den letzten Stich, verknotete den Faden und nahm den Lederriemen ab. Dann bestrich er die Wundränder mit einer entzündungshemmenden Heilsalbe und legte den Verband an. »Der Captain braucht jetzt Ruhe. Er sollte ein paar Stunden schlafen. Seid so freundlich, Gentlemen, und tragt ihn hinüber zu seiner Koje.«

»Aye, aye, Sir«, sagte McQuarrie.

»Gewiss, Sir«, sagte Tipperton, der ein wenig beleidigt schien, da er die Geschichte von der Warze und der alten Kräuterfrau nicht zu Ende erzählen durfte.

Vitus spürte, wie die Anspannung von ihm abfiel. Er fühlte

sich wie zerschlagen, und das nicht nur, weil der Kopfschmerz ihn noch immer quälte. Am liebsten hätte er sich ebenfalls hingelegt, aber das kam natürlich nicht in Frage.
»Ich gehe hinunter in meinen Behandlungsraum«, sagte er. »McQuarrie, seid so freundlich und schickt mir die Verletzten dorthin.«
»Aye, aye, Sir.«
»Und gebt Jim, dem anderen Zimmermann, Bescheid. Er soll zwei Krücken für den Captain anfertigen.«
»Aye, aye, Sir.«
Vitus verließ die Kajüte.

Der *Jack Pudding* Enano

»Sollst aber nich zu viel schmettern, Kaptein,
sonst verhagelt's dir den Speisfang.
Hab dir'n Pudding geprasselt, 'n Plumpudding,
mach die Späher auf.«

Zwei Tage waren vergangen, die *Falcon,* deren Fockmast mit einem Notrigg repariert worden war, näherte sich der Höhe von Brest. Die wilde Biskaya hatte sich von ihrer zahmen Seite gezeigt, und alles sprach dafür, dass es so bleiben würde. Taggart war seit einem Tag wieder auf dem Posten, abwechselnd das *Laudanum* und das Nass der Rebe zu sich nehmend, wobei Ersteres von Vitus genauestens zugemessen, Letzteres ebenso großzügig wie wahllos eingenommen wurde, selbstverständlich ohne Wissen des Cirurgicus.

McQuarrie, der die ganze Zeit das Kommando innegehabt hatte, war auch an diesem Morgen in die Kajüte gegangen, hatte seinen Kapitän begrüßt und anschließend sorgfältig im Bordbuch die Geschehnisse festgehalten. Unter anderem hatte er notiert, dass die Verletzten vom Cirurgicus versorgt worden waren, und dass sie sich auf dem Weg der

Besserung befanden. Er hatte aufgeschrieben, dass er am Tag nach der Schlacht gegen die *San Juan* noch im Seegebiet von La Coruña gekreuzt hatte, um sicherzustellen, dass die Armada tatsächlich dem Sturm ausgewichen war und den schützenden Hafen angelaufen hatte. Er hatte, mit Taggarts widerwilligem Einverständnis, vom Befinden seines Kommandanten berichtet und niedergeschrieben, dass laut Auskunft des Cirurgicus die Wunde zufriedenstellend aussah und keine Anzeichen von Eiterung zu bemerken waren. Er hatte getreulich die Positionen und die Wetterentwicklungen vermerkt, die Farbe des Meers, die Stärke des Winds, die Geschwindigkeit des Schiffs und manches mehr.

Das Einzige, was er nicht in Worte gefasst hatte, war die Übergabe der gefallenen *Falcons* ins Meer. Denn diese war auf Taggarts ausdrücklichen Wunsch verschoben worden, bis er selbst in der Lage sein würde, den Trauerakt zu leiten. Heute, am 6. Juni, sollte das der Fall sein.

Taggart war noch schwach, was nicht nur auf die schwere Verletzung, sondern auch auf seinen übermäßigen Weingenuss zurückzuführen war. Andererseits gebot er über eine zähe Natur, und der Zwerg, der seit der Operation öfter an seiner Seite weilte, sprach ihm auf seine Art Trost zu: »Ei, Kaptein«, sagte Enano, »den Stelzer, den Steiger, den Geher, den brauchste nich, denn wer keine Stelzer hat, der schwoft auf'm Schulterblatt!«

Taggart war amüsiert. Nicht nur der Buckel des Winzlings erinnerte ihn an seinen Sohn Connor, auch dessen schnoddrige Art. »Ich hasse das Tanzen, Zwerg«, knurrte er, wobei er es tatsächlich fertigbrachte, sein Knurren freundlich klingen zu lassen. »Das Gehopse wurde lediglich erfunden, damit wir Männer wildfremde Frauen begrapschen dürfen, ohne gleich von irgendwelchen beleidigten Gatten zum Duell herausgefordert zu werden. Da lob ich mir doch ein Gläschen Wein, das bringt den Puls genauso auf Trab und schmeckt dabei noch viel besser. Auch lausche ich dem sanften Murmeln der Traube viel lieber als hohlem Weibergewäsch.«

»Wui, wui, so solles sein!«

»Du verstehst mich.« Taggart trank einen Schluck.

»Sollst aber nich zu viel schmettern, Kaptein, sonst verhagelt's dir den Speisfang. Hab dir'n Pudding geprasselt, 'n Plumpudding, mach die Späher auf.«

Taggart schaute hin und erblickte ein kugelförmiges Gebilde, das von einem Tuch umschlossen und oben zugebunden war. »Bei allen Wanderlurchen, das sieht wirklich aus wie ein echter Plumpudding! Aber es ist doch noch gar nicht Weihnachten?«

»Aber bald, Kaptein, aber bald, tönst doch selbst alleweil: ›Bald is Weihnachten‹. Sachst es immer, wenn's dir nich hui genuch geht, nich? Der Plumpudding is schmerfig, sin Trockenfrüchte drin un Nüsse un fettes Fett von Nierchen un mancherlei mehr, 's is'n fillvoller Serviettenkloß, wie's im Askunesischen heißt, un wird dir aufde Beine helfen, äh, aufs Bein.«

»Das ist aber sehr nett von dir.« Taggart war ein wenig verlegen.

»Brauchst nich bumserig wer'n, Kaptein. 's kommt von Harm, von Herzen, wennste das besser begneißt. Kriegst'n Plumpudding von *Jack Pudding!*«

»*Jack Pudding?* Nennen die Männer dich so? Das gefällt mir nicht.«

»Wiewo?« Das Fischmündchen stülpte sich vor und produzierte ein Grinsen. »'s is nich weiter meschunne. Ich lenz mich sogar drüber.«

In der Tat empfand der Zwerg den Spitznamen *Jack Pudding,* den ihm die *Falcons* gegeben hatten, eher als Auszeichnung denn als Schimpfwort. Wie alle, die am Rande der Gesellschaft standen, wusste er, dass *Jack Pudding* in Wirklichkeit eine Puppe war, die als das Sprachrohr der breiten Masse galt. In der Hand von Spielleuten führte sie eine scharfe Zunge, nannte die Dinge beim Namen und sprach bei Volksfesten und Gauklerveranstaltungen stets das an, was die Obrigkeit nicht angesprochen haben wollte.

Und als jemand, der mit Vitus weit gereist war, wusste er auch, dass *Jack Pudding* viele Namen hatte: In Spanien hieß er *Polichinela*, in Italien *Punchinella,* in Frankreich *Jean Potage,* in den Niederlanden *Jan Khassen,* bei den Eidgenossen *Hans Joggli* und in Deutschland *Hanswurst* oder *Kasper.* Denn überall auf der Welt gab es Maulkörbe und Unterdrückung, und überall auf der Welt brauchten die Menschen ein Ventil für ihre Ängste und Nöte.

»Komm, Kaptein, schnabulier 'n Fündchen.«

»Du meinst, ich soll ein Stück von dem Plumpudding probieren? Warum nicht.« Taggart nestelte das Tuch mit dem kugeligen Inhalt auf, ließ sich vom Zwerg einen Löffel geben – ein Esswerkzeug, das dieser als »Schlappstock« bezeichnete –, und kostete. »Hm, ja, lukullisch, lukullisch! Darauf steht ein Tröpfchen Wein.« Er wollte zum Glas

greifen, aber die winzigen Hände von *Jack Pudding* waren schneller. Sie nahmen Taggart das Trinkgefäß fort und stellten stattdessen einen Becher vor ihn hin. »Sollst nich so viel Funkel schmettern, Kaptein, sollst Brennnesseltee süppeln, hat der Örl gesacht.«
»Der Tee kommt mir allmählich zu den Ohren heraus.«
»Brauchst auch nur die Hälfte süppeln.«
»Nur die halbe Menge, wieso?«
»Hast ja nur noch einen Geher.«
»Ach so.« Trotz der Direktheit des Zwergs musste Taggart schmunzeln. Der Name *Jack Pudding* passte wirklich gut zu ihm, denn er nahm kein Blatt vor den Mund. Genau wie sein Sohn zu Hause. Überhaupt war es überraschend, wie viele Gemeinsamkeiten die beiden hatten. Folgsam trank er von dem Heiltee.
»So isses recht, Kaptein, un nu solltest du noch'n Schlag lullen, 's wird kein Zuckerschlecken nich nachher.«
»Ja«, sagte Taggart, »da hast du wohl recht.«

Am Nachmittag dieses Tages befand sich Taggart auf dem Kommandantendeck, dessen Planken dank der ausgiebigen Bearbeitung mit dem *Holy stone* nichts mehr von den blutigen Kämpfen anzusehen war. Doch er stand nicht wie üblich an der Querreling, sondern saß auf seinem Lieblingsstuhl, eine Decke über den Schoß gebreitet. Dass er sich dazu bereit erklärt hatte, lag in erster Linie an *Jack Pudding,* der sich die Tatsache, dass er reden durfte, wie ihm der Schnabel gewachsen war, zunutze gemacht und gefis-

telt hatte: »Wui, wui, Kaptein, lieber glatt gesessen als mies gestanden, un du kannst nich mehr richtich stehn!«
»Schon gut, Zwerg«, hatte Taggart gemurrt. »Du hast mich überzeugt. Aber es wird das erste und letzte Mal sein, dass ich vor meinen Männern sitze. Nächstes Mal werde ich, so Gott will, wieder stehen, und zwar nicht mit Hilfe von zwei lächerlichen Krücken, sondern mit einem Holzbein.«
Jack Pudding hatte singend geantwortet:

»Auf ein Holzbein
Kannst nich stolz sein,
erst richtig fein
ist's Elfenbeinbein!«

Taggart hatte daraufhin Jim, den verbliebenen Zimmermann, rufen lassen und nach einem Bein aus dem Stoßzahn des Elefanten gefragt. Vergebens, wie sich herausstellte, doch konnte Jim wenigstens ein Bein aus Walrosszahn anbieten, und das war immer noch besser als Holz.
Taggart blickte hinunter auf das Bild, das sich ihm bot: Die Männer der *Falcon* hatten in einem sauberen Karree Aufstellung genommen. Vor ihnen lagen, in Säcke eingenäht und mit je einer der kostbaren Kanonenkugeln beschwert, ihre gefallenen Kameraden. An Steuerbord war die Decksporte geöffnet worden, um einer schräggestellten Holzrutsche Platz zu machen. Auf der Rutsche lag ausgebreitet die weiße Fahne mit dem roten Georgskreuz. Links und rechts daneben stand je ein Mann Spalier. Es waren die Maate Hutch und Jack. Ihre Aufgabe war es, die Säcke mit

den Toten unter der Fahne hindurch ins Meer gleiten zu lassen. Da der Flötist Arch zu den eingenähten Toten zählte und der Zwerg ebenso wie Vitus an Taggarts Seite befohlen war, musste McQuarrie den musikalischen Part allein übernehmen.
Aber noch war es nicht so weit. Erst war Taggart dran:
»Männer! Philipp II., der Dauerbeter, soll letzte Nacht zum ersten Mal in seinem Leben gotteslästerlich geflucht haben. Und wisst Ihr auch, warum? Weil er die Nachricht von der Niederlage der *San Juan* bekam! Tränen soll er vergossen haben, weil so viele seiner Dons gefallen sind. Er ist also nicht nur ein Dauerbeter, sondern auch ein Dauerweiner. Auch wir haben viele Männer verloren. Aber wir weinen nicht. Wir sind stolz auf unsere Männer, denn sie waren Menschen wie du und ich. Sie haben geliebt, gelebt, gelitten. Sie hatten Frauen und Kinder. Sie hatten Stärken und Schwächen, und sie hatten alle eine große Liebe: unser Schiff, die stolze *Falcon.* Aus unserer Trauer wird neue Kraft erwachsen. Unsere Männer sind für eine gute und gerechte Sache gestorben. Für Gott den Allmächtigen, für unsere Jungfräuliche Königin, die *Lady of the Seas,* für England, für die Freiheit. Erweisen wir jetzt unseren Männern die letzte Ehre, beten wir für sie. Mützen ab!«
Taggart faltete die Hände und senkte den Kopf:

»Ich habe den Herrn allezeit vor Augen, denn Er ist mir zur Rechten, darum werde ich wohl bleiben. Darum freuet sich mein Herz, und meine Ehre ist fröhlich, auch mein Fleisch wird sicher liegen, denn du wirst meine Seele nicht in der Hölle lassen.«

Taggart blickte auf, denn der Ausschnitt aus dem sechzehnten Psalm war zu Ende. Von sich aus fügte er hinzu: »Wo Schatten ist, ist Licht, wo Tod ist, ist Leben, wo Krieg ist, ist auch Friede. Amen.«

»Amen!«, antworteten die Männer im Chor.

Taggart fuhr in seiner Rede fort:

»Friede sei mit unseren Kameraden, die wir hiermit dem Meer übergeben.«

Er nahm eine Liste zur Hand und bedeutete McQuarrie, der mit dem Dudelsack neben den aufgebahrten Säcken stand, er möge mit seinem Spiel beginnen. Als die klagenden Töne der *pipes* über das Deck wehten, las er den ersten Namen vor:

»Jonathan Dorsey, Zweiter Offizier der *Falcon.*«

Hutch und Jack grüßten und schoben den Leichnam unter die Fahne. Dorseys sterbliche Überreste rutschten langsam über Bord und klatschten in die See.

»Farewell! Harold Whittaker, Matrose.«

Die Prozedur wiederholte sich, während McQuarrie unentwegt weiterspielte.

»Peter Baxter, Matrose.« ... »Gordon Dudley« ...

Als der Name des letzten Toten verhallte, war Taggart einigermaßen erschöpft, und er hätte die Zeremonie beenden können, wenn er sich nicht noch etwas ganz Besonderes vorgenommen hätte. Erneut erhob er die Stimme:

»Männer! Es gibt nicht mehr viele unter euch, die damals mit mir in der Karibik waren, aber die Wenigen, die es noch gibt, werden den anderen bestätigen, dass es die ruhmreichste Zeit der *Falcon* war. Bis vor drei Tagen! Vor drei Tagen habt ihr euch selbst übertroffen, Männer. Um deutlich zu machen, was ihr geleistet habt, will ich euch sagen, mit welch starkem Gegner ihr es zu tun hattet, so, wie es im Schiffsregister nachzulesen steht: Es ist die *San Juan,* ein Dreihundertfünfzigtonner, erheblich größer als wir und gerade erst drei Jahre alt. Mit ihren achtundzwanzig Kanonen, fünfzig Mann Besatzung und nicht weniger als hundertvierzig Soldaten war sie uns in allen Belangen überlegen. Trotzdem habt ihr sie abgewehrt und arg gerupft nach Hause geschickt! Männer, ihr habt eine Schlacht geschlagen, wie sie noch nie geschlagen wurde!«

»Wir haben sie für Euch geschlagen, Sir!«, rief ein Mann aus dem Karree, und einer oder zwei andere bestätigten: »Für Euch, Sir!«

Taggart tat, als hätte er nichts gehört, denn selbstverständlich war es eine ungeheure Disziplinlosigkeit, seine Rede zu unterbrechen, auch wenn der Grund erfreulich war. Er wiederholte:

»Ihr habt eine Schlacht geschlagen, wie sie noch nie geschlagen wurde!«, machte erneut eine Pause und sagte dann: »Deshalb seid ihr alle ab heute wieder ... *Falcons!*«

Ein ohrenbetäubender Jubel setzte ein, die Männer brüllten, tanzten und warfen ihre Mützen in die Luft.

»Ruhe, *Falcons!* Ich bin noch nicht fertig ... Tipperton!«

Der Schiffsschreiber ließ ausnahmsweise einmal nicht auf sich warten, sondern stolzierte umgehend herbei. Er hielt eine geöffnete Schatulle in der Hand, in der es blinkte und blitzte.

»Jeder *Falcon* erhält jetzt sein neues Abzeichen, den Falkenkopf aus echtem Silber!«

Taggarts Gesicht zeigte freudige Erregung – ein Gefühls-

ausbruch, den Tipperton nicht teilte, da er in der Nacht zuvor sämtliche Anstecknadeln hatte polieren müssen.
»Erste Reihe vortreten! Ohne Tritt marsch zu mir aufs Kommandantendeck!«
In loser Folge erklommen die frischgebackenen *Falcons* über den Steuerbordniedergang das höchste Deck, ließen sich von Taggart persönlich das Abzeichen ans Hemd stecken und verließen das Deck wieder über den Backbordniedergang. So ging es Reihe auf Reihe, bis auch der Letzte der Männer die Auszeichnung empfangen hatte.
McQuarrie griff wieder zum Dudelsack und wollte abschließend eine Melodie spielen, doch Taggart unterbrach ihn. Er war noch nicht fertig. Obwohl ihm vor Erschöpfung schon der kalte Schweiß auf der Stirn stand, musste der letzte Teil der Feier noch vollzogen werden.
»Es gibt noch zwei Männer an Bord, die es ebenfalls verdienen, *Falcon* genannt zu werden! Der Erste ist Enano, der Zwerg, den ihr *Jack Pudding* nennt. Er hat auf seine Art bravourös gekämpft und sich der silbernen Auszeichnung mehr als würdig erwiesen. Enano, komm zu mir.«
Der Zwerg, der kaum wusste, wie ihm geschah, trat vor, und Taggart heftete ihm das Abzeichen an sein blaues Gewand. Er gab ein putziges Bild ab, der Winzling, wie er so dastand mit seinem mondförmigen Gesicht, seinem vorgestülpten Fischmündchen und seinen strubbeligen roten Haaren.
»Ho, ho, *Jack Pudding*«, klang es hier und da aus den Reihen, aber es war ein gutmütiges Lachen, und keiner der *Falcons* hätte dem Wicht die Auszeichnung nicht gegönnt.

»Gramersi, Kaptein, zu viel der Ehr!« Der Zwerg verbeugte sich, indem er drollig den Hals nach vorn abknickte.
»Ehre, dem die Ehre gebührt, das hat der alte Paulus in seinem Römerbrief schon gewusst!« Taggart griff ein letztes Mal in die Schatulle, hielt das übrig gebliebene Abzeichen hoch und rief:
»Dieser silberne Falke ist für jenen Mann bestimmt, der es vielleicht wie kein zweiter verdient, *Falcon* genannt zu werden: Es ist Seine Lordschaft, der Earl of Worthing, besser bekannt als Vitus von Collincourt oder einfach nur als unser Cirurgicus! Kommt her, Cirurgicus.«
Die Männer johlten und pfiffen, als Vitus seine Spange entgegennahm. Sie hatten nicht vergessen, wer sie gegen die *San Juan* ins letzte Gefecht geführt hatte, und sie wussten auch noch sehr genau, wer sie danach zusammengeflickt hatte.
Vitus hatte Tränen in den Augen. Er hatte im Leben nicht damit gerechnet, ebenfalls gewürdigt zu werden. Die Auszeichnung machte vieles wett, und sein besonderes Verhältnis zu Taggart, dem alten Haudegen, machte sie nur umso wertvoller. »Danke, Sir«, sagte er, einen Kloß im Hals. »Sir, ich danke Euch sehr.«
»Schon gut. Was hieltet Ihr davon, das Ereignis ein wenig in meiner Kajüte zu feiern?«
»Nichts lieber als das!«
Taggart grinste schief. »Aber nicht bei einem Brennnesseltee.«

Am Abend betraten Vitus und der Zwerg nacheinander Doktor Halls Kammer. Sie lachten und scherzten, waren in bester Stimmung und übersahen Isabellas vorwurfsvolle Blicke. »Mach dir keine Sorgen«, sagte Vitus zu ihr. »Der Zwerg, der übrigens neuerdings *Jack Pudding* heißt, kann schweigen wie ein Grab. Er hat es bisher getan und wird es auch künftig tun. Er würde dich nie verraten.«
Isabella musterte den Zwerg, als wäre er ein Lurch. *»Jack Pudding?«*, wiederholte sie gedehnt. »Das passt. Er sieht wahrhaftig aus wie ein himmelblauer Pudding.«
»Was soll das?«, fragte Vitus stirnrunzelnd. »Es kann nicht jeder groß und schlank sein. Ich habe mich auch nicht über dich lustig gemacht, als dein Körper einem Skelett glich.«
»Du bist betrunken.«
»Ich bin guter Laune.«
»Was wollt ihr beide überhaupt hier?«
Vitus wurde ärgerlich. Er hatte einen erfolgreichen Tag hinter sich, war ein wenig angeheitert und wollte mit Isabella ungezwungen reden können. Nicht zuletzt deshalb hatte er den Zwerg mitgebracht.
Jack Pudding stülpte das Mündchen vor: »Bist kess, Isabella, wie? Meinst, wärst was Bessres. Späh dich selbst. Wärst bei den Kiemlingen im Wasser längst, wenn der Örl nich wär.«
Isabella ließ sich auf ihre Koje fallen. »Ich bin den ganzen Tag über allein gewesen, da kann ich auch abends auf Gesellschaft verzichten.«
Vitus setzte sich ihr gegenüber. »Dass du hier bist, ist deine freie Entscheidung. Ein Wort von dir, und ich gehe zum Captain und kläre ihn auf.«

»Das tust du nicht!«
Vitus lenkte ein. »Nein, das tue ich nicht. Dafür ist es zu spät. Welchen Grund sollte ich dem Captain nennen, warum er erst heute von deiner Anwesenheit erfährt? Soll ich ihm sagen, du wärst bisher zu eitel gewesen, dich ihm in Männerkleidern zu präsentieren, aber nun hättest du es dir anders überlegt?«
»Ich habe mir die Kleider nicht ausgesucht!«
»Richtig, das hast du nicht. Du hattest überhaupt keine Wahl. Es sei denn, du hättest es vorgezogen, nackt herumzulaufen.«
»Wui, wui! Die Maid splitterbloß, 's wär tricktrack nach meinem Geschmack. Nix für ungut, *Jack Pudding* sacht adjö, 's is ihm zu hitzich hier.« Der Zwerg hüpfte rasch hinaus, und Vitus fragte sich, ob der Winzling durch Isabellas taktlose Bemerkung sehr verletzt worden war. Warum war sie nur immer so aggressiv? Er machte einen neuen Versuch: »Es war ein schöner Tag, sieh nur, der Captain hat mich mit der Ehrennadel der *Falcons* ausgezeichnet.«
»Pah, das Ding ist ja nicht einmal aus Gold.«
»Jedenfalls war es eine harmonische Feier.«
»Das habe ich mitbekommen, es war ja laut genug. Ihr habt den Sieg über meine Landsleute bejubelt, den ganzen Tag, und da erwartest du, dass ich dir um den Hals falle und mich mitfreue!«
Aha, dachte Vitus, daher also weht der Wind. Sie kann es nicht ertragen, dass die Dons eine Niederlage einstecken mussten. Laut sagte er: »Nun gut, das ist vielleicht zu viel verlangt. Eigentlich wollte ich mit dir nur ein wenig plaudern, um, äh, unser Verhältnis zu entspannen.«

»Die Spanier sind die kühnsten Soldaten der Welt, niemand kann ihnen standhalten!«
»Da magst du recht haben. In diesem Fall aber verhielt es sich anders.« Vitus beschloss, Isabella eine Brücke zu bauen: »Wir standen mit dem Rücken zur Wand, wir mussten siegen oder untergehen. Am Ende haben wir uns erfolgreich verteidigt. Ich hoffe, das wird uns beim Angriff der Armada genauso gelingen.«
»Niemals! Der Armada kann keiner widerstehen. Und wenn ihr Engländer noch so viel auskundschaftet und jedes unserer Schiffe und jeden unserer Soldaten einzeln ausspioniert – es wird euch nichts nützen.«
»Du weißt also, dass wir die Stärke des Gegners kennen?«
»Es war nicht zu überhören. Aber die Armada ist unbesiegbar.«
»Das werden wir sehen. Auch bei dem kommenden Kampf stehen wir Engländer mit dem Rücken zur Wand.«
Daraufhin sagte Isabella nichts. Doch plötzlich stieß sie hervor: »Ich bin so allein, den ganzen Tag bin ich so verdammt allein!«
Sie wandte den Kopf zur Seite, damit Vitus ihre Verzweiflung nicht sehen konnte.
Er war geneigt, ihr abermals zu sagen, dass sie ihre Abgeschiedenheit sich selbst zu verdanken habe, aber er spürte die Sinnlosigkeit. Deshalb sagte er: »Wir sind bald in England, dann kommst du wieder unter Leute.«
»Ich bin so allein, so verdammt allein.« Sie begann zu zittern.
Er fühlte sich hilflos. Am liebsten wäre er gegangen, aber das war natürlich unmöglich. Er musste an Nina denken,

an Odo, Carlos und die kleine Jean, die zu Hause auf ihn warteten, ebenso wie viele andere. Isabella dagegen hatte niemanden, der auf sie wartete.
Ihre Schultern zuckten, sie schluchzte leise, als sie aus einer ihrer Hosentaschen etwas hervorholte und es Vitus entgegenstreckte. Es war ein aufgeklapptes Medaillon. »Sieh hin, das ist der einzige Mensch, den ich noch habe.«
Vitus nahm das Medaillon und betrachtete das darin abgebildete Gesicht. Es war ein grobes Antlitz, dem etwas Bäuerisches anhaftete. Vielleicht, weil es unter den kleinen, engstehenden Augen eine Knollennase aufwies. »Wer ist das?«
»Paolo Farnese, ein Neffe des Herzogs von Parma. Mein Zukünftiger.«
»Er hat ein, äh, eigenwilliges Gesicht.«
»Du brauchst dir keine Mühe zu geben. Er ist abgrundtief hässlich.«
»Nun ja, vielleicht. Ist er denn nett?«
»Woher soll ich das wissen? Ich kenne ihn ja nicht. Die Ehe wurde zwischen unseren beiden Familien verabredet, als ich ein Kind war. Es wird ein reines Zweckbündnis sein – wenn der Kerl überhaupt noch lebt.«
»Warum sollte er nicht?« Vitus gab das Medaillon zurück.
»Er residiert in den Spanischen Niederlanden, und wie gefährlich es dort ist, weißt du sicher selbst. Es herrscht Dauerkriegszustand.«
»Das ist wohl wahr.«
Wieder begannen ihre Schultern zu zucken, so dass er nicht umhin konnte, sie zu trösten. Er legte seine Hand auf ihre kurzgeschorenen Haare und sagte: »Glaub mir, es geht im

Leben immer weiter, du stehst erst am Anfang deines Wegs. Du bist noch so jung. Wie alt bist du eigentlich?«
»Neunzehn.« Sie griff nach seiner Hand und hielt sie fest.
»Wenn du erst in England bist, wirst du sicher so schnell wie möglich nach Spanien zurückkehren wollen. Aber ich glaube nicht, dass dir das gelingen wird. Alle Häfen sind gesperrt. Jedenfalls für Handelsschiffe.«
Sie sagte nichts und legte seine Hand an ihr Gesicht.
»Nun, äh, würdest du mir meine Hand zurückgeben?«
»Nein!«
»Gut, äh, wenn du erst in England bist, könnte ich dir eine gewisse Summe zur Verfügung stellen, damit du standesgemäß die Kriegszeit überstehen kannst.«
»Ich will kein Geld.«
»Hör mal, ich verstehe dich nicht, ich denke, du kennst niemanden, der dich aufnehmen könnte, da wird es ohne Geld nicht gehen.«
»Doch!«
»Was, doch?«
»Ich kenne jemanden, der mich aufnehmen könnte.«
»Na, großartig.« Er lachte erleichtert. »Dann ist das ja geklärt.«
»Ja, das ist es.« Ihr Weinen hatte aufgehört, und sie lächelte leicht. Er fand, sie sah wunderschön aus, keine Spur mehr von der verhärmten, verhungerten, gedemütigten Gefangenen aus der Bilge. Stattdessen eine junge Frau mit makelloser olivenfarbener Haut.
Sie blickte ihn unverwandt an, ließ seine Hand an ihrem Gesicht hinuntergleiten und führte sie in die Öffnung ihres Hemds. Er wollte seine Hand fortziehen, aber er tat es

nicht. Er spürte die volle Rundung ihrer Brust und musste sich beherrschen, um sie nicht zu umfassen und zu streicheln. Ein Sturm der Gefühle überkam ihn, der Wunsch, ihr nahe zu sein, der Wunsch, zu erfahren, ob ihre Zunge beim Kuss wirklich so vorwitzig war, der Wunsch, sie auf der Stelle … »Ich … ich muss gehen!«

»Nein.« Sie gab seine Hand frei, stand auf und löschte die Laterne. »Ich habe nicht den ganzen Tag auf dich gewartet, damit du jetzt gehst.«

»Bitte, versteh doch, ich muss fort«, krächzte er.

Und blieb.

»Klar bei Vor- und Achterleinen!«, brüllte Taggart mit seiner lautesten Stimme. »Macht sie fest!«

»Aye, aye, Sir!«, rief McQuarrie zurück. »Gleich haben wir's geschafft. Old England hat uns wieder!«

»Gott sei's getrommelt und gepfiffen«, sagte Taggart mehr zu sich selbst. »Hätte manchmal nicht gedacht, dass wir unser Albion jemals wiedersehen.«

Wenig später rieben sich die Barkhölzer der *Falcon* an Paul's Wharf, westlich der großen London Bridge, und Tipperton begann auf dem Hauptdeck, der Mannschaft ihre Heuer auszuzahlen – nicht ohne Zähneknirschen von Taggart, der sich darüber ärgerte, dass er die Beträge, die eigentlich die Krone zu begleichen hatte, vorstrecken musste.

»Habt Ihr starke Schmerzen, Sir?«, fragte Vitus, der Taggarts Gesichtsausdruck missdeutete.

»Nein, Cirurgicus, danke der Nachfrage. Die Schmerzen

sind erträglich, nur noch ein dumpfes Ziehen. Was mich am meisten wurmt, ist, dass ich Jims Stoßzahnbein noch nicht unterschnallen kann. Muss weiterhin mit Krücken über mein Schiff humpeln.«

»Das ist nicht verwunderlich, Sir. Wir haben heute den dreizehnten Juni« – Vitus rechnete rasch nach –, »die Amputation liegt somit erst eine Woche zurück. Das beste Heilfleisch der Welt könnte sich nicht in so kurzer Zeit vollends schließen. Aber wie ich beim Verbandwechsel heute Morgen sah, macht Ihr gute Fortschritte, so gute immerhin, dass ich das *Laudanum* schon absetzen konnte. Mit Glück tragt Ihr in zwei oder drei Monaten den ersehnten Ersatz, dann vielleicht sogar aus Elfenbein.«

Taggart schmunzelte, denn er musste an *Jack Pudding*, den Zwerg, denken, dessen Idee das »Elfenbeinbein« gewesen war. »Wo ist der Wicht Enano überhaupt?«, fragte er.

»Dort an der Steuerborddeckspforte, Sir.« Vitus wies auf fünf oder sechs Matrosen, die, eifrig schwatzend und den erhaltenen Lohn zählend, das Schiff verließen. Wie alle Teerjacken der Welt hatten sie nichts Eiligeres zu tun, als an Land zu gehen, sich volllaufen zu lassen und die eigenen überschäumenden Säfte wieder ins Gleichgewicht zu bringen. Unter ihnen befand sich tatsächlich *Jack Pudding*, der hüpfend und singend auf die Pier sprang.

»Ich sehe ihn«, sagte Taggart.

»Aye, Sir.« Vitus klopfte das Herz bis zum Hals, denn der Pulk Menschen bestand nicht nur aus Matrosen und aus *Jack Pudding*, sondern auch aus Isabella, die sich in ihren Männerkleidern unauffällig dazugesellt hatte. Eine andere

Möglichkeit, sie unbemerkt von Bord zu schmuggeln, war Vitus nicht eingefallen. Er war froh über die leuchtend blaue Kleidung des Zwergs und ebenso über sein Gehüpfe, denn damit lenkte der Winzling die Aufmerksamkeit eines jeden Beobachters auf sich. Auch die von Taggart, wie es schien, denn dieser fuhr fort, ihm hinterherzuschauen, und sagte: »Schade, dass er sich nicht von mir verabschiedet hat, das wäre das mindeste gewesen, nachdem wir so oft geplaudert haben.«

»Oh, Sir, ich bin sicher, er wird es noch tun. Ich habe ihn lediglich vorgeschickt, damit er im *Old Swan* zwei Zimmer reserviert.«

»Na, hoffentlich beeilt er sich. Sowie Tipperton mit der Auszahlung fertig ist, will ich meine *Falcon* ins Dock verholen lassen. Die Reparatur wird ihre Zeit dauern, und ich werde derweil zu meiner Maggy und ihren Biskuits zurückkehren. Das Wichtigste aber habe ich hier.« Taggart holte das Gesangbuch hervor, in das er bei der Amputation so heftig gebissen hatte.

»Das Gesangbuch, Sir?«

Taggart grinste sein schiefes Grinsen. »Es ist ein Gesangbuch der besonderen Art, Cirurgicus. Es wurde präpariert. Sämtliche Aufzeichnungen Tippertons über Umfang, Ausrüstung und Bewaffnung der Armada finden sich darin. Ein kleiner Wandel vom *In dulci jubilo* zum Kanonendonner sozusagen. Werde Walsingham noch heute Abend persönlich das Buch übergeben und ihn auffordern, ›Gesangsstunden‹ zu nehmen. Ich hoffe, er wird sich freuen. Wollt Ihr mich begleiten?«

»Das würde ich gern, Sir.« Vitus musste daran denken, dass

er Isabella versprochen hatte, sie für die nächste Zeit in London unterzubringen. Deshalb auch sein Auftrag an den Zwerg, zwei Zimmer im *Old Swan* vormerken zu lassen. »Aber ich habe heute noch einige, äh, wichtige Verpflichtungen.«

Taggart lachte gutmütig. »Verstehe. Der Cirurgicus hat sich wieder in den Earl verwandelt. Solltet Ihr abends bei Hofe sein, richtet unserer *Lady* meine untertänigsten Grüße aus. Die Reise wäre sehr erfolgreich gewesen und so weiter und so weiter. Alles Nähere würde sie schriftlich von Seiner Exzellenz, dem Staatssekretär Sir Francis Walsingham, erfahren.«

»Gern, Sir.« Vitus ging bewusst nicht näher auf Taggarts Worte ein. In der Tat hatte er einige Verpflichtungen – oder besser: Versprechungen –, die er Isabella gegenüber einlösen musste. Dazu gehörte auch der Besuch eines Bankhauses und die Beschaffung einer größeren Summe. »Ich wünsche Euch von Herzen alles Gute, Sir. Ach, noch etwas: Wenn Ihr Sir Francis das Buch übergebt, richtet ihm meine besten Empfehlungen aus, ich könnte ihn leider nicht persönlich aufsuchen, wie gesagt, die Verpflichtungen.«

»Verstehe, verstehe.«

»Habt Ihr in Osborne auf der Isle of Wight einen tüchtigen Arzt?«

»Den alten Scrap, ja. Ob er tüchtig ist, fragt sich. Manche halten ihn eher für einen Rossschlächter, aber für ein paar neue Verbände an meinem Stumpf wird es schon reichen.«

»Dann Gott befohlen, Sir, und grüßt mir herzlich Euer Weib.«

»Gott befohlen, mein Junge, äh, Mylord.« Taggart legte Vitus die Hand auf die Schulter, was bei ihm einer innigen Umarmung gleichkam. »Grüßt Mylady und die Kinder. Sie mögen blühen und gedeihen.«
Vitus lachte. »Das werde ich. Wenn Ihr erlaubt, Sir, empfehle ich mich jetzt, meine Kiepe steht schon unten auf der Pier.«
»Erlaubnis erteilt.«
Taggart winkte Vitus nach.

Es war die erste Nacht, die Isabella in London weilte, und es sollte eine Nacht werden, die sie nie vergessen würde. Eine Nacht voller Fährnis, Angst und Schmerzen.
Doch bevor der dunkle Teil des Tages begann, hatte sie wieder eine ihrer heftigen Streitereien mit dem Wundschneider gehabt. Vitus, Cirurgicus, Mylord, Örl, Sir – oder wie immer er sich ansprechen ließ – hatte einfach zu albern gewirkt mit seiner Kiepe, die ihn wie eine alte Frau aussehen ließ, und mit seinem Stecken, der an die Gehhilfe eines Greises erinnerte. Dazu kam noch ein Paar unsäglich gelber Pantoffeln, die er ganz offenbar mit Stolz trug. Ausgelacht hatte sie ihn. So etwas wollte ein echter Graf, ein Conde sein? Grotesk!
Er hatte ihr erklärt, er mache sich nichts aus teuren Kleidern, die Kiepe, der Stock und die Schuhe seien lieb gewordene Erinnerungen. Lächerlich! Wenn so etwas Erinnerungen waren, musste er ein grausames Schicksal hinter sich haben, und so sah er eigentlich nicht aus. Im Gegenteil, ob-

wohl er nur ein Engländer war, sah er berückend gut aus, und stark war er, sehr stark sogar …

Und Wort hielt er auch, denn er hatte ihr, nachdem sie in das Zimmer im *Old Swan* eingezogen war, einen Hirschlederbeutel mit zwanzig Pfund klingender Münze gegeben – dieselbe Summe, die sie seinerzeit in Portsmouth von Taggart erhalten hatte, nur mit dem Unterschied, dass er nicht einmal einen Schuldschein haben wollte. Danach hatte sie sich Feder, Tinte und Papier auf ihr Zimmer bringen lassen und an einen entfernten Verwandten in La Coruña einen Brief geschrieben. Der Verwandte hieß Juan Amadeo de Ribera. Sie berichtete ihm von der *Falcon* und ihrem Auftrag und versicherte, Capitán Taggart würde die Zusammensetzung der Armada bis ins Kleinste kennen. Zu wissen, dass die Engländer über diese Kenntnisse verfügten, sei für den Angriff sicher sehr wichtig. Sofern die Gran Armada noch nicht in La Coruña aufgebrochen sei, solle ihrem Oberbefehlshaber, dem Duque von Medina Sidonia, dieser Brief unverzüglich überbracht werden. Ansonsten müsse er vernichtet werden. *Viva España!*

Als Absender hatte sie nur »I.« eingesetzt.

Nun legte sie die Feder beiseite, streute Löschsand auf das Geschriebene und verstaute es mit dem Geld in einer Segeltuchtasche. Sie stand auf. Es war kein leichtes Unterfangen, das sie sich vorgenommen hatte, aber es ging um ihr Vaterland, und sie machte so etwas nicht zum ersten Mal. Außerdem ging es darum, wieder nach Hause zu kommen. Der Wundschneider hatte zwar gesagt, kein Schiff würde den Hafen in Richtung Spanien verlassen, aber das musste

noch lange nicht stimmen. Zumindest war es eine Überprüfung wert.
Sie blickte in den Spiegel und betrachtete sich. Noch immer trug sie sein Hemd, das billig wirkte und schlecht saß, auch wenn sie die Ärmel mittlerweile gekürzt hatte. Ansonsten unterschied sie sich mit ihren kurzen Haaren in nichts von einem jungen Herumtreiber. Bitterkeit überkam sie. Der englische Überfall auf Cádiz stand ihr plötzlich so deutlich vor Augen, als hätte er erst gestern stattgefunden. *»Pienso en ti, madre«*, flüsterte sie und faltete die Hände. »Ich habe gesehen, wie du mit deiner Kutsche in die Luft geflogen bist, ich habe gesehen, wie du mit letzter Kraft herausgeklettert bist, ich habe gesehen, wie du gestorben bist. Das alles habe ich gesehen, und ich habe geschworen, dass die verdammten *Ingles* dafür büßen sollen.«
Sie trat hinaus auf den Gang und legte das Ohr lauschend an die Tür zum Nebenzimmer, in dem der Wundschneider und der Puddingzwerg logierten. Kein Laut war zu hören. Sie blickte sich um, sah, dass die Luft rein war, und lief leichtfüßig hinunter in den Schankraum, wo sie kurz innehielt und anschließend, wie ein müder Zecher wirkend, dem Ausgang zustrebte. Die Straße, es war die Thames Street, war zu der späten Stunde nur durch einige Öllaternen erleuchtet, so dass die Gestalten, die sich auf ihr hin und her bewegten, eher Schatten als Menschen glichen.
Isabella war das recht. Als Spanierin tat sie gut daran, unerkannt zu bleiben. Von der Thames Street wandte sie sich nach Süden der Themse zu, denn sie vermutete, dass die Seemannsschenken unten am Fluss lagen. Ihr Plan war einfach: Sie wollte so lange suchen, bis sie eine Spelunke fand,

in der spanisch gesprochen wurde. Da London eine riesige Stadt war, musste es so etwas geben. Sie schlich sich von Haus zu Haus, von Schuppen zu Schuppen, von Lager zu Lager, doch wo sie auch hineinlauschte, es schlugen ihr nur englische Sprachfetzen entgegen.

Da ihr Plan kühn war und sie selbst zäh, ließ sie sich nicht so schnell entmutigen. Auch als sie nach mehreren Stunden immer noch nicht fündig geworden war, gab sie nicht auf. Die Nacht am Fluss war bitterkalt, und sie fröstelte. Ein Gemurmel menschlicher Stimmen wurde laut. Es war ganz in ihrer Nähe. Es war – spanisch!

Sie unterdrückte den Wunsch, direkt auf die Stimmen zuzulaufen, sondern presste sich an eine Hauswand, um die Dinge abzuwarten.

Das Gemurmel näherte sich. Kein Zweifel, da sprachen zwei Männer spanisch miteinander. Ihr Herz tat einen Sprung. Sollte ihr größter Wunsch in Erfüllung gehen? Sie beschloss, ihr Versteck aufzugeben. Sie löste sich aus dem Schatten der Wand und ging auf die Männer zu. *»Buenas tardes«*, sagte sie. *»Cómo estás?«*

Die Kerle zuckten zusammen und nahmen eine drohende Haltung ein, doch als sie sahen, dass sie es nur mit einer halben Portion zu tun hatten, antwortete der Größere: »Was willst du, Bürschchen?«

Isabella wählte ihre Worte mit Bedacht. »Ich freue mich, in diesen Zeiten zwei spanischen Landsleuten zu begegnen.«

»So, tust du das?«, fragte der Kleinere gedehnt. »Woher willst du wissen, dass wir Spanier sind? Wir könnten genauso gut Engländer sein, die des Spanischen mächtig sind, so was soll's geben.«

Isabella spürte eine gewisse Erleichterung. Die Tatsache, dass die beiden vorsichtig waren, sprach für sie. »Ich glaube nicht, dass Engländer so gut spanisch sprechen können«, sagte sie. »Was macht ihr hier so spät am Abend?«
Jetzt war wieder der Größere dran: »Wer viel fragt, lebt gefährlich, Bürschchen. Besonders, wenn er in der Unterzahl ist. Es wäre gesünder für dich, wenn du zuerst uns ein paar Fragen beantworten würdest.«
»Nun gut.« Isabella merkte, dass sie mit ihrem üblichen Ton nicht weiterkam. »So hört. Ihr werdet es vielleicht nicht glauben, aber ich bin I…, äh, Iñigo del Pilar y Ribera. Welches Schicksal mich nach London verschlagen hat, tut nichts zur Sache. Ich muss so schnell wie möglich zurück nach Spanien, ich habe wichtige Botschaften zu überbringen.«
Die beiden Männer schauten sich an, knufften einander in die Seite und lachten meckernd. »Natürlich bist du Iñigo Delladingsda, und natürlich musst du nach Spanien«, sagte der Kleinere. »Aber zufällig geht gerade kein Schiff, und zufällig können wir uns auch keines aus den Rippen schneiden.«
»Ich muss nach Spanien! Besser noch heute Nacht als morgen.«
Der Größere lachte. »Der Mensch muss vieles, Bürschchen. Es klappt nur nicht immer so, wie er will.«
»Ich kann für die Passage gut bezahlen.«
Der Kleinere wurde hellhörig. »Willst du damit sagen, dass du eine nennenswerte Summe bei dir hast?«
Etwas in seiner Stimme warnte Isabella, aber da sie sich so weit vorgewagt hatte, wollte sie keinen Rückzieher ma-

chen. »Nimm an, es wäre so. Aber jetzt sagt ihr mir, wer ihr seid. Ich möchte wissen, mit wem ich es zu tun habe.«

Der Größere schielte auf Isabellas Gürtel, an dem die Segeltuchtasche befestigt war, und sagte: »Gerade fällt mir ein, dass es vielleicht doch ein Schiff nach Spanien gibt.«

»Ich glaube, es fährt nach La Coruña«, ergänzte der Kleinere. »Wenn ich's richtig in Erinnerung habe, gleich morgen früh mit der Ebbe.«

Isabellas Herz tat vor Freude einen Sprung. Das war viel mehr, als sie zu hoffen gewagt hatte. Ein Schiff, das nach La Coruña fuhr! Das bedeutete, sie konnte den Brief persönlich bei Juan Amadeo de Ribera abgeben, ja, vielleicht sogar ihrem Onkel, dem Oberbefehlshaber der Armada, persönlich Bericht erstatten! Schon wollte sie nach den Preisen für eine Überfahrt nach Spanien fragen, als sie erneut ein Gefühl des Misstrauens beschlich. Gar zu glatt und problemlos schien sich plötzlich alles zu fügen. »Ihr habt euch mir noch nicht vorgestellt«, sagte sie. »Was ihr mir erzählt, kann stimmen oder auch nicht.«

»Nicht doch, nicht doch«, beschwichtigte der Größere. Wir sind zwei Ehrenmänner. Bedienstete des spanischen Gesandten bei Hofe. Wir gehen im Whitehall-Palast ein und aus.« Was der Größere behauptete, stimmte sogar zum Teil. Denn er und sein Kumpan waren zwei der vielen kleinen Schnüffler und Zuträger im Dienst von Sir Francis Walsingham, der sie einsetzte, um an Informationen über die geplante spanische Invasion zu kommen. Nur war der Quell der Informationen seit einiger Zeit versiegt, weil keine Nachrichten mehr von der Iberischen Halbinsel nach England gelangten. Umso erstaunter waren sie deshalb über die Behauptung dieses Iñigo, er habe wichtige Botschaften in umgekehrter Richtung. Wahrscheinlich redete er Unsinn, aber, was wichtiger war, er schien viel Geld bei sich zu haben.

Isabella war nur halb beruhigt. »Ich kenne noch immer nicht eure Namen.«

»Oh, wenn es nur das ist.« Der Kleinere grinste ölig. »Ich bin José, und das ist mein Freund Marco.«

Isabella blieb skeptisch. Doch dann dachte sie an Odder, den Säufer, der ihr gesagt hatte, er hätte sich ihr auch als James oder Henry oder William vorstellen können und sie hätte es ihm geglaubt und er wäre deshalb kein schlechterer Mensch. Odder hatte es gut gemeint – und vielleicht verhielt es sich mit diesen beiden Burschen ebenso. »Wisst ihr, wie viel die Passage nach La Coruña kostet?«, fragte sie.

»Das wissen wir nicht.« Marco blickte treuherzig. »Woher auch? Am besten, wir gehen zum Schiff und fragen den Capitán.«

»Wie heißt denn das Schiff?«, fragte Isabella, die noch immer einen Rest Zweifel hegte.

»Es ist die *La Trinidad*«, antwortete José. Es war der erste Schiffsname, der ihm einfiel.

Isabella war jetzt endgültig beruhigt. Zwar waren die Umstände, unter denen sie ein Schiff gefunden hatte, ungewöhnlich, doch sie selbst war auch in einer ungewöhnlichen Lage. »Gut, gehen wir«, sagte sie entschlossen.

»Wir müssen einen kleinen Abstecher machen wegen der Arbeiten an den Kaianlagen«, erklärte Marco und schlug einen Weg ein, der direkt in die Finsternis führte. Arglos

ging Isabella hinter ihm her, gefolgt von José. »Habt ihr keine Laterne?«, fragte sie. »Man sieht ja die Hand vor Augen nicht.«
José hinter ihr kicherte. »Das ist auch gut so, Bürschchen.« Er trat Isabella von hinten in die Beine, so dass sie stolperte und der Länge nach hinschlug. Sie wollte aufschreien, aber Marco war schon über ihr und presste seine schwielige Hand auf ihren Mund. Sie biss zu und hörte ein unterdrücktes Stöhnen. Gleich darauf nahm ihr ein Schlag fast die Sinne. José hatte ihr an den Kopf getreten. Nun bog er ihr die Arme auseinander und stellte sich von oben breitbeinig darauf. Er war zwar klein, aber er war auch schwer. Isabella zuckte und zappelte, aber sie konnte sich nicht befreien. Marco packte von vorn ihre Beine und hielt sie mühelos fest. »Wehr dich nicht, kleiner *gato*«, sagte er fast freundlich. »Es ist zwecklos. Halt still, damit ich dein Geld einsacken kann.«
Doch Isabella hielt nicht still, und das sollte ihr zum Verhängnis werden. Sie zappelte und fauchte und fluchte weiter, bis José ihr mit dem rechten Fuß brutal ins Gesicht trat. Das nahm ihr die Besinnung, und Marco nutzte die Zeit, um sich der Segeltuchtasche zu bemächtigen. Er nestelte hektisch am Gürtelschloss, und da das nicht sofort zum Erfolg führte, riss er an Isabellas Hemd und Hose. Er riss und zerrte und stieß plötzlich einen Pfiff aus. »*Madre mia!* Unser kleiner *gato* ist eine *gata.*« Seine Stimme nahm einen lüsternen Ton an. »Mit zwei prallen Glöcklein und einem schwarzkrausen *triángulo!*«
Während José weiter auf Isabellas Armen stand, schaffte es Marco endlich, die Segeltuchtasche zu lösen. Er gab sie sei-

nem Kumpan und ließ die Hose herunter. »Nimm du das Geld, ich nehme die kleine *gata.*«

»*Bueno*«, sagte José, und seine Augen leuchteten. »Danach machen wir es umgekehrt.«

Die Patientin Isabella

»Küss mich noch einmal,
bevor es losgeht, Vitus.«

Schon früh am Morgen des 14. Juni war Vitus auf den Beinen. Das Zimmer, das er mit dem Zwerg *Jack Pudding* teilte, hatte einiges an Bequemlichkeit zu bieten, etwa den eigenen Nachtstuhl und eine hölzerne Sitzwanne für das reinigende Körperbad, doch hielt ihn nichts mehr in der Stadt. Er wollte nach Hause, nach Greenvale Castle, heim zu seinen Lieben. Vor allem aber wollte er zu Nina, denn er spürte, dass die Aussprache mit ihr längst überfällig war – umso mehr, als ihn die Nacht, die er mit Isabella in Doktor Halls Kammer verbracht hatte, sehr belastete. Er hatte seitdem immer wieder an ihre Leidenschaft denken müssen, an ihre Gier, ihre Eigensucht, die so anders waren, als Ninas Art, zu lieben. Wo bei Nina verlässliche Glut war, war bei Isabella loderndes Feuer: ein entfesselter Brand, der um sich griff, ein Funke, der übersprang und ihn angesteckt hatte, ob er wollte oder nicht.

Doch das war vorbei. Heute war der Tag, an dem er alles hinter sich lassen und sein Leben wieder in geordnete Bahnen bringen wollte. Er sah den Zwerg an, der mit ihm das Zimmer teilte. Der Winzling ruhte friedlich in einer offenen Kleidertruhe.
Vitus beschloss, den Kleinen noch schlafen zu lassen und Isabella aufzusuchen, um sich von ihr zu verabschieden. Am liebsten hätte er darauf verzichtet, aber es wäre unhöflich, wenn nicht gar feige gewesen, es nicht zu tun. Er trat auf den Gang und klopfte an ihre Tür. Als sich nichts regte, klopfte er abermals. »Isabella?«
Unruhe überkam ihn. Er hatte sie seit dem gestrigen Nachmittag nicht mehr gesehen. »Isabella?«
Als wiederum kein Lebenszeichen zu vernehmen war, stieß er die Tür auf und betrat das Zimmer. Es war ähnlich eingerichtet wie das seine, mit einem stabilen Pfostenbett in der Ecke. Die Vorhänge des Betts waren zugezogen.
»Isabella, ich bin's. Bist du dahinter? Ich wollte mich von dir verabschieden.« Er riss den Vorhang zurück und atmete auf. Da lag sie ja. Allerdings in einer seltsamen Position, eingerollt wie ein Fötus im Mutterleib. Sie drehte ihm den Rücken zu, und er berührte sie sanft an der Schulter. »Ich muss jetzt gehen. Ich möchte dich nicht stören. Ich wünsche dir alles Gute für die kommende Zeit, äh, auch mit deinem zukünftigen Ehemann. Vielleicht ist er gar nicht so schrecklich, wie er aussieht. Manchmal glaubt man nicht daran, und dennoch wendet sich alles zum Guten.«
Abermals berührte er sie an der Schulter, und diesmal spürte er, dass sie zuckte. »Was ist mit dir?«

»Nichts.«
Er erkannte, dass sie lautlos weinte. Ein Schreck durchfuhr ihn. »Warum weinst du? Komm, sag mir, warum du weinst.«
Isabella antwortete nicht.
Er setzte sich auf die Bettkante und drehte ihren Körper zu sich. »Großer Gott, wie siehst du denn aus!«
Isabella schlug die Hände vors Gesicht. »Ich … ich bin überfallen worden.«
Er wollte fragen, wie das geschehen konnte, wollte die Hintergründe erfahren, den Ablauf des Verbrechens, doch er spürte, dass jedes Wort zu viel sein würde. So beschränkte er sich darauf, weiter ihre Schulter zu streicheln.
Geraume Zeit verging, bis Isabella sich so weit beruhigt hatte, dass sie sprechen konnte.
»Was ist passiert?«, fragte er ruhig.
»Es war gestern am späten Abend«, sagte sie stockend. »Ich wollte noch einmal frische Luft schöpfen und ging ans Ufer der Themse …«
Nur langsam fand Isabella ihre Fassung wieder. Sie erzählte, sie sei von zwei unbekannten Männern überfallen und beraubt worden.
Er presste vor Wut die Zähne aufeinander. »Sie haben dich arg zugerichtet. Gnade ihnen Gott, sollte ich sie jemals erwischen! Zeig mir dein Gesicht.«
Sie tat es widerstrebend.
Er tastete es ab und stellte zu seiner Erleichterung fest, dass weder Nase noch Jochbeine gebrochen waren. »Du hast großes Glück gehabt, außer einer gehörigen Schwellung an der rechten Kopfseite scheint nichts verletzt zu

sein. Oder hast du noch andere, äh, Misshandlungen über dich ergehen lassen müssen? Du weißt schon, was ich meine?«

»Nein.«

»Gott sei Dank. Warte einen Augenblick.«

Er ging hinüber in sein Zimmer und kam mit einer kalten Kompresse zurück. »Die hältst du an dein Gesicht. Ab und zu wässerst du sie neu, wringst sie aus und legst sie wieder an.«

»Ja, Wundschneider … ich meine, Vitus.« Sie drückte die Kompresse auf die Prellung.

»So ist es richtig. Es sieht aus, als hätte dich jemand mit einem stumpfen Gegenstand geschlagen.«

»Es war ein Stiefeltritt.«

»Diese Feiglinge! Eine am Boden liegende Frau zu treten! Weißt du die Namen der beiden Übeltäter? Hast du gehört, wie sie einander ansprachen? Wir könnten zur nächsten Wache gehen und sie anzeigen.«

»Ich weiß ihre Namen nicht.«

»Schade. Nun, wahrscheinlich würde man sie sowieso nicht erwischen. In London treibt sich so viel Gelichter herum, dass der Arm des Gesetzes häufig zu kurz reicht. Ich schlage vor, du erholst dich ein paar Tage, lässt den Schneider, den Schuhmacher und die Hutmacherin kommen und gewöhnst dich langsam ein.«

»Ich habe kein Geld.«

»Was?« Vitus fuhr hoch. »Heißt das, du hattest alles, was ich dir gab, bei dir?«

Isabella nickte mit zerknirschtem Gesicht.

»Welch unverzeihliche Dummheit! Zwanzig Pfund, weißt

du eigentlich, wie viel das ist? Davon könnte eine Tagelöhnerfamilie mehrere Jahre leben!«

»Es tut mir ja leid.« Sie ergriff Vitus' Hand.

Er entzog sie ihr. »Das hilft nun auch nicht mehr.«

»Bitte«, flüsterte sie. »Bitte lass mich nicht allein.«

Er stand auf, obwohl er das Gefühl hatte, ein Hundert-Pfund-Gewicht würde ihn hinunterziehen. »Ich muss los, meine Sachen sind bereits gepackt.«

»Willst du mich wirklich alleinlassen?« Sie beobachtete ihn, wie er mit sich rang. An diesem Morgen trug er eine gut sitzende Oberschenkelhose, enganliegende Beinkleider und ein seidenes Wams, das seine breiten Schultern zur Geltung brachte. Insgesamt wirkte er sehr männlich. Nur die unsäglich gelben Pantoffeln trübten das Gesamtbild. Davon abgesehen, war er ihre einzige Hoffnung. Sie hatte einmal angedeutet, sie hätte jemanden in England, der sie aufnehmen könne, und damit ihn gemeint. Es war nicht ihr Ernst gewesen, aber jetzt musste es Wirklichkeit werden. Wenn sie nicht zurück nach Spanien konnte und nicht zu dem Tölpel Paolo Farnese wollte, musste sie bei ihm bleiben. Und notfalls mit allem, was ihr zu Gebote stand, dafür kämpfen. Sie wusste: Um zu gewinnen, musste sie die stärkste Waffe einer Frau einsetzen, und das waren Tränen – Tränen, die reichlich und ohne Unterbrechung flossen.

»Bitte weine nicht.«

Sie weinte stärker und schlug die Hände vors Gesicht. »Dann geh doch, verlasse mich!«

»Bitte, Isabella, ich könnte dir noch mal Geld geben, vielleicht nicht so viel, aber …«

»Glaubst du, ich wäre käuflich?« Sie heulte Rotz und Wasser, ihre Schultern und ihr Oberkörper zuckten, als säße ein Geißbock darin. »Was glaubst du eigentlich, wer ich bin? Willst mich mit Geld abspeisen, damit ich meine Angst vergesse? Nach dem gestrigen Abend mache ich keinen Schritt mehr vor die Tür!«
»Isabella, so höre doch. Ich muss wirklich los. Der Zwerg wartet sicher schon auf mich.«
»Bitte … nimm mich mit.«
»Es geht nicht.«
»Ich habe doch nur dich.« Sie nahm seine Hand und führte sie an ihr lädiertes Gesicht, wie sie es schon einmal in Doktor Halls Kammer getan hatte.
Er blickte zur Decke der Kammer und dachte: Allmächtiger Gott, warum hast du es zugelassen, dass sich meine Wege mit denen dieser Frau kreuzten? Willst du mich in Versuchung führen? Mein Geist ist stark, aber mein Fleisch ist schwach. Was soll ich nur tun?
Isabella schniefte und schaute ihn mit tränennassen Augen an. »Was gewesen ist, ist gewesen, Vitus. Lass uns einfach gute Freunde sein. Ich brauche dich. Ich habe niemanden sonst, wirklich nicht. Nimm mich mit, und ich will dir die angenehmste und aufmerksamste Reisebegleiterin sein, die du dir denken kannst.« Sie drückte seine Hand. »Sag ja … bitte.«
Er räusperte sich und wollte endgültig nein sagen.
Aber er brachte es nicht fertig.

Am Vormittag des nächsten Tages erreichte eine Mietkutsche mit drei Insassen das parkähnliche Gelände von Greenvale Castle. Die Insassen waren Vitus, der Zwerg und Isabella.
Dass die stolze Spanierin mitgereist war, lag letztlich an Vitus' Verantwortungsgefühl. Das hatte den Ausschlag für seinen Entschluss gegeben, obwohl der Winzling Enano strikt dagegen gewesen war. »'s is 'ne falsche Trusche«, hatte er gefistelt. »Sie parlt kiesig, hat mich angeäpfelt un bezankt un mich Pudding genannt. Sie is nix. Lass sie hier.«
»Nein«, hatte er geantwortet, »ich kann sie nicht in London ihrem Schicksal überlassen. Das gebietet allein schon die Menschlichkeit.«
Vitus' Entscheidung schien ihm recht zu geben, denn Isabella hatte sich während der ganzen Fahrt von ihrer freundlichsten Seite gezeigt, sich an der lieblichen englischen Landschaft erfreut, die Schönheit des Tages gelobt und sogar den Bauern auf den Feldern hin und wieder ein fröhliches Wort zugerufen.
Nur den Zwerg hatte sie nicht beachtet.
Dafür hatte sie Vitus umso mehr in ein Gespräch über sein Leben und seine Familie verwickelt. Sie hatte sich neugierig und interessiert gegeben, auch wenn sie noch immer nicht glauben konnte, dass jemand, der mit Kiepe, Stock und gelben Pantoffeln unterwegs war, ein Schlossherr sein sollte.
Doch nun wurde sie eines Besseren belehrt. Die Kutsche hielt vor der großen Freitreppe von Greenvale Castle, und ein Diener erschien gemessenen Schrittes. Er hatte die Mitte des Lebens schon hinter sich und machte mit seinem

hochmütigen Gesicht den Eindruck, als könne ihn nichts auf dieser Welt mehr erschüttern. Er öffnete die Tür der Kutsche – und riss die Augen auf. Zweifellos hatte er vornehme Herrschaften erwartet, aber das, was er sah, war alles andere. Eine stark geschminkte Frau in billigen Männerkleidern entstieg dem Wagen und hielt ihm die Hand hin, damit er ihr helfe. Verwirrt tat er es. »Guten Tag, äh, Madam«, sagte er.

»Danke. Wie ist dein Name?«

»Äh, Hartford.«

»Danke, Hartford.«

»Guten Tag, Hartford.« Vitus entstieg ebenfalls der Kutsche, und der Diener machte eine tiefe Verbeugung. »Herzlich willkommen in Greenvale Castle, Mylord. Ich hoffe, Ihr hattet eine angenehme Reise und Euer, äh, Unterfangen war von Erfolg gekrönt?«

»Danke, Hartford.« Vitus fand, dass der Diener manchmal wirklich zu neugierig war.

»Glatten Schein, Schomser!« *Jack Pudding*, der Zwerg, hüpfte selbsttätig aus der Kutsche. Er mochte Hartford nicht sonderlich und nannte ihn stets nur »Diener«, was in der rotwelschen Sprache »Schomser« heißt.

Isabella sah sich um und stellte fest, dass Greenvale Castle aus einem U-förmigen Komplex mit höchstens hundert Räumen bestand. Es war zwar klein, winzig klein sogar, wenn man es mit dem Klosterschloss *Escorial* bei Madrid verglich, aber äußerst gepflegt. Und zweifellos ein richtiges Schloss, zu dem offenkundig ein Gutshaus, Stallungen und ausgedehnte Ländereien gehörten. Das Eigentum eines Grafen in gelben Pantoffeln!

»Mylord!« Ein großer, ernster Mann kam herbeigeeilt. »Wie schön, dass Ihr wohlbehalten wieder daheim seid! Ich darf Euch versichern, dass alles zum Besten steht.«
»Danke, Catfield.« Vitus schüttelte dem Verwalter die Hand und sah im Hintergrund weitere Bedienstete heraneilen. Es waren Keith, der Stallmeister mit den abstehenden Ohren, Watty, der Stallknecht, und einige andere. Auch sie wurden freundlich von Vitus begrüßt, ebenso wie das Schlosspersonal, das die Freitreppe heruntergelaufen kam und sich in Reih und Glied aufstellte. Ganz links hatte sich als eine der Ersten Mrs. Melrose postiert, die immer wieder die Hände rang und rief: »Mylord sind zurück! Ach, Gott, Mylord sind zurück! Was koche ich nur? Ich habe ja gar nichts vorbereitet. Habe nur ein paar eingelegte Heringe und drei Fasane. Kein Braten, kein Wildbret, keine frisch gepflückten Pilze, keine Pastete, nichts! Nicht einmal meinen berühmten Mandelkäse. Entschuldigt, Mylord, ich muss sofort zurück in die Küche! Mary, Molly und ihr anderen Mägde, folgt mir!«
Doch bevor sie, so schnell es ihr Gewicht erlaubte, die Freitreppe wieder emporwatschelte, winkte sie dem Zwerg zu: »Mein kleiner Prinz, deine Catherine ist dir nicht böse, obwohl sie dir böse sein sollte, weil du ihr das letzte Stück Mandelkäse versalzen hast. Ja, ja, ich hab es wohl gemerkt! Nun komm. Komm mit in die Küche!«
»Wui, wui, Frau Bratwachtel!« Die Einladung ließ der Zwerg sich nicht zweimal sagen. Er hüpfte hinter der Köchin her und war im Nu verschwunden.
Auch Catfield verabschiedete sich fürs Erste, allerdings nicht, ohne angeboten zu haben, Mylord jederzeit auf den

neuesten Stand der Dinge zu bringen. Keith und Watty folgten ihm, sie hatten noch mehrere Ställe auszumisten, und auch die Gärtner und anderen Bediensteten gingen wieder an ihre Arbeit.

Isabella stand da und wunderte sich. Für ihre Begriffe hatte das Personal ein unerhörtes Benehmen an den Tag gelegt. Sich einfach und ohne Erlaubnis wieder an die Arbeit zu begeben wäre in dem hochherrschaftlichen Haus, aus dem sie kam, niemals möglich gewesen. Seltsames England! Den Conde oder besser: Earl, wie man hierzulande sagte, störte das Gebaren anscheinend nicht weiter, denn er sagte zu Hartford: »Entlohne den Kutscher, und lass ihm etwas zu essen geben. Wir kommen schon allein zurecht.«

»Aber Mylord, Euer Gepäck?«

Vitus lachte. »Willst du dir meine Kiepe auf den Rücken schnallen, Hartford?«

»Nun, äh …«

»Siehst du.« Er nahm Isabella beim Arm. »Komm mit hinein.« Er führte sie in den rechten Flügel des Schlosses, wo die Besucherzimmer lagen, und zeigte ihr einen ganz mit roter Seidentapete ausgeschlagenen Raum, dessen hohe Fenster mit gelben Vorhängen ausgestattet waren. Er lächelte. »Wir nennen es wegen der Farben das Spanische Zimmer. Das Rot erinnert an das Kreuz der Kreuzfahrer und das Gelb an die Könige von Aragon. Vielleicht trägt die Kolorierung dazu bei, dass du dich hier wohl fühlst.«

Sie lächelte. »Oh, das glaube ich bestimmt, Vitus.«

»Tja dann …« Er wusste nicht, was er noch sagen sollte.

»Wann lerne ich deine Frau und die Kinder kennen?«

Ein Schatten legte sich auf sein Gesicht, denn er war keineswegs sicher, dass Nina ihn mit offenen Armen empfangen würde. »Nun, äh, zu gegebener Zeit. Richte dich derweil ein. Ich schicke dir ein Hausmädchen, dem du alle deine Wünsche nennen kannst. Sie werden, so es in meiner Macht steht, erfüllt werden.«

»Danke, Vitus.« Sie lächelte noch immer.

»Nun denn. Entschuldige, ich muss gehen.«

Schnell verließ er den Raum.

Kurz darauf betrat er den Kleinen Salon, denn er wusste, dass Nina und die Kinder sich zu dieser Tageszeit meistens darin aufhielten. Ein Gefühl der Enttäuschung beschlich ihn, weil sie ihm nicht wie alle anderen entgegengekommen waren, aber vielleicht hatte Nina ihn auch nicht gehört, denn sie saß wie so oft am Klavichord und spielte Melodien aus ihrer spanischen Heimat, eine Tätigkeit, bei der sie alles um sich herum vergaß.

»Liebste, da bin ich!« Er breitete die Arme aus. »Hallo, Kinder, freut ihr euch, dass ich wieder da bin?«

Odo und Carlos stürzten mit Geheul auf ihn zu, umtanzten ihn, zerrten an seinen Armen, umschlangen seine Knie und brüllten: »Papa ist gekommen!« – »Papa, Papa!« – »Hast du uns was mitgebracht?« – »Was hast du uns mitgebracht?« – »Sag schon, sag schon!«

Lachend befreite sich Vitus. Er war froh, dass er auf dem Heimweg an Geschenke für die zwei gedacht hatte. »Später, Kinder, später!« Er hob die beiden Jungen nacheinander auf, schwenkte sie durch die Luft und küsste sie. »Lasst mich erst einmal eure Mutter begrüßen.«

Nina war unterdessen aufgestanden und schritt auf ihn zu. Sie lächelte. Er sah, dass es ihr ruhiges Lächeln war, wie er es kannte und liebte. Kein Vorwurf war mehr darin zu erkennen. Ein starkes Glücksgefühl durchströmte ihn. »Hast du mich vermisst, Liebste?«

Sie kam in seine Arme und küsste ihn auf den Mund. »Ja«, sagte sie und schmiegte sich an ihn. »Sehr sogar. Als du fort warst, hatte ich das Gefühl, die eine Hälfte von mir sei nicht mehr da, und unsere Auseinandersetzung zuvor kam mir kleinlich und lachhaft vor. Wie unwichtig das jetzt alles ist! Du bist gesund zurück, das ist die Hauptsache.« Sie küsste ihn abermals, und er spürte die sanfte Glut ihrer Lippen.

»Papa, nun sag schon, was hast du uns mitgebracht?«, unterbrach Odo, der Ältere. Er konnte es nicht mehr aushalten, und Carlos erging es ebenso: »Ihr sollt euch nicht so lange küssen, los, Papa, zeig uns die Sachen!«

Lachend löste Vitus sich von Nina. »Liebste, du siehst, es gibt Wichtigeres als unsere Begrüßung.« Er setzte seine Kiepe ab und holte zwei kleine Päckchen hervor. Er hatte den Inhalt in Horsham auf der Durchreise gekauft und war gespannt, was seine Sprösslinge dazu sagen würden. Odo war der Erste, der sein Päckchen aufgenestelt hatte, und brüllte: »Juchhuuu, ein silberner Angelhaken!«

»Na und, ich hab auch einen«, hielt Carlos dagegen.

»Donnerwetter, da habt ihr ja beide einen.« Vitus grinste. »Dann ab mit euch zum kleinen See, schneidet euch zwei Weidenruten zurecht, und befestigt einen Faden daran.

Fertig ist die Angelrute. Wer die meisten Fische fängt, hat gewonnen.«
Jauchzend stürzten die beiden Jungen davon.
»Guten Tag, Onkel Vitus.« Eine leise Stimme drang an Vitus' Ohr. Sie gehörte Nella, die sich im Nebenraum aufgehalten hatte und gekommen war, um ihn zu begrüßen. »Wo ist mein Altlatz? Ist er mit nach Hause gekommen?«
»Ja, Nella, deinem Vater geht es gut. Auch er hat dir etwas mitgebracht, er hat es dir nur noch nicht geben können, weil Mrs. Melrose ihn sofort für sich vereinnahmte. Mach dir nichts draus, er hat oft von dir gesprochen, während wir fort waren.« Vitus lächelte und beugte sich zu Nella hinunter: »Im Gegensatz zu der Köchin, die scheint ihm weniger gefehlt zu haben.«
Nella grinste verständnisinnig und sagte: »Ich geh mal in die Küche.«
Als sie fort war, schritt Vitus zu der Wiege, in der die kleine Jean lag, hob sie hoch, wiegte sie in den Armen und sagte zu ihr: »Und du, meine Kleine? Geht es dir gut? Hast du deinen Papa auch vermisst? Ei, ei, ei ... du, du, du ... kille, kille ... Du bist ein liebes kleines Mädchen und wirst bestimmt einmal so schön wie meine Mutter, die hieß nämlich auch Jean.«
»Wo du gerade von deiner Mutter sprichst«, sagte Nina schelmisch und nahm ihm die Kleine ab, um sie wieder in die Wiege zu legen. »Hast du Jeans Mutter auch etwas mitgebracht?«
»Oh, mein Gott!« Vitus schlug sich an die Stirn. »Das Wichtigste habe ich vergessen. Natürlich habe ich etwas für dich, warte.« Er kramte erneut in seiner Kiepe und holte

ein weiteres Päckchen hervor. »Hier, nimm. Ich habe es in London gekauft, in einer Apotheke.«

»In einer Apotheke? Du machst es spannend, Liebster. Glaubst du etwa, ich bin krank?«

»Lass dich überraschen.«

Nina löste die Schnüre der Verpackung und entfernte das Papier. Hervor kam eine kleiner Flakon mit Glasverschluss, in dem sich eine zartgelbe Flüssigkeit befand.

»Schnuppere mal daran, Liebste.«

Nina zog den Glasverschluss heraus und hielt die Öffnung des Fläschchens an ihre hübsche Nase. Dann setzte sie wieder ihr schelmisches Lächeln auf. »Für eine Arznei riecht das ziemlich gut. Ich glaube, es ist gar keine Arznei.«

»Es ist ein Duftwasser, Liebste.« In Vitus' Worten schwang Stolz mit. »Und zwar ein ganz besonderes. Es wurde speziell für Katharina de Medici geschaffen.«

»Katharina de Medici?«

»Ja, sie entstammt der einflussreichen florentinischen Familie der Medici und lebt heute als Regentin Frankreichs im königlichen Schloss von Blois. Aber das nur nebenbei. Jedenfalls beauftragte sie schon vor langer Zeit einen *Apotecarius* in Florenz, er möge einen eigenen Duft für sie komponieren. Der Mann tat es und bekam dafür viel Lob von Katharina. Ein Assistent des *Apotecarius*, so sagt man, ließ sich später am Rhein in der Stadt Köln nieder, wo er das Duftwasser weiterentwickelte und *Acqua di Colonia* nannte. Der *Apotecarius* in London wiederum, der mir das Wasser verkaufte, bezieht es von seinem Kollegen aus Köln. Das ist die ganze Geschichte.«

Nina hielt die Öffnung wieder an ihr Näschen. »Es riecht ganz eigentümlich. Ein wenig nach Pfeffer und ... Holz ... oder Zeder. Ja, Zeder! Auch ein wenig Aroma von Weihrauch ist dabei. Hier, riech doch mal.«
Vitus nahm das Fläschchen, roch an dem Duftwasser und versuchte vergeblich, die Wahrnehmungen Ninas nachzuempfinden. Schließlich gab er es auf. »Ein wenig nach Holz mag es riechen, sehr angenehm insgesamt, aber ansonsten bemerke ich nichts. Ihr Frauen habt nun einmal die besseren Nasen.«
»Da hast du sicher recht. Danke, Liebster.« Nina, die schon ein paar Tropfen des außergewöhnlichen Wassers an ihren Hals getupft hatte, küsste Vitus. »Ich bin so glücklich, dass du wieder da bist.«
»Ich auch«, sagte er.

Nella ging mit geschwinden Schritten hinunter und in den linken Flügel des Schlosses, wo sich die Küche befand. Sie freute sich auf ihren Vater, den sie liebevoll »Altlatz« nannte, auch wenn dieser klein, bucklig und hässlich war. Für sie war er es nicht. Sie kannte ihn, solange sie denken konnte, und sein Aussehen war für sie ganz normal. Wo andere ein Mondgesicht sahen, sah sie ein rundes Antlitz, sein Fischmündchen galt ihr als Quell fröhlicher Gedanken, und die »Kriegskasse«, wie manche seinen Buckel nannten, war für sie nicht mehr als eine Ausbuchtung im Rücken.
Sie wusste, dass er nicht ihr leiblicher Vater war und sie als

Säugling an Kindes statt angenommen hatte, aber sie hatte sich nie Gedanken darüber gemacht. Auch nicht über ihre Mutter, von der gesagt wurde, sie sei eine Bürstenbinderin gewesen und habe den Zwerg in Oberitalien während einer Pestepidemie kennengelernt.

Ja, sie freute sich auf ihren Altlatz, auch wenn er sicher gerade von Mrs. Melroses Liebe erdrückt wurde.

Doch als sie die Küche betrat, erlebte sie eine angenehme Überraschung. Der Zwerg saß allein am großen Esstisch des Gesindes und hatte Berge von Köstlichkeiten vor sich, denen er kräftig zusprach. Er kehrte ihr den Rücken zu, weshalb er sie noch nicht bemerkt hatte. Nella ging auf Zehenspitzen zu ihm hin und hielt ihm von hinten die Augen zu.

»Rate mal, wer hier ist, Altlatz!«

»Wiewo, was tarrt das zinken?« Der Winzling hörte auf zu essen. ’s is das Nella-Kind, wie’s scheint, bist du’s, mein Spätzchen?«

»Ja, Altlatz.« Nella nahm die Hände von den Augen des Zwergs und schmiegte ihr Gesicht an das seine. Gleichzeitig umfasste sie ihn von hinten und drückte heftig zu.

»Uiii, du knautschst mich, dass die Krächlinge kratschen!«

»Du sollst doch nicht immer so blöd sprechen, Altlatz.« Nella küsste ihn auf die Wange. »Sprich richtig, das hast du mir versprochen.«

»Wui, wenn das so fiederich, äh, leicht wär, mein Spätzchen.«

Sie ging um den Stuhl herum, und weil sie zu schwer und zu groß für ihn war, setzte sie sich nicht auf seinen Schoß,

sondern machte es umgekehrt. Sie hob ihn sich auf die Knie. Dann sagte sie: »Erzähl, wie war's?«
»Wui, mein Spätzchen, 's war nich ungefährlich, die span'sche Flotte is riesengroß, wir ham sie gesehn un wissen nu Bescheid. Sin ihr grad noch von der Schippe gesprungen, hatten uns schon am Wickel, die Dons, aber Taggart, der Kaptein, un dein Onkel Vitus ham's gerichtet. 'n paar Köpfe sin gerollt, un 's Bein vom Kaptein is auch ab, aber's braucht dich nich anfechten, nee, das braucht es nich, mein Spätzchen. Sin wieder gut gelandet, 's is die Hauptsache.«
»Hast du mir was mitgebracht, Altlatz?«
»Wiewo, das willst wohl wissen?«
»Wehe nicht!« Nella deutete ein Spreizen der Knie an, so dass der Zwerg zu fallen drohte.
»Bist kess, wie?«
»Hast du oder hast du nicht?«
»Aber gewisslich doch. Auf deinen Altlatz is Verlass.« Der Zwerg stülpte das Mündchen vor, fasste in seine Gürteltasche und holte ein Päckchen heraus. »Prassel's auf.«
Nella entfernte die Einwicklung, was nicht so einfach war, da sie den Zwerg gleichzeitig auf ihren Knien balancieren musste, und stieß einen freudigen Ruf aus: »Ein Fläschchen, wie niedlich!«
»'s is auch was drin.« Er deutete auf die zartgelbe Flüssigkeit.
»Danke, Altlatz!« Nella küsste ihn und nahm den Glasverschluss ab.
»Musst mal dran schnausen!«
Nella schnupperte und sagte: »Das riecht nach Holz … ir-

gendwie scharf nach Gewürzen, aber auch gut ... und kühl, vielleicht etwas nach Moos ... aber am meisten riecht es nach Holz. Wo hast du es her?«
»'s is aus 'nem gläsernen Berg hinter dem gläsernen Mond, mein Spätzchen. Der Berg is so hoch wie drei mal dreißig Männer, un die Quelle, aus der ich's rausgeschöpft hab, is tiefer als der tiefste Brunnen. 's war nich ganz fiederich, den Pempel zu prasseln ...«
»Altlatz, du sollst doch richtig sprechen!«
»Wui, wui, 's fällt nur schwer. Also, 's war nich ganz leicht, das Wasser raufzuholen, musste zehn Klafter tief runterkraxeln, un als ich unten war, drehte der gläserne Berg sich um un die Quelle auch, un ich musste wieder hoch, un so ging es eine ganze Weile, rauf un runter, bis die Fee mir geholfen hat un mir'n paar Schlappstöcke voll geschenkt hat.«
»Wie hieß denn die Fee, Altlatz?«
»Die Fee? Die hieß Katharina.«
»Das ist komisch. Feen, die Katharina heißen, gibt es nicht.«
»Wui, was truschst du da? Vielleicht gibt's hier in Greenvale Castle keine Katharina-Feen, aber da, wo ich war, da gibt's sie, so wahr unsere Königin Elizabeth heißt un noch ein Marienblümchen is.«
»Ich glaub, du erzählst ein Märchen, Altlatz.«
»Bei meiner Seel, das tu ich nich! Die Fee hieß Katharina, un sie kam aus dem Italienischen. ›Hier, fürs Nella-Kind‹, hat sie gesacht, un ich hab ›Gramersi‹ gesacht un bin weg. Den Plempel tust du auf die Haut, damit du hübsch riechst, aber spinn der Tante Nina nix davon, die denkt nämlich, 's wär was anderes.«

»Ich sage bestimmt nichts, ganz bestimmt nicht.«
»Das is schön, mein Spätzchen.«
»Auch wenn du mir ein Märchen erzählt hast.«
»Märchen gibt's nur im Märchen, mein Nella-Kind, alles andere is wahr. Wahr is auch, dass der Örl 'ne adlige Schickse mitgebracht hat, Isabella heißtse, is eine, die schrappt mit der Nase unter der Decke, hat mich Pudding genannt, die Schickse, un mich nich beachtet. Vor der musste dich in Acht nehmen, die is falsch. Dem Örl hab ich's schon mal gesteckt, hat aber gar nich zugelauscht, der Örl, was ich ihm gesacht hab. Er is taub auf dem Ohr. Ich glaub, er lenzt sie. Aber die Örlin darf's nich wissen. Geb's der große Machöffel, dass sich alles wieder zurechtbiegt.«
»Ja, mein Altlatz.« Nella strich dem Zwerg über die strubbeligen Haare, und er schnurrte dabei wie eine Katze.
Eine Weile saßen beide so da, dann sagte Nella: »Wo ist eigentlich die grässliche Mrs. Melrose? Ich hab sie nicht mehr gesehen, seit ich bei Tante Nina oben bin.«
»Die Bratwachtel is mal eben raus, hat sie gesagt. Will nach den Mägden im Waschhaus sehn, ob sie nich endlich fertich sin un wieder hier im Rußling helfen können.«
»Bist du mir böse, wenn ich wieder geh? Ich mag Mrs. Melrose nicht.«
Der Zwerg kicherte. »Wer mag die Bratwachtel schon. Du nich, ich nich, keiner nich. Aber ihre Spachtelei is gut un reichlich, un da sach ich nich nein. Steck mir noch einen Murf, Nella-Kind, un lass mich weiter manschen.«
»Ist gut, mein lieber, alter Altlatz!« Nella lachte und küsste den Zwerg, wie er es erbeten hatte, stellte ihn wieder auf die Beine und rannte davon.

Er krabbelte auf den Stuhl zurück und aß weiter. »Sie is'n knäbbiger Streichling«, sagte er, mit vollen Backen kauend. »Wui, wui, das isse.«

Am Nachmittag wollte Nina ein wenig ruhen, während Nella sich um die kleine Jean kümmerte und die beiden Jungen sich weiter als Petrijünger versuchten. Vitus begleitete sie ins Schlafzimmer und sah ihr zu, wie sie sich entkleidete. »Ich wusste gar nicht mehr, wie schön du bist.«

Nina lächelte ihn über die Schulter an. »Heißt das, du hast mich während deiner Seereise vergessen?«

»Oh, nein«, beeilte er sich zu versichern. »Ich habe dir die Fahrt doch beim Mittagstisch in allen Einzelheiten geschildert und dir gesagt, wie sehr du mir gefehlt hast.«

»Das stimmt.« Nina schlüpfte unter die Bettdecke. »Es war bestimmt nicht leicht für dich, Liebster. All die Arbeit und die vielen Gefahren. Besonders schwer muss es sein, eine Amputation durchzuführen. Taggart ist doch ein Freund aus alten Zeiten, da war es sicher doppelt schlimm.«

»Ach, es ging«, sagte er etwas lahm, denn er überlegte hin und her, wie er ihr am besten beibringen könnte, dass er Isabella mit nach Greenvale Castle gebracht hatte. »Da war etwas, das sich als viel schwieriger erwies.«

»Was denn?« Nina schloss die Augen und räkelte sich schläfrig.

»Es handelt sich um eine junge Frau, die während der ganzen Zeit mit an Bord war.«

»Eine junge Frau?« Nina war wieder hellwach.
Vitus erzählte von Isabellas Schicksal, berichtete, wie er sie in dem Bilgenverlies gefunden hatte, warum sie sich Taggart nicht zeigen wollte, und wie er sie in London von Bord geschmuggelt hatte. Dass er mit ihr geschlafen hatte, erwähnte er natürlich nicht. Er endete, indem er sagte: »Sie ist neunzehn Jahre alt, von Adel und heißt Isabella del Pilar y Ribera.«
»Von Adel ist sie sogar? Richtig, die Familien Pilar und Ribera sind in Spanien bekannt. Sie tut mir sehr leid. Wo sie wohl jetzt ist? Wahrscheinlich versucht sie in irgendeinem heruntergewirtschafteten Gasthaus über die Runden zu kommen, bis dieser schreckliche Krieg vorbei ist. Wie gern würde ich wieder einmal mit einer Landsmännin in meiner Muttersprache reden! Hast du denn gar nichts für sie tun können, Liebster?«
»Doch, ich konnte etwas tun – und habe es auch getan.« Er jubelte innerlich, denn ohne es zu wissen, hatte sie ihm mit ihren Worten goldene Brücken gebaut. »Ich habe sie mit hierhergebracht.«
»Was?« Nina fuhr aus dem Bett hoch. »Und das sagst du erst jetzt? Das arme Ding! Wo steckt sie, was macht sie? Kümmert sich jemand um sie?«
»Beruhige dich, Liebste, du bist ja ganz aus dem Häuschen! Ich habe sie im Spanischen Zimmer untergebracht, weil ich dachte, sie würde sich dort am wohlsten fühlen. Wahrscheinlich schläft sie in diesem Moment, sie ist ja immer noch sehr schwach von den Strapazen, die sie durchgemacht hat.«
»Ach, Gott, die Arme!« Nina warf die Bettdecke zurück,

stand auf und kleidete sich rasch wieder an. »Ich will sofort nach ihr sehen. Dass du mir das jetzt erst gesagt hast. Was muss die Kleine von mir denken, ich stehe da als eine schlechte Gastgeberin. Kommst du mit?«

»Natürlich«, sagte er froh. »Allein schon, um euch miteinander bekannt zu machen.«

»Liebste, das ist Señorita del Pilar y Ribera«, sagte er wenig später und deutete formvollendet auf Isabella, die sich den Kittel eines Hausmädchens übergeworfen hatte und demzufolge eher wie ein Mitglied des Gesindes wirkte als ein Adelsfräulein.

»Guten Tag, Mylady.« Isabella deutete einen Knicks an.

»Isabella, das ist Lady Nina, meine Frau.«

Nina ging auf Isabella zu und nahm sie in die Arme. Sie war die Ältere und Höhergestelltere, und dennoch wirkte sie im Vergleich zu Isabella zart. »Willkommen in Greenvale Castle«, sagte sie auf Spanisch. »Ich habe eben erst von Eurer Anwesenheit erfahren.« Sie drohte Vitus scherzhaft mit dem Finger. »Dieser Geheimniskrämer hat mir nichts gesagt. Aber nun seid Ihr da, und wir wollen alles tun, damit Ihr einen angenehmen Aufenthalt habt. Seid unser Gast, solange Ihr wollt, mindestens aber, bis dieser dumme Krieg zwischen unseren Ländern zu Ende ist. Nicht wahr, Liebster?«

»Gewiss, gewiss.«

Nina hakte sich bei Isabella unter und begann mit ihr auf und ab zu gehen. »Als Erstes müssen wir sehen, dass Ihr ein standesgemäßes Äußeres bekommt. Ich erwarte morgen meine Schneiderin. Sie ist eine Französin aus einem Vorort von Paris, Madame Pointille, sehr begabt, wenn auch nicht immer auf dem letzten Stand der Mode. Ich denke, wir sollten Euch zunächst einige Hauskleider und ein schönes Abendkleid für Bälle und andere Festivitäten anfertigen lassen.«

»Ihr seid sehr freundlich zu mir, Mylady.«

»Ich gehe dann jetzt«, sagte Vitus. Er spürte, dass er hier nicht mehr gebraucht wurde.

Drei Tage waren vergangen. Das Leben in Greenvale Castle hatte sich wieder weitgehend eingespielt, der Tagesablauf neu geordnet. Dazu gehörte, dass Isabella an allen wichtigen Mahlzeiten teilnahm, mit Ausnahme der Morgenspeise, die sie lieber im Bett einzunehmen pflegte. Ebenso hatte sich ergeben, dass die Speise ihr von Hartford, dem hochmütigen Diener, serviert wurde.

»Danke, Hartford«, sagte Isabella an diesem Dienstag. »Zwei gebratene Eier sind eines zu viel, ich habe es dir gestern schon gesagt.«

Hartfords hochmütige Miene bekam einen Knacks und kehrte sich um ins Beleidigte. »Äh, Verzeihung, Miss Isabella, ich hatte es nur gut gemeint. Pflegt man dort, wo Ihr zu Hause seid, morgens keine Eier zu essen?«

»Wir essen Eier und vieles mehr am Morgen. Die spanische Küche ist berühmt für ihre Köstlichkeiten.«

»Natürlich, natürlich.« Hartford goss von dem mit Äpfeln aromatisierten Wasser ein. »Sicher gibt es bei Euch auch wundervolle Weine, die Ihr schon zu früher Stunde zu trinken pflegt?«

Isabella, die gerade einen Bissen Ei und ein Stück weißen Brotes im Mund hatte, dachte: Du bist nicht nur hochmütig, alter Mann, du bist auch neugierig. Viel zu neugierig. Aber vielleicht können wir beizeiten ein Geschäft machen: deine Neugier gegen meine Neugier. Wir werden sehen. Laut sagte sie: »Ich möchte jetzt nicht über spanische Weine sprechen, Hartford. Sei so gut und lass mich allein.«

»Sehr wohl, Miss Isabella.«

Hartford schürzte die Lippen und verschwand.

Am darauffolgenden Sonntag fand wie immer der Gottesdienst in der Schlosskapelle statt, zu dessen Durchführung diesmal extra der schwergewichtige Reverend Pound aus Worthing angereist war. Danach machten Vitus und die Jungen einen Ritt über die Felder, wobei Vitus Telemach wieder einmal bewegte und Odo und Carlos zwei Zwergpferde von den Shetland-Inseln ritten. Catfield, der Verwalter, begleitete sie und informierte seinen Herrn bei dieser Gelegenheit über den Zustand und Reifegrad von Körnern, Früchten und Gemüse.

In einigem Abstand hinter ihnen ritten Nina und Isabella, die sich angeregt unterhielten. Nina wies mit einer weit ausholenden Bewegung über die Wiesen und Felder und sagte: »Ich liebe das Land zu jeder Jahreszeit, liebe Isabella, denn jede Jahreszeit hat ihren Reiz. Im Sommer, wie jetzt, reift alles heran, die Arbeit des Pflügens und Säens mündet in Wachstum, überall steht das Getreide, und die Ähren

wiegen sich im Wind; die Sonne scheint warm, es sind die längsten Tage im Jahr.«
Isabellas Blick folgte der Handbewegung, doch was sie sah, erregte sie nicht sehr. Sie war ein Kind der Stadt. Dennoch bemühte sie sich, freundlich zu sein: »Ja, es ist eine wunderschöne Zeit.«
»Im Herbst folgt die Ernte, das Schneiden und Dreschen des Korns, das Mahlen zu Mehl, das Erntedankfest. Im Winter ist die Zeit der Ruhe und der Reparaturen, alle Welt zieht sich ins Haus zurück, sitzt am Kamin, genießt besinnliche Weihnachtsstunden, während draußen die Kälte klirrt und der Frost alles im Griff hat. Im Frühling bricht die Erde auf, die Bäume schlagen aus, die Feldarbeit beginnt, und jedermann freut sich über die ersten wärmenden Sonnenstrahlen.« Nina blickte Isabella an. Die junge Spanierin hatte noch keine eigene Reitkleidung, weshalb Anne, die Frau Catfields, mit einer Garnitur hatte aushelfen müssen. Nichtsdestoweniger stand ihr die Übergangslösung, die hier und da mit einem Abnäher versehen worden war, ganz ausgezeichnet. »Sagt, Isabella, wie sind die Jahreszeiten bei Euch in Andalusien?«
»Nicht so ausgeprägt, Mylady.« Isabella hatte sich noch nie Gedanken über die zeitlich bedingten Veränderungen in der südspanischen Natur gemacht, und sie interessierte sich auch nicht dafür. »In der Stadt merkt man nicht so viel davon.«
»Ich bin auf dem Land aufgewachsen. Ich liebe die Erdkrume in der Hand, den frischen Wind im Gesicht und den Duft von Wiesen und Wäldern in der Luft. Im Gegensatz zu Euch komme ich aus einfachen Verhältnissen. Mein Va-

ter war ein Bauer und ist es bis heute. Ich habe acht Geschwister, die gottlob allesamt noch am Leben sind.«
»Ich habe keine Geschwister.« Isabella war befremdet über die Freimütigkeit von Ninas Rede, ließ sich jedoch nichts anmerken. Sie selbst hätte niemals zugegeben, von niedriger Geburt zu sein. Statt stolz auf das Erreichte zu sein, machte diese Frau sich offenbar einen Spaß daraus, über ihre niedrige Herkunft zu sprechen. Was steckte dahinter? Dummheit? Unbedarftheit? Oder gar übertriebene Selbstsicherheit? In jedem Fall war dieses Verhalten einer Gräfin nicht würdig. Andererseits war sie keine echte Gräfin, nur ein angeheiratetes Bauernmädchen – und so etwas merkte man eben doch.
»Erzählt mir von Euch, Isabella, ich kann mir gar nicht vorstellen, wie es gewesen wäre, einziges Kind meiner Eltern zu sein.«
Isabella lächelte. »Es war in meinem Elternhaus sicher viel ruhiger als bei Euch, Mylady. Mein Vater starb früh, und meine Mutter trauerte sehr um ihn. Sie hat nie wieder geheiratet. Stattdessen bemühte sie sich umso mehr, mich unter die Haube zu bringen. Keine Woche, in der sie nicht ein Fest gegeben hätte, zu dem eine Reihe junger lediger Herren von Stand eingeladen worden wären.«
»Das muss sicher sehr aufregend für Euch gewesen sein?«
»Wie man's nimmt, Mylady. Die meisten jungen Herren meines Alters sind ziemliche Tölpel, picklig, schüchtern, unbeholfen, sie tanzen schlecht, küssen schlecht und verstehen es kaum, eine junge Dame zu fesseln.« Isabella musste an Paolo Farnese denken, der gewiss zu dieser Sorte gehörte, und beschloss, ihn nicht zu erwähnen. Würde sie

es tun, zöge das nur unnötige Fragen nach sich, und sie wollte lieber selbst Fragen stellen.
Nina wunderte sich, wie abfällig Isabella über junge Männer sprach, und noch mehr wunderte sie sich darüber, dass Isabella mit ihnen offenbar schon Küsse ausgetauscht hatte. Aber vielleicht war das unter der heißen Sonne in Cádiz so üblich, und deshalb sagte sie nichts.
»Wie habt Ihr eigentlich Seine Lordschaft kennengelernt, Mylady?«
»Oh!« Ninas Gesicht nahm einen verträumten Ausdruck an. »Es ist noch gar nicht so lange her. Knapp acht Jahre, wenn ich richtig rechne. Es war in der Sierra de la Demanda, ganz in der Nähe des alten Zisterzienserklosters Campodios, wo ich zur Schule ging und wo Vitus, ich meine, Seine Lordschaft, Unterricht erteilte.«
»Es passierte also während des Unterrichts?«
»Nein, nein.« Nina lächelte. »Da sind wir uns nur nähergekommen. Im Vertrauen: Seine Lordschaft war sehr schüchtern. Richtig gefunkt hat es erst während eines schrecklichen Gewitters. Wir hatten uns unter einem Baum in Sicherheit gebracht, und irgendwann ließ es sich nicht mehr vermeiden, dass er mich schützend in die Arme nahm.«
»Das stelle ich mir sehr romantisch vor, Mylady.« Isabella dachte, dass die Nacht, die sie mit Vitus in Doktor Halls Kammer verbracht hatte, vielleicht nicht so romantisch gewesen war, dafür aber ungleich leidenschaftlicher.
Ninas Gesicht leuchtete, denn sie besann sich immer wieder gern auf die Stunde, in der sie und Vitus sich ihre Liebe gestanden hatten. »Ja, Isabella, es war ein überwälti-

gendes Glücksgefühl, das wir beide spürten. Ich wünsche Euch von Herzen, dass auch Ihr so etwas eines Tages erlebt.«

»Ich weiß nicht, Mylady.« Isabella spielte die Zweifelnde. »Ich bin schon neunzehn und noch immer ohne Mann. Wahrscheinlich werde ich eines Tages als alte Jungfer enden.«

Nina lachte. »Grämt Euch nicht! Mit dem Alter ist es eine seltsame Sache: Solange man noch keinen Mann hat, fühlt man sich mit jedem Tag mehr als Greisin, ist man dann aber verheiratet, wird man mit jedem Tag wieder jünger. Ich selbst bin sechsundzwanzig, habe drei Kinder geboren und fühle mich keinen Tag älter als Ihr. Wisst Ihr was? Wir sollten einander duzen. Das ist hübscher und im täglichen Umgang auch viel einfacher.« Nina trieb ihr Pferd dicht an Isabellas Seite und umarmte sie. »Ich bin Nina, aber das weißt du ja sicher schon.«

»Es ist eine große Ehre für mich … Nina.«

Die beiden Frauen küssten sich auf die Wange, und Nina sagte: »Ich will nachher dafür sorgen, dass du dich auch mit Vitus duzt, er wird sicher nichts dagegen haben.«

»Oh, danke, Nina.«

Langsam ritten sie weiter.

Nina hatte den Kopf voll angenehmer Gedanken und Isabella ebenso.

Doch Isabellas Gedanken waren ganz anderer Art.

An einem Morgen nur wenige Tage später erschien Hartford mit dezentem Räuspern im Spanischen Zimmer, ein Tablett mit mehreren Köstlichkeiten zum Frühstück vor sich hertragend. »Ich bringe Euch die Morgenspeise, Miss Isabella.«

Isabella gähnte ausgiebig. Sie hatte sich angewöhnt, immer länger in den Tag hineinzuschlafen, da das Leben auf dem Schloss sie langweilte. Die Tage verliefen eintönig, einer glich dem anderen, und nur die gelegentlichen Besuche der Schneiderin stellten eine Ausnahme dar. Auch hatte sie Vitus längere Zeit nicht mehr unter vier Augen gesehen, und das trug ebenfalls zu ihrer Langeweile bei. Irgendetwas musste sie sich einfallen lassen, um ihm wieder näherzukommen. Allerdings würde das nicht ganz einfach sein, denn Nina, die bäurische Schlossherrin, scharwenzelte ständig um ihn herum.

»Ich hoffe, ich habe Euch nicht geweckt, Miss Isabella?« Hartfords hochmütiges Gesicht verzog sich zu einem angedeuteten Lächeln.

»Das hast du nicht.« Isabella setzte sich im Bett auf, damit der Diener das Tablett vor sie hinstellen konnte. Dabei sorgte sie wie zufällig dafür, dass ihr Nachtgewand sich öffnete und ihre Brüste sichtbar wurden. »Was bringst du mir denn Schönes?«

»Äh, nun …« Hartford bekam Stielaugen und versuchte, seine Konzentration auf das Mitgebrachte zu lenken. »Weißes Brot, wie Ihr es schätzt, Miss Isabella, Pflaumenmus, Obst, ein gekochtes Ei, ich betone: nur ein Ei, und für den Wunsch nach Deftigerem ist auch gesorgt: gebratene Nierchen und Blauschimmelkäse, dazu einen verdünnten Andalusier.«

»Du verwöhnst mich, Hartford. Wie ist das Wetter draußen?«
Hartford zog die Vorhänge zurück und meldete: »Ein schöner Tag, Miss Isabella, ein paar Wolken am Himmel, aber viel Sonne. Ein Tag zum Ausreiten, wenn ich mir die Bemerkung erlauben darf.«
»Ich habe ja niemanden, der mich begleiten würde. Ich halte mich den ganzen Tag im Schloss auf und sehe anderen bei der Arbeit zu.« Isabella begann zu essen, aber mit wenig Appetit, was weiter nicht verwunderlich war. Wer nichts tat, konnte kaum hungrig sein.
Hartford schürzte die Lippen. »Ich, äh, würde Euch gern begleiten, Miss Isabella, aber leider lässt der Dienst mir keine Zeit dazu.«
»Du? Mich begleiten?« An Hartford als Kavalier an ihrer Seite hätte Isabella zuallerletzt gedacht. »Kannst du denn überhaupt reiten?«
»Selbstverständlich.« Hartfords hochmütiges Gesicht wurde womöglich noch ein wenig hochmütiger. »Ich war lange Jahre Assistent von Mister Catfield, dem Verwalter. In dieser Eigenschaft ritt ich mit ihm häufig über die Ländereien Seiner Lordschaft, um die Dörfer und Höfe zu inspizieren. Davor war ich der persönliche Diener des alten Lords, der viel zu früh an der unheilbaren Schüttellähmung starb.«
»Schüttellähmung?«
»Man nennt das Leiden auch Zitterkrankheit. Der Kranke vermag dabei die Hände keinen Augenblick ruhigzuhalten, seine Stimme gleicht einem einförmigen Singsang, und seine Schritte werden kleiner und kleiner, bis er am Ende nicht mehr gehen kann und sein Herz stehenbleibt. Jedenfalls

wählte Lord Odo mich seinerzeit für diese ehrenvolle Aufgabe aus, weil ich selbst aus gutem Hause stamme.«
Hartford blickte bei seinen letzten Worten fast trotzig drein und sprach weiter: »Nur durch eine Verkettung unglücklicher Umstände musste ich als junger Mann in die Rolle des Dienenden schlüpfen.«
»Wie kam das?« Isabellas zunächst mäßiges Interesse nahm zu. Sie trank von dem Wein und biss in einen Apfel. Sie tat es, ohne den Mund weit aufzumachen, denn sie wollte nicht, dass Hartford ihre Zahnlücken sah – Hartford nicht und alle anderen im Schloss auch nicht. Deshalb lachte sie nie und lächelte stets mit geschlossenem Mund.
»Es ging um eine Frau, Miss Isabella.« Hartfords Worte kamen scheinbar widerstrebend, während er mit einem Tuch die Krümel von der Bettdecke wedelte.
»Hast du sie sehr geliebt?« Isabella gewährte ihm einen weiteren Blick auf ihre Brüste.
»Nun, äh, wie meinen?«
»Ob du sie sehr geliebt hast?«
»Ja, Miss Isabella. Doch leider nicht nur ich.«
»Es gab also noch einen anderen. Und den hast du …?«
Hartford nickte schwer. »So ist es, Miss Isabella. Ich musste über Nacht verschwinden und bin bis heute nicht zurückgekehrt.«
»Das tut mir sehr leid. Das Leben ist ungerecht. Ich habe es selbst am eigenen Leibe erfahren.« Isabella nahm von dem Weißbrot und dem Pflaumenmus und dachte, dass die Informationen, die Hartford in seiner Eitelkeit ausgeplaudert hatte, ihr noch sehr von Nutzen sein könnten. »Du kannst jetzt gehen.«

Etwas ernüchtert verließ Hartford das Spanische Zimmer. Beim Hinausgehen stolperte er fast über Nella, die im Nebenzimmer mit einer Näharbeit beschäftigt war.

»Ich bin dir dankbar, dass du dir meine Zähne ansehen willst«, sagte Isabella am darauffolgenden Sonntag zu Vitus. Man schrieb den 30. Juni, und ganz England befand sich mittlerweile in fieberhafter Erwartung der Armada. Doch in Greenvale Castle war davon wenig zu spüren, und auch Vitus hatte andere Dinge im Kopf, denn er widmete seine ganze Aufmerksamkeit abwechselnd seiner Familie und der Verwaltung seiner Güter.

Deshalb war es ihm zunächst auch wenig angenehm gewesen, von Isabella um ärztlichen Rat gebeten zu werden, aber er hatte schlecht nein sagen können, umso mehr, als Isabella und Nina mittlerweile gute Freundinnen waren und Nina sicher wenig Verständnis für eine ablehnende Haltung gezeigt hätte. »Ich bin Arzt, und wenn jemand ein körperliches Problem hat, helfe ich ihm – ohne Ansehen der Person. Warum ich dich allerdings ausgerechnet im Spanischen Zimmer untersuchen soll, verstehe ich nicht. Aber es ist auch nicht so wichtig. Setz dich da ans Fenster, damit ich besser in deinen Mund hineinschauen kann.«

Isabella gehorchte umgehend, nicht nur, weil Vitus' Anordnung sehr bestimmt klang, sondern auch, weil sie froh war, endlich den richtigen Anlass gefunden zu haben, mit ihm für eine Weile allein sein zu können.

»Schau zum Licht und mach den Mund auf.«
Isabella strahlte ihn an, schloss die Augen und öffnete die Lippen wie zum Kuss.
»Was soll das?« Er runzelte die Stirn. »Mach den Mund ganz auf, damit ich hineinschauen kann. Ja, so ist es richtig.« Vitus nahm einen kleinen Spatel, drückte die Zunge hin und her und besah sich jeden einzelnen Zahn, so gut es ging. »Ich sehe keinerlei Anzeichen für den Zahnwurm«, sagte er schließlich und richtete sich auf. »Wo genau sitzt denn der Schmerz?«
»Warte, ich zeige es dir.« Isabella öffnete ihre Lippen abermals halb und zog ihn mit einer schnellen Bewegung zu sich herab. Sie küsste ihn leidenschaftlich.
Er riss sich los, doch wenn nicht alles täuschte, ließ er sich damit ein, zwei Augenblicke mehr Zeit, als notwendig gewesen wäre. »Versuche nicht noch einmal, mich zu täuschen. Du missbrauchst meine Gastfreundschaft und hintergehst zugleich deine neue Freundin Nina!«
»Entschuldige, Vitus.« Isabella tat zerknirscht. »Ich bin nur immer so allein, da ist es über mich gekommen, tut mir leid.«
»Vergessen wir's«, sagte er versöhnlich und wollte seine Instrumententasche nehmen, um zu gehen.
»Nein, bleib.« Sie griff ihn beim Arm. »Ich habe niemals behauptet, vom Zahnwurm gequält zu werden, es geht vielmehr um meinen abgebrochenen Schneidezahn. Die Lücke sieht so grässlich aus, ganz wie bei einer alten Frau.«
»Ach, darum geht es dir?«
»Ja, Vitus.« Sie lächelte breit, damit er sehen konnte, was sie meinte.

»Es geht also nicht um Gesundheit, sondern um Schönheit?«
»Hängt beides nicht zusammen?« Sie lächelte noch breiter, so dass auch die Lücke, die der fehlende untere Schneidezahn hinterlassen hatte, sichtbar wurde.
Vitus ließ sich Zeit mit der Antwort. »Vielleicht hast du recht«, sagte er dann. »Aber künstliche Zähne herzustellen, ist schwer, und noch schwerer ist, sie richtig zu befestigen. Wenn ich dir helfen soll, musst du von vornherein wissen, dass du mit beiden Zähnen nie wieder kauen können wirst. Sie werden einfach nur da sein und, so Gott will, einigermaßen natürlich aussehen.«
»Oh, Vitus, du bist so gelehrt.«
»Übertreibe nicht. Ich will, dass du dir genau darüber im Klaren bist, was dich erwartet, wenn ich die Behandlung vornehme. Das Problem ist, dass dem Menschen keine dritten Zähne nachwachsen, sie müssen also extra in ihrer Form hergestellt und verankert werden. An Materialien kommt dafür mancherlei in Frage, etwa der Zahn des Walrosses oder der des Elefanten. Man kann auch einen Kalbszahn zurechtfeilen oder ein Stück Holz entsprechend bearbeiten. Dies alles ist bei den alten Meisterärzten nachzulesen und, wie gesagt, nicht das größte Problem. Das größte Problem ist das Fixieren, das in der Regel durch einen Gold- oder Silberdraht erfolgt. Mit ihm wird der neue Zahn an seinen Nachbarn links und rechts befestigt, und zwar in Form einer geschlungenen 8 – gelingt das dauerhaft, ist auch der Schönheitseffekt dauerhaft.«
»Ich mache alles, was du für richtig hältst.« Sie betrachtete ihn und spürte eine Welle der Sehnsucht, die sie fortzuspü-

len drohte. Wenn er so ernst daherredete, war er einfach unwiderstehlich. Doch sie verbot sich, ihn nochmals zu küssen, denn sie wollte ihn nicht noch einmal reizen.

»Ich schlage vor, für den Ersatz deiner Zähne solche vom Kalb zu nehmen.«

»Ja, Vitus.«

»Wenn du so weit mit allem einverstanden bist, kommt jetzt das Schwerste für dich: Dein abgebrochener großer Schneidezahn kann nicht durch ein angesetztes Stück geflickt werden, es hielte nicht, selbst wenn du niemals damit kauen würdest. Es gibt keinen Klebstoff, der stark genug wäre, um auf so einer kleinen Bruchfläche zu wirken. Das heißt ...«

»Das heißt, du musst ihn ziehen, damit ein neuer, ganzer Zahn seinen Platz einnehmen kann?«

»Genau das heißt es. Du solltest es dir noch einmal überlegen, denn der jetzige Stumpf scheint für die Nahrungszerkleinerung voll tauglich zu sein. Du tauschst also einen funktionsfähigen, gesunden Zahnrest gegen eine reine Nachbildung ein.«

»Das ist mir egal. Ich will wieder richtig lachen können!«

»Nun gut.« Vitus atmete durch. »Bringen wir den ersten Schritt hinter uns. Ziehen wir den abgebrochenen Beißer, alles andere findet sich hoffentlich.«

»Wird es sehr schmerzhaft?«

»Ja, wahrscheinlich.«

»Küss mich noch einmal, bevor es losgeht, Vitus.«

»Nein. Ich werde dich nie wieder küssen. Ich bin ein glücklich verheirateter Ehemann, und du bist hier Gast. Missbrauche dieses Gastrecht nicht und halte jetzt still. Öffne den Mund weit und nimm die Zunge zurück.«

»Ja, Vitus.«

Er trat seitlich an sie heran, um sich nicht selbst im Licht zu stehen, und probierte zunächst einige Zangen aus. Als er die richtige gefunden hatte, setzte er sie an und begann, den starken Zahnstumpf nach vorn und hinten zu biegen, damit er sich mitsamt seiner Wurzel löse. Es war ein mühsames Unterfangen, denn Isabella verfügte über ein prachtvolles Gebiss, und ihre Zähne saßen fest wie eingemauert.

Er verstärkte seine Bemühungen und beobachtete, wie ihr Tränen aus den Augen rannen, aber sie gab nicht das kleinste Klageräusch von sich.

»Du bist sehr tapfer.«

Sie sagte nichts und bedeutete ihm, weiterzumachen.

Er zog und drückte jetzt nicht mehr nur aus dem Handgelenk heraus, sondern setzte den ganzen Unteram ein. Seltsame Gedanken schossen ihm dabei durch den Kopf. Er wollte ihr keinen Schmerz zufügen, und dennoch empfand er ein gewisses Vergnügen, sie so hilflos ausgeliefert zu sehen. Sie hing an seiner Zange wie ein Fisch an der Angel. Doch sie zappelte nicht. Sie stemmte sich mit aller Kraft gegen ihn und half so, das Lockern zu erleichtern.

Endlich, halb ziehend, halb brechend, gelang es ihm, den starken Stumpf herauszuholen. Er hielt ihn mit der Zange hoch und begutachtete ihn. Die Wurzel war gänzlich erhalten, was bedeutete, dass sich nun ein blutiges Loch in Isabellas Kiefer befand – so wie beabsichtigt.

Sie schloss den Mund und fuhr sich über die Augen. Eine Weile sagte sie nichts. »Es war nicht so schlimm«, sagte sie dann. »Weil du es gemacht hast.«

»Es war schlimm genug; ich hätte nicht an deiner Stelle sein mögen.«

»Aber nun ist es vorbei. Wann bekomme ich die neuen Zähne?«

Er lächelte. Es war das erste Mal, dass er es während der Behandlung tat. »Spül erst einmal den Mund aus, hier ist ein Becher Wasser. So ist es gut. In die Schale dort kannst du hineinspucken. Nun zu deiner Frage, wann du die neuen Zähne bekommst: Wir müssen ein paar Tage warten, bis sich die Wunde geschlossen hat. Sie wird es von selbst tun, eine Versorgung ist nicht notwendig. Ich werde die Zeit nutzen und mich um geeignete Kalbszähne kümmern. Außerdem werde ich versuchen, einen besonders harten Golddraht aufzutreiben, denn Gold ist besser als Silber. Silber ist zu weich, und es besteht darüber hinaus die Gefahr, dass es in ungewünschter Weise mit dem Speichel reagiert.«

»Danke, Vitus.«

»Schon gut. Was ich tue, tue ich als Arzt. Vergiss das nicht. Hoppla, war da etwas?« Vitus blickte zur Tür, wo er eine Bewegung wahrgenommen zu haben meinte.

»Hallo, Onkel Vitus.« Nella stand im Rahmen und strich sich eine Haarsträhne aus dem geröteten Gesicht. »Ich ... ich wollt nur sehen, ob ich meine große Sticknadel hier verloren hab.«

Isabella kniff die Augen zusammen. »Wieso glaubst du, deine Sticknadel ausgerechnet in meinem Zimmer verloren zu haben?«

»Ich ... Es war gestern Mittag, Miss Isabella, Ihr wart zu Tisch, und Molly hat aufgeräumt, und ich hab ihr Gesellschaft geleistet. Sie hat Staub gewischt, und ich hab meinen

Stickrahmen dabeigehabt und gestickt, das machen wir öfter, weil wir gute Freundinnen sind – so wie Ihr und Tante Nina.«
»Nun gut. Geh jetzt. Du kannst später nach der Sticknadel suchen.«
»Ja, Miss Isabella. Adieu, Onkel Vitus, bis nachher.«
»Bis nachher«, sagte Vitus und packte seine Sachen zusammen.
Nella sprang erleichtert davon.

»Sie hat ihn geküsst, Altlatz«, sagte Nella am selben Abend zum Zwerg. Er saß wieder auf ihren Knien, und sie wiegte ihn wie eine Puppe. »Ich hab es genau gesehen. Sie hat es getan, bevor Onkel Vitus ihr einen Zahn zog. Das Zahnziehen sah furchtbar aus. Die Schickse war sehr tapfer, aber sie war's nur, weil sie was von ihm will.«
»Wui, mein Spätzchen, schaukel nich so, aber hast recht, Frauen sin tapfer, wennse was wollen, viel tapfrer als Kaffer. Müssen sehn, dass hier nich alles böse endet. Sin die Einzigen, die ihre Späher tarren. 's sin wir dem Örl schuldich. Wenn er nich gewesen wär, gäb's dich heut nich. Er hat dem Schwarzen Tod 'ne Nase gedreht, hat uns alle gerettet, dich, mich, Fabio, das war'n Überlandfahrer, den Magister un Antonella, deine Mutter.«
»Erzähl mir von ihr.«
»Da gibt's nich viel zu spinnen, mein Spätzchen, weiß ja kaum was von ihr. Sie war jung, 'ne Bürstenbinderin, un sie war mächtich geschwollen.«

»Geschwollen?«
»Schwanger, mein Spätzchen. Bei deiner Geburt isse gestorben, das war schon im Feuerkreis.«
»Im Feuerkreis? Was ist das nun wieder?«
»Den hat der Örl angefackelt gegen den Schwarzen Tod, da ham wir alle drin gehaust, siebzich Tage lang, un dann sin wir raus un war'n gerettet. Nur Antonella nich.« Der Zwerg gab ein fiependes, nach Trauer klingendes Geräusch von sich. »Ich hab sie mächtich gelenzt, aber sie hat mich nich gelenzt.«
»Dafür hab ich dich lieb, Altlatz!« Nella gab dem Zwerg einen schmatzenden Kuss direkt auf sein Mondgesicht.
»Du bist mein Sonnenschein, aber mit Antonella war's schattnich. Aber's war wohl nich zu ändern, hab dich dann mit Milch vom Bartmann hochgepäppelt.«
»Milch vom Bartmann? Altlatz, du sollst doch nicht immer so blöd sprechen.«
»'s is Ziegenmilch, mein Spätzchen. Hab dich damit gefüttert un durch Oberitalien karriert, durchs Meer gelotst, durch Nordspanien karriert, wieder durchs Meer gelotst un mit Dusel hier ins Kastell gebracht.«
»Erzähl mir mehr davon, Altlatz!«
»'n andermal, Spätzchen, 's is 'ne lange Geschicht. Sag, hat der Örl auch die Schickse geküsst?«
»Nee, sie hat angefangen. Er wollte nicht. Oder nicht richtig. Ich glaub, sie ist eine ganz Durchtriebene.«
»Das kannste holmen.«
»Ich hab auch gesehen, wie sie Hartford ihre Brüste gezeigt hat. Sie hat so getan, als wär's Zufall.«
»Bei der is nix Zufall. Wer weiß, was das nu wieder soll.«

»Vielleicht krieg ich es raus.«
»Aber pass auf, mein Spätzchen, wenn's zu heikelig wird, sach Bescheid.«
»Keine Sorge, mein lieber, kleiner Altlatz.« Nella küsste den Zwerg abermals schmatzend. »Gute Nacht, ich muss zu Tante Nina nach oben.«
»Glatte Schwärze, mein Spätzchen.«

Eine Woche später war es so weit: Vitus hatte zwei Zähne vom Kalb zurechtgeschliffen und nach mehrmaliger Anprobe für passend gefunden. Beide Kauwerkzeuge passten genau in das Zahnfach und wiesen im oberen Bereich eine rundum verlaufende waagerechte Riefe auf, die den Golddraht vor dem Abrutschen bewahren sollte.
Isabella war an diesem Morgen, es war ein Sonntag, abermals nicht zum Gottesdienst in die kleine Kapelle gekommen, mit der Begründung, sie sei anderen Glaubens. In Wahrheit hatte sie lieber ausschlafen wollen. Doch nun, wo es darum ging, ihr Gebiss in alter Vollständigkeit zurückzuerhalten, war sie hellwach. »Was wirst du tun, Vitus?«, fragte sie, bevor sie den Mund weit aufsperrte.
»Ich werde zunächst eine kleine Riefe in die Nachbarzähne feilen, damit der Goldfaden nicht nur an den vorpräparierten Zähnen Halt findet, sondern auch links und rechts daneben. Ich beginne jetzt. Sollte es weh tun, gib mir ein Zeichen, manche Menschen sind an den Zahnhälsen sehr empfindlich.«

Isabella nickte, denn wegen ihres geöffneten Mundes konnte sie nicht sprechen.
Vitus machte sich an die Arbeit, und wie sich zeigte, war Isabella keineswegs an den Zahnhälsen empfindlich. Im Gegenteil, sie ließ die Prozedur, ohne mit der Wimper zu zucken, über sich ergehen.
Als die Riefen gefeilt waren, begann Vitus mit dem großen Schneidezahn, den er sorgfältig der Größe und Farbe nach einem toten Kalb entnommen hatte, schlang den Goldfaden einmal um ihn herum und setzte ihn ein. Während er ihn mit der linken Hand an seinem Platz hielt, fädelte er mit der rechten den Faden neben dem ersten Seitenzahn ein, holte ihn durch, führte ihn über den Schneidezahn zum anderen Seitenzahn hinüber und wiederholte den Vorgang. Eine weitere Lage Draht nach beiden Seiten gab dem neuen Zahn endgültige Festigkeit. Die Schlingentechnik in Form der liegenden 8 hatte sich nach beiden Seiten hin bewährt.
Mit Hilfe der Pinzette, derer er sich schon zuvor bedient hatte, machte er einen winzigen Knoten, den er in einem Zahnzwischenraum unsichtbar plazierte.
»Sieht es gut aus?«, fragte Isabella.
»Ja und nein«, antwortete Vitus. »Im grellen Sonnenlicht wird jedermann den Zahn als künstlich erkennen, zumal der Goldfaden dann blinken dürfte; im matten Kerzenlicht dagegen wird niemand einen Unterschied feststellen können. Im Übrigen liegt es an dir, wie weit du die Oberlippe beim Lachen hochziehst. Tust du es nicht zu stark, wird man den Goldfaden in keinem Fall sehen.«
»Der Zahn fühlt sich kalt an.«

»Das ist kein Wunder. Er ist ein Fremdkörper. Es wird einige Stunden, vielleicht sogar Tage dauern, bis er die Wärme der anderen angenommen hat. Dann wird er ein Teil von dir sein. Aber freue dich nicht zu früh, die Schlingenbefestigung hält nicht bis in alle Ewigkeit, sie wird alle paar Monate erneuert werden müssen.«

»Das heißt, alle paar Monate begebe ich mich wieder in deine Behandlung?«

»Nun, äh, ich gehe nicht davon aus, dass du bis ans Ende deiner Tage in Greenvale Castle weilen wirst, aber tröste dich: Jeder halbwegs geschickte Bader oder Wundarzt wird in der Lage sein, das zu tun, was ich heute getan habe.«

Vitus machte sich daran, den unteren Schneidezahn mit den gleichen Arbeitsschritten zu fixieren und betrachtete einige Zeit später mit kritischen Augen sein Werk. Er nahm dazu eine Lupe, denn er wollte sicherstellen, dass die Goldfäden überall glatt in den Riefen lagen.

Er legte die Lupe beiseite. Er war zufrieden. »Bei der Einnahme von Mahlzeiten solltest du darauf achten, nicht mit den Vorderzähnen abzubeißen. Schneide Fleischstücke oder Ähnliches mit dem Messer klein und führe die Bissen mit einer Gabel zum Mund. Ich weiß, es ist unüblich, und manche verurteilen das Instrument gar als eine Erfindung des Teufels, aber es wird dir nützen. Ich habe von meiner Reise nach Padua im Oberitalienischen einige Gabeln aus Silber mitgebracht. Sie stammen ursprünglich aus Venedig und haben vier Zinken. Nimm eine davon, sie wird dir helfen.«

»Ja, Vitus.«

»Nun, ich denke, das war's.«

»Danke, Vitus. Reitest du heute Nachmittag mit mir aus?«
»Nein. Ich werde den Nachmittag im Kreis meiner Familie verbringen. Bitte verstehe, dass wir ungestört sein möchten.«
»Dann geh doch, wenn du nichts Besseres vorhast.«
»Isabella, bitte!«
Sie lächelte mit ihren neuen Zähnen. »Schon gut. Dann bis irgendwann, wenn Mylord geruhen, wieder einmal Zeit für mich zu haben.«

Der Diener Hartford

»Isabella, oh, Isabella,
du bist so wunderschön.«

Am Montag, dem 15. Juli, war England noch immer im Ungewissen. Kaum einer wusste zu sagen, wann die große Armada mit ihren hundertdreißig Schiffen vor der Insel erscheinen würde. Doch überall wurden Predigten für den kommenden Sonntag vorbereitet, Predigten, in denen der Allmächtige angefleht wurde, den Kelch an Albion vorübergehen zu lassen. »Gott in der Höhe, schicke Stürme, schicke Seuchen, schicke Verderben über die Aggressoren!«, so hieß es allerorten. »Lass sie nicht kommen, versenke sie im Meer!«

Selbst in Greenvale Castle war es nicht mehr beschaulich. Die Unruhe, die über dem ganzen Land lag, hatte auch das kleine Schloss und seine Menschen erfasst.

In diese Unruhe hinein erschien am Nachmittag eine Reitergruppe, die eine prächtige Kutsche eskortierte. Es war die Kutsche von Seiner Exzellenz Lordadmiral Howard.

Sowie Vitus erkannt hatte, welch hoher Besuch eingetroffen war, eilte er die Freitreppe hinunter, begrüßte den Ankömmling mit der gebotenen Höflichkeit und führte ihn in sein Arbeitszimmer, wo beide ungestört miteinander reden konnten.
Nachdem Hartford mit dem ihm eigenen Gesichtsausdruck stärkende Alkoholika kredenzt hatte und die üblichen Präliminarien ausgetauscht waren, kam der Admiral zur Sache.
»Ihr mögt Euch fragen, warum ich so unverhofft hereinplatze, Sir, aber ich war gerade in der Nähe, habe mit Frobisher gesprochen, der in den Kämpfen gegen die Armada die *Triumph* übernehmen soll.«
Vitus nickte und versuchte, sich seine Neugier nicht anmerken zu lassen.
»Dank der Observationen, die Taggart mit seiner *Falcon* durchführte, wissen wir genau, mit wem wir es beim Feind zu tun haben werden. Ein Dienst von unschätzbarem Wert, den er uns – mit Eurer Hilfe, Sir – erweisen konnte.«
»Mein Beitrag ist kaum nennenswert.«
»Doch, das ist er. Ohne Euch und die von Euch durchgeführte Amputation wäre Taggart mit Sicherheit seiner Schussverletzung erlegen. Doch lasst mich fortfahren: Nicht zuletzt dank Taggarts Observationen segelte ich vor knapp drei Wochen mit einer schnell zusammengestellten Flotte die Biskaya hinunter, um den Feind beim Herauskreuzen aus La Coruña zu vernichten oder ihn zumindest so stark zu schwächen, dass er seine Invasionsabsichten aufgeben muss. Doch unsere Bemühungen waren wegen des hartnäckigen Südwinds leider umsonst. Uns blieb nichts anderes übrig, als unverrichteter Dinge um-

zukehren, was aus verständlichen Gründen im Land nicht groß herumposaunt wurde. Aus unserer Angriffstaktik muss nun wieder die ursprüngliche Verteidigungstaktik werden. Ich setze meine ganzen Hoffnungen darauf, den Feind im Kanal schlagen zu können … Oh, danke, Hartford.«
»Nichts zu danken, Exzellenz.« Hartford schenkte dem Lordadmiral, dessen Whiskyglas leer war, nach. Howard trank nachdenklich einen Schluck und sprach weiter: »Wo ich gerade Taggart und die *Falcon* erwähnt habe: Es war ein bedauerliches Missgeschick, dass er in Portsmouth schon abgelegt hatte, als Walsingham und ich am Kai erschienen. Der Staatssekretär hatte Wind davon gekriegt, dass die Spanier um die Mission der *Falcon* wussten. Irgendein Vögelchen muss es ihnen über verschwiegene Kanäle gesungen haben. Deshalb hatten sie auch die Kriegsgaleone vor La Coruña auf Euch angesetzt – Gott sei Dank vergeblich, wie ich hinzufügen möchte. Ach, wo wir gerade von Nachrichten und ihren Geheimnissen sind: Könnt Ihr etwas mit diesem Papier anfangen? Ich habe es von Walsingham erhalten, der es wiederum von zweien seiner Mittelsmänner bekommen hat.«
Vitus nahm einen Brief entgegen, der an einen gewissen Juan Amadeo de Ribera in La Coruña gerichtet war, und las ihn. Und je länger er las, desto schneller klopfte sein Herz. Der Schreiber behauptete darin, die Engländer wüssten bis ins Kleinste Bescheid über Umfang und Stärke der Armada. Zu wissen, dass die Engländer über dieses Wissen verfügten, sei für den Angriff sicher sehr wichtig. Sofern die Gran Armada noch nicht in La Coruña aufgebrochen

sei, solle ihrem Admiral dieser Brief vorgelegt werden. Es folgte ein *Viva España!* und als Absender ein »I.«.

Howard musterte Vitus und trank einen weiteren Schluck. »Aus dem Inhalt des Schreibens ergibt sich, dass der Verfasser über den sturmbedingten Zwischenaufenthalt der Armada in La Coruña wusste. Das wiederum lässt nur einen Schluss zu: Er musste sich an Bord der *Falcon* befunden haben, denn von nirgendwo sonst haben uns zu jener Zeit Nachrichten über den Feind erreicht.«

»Sicher«, sagte Vitus. »Natürlich.«

»Habt Ihr einen Verdacht, wer der Absender sein könnte, Sir? Ich darf hinzufügen, dass der Schreiber mit größter Wahrscheinlichkeit eine Frau ist. Das jedenfalls haben Walsinghams Schriftsachverständige mir versichert. Es muss sich also um eine Frau handeln, deren Name mit einem I beginnt. Ist eine solche Frau mit an Bord der *Falcon* gewesen?«

Um seine Aufregung zu überspielen, trank Vitus ebenfalls einen Schluck Whisky, verschluckte sich fast daran und sagte: »Nun, Sir, ich denke, da müsst Ihr am besten Captain Taggart fragen.«

»Das habe ich bereits getan. Ich stehe in einem lockeren Schriftwechsel mit ihm. Er schwört Stein und Bein, es hätte sich keine Frau an Bord befunden. Nun ja, es war nur eine Frage, Sir. Wenn ich eben erwähnte, dass keine Nachrichten vom Feind nach England drangen, so trifft das übrigens für die letzten Tage nicht mehr zu. Wir wissen durch einige französische Fischer, dass die Armada von La Coruña aufgebrochen ist. Sie nutzt den verdammten Südwind, der uns das Leben so schwer gemacht hat, um zu uns in den Norden zu kommen. Wir wissen auch, dass ihr oberster Befehlshaber nicht wie ursprünglich geplant Àlvaro de Bazán, *Capitán General de la Mar Océano* ist – er verstarb Anfang des Jahres –, sondern Alonso Pérez de Guzmán, siebter Herzog von Medina Sidonia. Der Bursche hat dem Vernehmen nach kaum Ahnung von der Seefahrt, aber Philipp II. wird sich dennoch genau überlegt haben, wem er seine *Grande y Felicisima Armada* anvertraut. Guzmán wird nicht zu unterschätzen sein.«

»Gewiss, Sir.« Vitus war froh, dass die Unterredung sich wieder in ungefährlicheren Fahrwassern bewegte.

»Tja, so ist das.« Howard trommelte mit den Fingern auf der Armlehne seines Sessels und schien noch etwas auf dem Herzen zu haben. »Captain Taggart geht es wieder recht gut. Sein Beinstumpf ist sauber verheilt, und er hofft, in einigen Monaten ein Stück Ersatzbein zu bekommen. Wie ich höre, soll es aus Elfenbein sein.«

»Das ist mir bekannt, Sir.« Auch Vitus stand seit seiner Rückkehr in einem lockeren Briefwechsel mit dem bärbeißigen Kommandanten.

»Solange er auf sein Ersatzbein wartet, kann er natürlich nicht in den Krieg ziehen, leider fällt dadurch auch die *Falcon* aus, denn Taggart weigert sich strikt, sie freizugeben. Ich könnte sie natürlich rekrutieren, aber, ehrlich gestanden, ich befürchte in diesem Fall den größten Ärger. Männer wie er, Drake oder Hawkins sind bei der Königin höchst beliebt, und ich weiß nicht, wie Ihre Majestät reagieren würde, wenn er sich in seiner ungestümen Art bei ihr beklagte.«

Vitus, der Taggart wie kaum ein zweiter kannte, nickte.

»Dass er für die Schlacht ausfällt, wurmt ihn schon genug, wenn er dazu noch sein geliebtes Schiff hergeben müsste, wäre es der Todesstoß für ihn.«

»Dabei hatte ich die *Falcon* lediglich als Lazarettschiff vorgesehen.«

»Als Lazarettschiff, Sir?«

»Ihr habt richtig gehört. Ich gebe zu, ursprünglich hatte die Admiralität nicht geplant, welche einzusetzen, aber nachdem Taggart und Ihr mit der Information zurückgekehrt seid, die Spanier hätten derer gleich mehrere, dachten die Gentlemen, es wäre klug, in dieser Hinsicht nicht zurückzustehen. Angesichts der zu erwartenden Verluste sicher ein richtiger Gedanke.«

»Dem kann ich durchaus folgen.« Vitus fragte sich, worauf der Lordadmiral damit hinauswollte.

»Ich habe mich deshalb entschlossen, die *Camborne* unter Captain Steel als Hospitalschiff einzusetzen. Die *Camborne* wurde nach einer Minenstadt in Cornwall benannt, wo Zinn, Kupfer und Silber gefördert wird. Sie ist also etwas Besonderes. Sie hat keine fünf Jahre auf dem Buckel, ist recht ordentlich bestückt und darüber hinaus schnell. Was ihr bei den zu erwartenden Aufgaben sicherlich von Nutzen sein wird.«

»Gewiss, Sir. Ich finde es richtig, ein solches Schiff unserer Flotte beizugeben.«

»Ich freue mich, dass Ihr das auch so seht. Ich habe bereits einen jungen Arzt für diese Arbeit gewinnen können. Sein Name ist Stonewell, er hat gute Referenzen, denn er machte sein Examen vor zwei Monaten bei Professor Banester in London.«

Bevor Vitus antworten konnte, mischte sich Hartford ein: »Darf ich den Lordschaften ein paar Häppchen anbieten? Mrs. Melrose könnte sicher rasch in der Küche etwas zaubern.«

Howard wehrte ab. »Danke, nein, sehr freundlich, Hartford.«

Auch Vitus wollte nichts essen, und nahm stattdessen eine der kandierten Früchte aus der Alabasterschale auf dem Arbeitstisch, während Hartford zurücktrat und sich im hinteren Bereich des Zimmers zu schaffen machte. Er biss hinein und sagte: »Wenn der junge Stonewell bei Professor Banester sein Examen gemacht hat, versteht er sicher sein Fach. Banester prüft sehr gründlich.«

»Zweifellos, Sir. Dennoch muss es jemanden geben, der ihm vorgesetzt ist und die ärztliche Oberaufsicht hat.«

»Und an wen hattet Ihr da gedacht?« Vitus ahnte bereits, was kommen würde.

»An Euch, Sir.«

»Das ist leider unmöglich.« Vitus' Antwort kam ebenso schnell wie bestimmt.

»Das hatte ich befürchtet.« Howard kratzte sich an sciner langen Nase. »Wollt Ihr es Euch nicht noch einmal überlegen? Es geht um nicht weniger als das Überleben einer ganzen Nation. Jeder englische Mann, der Salzwasser im Blut hat, eilt jetzt zur Flotte, um sie zu unterstützen.«

»Tut mir leid. Mein Platz ist hier.«

»Nun gut.« Fast schien Howard auf Vitus' Nein gewartet zu haben. Er zog ein zusammengerolltes Schriftstück hervor und überreichte es. »Dann lest dies.«

Vitus sah, dass die Schriftrolle mit dem königlichen Siegel

verschlossen war, und erbrach es. »Es ist ein Brief Ihrer Majestät an mich.«
»Ich weiß«, sagte Howard.
Vitus las:

Mein lieber Freund,
verzeiht die Kürze dieses Briefs, doch jetzt, da die Krone jeden guten Mann braucht, ist auch die Zeit der Königin eng bemessen. Seid meines Wohlwollens und meiner Dankbarkeit gewiss, ich bin sicher, Ihr werdet Euren Dienst tun, wo immer es England und die Verhältnisse verlangen.
Elizabeth R

Die Unterschrift mit dem schnörkelreichen Z und dem folgenden, für *Regina* stehenden R war zweifellos echt. Vitus legte den Brief aus der Hand. Mühsam unterdrückte er seinen Ärger. »Ihr habt mit meiner Ablehnung gerechnet und die Königin gebeten, diese Zeilen an mich zu schreiben!«
»Ich gestehe, dass es so ist.«
»Dieser Brief kommt einem Befehl gleich. Ich muss gehorchen, ob ich will oder nicht!«
Howard schwieg. Er wollte Vitus Zeit geben, sich zu beruhigen.
Vitus nahm einen weiteren Schluck Whisky. Er spürte schon die Wirkung des Alkohols, denn er war es nicht gewohnt, zu dieser Tageszeit zu trinken. Immerhin besänftigte ihn das Getränk etwas. »Wusstet Ihr, dass ganz England bisher erst ein einziges Mal erobert wurde?«, sagte er. »Es

war anno 1066 durch William, den Herzog der Normandie, der später den Beinamen *The Conquerer* tragen sollte. Mein Vorfahr, Roger Collincourt, ritt an seiner Seite und zeichnete sich in der Schlacht auf dem Senlac Hill aus. Und heute, über fünfhundert Jahre später, droht England wieder, erobert zu werden, und ich, ein direkter Nachfahr von Roger, befinde mich in der Rolle des Verteidigers. Das Leben geht schon seltsame Wege.«

Howard streckte Vitus die Hand hin. »Darf ich daraus schließen, dass Ihr die Aufgabe annehmt, Sir?«

Vitus ergriff die Rechte, wenn auch zögernd, denn er dachte an Nina. »Ihr seid sehr geschickt vorgegangen, Sir, ich müsste Euch das eigentlich sehr verübeln.«

Howard hielt noch immer Vitus' Hand. »Umso dankbarer bin ich Euch! Ich ahnte, dass Ihr mir Eure Zustimmung verweigern würdet, da ich weiß, wie glücklich Ihr im Kreise Eurer Familie lebt. Aber als Oberbefehlshaber der Flotte musste mir jedes Mittel recht sein, den besten Medikus für den Lazarettdienst zu gewinnen. Seid versichert, dass mir meine, äh, Vorgehensweise nicht leichtgefallen ist. Wie sagt man so schön, Sir: Ihr habt einen gut bei mir.«

»Ich glaube nicht, dass ich das jemals in Anspruch nehmen werde.«

Howard lachte. »Sagt das nicht, man kann nie wissen. In jedem Fall ist mir jetzt deutlich wohler, da ich weiß, dass meine Teerjacken im Zweifelsfall die bestmögliche ärztliche Versorgung erhalten. Wenn wir schon das Messer an der Kehle haben, soll wenigstens alles für den Sieg getan werden. Das System der Signalfeuer an der Küste funktioniert bereits einwandfrei, jeder Küster landauf, landab ist instruiert, bei Feindsicht die Glocken dauerhaft zu läuten. Milizen exerzieren Tag und Nacht, Geschütze und Kugeln werden ohne Unterlass gegossen. Mehr als wir tun, kann nicht getan werden, und doch wird die Schlacht gegen die Dons ein Himmelfahrtskommando werden.« Howard unterbrach sich und trank aus. »Verzeiht, wenn ich mich schon wieder empfehle, aber es ist noch Tausenderlei zu tun. Die *Camborne* liegt übrigens in Plymouth an der Pier. Euer Einverständnis vorausgesetzt, werde ich Captain Steel übermitteln lassen, dass Ihr schnellstmöglich mit Eurer Begleitung an Bord gehen werdet.«

»Sicher, natürlich«, sagte Vitus, dem ein wenig der Kopf schwirrte. »Bitte richtet der Königin meine untertänigsten Grüße aus. Ich würde selbstverständlich ihre Erwartungen erfüllen.«

»Ich danke Euch, Sir.«

Howard strebte nach draußen und rief über die Schulter: »Bemüht Euch nicht, Sir, ich finde allein hinaus. Und meine besten Empfehlungen an Lady Nina.«

»Ja«, sagte Vitus mit unwohlen Gefühlen. »Danke.«

Am selben Abend, es war zwei Stunden vor Mitternacht, klopfte Hartford an die Tür zum Spanischen Zimmer. Er tat es leise, denn überall herrschte Ruhe, und sämtliche Lichter im Schloss waren bis auf wenige Nachtfackeln gelöscht.

Als von der anderen Seite ein kaum vernehmbares »Herein«, erklang, trat er ein. Halbdunkel empfing ihn, nur ein

Kerzenleuchter mit fünf Kerzen spendete spärliches Licht. Er stand auf einem Beistelltisch neben dem Pfostenbett, und in diesem Bett lag Isabella. »Komm näher, Hartford«, sagte sie. »Ich nehme an, du hast einen besonderen Grund, mich so spät noch zu stören?«
»Äh, gewiss, Miss Isabella.« Hartford knickte ein wie ein Klappmesser. »Ich wollte fragen, ob ich Euch noch etwas bringen darf.«
»Die Antwort ist nein. Du hast mich um diese Zeit noch nie gefragt, ob du mir etwas bringen darfst, es muss also einen anderen Grund geben, warum du mich aufsuchst. Welchen?« Isabella lächelte und zeigte ihre makellosen, lückenlosen Zähne.
Hartford beugte sich am Bettrand vor, um einen verbotenen Blick in Isabellas Nachtgewand zu erhaschen, doch sein Bemühen war vergebens. »Heute Nachmittag hatte der Earl Besuch von Lordadmiral Howard«, sagte er.
»Na und? Das ist mir bekannt.« Isabella gab sich uninteressiert, spitzte in Wahrheit aber die Ohren.
Hartfords Stimme nahm einen verschwörerischen Klang an. »Ich war dabei, als er den Earl bat, ein Lazarettschiff für die erwartete Schlacht im Kanal zu übernehmen.« Ich dachte, das könnte Euch interessieren.«
»Warum sollte es das. Aber wo du schon einmal hier bist, erzähl weiter.«
»Der Earl wollte erst nicht, aber der Lordadmiral konnte einen Brief der Königin vorweisen, in dem sie ihm den Einsatz befiehlt.«
»Was du nicht sagst.«
»Das heißt, der Earl wird morgen, spätestens übermorgen

nach Plymouth aufbrechen, um sich an Bord der *Camborne* zu begeben.«
Durch Isabella ging ein Ruck, als sie das hörte. Vitus wollte schon morgen oder übermorgen fort! Die Gunst der Stunde musste genutzt werden, und dafür würde jedes Mittel recht sein. »Vielleicht kannst du doch etwas für mich tun, mein lieber Hartford. Bring mir eine Kanne Wein. Aber eine gute Traube!«
»Gern, Miss Isabella. Habt Ihr an etwas Spezielles gedacht?«
»Ja, an einen Tempranillo aus der Rioja.«
»Oh, da müsste ich erst in den Keller gehen.«
»Dann tu das. Ich warte.«
»Sofort, Miss Isabella.« Hartford eilte davon.
Als die Tür sich hinter ihm geschlossen hatte, sprang Isabella aus dem Bett, bespritzte sich den Körper mit etwas Duftwasser und löschte von den fünf Kerzen im Leuchter alle bis auf eine. Die Leibwäsche unter ihrem seidenen Nachtgewand zog sie aus. Dann legte sie sich wieder ins Bett. Gerade noch rechtzeitig, denn schon kam Hartford zurück. Der Diener hatte sich beeilt; er schätzte sich glücklich, etwas für Isabella tun zu dürfen – und ihr dadurch länger nahe sein zu können.
»Der Wein, Miss Isabella. Er ist noch etwas kühl und sollte vielleicht ein wenig atmen, bevor Ihr ihn genießt.«
»Du hast recht. Stell ihn nur dort auf den Tisch.«
»Gern, Miss Isabella.« Hartford tat, wie ihm geheißen. »Äh, habt Ihr noch einen weiteren Wunsch?«
Isabella ließ ihn einen Augenblick zappeln, denn sie sah die Begehrlichkeit in seinen Augen. »Ja«, sagte sie dann mit ih-

rer metallischen Stimme. »Vielleicht könntest du noch ein wenig bleiben.«
»Oh, mit Vergnügen, Miss Isabella.« Hartfords hochmütiges Gesicht begann zu strahlen.
»Du hattest mir erzählt, du kämst aus gutem Hause und hättest durch unglückliche Umstände deine Familie über Nacht verlassen müssen. Ich würde gern mehr darüber wissen, denn du ... interessierst mich.«
Hartford wusste nicht, wie ihm geschah. Hatte er richtig verstanden? Diese junge, rassige Spanierin interessierte sich für ihn? Das war kaum zu glauben. Schließlich war sie mindestens vierzig Jahre jünger. Doch wenn er sie ansah, wie sie so dalag und ihn anlächelte, dann war es immerhin möglich. »Äh, ja«, krächzte er.
»Erzähl mir von deinen Eltern und von deiner Kindheit.«
»Äh, ja«, wiederholte er und fragte sich, ob er das im Stehen erledigen müsse, denn außer der Bettkante gab es keine Sitzgelegenheit im Spanischen Zimmer – von einem schweren Sessel direkt am Fenster einmal abgesehen. »Ich stamme aus Dursley in Gloucestershire, Miss Isabella. Meine Familie, die Chaphams, lebt seit drei Generationen dort. Mein Vater war Landvermesser und meine Mutter ...«
»Setz dich doch.«
Hartford setzte sich auf die Bettkante.
»Komm ruhig ein bisschen näher, ich beiße nicht.«
Hartford lachte unsicher und schielte auf Isabellas Ausschnitt, der sich verschoben hatte – so weit, dass die Brustspitzen sichtbar wurden. Er blickte zur Seite und wollte weitersprechen, aber Isabella unterbrach ihn: »Magst du sie nicht?«

»Äh, ich verstehe nicht …«

»Natürlich verstehst du. Schau sie dir nur an.« Sie kicherte, öffnete zwei kleine Schleifen und zog ihr Gewand herunter, bis die volle Pracht ihrer Brüste zu sehen war. »Gefallen sie dir?«

Hartford konnte nicht antworten, doch er ließ es zu, dass sie seine Hand nahm und mit ihr sacht darüberstrich. Er erschauerte, als er die hart werdenden Knospen spürte.

»Schenk mir Wein ein.«

Ernüchtert gehorchte er.

Sie beugte sich vor, trank einen Schluck und gab ihm das Glas zurück. »Erzähl weiter.«

Er nahm sich zusammen und erzählte, dass er elf Geschwister gehabt hatte, dass er das drittälteste Kind gewesen sei, dass der Vater ein gastliches Haus geführt habe, dass der Vater zweimal zum *Lord Mayor* gewählt worden sei, dass die Mutter bei der Geburt des dreizehnten Kindes gestorben sei, dass der Vater bald darauf eine neue Frau genommen habe … und während er das alles berichtete, legte sich irgendwann wie zufällig ihre Hand auf seinen Oberschenkel.

Als er es bemerkte, stockte er unwillkürlich.

»Sprich weiter«, gurrte sie. »Erzähl mir von der Nacht, als es passierte.«

Er gehorchte, während er das Gefühl hatte, sein Schenkel begänne zu glühen. Er berichtete, dass er nicht der Einzige gewesen sei, der die Tochter des Nachbarn begehrt habe, dass sie ihm die ewige Treue geschworen habe, dass er bei ihren Eltern um ihre Hand angehalten habe, dass er sie am

Fluss mit einem anderen ertappt und blind vor Wut zugeschlagen habe, immer wieder zugeschlagen habe, bis … ja, bis …

»Wie hieß der Unhold?« Isabellas Finger wanderten seinen Oberschenkel hinauf, machten zwischen seinen Beinen halt und drückten sanft auf sein Gemächt.

Er schluckte. »Thomas Engfield. Er wohnte nur drei Straßen weiter.«

Sie sagte nichts, sondern ließ ihre Finger antworten, die immer zielstrebiger wurden, sein Glied durch den Stoff der Hose umfassten, es drückten, pressten, rieben, bis ihm vor Lust fast der Atem wegblieb. Doch die Finger kannten keine Gnade, sie machten weiter, öffneten den Latz seiner Hose, schlüpften hinein, begannen ihr Spiel von neuem.

»Ich … ich möchte …«, keuchte er.

»Ich weiß, was du möchtest«, kicherte sie. »Komm, mein kleiner Diener.« Sie schlug die Bettdecke zurück, und er sah ihr hochgerafftes Gewand, ihre gespreizten Beine und den offenen Schoß.

Wie er sich seiner Kleider entledigte, sich auf sie legte und in sie eindrang, wusste er später nicht mehr zu sagen. Es war alles wie ein Traum, wie Bilder, Eindrücke, Visionen, die jählings endeten, denn kaum hatte er die Pforte des Paradieses passiert, entlud er sich in einigen wenigen Zuckungen.

»Aber sie haben dich nie gekriegt?«, fragte Isabella.

»Wie, was?« Er war noch nicht ganz bei sich.

»Nachdem du Thomas Engfield getötet hattest.«

»Ach so. Ja … ich meine, nein. Nein, sie haben mich nie

gekriegt. Der Sheriff und seine Männer sollen noch tagelang nach dem Täter gefahndet haben, hatten aber keinen Erfolg.«

»Da kannst du ja von Glück sagen.«

»Ja.« Er war noch ganz gefangen von dem großen Erlebnis und wünschte sich, dass es nicht zu Ende war. »Isabella, oh, Isabella, du bist so wunderschön.« Seine Hand wollte ihren Schoß liebkosen, aber sie schob sie beiseite. »Du hast als Jüngling ein bewegtes Leben gehabt, danach wurde es für Jahrzehnte langweilig, jetzt könnte es wieder bewegter werden.«

»Wie meinst du das?« Er richtete sich auf.

»Gib mir zu trinken.«

Er reichte ihr das Weinglas.

Sie trank und gab ihm das Glas zurück. »Nimm auch einen Schluck.«

Er kostete von dem Wein und stellte das Glas fort. »Wie meinst du das?«, wiederholte er.

»Du könntest noch einmal töten«, sagte sie.

»Wie?« Er verstand nicht.

»Du könntest noch einmal töten. Für mich. Für uns.«

Er lachte verständnislos.

»Ich möchte, dass du Nina tötest.« Sie nahm seine Hand und legte sie dahin, wo sie gerade eben noch nicht liegen durfte. Sie musste die Verzauberung wiederherstellen, damit er nicht sofort nein sagte und am Ende gefügig war. Es war wichtig, dass Nina getötet wurde, Nina, das Bauernkind, denn sie war im Weg. Nur eine tote Ehefrau konnte durch eine neue ersetzt werden, und nur eine tote Lady durch eine neue.

»Das kann ich nicht!«
»Pst, nicht so laut.« Isabella legte den Finger an die Lippen. »Natürlich kannst du das, du tust es doch für mich. Und für uns. Denn wenn du es tust, wirst du das jeden Tag haben können.« Sie drückte seine Hand beziehungsvoll auf ihren Schoß.
»Oh, Isabella ...«
»Wirst du es tun?«
»Ich kann nicht.«
»Wirst du es tun?«
»Aber ... aber warum ausgerechnet Lady Nina?«
Isabella schaute Hartford mit wildem Blick an. »Sie hat mich erniedrigt, gedemütigt, entwürdigt! Sie zusammen mit dem Earl! Sie haben mich gezwungen, ihnen zu Willen zu sein, sie haben mich in ihr Bett geschleift, und ich musste Dinge mit ihnen tun, die du dir nicht vorstellen kannst.«
»Das ... glaube ich nicht.«
»Das glaubst du nicht? Willst du damit sagen, dass ich lüge? Gut, dann muss ich deutlicher werden.« Und Isabella erzählte in allen Einzelheiten, was sie erlitten hatte – nur nicht im gräflichen Bett, sondern im Bilgenverlies der *Falcon.* Sie tat es so bestimmt und so genau, dass Hartford schließlich nicht anders konnte, als ihr zu glauben. Auch wenn er es sich noch immer nicht vorzustellen vermochte.
»Aber ich bin kein Mörder«, sagte er hilflos.
»Natürlich bist du einer«, sagte sie und schob seine Hand wieder fort. »Du hast Thomas Engfield erschlagen, vergiss das nicht. Und du solltest auch nicht vergessen, dass der

Sheriff, dem du damals entwischt bist, einen Nachfolger hat, dass Mord niemals verjährt und dass auf Mord die Todesstrafe steht. Ich bin sicher, dass der Nachfolger sehr erfreut wäre, wenn er den Fall von damals erfolgreich abschließen könnte.«

»Isabella! Du drohst mir?«

»Aber nein!« Sie legte seine Hand auf ihre Brüste und bemerkte, dass die Hand zitterte. »Ich meine nur, wer einmal gemordet hat, kann wieder morden, besonders, wenn es für einen guten Zweck ist. Ich bin erniedrigt worden, ich habe das Recht auf Rache. Am liebsten wäre mir, du würdest auch den Earl töten, aber der ist morgen oder übermorgen fort, und ihn zu töten, das will sorgfältig geplant sein. Deshalb müssen wir mit dem Bauernmädchen Nina beginnen.«

»Isabella, Isabella …«

»Sag nicht dauernd Isabella, sondern höre mir zu. Ich werde dir jetzt sagen, was du zu machen hast. Du wirst sehen, es ist völlig ungefährlich – jedenfalls für dich.«

»Ich weiß nicht, wirklich nicht.«

»Es ist ganz leicht, vertraue mir, ich vertraue dir auch.« Doch sie spürte, wie er sich dagegen sträubte, und beschloss, seinen Widerstand endgültig zu brechen.

Wenig später gewährte sie ihm noch einmal Einlass ins Paradies, und wie erwartet, war er danach endlich gefügig.

Dann erzählte sie ihm ihren Plan.

In derselben Nacht versuchte Vitus, Nina schonend beizubringen, dass die Pflicht ihn abermals fortrief. Sie lagen beide im Bett, und Nina ruhte in seiner Armbeuge, nachdem sie einander geliebt hatten. Es war mehr eine Vereinigung der Zärtlichkeit, der Vertrautheit gewesen als ein Akt der lodernden Liebe, und Vitus hatte sich dabei ertappt, dass er im Augenblick der höchsten Lust an Isabella dachte, die ungleich leidenschaftlicher war als Nina.

»Liebste«, murmelte er, »es gibt da etwas, das ich dir sagen muss.«

Nina schlief schon halb.

»Liebste, ich muss dir jetzt etwas sagen, und du darfst mich nicht wieder aus dem Zimmer werfen.« Er hatte beschlossen, nicht lange herumzureden. »Ich werde morgen Greenvale Castle verlassen und als Arzt auf einem Schiff der Flotte dienen. Ich muss es tun, denn es ist ein persönlicher Befehl der Königin, den mir Lordadmiral Howard heute Nachmittag überbrachte.«

Zu seiner grenzenlosen Erleichterung sagte sie nichts. Sie schrie nicht, sie schimpfte nicht, sie machte ihm keine Vorhaltungen. Doch als er ihr ins Gesicht sah, entdeckte er zwei Tränen, und dieser stille Protest war schlimmer als jedes laute Wort.

»Ich kann wirklich nichts dafür«, beteuerte er. »Ich hatte Howard schon eine Ablehnung erteilt, hatte ihm gesagt, dass mein Platz hier ist, als er seinen letzten Trumpf aus der Tasche zog. Es war der Brief von Ihrer Majestät … warte.« Er stand auf, nackt wie er war, und holte das Schreiben. »Hier, lies.«

Sie tat es und sagte lange Zeit nichts.
»Liebste, was ist mit dir?«
»Es ist so gemein«, flüsterte sie. »So unendlich gemein. Was weiß denn diese alte Jungfer davon, wie es ist, wenn der geliebte Mann in den Krieg ziehen muss? Was weiß sie davon, wie es ist, wenn die Kinder ihren Vater für immer verlieren können? Nichts weiß sie! Sie ist mit einer Krone verheiratet, einem Gegenstand aus kaltem Metall, und genauso verhält sie sich auch. Wenn sie Angst um ihr geliebtes England hat, soll sie doch selbst in den Krieg ziehen. Soll sie ihren königlichen Kopf selbst in den Kugelregen halten! Aber das tut die feine Dame nicht, sie schickt andere vor, feiert Feste in Whitehall, lässt sich sündhaft teure Kleider nähen, reitet aus mit ihren nichtsnutzigen Schranzen, während ihre Untertanen Ströme von Blut für sie vergießen. Oh, das ist alles so ungerecht!«
»Liebste, beruhige dich. Sie ist eine Frau, ihr Platz ist nicht in der Schlacht. Jeder muss in dieser schweren Zeit das tun, was Gott für ihn vorgesehen hat. Und Gott hat diese Frau auf den Thron Englands gesetzt.«
Nina weinte jetzt hemmungslos. »Sie hat kein Recht, dich irgendwohin zu schicken. Sie kann nicht einfach so über dich verfügen! Liebster, bei allem, was ich dir je bedeutet habe, bitte bleib!«
Er stand vor ihr, nackt, mit hängenden Schultern. »Du weißt, dass ich gehen muss.«
Nina schluchzte weiter, sie hatte einen Weinkrampf, und ihr Klagen war so laut, dass selbst die kleine Jean in ihrer Wiege erwachte und plärrte. Auch Odo und Carlos kamen in das elterliche Schlafgemach gelaufen und fragten be-

stürzt, was los sei. Vitus, der sich schnell etwas übergeworfen hatte, versuchte, allseits die Wogen zu glätten. »Ich werde als Arzt Dienst auf einem Schiff der Königin tun«, sagte er. »Eure Mutter hat Angst um mich, denn es geht gegen die Armada. Aber sie braucht sich nicht zu sorgen, mir passiert nichts, und in zwei Wochen bin ich wieder daheim.«

»Ich will mit!«, brüllte Odo.

»Ich auch!«, brüllte Carlos.

»Ausgeschlossen«, sagte Vitus. »Am besten, ihr geht jetzt wieder zu Bett. Morgen reden wir weiter.«

Die Jungen maulten etwas, trollten sich aber.

Nina hatte sich unterdessen so weit gefasst, dass sie die kleine Jean nehmen konnte. Sie gab ihr die Brust, und langsam kehrte Ruhe ein.

Vitus setzte sich neben Nina aufs Bett. »Bitte versetze dich in meine Lage, Liebste. Du an meiner Stelle würdest deiner Königin auch gehorchen.«

»Ich hasse die Königin. Sie allein hat dich in diese Lage gebracht.«

»Bitte, sprich nicht so von ihr. Das kann ich nicht zulassen. Sie ist die Gloriana aller rechtschaffenen Untertanen.«

»Sie ist mir egal, der Krieg ist mir egal, England ist mir egal. Ich will nur meinen Mann behalten. Ist das zu viel verlangt?«

Vitus zuckte hilflos mit den Schultern und schwieg. »Bitte, versteh mich doch«, sagte er nach einer Weile.

Nina fuhr herum. »Und wer versteht mich? Die englische Flotte kann mir gestohlen bleiben und die Armada genau-

so. Wozu gebären wir Frauen unter Schmerzen Kinder, wenn sie sinnlos in den Krieg geschickt werden?«
Vitus dachte, dass die kommende Schlacht gegen die Armada keineswegs sinnlos sein würde, behielt seine Gedanken aber für sich. Stattdessen nahm er Jean aus Ninas Armen und legte sie behutsam wieder in die Wiege. Die Kleine war satt und zufrieden und plärrte nicht mehr. »Versuchen wir, ein wenig zu schlafen«, sagte er versöhnlich und strich Nina über die Wange.
Sie antwortete nicht.
»Gute Nacht, Nina.«

Es war noch vor dem Mittagsmahl, als Vitus an die Tür des Spanischen Zimmers klopfte und ohne lange zu warten eintrat. »Isabella? Ich bin's, ich habe mit dir zu reden. Es gibt da einen Brief ... Ach, du bist es, Hartford, was machst du in Miss Isabellas Zimmer?«
»Mit Verlaub, Mylord, ich komme meinen Pflichten nach. Ich räume auf.«
»Das sehe ich. Allerdings zu recht früher Stunde, wie mir scheint. Wo ist Miss Isabella?«
»Ich weiß es nicht genau, Mylord. Den Geräuschen nach zu urteilen im Nebenzimmer, um sich frisch zu machen und anzukleiden.«
»Ach so.« Vitus blieb unschlüssig stehen. Er hatte Isabella zur Rede stellen wollen wegen des verräterischen Geheimbriefs an die Armada, der mit einem »I.« unterzeichnet war. Er hatte sie der Spionage bezichtigen wollen, er hatte sie

seines Hauses verweisen und den Behörden übergeben wollen, er hatte sie dem Henker zuführen wollen … Er hatte sich vieles vorgenommen und war eisern entschlossen, es auch durchzuführen. Doch nun war sie nicht zu sprechen, und er war fast froh darüber. Die Unterredung konnte auch später stattfinden, notfalls sogar nach seiner Heimkehr, denn sie ahnte ja nicht, dass ihr Spiel durchschaut war. Sie würde ahnungslos in Greenvale Castle bleiben und der verdammten Armada die Daumen halten. Aber daraus würde nichts werden, so wahr er der Earl of Worthing und ein treuer Untertan seiner Königin war!

»Nun ja, meine Empfehlung an Miss Isabella, Hartford.«

Hartford unterbrach seine Arbeit mit dem Staubwedel und verbeugte sich. »Gewiss, Mylord, kann ich etwas ausrichten?«

»Nein«, sagte Vitus und ging.

Nach dem Mittagsmahl trafen sich Enano, der Zwerg, und Nella, sein Adoptivtöchterchen, am See, um unbelauscht miteinander reden zu können. »Wui, mein Spätzchen«, sagte der Winzling, der auf einer Bank saß und die Beine baumeln ließ, »nu isses wieder so weit. Den Örl juckt's in den Reiseschuhen, un ich will ihn akkompanieren, wenn's gegen die Armada geht. Musst schön Späne machen, wenn ich wech bin.«

»Altlatz, du sollst nicht immer so blöd sprechen.« Nella saß neben dem Zwerg und beobachtete die Enten, die eifrig nach Futter gründelten.

»Ich mein, sollst aufpassen, wennich wech bin. Auf dich un auf die Örlin. Der Isabella, der Metze, trau ich nich für'n Heller übern Weg.«

»Ich bin gestern Abend in die Küche runtergegangen, Altlatz, weil ich nicht schlafen konnte. Tante Nina hat so laut in ihrem Schlafzimmer geweint, ich glaub, sie hat sich mit Onkel Vitus gestritten. Ich wollt einen Becher Milch trinken, und da hör ich auf einmal, wie jemand in den Keller runtergeht. Es war Hartford.«

»Hartford, der Schomser, der Lakai? Was wollt'n der inner Tiefe?«

»Das wollt ich auch wissen und bin hinter ihm her. Er hat Wein geholt und ist damit zu Isabella in ihr Zimmer. Ich hab die Ohren an der Tür aufgesperrt und gehört, wie sie sich unterhalten haben. Ich hab nicht alles verstanden, aber ich glaub, sie haben das gemacht, was Tante Nina und Onkel Vitus auch manchmal abends im Bett machen. Du weißt schon, wenn sie so japsen und kichern …«

»Da schäl mir einer den Mondschein! Der Schomser un die Metze? Nella-Kind, Nella-Kind, spitz bloß die Löffel un halt die Lauscher steif. 's klingt nach Unrat, was du da sagst.«

»Ich tu, was ich kann, mein lieber Altlatz.«

»Denn is gut. Bist'n gewieftes Pupperl. Denn kann dein alter Gacke ruhich verschwinden un'n Auge auf'n Örl ham. Der Magister is ja wech, der kann's nich mehr, nur der große Machöffel weiß, wie's dem geht. Obacht un wahrschau! Der Heringsteich is manchmal ganz schön windich un blasich, un der Feind is eklich. Muss mich beeilen, der Örl hat den Flohfänger schon an un die Kiepe auf'm Ast, er is noch

zum Catfield, will ihm stechen, was er tun un was er lassen soll, un will noch zur Örlin, adjö sagen. Schmätzerchen, mein Spätzchen, un bleib gesund, bis der Altlatz krickkommt, Schmätzerchen!«
Der Zwerg küsste Nella geräuschvoll, wurde ebenfalls geküsst, kletterte von der Bank und hüpfte winkend zurück zum Schloss.

»Ich mache mich jetzt auf den Weg nach Plymouth«, sagte Vitus im Grünen Salon. »Küsst du mich diesmal zum Abschied?«
Nina antwortete nicht. Doch sie stellte sich auf die Zehenspitzen und tat es. Es lag etwas Mechanisches in ihrer Geste, etwas Abwesendes, Fremdes. Er spürte, dass er keinen Zugang zu ihr hatte, und wollte sie an sich drücken, aber sie löste sich schnell von ihm.
»Ich bete, dass du heil und gesund zurückkommst«, sagte sie.
»Das werde ich«, versicherte er betont munter. »In spätestens zwei Wochen bin ich wieder da.« Er wandte sich Odo und Carlos zu, die mit düsteren Mienen dem Abschiednehmen zusahen. Sie konnten es nicht verwinden, dass sie zu Hause bleiben mussten.
Er legte ihnen die Hände auf die Schultern und sagte: »Kopf hoch, ihr Jungen, ihr werdet noch früh genug in den Krieg ziehen, früher vielleicht, als euch lieb ist.«
Odo und Carlos nickten ergeben. Wenn sie wollten, konnten sie sehr brav sein.

»Nun gebt mir einen Kuss und geht angeln. Das wolltet ihr doch, oder?«
»Ja, Papa. Aber Männer küssen sich nicht«, sagte Odo.
»Nee, Männer küssen sich nicht«, bekräftigte Carlos. »Bringst du uns wieder was mit, Papa?«
»Ich verspreche es.«
»Juchhuuu!«
»Und nun ab mit euch, ihr Rangen.«
Als die Jungen verschwunden waren, versuchte Vitus erneut, Nina an sich zu ziehen, aber diese tat, als müsse sie die Zudecke der kleinen Jean richten, und sagte: »Ich bete für dich – und für uns.«
Enttäuschung und Schmerz überkamen ihn. Was hatte er seiner Frau getan! Warum war sie nur so hart zu ihm? Er tat doch nur seine Pflicht! Das und mehr wollte er ihr sagen, aber er sagte nur: »Dann Gott befohlen.«
»Gott befohlen.«
Mit wundem Herzen ging er hinaus auf den Schlossplatz. Der Zwerg und der treue Keith warteten schon.

Nach zwei Tagesritten und zwei kurzen Nächten trafen Vitus und seine Begleitung am Spätnachmittag des 18. Juli in der Hafenstadt Plymouth ein. Ohne sich lange aufzuhalten, schlugen sie den Weg zu den Kais ein und fragten sich nach der *Camborne* durch. Sie war ein schönes Schiff, ebenso wie die *Falcon* nach den Prinzipien des genialen Mathematikers Matthew Baker gebaut, nur sehr viel neuer und auf den ersten Blick auch beeindruckender. Sie

verfügte über vier Masten, die mit Rahsegeln und Lateinersegeln getakelt waren, und über sechsundzwanzig Kanonen, darunter Neun- und Sechspfünder-Culverines, dazu kamen acht der für den Nahkampf so tödlichen Drehbassen.
Vitus und der Zwerg saßen ab, nahmen ihre Habe auf und übergaben die Zügel ihrer Pferde an Keith. »Mach's gut, Keith«, sagte Vitus, »grüße Lady Nina und die Kinder von mir.«
»Un von mir 's Nella-Kind«, fistelte der Zwerg.
»Ich werd's ausrichten«, versicherte der Stallmeister, grinste in der ihm eigenen Art bis über beide Ohren und begann den langen Ritt zurück.
»Das wär geschafft.« Vitus beschloss, einen Schlusspunkt unter die Querelen der Vergangenheit zu setzen und sich nur noch auf die Zukunft zu konzentrieren. Sein Blick ging zum Schiff, wo in diesem Augenblick eine Talje an der Hauptrah angeschlagen wurde, um ein paar schwere Pulverfässer an Bord zu nehmen. Da jeglicher Umgang mit explosiven Stoffen höchste Aufmerksamkeit erforderte, ruhten die Augen aller auf zwei Matrosen, die mit Hilfe eines gleichförmigen Gesangs am Seil der Talje zogen: *»Tow, boy, tow … tow the rope … do not nope … tow, boy, tow … tow the rope …«*
»Oooaah!«
»Tow, boy, tow …«
»Ooooaah!«
Vitus merkte erst jetzt, dass sich ein Schrei unter den Gesang gemischt hatte. Es war ein markerschütternder, verzweifelter Schrei in höchster Not, und er kam von achtern.

Vitus eilte zum Heck des Schiffs und andere, die ebenfalls den Schrei vernommen hatten, mit ihm.

»Ooh ...«

Der Schrei war kein Schrei mehr, eher ein ersterbender Laut; er kam nicht vom Schiff, und er kam nicht vom Kai, sondern aus der Tiefe des Raums zwischen Bordwand und Hafenmauer. Ein Mann hing da, halb zerquetscht von den Barkhölzern der *Camborne.* Seine Bewegungen waren matt, Blut rann ihm aus dem Mund. Dann sank sein Kopf kraftlos zur Seite.

»Der is hin«, fistelte der Zwerg.

»Der Mann muss sofort geborgen werden«, rief Vitus. Er scheuchte ein paar der gaffenden Matrosen auf. »Los, holt ihn herauf, tut etwas! Wo ist der Erste Offizier?«

Einer der Gaffer antwortete: »Ich fürchte, es ist der Erste Offizier, Sir.«

Quälend rannen die Minuten dahin, während die komplizierte Bergungsarbeit ausgeführt wurde. Ein junger Mann war unterdessen hinzugeeilt und hatte sich Vitus als Donovan Stonewell vorgestellt, Arzt an Bord von Ihrer Majestät Schiff *Camborne.* Doch Vitus hatte ihn kaum beachtet, sondern die Kiepe geöffnet und seine chirurgischen Instrumente hervorgeholt. Er wollte für alle Fälle gerüstet sein.

»Wenn eine Notoperation durchgeführt werden muss, könnt Ihr mir assistieren, Stonewell, ich bin Vitus von Collincourt.«

»Oh, Sir, äh, Mylord, das wusste ich nicht, es ist mir eine Ehre ...«

»Jetzt ist nicht Zeit für lange Reden, Stonewell, lasst den Verletzten dort auf den Boden legen, aber vorsichtig. Wir wollen nicht hoffen, dass er sich das Rückgrat gebrochen hat.«

»Jawohl.« Stonewell kam dem Befehl nach.

Vitus kniete neben dem Verletzten nieder und drehte dessen Kopf zu sich, um ihn anzusprechen. Doch das Wort blieb ihm im Hals stecken.

Der Mann war Pigett.

Der Kapitän Jackson Steel

»Stimmt, Mylady, wir sind nur ein Lazarettschiff. Aber im Zweifelsfall werden wir nicht tatenlos zusehen, wenn uns jemand an die Gurgel will. Wir werden den Dons dann eine gehörige Lektion erteilen.«

Samuel Pigett, der ehemalige Zweite Offizier der *Falcon,* hauchte qualvoll sein Leben aus. Vitus konnte nichts mehr für ihn tun, außer ihm etwas Wasser einzuflößen, und das war wenig genug. »Bleibt ganz ruhig, das Wasser wird Euch erfrischen«, sagte er, aber er sagte es nur der Form halber, denn er war sicher, dass Pigett ihn nicht mehr hörte – ebenso wie Pigett ihn nicht mehr sah, obwohl seine Augen ihn anzustarren schienen.

»Kennt Ihr den Sterbenden, Mylord?«, fragte Stonewell respektvoll.

»›Sir‹ reicht«, antwortete Vitus knapp. Stonewell musste nicht unbedingt wissen, welch ein Hundsfott Pigett gewesen war. Pigett war so gut wie tot, und Toten sagte man nichts Schlechtes nach. Da er den knappen Ton seiner Antwort etwas abmildern wollte, streckte er die Hand aus und fügte hinzu: »Ich bin nicht an Bord in meiner Eigenschaft

als Earl, sondern als Arzt. Auf gute Zusammenarbeit, Stonewell.«
»Auf gute Zusammenarbeit, Sir!« Stonewell strahlte. »Ihr seid genau so, wie Professor Banester Euch beschrieben hat.«
»So? Wie hat er mich denn beschrieben?«
»Nun ...« Stonewell schwankte einen Augenblick zwischen Mitteilungsbedürfnis und Scheu. »Äh, jedenfalls als sehr tüchtig.«
Vitus lächelte. »So tüchtig nun auch wieder nicht. Nehmen wir an, ich wüsste nicht, woran Pigett stirbt, könntet Ihr mir helfen?«
»Ich will es versuchen, Sir.« Stonewell untersuchte mit raschen, geschickten Handgriffen die grausamen Quetschungen, die durch die Barkhölzer des Schiffsleibs entstanden waren, schaute dem Sterbenden in Mund, Ohren und Nasenlöcher, tastete noch einmal vorsichtig den Leib ab und kam zu dem Schluss: »Mister Pigett wird seinen inneren Verletzungen erliegen oder wartet« – er prüfte den Puls und den Atem – »er ist ihnen in diesem Moment erlegen.«
»Gut, Stonewell«, lobte Vitus. »Es sieht ganz so aus. Bitte lasst den Toten wegschaffen. Ich denke, er sollte an Land begraben werden. Es macht keinen Sinn, eine Leiche an Bord zu nehmen, um sie später der See zu übergeben.«
»Jawohl, Sir.«
Vitus blickte sich um und sah, das die Traube der Gaffer noch größer geworden war. »Hat jemand gesehen, wie das Unglück passierte?«, fragte er.
Keiner der Männer wusste etwas. Nur einer meinte, er hät-

te gesehen, wie Mister Pigett im hinteren Bereich bei den Besanrüsten plötzlich das Gleichgewicht verloren hätte und über Bord gefallen sei.

»Das klingt seltsam«, sagte Vitus. »Ein Mann verliert nicht plötzlich grundlos sein Gleichgewicht, jedenfalls nicht, wenn er gesund und nüchtern ist. Und dieser Mann war nüchtern. Könnte es sein, dass bei dem Sturz jemand nachgeholfen hat?«

Die Männer zuckten mit den Schultern und begannen, sich zu entfernen, denn ein Wagen für den Abtransport von Pigett kam herangefahren. Nur einer von ihnen kratzte sich am Kopf und sagte: »Es könnt sein, dass ihn jemand runtergeschubst hat, Sir, bin mir aber nich sicher, hab nur so 'ne Bewegung im Augenwinkel gesehn, mehr nich.«

»Wie ist dein Name?«

»Huck, Sir, wie *huckleberry*, die Beere.«

»Danke, Huck. Hilf jetzt den anderen Männern, die Leiche aufzuladen. Und Ihr, Stonewell, sprecht mit dem Hafenkommandanten, er soll einen Pfarrer verständigen und für die Beerdigung sorgen. Die Kosten dafür sollen aus dem Verkauf von Pigetts Habe bestritten werden.«

»Jawohl, Sir, ich werde mich um alles kümmern.«

Vitus fand, dass sich Stonewell als sehr anstellig erwies, und betrat über die Laufbrücke das Schiff. Nach Pigetts Tod hatten die Matrosen ihre Arbeit wieder aufgenommen, so dass kaum einer von ihnen Vitus beachtete. Er griff sich einen Mann und fragte, ob Kapitän Steel an Bord sei.

»Aye, Sir, er ist in seiner Kajüte. Ich bring Euch zu ihm.«

Wenig später salutierte der Posten vor der Tür zu Steels Reich und ließ ihn vorbei. Vitus klopfte an.

»Hereinspaziert!«, ertönte eine Bassstimme.
Vitus trat ein und stand vor einem fülligen Mann, dessen rosige Wangen netzartig von roten Äderchen durchzogen waren. Dies und die rote Nase sprachen für einen regelmäßigen Alkoholkonsum. Dass Vitus' Vermutung richtig war, sollte sich sogleich erweisen, denn Steel deutete auf einen Krug Wein und zwei Gläser und sagte: »Ich habe schon auf Euch gewartet, Mylord. Der Lordadmiral hat Euch angekündigt und einiges von Euch berichtet. Es ist für mich und meine Männer eine große Ehre, an Bord einen echten Earl zu haben.«
»Der aber nicht als solcher angesprochen werden will«, sagte Vitus. »Cirurgicus genügt.«
»Gern, äh, Cirurgicus. Darf ich Euch zur Feier des Tages ein Gläschen anbieten?«
»Danke, ich kann jetzt eines brauchen«, sagte Vitus. »Und Ihr könnt es auch, denn offenbar hat Euch niemand über die Geschehnisse am Kai informiert.«
Steel zog ein fragendes Gesicht, und Vitus erzählte ihm, was vorgefallen war.
»Sapperlot!«, rief Steel aus, als Vitus geendet hatte. »Gut, dass ich sitze. So ein verdammtes Pech aber auch! Da denkt man, einen fähigen Ersten bekommen zu haben und muss mit einer Leiche vorliebnehmen. Äh, nicht dass Ihr mich falsch versteht, Cirurgicus, natürlich tut mir der Mann leid, aber davon hat er nun auch nichts mehr.«
»Für seine Beerdigung wird gesorgt werden, ich habe alles veranlasst.«
»Dann bin ich beruhigt. Es ist immer gut, wenn die Seelen der Verstorbenen nicht heimatlos herumgeistern, weder an

Land noch auf See.« Steel unterdrückte ein Rülpsen. »Trinken wir auf ihn!«
Vitus, der an die menschlichen Mängel Pigetts denken musste, sagte: »Wenn Ihr gestattet, Sir, würde ich lieber zunächst auf die Königin trinken.«
»Richtig, richtig, wie konnte ich unsere Jungfrauenmajestät nur vergessen! Ha, ha, ich werde alt.« Steel erhob sich schnaufend. »Auf dass sie lange lebe, gesund bleibe und nicht gesegneten Leibes werde, jedenfalls nicht ohne Ehegespons, ha, ha! *Cheers!*«
»*Cheers!*« Vitus fand den Trinkspruch etwas ungewöhnlich, sagte aber nichts.
»Aaah, das tat gut!« Steel setzte sich wieder und wollte zum gemütlichen Teil des Tages übergehen, aber der Gedanke, keinen Ersten Offizier mehr zu haben, hinderte ihn daran. »Wirklich ärgerlich, das mit Pigett«, dröhnte er. »Es wird mir wohl nichts anderes übrigbleiben, als den Zweiten zum Ersten zu machen, den Bootsmann zum Zweiten, einen der Maate zum Bootsmann und so weiter. Es ist wie beim Dominospiel: Stößt man einen Stein an, stößt man alle an. Der Einzige, der dabei nicht befördert wird, bin ich, ha, ha.« Steel schenkte sich nach und vergaß dabei Vitus, aber dieser hätte sowieso abgelehnt, da er gehen wollte.
»Wenn Ihr erlaubt, Captain, würde ich mich gern in meiner Kammer einrichten und anschließend die Behandlungsräume im Schiff ansehen. Mister Stonewell wird mir dabei sicher behilflich sein.«
Steel lachte. »Mir ist alles recht, Cirurgicus, solange ich sitzen bleiben darf.«

»Der Zwerg in meiner Begleitung schläft stets in der Nähe der Feuerstelle, um ihn braucht Ihr Euch keine Sorgen zu machen.«

»Das mache ich auch nicht.« Steel hob verschmitzt den Zeigefinger. »Und um Euch, Cirurgicus, erst recht nicht. Ihr habt es wirklich sehr gut getroffen, wenn ich so sagen darf.«

»Was meint Ihr damit, Captain?«

»Nichts, nichts. Nur so viel: Eure Kammer ist an Steuerbord, am Ende der Galerie.«

»Danke, bitte entschuldigt mich jetzt.«

»Aber gern, wir sehen uns später.«

Vitus trat vor die Tür, ergriff seine Kiepe, die er draußen hatte stehenlassen, und ging die wenigen Schritte hinüber zu seiner neuen Bleibe. Er hoffte, sie würde etwas größer sein als Doktor Halls Kammer auf der *Falcon.* Er stieg über das Süll, trat ein und sah, dass seine Hoffnung sich erfüllte. Der Raum war tatsächlich größer. »Gott sei Dank, etwas mehr Platz«, murmelte er.

»Guten Tag, Vitus.«

Er fuhr herum und sah – Isabella.

Er brauchte einige Augenblicke, um die Sprache wiederzufinden. »Was machst du denn hier?«, fragte er nicht gerade freundlich.

Sie schien seinen abweisenden Ton nicht zu bemerken, denn sie strahlte: »Das siehst du doch. Ich wohne hier.«

»Ja, aber …« Jetzt begriff er gar nichts mehr. »Was machst du überhaupt auf dem Schiff?«

»Wie gesagt, ich wohne hier.«

»Dummes Geschwätz!«

»Na, na.« Isabella drohte neckisch mit dem Zeigefinger. »Spricht man so mit seiner Ehefrau?«
»Was?«
»Du hast richtig gehört: Ich bin Lady Nina, deine Frau. Capitán Steel war entzückt, als ich schon heute Mittag anreiste und hat mir – das heißt, uns – persönlich diese Kammer zugewiesen. Gefällt sie dir?«
Vitus kämpfte die aufkeimende Wut nieder. Etwas derart Dreistes hatte er noch nie erlebt. »Aber das Ganze ist doch lächerlich! Verschwinde! Geh mir aus den Augen, von mir aus geh dahin, wo der Pfeffer wächst. Ich habe mit dir nichts zu schaffen.«
»O doch, das hast du. Schließlich sind wir verheiratet. Jeder auf dem Schiff weiß es.«
»Dann werde ich die Sache richtigstellen.«
»Ach ja? Und was willst du den Herrschaften sagen? Dass ich nicht deine Frau bin? Dass ich nur deine Geliebte bin? Dass der Earl of Worthing, von Elizabeth I. persönlich in den Adelsstand erhoben, mit seiner Geliebten auf Feindfahrt gehen wollte, es sich jetzt aber anders überlegt hat?«
»Ich … ich … werde eine Lösung finden.«
»Nenne sie mir, mein treuer Ehemann.« Isabella lächelte süß mit ihren lückenlosen Zähnen.
Er setzte sich auf eine der Kojen. Die Situation, in die Isabella ihn gebracht hatte, war absurd. Es musste eine einfache Lösung geben, sie zu beenden. »Ich werde sagen, das Ganze ist ein Missverständnis, eine Verwechslung!«
Sie lachte genüsslich. »Die eigene Ehefrau verwechselt man nicht.«
»Du bist Spanierin. Ich werde sagen, du wolltest nach Hau-

se, um deine Eltern zu besuchen, hättest aus Versehen das falsche Schiff erwischt … äh, nein, warte …« Er merkte selbst, welch ungereimtes Zeug er daherredete. »Ich werde sagen, du seist eine ganz durchtriebene Hochstaplerin!«

»Eine Hochstaplerin, die den echten Ring der Lady Nina trägt?« Sie hielt ihm ihre Hand hin, an deren einem Finger tatsächlich Ninas Ring saß. »Es ist der Ring, der in deinem Ring seine Entsprechung findet.«

»Du … du Diebin!« Er wollte sich auf sie stürzen, musste aber daran denken, wie dünn die Holzwände waren. Ihre Schreie hätte man auf dem ganzen Schiff gehört. »Ich … ich werde Captain Steel sagen, dass ich nachts stark schnarche, und um eine zweite Kammer für mich bitten.«

»Eine solche gibt es nicht. Oder willst du als Arzt unten in der Bilge hausen? Ich kann dir aus eigener Erfahrung versichern, dass der Aufenthalt dort alles andere als kurzweilig ist.«

»Ich … ich …«

Sie lächelte noch immer genüsslich. »Ergib dich einfach in dein Schicksal, Liebster. Es gibt hässlichere Frauen als mich. Die Blicke, die man mir zuwarf, als ich an Bord ging, haben es mir bestätigt.«

»Ha, ich hab's! Ich werde die Wahrheit sagen, ganz einfach die Wahrheit, dann klärt sich alles auf!«

»Und was wird Nina zu der Wahrheit sagen?«

»Ich …« Er schwieg. Der Gedanke, wie unsagbar verletzt sie sein würde, schmerzte ihn fast körperlich. Er grübelte hin und her, doch ihm fiel nichts mehr ein. Immer wenn er dachte, er hätte eine Lösung gefunden, erwies sie sich als undurchführbar. Er kam sich vor wie ein Insekt, das hilflos

im Spinnennetz zappelte. Isabella war die Spinne, und er war das Opfer.
Sie legte ihm die Hand auf die Schulter. »Liebster, ich helfe dir deine Sachen auspacken. In zwei Stunden bittet Capitán Steel uns an den Offizierstisch.«
Er schüttelte wild den Kopf. »Untersteh dich, meine Sachen anzurühren!«
Es klopfte. Isabella rief: »Herein!«
»Verzeiht die Störung, Mylady.« In der Tür stand Stonewell, verbeugte sich vor Isabella und wandte sich dann an Vitus: »Sir, ich wollte Euch nur melden, dass für Mister Pigetts Beerdigung alles in die Wege geleitet ist. Allerdings wird sie wohl erst stattfinden, nachdem wir abgelegt haben.«
»Vielen Dank, Stonewell, gute Arbeit.«
»Mylady …« Stonewell verbeugte sich abermals höflich vor Isabella. »Ich darf mich empfehlen und freue mich schon auf unser gemeinsames Abendessen beim Captain.«
Als Stonewell fort war, ging mit Isabella eine Wandlung vor sich. Eben noch von zuckersüßem Gehabe, sprühte sie jetzt vor Hass. »Pigett, dieses Schwein!«, rief sie, wobei sie das Wort Schwein regelrecht ausspie. »Der hat die längste Zeit Frauen vergewaltigt!«
»Du weißt also, was ihm widerfahren ist?«, fragte Vitus verwundert.
»Und ob ich das weiß!«
Vitus musste an den Matrosen denken, der aus dem Augenwinkel eine Bewegung bemerkt haben wollte, bevor Pigett über Bord fiel. Ein furchtbarer Verdacht keimte in ihm auf. »Sag mal, du hast doch wohl nicht Pigett …?«

»Natürlich habe ich es getan! Das Schwein hat es verdient, tausend Tode zu sterben. Als ich ihn heute Nachmittag an Bord sah, stand für mich sofort fest, dass ich mich rächen würde. Er beugte sich weit über die Reling und wollte irgendetwas am Schiffsrumpf untersuchen, ich brauchte ihm nur in seinen verdammten *culo* zu treten, um ihn für immer in die Hölle zu befördern.«

Vitus war fassungslos. Was war das nur für eine Frau! Eine Teufelin! Eine Furie! »Für diesen Mord wirst du geradestehen müssen. Ich werde dich noch heute der Gerichtsbarkeit übergeben.«

»Das wirst du nicht.«

»Ich wüsste nicht, was mich daran hindern sollte.«

Isabella setzte wieder ihr genüssliches Lächeln auf. »Die Tatsache, dass ich deine Frau bin.«

»Ich werde sagen, dass du nicht meine Frau bist.«

»Aber was bin ich dann? Deine Geliebte? Das hatten wir doch schon einmal, Liebster.«

»Nenne mich nicht Liebster.« Vitus gab es auf. Sie war die Spinne, er das Opfer. Er konnte nichts unternehmen, ohne einen Skandal zu verursachen. Doch ein Skandal musste um jeden Preis vermieden werden – schon allein Ninas wegen, deren Gefühle auf keinen Fall verletzt werden durften.

»Ich gehe«, sagte er.

»Wohin gehst du?«

»Ich weiß es nicht. Irgendwohin, wo Luft zum Atmen ist.«

Er stieg an Deck, wehrte Stonewell ab, der ihm die Behandlungsräume im Schiff zeigen wollte, und ging über die Laufbrücke an Land. Der Kopf schwirrte ihm vor Gedanken, die alle unerfreulich waren und sich gegen jegliche

Einordnung wehrten. Das Einzige, was er wahrnahm, war ein großer Schriftzug an einem Gebäude außerhalb der Sperrzone. *Shark's Inn* stand da in blutigen Buchstaben, und obwohl das nicht sehr einladend klang, lenkte er seine Schritte dorthin. Im Augenblick war ihm jede Abwechslung recht.

Drinnen war es nicht gerade voll, was an der frühen Abendstunde liegen mochte. Immerhin scharten sich ein paar Zecher neben dem Schanktisch um einen drahtigen Burschen, der den Dudelsack blies und gleichzeitig zu seiner eigenen Musik tanzte. Ein paar der umstehenden Männer klatschten im Takt mit und feuerten den Spieler an. Sie kamen Vitus bekannt vor, und er blickte näher hin. Donnerwetter, das waren ja einige der *Falcons!* Freude durchzuckte ihn. Vertraute, fast familiäre Gefühle kamen auf. Er erkannte Muddy und Chock. Und Ted, den Jungen mit den scharfen Augen. Dazu Dunc, den Veteranen, der Taggarts Golddublone in der Schädeldecke trug. Ohne sich zu besinnen, rief er Taggarts Satz: »He, Dunc, wie geht es meinem Gold?«

Dunc antwortete mechanisch: »Weiß nicht, Sir, habe zu viel im …«, bevor er in Vitus' Richtung blickte. Dann aber bekam er große Augen. »Der Cirurgicus! Mensch, Leute, guckt mal, der Cirurgicus!«

Die Musik brach ab, und aller Augen waren plötzlich auf Vitus gerichtet. Ein weiterer Ruf durchbrach die Stille: »Ich werd verrückt, er ist es tatsächlich!« Die Stimme gehörte dem Dudelsackspieler. Es war McQuarrie.

Nach der lautstarken Begrüßung, einer Mischung aus Freude, Gebrüll und Respekt, wurden große Krüge Ale geordert, ohne zu zögern geleert, durch neue ersetzt und abermals geleert, und während das alles passierte, erfuhr Vitus, dass McQuarrie mit seinen Männern darauf wartete, auf Drakes Schiff, die *Revenge*, gebracht zu werden, wo sie ihren Dienst aufnehmen sollten.

»Wer hat euch abkommandiert, Männer?«, fragte Vitus.

Muddy antwortete, nachdem er sich den Schaum vom Mund gewischt hatte: »Der Adjutant vom Lordadmiral, ein Lieutenant, äh, weiß jemand noch den Namen, Leute?«

»Der Name ist nicht so wichtig«, sagte Vitus schnell, denn ihm war gerade eine wunderbare Idee gekommen. »He, McQuarrie, was haltet Ihr davon, mit Euren Leuten auf der *Camborne* Dienst zu tun? Es ist das Schiff, auf dem auch ich fahren werde.«

Bevor McQuarrie antworten konnte, brüllten Muddy, Chock, Ted und Dunc schon etwas bierselig: »*Hooray*, aye, aye, das machen wir!«

McQuarrie war nicht ganz so spontan. »Geht denn das, Sir?«, fragte er. »Wir haben immerhin einen anderen Befehl.«

Vitus fühlte sich auf einmal großartig. »Natürlich geht das, McQuarrie, natürlich! Lordadmiral Howard schuldet mir einen Gefallen, er wird meiner Bitte ganz sicher entsprechen. Drake muss sehen, wie er zu anderen Männern kommt.«

Vitus musste an einen Tag vor mehr als zehn Jahren denken, als er mit seinen Freunden auf Drakes damaliges Schiff, die *Pelican*, gegangen war und um eine Passage in die Neue Welt gebeten hatte. Statt einer Antwort hatte Drake ihm sein Bein gezeigt, in dem seit anno 72 eine spanische Kugel steckte. Vitus hatte das Bein untersucht, eine Operation für möglich gehalten und eine Woche für die Genesung veranschlagt. Drake hatte abgewinkt und gemeint, so viel Zeit hätte er nicht. Dasselbe hätte ihm auch schon sein Arzt gesagt. Vitus war voller Zorn gewesen, denn Drake hatte ihn lediglich zur Erhärtung einer Diagnose benutzt und im Übrigen nicht daran gedacht, ihn und seine Freunde mitzunehmen. So gesehen, spürte er jetzt eine gewisse Genugtuung, ihm ein paar gute Männer wegschnappen zu können.

»Hört, McQuarrie, ich werde dem Lordadmiral schriftlich mitteilen, dass ich den Befehl seines Adjutanten aufgehoben habe und Ihr mit Euren Männern zu mir auf die *Camborne* kommt. Wie es der Zufall will, fehlt dort der Erste Offizier.«

Auf diese Neuigkeit hin wurden erst einmal weitere Krüge mit Ale geordert, geleert und neue geordert. McQuarrie begann wieder zu spielen, und irgendwann ertappte Vitus sich dabei, dass er aus Leibeskräften sang und mit den *Falcons* die *Hornpipe* tanzte.

Doch auch das schönste Hochgefühl lässt einmal nach, und so war es auch diesmal. Vitus dachte an das bevorstehende Abendessen mit Captain Steel und mit Isabella. »Kommt mit, Männer«, sagte er mit einigermaßen schwerer Zunge. »Greift euch eure Seekisten, unser Schiff wartet.«

Als sie bei der *Camborne* waren und der Posten Anstalten machte, sie aufzuhalten, wischte Vitus ihn mit einer Handbewegung beiseite. »Mach keine Sperenzchen, Mann, ich bin es, der neue Arzt.«

Sie passierten und gingen an Bord. Vitus entließ die *Falcons* ins Vorschiff und dirigierte McQuarrie zur Kajüte des Kapitäns. Er klopfte lautstark an.

»Hereinspaziert.«

Sie traten ein – und wischten sich über die Augen. Steel hatte den großen Tisch in seiner Kajüte aufs Festlichste decken lassen. Ein Meer von Kerzen tauchte die Tafel in mildes Licht. Zwei knusprige Gänse auf silbernen Präsentiertellern bildeten den Mittelpunkt, umrahmt von weiteren Köstlichkeiten wie Weißfleisch von Kapaunen mit Reis, gestopfte Wachteln, Eierpfannkuchen, Aalpastete, verschiedene Sorten Käse, Brot, Obst und mancherlei mehr. Steel saß am Tisch, eine riesige Serviette in den Kragen gestopft, und hatte den Speisen bereits kräftig zugesprochen. Zu seiner Linken hatte Isabella Platz genommen, der Stuhl zu seiner Rechten war leer, gegenüber saßen Stonewell und ein weiterer Mann, der allem Anschein nach der Zweite Offizier war.

Steel unterdrückte ein Rülpsen und erhob sich. Sein Gesicht war noch mehr gerötet als sonst und seine Sprache leicht verwaschen. Offenbar hatte er schon das eine oder andere Glas intus. »Cirurgicus! Schön, dass Ihr da seid. Konnten nicht auf Euch warten. Mylady« – er verbeugte sich vor seiner Tischnachbarin, was ihn fast das Gleichgewicht kostete – »Mylady bestand darauf, schon anzufangen. Äh, guten Appetit. Setzt Euch doch.«

»Nicht, bevor ich Euch einen der besten Ersten Offiziere Ihrer Majestät vorgestellt habe, Captain. Das ist McQuarrie. Ein Mann, für den ich die Hand ins Feuer lege. Wie es der Zufall will, sucht er noch ein Schiff, auf dem er gegen die Armada kämpfen kann.«

McQuarrie nahm sich zusammen, um sicherer zu stehen als sein künftiger Kapitän, und meldete stramm: »McQuarrie, Sir, Allan McQuarrie. Es wäre mir ein Vergnügen, auf Eurem Schiff dienen zu dürfen.«
Steel setzte sich wieder. Er musste die Überraschung erst einmal verdauen. Dann fing er sich und nutzte die Gelegenheit, um sich bei Isabella anzubiedern: »Nun, Mylady, meint Ihr, der Mann könnte zu uns passen?«
Isabella zauberte ihr reizendstes Lächeln auf die Lippen. »Ich kenne ihn nicht, aber er macht einen, äh, fast vertrauten Eindruck. Nehmt ihn nur, Capitán.«
»Euer Wunsch ist mir Befehl, Mylady«, sülzte Steel weiter. »McQuarrie, betrachtet Euch als angeheuert. Der Himmel scheint Euch zu schicken, nachdem mein alter Erster heute Nachmittag durch einen Unfall, äh, ausfiel. Die näheren Umstände tun nichts zur Sache. Setzt Euch uns gegenüber und lasst Euch von der Ordonnanz Teller und Besteck geben – und Ihr, Cirurgicus, kommt an meine Steuerbordseite. Lady Nina, Eure bezaubernde Frau, hat mir schon viel von Euch erzählt.«
Doch bevor Vitus sich setzen konnte, gab McQuarrie einen unterdrückten Laut von sich, richtete sich auf, als hätte er einen Spatenstiel verschluckt, und begann über das ganze Gesicht zu strahlen. Dann machte er eine tiefe Verbeugung vor Isabella und sagte in seinem schönsten Englisch: »Es ist mir eine besondere Ehre, Euch, Mylady, kennenzulernen, ich hatte gar nicht erwartet, die Gattin des berühmten Cirurgicus an Bord anzutreffen, umso größer ist die Überraschung! Bitte seht in mir Euren ergebenen Diener, was immer auch kommen mag.«

Isabella strahlte zurück. »Unverhofft kommt oft, mein lieber McQuarrie, das habt Ihr brav gesagt.«
»Jetzt sind der Worte genug gewechselt«, dröhnte Steel, »jetzt sprechen wir der Speise zu, ha, ha!« Er hob sein Glas und wartete, bis auch Vitus und McQuarrie eines erhalten hatten. »Auf unsere Jungfrauenmajestät, möge sie lange leben, gesund bleiben und nicht gesegneten Leibes, äh, ich meine, sich immer eines gesegneten Appetits erfreuen, ha, ha! *Three cheers for the Queen, cheers, cheers, cheers …*«
Man trank und lachte und speiste nach Kräften. Die Herren am Tisch überboten einander an Witz und Charme, um der einzigen Dame in der Runde zu gefallen, und die einzige Dame amüsierte sich ganz offensichtlich aufs Beste.
Der Einzige, der stiller und stiller wurde, war Vitus. Er dachte an die kommende Nacht und kam sich hilflos, lächerlich und überflüssig vor.
Als auch der letzte Bissen gegessen und der letzte Schluck getrunken war, wiederholte Stonewell sein Angebot, Vitus die Behandlungsräume zu zeigen, und zwar jederzeit, wann immer es dem Cirurgicus genehm sei, und Vitus sagte: »Warum nicht gleich jetzt?«
So kam es, dass Vitus, nachdem er alles begutachtet hatte und von Stonewell allein gelassen worden war, die erste Nacht an Bord der *Camborne* auf dem Operationstisch liegend verbrachte.
Genau wie zuvor auf der *Falcon.*
Nur unter anderen Vorzeichen.

Am folgenden Tag, dem 19. Juli, war es so weit. Überall auf den Schiffen der Flotte erklangen Hochrufe, denn im Südwesten war ein Signalfeuer gesichtet worden, was nur eines bedeuten konnte: Die Armada war im Anmarsch! Auch auf der *Camborne* brach Hektik aus, die Steel jedoch sofort im Keim erstickte. Er trat auf sein Kommandantendeck und sorgte dafür, dass sämtliche Männer, auch die der Freiwache, etwas zu tun bekamen. Dann steckte er die Nase in den Wind und fluchte. Laut Befehl hatte er sich mit seinem Schiff dem Geschwader des Oberbefehlshabers anzuschließen und dem Feind entgegenzusegeln. Stattdessen erging es ihm wie allen seinen Kollegen: Er kam nicht vom Fleck. Die Flut und der steife Südwest standen dagegen. »Bleibt nur zu hoffen, dass die Dons nicht auf den Einfall kommen, uns hier in der Bucht zu besuchen«, knurrte er. »Dann hätten wir ein neues Cádiz, nur dass diesmal wir in der Falle sitzen.«

»Sir, eine Order vom Lordadmiral«, meldete ein Läufer und übergab ein Papier.

»Danke.« Steel überflog das Schreiben und fluchte erneut. »Das wird den Männern lange Arme machen! McQuarrie!«

»Sir?« Der drahtige Schotte kam herbeigeeilt.

»Der Lordadmiral scheint Gedanken lesen zu können. Er teilt meine Sorge, der Feind könnte in den Plymouth-Sund eindringen und uns vernichten wollen. Alle Schiffe sind deshalb eine halbe Meile weit in die Bucht zu verholen, um von dort aus besser agieren zu können. Die Männer sollen in die Hände spucken, bevor sie ins Beiboot gehen und meine *Camborne* in Schlepp nehmen. Sie werden gegen den Wind anpullen müssen und alle Kräfte brauchen. Wenn es gelingt, kriegt jeder einen halben Becher Brandy.«

»Aye, aye, Sir.«

»Wo ist der Zweite?«

»Mister Abbot überprüft gerade den gestern an Bord genommenen Proviant.«

»Soll weitermachen. Ich lege die Schiffsführung in Eure Hände, McQuarrie!« Steel rülpste hinter der vorgehaltenen Hand. »Ein Gläschen Brandy könnte auch mir nicht schaden.«

»Aye, aye, Sir. Darf ich einen Vorschlag machen?«

»Was ist denn noch?« Steel war in Gedanken schon wieder in seiner Kajüte.

»Wir sollten einen unserer beiden großen Anker im Beiboot hinauspullen, ihn dort fallen lassen und das Schiff an der Ankertrosse hinausziehen, Sir. Das ist in jedem Fall einfacher, als es zu schleppen.«

»Machen die anderen es auch so?«

»Es sieht so aus, Sir.«

»Dann machen wir das auch.«

»Aye, aye, Sir.«

Nach einer unbequemen Nacht hatte Vitus sich zum Kombüsenfeuer begeben und vom Zwerg eine heiße Linsensuppe erhalten. Sie hatten nicht lange miteinander gesprochen, denn das Zuwasserlassen des Beiboots und das Verladen des Ankers sorgten auf dem ganzen Schiff für Hektik.

»Obacht un wahrschau, Örl«, hatte der Winzling gesagt,

als er Vitus' Napf noch einmal füllte, »Isabella is 'ne falsche Hutsche, die macht dich hin, wenn de nich aufpasst.«
»Ich weiß«, hatte Vitus geantwortet.
»Wennste das weißt, is gut, Am besten wär's, du würdst bei mir anner Zündlingstelle lullen, aber 's geht wohl nich, bist zu vornehm dazu, musst mit der Metze unter einem Dach schwudern.«
»Was soll ich denn machen? Es geht nicht anders. Oder fällt dir etwas ein?«
»Nee, das nich, aber ich werd 'ne Pupille über dich rüberkullern, bin ab heute der Lakai von der Metze.«
Vitus hatte vor Staunen sein Essen stehenlassen. »Du bist der Diener von Isabella? Dazu hast du dich bereit erklärt?«
»Nee. Hab ich nich. Hab's ihr selbst gesteckt, un sie hat ja gesagt. Is gut so. Brauchst'n Schutzmalech.«
»Einen Schutzengel?«
»Jeder braucht'n Schutzmalech. Un ich schütz dich.«
»Wenn ich dich nicht hätte.«
Vitus hatte den Winzling an sich gedrückt und die Feuerstelle verlassen.
Nun stand er vor seiner eigenen Kammer und überlegte, ob er klopfen sollte – eine Situation, die er ebenfalls schon von der *Falcon* kannte. Nach kurzem Überlegen drückte er die Klinke, ohne anzuklopfen, nieder. Isabella lag noch in der Koje, ein Tablett mit Essensresten neben sich. Sie gähnte ausgiebig und lächelte dann. »Wo warst du heute Nacht, Liebster? Ich habe dich vermisst.«
»Das geht dich nichts an.« Er ging zu seiner Kiepe und holte Schreibutensilien hervor.

»An wen willst du schreiben?«
»An Lordadmiral Howard. Er muss darüber unterrichtet werden, warum McQuarrie nicht wie befohlen auf der *Revenge* bei Drake Dienst tut, sondern auf unserem Schiff.«
Isabella gähnte. »Wie langweilig. Hast du nichts anderes zu tun?«
Vitus setzte sich und breitete Feder, Tinte, Löschsand, Petschaft, Siegelwachs und Papier aus. »Nicht jeder Brief kann so brisant sein wie der, den du an einen gewissen Juan Amadeo de Ribera in La Coruña geschrieben und mit einem ›I.‹ unterzeichnet hast. Du bist nicht nur eine Mörderin, weil du Pigett in den Tod gestürzt hast ...«
»Das Schwein hat tausend Tode verdient!«
»... sondern auch eine schäbige Spionin! Du bist es, die tausend Tode sterben sollte.«
»Ich liebe mein Land. Es ist nur recht und billig, dass ich ihm helfe, nach dem, was in Cádiz passierte und auch schon zwei Jahre zuvor, als der Drache Drake die galicische Küste brandschatzte, Kirchen zerstörte und Priester misshandelte.«
»Nachdem Philipp, dein geliebter Herrscher, anno 1580 katholische Freiwillige und spanische Soldaten nach Irland entsandte, um Unruhe zu stiften und eine Rebellion gegen die englische Herrschaft zu unterstützen!«
»Nachdem Halsabschneider und Schlagetots wie Drake unsere Schatzgaleonen wieder und wieder überfielen, um sich unrechtmäßig zu bereichern – jedes Mal mit Billigung deiner geliebten Elizabeth.«
»Nachdem ...« Vitus brach ab. Es machte keinen Sinn, die Verfehlungen beider Seiten aufzurechnen. Nichts machte

Sinn, im Großen wie im Kleinen. »Willst du es dir nicht noch einmal überlegen und von Bord gehen? Noch ist es nicht zu spät.«

»Nein.«

»Bereitet es dir etwa Freude, dabei zuzusehen, wie deine Landsleute zusammengeschossen werden?«

»Das wird niemals passieren! Meine Landsleute sind die tapfersten Soldaten der Welt, ihr hochnäsigen Engländer werdet das schon noch zu spüren bekommen.«

Vitus gab es auf. Er schrieb den Brief, streute Löschsand auf die Tinte und versiegelte ihn. Als Adresse gab er an: *Seine Exzellenz Lordadmiral Howard, Viscount of Effingham, an Bord von* HMS Ark Royal.

Dann stand er auf und ging hinaus.

Sechs Stunden Knochenarbeit später hatte McQuarrie mit seinen Männern die *Camborne* in die Bucht verholt, wo sich immer mehr Schiffe versammelten, um auf ablaufendes Wasser und besseren Wind zu warten. Achtzig Kriegsschiffe mochten es am Ende sein, und es würden auch nicht mehr werden, denn das Geschwader von Lord Henry Seymour, das vor der Themsemündung kreuzte, sollte vorerst nicht in die Kampfhandlungen eingreifen.

Zwischen den Schiffen herrschte reges Treiben. Beiboote und Pinassen kreuzten hin und her, um Nachrichten und Befehle zu übermitteln. Auf diese Weise sprach es sich schnell herum, dass die *Golden Hind* unter Kapitän Fleming am Morgen südlich der Scilly-Inseln die Armada entdeckt hatte – eine Nachricht, die er Howard, Drake und anderen Kommandanten beim Bowls-Spiel auf dem Plymouthhügel überbrachte.

Bekannt wurde auch, dass die Schiffe sich in zwei Geschwader teilen sollten; das kleinere unter Drake sollte unterhalb der Küste dem Feind entgegenkreuzen, das größere unter Howard zunächst Kurs auf die Eddystone Rocks nehmen. Ziel war in jedem Fall, die Luvposition gegenüber dem Feind zu gewinnen, um sich alle Möglichkeiten des Handelns zu sichern.

Doch noch war es nicht so weit.

Noch prüften unzählige Augen Wetter, Wind und See, ob nicht endlich eine Verbesserung der Situation einträte. Die Schiffe Ihrer Mäjestät schwoiten in der kabbeligen See um die Anker. Stunde um Stunde verging. Die Nacht brach an, neue Wachen zogen auf, wurden abgelöst und durch wieder neue Wachen ersetzt.

Endlich, gegen Morgen, schlug der Wind um, die Schiffe gingen ankerauf und segelten mit ablaufendem Wasser dem großen Gefecht entgegen. Die *Camborne* unter Kapitän Steel kreuzte befehlsgemäß hinter dem letzten Schiff von Howards Geschwader, das von der stolzen *Ark Royal* angeführt wurde und in deren Kiellinie so bewährte Kriegsgaleonen wie die *Golden Lion,* die *Dreadnought* und die *Nonpareil* fuhren.

Die *Camborne* sollte sich aus sämtlichen Kämpfen heraushalten, um die Schwerverwundeten möglichst unbehelligt an Bord nehmen zu können. Steel selbst hatte sich nur wenige Male auf dem Kommandantendeck blicken lassen, sich davon überzeugt, dass die Abstände zu den voraussegelnden Einheiten stimmten, und sich wieder in seine Kajüte begeben. Die Führung des Schiffs überließ er gern McQuarrie, der von Anfang an einen hervorragenden Eindruck auf ihn gemacht hatte. McQuarrie wiederum schien sich gut mit Abbot, dem Zweiten, der gleichzeitig Segelmeister war, zu ergänzen. Beide stammten aus Schottland, der eine aus Kirkcaldy bei Edinburgh, der andere aus Dundee, wobei Abbot bei gleicher Statur ungefähr zehn Jahre jünger war als McQuarrie, der schon die vierzig anpeilte.

Bei vier Glasen am Nachmittag erschien Steel wieder auf seinem Kommandantendeck und fand dort McQuarrie und Vitus vor. Beide trugen Seezeug aus Wachstuch, denn der aus nördlichen Richtungen kommende Wind trieb einen unangenehmen Nieselregen vor sich her, die See zeigte hier und da Schaumköpfe, und die Dünung nahm zu. McQuarries Augen leuchteten, es war ein herrliches Gefühl, über ein so prachtvolles Schiff zu gebieten. Vitus dagegen wirkte weniger fröhlich, er hatte die vergangene Nacht abermals frierend auf dem Operationstisch verbracht, um Isabella aus dem Weg zu gehen.

»Ungemütliches Wetter!«, dröhnte Steel, als er sich zu den beiden gesellte. »Wie ich sehe, können auch einem Cirurgicus Seebeine wachsen.«

Vitus rang sich ein Lächeln ab. »Ich habe mir erlaubt, heraufzukommen, Captain. Bei diesem Wetter bläst man unter Deck nur Trübsal.«

»Sicher, sicher. Allerdings kommt es darauf an, was man unter Deck macht, Cirurgicus.« Steel zwinkerte zweideutig mit dem rechten Auge. »Wenn man einen zur Brust nimmt

oder ein hübsches Weib einem Gesellschaft leistet, mag es gar nicht so schlimm sein, ha, ha!«
»Gewiss, Captain.« Vitus fand die Antwort nicht sonderlich komisch.
»Da, Sir!« McQuarrie riss den Arm hoch. »Das Flaggschiff signalisiert ›Feind in Sicht‹!«
»Donnerwetter, ja!« Steel schirmte mit der Hand die Augen ab, konnte aber nichts von den Spaniern erkennen. »Verdammter Regen!«
Fünf Minuten später rief er nochmals »Verdammt!«, aber aus einem anderen Grund. Er hatte die Armada entdeckt. Wie alle Kapitäne wusste er, dass sie aus rund hundertdreißig Schiffen bestand, und insofern war er auf einiges gefasst. Aber das, was er sah, hatte er nicht in seinen kühnsten Träumen erwartet. Es war eine Wand von Schiffen, der sie sich näherten. Eine braun-schwarze Masse von kanonenbewehrten Rümpfen, dicht an dicht segelnd, in Form eines riesigen Halbmonds.
McQuarrie stieß einen Pfiff aus, der sowohl Erstaunen als auch Ehrfurcht ausdrücken mochte. »Da sage noch einer, die Dons seien schlechte Seefahrer! Sie haben eine Formation gebildet, die ideal für ihre Zwecke ist. Der Halbmond eröffnet ihnen alle Möglichkeiten, sich zu schützen, aber auch im Bedarfsfall anzugreifen. Wehe dem, der sich zwischen die Spitzen dieses Halbmonds wagt.«
Steel hatte sich wieder gefangen. »Alles schön und gut«, dröhnte er, »aber sobald wir die Luvstellung gewonnen haben, wird der Lordadmiral sich schon den einen oder anderen fetten Don herauspicken. In jedem Fall können wir uns glücklich schätzen, dass der Halbmond nicht Kurs auf Ply-

mouth genommen hat, sondern weiter in Richtung Osten segelt. Wie man hört, will der Herzog von Medina Sidonia sich mit den Truppen des Herzogs von Parma verstärken, um unser gutes, altes England zu überfallen. Aber diese Suppe werden wir dem Herrn versalzen!

»Es dürfte noch einige Stunden dauern, bis wir den Windvorteil auf unserer Seite haben, Sir«, sagte McQuarrie.

»Das sehe ich auch so. Bis dahin entschuldigt mich, meine Herren. Wenn etwas Ungewöhnliches eintritt, will ich sofort informiert werden.«

»Aye, aye, Sir!«, schnarrte McQuarrie.

Steel verschwand in sein Reich, und Vitus hatte Gelegenheit, das majestätische Dahingleiten des Halbmonds weiter zu bewundern. »Jetzt weiß ich, warum manche von der unüberwindlichen Armada sprechen«, sagte er mehr zu sich selbst.

»Aye, Sir.« McQuarrie grinste mit dem typischen Selbstbewusstsein des Schotten. »Aber wir wollen sie ja nicht überwinden, wir wollen sie nur abwehren. Und das werden wir, Gott sei's getrommelt und gepfiffen, wie Captain Taggart immer zu sagen pflegt!«

Vitus nickte und entdeckte mehr und mehr Besonderheiten an der Armada: die bunten Wimpel der einzelnen Geschwader – die der Kastilier, der Andalusier, der Levantiner und anderer, er sah ihre unterschiedlichen Bauweisen und Bestimmungen, erkannte, dass viele von ihnen turmhohe, aber schwach bestückte Kauffahrer waren, bemerkte, dass die stärksten Galeonen den Verband nach außen hin absicherten, und stellte sich vor, dass auf diesem hölzernen Halbmond nicht weniger als zwanzigtausend schwerbewaffnete Soldaten segelten und Hunderte von Pferden transportiert wurden. Er fragte sich, ob es wirklich stimmte, dass der Halbmond ganze Schiffsladungen von Geißeln enthielt, um die blonden englischen Frauen für ihr Ketzertum zu züchtigen, ob Tausende von Ammen mitfuhren, um nach den Kämpfen die zu Waisen gewordenen Säuglinge zu stillen, ob Folterinstrumente ohne Zahl mitgeführt wurden, Marterwerkzeuge, wie Daumenschrauben, Stachelstühle und Streckbänke, ob zweihundert Priester und Prediger die Mission begleiteten, um die Lehren der allein seligmachenden katholischen Kirche zu verbreiten, ob Gluteisen dazugehörten, um die Verweigerer des Glaubens auf der Stirn zu brandmarken, ob Hanfstricke dabei waren, um die verhassten *Ingles* daran aufzuknüpfen. Er fragte sich, ob es der Wahrheit entsprach, dass zweitausend ehrbare Jungfrauen mehrere Jahre an den Fahnen und Bannern der Armada gestickt hatten, und musste plötzlich schmunzeln. Der Magister war ihm eingefallen, der angesichts der letzten Behauptung gewiss gesagt hätte, er könne sich für eine Jungfrau etwas Kurzweiligeres vorstellen als Sticken …

Dieser Gedanke holte ihn in die Wirklichkeit zurück. Der Magister mochte dort drüben auf einem der Schiffe mitsegeln – er war dennoch für ihn gestorben. Er war auf der falschen Seite, und er hatte es selbst zu verantworten.

Ebenso, wie er seine Handlungen zu verantworten hatte. Er war als Cirurgicus an Bord der *Camborne* gekommen, und als solcher hatte er alles zu tun, um die beste ärztliche Versorgung für Kranke und Verwundete sicherzustellen. Dazu gehörte nicht nur die Vorbereitung auf alle Eventualitäten – diesbezüglich glaubte er, umfassend vorgesorgt zu haben –, dazu gehörte auch ein gesunder Arzt. Und gesund fühlte er sich im Augenblick nicht. Ihn fror, er hatte kalte Füße, und er zitterte. Außerdem hatte er trotz der Wachstuchkleidung keinen trockenen Faden mehr am Leib. Er brauchte dringend frische, warme Leibwäsche, und um die zu bekommen, würde ihm nichts anderes übrig bleiben, als seine Kammer aufzusuchen. Seine Kammer, in der Isabella sich breitmachte.

»Mir reicht's erst einmal, McQuarrie«, sagte er. »Ich gehe in meine Kammer.«

»Aye, Sir.« Der Schotte grinste. »Einen schönen Gruß an Lady Nina.«

»Danke.« Vitus verließ das Kommandantendeck.

Er hatte nicht die Absicht, den Gruß auszurichten.

Isabella saß am Tisch und las im Schein einer Laterne ein Buch. Als er eintrat, blickte sie auf und zeigte ihre schönen Zähne. »Da bist du ja endlich, wo warst du letzte Nacht?«

Er trat näher und sah, dass sie sich in das Buch *De morbis* vertieft hatte. »Das ist mein Buch!«

»Natürlich ist es dein Buch. Dadurch, dass ich darin lese, stehle ich es dir nicht.«

»Was hast du damit zu schaffen?«

»Ich finde es höchst interessant. Besonders, was die alten Meister bei einer Erkältung anraten.«

»Das weiß ich selbst.«

»Du hältst dich aber offenbar nicht daran. Dass bei dir ein Schnupfen im Anmarsch ist, sieht ein Blinder. Zieh das nasse Zeug aus. Wie kannst du nur in diesem Zustand draußen herumlaufen.«
»Ich bin nicht draußen herumgelaufen, ich habe die Armada gesehen.«
»Was? Wieso sagst du das erst jetzt? Wie groß ist sie? Wohin segelt sie? Was hat sie vor?«
Er zog den nassen Mantel aus und hängte ihn an einen Haken. »Dass sie in Sichtweite ist, müsstest du eigentlich auch unter Deck mitbekommen haben. Nun, vielleicht hat es am heulenden Wind gelegen.«
»Du sollst mir mehr über die Armada erzählen!«
»Sie ist gewaltig. Nur der Himmel weiß, ob wir sie je besiegen können.«
»Das ist es, was ich immer sage! Niemand kann unserer Seemacht etwas entgegensetzen. Sei froh, dass du mit mir verheiratet bist, als Mann einer Spanierin wird es dich nicht den Kopf kosten.«
»Lächerlich!« Er zog weitere Kleider aus und hielt dann inne. »Dreh dich um, ich möchte frische Leibwäsche anziehen.«
»Gern, Liebster.« Wider Erwarten gehorchte sie prompt.
Er zog den Rest seiner Wäsche aus und grub in seiner Kiepe nach langer Unterhose und Unterhemd.
»Findest du nichts Passendes?«
Er fuhr hoch und sah, dass sie sich umgedreht hatte. »Was soll der Unsinn!«
»Du siehst ... gut aus.«
Er nahm ein Stück der nassen Wäsche und hielt es sich vor

seine Blöße. »Wenn wir schon dazu verdammt sind, in einer Kammer zu hausen, sollten wir wenigstens die Grundregeln des Anstands beherzigen.«

»Ich bin aber nicht anständig.« Sie griff nach einem trockenen Tuch und begann mit der größten Selbstverständlichkeit, ihm den Leib abzureiben. »Du wolltest doch wohl nicht nass in die neuen Kleider steigen?«, fragte sie vorwurfsvoll. »Damit machst du den Schnupfen nur noch schlimmer.«

Er schwieg, denn natürlich hatte sie recht. Außerdem war es nicht unangenehm, von ihr umsorgt zu werden. Er würde sie gewähren lassen, sich dann in seine Koje legen und eine Mütze voll Schlaf nehmen. Spätestens morgen, so sah es aus, würde es zum Kampf mit den Dons kommen. Dann musste er wieder einsatzfähig sein.

»Bleib, wie du bist«, sagte sie, »ich bin gleich wieder da.«

Wohin willst du denn bei dem Wetter?, wollte er rufen, aber sie war schon draußen.

Nur Minuten später war sie wieder da, jedoch nicht allein, sondern in Begleitung des Zwergs. Der Winzling hüpfte über das Süll und knallte eine irdene Kruke auf den Tisch. »Obacht un wahrschau, Örl«, fistelte er, »der Trank is hitzich wie's Feuer im Funkhartl. Kräuter sin drin, Weidenrinde un Kamille un Sonnenhut, sollst schwitzich sein un warme Treter ha'm, bis der Schnüffler perdu is.«

»Danke, Zwerg.« Vitus fühlte, wie ihm ein Kälteschauer über den Rücken fuhr. »Ich lege mich ein wenig hin, dann geht es wieder.«

»Nix da! Blausinn. Sollst erst den Trank schmettern.«

Vitus fügte sich. Er nahm auf der Koje Platz und sah zu,

wie der Wicht einen Becher mit dem Gebräu füllte. »Nu schmetter schon.«
»Tu, was der Zwerg sagt«, fiel Isabella ein.
Vitus hob den Becher an die Lippen und merkte, wie seine Zähne gegen den Rand schlugen. Er fühlte sich tatsächlich ziemlich elend.
Isabella sagte: »Bei den alten Meistern steht, du sollst schwitzen, am ganzen Körper schwitzen, und darfst auf keinen Fall kalte Füße haben.«
»Ja, ja, schon richtig«, knurrte er.
Der Zwerg füllte den Becher nach und wisperte: »Schmetter schnell. Der Kräuterplempel is schon lau. Un hör nich auf die Metze, auch wennse mir alles nachplappert.«
»Was hast du eben gesagt, Zwerg?« Isabella hatte feine Ohren.
»Nix, du Schlitzhase! Bin sowieso schon wech. Wenn du noch was für'n Örl stechen willst, Schlitzhase, sach Bescheid. Für'n Örl geb ich alles. Adjö.« Der Kleine hüpfte zur Tür hinaus.
Vitus seufzte und legte sich hin. Er hatte beschlossen, Isabella einfach nicht zu beachten, doch das war leichter gedacht als getan, denn sie sprach pausenlos mit ihm, fragte ihn, ob er noch mehr von dem Trank wolle, ob er eine zweite Decke wolle, ob er kalte Umschläge für die Stirn wolle und so weiter.
Irgendwann fauchte er sie an: »Lass mich in Ruhe, ich habe nicht mehr als einen kleinen Schnupfen und ein wenig Fieber. Je weniger du sagst, desto schneller werde ich genesen.« Aber während er sie anpfiff, begannen seine Zähne wieder zu klappern und Kälteschauer über seinen Rücken zu laufen.

Sie ging nicht auf ihn ein. »Es ist nicht gerade warm in der Kammer«, sagte sie. »Ein Kohlenbecken wäre gut, aber wir haben keines. Ich werde den Capitán darum bitten.«
Er wollte protestieren, aber sie war schon fort.
Wenig später kam sie mit einem Matrosen, der vorsichtig ein brennendes Kohlenbecken auf einem Dreibein trug. Sie sorgte dafür, dass er es in Vitus' unmittelbarer Nähe abstellte, damit die Wärme auf seinen Körper abstrahlen konnte. Als der Matrose gegangen war, fragte sie: »Schwitzt du schon?«
»Mich friert.« Er war ihre Fürsorge leid und drehte sich zur Wand. Er wollte schlafen, aber er wurde abgelenkt. Kleiderrascheln drang an sein Ohr. Was hatte das zu bedeuten? Er schloss die Augen und versuchte, sich zu entspannen. Doch das Gegenteil trat ein.
Plötzlich merkte er, wie sie seine Bettdecke anhob und zu ihm in die Koje kroch. Er fuhr hoch, wurde aber wieder in die Kissen gedrückt. »Ich lege mich an deinen Rücken«, sagte sie. »Der Hautkontakt ist wichtig. Aber keine Angst, ich werde dich nicht unsittlich berühren. Ich will dich nur mit meinem ganzen Körper wärmen.«
Er grunzte irgendetwas. Es sollte abweisend klingen, aber es hörte sich eher zustimmend an. Der Grund dafür war ihre betörende Nähe. Der Duft ihres Haars und ihrer Haut. Dennoch war es unmöglich, was sie tat.
Aber es war sehr angenehm.
Und wenn es zehnmal angenehm war: Es ging nicht. »Verlasse meine Koje.«
Statt ihm zu gehorchen, drückte sie sich fester an ihn. Er spürte, dass sie nackt war. »Verlasse meine Koje ... bitte.«

»Nein.«
Da war es wieder, ihr hartes, trotziges Nein. Stets widersetzte sie sich damit seinen Wünschen. Aber wünschte er wirklich, dass sie seine Koje verließ? »Ich muss schlafen.«
»Ist dir jetzt wärmer?«
»Äh, ja.«
»Dann schlafe … Liebster.«

Am Sonntagmorgen bei sechs Glasen schlug Vitus die Augen auf. Der Klang der Schiffsglocke hatte ihn geweckt.
»Fühlst du dich besser?«, fragte Isabella.
»Ja«, sagte er und musste an die vergangene Nacht denken. Viel wusste er nicht mehr über sie, nur dass er immer dann, wenn er wach wurde, Isabellas wärmenden Körper in seinem Rücken gespürt hatte. Trotz aller Bedenken, die ihm gekommen waren, hatte er sie gewähren lassen. »Ich glaube, ich bin wieder gesund. Habe ich draußen etwas verpasst?«
»Die Morgenandacht im ersten Tageslicht. Capitán Steel hat sie gehalten und irgendeinen Unsinn erzählt von einem Mond, der seinen Schein verlieren wird. Genau konnte ich es durch die Wände nicht hören.«
Vitus wollte aufstehen und merkte, dass er nackt war. »Gib mir meine Wäsche. Sie müsste inzwischen trocken sein. Dreh dich um und bleibe so, sonst …«
»Was sonst?« Isabella schob ihr schönes Kinn vor.
»Nichts. Dreh dich um.«
Sie gab ihm die Wäsche und wandte sich ab.

Er zog sich an und spürte den trockenen Stoff auf seiner Haut. Der Stoff fühlte sich bei weitem nicht so angenehm an wie Isabellas Haut. »Es ist ein Vers aus dem Matthäusevangelium.«

»Wovon redest du?« Sie wandte sich ihm wieder zu, aber er hatte seine Blöße bereits verhüllt.

»Von Steels Morgenandacht, in der er von dem Mond und seinem verschwindenden Schein gesprochen hat. Es ist eine Passage aus dem Matthäusevangelium, ich glaube, Kapitel dreiundzwanzig oder vierundzwanzig.«

»Es scheint, du kennst dich aus in der Schrift.« Isabellas Stimme klang, als mache sie sich über ihn lustig.

»Vergiss nicht, ich bin Klosterschüler gewesen«, sagte er ernst.

»So hast du dich letzte Nacht auch verhalten.«

Darauf fiel ihm nichts ein. Er zog sich fertig an, setzte ein Barett auf und wollte an Deck gehen, doch sie hielt ihn auf.

»Warte, ich komme mit.«

»Ich weiß nicht, ob Captain Steel das gern sähe.«

»Das wird er bestimmt. Ich weiß, wie man ältere Herren um den Finger wickelt.«

Das kann ich mir vorstellen, wollte er sagen, unterließ es aber. »Na schön, dann komm mit.«

An Deck erklommen sie den Niedergang hinauf zum Kommandostand und entdeckten dort McQuarrie und Abbot. Die beiden Schotten hatten ein scharfes Auge auf die Fahrt der *Camborne*, die unter einem grauen Himmel die See durchpflügte. Vor ihr kreuzte das Geschwader auf der erwünschten Luvposition und davor in dichter Formation die Armada.

Isabella wollte angesichts des gewaltigen Halbmonds einen Schrei des Entzückens ausstoßen, wurde aber durch einen Ruf aus dem Krähennest des Fockmasts daran gehindert:
»Schiffe voraus!«
»Was für Schiffe?« Die Frage kam von Kapitän Steel, der in diesem Moment hinzutrat.
»Drakes Geschwader, Sir! Ich erkenne die *Revenge* und die *White Bear!*«
»Gut. Hat es also doch geklappt! Wollen mal sehen, ob wir die Dons nicht von zwei Seiten angreifen können! Mister Abbot, lasst die Bramsegel an Haupt- und Fockmast setzen, wir wollen näher ran an Howards Geschwader.«
»Aye, aye, Sir.« Abbot waltete seines Amtes.
»Nun, Mylady« – Steel wandte sich mit einer Verbeugung an Isabella –, »wie ich sehe, habt Ihr mit Eurem Gatten den Weg zum höchsten Punkt meines Schiffs gefunden. Ihr werdet von hier eine treffliche Aussicht haben, wenn unsere Geschwader den Kampf gegen die Armada aufnehmen. Allerdings muss ich darauf bestehen, Euch unter Deck schicken zu dürfen, wenn die Situation brenzlig wird.«
Isabella strahlte ihn an. »Aber wir sind doch nur ein Lazarettschiff und werden nicht aktiv in die Kämpfe eingreifen, Capitán, oder?«
»Stimmt, Mylady. Wir sind nur ein Lazarettschiff. Aber im Zweifelsfall werden wir nicht tatenlos zusehen, wenn uns jemand an die Gurgel will. Wir werden den Dons dann eine gehörige Lektion erteilen.«
»So, werdet Ihr das?«
Etwas in Isabellas Augen warnte Steel. Er trat einen halben Schritt zurück und verbeugte sich wieder, diesmal aller-

dings recht hastig. »Verzeihung, Mylady, mir fällt gerade ein, dass Ihr Spanierin seid. Vielleicht schlägt Euer Herz für die Sache der Armada.« Er machte eine Pause und fügte dann geschmeidig hinzu: »Andererseits schlägt es sicher auch für uns, denn Ihr seid die Gemahlin eines englischen Earls.«

»Das bin ich.« Isabella schaute wieder etwas verbindlicher drein. »Aber ich bin auch eine Nichte des Herzogs von Medina Sidonia, Alonso Pérez de Guzmán El Bueno, und ebender ist Oberbefehlshaber der Armada. Sagen wir also, der Bessere möge gewinnen.«

Steel schien Zweifel an der hohen Abstammung seines Gasts zu haben, dennoch wirkte er erleichtert. »Ha, ha, sehr gut gesagt, darauf können wir uns einigen, Mylady. Der Bessere möge gewinnen!«

Doch bevor die eigentlichen Kämpfe begannen, preschte die kleine *Disdaine* vor, schoss eine Kugel in Richtung Armada und machte, dass sie wieder zurück ins eigene Geschwader kam. Steel sah es und kommentierte das Geschehen: »Dass ausgerechnet die *Disdaine* den eisenrunden Fehdehandschuh hingeworfen hat, passt gut, denn mehr als Verachtung haben wir für die Dons nicht übrig.«

Auf Isabellas Stirn entstand eine steile Falte, und Vitus raunte ihr rasch zu: »Du wirst jetzt schweigen, Liebste, oder in deine Kammer zurückgehen!«

Und Isabella schwieg tatsächlich in den kommenden Stunden, denn sie wollte unbedingt die Kämpfe sehen. Sie litt und frohlockte wortlos, je nachdem, welche Seite im Vorteil war. Ihre Augen jubelten, als das Levante-Geschwader zu Howards Schiffen auf Parallelkurs ging, um die Schlacht zu eröffnen, sie verdunkelten sich, als sie sah, dass die Engländer dreimal so schnell schossen wie ihre Landsleute, deren Kanonen nicht annähernd die Reichweite ihres Gegners hatten. Sie jubelten erneut, als sich auf dem linken Flügel des Halbmonds die mächtige *San Juan de Portugal* absetzte, um Drakes Geschwader anzugreifen, sie jubelten noch mehr, als sich zeigte, dass die *San Juan* den Engländern eine Falle gestellt hatte, denn kaum waren die *Revenge* unter Drake, die *Victory* unter Hawkins und die *Triumph* unter Frobisher heran, wurden sie in die Zange genommen von Schiffen des Biskaya- und Levante-Geschwaders. Ihre Augen verdunkelten sich, als die Engländer dank ihrer Schnelligkeit mit knapper Not entkamen. Und sie verdunkelten sich noch mehr, als der Fockmast der *San Juan* fiel. Grimmig schaute sie drein, als wenig später das Flaggschiff des andalusischen Geschwaders, die *Nuestra Señora del Rosario*, die *Santa Catalina* rammte und sich dabei schwere Schäden zuzog …

Jubelnd, trauernd, jauchzend, leidend – so verfolgte Isabella die stundenlange Schlacht, fluchte insgeheim, wenn der Rauch der Kanonen sich wie schwarze Wolken über Freund und Feind legte und eine Beobachtung unmöglich machte, fügte sich widerstrebend, wenn der Kommandant sie in dieser oder jener Situation vorsorglich unter Deck schickte, kam jedes Mal wieder zurück, umklammerte mit den Händen die Reling, stöhnte, schnaubte, keuchte und bemerkte gar nicht, dass Steel, McQuarrie, Abbot und selbst Vitus sie manches Mal mit spöttischen Blicken streiften.

Das größte Entsetzen jedoch packte sie, als kurz nach der Schlacht eine gewaltige Explosion die Trommelfelle fast zum Platzen brachte. Die *San Salvador,* ein mit fünfundzwanzig Kanonen bestücktes, riesiges Schiff des Guipúzcoa-Geschwaders aus dem Baskenland, war in die Luft geflogen. Ein Feuerball, hoch wie eine Kathedrale, hatte über dem Rumpf gestanden und anschließend ein Bild der Verwüstung preisgegeben.

Verzweifelte Männer hasteten wie Ameisen über das Schiff, versuchten zu retten, was zu retten war, löschten Flammen, kappten Tauwerk, bargen Verletzte aus dem Wasser, während andere sich bemühten, starke Trossen zu spannen, damit ihr waidwundes Schiff zurück in den Schutz des hölzernen Halbmonds geschleppt werden konnte.

Steel ließ den normalen Abstand zu Howards Geschwader wieder herstellen und sagte zu Isabella: »Mylady, das, was Ihr heute gesehen habt, war nur ein Vorgeschmack dessen, was noch kommen wird. Aber Ihr seid sicher mit mir einig, dass die Vorteile auf unserer Seite waren. Zwei oder drei Schiffe der Spanier sind erheblich beschädigt, und die *San Salvador* ist nur noch ein Wrack, eine Belastung für den Herzog und seinen Halbmond, mehr nicht.«

Isabella, die neben Vitus stand, schwieg. Dann sagte sie trotzig: »Der Herzog von Medina Sidonia, Alonso Pérez de Guzmán El Bueno, hat wichtigere Ziele, als sich mit Hackenbeißern herumzuschlagen. Er ist auf dem Weg, England zu erobern.«

Steel schnappte nach Luft. »Mylady, bei allem Respekt, ich muss doch sehr bitten! Ihr seid Gast auf einem Schiff Ihrer Majestät ...«

»Captain Steel hat völlig recht«, bekräftigte Vitus. Dein Verhalten ist unmöglich!«

»So, ist es das?«
»Herrgott noch mal, ja! Das musst du doch selbst sehen!«
Isabella schürzte die Lippen. »Das Einzige, was ich sehe, sind drei Männer, die da im Wasser treiben!« Sie deutete mit der Hand nach backbord, wo in zweihundertfünfzig Yards Entfernung ein Beiboot kieloben herantrieb. An seinen Rumpf klammerten sich drei Gestalten, die mehr tot als lebendig zu sein schienen.
Steel spähte hinüber und stellte fest: »Der Kleidung nach sind es Spanier. Einer davon dürfte Offizier sein, die anderen beiden sind einfache Matrosen. Wahrscheinlich sind sie von der *San Salvador.* Arme Teufel, spätestens in drei Tagen werden sie ertrunken oder verdurstet sein.«
»Nein!«
Steel stutzte. »Habt Ihr eben ›nein‹ gesagt, Mylady? Ich versichere Euch, dass ein Schiffbrüchiger unter den gegebenen Umständen kaum länger als zwei, höchstens drei Tage überleben kann.«
»Ich möchte, dass Ihr die Männer an Bord Eures Schiffs holt, Capitán.«
Steel staunte, unterdrückte ein Aufstoßen und lachte dann. »Alles, was recht ist, Mylady, aber wie stellt Ihr Euch das vor? Wir sind im Krieg mit den Dons, da geht es hart auf hart. Wir hätten viel zu tun, wollten wir jeden Einzelnen von ihnen auffischen. Und nebenbei: Eure geschätzten Landsleute würden es im umgekehrten Fall auch nicht tun.«
»*Por favor,* Capitán!« Isabellas Augen schienen Steel zu durchbohren.
Vitus kam ihr unerwartet zu Hilfe: »Sir, als Arzt möchte

ich mich der Bitte meiner, äh, Frau anschließen. Ich kann es nicht zulassen, dass Ihr das Todesurteil über diese Männer sprecht.«

Steel rang mit sich. Da er im Prinzip eine gutmütige Natur hatte und selbst einmal aus Seenot gerettet worden war – wenn auch nicht von Spaniern, sondern von englischen Fischern –, gab er schließlich nach und sagte: »Meinetwegen, aber auf Eure Verantwortung, Mylord.«

»Danke, Captain«, sagte Vitus.

»Danke, Capitán«, sagte Isabella.

Und eine Träne lief ihr über die Wange.

Der Admiral Don Pedro de Acuña

»Mit Verlaub, Lady Nina,
Ihr redet nicht gerade
wie die Gemahlin eines englischen Lords.«

Nachdem Kapitän Steel sein Einverständnis zur Bergung der spanischen Schiffbrüchigen gegeben hatte, ließ er beidrehen und unverzüglich mit den Rettungsarbeiten beginnen. Doch wie sich zeigte, gestaltete sich das Unterfangen weitaus schwieriger und aufwendiger, als er gedacht hatte. Die Verunglückten waren so entkräftet, dass sie nicht einmal die ihnen zugeworfenen Leinen packen konnten. Zwar bemühten sie sich tapfer darum, aber ihre Bewegungen wurden zusehends schwächer. Ein weiterer Versuch, sie mittels einer über Bord geworfenen Strickleiter zu bergen, schlug ebenfalls fehl.

Steel fluchte und bedachte die neben ihm stehende Isabella mit wenig freundlichen Blicken. »McQuarrie, wenn es nicht anders geht, müssen wir eines unserer Boote zu Wasser lassen!«, brüllte er.

»Aye, aye, Sir, wir sind schon dabei!« Der drahtige Schotte

und sein Kollege Abbot scheuchten die Matrosen auf ihre Posten und benutzten dazu sogar den Starter, denn es kam mittlerweile auf jede Minute an. Das gekenterte spanische Boot driftete immer weiter ab – und mit ihm seine verzweifelte menschliche Fracht.

Nach einer kleinen Ewigkeit schlug das Boot der *Camborne* klatschend auf dem Wasser auf. Mit an Bord war Vitus, der sich seinen Instrumentenkasten unter den Arm geklemmt hatte. Nun ging alles sehr schnell. Mit kräftigen Ruderschlägen erreichten die Retter das gekenterte Boot und begannen die hilflosen Schiffbrüchigen aus dem Wasser zu ziehen. Vitus beobachtete die Arbeiten genau und befahl äußerste Vorsicht, besonders bei dem Offizier, dessen Hinterkopf eine klaffende Wunde aufwies. Er war so schwach, dass er kaum sitzen konnte. Vitus bettete ihn neben sich auf die Ruderbank und schob ihm das Knie unter den Kopf. Nach kurzer Begutachtung der Verletzung sagte er auf Spanisch: »Ihr habt eine üble Platzwunde am Kopf, Señor. Sie muss genäht werden. Ich werde das auf dem Schiff erledigen. Unser Beiboot schlingert zu stark.«

Der Offizier musterte ihn. Er mochte ungefähr fünfunddreißig Jahre zählen und hatte ein schmales, männliches Gesicht mit Augen, die so dunkel wie Oliven waren. *»Muchas gracias«*, sagte er leise. »Wer seid Ihr?«

»Ich bin Vitus von Collincourt, leitender Arzt an Bord des Lazarettschiffs *Camborne.* Und wer seid Ihr?«

»Mein Name ist Pedro de Acuña, kommandierender Admiral Seiner Allerkatholischsten Majestät Philipps II. und Stellvertreter von Don Miguel de Oquendo, dem Befehlshaber des Guipúzcoa-Geschwaders.«

Vitus musste sich beherrschen, um sich nichts anmerken zu lassen, denn Acuña war einer der höchsten und fähigsten Offiziere in den Reihen der Armada – und damit ein dicker Fisch, der den Engländern ins Netz gegangen war. »Es ist mir eine Ehre, Euch, wenn auch unter widrigen Umständen, kennenzulernen, Don Pedro.«
»Die Ehre ist ganz auf meiner Seite.«
Die beiden Männer sahen sich an und stellten fest, dass sie sich mochten.
Vitus legte Don Pedro einen Notverband an und widmete seine Aufmerksamkeit den beiden anderen Geretteten. Sie hatten weitaus mehr Glück gehabt als der Admiral, denn außer ein paar harmlosen Kratzern und Blutergüssen hatten sie nichts davongetragen.
Allerdings waren alle drei Geretteten stark unterkühlt, was Vitus dazu veranlasste, ihre Körper sofort nach Eintreffen auf der *Camborne* in dicke Decken wickeln zu lassen. Stonewell besorgte das mit wenigen Handgriffen, wobei er leicht beleidigt wirkte. Zu gern wäre er bei der Rettungsaktion dabei gewesen, aber Vitus hatte es nicht erlaubt, mit dem Hinweis, einer von ihnen beiden müsse alles für eventuell notwendige Operationen vorbereiten.
Steel hatte inzwischen erfahren, welch hochrangiger Gefangener an Bord gekommen war, und ließ es sich nicht nehmen, ihn persönlich zu begrüßen und in seine Kajüte schaffen zu lassen. Vitus überwachte den Transport und wies Stonewell an, die beiden Matrosen in die Behandlungsräume unter Deck zu bringen.
In der Kajüte wollte Steel umgehend damit beginnen, Don Pedro nach den weiteren Absichten der Armada zu befra-

gen, doch Vitus ging dazwischen: »Mit Verlaub, Captain, zuerst muss die Wunde des Patienten versorgt werden.«
»Natürlich, natürlich.« Jetzt war es an Steel, beleidigt zu sein, doch immerhin zog er sich ohne weiteren Kommentar in den Hintergrund seiner Kajüte zurück, wo ein paar hochprozentige Tropfen seiner harrten.
Vitus sorgte dafür, dass Don Pedro bequem, aber fest auf einem Stuhl saß, gestützt von zwei kräftigen Helfern. Dann begann er mit seiner Behandlung. Zunächst löste er den Notverband und griff zum Schermesser. Vorsichtig rasierte er großzügig den Wundbereich. Es folgte das Auswaschen der Verletzung mit klarem Wasser. Anschließend nahm er einen sauberen Faden, aus dem Darm des Hochlandschafs gemacht, und zog ihn auf eine gebogene goldene Nadel.
»Ich werde jetzt die Wundränder mit mehreren Stichen zusammennähen, Don Pedro.«
Der Spanier stimmte zu, indem er kurz die Lider senkte.
Vitus setzte behutsam Stich für Stich und fragte zwischendurch: »Sind die Schmerzen auszuhalten, Don Pedro?«
»Nicht der Rede wert.« Die Art, wie der Spanier es sagte, strafte seine Worte Lügen.
Vitus ging nicht näher darauf ein, sondern konzentrierte sich weiter auf seine Arbeit. Als er fertig war, verknotete er den Faden an beiden Wundenden, strich Zinksalbe auf die Verletzung und verband sie sorgfältig. Don Pedro sah aus wie ein türkischer Turbanträger. Als würde er es ahnen, verlangte er kurz darauf nach einem Spiegel und betrachtete sich eingehend darin. »Ich sehe aus wie Ali Pascha während der Seeschlacht von Lepanto«, meinte er nicht ohne Humor.

Steel erschien wieder auf der Bildfläche und wollte Wichtiges besprechen: »Don Pedro«, sagte er, »unsere beiden Flotten bekämpfen einander, und solange kein Sieger feststeht, werdet Ihr wohl oder übel an Bord meines Schiffs bleiben müssen. Wenn Ihr mir Euer Ehrenwort als Offizier gebt, weder Sabotage-, noch Spionage- oder irgendwelche Umsturzversuche zu unternehmen, könnt Ihr Euch an Bord der *Camborne* frei bewegen und seid auch abends an meiner Tafel willkommen. Nun, wie steht es?«

Don Pedro blickte Steel aus seinen olivdunklen Augen an und sagte zunächst nichts. »Was passiert, wenn ich Euch mein Ehrenwort verweigere?«

»Werde ich Euch in Ketten legen lassen müssen.«

Wieder schwieg Don Pedro eine Weile. Er schien einen innerlichen Kampf auszufechten. Dann sagte er ruhig: »Ihr habt mein Wort als spanischer Edelmann und Offizier.«

»Danke, das genügt mir, Don Pedro.« Steel schüttelte dem Spanier die Hand und wirkte erleichtert. »Die Frage nach einer Unterkunft für Euch ist leider weniger leicht zu lösen. Ihr werdet mit meinen Offizieren McQuarrie und Abbot eine Kammer teilen müssen. Leider kann die *Camborne* es an Größe nicht mit Euren riesigen Galeonen aufnehmen.«

»Ich bin Soldat«, sagte Don Pedro knapp. »Für Luxus ist im Krieg kein Platz.«

»Freut mich, dass Ihr das auch so seht!«

Vitus sagte: »Für trockene Kleidung und eine warme Koje wird dennoch gesorgt werden, Don Pedro.« Er musste an die vergangene Nacht denken, in der Isabella ihn von hin-

ten umschlungen und gewärmt hatte. Ihr verdankte er es, dass die Erkältung sich nicht entfaltet hatte und er sich schon wieder fast gesund fühlte.
»*Gracias,* Sir Vitus«, sagte Don Pedro, nicht wissend, dass Vitus ein Conde war und korrekt mit »Mylord« angesprochen werden musste.
»›Sir‹ genügt, Don Pedro«, sagte Vitus. »Wir wollen die Sache nicht komplizierter machen, als sie ist.«
Der Spanier nickte ernst. »Wie Ihr meint – Sir.«
Steel steckte die Nase aus seiner Kajütentür und rief nach einem Läufer. Als dieser erschien, erhielt er Weisung, den spanischen Admiral zu McQuarries und Abbots Kammer zu begleiten und ihm alles für seinen persönlichen Bedarf zur Verfügung zu stellen. Don Pedro – jeder Zoll ein Grande – bedankte sich für die Gastfreundschaft, wehrte jegliche Hilfe beim Gehen ab und folgte dem Läufer mit kleinen, kontrollierten Schritten. Steel schnaufte zufrieden, schenkte sich ein großes Glas Brandy ein und rief ihm leutselig hinterher: »Wir sehen uns beim Dinner, Don Pedro!«

Das Dinner in Steels Kajüte war für acht Uhr angesetzt worden, doch bevor es begann, hatte Vitus in seiner Kammer Gelegenheit, Isabella bei ihren Vorbereitungen zu beobachten. Er hatte den Eindruck, als mache sie sich an diesem Abend besonders sorgfältig zurecht, denn sie bürstete endlos lange ihre schwarze Perücke aus, schminkte sich das Gesicht blass und den Mund kirschrot, zupfte sich die

Brauen und die Lider und feilte sich die Nägel – alles getreu dem Schönheitsideal, das der bekannten Dreierregel folgte: drei Mal weiß galt für Haut, Zähne und Hände; drei Mal schwarz für Augen, Augenbrauen und Augenlider; drei Mal lang für Körper, Haare und Fingernägel; drei Mal schmal für Mund, Taille und Fesseln; drei Mal dick für Arme, Po und Schenkel.

Diesem Anspruch wurde sie nahezu gerecht, wenn man davon absah, dass sie nicht dick war und keine schwarzen, sondern graue Augen hatte. Genau wie Vitus. »Brauchst du noch lange?«, fragte er. »Ich möchte nicht gern unpünktlich sein.«

»Ich muss nur noch ein Kleid auswählen, Liebster. Leider habe ich viel zu wenig Garderobe mit, Madame Pointille hatte ja kaum Zeit, mir etwas anzufertigen.«

»Madame Pointille? Wer soll das sein?«

»Die Schneiderin von Nina.«

»Nenne meine Frau nicht Nina!«

»Sie ist nicht mehr deine Frau. Ich bin deine Frau. Ich werde das Seidenkleid nehmen. Mit seinem großen Ausschnitt ist es zwar etwas gewagt, aber die Farbe Lila wirkt andererseits sehr züchtig, findest du nicht auch?«

Er sagte daraufhin nichts. Er hatte sich noch nie Gedanken darüber gemacht, welche Gefühle durch Farben ausgelöst wurden.

»Schließe mir mal die Häkchen auf dem Rücken.«

Er gehorchte. Er arbeitete sich von unten nach oben vor und bemerkte, dass der Stoff sich mit jedem weiteren Häkchen stärker spannte. Der Grund dafür waren ihre prächtigen Brüste, die sich gegen die Einengung wehrten. »Das

Kleid sitzt viel zu knapp. Was sollen die Herren am Kapitänstisch denken!«
Isabella drehte sich Vitus zu. Ihre Augen blickten spöttisch. »Na, was wohl? Das, was alle Männer denken, wenn sie einen tiefen Ausschnitt sehen.«
»Ich will nicht, dass du so herumläufst!«
»Bist du etwa eifersüchtig?«
»Lächerlich!«
»Dann ist es ja gut.« Isabella zog ein grobmaschiges, aus Goldfäden geknüpftes Netz über ihr Haar und befestigte es. Vitus sah, dass jeder Knoten mit einer kostbaren Perle geschmückt war, und er sah auch, dass es Ninas Netz war.
»Der Haarschmuck gehört meiner Frau!«
»Richtig, Liebster, ich bin deine Frau. Vergiss das nicht. Und nun komm, ich habe einen Bärenhunger.«
Sie hakte sich bei ihm unter und drängte ihn zur Tür.

Die Speisen an diesem Abend waren bei weitem nicht so vielfältig wie jene, die Kapitän Steel noch vor wenigen Tagen hatte auftischen lassen, denn die *Camborne* befand sich auf See und lag nicht mehr an der Pier von Plymouth, wo jederzeit frische Nahrungsmittel eingekauft werden konnten. Das Angebot bestand in erster Linie aus Pökelfleisch und Klippfisch sowie einer Suppe aus unterschiedlichen Hülsenfrüchten, die mit Zwieback angereichert war.
Kapitän Steel räusperte sich und blickte in die Runde. Die Zahl seiner Tischgäste hatte sich um Don Pedro erweitert,

den er in aller Form begrüßte und vorstellte. »Leider müssen wir alle heute Abend mit schnöder Seemannskost vorliebnehmen, Don Pedro«, dröhnte er, »aber wir sind im Krieg, und im Krieg sind die Zeiten für Feinschmecker nicht rosig.«

Der Spanier, der sich in der Zwischenzeit gut erholt zu haben schien und in seinen getrockneten Kleidern einen mehr als passablen Eindruck machte, lächelte. »Der Wert einer Tafel misst sich nicht unbedingt an der dargebotenen Speise, sondern eher an Geist und Schönheit der Teilnehmer, Capitán.«

»Danke, Don Pedro!« Steel schien das Kompliment, das zweifellos nicht ihm gegolten hatte, auf sich zu münzen. »Das habt Ihr trefflich gesagt! Da Ihr mit uns schlecht auf das Wohl unserer Jungfräulichen Majestät Elizabeth trinken könnt und wir mit Euch schlecht auf das Wohl Eures Königs Philipp, denke ich, trinken wir, äh …«

Er hatte den Faden verloren und suchte nach einer Gemeinsamkeit, auf die man das Glas erheben konnte.

Isabella half ihm mit einem reizenden Lächeln aus: »Trinken wir auf die gerechte Sache.«

»Bei Gott, das ist eine gute Idee! Jeder möge auf seine eigene gerechte Sache trinken, ha, ha! Dass ich darauf nicht selbst gekommen bin! Erhebt mit uns Euer Glas, Don Pedro, *cheers* und *salud!*«

Steel, Don Pedro, Vitus, Isabella, Stonewell, McQuarrie und Abbot tranken von dem Wein. »Es scheint mir eine Traube aus der La Mancha zu sein«, sagte Don Pedro zu Steel. »Ihr Engländer verteufelt also doch nicht alles, was aus Spanien kommt?«

Steel lachte sein aufgesetztes Lachen. »Ebenso, wie ihr Spanier nicht unser gutes englisches Tuch verteufelt, habe ich recht?«

»Gewiss.«

Die Unterhaltung stockte etwas, und das nicht nur, weil die Anwesenden der Suppe zusprachen. Dann sagte Don Pedro: »Es gibt in diesen Zeiten nicht viele Themen, über die man ohne Bedenken sprechen kann, aber ich glaube, das Wetter und die Mode gehören dazu. Das Wetter war heute recht annehmbar, nicht zu hohe Wellen, nicht zu viel Wind, nicht zu kaltes Wasser – andernfalls würde ich jetzt nicht die Ehre haben, an Eurem Tisch sitzen zu können, Capitán Steel. Die Mode hingegen ist ein weitaus erfreulicherer Gesprächsgegenstand. Es sei an dieser Stelle erlaubt, Lady Nina, Euch zu versichern, dass Ihr ein ganz bezauberndes Kleid tragt.«

Isabella strahlte. »Ihr seid ein echter Caballero, Don Pedro!« Dann streifte ihr Blick wie zufällig Vitus. »Ich habe lange kein so reizendes Kompliment bekommen.«

Vitus bekämpfte die aufkommende Missgunst. Am liebsten hätte er beziehungsvoll gesagt: Der Wert einer Person misst sich nicht an der Staffage, sondern eher an ihrem Charakter! Aber er schwieg.

»Ein Seemann braucht in erster Linie praktische Kleidung«, versuchte McQuarrie, das Gespräch in neutralere Bahnen zu lenken. »Auch unser guter schottischer Kilt, der vielfach belächelt wird, ist viel praktischer, als gemeinhin angenommen wird.«

Abbot nickte. Er war kein großer Redner und schätzte sich glücklich, wenn er nicht viele Worte machen musste.

Stonewell hatte seine Suppe ausgelöffelt und wollte auch seinen Beitrag liefern: »Praktische Kleidung ist auch vom gesundheitlichen Standpunkt her gesehen nicht zu unterschätzen. In wärmeren Ländern sollte sie leichter, in kälteren Ländern schwerer sein.«
Nach dieser umwälzenden Erkenntnis geriet die Unterhaltung abermals ins Stocken, und jeder an der Tafel beschäftigte sich mit den weiteren Speisen. Schließlich sagte Don Pedro: »Ihr sprecht sehr gut spanisch, Lady Nina, genau wie Euer Gemahl. Darf ich fragen, ob Ihr über einen längeren Zeitraum in meinem Land gelebt habt?«
Isabella strich sich eine schwarze Locke ihrer täuschend echten Perücke aus dem Gesicht und blickte Don Pedro direkt an. »Ich habe nicht nur eine Zeitlang in Spanien gelebt, ich bin sogar Spanierin. Ich komme aus Cádiz.«
Don Pedro stutzte. *»Carai! Habla en serio?«*
»Ja, sicher! Cádiz ist die schönste Stadt der Welt, auch wenn die Engländer im letzten Jahr vieles zerstört haben.«
»Mit Verlaub, Lady Nina, Ihr redet nicht gerade wie die Gemahlin eines englischen Lords.«
»Ich bin, wie gesagt, Spanierin. Was in Cádiz passierte, werde ich niemals vergessen!«
Don Pedro nickte. »Es waren erbitterte Kampfhandlungen. Ich selbst war unmittelbar daran beteiligt.«
Isabella legte spontan ihre Hand auf Don Pedros Arm. »Davon müsst Ihr mir unbedingt erzählen!«
Steel rülpste dezent und versuchte abzulenken: »Es passiert so viel auf dieser Welt, Angenehmes und weniger Angenehmes, wenden wir uns lieber den erfreulicheren Dingen zu: *»Cheers* und *salud!«*

Die Runde trank, doch kaum waren die Trinkgefäße wieder abgesetzt, hakte Isabella nach: »Wo habt Ihr gekämpft, Don Pedro?«

»Ich befehligte die Galeeren unserer Stadt. Wir versuchten, die Angreifer zu vertreiben, aber leider hatte der Feind das Überraschungsmoment auf seiner Seite. Meine Bemühungen waren weitgehend vergebens. Unsere prachtvollen Schiffe, die Kriegsgaleonen, die Kauffahrer, die Transporter, die Versorger, sie alle wurden zusammengeschossen ...« Don Pedro machte eine Pause, denn er merkte, wie vorwurfsvoll seine Worte klangen. Deshalb fuhr er mit einem Lächeln fort: »Man kann über die Ritterlichkeit der Engländer streiten, aber zumindest einen gibt es unter ihnen, der sich während der Kämpfe ohne Fehl und Tadel verhalten hat. Er legte das Gebaren eines wahren Caballeros an den Tag. Man muss dazu wissen, dass von meinen zehn Galeeren bereits sieben starke Beschädigungen aufwiesen und eine weitere lichterloh brannte. Sie war dem Untergang geweiht, und es hätte nur einiger gezielter Schüsse bedurft, um sie und ihre Männer endgültig zu versenken, doch genau das geschah nicht.«

»Was geschah denn?«, fragte Steel.

»Die englische Galeone, die den Fangschuss hätte setzen können, drehte ab und schonte das Leben meiner Männer. Ihr Capitán ließ mir sogar seine Empfehlung ausrichten. Ich weiß nicht, warum, aber es war tatsächlich so. In jedem Fall hat dieser Capitán ein leuchtendes Beispiel für Großmut und Manneszucht abgegeben.«

»Was Ihr nicht sagt!« Steel hing an Don Pedros Lippen. »Und wie heißt dieser Captain?«

»Sein Name, so wurde mir berichtet, ist Taggart. Es muss sich wohl um jenen Taggart handeln, der Anfang der siebziger Jahre unsere Schatzgaleonen in der Karibik überfiel, aber in diesem Fall, wie gesagt, handelte er wie ein echter Caballero.«

»Sir Hippolyte Taggart gehört zu meinen besten und ältesten Freunden«, sagte Vitus, der fand, dass die Unterhaltung zum ersten Mal eine erfreuliche Wendung nahm.

»Was Ihr nicht sagt!« Don Pedro musterte Vitus. »Darf ich fragen, ob Capitán Taggart mit seiner *Falcon* ebenfalls an den kommenden Schlachten teilnehmen wird?«

Steel mischte sich ein: »Das dürft Ihr fragen, Don Pedro, aber Ihr werdet darauf keine Antwort erhalten. Ich versichere Euch jedoch, dass unter den englischen Seefahrern viele sind, die ähnlich wie Taggart gehandelt hätten.«

»Dem will ich nicht widersprechen«, sagte Don Pedro höflich und tupfte sich einen Suppentropfen von seinem gepflegten Bart.

Vitus sagte: »Ritterlichkeit ist eine Tugend, die über alle Grenzen und über alle Feindschaft hinweg verbindet. Ich hoffe, sie wird der Maßstab für alle kommenden Kampfhandlungen mit der Armada sein.«

»Wo wir gerade von der Armada sprechen«, nahm Steel den Faden wieder auf, »könnt Ihr uns sagen, Don Pedro, was genau die Armada in unseren Gewässern vorhat?«

»Sicher kann ich das, aber ich werde es nicht tun.«

»Nun ja.« Steel schluckte mannhaft die Retourkutsche. »Wie auch immer die Armada im Einzelnen vorgehen mag, sie wird ihre Ziele nicht erreichen. Und wir, wir werden gewinnen, und dann, ha, ha, Don Pedro, hoffe ich, dass

Eure Verwandtschaft gut bei Kasse ist, denn ich werde für Euch ein stattliches Lösegeld fordern.«
»Dass Ihr den Wert meiner Person so hoch einschätzt, ehrt mich«, entgegnete der Spanier kühl. »Doch Eure Ansicht, dass Ihr den Krieg gewinnen werdet, kann ich nicht teilen. Am Ende wird der Sieg unser sein.«
»Ha, ha! Eher geht in der Hölle das Feuer aus! Wir werden gewinnen, niemand anderes als wir! Ihr Spanier kennt euch nicht aus im Kanal, habt keine Ahnung von Windverhältnissen, Meeresströmungen, Wassertiefen und Gezeiten ...« Steel brach ab, vielleicht, weil er merkte, dass der Alkohol ihm zusehends die Zunge löste und seine Rede distanzlos wurde.
Don Pedro de Acuña lächelte wieder sein feines Lächeln. »Ganz so unwissend, wie Ihr glaubt, Capitán, sind wir nicht. Wir haben gute Karten, wir haben gute Lotsen, wir haben seemännisches Geschick. Kennt Ihr einen gewissen Lucas Janszoon Waghenaer?«
»Wie? Äh, natürlich.« Steel versuchte, sich nicht anmerken zu lassen, dass der Name ihm wenig sagte.
»Der Mann ist Holländer. Er schuf vor vier Jahren den ersten Seeatlas, den sogenannten *Spiegel der Seefahrt.* Darin findet sich eine Karte, die Südengland mit seinen Häfen in allen Einzelheiten zeigt. Ferner den Kanal, den er als *Canalis inter Angliam et Galliam* bezeichnet. Die Abbildung zeigt alle wichtigen Meerestiefen sowie die Bodenbeschaffenheiten der verschiedenen Regionen. Ihr seht, ganz so unwissend, wie Ihr behauptet, sind wir nicht. Wir werden unseren Weg gehen, und wir haben, in aller Bescheidenheit, mit dem hölzernen Halbmond eine Schlachtformation ent-

wickelt, die uns alle Möglichkeiten offenlässt. Der Halbmond ist unzerstörbar. Er ist ein seemännisches und organisatorisches Kunstwerk, das seinesgleichen sucht. Im Übrigen vertrauen wir auf die Jungfrau Maria, die auch ›Die Jungfrau der Navigatoren‹ genannt wird. Sie wird unseren Schiffen den siegreichen Kurs weisen.«

»Woran ich nicht zweifle!«, rief Isabella mit leuchtenden Augen.

Die darauffolgende peinliche Stille versuchte Vitus zu entschärfen, indem er sagte: »Um Missverständnissen vorzubeugen, Gentlemen, möchte ich versichern, dass Ihr soeben nur den halben Ausruf meiner Frau gehört habt. Im vollen Wortlaut wollte sie sagen: ›Woran ich nicht zweifle, ist der Sieg der englischen Geschwader!‹ Stimmt's, meine Liebe?«

Er sah Isabella so drohend an, dass sie nicht zu widersprechen wagte, und fuhr fort: »Nachdem dies geklärt ist, bitte ich um Verständnis dafür, wenn wir uns zurückziehen. Es war ein ereignisreicher Tag. Ich danke für die Speise, Captain Steel, und wünsche allseits eine gute Nacht.«

Danach stand er auf, packte die Hand Isabellas so fest, dass diese fast aufschrie, und verließ mit ihr die Kapitänskajüte.

»Was fällt dir ein?«, zischte sie, als sie draußen an Deck waren.

Vitus antwortete nicht. Er zerrte sie mit verbissenem Gesicht zur gemeinsamen Kammer und stieß sie hinein. Als die Tür hinter ihnen zugefallen war, sagte er mit gefährlich leiser Stimme: »Was ist nur in dich gefahren? Spielst du verrückt? Auf der einen Seite willst du meine Gemahlin sein, auf der anderen Seite ergreifst du in schamloser Weise Partei für den Feind!«

»Ich bin Spanierin!«

»Meine Frau Nina, die wahre Lady Nina, ist auch Spanierin! Und dennoch würde sie niemals ihren Ehemann derartig bloßstellen.«

»Don Pedro de Acuña ist mein Landsmann! Ein vornehmer Hidalgo! Er hat dieselben Wurzeln wie ich, warum sollte ich ihm nicht beipflichten!«

»Papperlapapp! Du hast Don Pedro den ganzen Abend schöne Augen gemacht, mehr nicht!« Er riss sie an sich. »Aber damit ist jetzt Schluss! Es war das erste und letzte Mal, dass du mich zum Narren gemacht hast! Wenn wir schon ›verheiratet‹ sind, dann benimm dich entsprechend und akzeptiere, dass ich das Sagen habe!«

»Niemals!«

»Gut! Dann wirst du mich von einer ganz neuen Seite kennenlernen!« Er drückte sie nach unten und zwang ihren Körper über sein Knie. Mit ein paar klatschenden Hieben versohlte er ihr den Hintern. Obwohl er sich bei den Schlägen keine große Zurückhaltung auferlegte, kam kein Laut des Schmerzes über ihre Lippen. Das reizte ihn. Er wollte ihr Gesäß weiter bearbeiten, aber das kam nicht in Frage. Man schlug keine Frau, auch wenn sie es noch so sehr verdient hatte. Wie konnte er sie weiter strafen? Indem er Dinge tat, die sie nicht wollte, und dazu gehörte zweifellos, dass er sie gegen ihren Willen küsste. Er stieß sie aufs Bett, warf sich über sie und küsste sie hart auf den Mund. »Du bist die Frau eines englischen Earls, verdammt noch mal! Hast du das endlich begriffen?«

Sie lächelte.
»Ich werde dich lehren, mich zum Hanswurst zu machen!«
Wieder küsste er sie hart.
Sie stöhnte.
Gut so, endlich eine Reaktion der Schwäche!
Sie stöhnte erneut. »Don Pedro sieht wirklich phantastisch aus.«
»Was sagst du da? Er ist ein Aufschneider wie alle Spanier, mehr nicht!«
»Er hat sicher sehr viel Temperament.«
»Ach ja? Hat er das? Das haben wir gleich!« Er griff in ihren Ausschnitt und riss ihn mit einer Bewegung bis zur Taille auf. »Meinst du, er hätte so viel Temperament?« Er riss den Rest des Kleides entzwei. »Oder so viel?« Er riss ihr die Leibwäsche herunter. »Oder so viel?«
»So viel und noch viel mehr.« Wieder lächelte sie.
Er fluchte innerlich. Wie konnte er ihren Widerstand, ihre verdammte Überlegenheit nur brechen? »Ich, ich …!«
»Du, du …«, antwortete sie.
»Ich werde dich hier und jetzt …«
»Dann tu's doch endlich.« Sie spreizte die Beine und zog sie an, so dass er in die Tiefe ihres Schoßes blicken konnte. Er erkannte, dass der Streit zwischen ihnen die ganze Zeit von ihr gesteuert worden war und sie ihn genau da hatte, wo sie ihn haben wollte. »Du … du bist so schamlos.«
»Das bin ich. Ich bin schamlos. Ich bin Spanierin. Ich bin deine Ehefrau. Und jetzt nimm mich. Ich bin wild auf dich. Komm, mein kleiner Vitus, oder soll ich sagen: mein großer, starker Earl? Komm, komm endlich, wo bleibt dein Temperament?«

Er konnte nicht anders, er stürzte sich auf sie, er drang in sie ein, füllte sie aus, zog sich zurück, drang wieder in sie ein, wurde schneller, hektischer, spürte, wie die Lust in ihm anschwoll, unbezähmbar, nicht beherrschbar, erreichte den höchsten Gipfel der Leidenschaft, entlud sich mit einem heiseren Schrei …
Und kam sich die ganze Zeit wie eine Marionette vor.

Er erwachte, als das Tageslicht bereits hell durch das Fenster fiel. Isabella lag halb auf ihm, einen Arm um seine Taille geschlungen. Sie schlief noch. Ihr Gesicht war völlig entspannt, wirkte friedlich und freundlich – und so ganz anders als in der vergangenen Nacht, als es vor Leidenschaft geglüht hatte. Er wusste nicht mehr, wie oft und wie lange sie sich geliebt hatten, er wusste nur noch, dass er niemals zuvor so überwältigende Gefühle erlebt hatte.
Sie war eine Frau von wildem, ungezügeltem Feuer.
Vorsichtig löste er sich aus ihrem Griff und stand auf. Er wollte einen klaren Kopf bekommen, wollte an Deck, um frische Luft zu atmen und den neuesten Stand der Dinge zu erfahren.
Nach einer kurzen Wäsche und einer Rasur mit kaltem Wasser stieg er in seine Kleider und ging hinaus. Draußen wehte ein unruhiger Südwest, der die *Camborne* tiefer in die Wellentäler eintauchen ließ als am Vortag. Das Schiff lief nahezu Ostkurs, die Haupt- und Bramsegel waren gesetzt, dazu das Blindesegel am Bugspriet. Die Geschwindigkeit mochte vier oder fünf Knoten betragen. Vor der

Camborne lief Howards Geschwader in guter Ordnung, Vitus erkannte die *Ark Royal,* die *Mary Rose* und andere. Und noch weiter entfernt – bei der guten Sicht klar auszumachen – sah er den majestätischen Halbmond der Armada nach Osten streben, tiefer und tiefer in den Kanal hinein.

Bei den Steuerbord-Sechspfündern traf er auf Stonewell, dessen Anblick ihn daran erinnerte, dass er sich noch nicht um die beiden aufgefischten spanischen Matrosen gekümmert hatte. »Was machen unsere Teerjacken von der *San Salvador?*«, fragte er.

»Ich habe heute Morgen bereits nach ihnen gesehen, Sir«, antwortete Stonewell. »Sie sind ganz munter. Es sind junge Burschen um die zwanzig, deren Körper sich schnell erholen. Sie brauchen in erster Linie Wärme und Schlaf.«

»Ich möchte mir selbst ein Bild machen.«

»Gewiss, Sir.« Stonewell ging voran und wies Vitus den Weg nach unten. »Mein Spanisch ist nicht das Beste, Sir, deshalb konnte ich mich den beiden nicht gut verständlich machen. Doch ihr Allgemeinzustand scheint recht gut zu sein.«

»Wir werden sehen«, sagte Vitus.

Im Behandlungsraum nahm er Platz und ließ sich die Männer vorführen. *»Buenos dias, yo soy Vitus von Collincourt«,* sagte er zur Begrüßung. »Ich bin der leitende Arzt an Bord. Ich will euch untersuchen. Kommt näher.«

Gehorsam traten beide heran, und Vitus fragte den Ersten: *»Cómo te llamas?«*

»Manoel.«

»Gut, Manoel, mach die Zähne weit auseinander.« Er blick-

te im Schein einer hellen Laterne in die Mundhöhle und stellte Anzeichen des Scharbocks fest. Das Zahnfleisch war geschwollen und an einigen Stellen schwammig. Die Schneidezähne saßen locker.
Vitus merkte sich das und fuhr mit seiner Untersuchung fort. Er besah sich Kopf und Körperglieder genau, befühlte die Muskulatur, beugte die Gelenke, prüfte die Haut, kniff sie an mehreren Stellen zusammen und stellte fest, dass sie sich nach dem Zusammenpressen nicht genügend schnell glättete. »Der Mann trinkt zu wenig«, sagte er zu Stonewell. »Seine Tagesration an Wasser muss erhöht werden.«
»Jawohl, Sir, ich werde es veranlassen.«
»Sorgt bitte auch dafür, dass der Mann gute Kost bekommt. Der Scharbock nagt schon an ihm.«
»Es soll geschehen, Sir.«
Vitus fuhr mit seiner Begutachtung fort. Einige Kratzer und leichte Wunden, die Manoel bei der gestrigen Rettungsaktion davongetragen hatte, waren von Stonewell vorbildlich versorgt worden. Dasselbe schien für eine Brandwunde am Oberarm zu gelten. »Welche Arznei habt Ihr für die Behandlung der Verbrennung gewählt, Stonewell?«, fragte er.
»Nun, Sir, am liebsten hätte ich Hühnerfett genommen, aber da wir an Bord keins haben, musste es Johannisöl tun.«
»Habt Ihr das Johannisöl selbst hergestellt?«
»Jawohl, Sir. Ich habe die Blüten und die Blätter von *Hypericum perforatum* vor einigen Wochen mit Olivenöl angesetzt. Wenn nötig, ließe sich aus dem Öl auch eine Salbe machen.«

»Sehr schön.« Vitus konzentrierte sich wieder auf Manoel und stellte die Fragen, die er immer stellte: nach dem Stuhlgang, dem Wasserlassen, der allgemeinen Befindlichkeit. Als alles zu seiner Zufriedenheit beantwortet war, fragte er weiter: »Hattest du in letzter Zeit Fieber und rötlichen Ausschlag auf der Brust?«

»Nein.«

»Es heißt in der englischen Marine ›Nein, Sir‹, wenn niedrige Dienstgrade antworten. Bitte merke dir das.«

»Ja.«

»Es heißt auch ›Ja, Sir‹. Oder besser ›Aye, Sir‹. Kannst du dir das merken?«

»Äh, aye, Sir.«

»Hattest du in letzter Zeit häufiger ohne Grund Kopfschmerzen?«

»Nein, Sir.«

»Sehr gut.« Vitus war zufrieden. Der Mann schien nicht unter dem gefürchteten Fleckfieber, dem *Morbus lenticularis,* zu leiden, das von Girolamo Fracastoro, einem italienischen Arzt, vor gar nicht langer Zeit erstmals beschrieben und abgegrenzt worden war.

Er wandte sich dem zweiten Geretteten zu. Der Mann hieß Diego. Das Frage-und-Antwort-Spiel begann von neuem. Im Großen und Ganzen entsprach die Verfassung Diegos der von Manoel. Darüber hinaus wiesen beide die üblichen Blessuren und Merkmale auf, die für Seeleute aller Nationen bezeichnend waren: Sie hatten schwarzblaue Tätowierungen an den Armen und Händen, denn sie waren, wie sie erzählten, auf den Gewürzinseln gewesen und hatten dort einen Schamanen der Dayak aufgesucht. Sie hatten verstümmelte Finger, an denen das eine oder andere Glied fehlte, und sie hatten am ganzen Leib Narben, die von Stich-, Riss- oder Platzwunden herrührten. Diego hatte zudem einen verkürzten rechten Arm, der von einem schief verheilten Bruch stammte, und ein langes, schlecht verheiltes Wundmal auf der linken Wange, das ihm die Augenlider zusammenzog.

Vitus schloss seine Untersuchung ab und sagte: »Hört mal, ihr beiden, ihr wisst, dass ihr euch auf einem englischen Schiff befindet. So gesehen, seid ihr Gefangene und müsstet eigentlich hinter Schloss und Riegel sitzen. Wenn ihr das nicht wollt, gibt es nur eine Möglichkeit: Leistet Captain Steel den Treueid und dient fortan als englische Matrosen auf diesem Schiff. Wollt ihr das?«

»Aye, Sir«, sagten beide nach kurzem Zögern.

»Schön, dann wird mein Assistent Mister Stonewell euch zum Captain bringen. Mit einer freundlichen Empfehlung von mir.«

»Aye, Sir.«

Vitus nickte zufrieden und begab sich an Deck.

Am frühen Nachmittag stand er neben Steel an der Querreling und beobachtete, wie die Pinasse *Sun* längsseits ging.

»Das bedeutet Neuigkeiten«, dröhnte Steel, der die Höflichkeit gehabt hatte, Vitus nicht auf Isabellas Entgleisung vom vergangenen Abend anzusprechen, sich aber ausdrücklich für die beiden neuen Matrosen bedankt hatte. »Hoffentlich etwas Erfreuliches.«

Ein Matrose sprang auf die *Camborne* über und händigte ein Schreiben aus, das Steel nach wenigen Augenblicken überbracht wurde. »Danke.« Der Kapitän löste die Kordel, entrollte das Papier und las.

»Darf man erfahren, was da steht?«, fragte Vitus.

»Selbstverständlich, Cirurgicus. Doch habt noch einen Augenblick Geduld, ich will McQuarrie und Abbot hinzuziehen, damit ich nicht alles doppelt und dreifach erzählen muss.«

Als beide Offiziere erschienen waren, kratzte Steel sich die rotgeäderte Wange, hielt einen Rülpser zurück, machte ein wichtiges Gesicht und verkündete: »Lordadmiral Howard lässt mich wissen, dass der Befehlshaber des andalusischen Geschwaders, Don Pedro de Valdés, sein Flaggschiff, die *Nuestra Señora del Rosario,* kampflos an Sir Francis Drake übergeben hat. Damit ist eine der stärksten gegnerischen Karacken aus dem Gefecht. Sir Francis hat Don Pedro und seine Offiziere zu sich an Bord der *Revenge* genommen und unserer *Roebuck* befohlen, die *Rosario* nach Dartmouth zu eskortieren. Wahrhaftig eine erfreuliche Nachricht!«

McQuarrie wunderte sich. »Aber Sir, nach allem, was wir wissen, hat die *Rosario* bei den ersten Scharmützeln nur ihren Fockmast verloren! Da gibt man doch nicht einfach auf?«

»Ihr sagt es, McQuarrie. Aber mehr steht hier nicht. Lest selbst.« McQuarrie studierte die Zeilen und reichte das Papier dann an Abbot weiter, der es ebenfalls überflog und an Vitus übergab.

Steel schloss den Kreislauf, indem er die Nachricht von Vitus entgegennahm, sie einrollte und wieder verschnürte. »Da sieht man es, Gentlemen: Es gibt solche und solche Don Pedros! Der Befehlshaber der *Rosario* hat zweifellos nicht so viel Schneid wie unser Galeerenadmiral aus Cádiz. Doch sei es, wie es sei. Der Verlust der *Rosario* bedeutet sechsundvierzig Kanonen weniger auf des Gegners Seite. Die Armada ist um ein weiteres Schiff geschwächt. Der Sieg wird unser sein! Ich höre das Lösegeld, das mir unser Don Pedro einbringen wird, schon klingen, ha, ha! Heute ist ein guter Tag.«

»Aye, Sir«, bekräftigten McQuarrie und Abbot.

»Und was macht man an einem guten Tag?«, fragte Steel, um gleich darauf selbst die Antwort zu geben: »Man gönnt sich ein Gläschen. Die Dons scheinen ja weiter den Schwanz einzuziehen, so dass wir ihnen nur hinterherfahren müssen. Von mir aus bis zum Firth of Forth oder noch weiter, dann wird es nämlich mit der Invasion nichts mehr! Bis später, Gentlemen.«

Steel verschwand, um seine Absicht in die Tat umzusetzen, denn er war ein Trinker, der es schätzte, seinen Alkoholspiegel niemals zu sehr absinken zu lassen. Das kam auf die Dauer zu teuer, wie er fand. Er verabscheute es, nüchtern zu sein, achtete andererseits aber peinlich darauf, niemals die Haltung zu verlieren – denn der Verlust der Contenance hätte gleichzeitig den Verlust des Kommandos über die *Camborne* bedeutet.

»*Cheers*, Sir!«, rief McQuarrie ihm nach.

»Cheers«, sagte auch eine andere Person in diesem Augenblick, nur befand sie sich nicht auf See, sondern Hunderte von Meilen entfernt an Land. Die Person hieß Hartford, und der Ort, an dem Hartford sich aufhielt, war seine Kammer im Herrschaftsflügel von Greenvale Castle. Er war allein mit sich und seinem Getränk, und er hatte, genau wie Kapitän Steel, einen Grund zum Feiern.

Seit dem Morgen wusste er, wie er den Plan seiner geliebten Isabella umsetzen konnte.

Tagelang hatte er darüber nachgedacht, aber heute Morgen erst war ihm die Erleuchtung gekommen. Er war, nachdem er Lady Nina und den Kindern die Morgenspeise serviert hatte, grübelnd über den Schlosshof gewandert, hatte einige schwatzende Mägde zusammengestaucht, hatte den Gärtnern, die an mehreren Stellen die Ligusterhecke ausbesserten, zugesehen, hatte einen Abstecher ins Verwaltungsgebäude zu Richard Catfield gemacht und mit ihm über das Wetter geplaudert und war schließlich bei den Reitställen gelandet, wo er Keith, Watty und die anderen Pferdeknechte bei der Arbeit antraf.

Dabei war ihm ein Hengst aufgefallen, der zugeritten werden sollte, sich aber nicht von der Stelle rührte. Watty hatte im Sattel gesessen und, nachdem er mit gutem Zureden, Fluchen und sogar mit den Sporen vergeblich versucht hatte, ihn zum Laufen zu bringen, entnervt ausgerufen: »Keith, gib ihm eins auf die Hinterhand!«

Und Keith hatte dem störrischen Gaul einen kräftigen Klaps gegeben, woraufhin dieser erschreckt wieherte und einen gewaltigen Sprung nach vorn machte.

Hartford hatte dagestanden und an sich halten müssen, um

nicht laut aufzuschreien, so froh war er über das Gesehene. Es war die Lösung aller seiner Probleme.

»*Cheers*«, sagte er abermals, hob sein Glas mit bestem schottischen Whisky und trank.

Der *Cirurgicus Galeonis* Stonewell

*»Manchmal, Sir, denke ich, wir wissen gar nichts,
und Gott hat uns über so vieles im Unklaren gelassen,
damit wir bescheiden bleiben und die Bäume
nicht in den Himmel wachsen.«*

Was meint Ihr, Stonewell, werden wir heute mehr zu tun bekommen?«, fragte Vitus am nächsten Tag, als er sich mit seinem Assistenten auf dem Hauptdeck die Beine vertrat. »Die *Camborne* ist bisher eher ein Beobachterschiff als ein Lazarettschiff. Fast könnte es einem peinlich sein, dass wir so wenig zu tun haben.«

»Da habt Ihr recht, Sir, aber ich fürchte, das dicke Ende kommt noch. Der Wind ist umgesprungen und weht nun aus Nordost, ideal für die Armada, um unsere Schiffe anzugreifen. Jedenfalls hat Captain Steel das vorhin gesagt.«

»Genau das hat er«, ertönte eine Bassstimme hinter ihnen. Sie fuhren herum und sahen Steel näher kommen. »Wir befinden uns im mittleren Teil der Lyme-Bucht, östlich vor uns die Isle of Portland mit ihrer südlichen Spitze, die

scharf in den Kanal hineinragt, ›Portland Bill‹ genannt. Ihr seht, zwischen uns und dem Portland Bill kreuzt Lordadmiral Howard mit seiner *Ark Royal* und den weiteren Schiffen seines Geschwaders. Und Ihr erkennt zweifellos auch, dass der Herzog von Medina Sidonia sich dahinter anschickt, seinen Luvvorteil auszunutzen und unsere Schiffe anzugreifen. Der Halbmond hat sich aufgelöst! Zwar nur zum Teil, aber immerhin. Wenn Ihr Lust habt, Gentlemen, kommt mit mir aufs Kommandantendeck, von dort haben wir einen besseren Überblick.«
»Vielen Dank, Captain.« Vitus und Stonewell folgten dem schwergewichtigen Kapitän, der unterwegs noch Don Pedro einlud, ebenfalls einen Blick auf das sich entwickelnde Gefecht zu werfen.
Als die Herren am höchsten Punkt der *Camborne* angelangt waren, sagte Steel: »Ich habe Anweisung erhalten, das Schlachtgeschehen genauestens zu verfolgen, um jederzeit ärztliche Hilfe anbieten zu können, aber ich glaube, das wird nicht nötig sein.«
»Wie kommt Ihr darauf, Sir?«, fragte Stonewell.
Steel tat es sichtlich wohl, mehr zu wissen als seine Gäste. »Ich denke, ich kann offen reden, Gentlemen, auch vor Don Pedro, denn wie das Gefecht ausgeht, liegt ohnehin nicht in unserer Macht. Wisset also, dass Lordadmiral Howard dem Gegner ganz bewusst den Luvvorteil überlassen hat, damit er angreift und damit so seine Halbmondformation aufgibt. Ein aufgelöster Halbmond wiederum ist für uns besser zu attackieren.«
»Ein kluges Konzept«, sagte Don Pedro anerkennend und zwirbelte nachdenklich seine rechte Bartspitze. »Aber es

wird nicht aufgehen. Ich erkenne neben dem Flaggschiff des Herzogs, der *São Martinho,* die *La Regazona,* die *La Rata Santa Maria Encoronada* und viele andere unserer stärksten Schiffe. Ich glaube kaum, dass der Lordadmiral ihnen widerstehen können wird.«

»Abwarten«, sagte Steel.

Die Herren murmelten Zustimmung, denn es blieb ihnen gar nichts anderes übrig, als sich in Geduld zu üben. Beiden Parteien, sowohl den Engländern als auch Don Pedro, erschien der Gefechtsverlauf viel zu langsam, aber große Verbände waren nun einmal schwerfällig, hüben wie drüben.

Als Erster triumphierte Don Pedro: »Der Herzog greift an!«, rief er. »Ich sehe es an den Flaggensignalen. Jetzt wird sich zeigen, was spanische Seemannschaft, Tapferkeit und Organisationskunst vermögen!«

»Auch nicht mehr als die englische«, hielt Steel dagegen.

»Vielleicht, vielleicht auch nicht, Capitán Steel. Lasst Euch gesagt sein, dass niemals zuvor eine Armada so umfassend auf eine Schlacht vorbereitet wurde wie die *Grande y Felicisima Armada.* Oder ist Euch bekannt, dass allein auf dem Flaggschiff des Herzogs nicht weniger als dreihundert Schützen darauf warten, ihre todbringenden Kugeln abzufeuern? Dass alles getan wurde, um Brände zu vermeiden, weil sämtliche Kanonendecks vier Finger hoch unter Wasser gesetzt werden können? Dass für den Enterkampf eigens Keramikkrüge als Brandbomben bereitgehalten werden, deren Inhalt aus Schießpulver, Alkohol und Harz besteht? Dass Taucher extra ausgebildet wurden, um in Lederanzügen und mit Hilfe von Handpumpen nach Unterwassereinschlägen zu suchen und diese, wenn erforderlich, abzudichten? Dass …«

»Genug, genug, Don Pedro.« Steel schirmte mit der Hand die Augen ab und sagte: »Trotz aller Vorzüge Eurer Armada scheint auch sie nur mit Wasser zu kochen. Oder besser: mit ganz normalen Kugeln zu schießen, deren Einschläge, wenn mich nicht alles täuscht, zu kurz liegen.«

»Noch, Capitán, noch!«

Im Verlauf der weiteren Schlacht zeigte sich, dass die Spanier die englischen Schiffe in arge Bedrängnis brachten. Sie fochten so erfolgreich, dass Lordadmiral Howard den Rückzug befahl – sehr zu Don Pedros Genugtuung. Allerdings hielt sein Hochgefühl nicht lange an, denn hinter dem Portland Bill erschienen plötzlich weitere englische Schiffe, darunter die *Mary Rose,* die *Triumph* und die *Merchant Royal,* die nun ihrerseits den Luvvorteil hatten. Steels Laune besserte sich im Nu.

Doch Don Pedro hielt dagegen: »Ich denke, das Kriegsglück wird sich am Ende uns zuwenden, denn wir haben die besseren Schiffe. Für jedes Wetter die ideale Bauart. Unseren Galeassen kann niemand widerstehen. Sie brauchen keine Segel, sie werden von Ruderern auch gegen den Wind bewegt, Hunderten von Ruderern, bis zu zehn Mann für einen einzigen Riemen. Seht nur, wie sie dahinfliegen! Jede verfügt über fünfzig Kanonen und zweihundert schwerbewaffnete Seesoldaten. Nun, was sagt Ihr dazu?«

Beide Männer waren etwa gleich groß, und beide grinsten sich herausfordernd an. Schließlich brach Steel das kindische Spiel ab und sagte mit seiner tiefsten Bassstimme: »Ihr spracht eben im Zusammenhang mit Euren Galeassen von ›Dahinfliegen‹. Ich will Euch nicht zu nahe treten, aber davon kann keine Rede sein. Die Kähne sehen eher aus wie Wasserkäfer, die vergebens gegen eine unsichtbare Wand ankrabbeln.«

Don Pedro wandte den Kopf und zuckte zurück. Steel hatte tatsächlich recht. In der Tat kamen die Galeassen um keinen Zoll voran. Zwar peitschten die Riemen verzweifelt ins Wasser, zwar sah die See aus, als würde sie von einem gigantischen Quirl aufgewühlt, aber es war alles umsonst. Für einen Augenblick verlor Don Pedro die Fassung: »*Mierda!*«

»Gegen den Gezeitenstrom am Bill kommt niemand an, nicht einmal, wenn er in jedes Schiff fünfhundert Ruderer zusätzlich packen würde. Euer Janssen Waegenhals, oder wie immer dieser holländische Kartograph heißen mag, scheint doch nicht so viel Ahnung von den Verhältnissen im Kanal zu haben, sonst hätten Eure Leute das gewusst.«

Don Pedro starrte weiter hinüber zu den Galeassen, und je länger er das tat, desto entspannter wurden seine Züge, denn die *Mary Rose*, die *Triumph*, die *Merchant Royal* und die anderen englischen Galeonen gaben nur einige wenige Breitseiten ab und schwiegen dann. »Munitionsmangel, wie ich vermute«, sagte er.

Steel ging nicht darauf ein, sondern sagte versöhnlich: »Einigen wir uns für heute auf ein Unentschieden, Don Pedro, denn Eure Armada konnte den Enterkampf nicht erzwingen und auch sonst ihre Vorteile nicht nutzen. Wir hingegen konnten keines Eurer Schiffe versenken. Oder seid Ihr anderer Auffassung?«

»Ich bin Eurer Meinung, Capitán.«
Stonewell meldete sich zu Wort: »Ein Unentschieden hat in diesem Fall den Vorteil, dass es kaum Verwundete und wahrscheinlich keine Toten zu beklagen gibt. Der Cirurgicus und ich werden wohl weiter auf Arbeit warten müssen. Im Übrigen kann ich mich eines gewissen Hungergefühls nicht ganz erwehren.«
»Das geht mir genauso«, sagte Steel, wobei er ein Aufstoßen zu vermeiden suchte. »Der Hunger eint uns.« Er rief nach McQuarrie und befahl ihm, die *Camborne* auf Südostkurs zu legen, denn er wollte sich draußen im Kanal wieder mit Howards Schiffen vereinigen.
Nachdem McQuarrie die notwendigen Befehle gegeben und die Wache an die Brassen gescheucht hatte, wandte er sich wieder an seine Gäste auf dem Kommandantendeck: »Gentlemen, ich darf Euch um acht an meinen Tisch bitten.«

Die Speisen auf des Kapitäns Tisch unterschieden sich kaum von denen des vorangegangenen Abends, nur war die Suppe statt mit Zwieback mit Hartbrot angereichert worden. Doch das tat der versöhnlichen Stimmung keinen Abbruch. Auch Isabella zeigte sich von ihrer reizendsten Seite, redete wenig, und wenn, dann nur Freundlich-Belangloses. Vielleicht ist sie, dachte Vitus, in der letzten Nacht doch zur Besinnung gekommen. Zum ersten Mal während der Reise war es ihm nicht unangenehm, dass die anderen Herren sie als seine Frau ansahen.

Steel hatte ein anderes Thema. »Ich habe Nachricht vom Schicksal der *San Salvador,* Don Pedro«, dröhnte er und unterdrückte ein Rülpsen. »Sicher habt Ihr ein Interesse daran, was aus ihr geworden ist?«

Der Spanier horchte auf. »Ist sie gesunken?«

»Nein.« Steel schnitt sich ein großes Stück Pökelfleisch ab und schob es in den Mund. Er tat es mit der Hand wie alle anderen am Tisch, außer der Lady, die seltsamerweise das kleinzerteilte Fleisch mit Hilfe einer Gabel aß. Er kaute ausgiebig und genoss sichtlich die Möglichkeit, Don Pedro ein wenig auf die Folter zu spannen. »Nein, sie ist nicht gesunken, auch wenn ich nach der Explosion keinen Pfifferling mehr für sie gegeben hätte.«

»An die Explosion erinnere ich mich nur bruchstückhaft. Ich weiß nur, dass ich plötzlich wie von einer Riesenfaust in die Luft geschleudert wurde. Dann verlor ich das Bewusstsein. Als ich erwachte, fand ich mich im Wasser wieder. Manoel und Diego packten mich und zogen mich auf das treibende Boot. Ich bin ihnen sehr zu Dank verpflichtet, sie haben mir das Leben gerettet.«

»Nicht nur sie, Don Pedro, vergesst das nicht.« Steel verzog das Gesicht, denn schon wieder musste er aufstoßen.

»Seid versichert, dass ich es nicht vergesse, Capitán. Ihr wolltet mir etwas über das Schicksal der *San Salvador* erzählen?«

»In der Tat, in der Tat. Wenn nur nicht das vermaledeite Sodbrennen wäre! Wie gesagt, die *San Salvador* sank nicht, obwohl die Explosion das Hauptdeck völlig zerstörte und einen Teil des Hecks fortriss. Sie schwamm weiter, was Eure Landsleute dazu nutzten, die Schatzkisten und den Generalschlüssel zu bergen. Leider, wie ich hinzufügen möchte. Der Herzog von Medina Sidonia verfügte außerdem, dass die Galeassen das Schiff versenken sollten, damit es nicht in englischen Besitz käme. Das jedoch misslang, denn die *San Salvador* trieb zu schnell achteraus. Sie wurde von Captain Thomas Fleming nach Weymouth gebracht. Das ist nebenbei jener Captain, der mit seiner *Golden Hind* vor vier Tagen das Vergnügen hatte, Eure Armada südlich der Scilly-Inseln zu entdecken.«

»Aha.« Man sah Don Pedro an, dass er über den Verlauf des Gesprächs nicht sonderlich erbaut war.

»In Weymouth, und deshalb erzähle ich Euch das Ganze, erwies sich die *San Salvador* als wahrer Schatz. Die Gold- und Silberkisten waren wie erwähnt schon von Bord, aber dafür fanden sich noch vierzehn Messingkanonen, dazu vier eiserne Kanonen, hundertdreißig Pulverfässer und sage und schreibe zweitausendzweihundertsechsundvierzig große Kanonenkugeln.«

Don Pedro hatte sich wieder gefasst und lächelte spöttisch. »Und mit denen wollt Ihr jetzt die Armada in die Knie zwingen?«

Bevor die Unterhaltung angespannt werden konnte, sagte Stonewell zu Steel: »Sir, verzeiht, wenn ich unterbreche, aber ich habe hier ein weißes Pulver, es handelt sich um Natron.«

»Natron? Nie gehört.« Steel stieß auf.

»Genau dagegen ist es.«

»Wie meinen?«

Stonewell lächelte schüchtern, denn alle am Tisch blickten ihn unverwandt an. »Natron wirkt gegen saures Aufstoßen und Sodbrennen.«
»So, so.« Steels Gesichtsausdruck wurde misstrauisch. Er hatte etwas gegen Krankheiten. Und gegen Arzneien hatte er erst recht etwas. Vielleicht, weil er den Standpunkt vertrat, dass das, was von selbst kam, auch wieder von selbst ging. »Stimmt das, Cirurgicus?«
»Aber sicher, Captain. Ich nehme an, Ihr leidet öfter an Sodbrennen, Völlegefühl und Magendruck?«
»Ach, i wo.« Es war Steel etwas peinlich, in Anwesenheit einer Dame über seine vermeintlichen Gebrechen zu reden. »Nur hier und da mal.«
Stonewell hatte inzwischen eine Portion von dem Pulver in einem Zinnpokal aufgelöst und reichte ihn Steel. »Trinkt das, Sir. Es wird Euch gleich bessergehen.«
»Wer sagt denn, dass es mir schlechtgeht?«
»Niemand, Sir. Trinkt nur.«
Steel trank. »Außer dass das Zeug miserabel schmeckt, spüre ich nichts.«
Vitus antwortete: »Es braucht seine Zeit, bis das Natron die Magensäure neutralisiert hat, Captain.«
»So, nun ja.« Steel entschloss sich zu einem kleinen Scherz. »In der Zwischenzeit kann ich ja weiteressen und weitertrinken, ha, ha!«
Der Rest des Abends verlief harmonisch.

Nachdem die Tafel aufgehoben worden war, wollte Vitus die gemeinsame Kammer ansteuern, doch Isabella sagte: »Ich fand die Speise heute wieder ausgezeichnet, Liebster, besonders, wenn man bedenkt, dass in Kriegszeiten die Mahlzeiten nicht üppig ausfallen können. Die Suppe, so einfach sie zubereitet war, schmeckte köstlich.«

»Da hast du sicher recht.«

»Die Suppe wurde, so viel ich weiß, von Enano, dem Zwerg, zubereitet. Ich dachte deshalb, ich gehe mal rasch zum Bug, wo die Feuerstelle ist, und mache ihm ein Kompliment. Geh du nur schon in unsere Kammer vor.« Isabella lächelte bedeutungsvoll. »Und freue dich auf mich.«

»Ja«, sagte er. »Ich meine, nein. Ich finde es nett, dass du dem Winzling ein Lob aussprechen willst, aber wenn ich mich nicht täusche, mögt ihr einander nicht allzu sehr.«

»Das war einmal.« Isabella reckte sich und küsste Vitus auf den Mund. »Wenn du und ich uns lieben, soll auch zwischen dem Zwerg und mir nichts sein. Ich weiß noch sehr wohl, dass er mir bei unserer ersten Begegnung auf der *Falcon* heißes Wasser für ein Bad im Zuber brachte. Das war ganz reizend und sehr fürsorglich von ihm.«

»Nun gut.« Vitus fand es nicht gerade passend, in aller Öffentlichkeit geküsst zu werden, doch andererseits war es ihm nicht unangenehm, und überdies dachten ohnehin alle an Bord, sie wäre seine Frau. »Aber gib auf dich acht, und halte dich gut fest, damit du nicht über Bord gehst. Und richte dem Zwerg einen Gruß von mir aus.«

»Mach ich, Liebster.« Isabella verschwand.

Vitus betrat mit gemischten Gefühlen die Kammer. Er konnte sich noch immer nicht daran gewöhnen, von ihr

»Liebster« genannt zu werden, was sich auch darin zeigte, dass er sich beharrlich dagegen sträubte, sie »Liebste« zu nennen. Dennoch: Seit ihrer Liebesnacht war Isabella wie verwandelt; zum ersten Mal, seit er sie kannte, schien sie glücklich zu sein.

Aber war er es auch?

Wenn es um den Grad seiner Leidenschaft ging, sicher. Aber war Leidenschaft Liebe? Liebe, wie er sie zu Nina empfand? Er schob den Gedanken beiseite, denn er war unbequem. Sicher liebte er Nina, aber wer wusste schon, was morgen sein würde. Vielleicht war er morgen schon tot. Oder Isabella. Oder Nina. Der Krieg schrieb seine eigenen Gesetze, und jeder wollte leben. Und lieben. Solange er noch am Leben war.

Er begann sich auszukleiden, legte seine Sachen sorgfältig zusammen und schob sie in das eine Regal, das Isabella ihm überlassen hatte. Als er seine geliebten gelben Pantoffeln auszog, huschte ein Lächeln über seine Lippen. Isabella war seit gestern viel weicher und nachgiebiger, vielleicht würde sie in Zukunft sogar einsehen, wie praktisch die Pantoffeln waren, die er einst als Geschenk von dem Handelsherrn Hadschi Moktar Bônali bekommen hatte. Allerdings sollte er sie nicht auf dem Boden liegen lassen, sonst würde Isabella beim Hereinkommen darüber stolpern. Er nahm sie auf und wollte sie in sein Regal stellen, doch es ging nicht. Das Regal war zu voll. Nun gut, dann würden sie bei Isabellas Kleidern Platz finden müssen.

Mit leichten Gewissensbissen kramte er zwischen den Stoffen, den Rüschen, den Schleifen, drückte sie zusammen und schob sie beiseite, so gut es ging, und hatte plötzlich ein Papier in der Hand. Es war ein Bogen mit einer Zeichnung darauf. Er sah näher hin und erkannte zwei Köpfe. Die Köpfe von Isabella und Odder, dem Mann, der sich zu Tode gesoffen hatte.

Er setzte sich auf seine Koje und erinnerte sich, dass es die Zeichnung war, die Isabella bei sich trug, als er sie im Bilgenverlies der *Falcon* befreit hatte. Warum hatte sie das Papier die ganze Zeit verwahrt? Was war daran so besonders? Er betrachtete die Köpfe genauer, indem er das Papier ins Licht einer Laterne hielt. Kein Zweifel, die Zeichnungen waren von geübter Hand angefertigt. Odder, sofern er der Urheber des Kunstwerks war, hatte dunkelroten Rötel verwendet und mit feinen Strichen die Köpfe so abgebildet, dass sie einander ansahen. Isabella links, Odder rechts. Es gab eine Verbindungslinie zwischen beiden Köpfen; sie entwickelte sich aus den gefältelten Krägen und hing leicht nach unten durch. Was hatte das zu bedeuten? Sollte das eine Kette sein? Oder ein anderer Gegenstand?

Vitus verfolgte die Linie nach links und nach rechts und erkannte einen Buchstaben. Es handelte sich um ein »e«. Es bildete einen Teil von Odders Ohr und war nur bei genauerem Hinsehen zu entziffern – wie in einem Bilderrätsel. Vitus verfolgte die Linie nach links und entdeckte in Isabellas Kopf ebenfalls Buchstaben. Es waren zwei: ein »o« und ein »l«.

Er murmelte vor sich hin: »Von links nach rechts also ›l‹, ›o‹, dann nichts und dann bei Odder ein ›e‹. Das macht keinen Sinn. Vielleicht bilde ich mir Dinge ein, die es gar nicht gibt.«

Er wollte das Papier fortlegen und hielt mitten in der Bewegung inne. »Ich hab's! Die durchhängende Verbindungslinie, sie stellt ein ›v‹ dar, so dass, von links nach rechts gelesen, das Wort l-o-v-e entsteht, ›love‹! Wollte Odder damit seine Liebe gegenüber Isabella zum Ausdruck bringen?«

Er legte die Zeichnung endgültig zur Seite und spürte Eifersucht. Isabella hatte die Abbildungen schon als Gefangene im Bilgenverlies besessen, wo Odder sie zweifellos aufzusuchen pflegte. Was hatten die beiden miteinander getrieben?

Wohl nichts. Isabella war zu jenem Zeitpunkt viel zu schwach, um Zärtlichkeiten auszutauschen.

Aber vielleicht war sie am Anfang noch nicht zu schwach gewesen?

Unsinn.

Aber was war mit dem Brief, den sie an einen gewissen Juan Amadeo de Ribera in La Coruña gerichtet hatte? Der Kerl war höchstwahrscheinlich ein Verwandter, das verriet schon der Nachname »Ribera«, der ebenfalls in ihrem Namen auftauchte. Dass der Kerl auch noch in La Coruña zu Hause war, also genau dort, wo die Armada sich vor der Überfahrt nach England gesammelt hatte, machte die Sache nur umso verdächtiger.

Hatte Isabella, trotz ihrer verzweifelten Situation, schon auf der *Falcon* Spionage für ihr Land betrieben? Mit Hilfe von Odder?

Hatte sie mit Hilfe von Odder ihre spanischen Landsleute wissen lassen, dass die *Falcon* zur Erkundung der Armada auslaufen würde? War deshalb die spanische Kriegsgaleone vor La Coruña aufgekreuzt und hatte der *Falcon* fast den Garaus gemacht?

Hatte Taggart den Verlust seines Beins letztendlich Isabella zu verdanken?
Fragen über Fragen, auf die nur Isabella eine Antwort geben konnte. Doch musste sie das überhaupt? Dass sie eine Spionin war, lag auf der Hand. Das war nichts Neues. Nur die Häufigkeit, mit der sie ihre dunklen Machenschaften betrieben hatte, war nicht bekannt.
Er versuchte, das Knäuel seiner Gedanken zu entwirren und stellte mit einiger Beschämung fest, dass es ihm ziemlich egal war, ob und wie oft Isabella für Spanien spioniert hatte. Viel mehr störte ihn, dass da offenbar etwas zwischen ihr und Odder gewesen war.
Wo sie nur blieb?
Er schloss die Augen und sagte sich, dass sie jeden Augenblick kommen musste. Jeden Augenblick ...
»Oh, Liebster, du schläfst ja!« Isabella war zurück und küsste ihn auf den Mund. »Ich soll dich vom Zwerg grüßen, es geht ihm gut. Ich habe ihm frank und frei von unserer Liebe erzählt und an sein ritterliches Herz appelliert, damit er Verständnis für uns aufbringt. Ich glaube, er ist uns nicht böse, das heißt, ich bin sogar ganz sicher, obwohl ich seinen Worten immer so furchtbar schlecht folgen kann. Er sagte zu mir so etwas wie ›Metze‹, und im ersten Augenblick dachte ich, er sei mir gram, aber er stülpte dabei so lustig sein Fischmündchen vor, dass es bestimmt freundlich gemeint war. Und dann sagte er noch so etwas wie ›ich würde ja mächtig kanöffeln‹ und er wüsste schon, wie er es mir ›stechen‹ könnte. Oh, es klang alles einfach zu putzig!«
Vitus unterdrückte ein Gähnen. Er war tatsächlich einge-

schlafen und brauchte einen Augenblick, um wieder zu sich zu kommen. »Du warst lange weg.«

»So lange nun auch wieder nicht. Der Zwerg und ich, wir hatten uns einiges zu sagen. Aber nun bin ich wieder bei dir.«

»Du und Odder, hattet ihr euch auch so viel zu sagen?«

Isabella runzelte die Stirn. »Odder? Wie kommst du denn auf den?«

Vitus zeigte ihr die Zeichnung.

»Wo hast du die her?«

»Sie fiel aus einem deiner Regale.« Das war nur die halbe Wahrheit, aber darum ging es im Moment nicht. »Die Zeichnung zeigt, dass ihr beide ›in Liebe verbunden seid‹, wenn ich es so ausdrücken darf.«

»Ich verstehe dich nicht.« Isabella setzte sich zu ihm auf die Koje.

Vitus zeigte ihr die Linie, aus der mit etwas Phantasie das Wort »love« herauszulesen war.

Nachdem sie begriffen hatte, was er meinte, sagte sie eine Zeitlang nichts. »Der arme, gute, fürsorgliche Odder«, flüsterte sie dann. »Ich bin gerührt. Er war ein Verlorener, wie er immer sagte, und ich, so sagte er, war eine Verzweifelte. Und bei Gott, das war ich auch. Wenn Odder nicht gewesen wäre, würde ich heute nicht neben dir sitzen.«

»Ich will wissen, ob du etwas mit ihm hattest.«

Isabella schaute ihn entrüstet an. »Aber Liebster, wie kommst du nur darauf?«

»Bitte antworte mir.«

Sie stand auf und zog sich mit langsamen Bewegungen aus. »Ich will dir deine dummen Gedanken vertreiben.«

»Isabella, ich meine es ernst.«
Sie schlüpfte zu ihm ins Bett.
»Isabella, ich …«
»Ja …?«
»Ach, nichts.«

Fünf Tage später, man schrieb mittlerweile Sonntag, den 28. Juli, hatte sich im Großen und Ganzen nichts an der allgemeinen Lage geändert: Die Armada strebte in fester Halbmondformation weiter nach Osten, um sich mit den Truppen des Herzogs von Parma zu vereinen, und die englische Flotte folgte ihr wie ein Rudel Wölfe dem Wild.
Die Wölfe hatten immer wieder angegriffen, so auch am 24. und 25. Juli südlich der Isle of Wight, wo im Verlauf der Kämpfe das Flaggschiff des Herzogs von Medina Sidonia, die *São Martinho,* und das Flaggschiff von Lordamiral Howard, die *Ark Royal,* heftig aneinandergeraten waren. Mit dem schlechteren Ausgang für den Spanier, der vier oder fünf volle Breitseiten einstecken musste. Die Rede war von fünfzig Toten und mindestens ebenso vielen Verletzten.
Dennoch segelte die Armada stetig und uneinnehmbar den Kanal hinauf, ohne den Verlust eines Schiffs beklagen zu müssen. Der einzige wirkliche Erfolg – wenn man ihn als solchen bezeichnen wollte – beruhte auf der Tatsache, dass der Herzog von Medina Sidonia sich offenbar entschließen musste, nicht in Margate im Süden der Themsemündung an Land zu gehen, sondern seine Schiffe nach Calais zu

steuern und sie dort im Laufe des Tages auf Reede zu legen. Dafür gab es nur einen denkbaren Grund: Der Herzog von Parma hatte mit seinen Truppen nicht nach Margate übersetzen können, sondern war auf dem Kontinent geblieben, um sich dort mit den Kräften der Armada zu vereinigen.

Insgesamt jedoch war es eine äußerst zufriedenstellende Entwicklung für die Spanier, wie Don Pedro noch am Abend zuvor an Steels Tafel betont hatte, obwohl er kaum wissen konnte, dass nicht weniger als fünfunddreißigtausend Mann, darunter keineswegs nur Iberer, sondern auch Deutsche, Wallonen, Italiener, Iren und über ein Dutzend Kompanien zu Pferd, nur darauf warteten, die Kräfte der Armada zu verstärken.

Doch wie immer in diesem Krieg konnte man die Dinge von zwei Seiten aus betrachten: Für die englische Seite sprach, dass der Herzog von Parma zwar über gewaltige Streitkräfte verfügte, diese aber in den Niederlanden zusammengezogen hatte, was bedeutete, dass er sein Heer erst über verzweigte Kanäle und französisches Gebiet nach Calais heranführen musste. Ob ihm dies rechtzeitig gelingen würde, durfte zu Recht bezweifelt werden.

Andererseits fühlten die Spanier sich auf der Reede von Calais sicher, weil sie im Schutz der Uferbatterien lagen. Sie konnten auf die Verstärkungen warten und gleichzeitig hoffen, neuen Proviant und neue Munition zu erhalten.

Der französische Gouverneur von Calais wiederum, Monsieur Giraud de Mauleon, ein sechsundsiebzig Jahre alter einbeiniger Haudegen, verweigerte den Spaniern die dringend benötigten Kanonenkugeln und gestattete ihnen lediglich die Übernahme von frischer Verpflegung, Früchten und Wasser.

Von alledem hatten die Männer auf der *Camborne* nur wenig oder gar nichts mitbekommen, denn Steel, der durch Kurierboote regelmäßig auf dem Laufenden gehalten wurde, war in den letzten Tagen immer verschlossener geworden. Er wusste, dass die Lage sich mehr und mehr zuspitzte und das alles entscheidende Treffen bevorstand.

Vitus und Stonewell ihrerseits hatten wenig Muße, sich um die Schlachtenlage zu kümmern, denn sie hatten im Verlauf der Gefechte vor der Isle of Wight mehr zu tun bekommen, als ihnen lieb war. Neun Mann waren auf die *Camborne* gebracht worden, acht Mannschaften und ein Decksoffizier namens Creedy. Die Matrosen hatten Verwundungen schwerster Art davongetragen, was allgemein die Voraussetzung dafür war, auf ein Lazarettschiff überführt zu werden. Leichtere Verletzungen wurden auf den Schiffen ihrer Majestät mit Bordmitteln versorgt, was in der Regel zufriedenstellend klappte, da auf vielen Einheiten ein Wundarzt mitfuhr.

Zweien der neun hatten Vitus und Stonewell ein Bein amputieren müssen; ihre Chancen zu überleben standen nicht schlecht, wohl auch, weil Vitus Ambroise Parés Methode der Arterienligatur angewandt hatte. Ein weiterer Grund für ihre guten Aussichten mochte in einer Neuerung liegen, die Vitus im Behandlungsraum eingeführt hatte: Es handelte sich um köcherförmige Behältnisse, die neben dem Operationstisch angebracht wurden. In ihnen konnten die Instrumente sicher und stets griffbereit verwahrt werden, was ein rasches, wirksames Operieren auch bei unruhiger See erlaubte.

Einem anderen der armen Teufel war der Arm bis zur Schulter fortgerissen worden. Bei ihm hatten alle Erkenntnisse Parés nichts genützt; seine riesige Wunde musste mit dem Kautereisen ausgebrannt werden. Er bekam *Laudanum* gegen die Torturen, die er litt.

Zwei Männer hatten innere Verletzungen, wobei einem die Gedärme heraushingen, weil ein herumfliegender Holzsplitter ihm den Bauch aufgeschlitzt hatte, und dem anderen das Brustbein von einer Spiere zerschmettert worden war. Beide Männer hatten wenig Aussicht, die nächsten Stunden zu erleben, da ihre Verwundungen schon mehrere Tage zurücklagen und ihre Körpersäfte kaum wieder ins Gleichgewicht kommen würden.

Ein weiterer der Bedauernswerten hatte einen hässlichen offenen Bruch. Die Elle des rechten Arms stand in einem aberwitzigen Winkel aus dem Fleisch heraus. Der Mann war von der *Cygnet*, einem kleineren Schiff ohne Wundarzt, weshalb sein Kapitän ihn auf die *Camborne* hatte bringen lassen. Vitus hatte die Verletzung mit Hilfe einer Bruchlade gerichtet und Stonewell die Wunde nach allen Regeln der Kunst verbinden lassen. Dennoch blieb die Sorge, ob die Behandlung rechtzeitig zur Vermeidung der Wundfäule vorgenommen worden war.

Dem siebten Mann war durch einen tragischen Unfall der linke Augapfel herausgeschlagen worden. Das Auge hing wie ein Ball aus der leeren Höhle. Vitus und Stonewell hatten feststellen müssen, dass der gallertartige Apfel bereits

halb vertrocknet war, so dass ein Zurückschieben an den eigentlichen Bestimmungsort keinen Sinn machte. Sie hatten das Auge abgetrennt und die Höhle mit Hilfe der Wimpernlappen zugenäht.
Der achte Matrose wies dieselben Symptome wie Creedy auf: Er hatte hohes Fieber, litt unter Bauchkrämpfen und hatte Schmerzen bei der Darmentleerung. Vitus tippte bei beiden auf *dysentery,* zumal beide von demselben Schiff, der *Moon,* stammten. Die *dysentery,* die in Spanien *disentería* und in Deutschland Ruhr genannt wurde, war eine hochkontagiöse Krankheit, weshalb Vitus sofort nach der Diagnose dafür gesorgt hatte, dass Creedy und sein Kamerad einen abgesonderten Raum im Orlopdeck bekamen. Anschließend waren sämtliche Krankenräume mit Essigwasser ausgewaschen und mit Schwefel ausgeräuchert worden.
Die Behandlung von Creedy und seinem Leidensgenossen bestand in der Vergabe von fiebersenkenden Mitteln, wie Weidenrindentee und Kantharidin, welches eine Substanz aus der Spanischen Fliege war und deshalb nur in geringsten Dosen verabreicht werden durfte. Ferner in der Versorgung mit reichlich frischem Wasser, um den Flüssigkeitsverlust auszugleichen, in der Verteilung von wärmenden Decken sowie in der Vorbeugung gegen Entzündungen und Geschwüren im Enddarm. Letztere Maßnahme war eine Anregung von Stonewell gewesen, weshalb dieser auch von Zeit zu Zeit eine lindernde Salbe an dem heiklen Ort applizieren musste.
Überhaupt hatte Stonewell sich als äußerst willig und geschickt erwiesen und seiner von Professor Banester ausge-

stellten Urkunde, die ihm den Titel eines *Cirurgicus Galeonis* bescheinigte, alle Ehre gemacht. Er war, wenn auch schüchtern, von freundlichem Wesen, hatte für seine jungen Jahre bereits recht graues Haar und überdies einen treuherzigen Blick. Auf die Frage, was ihn zur Medizin getrieben habe, hatte er eine ungewöhnliche Antwort gegeben: »Blut, Sir.«

»Blut?«, hatte Vitus ungläubig nachgefragt. Er war ganz selbstverständlich davon ausgegangen, dass Stonewell wie alle anderen jungen Männer empfand, die sich zum Arzt berufen fühlten: dass er Kranken und Sterbenden helfen wollte, dass er neugierig war, wie der menschliche Körper funktioniert, lernen wollte, wie Sehnen, Muskeln, Knochen zusammenspielen und dadurch eine Bewegung veranlassen, wie Herz, Lunge, Leber, Niere, Milz sich in ihrer Arbeit aufeinander abstimmen, wie die vier Humoralsäfte im Leib auszusteuern waren, um *Eukrasie* und damit Gleichklang und Gesundheit zu erzielen.

»Der Anblick von Blut hat mich schon immer gefesselt, Sir. Es ist ja so vielfältig in seinem Vorkommen! Es tritt bei einer Verletzung wie von selbst aus der Wunde, quillt nach einem Stoß aus der Nase, sickert monatlich aus dem Frauenschoß, erscheint als Hämatom nach einem Schlag, schießt aus einer offenen Arterie oder zeigt sich als feingesponnenes Netz wie auf des Captains Wange. Es ist lebendig und pulsierend und manchmal auch träge. Es erstarrt und verschorft und irgendwann fällt es ab und hinterlässt nichts anderes als das, was vor ihm schon da war – ein Stück gesunder Haut.«

»Ihr habt recht, Stonewell, mit dem Blut hat es eine ganz

eigene Bewandtnis. Wir wissen noch viel zu wenig über diesen geheimnisvollen Saft«, hatte Vitus geantwortet.
»Manchmal, Sir, denke ich, wir wissen gar nichts, und Gott hat uns über so vieles im Unklaren gelassen, damit wir bescheiden bleiben und die Bäume nicht in den Himmel wachsen.«
»Das kann schon sein.«
»Warum verfärbt sich das Laub im Herbst? Warum können Fische nicht ertrinken? Warum ist morgens der Himmel rot? Warum ist Eisen schwerer als Holz? Warum bauen Bienen achteckige Waben? Warum weht der Wind unterschiedlich stark? Warum, warum, warum? Ich weiß es nicht. Ich glaube, wir Menschen müssen noch viel lernen, aber wie sollen wir es, wenn wir dauernd neue Kriege anzetteln? Ich bin ein Mann, der den Frieden liebt ...«
Doch nicht nur Stonewell hatte Vitus bei der Behandlung der Schwerverwundeten zur Seite gestanden, auch der Zwerg hatte seine Künste in die Waagschale geworfen: Er hatte bei den Amputationen abermals als Blutstiller fungiert und bei der Beurteilung von Creedys Krankheit Sicherheit vermittelt. Wie Vitus hatte er anno 1578 in den Gewässern der Karibik das berüchtigte Schwarze Erbrechen überlebt und besaß auch sonst umfangreiche Kenntnisse der zahlreichen, aber häufig symptomatisch gleichen Fiebererkrankungen.
Seitdem war er in regelmäßigen Abständen unter Deck gekommen, um nach dem Zustand der Patienten zu sehen.
Auch jetzt stand er neben Vitus und sagte: »Wui, wui, Örl, hast ja ganz rote Spählinge, hast zu viel trafackt, musst mal lullen, auch wenn's erst kurz vor Mittentach is.«

»Wie stellst du dir das vor, Zwerg? Es ist bald wieder Zeit, die Verbände zu erneuern.«

»Blausinn, die kann dein Stonewell-Schammes drechseln. Stelz ruhich zu deiner Metze, kraute ruhich zu Korbe, musst ja nich gleich von mir 'nen kronig Jamm bestellen.«

»Nanu, warum soll ich nicht von dir grüßen? Ich denke, ihr zwei seid wieder ein Herz und eine Seele?«

»Pah, nimm's mir nich kreuz, aber 's is nich so. War bei mir, das Pupperl, un hat was von Lenzerei gebrabbelt un von ewiger Tritratreue, hat süß geschmeicht un schöngetan un rumkanöffelt ...«

»Aber warum sollte sie rumgeheuchelt haben? So viel ich weiß, wollte sie dir nur ein Lob für deine gelungene Suppe aussprechen?« Vitus wurde langsam ärgerlich. Der Zwerg war wirklich zu bösgläubig.

»Meine Brüh ging ihr am Toches vorbei, hab's genau gespäht. Hab ›Metze!‹ zu ihr gesacht und ›Marschi ma Kullo!‹, aber sie hat's nich geklingelt, trotzwohl *culo* auf Spanisch Toches heißt. Nee, nee, sie is 'ne falsche Hutsche, 'ne Metze, 'ne Schickse, ja, das isse.«

»Nein, das ist sie nicht. Vielleicht war sie es einmal, aber sie hat sich sehr gewandelt. Jeder hat das Recht, sich zu bessern. Wenn das niemand akzeptieren würde, gäbe es auf der Welt nur schlechte Menschen. Vergiss nicht, dass du selbst einmal vom Saulus zum Paulus wurdest, nachdem du mich an die Inquisition verraten hattest.«

Daraufhin sagte der Zwerg nichts, nur sein Fischmündchen stülpte sich vor.

Vitus tat das Gesagte schon leid. Er knuffte dem Wicht freundschaftlich in die Seite. »Entschuldige, das war eben

überflüssig. Aber was mir gerade einfällt: Du scheinst für deine wenig schmeichelhaften Erwiderungen ziemlich lange gebraucht zu haben. Ich kann mich erinnern, dass ich schon eingeschlafen war, als Isabella zurückkam.«
»Wiewo? Was truschst du da? Die Metze war nich langelig bei mir, 'ne Handvoll Minuten vielleicht, mehr nich.«
Vitus wunderte sich. »Das kann nicht sein. Vielleicht hat sie sich noch an der Feuerstelle aufgewärmt? Es war doch eine kühle Nacht?« Die Feuerstelle war für die gesamte Besatzung der wichtigste Ort an Bord, denn hier wurde die Suppe gegart und das Essen gekocht. Hier ging man hin, wenn man einen neugierigen Blick in die Töpfe werfen oder sich mit dem Koch gutstellen wollte. Und: Hier ging man hin, wenn – was selten genug vorkam – ein Quantum Brandy ausgeschenkt wurde.
Die Feuerstelle befand sich wind- und spritzwassergeschützt direkt hinter dem flachen Vorkastell und bestand aus einem steinernen Geviert. Allerdings brannte das Feuer darin nur bei leidlichem Wetter, denn sobald der Wind zunahm und drohend durch die Takelage pfiff, wurden die Flammen gelöscht. Die Brandgefahr wäre sonst zu groß gewesen.
»Nee, sie hat sich den Toches nich gewärmt, sie is dann gleich weiter, hat gesacht, sie muss retour zu ihrem Örl. Na, ich muss nu auch, will noch an der Brüh trafacken, essis bald Spachtelzeit.«
»Gehab dich wohl, Zwerg.« Vitus blickte dem Winzling nach und wunderte sich. Seinem Gefühl nach war Isabella viel länger fort gewesen.
Aber vielleicht bildete er sich das nur ein.

Am Spätnachmittag hatte sich die gesamte englische Flotte vor Calais versammelt, nur Lord Seymour mit seinem Geschwader hielt sich zurück.
Er stand mit seinen Schiffen vor der Themsemündung und bewachte diese.
Steel befand sich mit Vitus auf dem Kommandantendeck und beobachtete die zahlreichen spanischen Galeonen, die in einiger Entfernung um ihre Ankertrossen schwoiten. Don Pedro, der an Bord völlige Bewegungsfreiheit genoss, stand neben ihnen. Er prüfte mit dem Blick des Seemanns Wind und Wetter und sagte: »Der Wind fegt zum Hafen hinein, Capitán, ich frage mich, warum Eure Schiffe nicht angreifen.«
»Ha, ha, Don Pedro! Ihr beliebt zu scherzen. Lordadmiral Howard wäre schön dumm, würde er das tun. Eure Landsleute könnten unsere Schiffe dann in aller Ruhe wie Spatzen abschießen – von der Hafenbatterie mal ganz abgesehen.«
»Was hat Howard denn vor?«
»Wer weiß, wer weiß. Ich ahne etwas, aber die Sache ist zu geheim, als dass ich über sie plaudern könnte.«
»Aber, Capitán, an wen sollte ich hier an Bord Geheimnisse verraten?«
»Es muss Euch genügen, dass ich nicht darüber reden will.«
»Wie es Euch beliebt.«
Vitus wollte die Situation etwas entschärfen, indem er Don Pedro fragte: »Was macht eigentlich Eure Kopfwunde? Soviel ich weiß, wechselt Stonewell regelmäßig Euren Verband, aber Ihr ähnelt noch immer – wenn ich es mit Euren

eigenen Worten sagen darf – dem Türken Ali Pascha in der Seeschlacht von Lepanto.«

Don Pedro lachte höflich. »Euer Assistent Stonewell ist mit meinen Fortschritten sehr zufrieden. Er sagte mir, in den nächsten Tagen könne der Verband entfernt werden.«

Steel fragte: »Wie seid Ihr eigentlich auf den Vergleich mit dem Türken Ali Pascha gekommen, Don Pedro? Soviel ich weiß war er der kommandierende Admiral der osmanischen Flotte. Habt Ihr an der Schlacht persönlich teilgenommen?«

Das Gesicht des Spaniers nahm einen selbstbewussten Ausdruck an. »Das habe ich. Ich war damals noch ein sehr junger Mann – gerade mal achtzehn Jahre alt –, aber ich habe auf dem Flaggschiff von Don Juan de Austria mitgefochten. Es war ein langer und erbitterter Kampf, der den ganzen Tag über anhielt, aber am Ende hatte die Heilige Liga, die mit dem Segen des Papstes stritt, den Sieg errungen. Zum Dank wollte Pius V. Don Juan mit einem Königreich belohnen, aber daraus wurde leider nichts. Don Juan, der, wie Ihr vielleicht wisst, der Halbbruder unserer Allerkatholischsten Majestät Philipps II. war, starb viel zu jung anno 1578 an Fleckfieber.«

»Ja, ja, wen die Götter lieben, den nehmen sie früh zu sich.« Steel lachte und merkte im gleichen Atemzug, wie ketzerisch dieser Satz in einem katholischen Ohr klingen musste. Deshalb fuhr er hastig fort: »Nanu, ich glaube, wir bekommen Besuch!«

In der Tat näherte sich eine Pinasse – es war wie so oft die *Sun* – und überbrachte eine Nachricht für ihn. Vitus und Don Pedro wollten sich höflich entfernen, aber Steel hieß

sie bleiben. Er öffnete das Schreiben, las, spitzte die Lippen und verkündete dann: »Dacht' ich mir's doch, das wird ein heißer Tanz.«
Seine beiden Gäste schwiegen dazu. Schließlich hatte Steel deutlich genug gemacht, dass er die verschlossene Auster spielen wollte.
Doch dass nun gar keine Reaktion kam, passte ihm auch wieder nicht. Deshalb sagte er dröhnend: »Gentlemen, es bleibt dabei, Ihr werdet von mir nichts über die geplanten, äh, Aktionen in der Nacht erfahren, nur so viel: Lordadmiral Howard hat mich aus Sicherheitsgründen angewiesen, die Geschehnisse aus einem größeren Abstand zu verfolgen. Ich habe Befehl, mit meiner *Camborne* eine halbe Meile weiter westlich zu kreuzen.«
Mit dieser Information konnten weder Vitus noch Don Pedro viel anfangen, aber sie harrten bei Steel aus, denn sie spürten, dass etwas Außergewöhnliches in der Luft lag.
Isabella, die sich bis zu diesem Zeitpunkt in ihrer Kammer aufgehalten hatte, schien das ebenfalls zu spüren, denn sie kam an Deck und wollte sich zu den Herren gesellen. Doch auch dagegen hatte Steel etwas. Freundlich, aber bestimmt wies er sie an, sie möge sich bitte schön zurückziehen, der Aufenthalt auf dem Kommandantendeck sei dieses Mal zu gefährlich. Sie versuchte es noch einmal mit betörendem Blick, aber Steel ließ sich nicht erweichen: »Lady Nina«, erklärte er, »ich bin der Captain hier, ich habe die Verantwortung für Leib und Leben aller an Bord Befindlichen, auch für eine junge Dame wie Euch. Bitte fügt Euch meinem Befehl.«
Während die *Camborne* die befohlene Distanz herstellte,

ging der Tag in den Abend über. Es dunkelte, Lichter flackerten auf, erst am Ufer, dann auf den Galeonen der Spanier. Auch Steel ließ die große Hecklaterne der *Camborne* anzünden. Sie warf einen fahlen Schein auf das ganze Schiff.

Als würden sie ahnen, dass etwas Besonderes bevorstand, tauchten überall an Bord Grüppchen von Matrosen auf, die schweigend zur Reede hinüberstarrten. Zwischen ihnen und den ankernden Spaniern bewegten sich wie drohende Schatten die Schiffe des Lordadmirals.

»Howard hat die Lichter auf seinen Schiffen nicht entzünden lassen«, bemerkte Vitus. »Das ist bei der Dunkelheit nicht ungefährlich.«

»Hat aber durchaus seinen Sinn«, ergänzte Steel vielsagend.

Gemeinsam harrten sie der Dinge, die da kommen sollten. Steel zeigte sich als guter Gastgeber und ließ nach einer Stunde etwas Trinkbares auf das Kommandantendeck bringen. Es handelte sich um starken Gin, den er in doppelter Portion einschenken ließ. Einerseits der Stärkung, andererseits der kühlen Temperaturen wegen, denn die Nacht war sternenklar. »*Cheers*, Gentlemen!«

Man trank und fasste sich weiter in Geduld. Kurz vor Mitternacht, die Schiffe der englischen Flotte hatten unterdessen ebenfalls ihre Lichter gesetzt, kippte die Tide, und der Wind blies stetig aus Südsüdwest. Wann würde das, was Steel so geheimnisvoll angekündigt hatte, endlich losgehen?

»Feuer!«, ertönte plötzlich der Ruf von einigen Matrosen, die in den Steuerbordwanten des Hauptmasts standen und lange Hälse machten. Einer von ihnen wies mit dem ausgestreckten Arm auf einen Punkt, der nur wenige hundert Yards entfernt lag. Ein Schiff schwamm da, aus dessen offenen Geschützpforten Flammen und Rauch herausschlugen. Die Flammen wurden heller, größer, gieriger, sie bemächtigten sich in Windeseile des ganzen Schiffs und machten es zu einem krachenden, knisternden Feuerball.

Der Feuerball trieb direkt auf die vor Anker liegenden Spanier zu.

Es könnte die Bark *Talbot* sein«, dröhnte Steel. »Oder die *Angel,* genau weiß ich es nicht. Sie ist eines von acht alten Kähnen, die Lordadmiral Howard mit voller Absicht anzünden ließ. Sie sind bis zum Schanzkleid vollgestopft mit Teer, Werg, Reisigbündeln und anderen leicht brennbaren Stoffen und wurden von den mutigsten unserer Männer so weit wie möglich an den Feind herangesteuert. Dann haben sie im letzten Augenblick das Schiff verlassen. Jetzt treibt es führer- und steuerlos. Es wird eine furchtbare Waffe sein – wenn es sein Ziel erreicht.«

»Heilige Mutter Maria«, flüsterte Don Pedro. »Brander.«

Als erfahrener Admiral wusste er um die verheerende Wirkung, die Brander ausrichten konnten, wenn sie auf eine dicht an dicht ankernde Flotte trafen. Das Feuer würde überspringen, sich wie ein gieriges Tier von Schiff zu Schiff fressen und eine Katastrophe auslösen.

Und genau so kam es.

Brander auf Brander trieb mit Hilfe von Wind und Strom auf den Hafen zu, während die Spanier, die erst nach und nach merkten, in welch großer Gefahr sie schwebten, schreiend und gestikulierend an Deck ihrer Schiffe erschie-

nen und Abfangboote klarmachten, die versuchen sollten, die lodernden Brander mit Haken und Stangen unter Kontrolle zu bringen und wegzuschleppen.
Wie von Furien gehetzt nahmen andere Handpumpen in Betrieb, rollten Schläuche aus, verteilten Feueräxte, bildeten Eimerketten und hasteten zu den Winschen, um die Anker aus dem Grund der Reede zu hieven. Fort, nur fort von den todbringenden, alles zerstörenden Flammen!
Doch für einige der prachtvollen Galeonen und Karacken war es zu spät. Sie konnten nicht mehr ausweichen, sie versuchten es wohl, doch es waren ihrer zu viele, die dem Verderben entrinnen wollten, und so kam es, dass sie sich selbst behinderten, dass ihre Takelagen sich ineinander verhakten, dass sie sich gegenseitig rammten.
»Heilige Mutter Maria«, flüsterte Don Pedro.
Eine gewaltige Explosion fegte die letzten Silben seiner Worte fort. Einen der riesigen Kauffahrer hatte es erwischt. Er glich einem lodernden Scheiterhaufen. Segel, Stengen, Spieren flogen durch die Luft, als hätte ein Vulkan sie ausgespien; Masten brachen, Stage erschlafften, eine Flammenhölle aus Irrwitz und Gefräßigkeit verrichtete ihr grausames Werk und vernichtete in wenigen Minuten das ganze Schiff. Rufe, Befehle, Gebete waren über Hunderte von Yards zu hören, wurden lauter, schriller – und verstummten schließlich ganz.
Howard mit seinen Schiffen und auch Drake taten ein Übriges: Sie feuerten pausenlos auf die wehrlosen Spanier, schossen Salve auf Salve auf die zwischen schweren Rauchwolken immer wieder sichtbar werdenden Schiffsrümpfe und schafften dadurch noch mehr Hysterie.

Weitere Schiffe fingen Feuer, das Prasseln der alles verschlingenden, bis in den Himmel schießenden Flammen glich dem Rauschen eines Wasserfalls, doch alles Wasser der Welt hätte hier nicht mehr geholfen. Die Schiffe brannten wie Stroh, und die Menschen verbrannten mit den Schiffen.
»Heilige Mutter Maria«, flüsterte Don Pedro zum dritten Mal. Er merkte nicht einmal, dass er sprach – geschweige denn, dass er sich wiederholte.
Steels Bassstimme dröhnte unerwartet leise: »Arme Teufel da drüben. Müssen sich fühlen wie am Tag des Jüngsten Gerichts. Gut, dass wir sicheren Abstand haben. Gut, dass Lady Nina das nicht mitansehen muss.«
»Da habt Ihr recht Captain«, pflichtete Vitus ihm bei. Und Stonewell, der aus den Tiefen der *Camborne,* wo er sich um die Verletzten gekümmert hatte, nach oben gekommen war, rief: »Großer Gott, das muss die Hölle sein! So etwas habe ich noch nie gesehen und werde es auch nie wieder sehen. Ein Bild der Verderbnis, ein Fanal, dass endlich Frieden einkehren möge! Welch ein Armageddon, mir fehlen die Worte!«
Steel grunzte: »Vermaledeiter Krieg!«
Vitus sagte, und seine Worte klangen dabei fast erleichtert: »Den meisten Dons scheint trotz allem die Flucht zu gelingen. Sie kappen die Ankertrossen ihrer Schiffe, sie befreien sich und lavieren auf engstem Raum, sie scheinen tatsächlich Ordnung in das Chaos zu bringen.«
»Gute Seeleute sind sie«, bestätigte Steel. »Das muss der Neid ihnen lassen.«
»Sie sind Menschen wie wir alle«, sagte Stonewell.

»An Euch ist wohl ein Prediger verlorengegangen. Ihr scheint zu vergessen, dass diese ›Menschen‹ unser gutes altes England überfallen wollen und …«
Vitus unterbrach: »Da! Sie wenden sich nach Norden und wollen hinaus in den Kanal.«
»Ja«, sagte Steel. »Es bleibt ihnen auch gar nichts anderes übrig, denn im Westen steht Howard, und von Süden her fließt der Gezeitenstrom.«
»Das stimmt«, sagte Vitus.
Don Pedro sagte nichts.
Er wandte sich ab und ging.

Zur gleichen Zeit schlief Hartford tief und fest in seiner Kammer, die nur wenige Schritte entfernt von den Gemächern der Lordschaften lag. Er war früh zu Bett gegangen, denn er hatte am nächsten Tag Wichtiges zu erledigen.
Als der Tag graute, erhob er sich, kleidete sich an, verrichtete die ihm obliegenden Aufgaben und sprach, nachdem er das Frühstück serviert und anschließend wieder Ordnung geschaffen hatte, seine Herrin mit kaum verhohlenem Hochmut an: »Mylady, ich darf fragen, ob Ihr mit meiner Arbeit zufrieden seid?«
Nina, die sich wie jeden Vormittag mit den Kindern und Nella im Kleinen Salon aufhielt, legte verwundert ihre Stickerei zur Seite. »Nanu, wie kommst du denn auf diese Frage?«
»Wenn Ihr zufrieden mit mir seid, wollte ich um ein paar freie Stunden nachsuchen. Auch ein Mann wie ich hat ab

und zu private Dinge zu erledigen.« Hartford zog die Augenbrauen hoch, was ihm den Ausdruck eines Uhus verlieh.
»Natürlich.« Dass Hartford ein Privatleben hatte, war Nina noch niemals in den Sinn gekommen. »Wir kommen schon ohne dich aus.«
An Hartfords Miene erkannte Nina, dass sie sich falsch ausgedrückt hatte. Wahrscheinlich passte es ihm nicht, dass etwas problemlos ohne ihn laufen sollte. »Ich meine, natürlich wirst du uns fehlen, wann willst du denn zurück sein?«
Hartford setzte zu einer Antwort an, aber Nella kam ihm zuvor: »Hartford wird uns nicht fehlen«, sagte sie.
»Nee, kein bisschen«, sagte Odo.
»Nicht die Bohne«, sagte Carlos.
Alle drei lachten.
Hartfords Gesichtsausdruck war ein einziger Vorwurf. »Ich werde um die dritte oder vierte Nachmittagsstunde wieder hier sein, Mylady. Wenn Ihr gestattet, nehme ich mir ein Pferd, ich muss, äh, nach Brighton.«
»Tu das nur, Hartford. Wenn irgendetwas sein sollte, wird uns Mary oder Molly helfen.«
»Danke, Mylady, ich darf mich dann empfehlen.«
Hartford deutete eine Verbeugung an und machte sich auf den Weg zur Tür. Beim Hinausgehen hörte er zu seinem Ärger, wie Carlos seinen letzten Satz nachäffte: »Danke, Mylady, ich darf mich dann empfehlen.«
Er biss die Zähne zusammen und schritt weiter. Wenn alles gutging musste er sich derlei Frechheiten nicht mehr lange bieten lassen.

Bei den Stallungen traf er auf Keith, der ihn feixend begrüßte: »Sieh da, die personifizierte Überheblichkeit erscheint! Was verschafft mir die Ehre deines Besuchs?«
Hartford schluckte die Kröte hinunter. Normalerweise unterließ er es niemals, Keith darauf hinzuweisen, dass dieser ihn nicht zu duzen und schon gar nicht zu beleidigen habe, schließlich war er, wenn auch nicht der Höhergestellte, so doch immerhin der Ältere. Aber diesmal unterließ er es, denn er wollte den Stallmeister um einen Gefallen bitten. »Ich brauche ein Pferd.«
Keith grinste noch immer bis über beide Ohren. »Das brauchen viele. Willst du ausreiten?«
»Es geht dich zwar einen feuchten Kehricht an, aber genauso ist es.«
»Bedaure. Im Moment ist keines der Pferde verfügbar.«
Das hatte Hartford sich fast schon gedacht. »Und wie wäre es, wenn Lady Nina ausreiten wollte? Wäre dann auch kein Pferd verfügbar?«
»Das wäre natürlich was anderes.«
Hartford schnappte nach Luft. So eine Unverschämtheit hatte er sich schon lange nicht mehr bieten lassen müssen. Aber er brauchte das Pferd, und deshalb sagte er: »Ich habe die ausdrückliche Erlaubnis der Herrin, ein Pferd nehmen zu dürfen. Willst du Wurm dich etwa darüber hinwegsetzen?«
Das wollte Keith natürlich nicht, weshalb er klein beigeben musste und Hartford kurze Zeit später auf einem schönen dunkelbraunen Wallach saß, der ihn in Richtung Brighton trug.
Doch sein Ziel war nicht die alte Hafenstadt an der Süd-

küste, es war die Küste selbst. Nach knapp zweistündigem Ritt erreichte er die weißen Klippen. Wenn er nicht am Ziel gewesen wäre, hätte er eine Pause machen müssen, denn das Wetter zeigte sich von seiner unfreundlichsten Seite. Es regnete Bindfäden, und es blies ein stürmischer Wind. Er schlug sich die Arme um die Schultern, um sein Blut in Wallung zu bringen, und ritt dann vorsichtig weiter auf dem schmalen Pfad, der unmittelbar am Klippenrand entlangführte.

Nach hundert oder hundertfünfzig Schritten begegnete ihm ein alter Mann, der einen Beutel in der Hand trug. Einer Eingebung folgend, hielt er den buckligen Alten an und fragte, nachdem er kurz die Tageszeit entboten hatte: »Kannst du mir sagen, ob die Armada hier schon vorbeigekommen ist?«

»Die Armada?«, krächzte der Alte. »Ja, warum nicht!«

Hartford merkte, dass er nicht verstanden worden war, deshalb wiederholte er seine Frage um einiges lauter.

»Ja, ja!«, rief der Alte. »Sie soll vorbei sein. Ich muss es wissen, weil ich jeden Tag hier bin.«

Letztere Information interessierte Hartford wenig. »Wann war das denn?«, brüllte er.

»Schrei doch nicht so, mein Sohn, ich bin nicht schwerhörig! Sie ist hier vorbeigekommen, die Armada, zwei Tage mag es her sein, vielleicht auch drei, in meinem Alter achtet man nicht mehr so auf die Zeit. Ich selbst hab die Dons nicht gesehen, aber eine Flotte, die zwanzig Meilen draußen im Kanal vorbeikreuzt, kannst du von hier sowieso nicht sehen. Ich weiß es von einem Fischer. Teddy Dunn aus Southwick, netter Kerl. Kennst du ihn?«

»Nein«, sagte Hartford.
»Was sagst du?«
»Nein!«, brüllte Hartford.
»Schrei doch nicht so. Ich hab dich schon verstanden. Schade, dass du Teddy nicht kennst. Es gibt auf der Welt viel zu wenig nette Menschen. Aber du bist auch nett, das seh ich dir an. Willst du mir ein Stück Bernstein abkaufen? Ich sammle Bernstein, musst du wissen. Am besten sammelt es sich nach einem Sturm, aber diesmal sammle ich vorher. Man muss alles mal versuchen, sag ich immer. Guck hier, in meinem Beutel sind einige schöne Brocken. Die sind noch von zu Hause. Ich nehm immer einen besonders seltenen Brocken mit, vielleicht einen mit 'nem Käfer drin oder so, und schmeiß ihn weit weg. Dabei ruf ich ›Bruder, suche deinen Bruder!‹, und was soll ich dir sagen, häufig klappt's, und ich finde was Neues. Willst du nun ein Stück Bernstein kaufen oder nicht? Ich mach dir auch 'nen Sonderpreis, weil du es bist.«
Hartford war kaum gewillt, dem redseligen Alten etwas abzukaufen, aber er hatte noch eine Frage an ihn, und deshalb tat er es doch. Danach rief er: »Gibt es hier einen Aussichtspunkt?«
»Was für'n Punkt?«
»Ich meine eine Stelle, von der man einen besonders schönen Blick hat!«
»Das lass man lieber, mein Sohn, heut siehst du nix.«
»Ich meine auch nicht heute, ich meine allgemein!«
»Allgemein?«
»Ich meine, wenn das Wetter schön ist, wo hat man dann einen besonders schönen Blick über den Kanal?«

»Ach so, warum sagst du das nicht gleich? *Mary's Stool,* verstehst du? Das ist die richtige Stelle zum Gucken. Mary ging seinerzeit immer mit 'nem kleinen Schemel hin und setzte sich drauf und wartete auf ihren Liebsten. Aber der ist auf See geblieben.«

»Wann war das denn?« Hartford heuchelte Interesse.

»Tom hieß der, glaube ich.«

»Wann das war!«

»So vor zweihundert Jahren, manche sagen auch, es läg noch länger zurück.«

»Aha!«, brüllte Hartford. »Und in welche Richtung muss ich zu *Mary's Stool* reiten?«

»Halte dich nach Westen, mein Sohn, 'ne halbe Meile, dann bist du da.«

»Danke.« Hartford gab seinem Wallach die Sporen und war nach kurzer Zeit an dem beschriebenen Ort. Bei schönem Wetter, das musste man dem Alten lassen, mochte die Aussicht hier prachtvoll sein. Die Steilküste sprang ein wenig vor und schuf auf diese Weise einen kleinen Platz, auf dem man bequem verweilen konnte.

Hartford ritt vorsichtig weiter und spähte über den Rand. Es ging sehr tief hinunter.

Die Intrigantin Isabella

»Jesus und Maria,
was machst du denn für ein Gesicht, Liebster?
Ist irgendetwas passiert?«

Ein grauer, windiger Tag zog über Calais herauf und warf sein Licht auf die Schrecken der vergangenen Nacht. Doch viel war es nicht, was geblieben war: ein paar herumtreibende Schiffstrümmer, ein zerfetztes, rußiges Segel, gebrochene Riemen und ein kieloben schwimmendes Übersetzboot. Mehr war auf den kabbeligen Wellen nicht zu entdecken. Die *Grande y Felicisima Armada* hatte sich in alle Winde zerstreut.

Der Halbmond war zerbrochen.

Einzig die riesige *São Martinho*, das Flaggschiff des Herzogs von Medina Sidonia, und vier weitere Einheiten hatten nicht die Flucht ergriffen und lagen noch auf Reede. Ein weiteres Schiff, die Galeasse *San Lorenzo*, hatte ein zerstörtes Ruder und war nicht mehr kampftauglich.

Lordadmiral Howard, dessen Flotte neu munitioniert und durch das Themse-Geschwader von Lord Seymour ver-

stärkt worden war, beschloss, alles auf eine Karte zu setzen. Die Spanier hatten in der vergangenen Feuernacht mindestens drei oder vier Schiffe verloren, und es galt nun, die Entscheidung herbeizuführen.
Hauptangriffsziel war die *São Martinho,* die alsbald in ein mörderisches Gefecht mit der *Revenge,* der *Nonpareil* und der *Triumph* verwickelt war. Der Kampf wogte hin und her, die mächtige portugiesische Galeone wurde förmlich von englischen Treffern durchsiebt, doch sie kämpfte bravourös, und es gelang nicht, ihren siebenfach geplankten Rumpf zu zerstören. Im Gegenteil: Der Herzog von Medina Sidonia schaffte es, dem geballten Angriff zu widerstehen und sich mit den ihn begleitenden Schiffen abzusetzen.
Doch die Engländer ließen nicht locker und stießen nach. Meile für Meile verlagerten sich die Kämpfe nach Nordosten; die flämische Küste mit dem Ort Grevelingen rückte schon näher, als es der *São Martinho* schließlich gelang, den Hauptteil der Armada wieder um sich zu scharen und abermals einen Halbmond zu bilden.
Eine Schlappe für die Engländer, auch wenn sich herumsprach, dass die *San Juan,* die Taggarts *Falcon* auf der Höhe von La Coruña so schwer zugesetzt hatte, vor Dünkirchen sank.
Lord Seymour mit seiner *Rainbow* griff unterdessen die *São Felipe* an und schoss sie aus kürzester Entfernung zum Wrack. Obwohl die Spanier in Bergen von Trümmern und in Seen von Blut standen, lehnten sie ein Angebot zur ehrenvollen Kapitulation ab. Statt sich zu ergeben, schrien sie den Engländern Beleidigungen zu, nannten sie Feig-

linge, weil sie den Enterkampf mieden, schimpften sie Angsthasen und lutherische Hühner und ließen trotzig ihre Flagge auf dem einzig noch stehenden Mast auswehen.

Die *Vanguard* unter Sir William Winters feuerte Breitseite auf Breitseite in die *São Mateo* und schoss sie waidwund.

Die *Elizabeth Bonaventure*, die noch vor Cádiz unter dem Befehl von Drake gestanden hatte, wurde von Lord Cumberland gegen die *São Marcos* geführt, mit dem Erfolg, dass die portugiesische Galeone nach weniger als einer Stunde die Segel streichen musste.

Weitere Schiffe, wie die *La Maria Juan* vom Biskaya-Geschwader und die *La Regazona* sowie die *San Juan de Sicilia* vom Levante-Geschwader wurden in stundenlangen Kämpfen niedergerungen und schwer beschädigt.

Doch der Halbmond hielt.

Er war nach wie vor eine schwimmende Festung. Von den ursprünglich hundertdreißig Schiffen hatten die Spanier keine zehn verloren. Der hölzerne Wall bewegte sich unaufhaltsam weiter, und seine wehrhaften Flanken mit den stärksten Kriegsgaleonen schützten unbeirrt Mensch und Fracht für die große Invasion.

Steel mit seiner *Camborne* kreuzte die ganze Zeit hinter den englischen Linien und war zu der Rolle des Zaungasts verdammt. Wieder stand er mit Vitus und Don Pedro auf dem höchsten Punkt seines Schiffs und beobachtete die verbissenen Kämpfe. Lord Seymour hatte nach der Vernichtung der *São Felipe* das Gefecht wieder aufgenommen und preschte mit seiner *Rainbow* einigen Nachzüglern hinterher. Drei oder vier Schiffe waren es, die den letzten Qua-

dratzoll Tuch gesetzt hatten, um in den Schutz des Halbmonds zu gelangen, und sie schafften es auch – nicht so sehr wegen ihrer Schnelligkeit, sondern weil im Laufe der letzten Stunde ein Sturm heraufgezogen war, der den Engländern ein gezieltes Schießen unmöglich machte.
Steel dröhnte: »Halbmond hin oder her, solange die Dons auf See sind, sind sie nicht an Land, und das ist die Hauptsache.«
»Aber sie sind nicht in die Knie zu zwingen«, entgegnete Don Pedro. »Sie sind entschlossen, ihren Auftrag auszuführen, und das werden sie auch. Ich kenne den Herzog von Medina Sidonia. Er ist loyal und von unbeugsamem Willen, er wird bis zum letzten Atemzug kämpfen.«
»Aber nicht mehr heute«, brummte Steel.
»Womit wir wieder bei einem Unentschieden wären«, sagte Vitus.
»Das kann ich gelten lassen, Sir ... Nanu, was hat das zu bedeuten?« Don Pedro blickte zum Fockmast, von wo aus plötzlich seltsame Geräusche, die den Sturm übertönten, an sein Ohr drangen. McQuarrie stand dort zehn Fuß hoch in den Wanten, unverwandt zum Halbmond hinüberblickend, und blies seinen Dudelsack. Es war ein Spiel des Triumphs, denn für ihn wie für seine Kameraden stand fest, dass die Engländer wiederum drei oder vier gegnerische Schiffe zu Havaristen geschossen und somit den Sieg an diesem Tag davongetragen hatten. Zu den quäkenden Tönen, die er seinen *pipes* entlockte, erklang von verschiedenen Stellen auf dem Schiff der Gesang: *»Brave bird,* Falcon, *brave bird, fights like an eagle, fights like a knight, fights by day and fights at night ...«*

Auf dem Galion stand Muddy und sang aus voller Brust mit, Chock und Ted, die auf dem Hauptdeck das große Beiboot festlaschten, fielen ein, und Dunc, der Veteran, der Taggarts Golddublone in der Schädeldecke trug, war aus der Tiefe des Schiffs zu hören, wo er mit erfahrener Hand den Kolderstab führte.
Don Pedro wunderte sich noch immer. «Was singen die Männer da?«
»Es sind Männer von Taggarts Schiff, der *Falcon*, die sich stolz *Falcons* nennen, Don Pedro«, antwortete Vitus. »Sie singen ihr Lied. Und ich singe es gern mit: … *spreads horror and spreads hurt, brave bird, brave bird,* Falcon, *brave bird.*«
Der Spanier war beeindruckt, und Steel lachte dröhnend. »Don Pedro, falls Ihr es noch immer nicht wisst, die Männer von der Britannischen Insel sind ein ganz besonderer Menschenschlag, eigenwillig, trotzig und zäh, jeder für sich so unüberwindlich wie Eure Armada. Doch nun entschuldigt mich, ich will sehen, ob Abbot mein Schiff auch richtig sturmfest gemacht hat.«
Als Steel fort war, sagte Don Pedro: »Ein etwas ungewöhnliches Gebaren für einen Schiffsarzt und Conde, das Ihr da eben an den Tag gelegt habt, wenn die Bemerkung gestattet ist.«
Vitus grinste. »Aber wieso, nur weil ich gesungen habe? Ich bin stolz, mich zu den *Falcons* zählen zu dürfen.« Er öffnete seine Schwerwetterjacke und deutete auf die silberne Spange darunter. »Da, seht.«
»*Carai!* Ein schönes Stück«, sagte Don Pedro höflich. »Ich bin überzeugt, dass Ihr es zu Recht tragt.« Er räusperte sich

und schien weiterreden zu wollen, unterließ es dann aber. Nach einer Weile nahm er einen neuen Anlauf: »Nun, Sir«, sagte er, »weil es ohnehin zum Scheitern verurteilt gewesen wäre und weil ich darüber hinaus an mein Wort gebunden bin, will ich Euch etwas anvertrauen, über das ich eigentlich niemals sprechen wollte.«

»Ihr macht es spannend, Don Pedro.«

»Es ist ein heikles Thema. Ich möchte es dennoch anschneiden, weil wir beide uns … äh, nun ja, warum soll ich es nicht sagen: Weil wir beide uns über alle kriegerischen Handlungen hinweg verstehen. Und weil Capitán Taggart mit seiner *Falcon* es war, der sich in Cádiz großmütig zeigte und meine Männer auf der brennenden Galeere nicht töten ließ. Ich will Euch über ein Vorkommnis in Kenntnis setzen, das sich vor wenigen Tagen hier auf dem Schiff ereignete.«

»Nur heraus damit, Don Pedro.«

»Ganz so leicht ist es nicht, Ihr könntet Euch gekränkt fühlen, weil der Inhalt Euch in gewisser Hinsicht bloßstellt.«

»Tut Euch trotzdem keinen Zwang an.«

»Dann will ich es kurz machen: Eure Gattin hat versucht, mich für einen Handstreich zu gewinnen. Zusammen mit ihr und den Matrosen Manoel und Diego sollte ich die *Camborne* an mich bringen und in den Schutz des Halbmonds segeln.«

»Ihr solltet was …?« Vitus stand wie versteinert. Er brauchte Zeit, um die Tragweite der Worte zu ermessen.

»Es ist so, wie ich sagte.«

In Vitus' Gesicht begann es zu arbeiten. Zweifel, Abscheu, Zorn, Enttäuschung und wiederum Zweifel – ein Bündel unterschiedlichster Gefühle spiegelte sich darin wider. »Das kann ich nicht glauben.«

»Und doch war es so. Ich habe Eurer Gattin geantwortet, dass ich mein Ehrenwort gegeben habe, derlei Versuche zu unterlassen, und dass ich mein Ehrenwort niemals breche. Sie wurde daraufhin, äh, sagen wir: sehr temperamentvoll, aber ich blieb bei meiner Ablehnung.«

Vitus schwieg.

»Es tut mir wirklich sehr leid, Sir. Vielleicht hätte ich es Euch doch nicht sagen sollen?«

»Nein, nein, es ist schon gut.« Vitus fühlte sich, als erwache er aus einem schlechten Traum, der sich als bittere Wahrheit erwies. »Wann soll das passiert sein?«

Don Pedro dachte kurz nach. »Nun, ich denke, vor sechs Tagen. Richtig, am Dienstagabend war es, nach der Schlacht am Portland Bill. Das Abendessen bei Capitán Steel war vorbei. Eure Gattin passte einen Augenblick ab, in dem McQuarrie und Abbot nicht in meiner Kammer waren, und überfiel mich mit ihrem Ansinnen. Wie gesagt, ich lehnte ab.«

»Ich danke Euch für Eure Offenheit, Don Pedro.« Vitus gelang es, wieder klar zu denken. Ihm fiel ein, dass Isabella an dem Abend zum Zwerg an die Feuerstelle gehen wollte, um ihn für seine Suppe zu loben. Sie war zwar dort gewesen, aber nur, um einen Vorwand zu haben, Don Pedro aufsuchen zu können. Deshalb also hatte ihr »Besuch« beim Zwerg so lange gedauert! Enano, der gewitzte Wicht, hatte sie sofort durchschaut. Aber er, Vitus, hatte ihr geglaubt. Er hatte geglaubt, sie habe sich geändert, er hatte geglaubt, sie wolle ein neues Leben beginnen, er hatte geglaubt, sie liebe ihn. Nichts von alledem traf zu. Sie hatte ihn auf das schändlichste hintergangen und lächerlich gemacht. »Ich danke Euch, Don Pedro«, sagte er nochmals. »Ihr wisst gar nicht, wie sehr Ihr mir die Augen geöffnet habt.«

»Da bist du ja endlich, Liebster.« Isabella lag in ihrer Koje und las im Ärztebuch *De morbis.* »Du darfst mich nicht so lange allein lassen, auch wenn es draußen stürmt und du dort sicherlich furchtbar Interessantes zu tun hast.«

Vitus stand in der Tür und sah aus wie ein Rachegott.

»Jesus und Maria, was machst du denn für ein Gesicht, Liebster? Ist irgendetwas passiert?«

»Du bist ab heute krank«, sagte Vitus kalt.

Isabella lachte. »Wenn das so ist, habe ich ja gerade das richtige Buch zur Hand. Aber im Ernst, Liebster, was ist denn los?«

»Du bist ab heute krank und wirst diese Kammer bis zum Ende der Mission nicht mehr verlassen.« Vitus hatte unter Abwägung aller Aspekte entschieden, dass es das Beste sei, Isabella auf dem Schiff zu isolieren. Eine Krankheit war dafür die geeignete Begründung.

Ihre fröhliche Miene verdüsterte sich. »Das ist nicht dein Ernst, Liebster?«

»Doch. Noch nie war mir etwas so ernst. Es wird in Zukunft nur noch zwei Personen geben, mit denen du Kontakt hast, und das sind der Zwerg und ich. Der Zwerg wird dich mit Essen versorgen, und ich werde dich als Arzt von

Zeit zu Zeit der Form halber besuchen. Das ist alles, was du von dieser Fahrt noch erwarten kannst.«

»Jetzt hör aber mal auf ...«

»Ich werde dich nach unserer Rückkehr in England vor ein Kriegsgericht stellen lassen, das dich als Spionin und Verräterin aburteilen wird.«

»Und warum, wenn ich fragen darf?«

»Weil du hinter meinem Rücken intrigiert hast und das Schiff in deine Gewalt bringen wolltest. Dafür wirst du hängen!«

Isabella sprang auf. Eben noch von liebreizender Freundlichkeit, schossen ihre Augen jetzt Blitze. »Gar nichts werde ich. Ich werde wohl noch für mein Land kämpfen dürfen! König Philipp II. würde mich ...«

»Philipp II. ist nicht hier und kann dir nicht helfen. Auch Don Pedro, der ein Ehrenmann ist und dein abscheuliches Ansinnen abgelehnt hat, wird dir nicht helfen. Du wirst hier in der Kammer bleiben, bis wir in England sind. Du wirst das ansteckendste Fieber haben, das es auf dieser Welt gibt: das Schwarze Erbrechen. Du wirst damit schwer darniederliegen und völlig handlungsunfähig sein. Das werde ich Captain Steel zu meinem größten Bedauern mitteilen müssen.«

»Nein!«

»Doch!« Vitus konnte nicht umhin, eine gewisse Genugtuung zu empfinden. »Du wirst keinen Schritt aus dieser Kammer tun können, denn ich werde dafür sorgen, dass die Tür mit einem Wachtposten besetzt wird – im Interesse der Besatzung, die selbstverständlich nicht angesteckt werden darf.«

»Nein ... bitte!«

Vitus begann seine Kiepe zu packen. Da er nicht viele Habseligkeiten besaß, war er schnell damit fertig. »Ich werde für den Rest der Reise nach unten ziehen, in die Behandlungsräume für die Kranken. In einer Kammer mit dir könnte ich nicht mehr atmen.« Er verschloss die Kiepe und ergriff den wehrhaften Wanderstock. Dann blickte er auf und erstarrte.

Isabella lag auf ihrer Koje, den Rock bis zur Taille gerafft und die Beine weit gespreizt. Sie lächelte mit halb geschlossenen Augen.

»Gib dir keine Mühe«, sagte er ungerührt. »Deine Waffen sind stumpf geworden.«

»Bitte ... Liebster.«

»Und nenne mich nie wieder Liebster. Ich müsste dich dann Hure nennen.«

Er wandte sich zur Tür und ging hinaus in den Sturm.

Eine halbe Stunde später erschien Vitus in den Behandlungsräumen der *Camborne.* Das Rollen und Stampfen des Schiffs hatte nochmals zugenommen. Dennoch war Stonewell zugegen und versah seinen Dienst.

Nach einer kurzen Begrüßung und einem ebenso knappen Rapport von Stonewell über den Zustand der Kranken fing Vitus damit an, seine Sachen in den Regalen des Behandlungsraums unterzubringen.

»Wollt Ihr etwa hier einziehen, Sir?«, fragte Stonewell ungläubig.

Vitus erklärte ihm, dass seine Gattin das Schwarze Erbrechen habe und unter Quarantäne stehe. Captain Steel habe bereits einen Posten vor die Tür der Kammer beordert.

»Mein aufrichtiges Beileid, Sir«, sagte Stonewell. »Aber seid Ihr sicher, dass es sich um das Schwarze Erbrechen handelt? Wenn es Euch recht ist, werde ich Lady Nina noch einmal untersuchen, gewissermaßen zur Erhärtung Eures Befunds, und ihr bei der Gelegenheit eine kräftigende Speise geben.«

»Das werdet Ihr nicht«, erwiderte Vitus entschieden. »Das Schwarze Erbrechen kann überall auftreten, auch auf See, wo es keine Stechmücken gibt.«

»Wie das, Sir?«

»Denkt daran, dass Mücken aus Larven schlüpfen und dass eine einzige mitreisende Larve schon genügen kann. Das Schwarze Erbrechen ist so kontagiös wie der Schwarze Tod, allerdings mit einem wenn auch wenig tröstlichen Unterschied: die Überlebensaussichten sind einen Hauch besser. Der Zwerg und ich haben es einmal überlebt und sind deshalb unangreifbar. Nein, nein, Ihr bleibt schön hier unten und pflegt mit mir gemeinsam unsere Patienten.«

»Selbstverständlich, Sir. Aber ich halte es für meine Pflicht, Euch meine Kammer anzubieten. Ich teile sie zwar mit zwei Decksoffizieren, aber sie ist immer noch komfortabler als der Behandlungsraum hier unten.«

»Abgelehnt«, sagte Vitus. Und weil er etwas harsch klang, fügte er noch hinzu: »Aber es ist sehr liebenswürdig von Euch, es mir angeboten zu haben.«

Einen Tag später, am 30. Juli, hatte der Sturm etwas nachgelassen. Kapitän Steel saß in seiner Kajüte und sprach dem Alkohol zu. Er war am Morgen aufgewacht und hatte wieder sein Aufstoßen gehabt. Nach Einnahme von etwas Natron – jenes segensreichen Pulvers, das er Stonewell verdankte – war ihm wohler gewesen, und das gefüllte Glas mit dem wasserklaren Gin hatte wieder geschmeckt.
Steel trank seit seinem dreizehnten Lebensjahr, seit er als Schiffsjunge mit einem Frachtschiff die Nordsee zwischen Hull im Ostenglischen und Hirtshals im Jütländischen befahren hatte. Er sagte sich immer, wer so lange trank, der konnte mit den Tücken der hochprozentigen Versuchungen umgehen. Deshalb füllte er erneut sein Glas bis zum Rand, rülpste ungeniert, schließlich war er allein in seiner Kajüte, und legte sich noch einmal hin.
Kurz darauf erhob er sich abermals und füllte sich das Glas. Eine Stimme tief in ihm warnte ihn davor, aber er achtete nicht darauf. Schließlich war er Alkohol gewohnt.
Der Alkohol und er waren Freunde.

Vitus hatte eine weniger gute Nacht hinter sich. Da der Sturm die *Camborne* Stunde um Stunde wie einen störrischen Bock stampfen ließ, hatte er kaum ein Auge zugetan. Die bitteren Gedanken über die Untreue Isabellas waren noch hinzugekommen. Er hatte auf dem harten Operationstisch gelegen und sich des heftigen Seegangs wegen an Beinen und Armen festschnallen müssen. Nur gut, dass ihn niemand so gesehen hatte!

Doch die Nacht hatte auch etwas Gutes gehabt: Die Bilder seines Lebens waren an ihm vorbeigezogen, und die Frauen, die er geliebt hatte, noch einmal vor seinem geistigen Auge erschienen. Tirza, das Zigeunermädchen, war die Erste gewesen, die sich ihm hingegeben hatte. Ihre Liebe war von vornherein zum Scheitern verurteilt, denn ihr Lebenskreis war ein gänzlich anderer gewesen als der seine. Er hatte sich von ihr trennen müssen, nicht zuletzt, weil er damals auf der Suche nach seinem Elternhaus war. Wie lange lag das zurück? Zwölf Jahre. Zwölf lange Jahre.

Auf Tirza folgte Arlette, seine über alles geliebte Arlette, seine Cousine sechsten Grades, die er gefunden, verloren und schließlich nach langer Irrfahrt wieder in Habana auf der Insel Kuba wiedergefunden hatte. Der Zwerg und der Magister waren die ganze Zeit an seiner Seite gewesen, unverbrüchlich in ihrer Treue. Der Magister? Nun ja ... Arlette hatte sein Kind unter dem Herzen getragen, er hatte sie heiraten wollen, doch der Schwarze Tod hatte sie grausam dahingerafft.

Und dann war da noch die Gebieterin Âmina Efsâneh, die in einem prächtigen Palast in Tanger lebte. Sie hatte ihn mit einem Aphrodisiakum verführt und anschließend in ihrer Launenhaftigkeit unflätig beschimpft: Er hätte sie benutzt wie eine Bodenvase, in die er seinen Stengel hineingestoßen hätte, so waren ihre Worte gewesen. Âmina Efsâneh hatte sich als genauso berechnend und intrigant erwiesen wie Isabella.

Eigenschaften, die Nina, seiner sanften, holden, beständigen Nina, völlig fremd waren. Sie war die Tochter von Carlos Orantes, einem fröhlichen, bauernschlauen, spanischen Landmann, der gleichzeitig Namensgeber für seinen zweit-

ältesten Sohn war. Vitus hatte sie das erste Mal unter einem Baum während eines starken Gewitters geküsst, und als er sie ein Jahr später in Greenvale Castle heiratete, hatte der Magister gesagt, er wünsche ihnen beiden viele solcher glücklichen Tage. Und sollte einmal ein Gewitter über ihnen aufziehen, so möge es eines von jener Art sein wie das, das sie zusammengeführt hatte.
War die Liebschaft mit Isabella ein solches Gewitter gewesen? Er beschloss, dass es so war. Ein reinigendes Gewitter. Und er schwor sich, Ninas Vertrauen niemals wieder zu missbrauchen. Sie war die Mutter seiner Kinder, hatte gute und schlechte Tage mit ihm durchlitten und ihm bei seinen zahlreichen Unternehmungen und Abenteuern stets den Rücken freigehalten.
Er stand auf und schaute nach den Kranken. Einer der beiden Beinamputierten klagte, der Stumpf jucke ihn, aber Vitus versicherte ihm, das sei ein gutes Zeichen. Weniger gut stand es um die beiden Matrosen mit den inneren Verletzungen. Sie würden heute oder morgen sterben. Es bereitete Vitus fast körperliche Schmerzen, hilflos mit ansehen zu müssen, wie der Tod nach zwei so jungen Menschen griff, aber er war machtlos. Gottlob war Stonewell da, dem es genauso erging. Zu zweit ertrugen sich ärztliche Niederlagen leichter.
Den Matrosen mit dem abgerissenen Arm, dem herausgeschlagenen Auge und dem offenen Bruch ging es ein wenig besser. Bei den beiden Letzten der neun Kranken, den unter Ruhr leidenden Matrosen, war keine Besserung festzustellen. Obwohl Creedy, der Decksoffizier, versicherte: »Sir, mit uns wird es schon wieder.«

Ihnen allen gegenüber gab Vitus sich zuversichtlich, bevor er ihnen weiterhin gute Genesung wünschte und hinauf an Deck stieg.

McQuarrie hatte in der Nacht tief und traumlos geschlafen. Sein Dienst war so anstrengend, dass er in jeder wachfreien Minute seine Kammer aufsuchte und ein Nickerchen machte. Wenn er wachfrei hatte, war Abbot auf dem Posten, so dass beide sich nur selten zum gleichen Zeitpunkt in der Kammer aufhielten.
Anders sah es mit Don Pedro aus. Der hatte alle Zeit der Welt, die er nicht selten in der Enge des gemeinsamen Raums verbrachte. So kam es, dass McQuarrie und der Spanier sich des Öfteren begegneten und dabei das eine oder andere Wort miteinander wechselten.
Don Pedro war zwar in allem das genaue Gegenteil von McQuarrie, aber trotzdem mochte er den Mann aus dem Norden der Britannischen Insel. Was durchaus auf Gegenseitigkeit beruhte, denn Don Pedro war nicht nur ein angenehmer Plauderer, sondern in seinem gesamten Auftreten sehr rücksichtsvoll.
Als es vier Glasen an diesem Morgen schlug, gähnte McQuarrie ausgiebig, stellte fest, dass Don Pedro nicht in der Kammer war, und erhob sich, um die Notdurft zu verrichten und die körperliche Reinigung, der er nicht allzu viel Wert beimaß, vorzunehmen. Danach zog er seine Schwerwetterkleidung an und stiefelte an Deck.
Auf dem Kommandantendeck standen Vitus, Don Pedro

und Abbot, wobei Letzterer sich über McQuarries Kommen am meisten freute, weil er eigentlich erst um acht Glasen abgelöst werden sollte.

»Hau dich hin, Bruder!«, rief McQuarrie gegen den noch immer steifen Wind. »Ich übernehme.«

»Aye, aye«, antwortete Abbot. »Es gibt nicht viel Neues. Nur dass die verfluchten Dons ... äh, Verzeihung, Don Pedro, also dass die Spanier schon wieder ihren Halbmond gebildet haben und kampfbereit sind. Es ist wie verhext. Was muss bloß noch alles passieren, damit die verdammte Sichel sich auflöst?«

McQuarrie winkte ab. »Verzieh dich.« Doch kaum war Abbot verschwunden, pfiff er gedehnt durch die Zähne. »Ich glaube, wir bekommen auflandigen Wind, was meint Ihr, Gentlemen?«

Vitus nickte. »Das könnte sein.«

Don Pedro sagte nichts, aber seine olivenfarbenen Augen weiteten sich vor Schreck.

McQuarrie fuhr fort: »Wenn das wirklich so ist, und es sieht alles danach aus, wird die Armada unweigerlich ans Ufer getrieben und auf den Sandbänken vor Seeland zerschellen. Dann gute Nacht, Halbmond!«

Wie gebannt starrten die drei Männer zu den spanischen Galeonen hinüber – und mit ihnen die gesamte englische Flotte. Lord Howard hatte bereits den Befehl zum Angriff gegeben, zog ihn aber angesichts der neuen Entwicklung wieder zurück. Würden die Engländer Zeuge einer alles in den Schatten stellenden Katastrophe werden?

Sie wurden es nicht.

Das Wunder geschah.

Im letzten Moment drehte der Wind und blies die Armada hinaus in die offene See. Der Kelch war noch einmal an ihr vorübergegangen.
Don Pedro atmete hörbar aus, und selbst Vitus und McQuarrie spürten Erleichterung: Das Leben im Kampf zu verlieren, war das eine – jämmerlich vor der Küste zu ersaufen, war das andere. Und der tapferen Spanier nicht würdig.
»Der Lordadmiral signalisiert den Geschwadern ›Position beibehalten‹!«, rief McQuarrie, der seine Augen überall hatte, plötzlich. »Wartet … Weitere Flaggen steigen am Mast empor: Ich erkenne die Flagge für unser Schiff! Die *Camborne* soll Verwundete übernehmen. Gut und schön, Herr Lordadmiral, machen wir, aber von wem?«
»Dort, in Westnordwest!«, rief Don Pedro. In der gezeigten Richtung brach eine Regenwand auf und gab zwei Schiffe frei, die Parallelkurs fuhren und sich gegenseitig heftig bekämpften. »Ich glaube, es ist auf unserer Seite die *Santa Maria de Visón* vom Levante-Geschwader. Sie ist nicht stark bestückt, wenn ich es richtig sehe. Höchstens zwanzig Kanonen. Woher sie plötzlich kommt und warum sie nicht im Halbmond segelt, ist mir ein Rätsel.«
»Vielleicht, weil ihr Captain dem auflandigen Wind ausweichen konnte?«, vermutete Vitus.
»In jedem Fall scheint es auf unserer Seite die *Dreadnought* zu sein«, rief McQuarrie. »Sie hat sich in Cádiz unter dem Befehl von Thomas Fenner wacker geschlagen, aber in diesem Jahr wird sie von George Beeston geführt. Ich glaube nicht, dass sie Hilfe benötigt.«
»Militärisch vielleicht nicht, ärztlich schon eher«, sagte Vi-

tus. »Ich habe eine Liste, aus der hervorgeht, dass die *Dreadnought* keinen Wundarzt an Bord hat. Sollte sie also Verletzte haben, müssten wir diese übernehmen. Kein Zuckerschlecken bei dem Wetter.«

»Egal, wir werden unsere Pflicht tun, wir werden dem Lordadmiral zeigen, was in uns steckt … He, Chock, mach der verdammten Wache Beine, jag sie an die Brassen, wir wollen anluven und bei Beeston nach dem Rechten sehen!«

Im Näherkommen sahen McQuarrie und Vitus mit kritischer, Don Pedro jedoch mit erfreuter Miene, dass die *Santa Maria* sich höchst achtbar schlug. Ihren Nachteil in der Bestückung glich sie durch seglerisches Können und durch den Einsatz Dutzender Arkebusiere aus, die tödliche Salven auf das englische Schiff feuerten.

McQuarrie, der in Abwesenheit von Steel die oberste Befehlsgewalt innehatte, sorgte dafür, dass die *Camborne* gefechtsbereit gemacht wurde, und legte sie backbordseitig auf Parallelkurs, wodurch die *Santa Maria* in die Zange genommen wurde. Gleichzeitig gab er Feuererlaubnis, und die *Camborne* zeigte, dass sie nicht nur ein Lazarettschiff war, sondern auch ein Kriegsschiff, dessen Kanonen und Drehbassen sich durchaus Respekt verschaffen konnten.

Die Scharfschützen in den Masten des Spaniers mussten nun die Feuerkraft ihrer Arkebusen auf zwei Schiffe verteilen, was der *Dreadnought*, die kaum Schützen hatte, einige Entlastung brachte.

Doch nur ein paar Augenblicke später gelang der *Santa Maria* ein Glückstreffer: Einer ihrer Vierundzwanzigpfünder traf den Bugspriet der *Dreadnought*, riss ihn und das

Blindesegel fort, zerstörte Leinen und Stage, was einen Dominoeffekt auslöste und mit dem Fallen des Fockmasts endete.

Das alles geschah in kürzester Zeit und hatte seine Ursache in der kampferprobten Führung des Spaniers. Vier Männer waren es, die auf dem Achterkastell standen, drei hochgewachsene Gestalten und eine kleine, alle in schweres gelbes Wachstuch gekleidet. Die drei großen Männer brüllten Befehle, was durch das Heulen des Winds nicht zu hören war, sondern nur an ihren Mündern erkannt werden konnte.

Der kleine Mann rief nichts. Er schien den Kampf nur zu beobachten, wobei er sich unbeholfen bewegte und fast wie ein Blinder wirkte.

Er kam Vitus bekannt vor.

McQuarrie jagte ein paar mit Musketen bewaffnete Männer in die Wanten. Sie sollten ebenfalls als Scharfschützen eingesetzt werden und der *Dreadnought* Entlastung bringen, deren Männer mittlerweile nicht nur mit dem Gegner, sondern auch mit dem Wirrwarr aus zerrissenem Tuch und zerfetzten Leinen auf ihrem Vorschiff zu kämpfen hatten.

Danach ließ McQuarrie mehrere Salven auf den Rumpf der *Santa Maria* feuern, was er jedes Mal mit einem heiseren *»Hooray!«* begleitete, und Don Pedro mit einem bedauernden Blick verfolgte.

Kapitän Steel erschien auf seinem Kommandantendeck, rülpsend und erheblich schwankend, was die versammelten Gentlemen aber, höflich wie sie waren, der Krängung des Schiffs nach Feuerlee zuschrieben. »Warum hat mich keiner geweckt?«, dröhnte er und machte dazu ein völlig unpassendes, eher erstauntes Gesicht. Der Grund dafür war

ein kirschgroßes Loch, das wie aus dem Nichts auf seiner Stirn erschien. Steel gab noch einen ächzenden Laut von sich und brach zusammen. Sein mächtiger Leib zuckte.
Vitus war sofort über ihm, rief ihn an, aber er hätte ebenso gut versuchen können, einen Fels anzusprechen. Steel blieb die Antwort schuldig. Er war tot. Sein mächtiger Leib hatte ein zu gutes Ziel abgegeben.
Und der Alkohol war nicht sein Freund gewesen.
Don Pedro klammerte sich an die Querreling und blickte betreten, und auch McQuarrie fehlten kurzzeitig die Worte, doch dann brüllte er wutentbrannt in die Wanten: »Los, *Cambornes,* zahlt es den feigen Hunden heim, schießt sie ab.«
Doch das war leichter gesagt als getan. Ein gezielter Schuss aus den tanzenden Masten war ebenso schwer abzugeben wie von einem galoppierenden Pferd, und wer dennoch traf, hatte in jedem Fall Fortuna auf seiner Seite.
Während die Kanonen weiter donnerten und die Arkebusen und Musketen weiter knatterten, zog Vitus mit Don Pedros Hilfe Steels toten Körper in den Schutz des Schanzkleids. Der Kapitän war tot, aber sein Leib sollte nicht weiter zerstört werden. »Don Pedro!«, rief er. »Warum begebt Ihr Euch nicht unter Deck? Es wäre doch mehr als tragisch, wenn Ihr durch eine eigene Kugel fallen würdet.«
»Wenn Ihr hier ausharren könnt, kann ich es auch!«
»Wie Ihr meint. Ich hoffe, Ihr werdet mir keine Arbeit machen!« Vitus wandte sich wieder dem Kampfgeschehen zu und sah, wie die *Santa Maria* Backbordruder legte und sich anschickte, vor dem Bug der durch den Verlust des Fockmasts zurückbleibenden *Dreadnought* in die offene See

hinauszukreuzen. Sie schwang herum und zeigte an ihrem prächtigen Heck das Kreuz *Sant Jago de Compostela.*
McQuarrie wollte Segelanweisung geben, ihr zu folgen, aber Vitus fiel ihm ins Wort: »Lasst sie ziehen, McQuarrie. Der Kampf ist vorbei. Seht nur, auch die *Triumph,* unser größtes Schiff, dreht wieder ab.«
In der Tat hatte die *Triumph* unter Martin Frobisher der *Dreadnought* und der *Camborne* zu Hilfe eilen wollen, doch nun schien Frobisher davon abzusehen. Er dippte grüßend die Flagge, ließ halsen und strebte zu Howards Einheiten zurück.
McQuarrie zögerte. Aber da er es wichtiger fand, den eigenen Kameraden auf der *Dreadnought* zu helfen, als einem ebenfalls arg gezeichneten Feind hinterherzuhetzen, nickte er zustimmend. »Ihr habt recht, Sir.«
Doch Vitus hörte gar nicht zu. Er beobachtete, wie die Schützen der *Camborne* die letzten Schüsse auf die entschwindende *Santa Maria* abgaben, und sah, wie einer davon die kleine Gestalt auf dem Achterkastell traf. Sie zuckte zusammen, fasste sich an die Seite und fiel.
Und plötzlich wusste er, wer die kleine Gestalt war.
Es war der Magister.
Der Magister, der sich auf die Seite des Feindes geschlagen hatte.
Ein Umstand, der plötzlich unwichtig war, lächerlich unwichtig.
Er hatte das Gefühl, als sei er selbst getroffen.
Er wollte etwas sagen, wollte schreien, wollte die ganze Welt auf das unfassliche Geschehen da vor ihm aufmerksam machen, doch kein Laut drang über seine Lippen.

McQuarrie sagte: »Ich gehe längsseits zur *Dreadnought*, Sir. Sie hat sicher eine Reihe Schwerverwundeter, die wir übernehmen müssen.«
»Der Magister«, sagte Vitus tonlos.
»Wie bitte, Sir?«
»Der Magister, ich muss ihm helfen.«
»Sir, ich verstehe immer noch nicht. Ihr meint doch nicht etwa Euren Freund, den Gelehrten der Jurisprudenz?«
»Ich habe ihn auf der *Santa Maria* gesehen«, sagte Vitus. »Er wurde von einem unserer Schützen getroffen, ich muss ihm helfen.«
McQuarrie lachte. »Bei allem Respekt, Sir, selbst wenn es stimmt, was Ihr sagt, können wir ihm nicht helfen.«
Don Pedro mischte sich ein: »Verzeihung, Sir, aber das Leben Eures Freundes – wenn er es tatsächlich war – ist nicht mehr wert als das eines der vielen Verletzten auf der *Dreadnought.*«
Nein!, wollte Vitus schreien, es ist viel mehr wert, tausendmal mehr wert! Was wisst Ihr denn vom Magister? Habt Ihr mit ihm im Kerker der Inquisition gesessen? Habt Ihr mit ihm Schiffbruch auf dem Westmeer erlitten? Habt Ihr mit ihm barfuß die Wüste durchquert? Nichts von alledem habt Ihr, keine Ahnung habt Ihr! Der Wert eines Menschen ist so unterschiedlich wie die Charaktere, die es gibt!
»Darüber ließe sich trefflich streiten«, sagte Vitus laut. »Aber ich gebe zu: Dafür ist nicht die Zeit. Wir sollten Beeston die Verwundeten abnehmen, damit er seine Schäden schnellstens klarieren kann.«
»Das ist ein Wort«, sagte McQuarrie.

Vier Stunden später an diesem 30. Juli hatte die *Camborne* sämtliche Schwerverletzten von der *Dreadnought* übernommen, was bei der hohen Dünung eine seemännische Meisterleistung darstellte. Die Schiffe, deren Barkhölzer sich während der ganzen Zeit quietschend und knarrend aneinander gerieben hatten, gingen wieder auf eigenen Kurs, doch Vitus nahm McQuarrie beiseite und bat ihn, beizudrehen. Er habe Wichtiges mit ihm zu besprechen. Noch wichtiger sei jedoch die Versorgung der Verwundeten. Insofern bäte er um etwas Geduld.

»Aye, aye, Sir«, sagte McQuarrie, dem noch gar nicht bewusst zu sein schien, dass er als Erster Offizier der Nachfolger von Kapitän Steel war.

Vitus ging hinunter in die Behandlungsräume, wo fünf neue Kranke auf ihn warteten. Auch der treue Stonewell war zugegen. »Sir«, sagte er, »es sind die üblichen Verletzungen: eine abgequetschte Hand, deren Armstumpf bereits in der Aderpresse steckt, ein zerschossenes Schienbein, das der Amputation harrt und so weiter. Bei allem Ernst, es ist auch ein Kuriosum dabei: Einem der Matrosen, sein Name ist Clark, ist von der Seite das Gesäß durchschossen worden. Der *Gluteus maximus* wurde sowohl links als auch rechts durchschlagen. Die Wunden sind groß und hässlich, aber sie dürften heilen, da keine Stoffreste in ihnen zu finden waren. Der Mann wird die nächsten Tage in der Bauchlage verbringen müssen. Ich habe eine entzündungshemmende Salbe appliziert und war eben dabei, einen Verband anzulegen. Ich … ich …« Stonewell presste die Hände auf seinen Magen und krümmte sich. »Verzeihung, Sir, ich …«

Vitus unterbrach ihn und sagte: »Hört mal, wo wir gerade über den *Gluteus maximus* und das Gesäß sprechen: Könnte es sein, dass Ihr von der Ruhr geschlagen seid?«

»Oh, Sir.« Stonewell biss die Zähne aufeinander. »Das glaube ich nicht.«

»Das glaube ich doch! Habt Ihr Fieber?«

»Nein, ja … Aber, Sir …«

»Ich glaube, Ihr habt Euch bei Creedy und seinem Leidensgenossen angesteckt. Die Dysenterie schlägt zu, wo sie nur kann. Nun geht und erleichtert Euch. Danach legt Ihr Euch zu Creedy in die Quarantänestation. Ihr seid ab sofort nicht Arzt, sondern Patient.«

»Sir, ich …«

»Das ist ein Befehl!«

Entschuldigungen murmelnd verschwand Stonewell. Vitus wollte sich der neuen Patienten annehmen, wurde aber abgelenkt. In der Tür stand Don Pedro. »Ich habe Stonewell eben gesehen, Sir, er hatte es eilig wie jemand, der sich, äh, dringend entleeren muss. Ich fürchte, er hat die *disentería.*«

»Das fürchte ich auch, Don Pedro.«

»Nun, da ich einmal hier bin, könnte ich Euch bei der Versorgung der Verletzten helfen.«

»Ihr? Mir helfen?« Vitus dachte daran, dass Don Pedro ein Admiral der spanischen Seemacht war, ein hochgestellter Hidalgo, dem es sicher gegen die Natur gehen würde, einfachen englischen Seeleuten, die zudem seine Feinde waren, die Gliedmaßen zu amputieren oder Verbände anzulegen.

Don Pedro lächelte leicht. »Ich glaube, ich kann Eure Gedanken lesen. Aber nach der Schlacht ist der Krieg vorbei,

und der verwundete Soldat ist nicht mehr Feind, sondern nur noch Mensch. Hüben wie drüben.«
»Ihr mögt recht haben, aber Ihr seid doch selbst noch verletzt?«
Don Pedro lächelte noch immer. »Habt Ihr es nicht bemerkt? Aus Ali Pascha, dem Osmanenkrieger, ist wieder Don Pedro de Acuña geworden.« Er deutete auf seinen Kopf, und Vitus sah, dass der Verband verschwunden war.
»Wer hat Euch die Bandage abgenommen?«
»Ich selbst.«
»Wollt Ihr Euer eigener Arzt sein? Davon halte ich nichts. Immerhin, lasst mich einen Blick auf Euren Kopf werfen.« Vitus studierte die fast verheilte Wunde und nickte: »Ein Verband ist nicht mehr vonnöten.«
»Dann können wir ja anfangen«, sagte Don Pedro.

Zwei Stunden später hatten der englische Earl und der spanische Hidalgo sämtliche Verletzten behandelt, dafür gesorgt, dass ihnen Pritschen zugewiesen wurden, und dem Zwerg Anweisung gegeben, wer welche Speisen bekommen sollte. Stonewell, dessen Diagnose sich nach näherer Untersuchung bestätigte, hatte fiebersenkende Mittel erhalten und sollte leichte, kräftigende Kost zu sich nehmen.
»Leider ist die Auswahl an gesunder Nahrung auf einem Kriegsschiff nicht üppig«, seufzte Vitus, als beide wieder im Behandlungsraum waren.
»Wem sagt Ihr das«, antwortete Don Pedro.
»Da fällt mir ein: Vielleicht könnte Captain Steel uns aus-

helfen? Soviel ich weiß, hatte er neben seinen vielen kräftigenden Getränken auch privaten Proviant an Bord. Ein paar deftige englische Landwürste, haltbarer Hartkäse, Nüsse, Rosinen; damit müsste sich schon etwas anfangen lassen. Und er selbst, so nüchtern es klingt, hat ja nichts mehr davon.«

Don Pedro nickte. »Wenn die *San Salvador* nicht in die Luft geflogen wäre, könnte ich noch Chorizo, Manchego und luftgetrockneten Serrano-Schinken beisteuern. Auch ich hatte, wie jeder spanische Offizier, meine privaten Bestände. Aus reiner Notwehr, wie ich hinzufügen möchte, denn die normale Kost in der Armada ist mehr als dürftig.«

»Ihr habt einen guten Humor«, sagte Vitus. »Dafür schätze ich Euch. Bitte entschuldigt mich jetzt, ich muss an Deck, denn ich habe noch etwas mit McQuarrie zu besprechen.«

»Aber bitte.« Don Pedro verbeugte sich leicht.

Vitus kletterte die Niedergänge hinauf und traf oben auf dem Kommandantendeck den drahtigen Schotten an. »Danke, dass Ihr noch immer beigedreht liegt, Captain«, sagte er.

McQuarrie, der »Alle Mann!« hatte pfeifen lassen, damit die Zeit der relativen Ruhe für die notwendigen Reparaturen genutzt werden konnte, riss die Augen auf. »Sir …?«

»Ich habe Euch absichtlich so angesprochen, denn Ihr seid jetzt Captain der *Camborne,* McQuarrie, es ist Euer Schiff.«

»So richtig war mir das noch nicht klargeworden, Sir.«

»Meinen Glückwunsch.« Vitus hielt dem Schotten die Hand hin, und dieser schlug ein. »Danke, Sir.«

»Ich denke, Ihr solltet Eure Seekiste und Euren Dudelsack nehmen und in die Kajüte von Captain Steel ziehen. So hart es klingt, aber er benötigt sie nun nicht mehr.«
»Aye, aye, Sir.«
Vitus grinste. »Das ›Aye, aye, Sir‹ braucht Ihr auch nicht mehr zu sagen, das war einmal.«
»Ist recht, Sir.« McQuarrie schluckte. »Sagt, Sir, wo gerade der Name von Captain Steel fiel: Was machen wir mit seinem Körper? Ich würde ihn ja in ein Fass stecken und mit Brandy übergießen, damit er sich bis zu unserer Ankunft in Portsmouth hält und damit die Mannschaft sich zum Abschied noch mal anständig betrinken kann und ihn hochleben lässt, wie sich's für Teerjacken gehört, aber ich fürchte, ein so großes Fass haben wir nicht.«
»Es ist besser, wir geben ihm ein Seemannsgrab, zumal ich Euch bitten möchte, nicht Kurs Heimat zu segeln, sondern der Armada auf den Fersen zu bleiben.«
»Oh, Sir, wie meint Ihr das?«
Vitus legte McQuarrie die Hand auf den Arm. »Ich weiß, dass Lordadmiral Howard der Armada den Weg zurück nach Calais versperrt, damit jetzt und auch später nicht die Vereinigung mit den Truppen des Herzogs von Parma erfolgen kann. Aber wer eins und eins zusammenzählt, der weiß noch mehr: Den Spaniern wird nichts anderes übrigbleiben, als weiter hinaus in die Nordsee zu fahren, wo ihnen mehrere Möglichkeiten offenstehen – entweder, sie segeln hinauf nach Dänemark oder Norwegen, oder sie umrunden Euer schönes Schottland und kreuzen dann nach Süden an der irischen Küste vorbei zurück zur Iberischen Halbinsel.«

»Heißt das, die Gefahr des hölzernen Halbmonds ist vorüber, Sir?«
»Ja, da bin ich sicher. Der Halbmond ist von heute an Geschichte. Manche Schiffe der Armada sind nach den Schlachten gegen uns nahezu unversehrt, andere haben erhebliche Schäden, und wieder andere sind kaum noch schwimmfähig; jeder Captain wird auf sich allein gestellt sein und ohne Hilfe seines Geschwaders sehen müssen, wie er den Weg zurück in die Heimat findet. Die Schnelleren werden nicht auf die Langsameren warten, die Stärkeren nicht auf die Schwächeren. Jedem wird das Hemd näher sein als der Rock.«
McQuarrie sperrte den Mund auf. »Sir! Wisst Ihr, was Ihr mit diesen Worten besiegelt habt? Die Niederlage der Dons!«
»Ich weiß.«
»Hooray! Three cheers for the Queen!«
Einige der auf den Decks arbeitenden Matrosen rissen bei diesem Aufschrei die Köpfe herum, aber McQuarrie befahl ihnen barsch, weiterzumachen. Dann wandte er sich wieder Vitus zu. »Sir, ich bin ganz aus dem Häuschen! Ich kann's noch gar nicht glauben, dass alles vorbei sein soll.«
»Das ist es auch nicht.«
»Wie meint Ihr das, Sir?«
»Ich wollte Euch bitten, die Verfolgung der *Santa Maria* aufzunehmen.«
»Sir?«
»Ich bitte Euch, die Verfolgung der *Santa Maria de Visón* aufzunehmen.«
»Aber Sir, das geht nicht!«

»Warum nicht? Nach dem Gefecht mit ihr wolltet Ihr sie doch auch jagen.«
»Das war etwas anderes, Sir. Ihr selbst habt die Versorgung der Verletzten von der *Dreadnought* für wichtiger befunden.«
»Und jetzt finde ich es wichtig, meinen Freund, den Magister Ramiro García, der sich an Bord der *Santa Maria* befindet, zu versorgen. Ich weiß nicht, wie schwer er verwundet wurde, aber er braucht meine ärztliche Hilfe. Ich bin ihm das schuldig. Und – ich habe etwas gutzumachen.«
»Aber wie wollt Ihr das anstellen, Sir? Die *Santa Maria* ist ein feindliches Schiff, da werdet Ihr nicht so einfach an Bord gehen können.«
»Das wird sich finden. Kommt Ihr meiner Bitte nach?«
»Sir, mit Verlaub, die *Camborne* steht unter dem Oberbefehl von Lordadmiral Howard, sie kann ohne sein Einverständnis nicht einfach davonsegeln.«
»Das lasst meine Sorge sein.« Vitus blickte McQuarrie beschwörend an. »Ich kenne Howard. Ich werde mit ihm sprechen, und er wird diese Mission später gutheißen.«
McQuarrie wand sich. Er kannte Vitus seit vielen Jahren, und er kannte ebenso den Magister. »Sir, selbst wenn es keinen Ärger mit dem Lordadmiral gäbe, wären wir für einen längeren Schlag nicht gerüstet. Der Proviant geht zur Neige. Wir haben höchstens noch für eine Woche Verpflegung.«
»Wir machen im Firth of Forth Station. In Kirkcaldy können wir bei Euren schottischen Freunden alles Notwendige kaufen. Die Rechnung bezahle ich.«
»Ich weiß nicht, Sir, ich weiß nicht! Kaum bin ich Captain,

stellt Ihr mich vor so eine Gewissensfrage. Wer sagt denn, dass der Magister nicht gute ärztliche Hilfe auf der *Santa Maria* bekommt?«

»Ich biete Euch hundert Pfund, wenn Ihr tut, was ich will. Das ist mehr, als Ihr jemals in Eurem Leben verdient habt. Nicht einmal nach Captain Taggarts Kaperfahrt in die Karibik dürfte Euer Anteil so hoch gewesen sein.«

McQuarrie schüttelte fast beleidigt den Kopf. »Sir es ist nicht das Geld, glaubt mir ...«

»Gut.« Vitus war zu einem Entschluss gekommen. »Wenn es nicht das Geld ist, dann befehle ich Euch als Peer Ihrer Majestät, der Königin von England, und als der von ihr ernannte Earl of Worthing, die *Santa Maria de Visón* so lange zu verfolgen, bis wir sie gestellt haben und ich den Magister García behandeln kann. Ist das klar?«

»Äh, jawohl, Mylord!«

Zur gleichen Stunde befand sich Hartford im Kleinen Salon von Greenvale Castle und hatte ein ähnliches Problem wie sein Herr draußen auf See. Er stand in der Nähe von Nina, die auf dem Klavichord spielte und überlegte, wie er es am unverfänglichsten anstellen könne, sie zu einem Ausritt zu überreden.

Leider waren die Kinder ebenfalls im Raum und auch die freche Nella, aber er musste es trotzdem versuchen.

Als Nina die letzte Taste angeschlagen hatte und das kleine Lied beendet war, klatschte er überschwenglich in die Hände. »Großartig, das war wirklich großartig, Mylady!«

Nina wunderte sich. »Wieso dieser Beifall, Hartford? Ich habe das Lied schon hundertmal gespielt, du kennst es doch?«
»Natürlich.« Hartford bemühte sich, seinen hochmütigen Gesichtsausdruck mit einem Lächeln zu überdecken. »Aber heute hat es besonders schön geklungen.«
»Blödes Geklatsche«, sagte Odo.
»Idiotisch«, sagte Carlos.
»Seit wann magst du Musik, Hartford?«, fragte Nella argwöhnisch.
»Aber, Kinder!« Nina meinte, einschreiten zu müssen. »So spricht man nicht. Warum soll Hartford nicht klatschen, wenn es ihm gefällt?«
»Danke, Mylady.« Hartford kochte innerlich vor Wut.
»Ich glaube, ich spiele noch eine kleine Weise. Du kennst sie, Hartford, singe ruhig mit.«
Wohl oder übel musste Hartford bei dem folgenden Lied mitsingen, was er mehr schlecht als recht tat und von dem Gepruste und Gekicher der Kinder begleitet wurde. Doch er beherrschte sich eisern und brachte es sogar fertig, Nina beim Umblättern der Notenseiten zu helfen.
Und während er das tat, kam ihm die Idee. Es würde ganz einfach sein, die Herrin zu einem Ausritt zu bewegen. Er musste nur lügen und die Tatsachen ein wenig verdrehen. Aber beides fiel ihm nicht schwer.
»Mylady«, sagte er salbungsvoll, nachdem Nina den Deckel des Klavichords geschlossen hatte, »gerade kommt mir eine Eingebung! Ihr wisst doch, dass ich gestern um einen freien Nachmittag bat. Nun, ich hatte Gelegenheit, während meines Ritts einen sehr schönen Aussichtspunkt in

der Nähe von Brighton zu entdecken, und da dachte ich, es könnte für Euch doch sicher interessant sein, von dort einen Blick auf die englische Flotte im Kanal zu werfen. Es wäre mir ein Vergnügen, Euch die Stelle zu zeigen.«

»Nanu, stehen unsere Schiffe denn vor Brighton?«, fragte Nina.

»Noch nicht«, log Hartford. »Ein Fischer namens Teddy Dunn aus Southwick sagte mir, wenn das Wetter sich bessere, würde die Flotte vorbeikreuzen.«

»Aber die Unseren bekämpfen doch die Armada. Wo ist die denn?«

»Äh, nun.« Mit diesem Einwand hatte Hartford nicht gerechnet, aber er besann sich rasch und sagte: »Die Armada kämpft bei so einem Wetter wie heute auch nicht. Man sieht ja gar nichts.«

Nina legte die Notenblätter zur Seite. »Das stimmt allerdings, dieser Tag ist völlig verregnet. Es ist sehr nett von dir, Hartford, an mich zu denken, aber ich bin nicht sicher, ob sich ein solcher Ausritt für mich lohnt.« Außerdem, so fügte sie in Gedanken hinzu, würde es sich kaum schicken, allein mit einem Diener auszureiten.

»Wenn das Wetter gut ist, will ich mit nach Brighton!«, krähte Carlos. »Ich war noch nie in Brighton, ich will da die Steilküste runterrutschen.«

»Ich will auch mit!«, brüllte Odo. »Aber ich will als Erster dran sein, ich bin älter!«

Die kleine Jean gab glucksende Laute von sich.

Nella sagte nichts. Sie traute Hartford nicht über den Weg. Der Mann war viel zu hochmütig und eingebildet, von dem ging bestimmt nichts Gutes aus.

Nina wehrte ab: »Kinder, so geht das nicht! Ihr könnt nicht einfach für Stunden das Schloss verlassen. Die Woche hat gerade angefangen, und jeden Tag steht für euch Privatunterricht an. Stellt euch vor, Doktor Burns, unser guter, alter Dorfarzt, käme, um euch Latein beizubringen, und ihr wärt einfach nicht da.«
Den auftretenden Protest erstickte sie im Keim, indem sie sagte: »Das ist mein letztes Wort. Außerdem weiß ich wirklich noch nicht, ob aus dieser Idee etwas wird.«
»Verzeihung, Mylady, ich wollte mich nicht aufdrängen. Ich dachte nur, es wäre schön für Euch, die *Camborne* zu sehen und die Gewissheit zu haben, dass Seine Lordschaft in diesem Moment an Bord ist, ja, vielleicht sogar an Deck steht, um Euch zuzuwinken.«
»Oh, daran hatte ich gar nicht gedacht. Haltet Ihr das für möglich?«
»Nun, Mylady, bei klarer Sicht ...« Hartford zog ein bedeutungsschwangeres Gesicht und dachte: Nun beiß endlich an! Mehr als die Angel auswerfen kann ich nicht.
In der Tat hatte die Aussicht, Vitus auf diese Weise begegnen zu können, für Nina etwas sehr Reizvolles. Aber irgendetwas hinderte sie noch, einem Ausritt mit Hartford zuzustimmen, und deshalb sagte sie: »Warten wir erst einmal ab, wie das Wetter sich entwickelt. Dann sehen wir weiter.«
»Gewiss, Mylady, natürlich, Mylady«, näselte Hartford und fluchte innerlich.

Die Zwergentochter Nella

»Ich will an die Küste!«

Nella stand an diesem Morgen früh auf, denn in letzter Zeit ging sie gern zu den Ställen, wo Keith mit seinen Männern die Pferde versorgte. Keith war ein netter Kerl und ihr Freund. Er behandelte sie schon seit längerem nicht mehr wie ein Kind, sondern fast wie eine Erwachsene. Er hatte lustige, abstehende Ohren und ein verschmitztes Gesicht, und Nella war ein bisschen verliebt in ihn. Aber das durfte sie auch sein, weil es keiner wusste und weil sie in drei Monaten schon neun Jahre alt wurde. Odo und Carlos waren noch Kinder – sie nicht.

»Hallo, Keith«, sagte sie möglichst gleichgültig, damit er nicht ahnte, wie es um sie stand. »Kann ich dir bei irgendwas helfen?«

Keith lachte. »Du bist wohl aus dem Bett gefallen, junge Dame?«

»Nein«, sagte Nella ernsthaft. »Kann ich dir nun bei irgendwas helfen oder nicht?«
»Kannst du. Aber warum hast du denn so ein schönes Kleid an? Das ist nicht der richtige Aufzug für die Ställe.«
Darauf fiel Nella nichts Richtiges ein, weil Keith ja nicht wissen durfte, warum sie das schöne Kleid angezogen hatte. Deshalb sagte sie: »Was kann ich denn machen?«
Keith überlegte, dann sagte er: »Watty striegelt gerade den braunen Wallach. Das könntest du übernehmen. Watty soll dir die große Kiste aus dem Gang zu dem Braunen stellen, dann kommst du besser ran.«
»Hm.« Es gefiel Nella gar nicht, dass sie zu Watty gehen sollte. Viel lieber wollte sie bei Keith bleiben. »Kann ich dir nicht helfen?«
»Ich will nur die Hufe von Telemach reinigen. Ich denke, die Hufeisen müssten mal wieder erneuert werden. Der Schmied aus dem Dorf kommt nächste Woche. Aber so lange dürfen wir nicht warten. Pferdehufe müssen regelmäßig an der Ober- und Unterseite gereinigt werden, sonst kann die gefährliche Strahlfäule auftreten.«
»Was ist das?« Es interessierte Nella nicht so sehr, was die Strahlfäule war, aber sie wollte bei Keith bleiben, und sie hörte ihm gern zu.
»Wenn der Huf nicht regelmäßig gereinigt und ausgekratzt wird, kann sie auftreten.«
»Erzähl mir davon!«
Keith lachte. »Interessierst du dich auch so sehr fürs Lateinische, wenn Doktor Burns aus dem Dorf kommt und euch Kinder … äh, ich meine, dich und die Kinder unterrichtet?«

»Nein.« Nella runzelte die Stirn. Dann sagte sie altklug: »Latein und Strahlenfäule, das kann man nicht vergleichen.«
Keith lachte noch mehr. »Da hast du wahrhaftig recht!« Dann erzählte er ihr lang und breit von der Krankheit und sagte am Schluss: »Aber wir wollen den Teufel nicht an die Wand malen, Telemach ist gesund, und wenn Ihre Lordschaft, Lady Nina, es möchte, kann sie jederzeit mit ihm ausreiten.«
Das letzte Wort erinnerte Nella an das Gespräch, das Hartford mit Tante Nina geführt hatte und in dem er einen gemeinsamen Ausritt an den Kanal vorgeschlagen hatte. Hartford war ein grässlicher Mann, der nichts so meinte, wie er sagte. Sie sah es ihm am Gesicht an, wenn er log. Und wenn er von einer Stelle gesprochen hatte, von der man einen schönen Blick auf das Wasser hatte, dann log er bestimmt auch. Die Frage war, warum er log. Was wollte er von Tante Nina? Er war nur ein Diener, und Tante Nina war die Herrin. Noch nie hatte er mit ihr ausreiten wollen.
»Woran denkst du, junge Dame?« Keith hob Nellas Kinn mit dem Zeigefinger an und schaute ihr in die Augen. Nella schaute rasch nach unten, damit er nicht sah, dass sie errötete. »Och«, sagte sie. »Tante Nina will vielleicht ausreiten, wenn das Wetter besser ist, und ich würd gern mitreiten. Kann ich dann eins von den Shetlandponys haben, die drüben auf der Koppel sind?«
»Aber natürlich, junge Dame! Du nimmst am besten Shorty, der ist gut zugeritten und lammfromm.«
»Danke, Keith. Du … du bist nett.«

Am Samstag, dem 3. August, stand die *Camborne* nordöstlich des Firth of Forth. Sie hatte in Kirkcaldy frisches Wasser, Proviant und ausreichend Arzneien an Bord genommen, und Vitus hatte die Gelegenheit genutzt, einen Brief an Nina zu schreiben, in dem er von der erfolgreichen Abwehrschlacht gegen die Armada berichtete, von der Verletzung des Magisters sprach und überdies seiner Hoffnung Ausdruck verlieh, den kleinen Gelehrten zu finden und zu heilen. Er versuchte klarzumachen, wie lächerlich ihm der Zwist mit seinem Freund nach all den Geschehnissen vorkam, aber es gelang ihm nicht. Ebenso wenig vermochte er es, Isabella zu erwähnen. Vielmehr bat er Nina, sich noch einige Zeit bis zu seiner Rückkehr zu gedulden. Ansonsten gehe es ihm gut, er liebe sie und die Kinder über alles und sehne sich mit jedem Tag mehr nach ihr.
Anschließend hatte er einem berittenen Boten den Brief übergeben, und die *Camborne* hatte Kirkcaldy verlassen, um sich wieder auf die Suche nach der *Santa Maria de Visón* zu machen.
Doch auch nordöstlich des Firth of Forth war nichts von ihr zu sehen. Zwar hatte McQuarrie in der Zwischenzeit den einen oder anderen Spanier ausgemacht, der sich nordwärts steuernd dahinschleppte, aber das Schiff des Magisters war nicht dabei gewesen. Es schien, als hätten die Götter der vier Winde die *Santa Maria* für alle Zeiten vom Meer geblasen.
Umso ereignisreicher waren die Tage gewesen, die hinter der *Camborne* lagen: Vitus hatte direkt nach dem Gespräch mit McQuarrie die Mannschaft zusammengerufen und ihr von der Entscheidung berichtet, nicht zurück nach Ply-

mouth zu fahren, sondern die *Santa Maria* zu verfolgen. Wie vorauszusehen, zeigten die Männer sich wenig begeistert, was sich jedoch schnell änderte, als ihnen ein halber Becher Brandy pro Tag versprochen wurde. Darüber hinaus lockte sie ein guter Anteil an der Prise, sollte es gelingen, den Spanier zu kapern.

Kapitän Steel war noch am selben Abend mit allen Ehren der See übergeben worden – selbstverständlich nach einer kurzen, aber weihevollen Andacht, die Vitus abhielt, sowie unter den klagenden Tönen von McQuarries Dudelsack.

Nachdem Steel sein nasses Grab gefunden hatte, waren auch die ersten Toten unter den Kranken ins Meer geglitten. Es handelte sich um die beiden Matrosen mit den schweren inneren Verletzungen und um Creedys Leidensgenossen von der *Moon,* den die Ruhr dahingerafft hatte. Außer Stonewell, der nach wie vor unter Fieber, Krämpfen und einer beschleunigten Darmpassage litt, hatte kein neuer Fall in die Quarantänestation eingeliefert werden müssen, wofür niemand dankbarer war als Vitus.

Aber auch Don Pedro hatte aufgeatmet, als sicher zu sein schien, dass die *disentería* nicht weiter um sich griff. Er war nicht nur ein angenehmer Gesprächspartner, sondern auch zu einem geschickten, zupackenden Helfer in der Krankenversorgung geworden. Ein paarmal, besonders bei Amputationen, wenn zwischen ihm und Vitus alles blitzschnell gehen musste, war beiden das »Du« herausgerutscht, aber sie hatten so getan, als hätten sie es nicht bemerkt.

McQuarrie war in die Kapitänskajüte gezogen, nachdem er sich vorübergehend gesträubt hatte, weil er meinte, sie ste-

he Vitus zu. Vitus wiederum hatte das entschieden abgelehnt, da er befürchtete, dem neuen Kommandanten könnte nicht genug Respekt entgegengebracht werden, wenn er nicht in Steels Behausung lebte.
Isabella wohnte nach wie vor in der ehemals gemeinsamen Kammer und zeigte sich bei Vitus' wenigen Besuchen jedes Mal von einer anderen Seite: Mal war sie launisch, jähzornig und angriffslustig, dann wieder sanft wie ein Kätzchen, sehnsuchtsvoll und verführerisch. Doch Vitus hatte nicht vergessen, wer sie in Wirklichkeit war, und hielt stets Abstand zu ihr – selbst wenn sie vor Wut mit den Fäusten gegen die Wände trommelte und ihre Verzweiflung hinausschrie. Er hatte dem Posten vor der Tür gesagt, die Anfälle von Mylady gehörten zu ihrer Krankheit, er solle sich ja nicht unterstehen, jemals hineinzugehen.
Dem Zwerg, der Isabella regelmäßig Speise brachte, hatte Vitus längst Abbitte geleistet. Er hatte ihm gestanden, er sei blind gewesen, blind vor Fleischeslust, und er hoffe auf seine Verschwiegenheit, und der Winzling hatte geantwortet: »Ich hab nix gespäht un nix erlauscht, Örl, bist mein tritratreuer Gack alleweil.«
Doch auch dieser 3. August sollte noch ein bewegter Tag werden, obwohl McQuarrie und Vitus, die oben auf dem Kommandantendeck standen, das noch nicht ahnten. Das Wetter hatte sich die ganze Woche von seiner ungnädigen Seite gezeigt, hatte den Männern der *Camborne* Wind, Sturm und Regen entgegengeschickt und ihnen an und unter Deck das Leben schwergemacht. »Mit etwas Glück wird es morgen besser, ich spüre es in meinen alten Seemannsknochen!«, rief McQuarrie durch die Regenschleier.

»Es wird auch Zeit!«, brüllte Vitus zurück. »Wenn es so bleibt, finden wir die *Santa Maria* nie. Glaubt Ihr, sie ist noch vor uns?«
»Kann gut sein, Sir. Langsamer als wir ist sie auf keinen Fall, und wir haben immerhin über einen Tag in Kirkcaldy verloren.«
»Das ist wahr!«
»Hauptsache, sie setzt nicht Kurs nach Dänemark oder Norwegen, dann ginge sie uns wahrscheinlich durch die Lappen, aber genau wissen wir's nicht, Sir ... He, Mister Abbot, Ihr seid in Gedanken wohl noch an Land, lasst die Hauptsegel mehr anbrassen, wir verlieren Fahrt!«
»Aye, aye, Sir!«
McQuarrie wandte sich wieder an Vitus: »Wo waren wir stehengeblieben, Sir?«
»Bei der Frage, wohin sich die Schiffe der Armada wenden werden. Ich glaube eher, sie werden zwischen den Orkneys und den Shetlands nach Westen halten und danach südlichen Kurs steuern, vorbei an den Äußeren Hebriden. Es ist der kürzeste Weg zurück nach Spanien.«
»Das glaube ich auch, Sir. Hoffentlich behalten wir beide recht!«

Eine Stunde später sollte das Rätselraten ein Ende haben, denn der Ausguck im Vormast schrie: »Wale voraus!«
»Wale?«, rief McQuarrie. »Was für Wale?«
»Schwer zu sagen, Sir. Könnte sich um Schweinswale handeln.«

»Meinetwegen! Kurs halten, da unten am Kolderstab! Wir werden ja sehen!«
Doch es zeigte sich, dass es alles andere als Wale waren, die ihnen in der lang rollenden Dünung begegneten.
Es waren die aufgedunsenen Leiber toter Pferde.
McQuarrie brüllte: »Was machen die armen Viecher denn im Wasser? Sollten doch eher auf der Weide sein!«
»Ich habe eine Vermutung!«, gab Vitus in gleicher Lautstärke zurück, denn der Wind heulte noch immer beträchtlich. »Es sind die Pferde der Seesoldaten unserer verschwundenen Armada!«
McQuarrie wischte sich das Regenwasser aus den Augen. »Mag sein! Aber statt die Viecher zu ersäufen, sollten die Dons sie lieber schlachten und fressen. Ich glaube nicht, dass ihre Vorratskammern zum Bersten voll sind. Wieso schmeißen sie die Gäule über Bord?«
»Ich weiß es nicht, McQuarrie! Vielleicht waren die Pferde krank, vielleicht sind die Kochfeuer der Dons erloschen, vielleicht musste einfach Ballast abgeworfen werden, um nicht zu sinken – in jedem Fall ist eines jetzt klar: Die Armada segelt um Schottland herum, und wir sind hinter ihr her!«
»Jawohl, Sir!«, brüllte McQuarrie. »Das sind wir!«

Später am Abend besuchte Vitus die Kranken und Verwundeten tief unten im Bauch des Schiffs, wechselte ein paar Worte mit ihnen, munterte sie auf und ging dann weiter in die Quarantänestation, wo er zu seiner Überraschung nicht nur Stonewell und Creedy, sondern auch McQuarrie antraf. Der frischgebackene Captain der *Camborne* unterhielt sich mit dem Decksoffizier der *Moon,* während Stonewell unruhig schlief und dabei rasselnd atmete. »Was macht Ihr denn hier, McQuarrie, wollt Ihr Euch den Tod holen?« Vitus' Stimme klang härter als beabsichtigt. Aber Zugang zu der Quarantänestation hatten nur er selbst, Don Pedro und der Zwerg. Daran hatte sich auch ein Kapitän zu halten.

»Die Ruhr kann mir nichts anhaben, Sir, ich hab die Scheißerei schon so oft gehabt und lebe immer noch.«

Vitus musste sich beherrschen, um höflich zu bleiben. »Ich glaube nicht, dass Ihr den Unterschied zwischen der Ruhr und einem fieberhaften Durchfluss kennt, und ich wünsche Euch auch nicht, dass Ihr ihn kennenlernt. Habt Ihr Creedy berührt?«

»Ja, Sir, aber nur kurz. Ich habe ihm die Hand gegeben, denn wir sind uns einig, dass er, wenn er wieder gesund ist, als Maat auf diesem Schiff fährt. Gute Männer sind rar, und Creedy ist ein guter Mann, nicht, Creedy?«

Der Decksoffizier nickte nicht ohne Stolz.

Vitus wollte die Sache zu Ende bringen und sagte: »Ich muss Euch bitten, Captain McQuarrie, unverzüglich diesen Raum zu verlassen, und ich bestehe darauf, dass Ihr ihn nie wieder betretet.«

McQuarrie war es peinlich, vor Creedy so behandelt zu werden, aber er ahnte, dass Vitus recht hatte, und gab deshalb klein bei. »Jawohl, Sir.«

»Und wascht Euch draußen sofort die Hände. Reinlichkeit ist im Umgang mit der Ruhr oberstes Gebot.«

»Jawohl, Sir.« McQuarrie verschwand.
Als er draußen war, fragte Vitus: »Fühlt Ihr Euch tatsächlich so viel besser, Creedy?«
Creedy richtete sich halb auf. »Aye, Sir. Das Fieber ist seit gestern runter, und auf den Kübel muss ich auch nicht mehr so oft.«
»Das höre ich gern«, sagte Vitus. »Aber wehe, Ihr verlasst Euer Lager, bevor ich es erlaube.«
»Aye, aye, Sir. Geht klar.« Creedy, ein hagerer Mensch von nahezu sechs Fuß Länge, legte sich wieder hin. »Wann ist es denn so weit?«
»Das werden wir sehen.« Vitus nickte Creedy zu, beschloss, Stonewell nicht zu wecken, und verließ die Quarantänestation.
Im Behandlungsraum legte er die Schwerwetterkleidung ab und streckte sich auf dem Operationstisch aus. Der Tisch war seit Tagen seine Bettstatt, deren harte Fläche er abgepolstert hatte. Wenn der Rücken sich einmal daran gewöhnt hatte, war das Lager gar nicht so schlecht, und in jedem Fall breiter und besser als eine normale Pritsche, wie sie den Kranken zugewiesen wurde.
Die See war in den Abendstunden rauher geworden, die *Camborne* stampfte und rollte, was bedeutete, dass er sich anschnallen musste, wollte er im Schlaf nicht herunterfallen. Es gab an zwei Seiten des Tischs jeweils zwei Gurte, die zum Festzurren der Gliedmaßen bei einer Operation dienten. Drei davon pflegte er zu nutzen: einen für das linke Bein, einen für das rechte Bein und einen für den linken Arm. Der letzte Gurt musste offen bleiben, da er die rechte Hand für das An- und Abschnallen brauchte.

Nachdem er die Prozedur hinter sich gebracht hatte, lag er auf dem Rücken und schaute nach oben. Es war eine Stellung, die er schätzte, denn die schwankenden Planken über ihm hatten etwas Beruhigendes und Einschläferndes. Die *Camborne* war ein sicheres Schiff, gut konstruiert und stark in den Verbänden. Es würde ihn sicher tragen, auch im Schlaf. Und mit ein wenig Glück würde es ihn zum Magister führen.

Der Magister ... Was der kleine Gelehrte wohl gerade machte? Ob er Schmerzen hatte? Ob er überhaupt noch lebte? Er musste leben! Wie sinnlos dieser Krieg doch war! Dieser verfluchte Krieg, der einen Keil zwischen ihn und seinen langjährigen Gefährten getrieben hatte.

Aber er würde ihn finden. Und er würde ihn heilen, egal, wie schwer seine Verletzung war.

Und er würde heimkehren, mit ihm und dem Zwerg – und ohne Isabella.

Isabella ... Sie war der größte Fehltritt seines Lebens. Er liebte sie nicht, er hatte sie nie geliebt. Es war nur Leidenschaft und Trieb gewesen, mehr nicht. Starke Gefühle zu einer charakterschwachen Frau.

»Ich liebe dich!«, sagte sie zu ihm, aber er wollte nichts davon wissen. Er schüttelte den Kopf.

»Ich liebe dich, ob es dir passt oder nicht. Du gehörst mir!«

Wieder schüttelte er den Kopf, aber diesmal griff ihm jemand in die Haare und hielt ihn fest. Er wurde wach und sah Isabella. Er kniff die Augen zusammen, aber das Bild blieb. Sie beugte sich wahrhaftig über ihn und sprach mit ihrer metallischen Stimme: »Da staunst du, was? Du hattest

gedacht, du könntest mich einsperren, aber niemand kann mich einsperren, wenn ich es nicht will!«
Er wollte sich aufrichten, aber es ging nicht. Er konnte sich weder rücken noch rühren. Sie hatte seine freie rechte Hand festgeschnallt. »Mach mich los!«
Sie lachte.
»Herrgott noch mal, mach mich los!«
»Ich denke nicht daran. Du sollst sehen, wie schön es ist, wenn einem die Freiheit geraubt wird. Auf diesen Augenblick habe ich lange gewartet.« Wieder lachte sie. Es war ein hässliches, abgründiges Lachen, unverstellt und deshalb echt.
Er zwang sich, ruhig zu bleiben. »Beende dieses törichte Spiel, mach mich los, und lass uns vernünftig miteinander reden.«
»Gern, aber sag mir erst, dass du mich liebst.«
»Ich liebe dich nicht.«
»Sag es!«
»Nein!«
»Verfluchter, bockiger Hund! Du sollst es sagen!«
»Nein.« Für einen Augenblick spürte er trotz seiner Hilflosigkeit die Macht, die er über sie hatte. »Ich werde es niemals sagen. Denn es gibt nur eine Frau, die ich liebe, und das ist Lady Nina, die wahre Lady Nina, die in Greenvale Castle auf mich wartet.«
»Pah, steck sie dir in deinen *culo!* Sie wird tot sein, wenn wir zurückkommen. Tot, tot, tot!«
»Was sagst du da?«
»Was willst du mit der kleinen *puta* aus der *provincia.* Sie ist nichts für dich, vergiss sie. Liebst du mich?«

»Was hast du eben gesagt? Nina wäre tot, wenn ich zurückkomme? Was soll das heißen?«

»Nichts, nichts, mein Liebster. Sag, dass du mich liebst, sag es endlich!«

»Niemals!«

»Verfluchter Hund!«

Im nächsten Augenblick spürte er einen brennenden Schmerz auf seiner linken Wange. Sie hatte ihn mit aller Kraft geschlagen. Aus seinem Ärger wurde helle Wut. »Das wirst du niemals wieder machen«, knurrte er heiser. »Niemals wieder, oder …«

»Oder was?« Sie schlug ihn abermals. »Da siehst du, was ich mit denen mache, die mich nicht lieben.« Sie hielt inne, und ihr Gesichtsausdruck veränderte sich schlagartig. »Um Gottes willen, Liebster, was habe ich nur getan …?« Sie warf sich auf ihn und küsste ihn wild.

Es ging so schnell, dass er den Kopf nicht zur Seite werfen konnte.

»Liebster, Liebster! Versteh mich doch! Es tut mir so leid, ich wollte dich nicht schlagen. Es ist nur, weil ich so verzweifelt bin. Seit Tagen hältst du mich in der Kammer gefangen und behandelst mich wie eine Kranke. Nur der Zwerg, diese hässliche, bucklige Kreatur, besucht mich ab und zu und bringt mir dieses schreckliche Essen. Du und ich, wir sind doch ein Paar, du bist der Earl of Worthing, und ich bin Isabella del Pilar y Ribera, eine Nichte des siebten Herzogs von Medina Sidonia, Alonso Pérez de Guzmán El Bueno, und wir haben uns schon auf der *Falcon* geliebt, wir sind füreinander bestimmt!« Sie streichelte voller Zärtlichkeit die Stelle auf seiner Wange, die sie soeben

geschlagen hatte. »Manchmal bist du ein ungezogener Junge, aber ich liebe dich trotzdem.«
Er wollte sie nicht wieder reizen, denn er spürte, dass sich ihr Geist in einem Ausnahmezustand befand. Deshalb fragte er: »Wie bist du an dem Wachtposten vor der Kammer vorbeigekommen?«
Sie lachte. »Ach, das war einfach. Er musste mal nach vorn in den Garten und entfernte sich.«
»Bitte mach mich los.«
»Darf ich dich küssen?«
Er wollte nein sagen, besann sich aber. Vielleicht war es besser, zuzustimmen. Wenn er erst einmal seine Bewegungsfreiheit wiedererlangt hatte, könnte er dem Spuk schnell ein Ende setzen.
Sie küsste ihn leidenschaftlich und stieß ihre Zunge in seinen Mund, wieder und wieder. »Sag, dass du mich liebst und dass ich deine Frau bin und dass du mit mir nach Greenvale Castle fährst, wo ich deine Schlossherrin sein werde.«
»Nein.«
»Nein?«
»Du hast mich richtig verstanden. Nun mach mich los, es bringt doch nichts. Du wirst diese Worte niemals von mir hören.«
»Aber du gehörst mir.«
»Ich gehöre Nina, meiner geliebten Nina.«
»Verfluchter Hund!« Wieder schlug sie ihn, aber da er den Kopf zur Seite riss, traf sie nur sein Ohr. »Du wirst mich lieben, ob du willst oder nicht!« Mit fliegenden Fingern machte sie sich an den Knöpfen seiner Hose zu schaffen.

Fassungslos beobachtete er ihr Tun. Er fühlte sich gedemütigt und entwürdigt. Er war nun endgültig überzeugt, dass der Wahn sie gepackt hatte. Wie sollte er nur aus dieser Lage herauskommen? Er überlegte, ob er schreien sollte, aber schon passierte die nächste Ungeheuerlichkeit: Sie hob ihren Rock bis zur Hüfte.

»Bitte«, sagte er heiser, »bitte nicht.«

Sie beachtete ihn nicht, sondern wollte sich breitbeinig auf ihn setzen.

»Lass das«, keuchte er. »Herrgott noch mal, lass das!«

Sie lachte nur. »Ich will …«

Ein Ausruf der Verblüffung unterbrach ihre Worte: *»Ah, perdón!* Ich, äh, ich wollte nicht stören.« In der Tür stand Don Pedro, der sich anschickte, den Raum sofort wieder zu verlassen.

»Bitte bleibt, Ihr stört nicht!«, rief Vitus gedankenschnell. »Ihr stört beileibe nicht! Meine Frau ist nicht ganz bei sich, müsst Ihr wissen, eine, nun ja, eine Folge des Schwarzen Erbrechens, bitte, geleitet sie wieder in ihre Kammer. Und bindet mich danach los.«

Don Pedro schluckte. Er stand vor einer nie erlebten Situation, doch er ließ sich nichts anmerken und reagierte souverän. »Natürlich, Sir, verlasst Euch auf mich.«

Isabella blickte verstört. Sie schien aus einem Rausch zu erwachen.

Don Pedro trat neben sie und bot ihr den Arm. »Ich darf bitten, Mylady.«

Der 4. August war ein Sonntag, der Tag des Herrn, und er brachte endlich wieder besseres Wetter. Schon am Morgen hatte die Sonne sich zwischen den Regenwolken der vergangenen Tage gezeigt und sie mit jeder Stunde, die der Tag älter wurde, weiter aufgelöst.
Am späten Vormittag, nach dem Gottesdienst in der alten Schlosskapelle von Greenvale Castle, wagte Hartford einen erneuten Vorstoß. Er fing seine Herrin an der großen Freitreppe ab und verbeugte sich: »Verzeiht, Mylady, aber wäre heute nicht ein wundervoller Tag, die *Camborne* mit seiner Lordschaft an Bord vom Kanalufer aus zu beobachten?«
Nina hatte in der Zwischenzeit ein paarmal an den Vorschlag des Dieners gedacht und fand ihn durchaus reizvoll – obwohl sich ein gemeinsamer Ausritt mit ihm eigentlich nicht schickte. »Meinst du denn, wir hätten Glück und würden die englische Flotte sehen? Manche sagen, sie stünde schon weiter östlich im Kanal.«
»Bestimmt nicht, die Leute reden viel, wenn der Tag lang ist!« Hartford legte alle Überzeugungskraft in seine Worte.
»Nun, vielleicht sollten wir tatsächlich hinreiten.« Nina überlegte, ob sie Keith oder einen anderen Mann aus den Ställen bitten sollte, sie zu begleiten, entschied sich dann aber, es nicht zu tun, da Sonntag war und die Männer sich ihren Ruhetag verdient hatten.
»Ich werde alles vorbereiten, auch einen kleinen Korb mit Essbarem, wenn es Euch recht ist, Mylady!«
»Du denkst an alles, Hartford.«
»Selbstverständlich, verlasst Euch nur auf mich, Mylady.«
Nina ging ins Schloss, um ihre Reitkleidung anzulegen.

Kurz vor der Mittagsstunde ritt sie auf Telemach nach Süden, neben ihr Hartford, der sich von Keith wieder den braunen Wallach hatte geben lassen. Das Wetter war herrlich. Ein warmer Augusttag, den Nina in vollen Zügen genoss. Dazu kam die angenehme Erwartung, am Kanal einen Blick auf die *Camborne* werfen zu können. »Sag mal, Hartford, wie sieht die *Camborne* eigentlich aus? Woran kann ich sie erkennen, wenn sie vorbeikommt?«

»Äh, nun.« Auf diese Frage war Hartford nicht vorbereitet. »Das ist die Schwierigkeit, Mylady. Um ehrlich zu sein, ich weiß es auch nicht genau. Aber wir werden gewiss dem Fischer Teddy Dunn begegnen.«

»Dem aus Southwick?«

»Genau. Besagter Fischer pflegt an schönen Tagen ebenfalls den Blick von *Mary's Stool* aus zu genießen. Wir werden ihn sicher treffen, und dann kann er uns die *Camborne* zeigen.«

»Mary's Stool?«

»So wird der Aussichtspunkt genannt.«

Für einen Augenblick kam es Nina seltsam vor, dass ein Fischer am Sonntag zu einem Aussichtspunkt ging, um aufs Meer zu schauen, aber sie dachte nicht weiter darüber nach. Sie freute sich viel zu sehr auf das Wiedersehen – auch wenn es nur sehr einseitig sein würde.

Nach einiger Zeit verspürte sie Durst, und sie fragte Hartford, ob er etwas zu trinken dabei habe.

»Oh, Mylady, selbstverständlich! Ich habe eine versiegelte Karaffe mit vorzüglichem Roten einpacken lassen. Wollen wir absitzen? Ich könnte Euch ein Gläschen einschenken!«

Das wollte Nina eigentlich nicht, denn Rotwein zur Mittagszeit, noch dazu an einem so warmen Tag, würde ihr nicht bekommen. Andererseits mochte sie nicht einfach ablehnen, da sich Hartford mit allem viel Mühe gegeben hatte, deshalb sagte sie: »Ich würde gern ein Glas trinken, aber unverdünnt ist mir der Wein zu schwer.«
Hartford schien für einen Augenblick enttäuscht, dann hellte sich sein Gesicht wieder auf. »In zwei Meilen Entfernung gibt es einen kleinen Gasthof mit Brunnen, Mylady, *Hickory Inn* geheißen, dort könnte ich frisches Wasser holen und den Wein verdünnen. Was haltet Ihr davon?«
Nina lächelte. Sie musste zugeben, dass Hartford doch kein so schlechter Begleiter war, wie sie befürchtet hatte, im Gegenteil: Wenn er seinen Hochmut hinter einem Lächeln verbarg, konnte er sogar recht sympathisch sein.
Der Gasthof, den sie bald darauf erreichten, lag unter der schattenspendenden Krone eines prächtigen Hickorybaums, den der erste Besitzer, der ein Seefahrer gewesen war, als unscheinbare Nuss aus dem Osten Amerikas mitgebracht hatte. Hartford und Nina saßen ab, und Nina trat ins Haus, wo sie allerdings niemanden antraf. Vielleicht waren der Wirt und seine Frau noch nicht vom Kirchgang zurück. Deshalb kehrte sie um und setzte sich auf eine Bank unter den Baum, während Hartford sich am Ziehbrunnen hinter dem Haus zu schaffen machte. Es lag lange zurück, dass er Wasser aus einem Brunnen holen musste, deshalb dauerte es etwas länger, und als er endlich den Eimer mit dem kühlen Nass heraufgezogen hatte, spürte er ein menschliches Regen.
Er blickte sich um und entdeckte in einiger Entfernung ein

Häuschen, das so aussah, als könne es seinem Bedürfnis dienlich sein. Er nahm den Eimer mit aufs Häuschen und erleichterte sich. Und während er sich erleichterte, hörte er plötzlich ein Wiehern. Das war nichts Ungewöhnliches, schließlich waren die Herrin und er mit Pferden gekommen, aber dieses Wiehern klang anders, als das seines Braunen und auch anders, als das von Telemach.

Nun, das musste nichts bedeuten. Vielleicht hatte er sich auch geirrt. Er verstand nicht viel von Pferden.

Er beendete sein Geschäft, verließ das Häuschen und hörte erneut das Wiehern.

Nun war er doch neugierig geworden. Er hatte bemerkt, dass die Tierlaute aus einer Ansammlung von hohen Sträuchern kamen, die hinter dem Ort der Bedürfnisse lag. Den Eimer in der Hand, ging er zu den Sträuchern, umrundete sie – und hielt verdutzt inne.

Wenn seine Augen ihn nicht täuschten, stand da Nella, die freche Göre, und mit ihr ein Pony, auf das sie beschwörend einsprach.

Ganz offenbar war sie ihm und der Herrin gefolgt – und ganz offenbar wollte sie nicht, dass man sie sah. So ein kleines Biest! Bei dem, was er vorhatte, konnte er keine neugierigen Kinderaugen gebrauchen.

Was sollte er tun? Sollte er auf sie zugehen und ihr befehlen, zurückzureiten? Während er den Gedanken abwog, sah er, wie das Kind ihr Pony an einen starken Zweig band und suchend um sich blickte. Sie prüfte, ob jemand sie beobachtete. Ja, du kleines Biest, dachte Hartford, ich sehe dich, aber du siehst mich nicht, weil ich mich versteckt habe. Was hast du vor? Ah, ich sehe, du bist auch nur ein

Mensch und musst mal. Mögest du in dem Häuschen an meinem Mief ersticken! Aber Moment mal, da kommt mir eine fabelhafte Idee …

Hartford wartete, bis Nella die Tür hinter sich geschlossen hatte, und hielt Ausschau nach etwas, das er als Keil benutzen konnte. Er fand es in Form eines toten Asts des Hickorybaums, der ganz in seiner Nähe lag. Er hob ihn auf, schlich sich zu dem Häuschen und schob ihn geräuschlos in den unteren Türspalt. Sein Herz jubelte. Nun saß die freche Göre in der Falle – und würde ihm nicht mehr in die Quere kommen.

Er ging mit dem Eimer zurück zu Nina und sah, dass seine Herrin eingeschlafen war. Er weckte sie vorsichtig, indem er sich räusperte. Sie schlug die Augen auf und wusste im ersten Augenblick nicht, wo sie war. Dann fragte sie: »Warum hat das so lange gedauert, Hartford?«

Hartford überlegte blitzschnell und erkannte, dass in diesem Fall die Wahrheit die beste Antwort sein würde. Er tat verlegen und sagte: »Nun, Mylady, Mrs. Melrose brachte gestern Abend eingelegtes Kraut auf den Tisch, und dem habe ich wohl ein wenig zu sehr zugesprochen …«

Nina lachte und wurde dann ernst. »Ich verstehe. Wird das, äh, noch einmal vorkommen? Ich meine, wäre es nicht besser, den Ausritt abzubrechen und zum Schloss zurückzureiten?«

»Aber nein, Mylady!« In Hartfords Gesicht stand ehrlicher Schrecken. »Gewiss nicht.« Er bot ihr einen Becher mit verdünntem Wein an und beobachtete sie, wie sie mit kleinen Schlucken trank. »Wohl bekomm's, Mylady«, sagte er und dachte: Es wird der letzte Wein deines Lebens sein.

Als Nina getrunken hatte, sagte sie: »Am liebsten würde ich noch sitzen bleiben, es ist so lauschig hier, aber ich fürchte, wir kämen dann zu spät zurück.«
»Das fürchte ich auch, Mylady.« Hartford dachte an Nella, das kleine Biest, und sagte: »Wenn es euch recht ist, reiten wir weiter.«
Als sie aufgesessen waren und das Gelände verließen, hielt Nina plötzlich Telemach an. »Warte mal, Hartford. Mir ist, als hätte ich plötzlich wütendes Kinderschreien gehört. Wo mag das herkommen? Im Gasthof schien niemand zu sein.«
»Ich höre es auch«, sagte Hartford. »Ich kann es mir nicht erklären. Oder halt: Hinter dem Haus ist sehr hohes Gesträuch, wie ihr seht, und dahinter wiederum werden Schweine gehalten. Vielleicht waren es ein paar quiekende Ferkel?«
»Das mag sein«, sagte Nina und schnalzte mit der Zunge. Telemach setzte sich brav in Bewegung.

Erst war Nella wütend, dann hatte sie Angst, sie würde ihr Lebtag nicht wieder aus dem Häuschen kommen, und dann war sie wieder wütend. Sie untersuchte die Tür, die sich so hartnäckig gegen alle Öffnungsversuche stemmte, und fand schließlich heraus, dass sie von einem Ast verkeilt wurde. Das war nicht von selbst so gekommen! Das hatte jemand mit Absicht gemacht! Aber wer?
Wenn sie es recht bedachte, kam dafür nur Hartford in Frage. »Hartford, du fieser Schomser!«, rief sie und musste

kurz an ihren lieben Altlatz denken, der bei Onkel Vitus auf dem Lazarettschiff war und der den fiesen Hartford auch immer Schomser nannte. Dann wandte sie sich wieder dem Ast zu, der unten im Türspalt steckte, und versuchte, ihn von innen wegzudrücken. Natürlich klappte es nicht, und fast wären ihr deshalb die Tränen gekommen. Aber Tränen halfen nicht weiter. Sie musste hinter Hartford und Tante Nina herreiten, denn bestimmt hatte Hartford, dieser Schomser, mit der Tante etwas Böses vor. Eigentlich hatte sie der Tante auch sagen wollen, dass Hartford nichts Gutes mit dem Ausritt im Sinn hatte, weil er schlecht war, schlechter als jeder Hühnerdieb, aber dann hatte sie doch nichts gesagt, weil sie sicher war, dass die Tante ihr nicht glauben würde. Ihr war nichts anderes übriggeblieben, als die Dinge abzuwarten und den beiden zu folgen.
Aber nun konnte sie das nicht mehr, weil sie hier nicht rauskam. Verflixt und zugenäht! Wieso war niemand in dem Gasthof?
Nella formte die Hände zu einem Trichter, weil sie das schon einmal bei Keith gesehen hatte, als dieser besonders laut rufen wollte, und brüllte: »Hilfeee! Holt mich hier raus, Hilfeee!«
»Nanu, was ist denn da los?« Eine Stimme näherte sich. »Da sitzt doch jemand im Donnerhäuschen und kommt nicht raus? Das haben wir gleich!«
Nella hörte Scharren und Ächzen, und dann verschwand der Ast mit einem Ruck. Die Tür schwang auf, vor ihr stand ein kleiner, dicker, rotgesichtiger Mann. »Da hat sich wohl einer einen Spaß mit dir gemacht«, sagte er. »Wer könnte das gewesen sein?«

»Weiß nicht«, antwortete Nella.
»Wie heißt du denn?«
»Nella.«
»Und wo kommst du her?«
»Von Greenvale Castle. Ich bin mit Shorty ausgeritten.«
»Shorty, wer ist Shorty?«
»Mein Pony.«
»Ach so.« Der kleine, dicke, rotgesichtige Mann drohte halb scherzhaft mit dem Finger. »Ich hoffe, deine Mutter weiß, dass du allein unterwegs bist. Ich bin Stevens, der Wirt. Hast du Hunger? Bestimmt hast du Hunger. Wer allein auf einem Pony durch West-Sussex reitet, muss Hunger haben. Meine Frau hat einen Kuchen gebacken, wenn du willst, kannst du ein Stück kriegen.«
Das fand Nella nett, denn sie mochte Kuchen sehr, aber noch wichtiger war, dass sie weiterkam, sonst würde der Vorsprung von Hartford, dem Schomser, zu groß werden. »Vielen Dank«, sagte sie deshalb und deutete einen Knicks an, »aber ich hab keine Zeit, ich muss zurück nach Hause.«
»Dacht ich mir's doch.« Stevens lachte gutmütig. »Dann reite mal los. Ich sag immer, reisende Leute soll man nicht aufhalten.«
Nella lief zu Shorty, band ihn los und saß auf. Sie wollte sich schon an die Verfolgung machen, da fiel ihr ein, dass sie zunächst so tun musste, als müsse sie nach Greenvale Castle zurück. Also ritt sie Richtung Schloss und winkte Stevens zu, der ihr hinterherblickte.
Sie ritt ein paar hundert Schritte, bis Stevens sie nicht mehr sehen konnte, wendete dann und machte einen großen Bo-

gen um das *Hickory Inn.* Zum Glück gab es in diesem Gebiet nur einen Weg, der nach Süden führte, so dass sie sicher sein konnte, den Schomser und Tante Nina einzuholen, wenn sie nur schnell genug war.

»Hü, Shorty, hü!«, rief sie, und der kleine Shetlandhengst fiel für kurze Zeit in Galopp. Danach nahm Nella die Zügel etwas kürzer, denn sie wusste nicht, wie weit sie noch reiten musste, und sie wollte Shorty schonen. Aber mit seinen kleinen trippelnden Schritten lief Shorty immer noch schnell, und Nella stellte sich im Sattel auf, um einen besseren Blick nach vorn zu haben. Da! Fast hätte sie aufgeschrien vor Freude. Da vorn waren die beiden ja!

Sie nahm sich vor, nicht zu nah heranzureiten, um nicht noch einmal entdeckt zu werden. Am besten, sie würde immer eine Wegbiegung zwischen sich und den beiden lassen. Die Gefahr, sie zu verlieren, musste dabei in Kauf genommen werden. Anders ging es nicht.

Nach einer Weile kam eine lange, gerade Strecke, und Nella musste abwarten, bis der Schomser und Tante Nina sie bewältigt hatten, bevor sie aus ihrer Deckung heraus weiterreiten konnte. Während sie wartete, kam ihr ein Gedanke, der sie beunruhigte. Was sollte sie machen, wenn der Schomser der Tante etwas Böses tat? Sie spürte, dass er etwas im Schilde führte. Aber was? Sie nahm sich vor, in jedem Fall ganz laut zu schreien, wenn es so weit war. Dann würde bestimmt jemand kommen und der Tante helfen. Und die Tante würde den Schomser endlich durchschauen und ihn vom Schloss jagen.

Der Gedanke gefiel Nella sehr.

Zur gleichen Zeit befand sich die *Camborne* viele hundert Meilen im Norden zwischen den Orkney-Inseln und den Shetland-Inseln. Sie hielt stetig westlichen Kurs und kreuzte, nachdem das Wetter sich für kurze Zeit gebessert hatte, in eine neue Schlechtwetterfront hinein.

Alles, was an Deck nicht niet- und nagelfest war, wurde sturmsicher verzurrt, und auch ganz unten im Schiff, wo die Kranken in verschiedenen Kammern neben der Quarantänestation und dem Behandlungsraum lagen, waren herumliegende Gerätschaften weggesperrt worden. Vitus saß mit dem Buch *De morbis* auf einem festverschraubten Stuhl und las darin, als Don Pedro eintrat. Es war das erste Mal, dass sie sich nach dem peinlichen Zwischenfall mit Isabella begegneten.

»Verzeihung«, sagte Don Pedro, »ich wollte Euch nicht stören. Ich will nur rasch die Verbände kontrollieren. Der Mann mit dem offenen Armbruch hat gottlob keine Wundfäule bekommen.«

Vitus legte das Buch zur Seite. »Ihr stört nicht, Don Pedro. Im Gegenteil, es ist gut, dass Ihr da seid, so kann ich mich noch einmal für Eure Hilfe bei dem gestrigen, äh, Vorfall bedanken.«

Don Pedro winkte ab. »Ich habe gern geholfen.«

Vitus musste daran denken, mit wie viel Takt der Spanier vorgegangen war, nicht nur, dass er Isabella, ohne lange zu fragen, in ihre Kammer geleitet hatte, er hatte ihn auch, ohne mit der Wimper zu zucken, aus seiner beschämenden Lage befreit. »Ich denke, ich bin Euch eine Erklärung für das Verhalten meiner, äh, Frau schuldig. Ich weiß, dass Ihr es nicht für nötig halten werdet, aber ich möchte trotzdem darüber sprechen. Ihr müsst wissen, dass sie eine lange Leidenszeit auf der *Falcon* hinter sich hat …«

Vitus erzählte ausführlich von den Heimsuchungen und den Demütigungen, die Isabella viele Monate lang hatte erdulden müssen, und wollte auch erwähnen, dass sie für Spanien spioniert hatte, doch dann unterließ er es. Es schien ihm nicht zum Thema zu passen.

»Jeder Mensch hat sein Schicksal«, sagte Don Pedro ernst. »Meistens kennen wir es nicht, deshalb ist es falsch, vorschnell zu urteilen.«

»Das sehe ich genauso.« Vitus zögerte, dann sagte er den Satz, den er eigentlich nicht sagen wollte: »Isabella ist nicht meine Frau.« Es verschaffte ihm eine gewisse Erleichterung, das festgestellt zu haben, denn es machte den Auftritt Isabellas für ihn weniger peinlich.

»Etwas Ähnliches hatte ich mir schon gedacht.«

»Meine richtige Frau heißt Nina, sie ist ebenfalls Spanierin. Sie ist die Mutter meiner drei Kinder. Ich liebe sie über alles.«

Don Pedro nickte. Als er merkte, dass Vitus nicht weitersprechen wollte, räusperte er sich und sagte: »Meine Frau ist tot. Sie starb vor drei Jahren an Brustfraß. Ich habe viele Messen in der Kathedrale von Cádiz lesen lassen und den Allmächtigen immer wieder angefleht, er möge Fernanda von der Krankheit befreien und die Geschwüre in meinen Körper verpflanzen, aber meine Gebete wurden nicht erhört. Seitdem bin ich Witwer.«

»Ich weiß, was Ihr durchlitten habt. Auch ich habe einmal eine Frau verloren. Sie hieß Arlette, und sie starb den Schwarzen Tod. Ich habe Gott seinerzeit ebenfalls den

Tausch angeboten, viele, viele Male, aber er ließ sich nicht darauf ein.«

»Die Wege des Allmächtigen sind unergründlich.«

Beide Männer schwiegen und hingen ihren Erinnerungen nach.

Dann stand Vitus auf und holte zwei Gläser, die er mit Brandy füllte. Eines davon gab er Don Pedro und sagte: »Mein bester Freund ist Spanier, er heißt Ramiro García und befindet sich verletzt auf der *Santa Maria de Visón,* der wir auf den Fersen sind, weil ich ihn unbedingt behandeln will. Warum sollte ich nicht einen zweiten spanischen Freund haben?«

»Ja, warum nicht«, sagte Don Pedro.

Sie blickten einander an und hoben die Gläser.

»*Salud,* Pedro.«

»*Cheers,* Vitus.«

McQuarrie stand seit Stunden auf dem Kommandantendeck. Er hatte Hunger und Durst, und er sehnte sich nach seiner Koje, aber in diesem Augenblick rief der Ausguck im Fockmast: »Schiffe! Spanische Schiffe voraus!«

»Wie viele?«, brüllte McQuarrie.

»Drei, Sir!«

»Gut! He, Mister Abbot, der Mann am Kolderstab soll weiter Kurs halten! Und lasst die Marse setzen, wir wollen näher ran!«

»Aye, aye, Sir!«

»He, Läufer!«

»Sir?«
»Meine Empfehlung an den Cirurgicus, wir hätten drei Schiffe der Dons gesichtet. Sag ihm, er sei auf dem Kommandantendeck willkommen. Los, schwing die Hacken!«
»Aye, aye, Sir!«
Während McQuarrie Befehl auf Befehl brüllte und die *Camborne* für alle Fälle gefechtsbereit machen ließ, erschien Vitus an seiner Seite, grüßte kurz und spähte nach vorn. Gleiches tat Don Pedro, der mitgekommen war, obwohl er keine ausdrückliche Einladung erhalten hatte.
Die Schlechtwetterfront war näher gerückt, die hellen Rahsegel der Spanier hoben sich deutlich vor den dunklen Wolken des Horizonts ab. Die *Camborne,* die wie die *Falcon* zu der neuen Klasse der von dem genialen Matthew Baker entwickelten *Race ships* gehörte, schloss rasch auf. Vitus schirmte die Augen gegen den Nieselregen ab und spähte angestrengt nach vorn. »Ich glaube, sie ist es!«, rief er.
»Was meint Ihr, Sir?«, brüllte McQuarrie zurück.
»Wir haben sie! Ich glaube, wir haben die *Santa Maria de Visón* entdeckt, sie kreuzt in der Mitte der drei Spanier, ich erkenne sie am Heck, wo sie das Kreuz *Sant Jago de Compostela* trägt.«
»Ja, sie ist es«, pflichtete Don Pedro bei. »Die beiden anderen Schiffe erkenne ich nicht, aber sie gehören ebenfalls dem Levante-Geschwader an.«
»Und alle drei scheinen etwas gegen uns zu haben, denn sie öffnen ihre Geschützpforten und zeigen uns die Zähne«, ergänzte McQuarrie grimmig. »Don Pedro, es wird nicht mehr lange dauern, und uns fliegt Eisen um die Ohren.

Wenn Ihr unter Deck gehen wollt, wird Euch das niemand verübeln.«
»Ich bleibe!«, rief Don Pedro und zog seine Schwerwetterjacke fester um die Schultern.
Die drei spanischen Schiffe hatten unterdessen Tuch weggenommen und standen fast querab zu der aufschließenden *Camborne* – ein überraschendes Manöver, durch das sie ihren englischen Gegner in die Zange nehmen konnten. Ganz so, wie es der *Santa Maria* fünf Tage zuvor ergangen war.
»Wir werden sie auf Abstand halten«, brüllte McQuarrie, und wenn es ihrer zehn wären!«
»Kampfsicheln an die Rahnocken, Sir?«, fragte Abbot, der triefnass das Kommandantendeck erklommen hatte.
»Nein! Doppelte Besetzung der Drehbassen, wir wollen uns die Dons vom Leibe halten. Und lasst Scharfschützen in den Masten postieren, die Dons tun es auch, und sie zielen verdammt gut, wie unser guter Captain Steel am eigenen Leib erfahren musste.«
»Aye, aye, Sir!« Abbot wollte abdrehen und die Befehle ausführen, wurde aber von McQuarrie daran gehindert.
»Mister Abbot!«
»Sir?«
»Ihr lasst backbord- und steuerbordseitig nach freiem Ermessen feuern« – McQuarrie zog Abbot nah an sich heran, damit die anderen ihn nicht hören konnten – »und gib's ihnen feste, Bruder.«
»Aye, aye, Bruder«, gab Abbot ebenso leise zurück und eilte grinsend davon.
Alsbald setzte das ohrenbetäubende Donnern der Kanonen

ein, das dumpfe der großkalibrigen spanischen Geschütze und das hellere der englischen Culverines. Den Vorteil der englischen Feldschlangen, die auf beweglichen vierrädrigen Lafetten ruhten und nicht zuletzt deshalb eine schnellere Schussfolge ermöglichten, glichen die Spanier durch ihre Überzahl aus. Trotz der Treffer, die Abbot und seine Männer erzielten, näherten sie sich mehr und mehr. Da die *Camborne* eingekreist war, konnte sie immer schwerer Abstand halten, obwohl mittlerweile ihre acht Drehbassen in den Kampf eingegriffen hatten und Feuer und Eisen aus allen Mündungen spien. Auch die Musketenschützen der *Camborne* hielten sich tapfer, denn ihre Vorderlader hatten die größere Reichweite und die stärkere Durchschlagskraft.
Nach einiger Zeit wurden die Kanonenschüsse der Spanier seltener, und auch die *Camborne* feuerte weniger, was auf beiden Seiten denselben Grund hatte: der Mangel an Munition. Doch umso heftiger war hüben und drüben das Bemühen der Scharfschützen, dem Gegner Verluste beizubringen. An die zehn Mann auf der *Camborne* waren schon getroffen, und das Geknatter der Arkebusen hörte noch immer nicht auf. »Mister Abbot!«, brüllte McQuarrie, »Hartruder, alles, was Hände hat, an die Brassen! Wir müssen durchbrechen, sonst haben die Dons uns am Kragen! Auf Biegen oder Brechen!«
Die *Camborne* legte sich bedrohlich auf die Seite, als sie durch den Wind ging, kam wieder hoch und gewann auf dem neuen Kurs langsam Fahrt. Der Kanonendonner war auf beiden Seiten verstummt, die rußschweren Pulverwolken wurden vom Wind schnell zerstreut. Die Schlechtwet-

terfront hatte Freund und Feind endgültig in ihre Fänge genommen. Selbst der üppigste Vorrat an Munition hätte keinem der Kontrahenten mehr genützt; die See ging einfach zu hoch und machte ein weiteres Gefecht unmöglich.

Nur die Arkebusiere der Spanier gaben noch keine Ruhe, während die *Camborne* ihr halsbrecherisches Manöver beendete und der Einkreisung mit viel Glück entrann. Ein paar Kugeln pfiffen noch über ihre Decks, und Vitus sah, wie Chock in der Nähe des Kreuzmasts getroffen wurde, gleichzeitig nahm er einen von hinten heraneilenden Schatten wahr, hörte einen weiteren Schuss und kurz danach ein Aufstöhnen. Er drehte sich um und erkannte zu seinem Entsetzen Isabella. Auch McQuarrie und Don Pedro starrten die Spanierin an, die in rubinroter Abendrobe und makellos geschminkt erschienen war. Nur ihr Blick passte nicht zu ihrer vollendeten Staffage; er war starr und ausdruckslos, während sie kraftlos auf die Knie fiel, für den Bruchteil eines Augenblicks in dieser Position verharrte und dann mit dem Oberkörper auf die Planken schlug. Ihre Perücke löste sich und flog im Sturmwind davon.

Vitus sprang hinzu und drehte Isabellas Kopf zu sich, um sie anzusprechen, aber er sah, dass sie bewusstlos war. Ihre Augen waren halb geschlossen, ihre Lider zitterten wie die Flügel eines Schmetterlings. Eine Kugel hatte ihr Gesicht durchschlagen. Das Geschoss war rechts oberhalb des Auges in die Schläfe gedrungen und links unterhalb des Jochbeins ausgetreten.

»Isabella, hörst du mich?« Er rüttelte sie. »Isabella, kannst du mich hören?«

Sie reagierte nicht.
Fassungslos hob er sie hoch und trug sie mit Mühe über das schwankende Deck in ihre Kammer.

Nella tat der Po weh. Noch nie hatte sie so lange im Sattel gesessen. Aber es musste sein, denn vor ihr waren noch immer der Schomser und Tante Nina, die sich offenbar lebhaft unterhielten. Hoffentlich waren sie bald da!
Nella ritt wieder ein Stück näher an sie heran, denn der Weg führte beide in diesem Augenblick um einen Felsen herum, wodurch sie aus dem Blickfeld verschwanden. Dafür erschien ein alter, buckliger Mann hinter dem Felsen, der einen Beutel in der Hand trug. Als er heran war, sprach er Nella krächzend an: »Na, mein Kind, wohin des Wegs?«
Eigentlich wollte Nella ihm nicht antworten, denn er hatte sie »Kind« genannt und außerdem hatte sie keine Zeit, aber sie mochte nicht unhöflich sein, und deshalb sagte sie: »Ich will an die Küste.«
»Was …?«
»Ich will an die Küste!«
Der Alte lachte meckernd. »Da wollen wohl alle heute hin! Der Herr eben auch, dabei hab ich ihm doch neulich schon den Weg zu *Mary's Stool* gezeigt.«
Weil Nella nichts Falsches sagen wollte, schwieg sie dazu lieber.
»*Mary's Stool* ist der Platz, wo man schön auf den Kanal gucken kann.«

»Ist das noch weit?«, fragte Nella.
»Was sagst du, mein Kind?«
»Ob das noch weit ist!«
»Schrei doch nicht so, ich bin ja nicht taub. Nee, nee, weit ist's nicht. Hinter dem Felsen noch zweihundert Yards, immer dicht an der Steilküste lang, dann bist du da.«
Nella wollte losreiten, aber der Alte hielt sie zurück: »Du hast nicht zufällig 'nen Penny für ein schönes Stück Bernstein übrig? Ist auch 'ne Fliege drin in dem Bernstein, guck mal.« Er holte aus seinem Beutel einen kleinen Brocken hervor und hielt ihn Nella hin.
Nella beugte sich vor und sah tatsächlich ein Insekt in dem goldgelben Stück. »Das ist hübsch«, sagte sie, obwohl sie Fliegen eigentlich nicht mochte. »Aber ich hab keinen Penny, ich hab überhaupt kein Geld.«
»Sagtest du, du hast kein Geld?« Der Alte schniefte. »Na, dann nimmst du den Brocken eben so. Mach's gut, Kind, und bete mal für den alten Hank.«
Nella versprach es und ritt hastig weiter. Als sie den Felsen erreichte, rief sie: »Brrr, Shorty!«, und der kleine Shetlandhengst blieb brav stehen. Sie saß ab, denn sie hatte das Gefühl, dass sie jetzt besonders vorsichtig sein musste, und reckte ihren Kopf nur so weit über die Felskante, dass sie etwas sehen konnte.
Und was sie sah, war schön.
Schon von ihrer Stelle aus hatte man einen wunderbaren Blick über den Kanal, der an diesem Tag tiefblau schimmerte und kaum Wellen aufwies. Leider waren weit und breit keine Schiffe zu sehen, aber das überraschte Nella nicht. Der Schomser hatte Tante Nina einen Blick auf das

Schiff von Onkel Vitus und ihrem lieben Altlatz versprochen, und natürlich hatte er gelogen.
Wie es schien, dachte auch Tante Nina das, denn sie redete auf den Schomser ein und zeigte dann auf das Wasser und dann wieder auf den Schomser, und der Schomser brachte seinen Braunen ganz dicht an Telemach heran und schlug ihm auf einmal mit aller Kraft auf die Hinterhand, und Telemach stieg steil in die Luft und machte einen Satz nach vorn und war verschwunden.
Und Tante Nina auch.
Nella konnte nicht glauben, was sich da vor ihren Augen abspielte. Erst als sie zwei- oder dreimal hingeschaut hatte und ihre Tante noch immer nicht wieder auftauchte, wurde ihr klar, dass sie mit Telemach die Steilküste hinuntergestürzt war.
Nella begann bitterlich zu weinen.

Der Doppelgänger Don Pedro

»Ich bin Don Pedro de Acuña, Admiral Seiner Allerkatholischsten Majestät Philipps II. und stellvertretender Befehlshaber des Guipúzcoa-Geschwaders aus dem Baskenland. Erkennt mich jemand von euch?«

Vitus war der Mund wie mit Brettern vernagelt. Er starrte auf die vor ihm liegende Isabella und konnte es nicht fassen. Was auch immer sie oben auf dem Kommandantendeck gewollt haben mochte, sie hatte sich in den feindlichen Schuss geworfen, um ihn zu schützen. Sie hatte ihr Leben für ihn eingesetzt. Wie sehr musste sie ihn lieben, dass sie das getan hatte!

Und er hatte sie von sich gestoßen.

Wie erbärmlich und selbstgerecht er doch gewesen war.

Doch reuige Gefühle nützten jetzt wenig, er riss sich zusammen und tat das Naheliegendste, indem er die beiden Einschusslöcher mit Kompressen abdeckte und einen Verband anlegte. Nur ihre Augen, ihre Nase und ihr Mund waren danach noch zu sehen. »Isabella, hörst du mich?«

Er zog ihr ein Augenlid hoch und hielt zwei Finger an ihre Halsschlagader.

Ja, sie lebte noch.
Wieder versuchte er, die Mauer ihrer Besinnungslosigkeit zu durchbrechen und sie in die Wirklichkeit zurückzuholen, doch es gelang nicht. Er überlegte, ob er es mit einem stark riechenden Salz oder einem Guss Wasser versuchen sollte, aber er unterließ es. Er wollte sie keinen Augenblick allein lassen. »Isabella! Isabella?«
Hatte sie sich eben nicht ganz leicht bewegt?
»Isabella, so komm doch zu dir! Bitte!«
»... Lieb...«
»Hast du etwas gesagt?«
»... Liebster.«
Sie hatte gesprochen. Gott sei Lob und Dank, sie hatte gesprochen! Alles andere, ihr Stolz und ihre Widersprüchlichkeit, war jetzt unwichtig. Ihr Plan, die Armada vor Taggarts *Falcon* zu warnen – egal. Ihr Plan, mit Hilfe von Don Pedro die *Camborne* an sich zu bringen – egal. Ihr Plan, Schlossherrin auf Greenvale Castle zu werden – egal, egal, egal. Sie war eine sprunghafte, leidenschaftliche, außergewöhnliche Frau, und er würde sie nie verstehen. Aber sie lebte.
»Ich ... sterbe.«
Er wollte aufbegehren, wollte ihr sagen, dass sie wieder gesund würde, dass alles wieder gut würde, aber angesichts der tödlichen Verletzung war ihm die Kehle wie zugeschnürt. Er ergriff ihre schlaffe Hand und sah, dass Ninas Ring an einem der Finger steckte, aber auch das war jetzt egal. Er streichelte sie.
Ihre Augen waren halb geöffnet. Sie versuchte ein Lächeln. Der von ihm applizierte künstliche Schneidezahn saß nach wie vor perfekt. Welch ein Hohn!

Was konnte er sagen, wie konnte er sie trösten, womit konnte er ihr Mut zusprechen? »Isabella, möchtest du beten?«
Sie schüttelte kaum merklich den Kopf. *»Dios castiga ... sin piedra ni palo.«*
»Ich glaube nicht, dass Gott dich strafen wollte.«
Ihr Lächeln erstarb. *»Sin importancia«*, wisperte sie. »Ich liebe dich.«
Er schwieg. Doch in ihren Augen las er die Aufforderung: Bitte sag es mir auch, sag es nur ein einziges Mal, *sag mir, ich liebe dich!*
»Ich ... liebe dich«, flüsterte er, und er hatte dabei nicht einmal das Gefühl, zu lügen.
»Dann ist es gut, dann ist es ...« Ihre Augen brachen. Plötzlich wich alle Anspannung aus ihrem Gesicht, ein Ausdruck des Friedens und der Harmonie breiteten sich darauf aus. Der Kampf ihres Lebens war vorbei. Sie hatte ihn verloren – und sie hatte ihn doch gewonnen, denn sie hatte sein Herz erobert.
Durch ihre letzte, unwiederholbare Tat.

»Schlechte Nachrichten, Vitus«, sagte Don Pedro noch am gleichen Abend im Behandlungsraum. Er musste die wenigen Worte fast brüllen, denn der Sturm hatte sich zum Orkan ausgeweitet, und selbst unter Deck waren das Heulen des Windes und das Krachen der Brecher die einzigen Geräusche.
»Was gibt es?« Vitus stand noch immer unter dem alles beherrschenden Eindruck von Isabellas Tod.

»Abbot, der Erste Offizier und Segelmeister, ist schwer verwundet worden. Wir alle haben es nicht bemerkt, es muss in den letzten Minuten des Gefechts passiert sein.«
Vitus nickte schwer. »Genau wie bei Isabella. Sie ist tot.«
Don Pedro riss die olivenfarbenen Augen auf, sagte aber nichts. Er wusste, dass jedes Wort fehl am Platze gewesen wäre. Stattdessen ergriff er Vitus' Hand und drückte sie.
Vitus räusperte sich, um den Kloß in seinem Hals loszuwerden. »Wie schlimm ist es?«
»Bauchschuss. Ich fürchte, seine Chancen stehen nicht gut.«
»Ich schaue ihn mir an.« Vitus ging zu der Kammer, in der Abbot mit einigen Leidensgenossen lag, und untersuchte die Einschussstelle. Es sah wirklich nicht gut aus. Die Kugel hatte die Kleidung durchschlagen, war in den Unterleib eingedrungen und im Rückgrat stecken geblieben. Ärztliche Kunst war hier machtlos. Das Einzige, was getan werden konnte, war, dem Verletzten die Schmerzen zu nehmen und zu hoffen, dass ihn ein baldiger Tod erlösen möge. So wie es bei Isabella der Fall gewesen war …
Abbot war nicht ansprechbar, und Vitus sagte: »Wenn er zu sich kommt, geben wir ihm *Laudanum*, du oder ich, je nachdem, wer gerade bei ihm ist.«
Don Pedro nickte. »Wie viel?«
»Gerade so viel, wie er braucht. Wir müssen mit dem *Laudanum* haushalten.« Vitus zeigte die Menge.
Danach gingen sie zu den anderen Verwundeten, wobei sich herausstellte, dass wenigstens zwei Lichtblicke in der Düsternis zu verzeichnen waren: Chock, der bewährte *Falcon*, hatte nur einen harmlosen Streifschuss erhalten, der

allerdings stark genug gewesen war, ihn herumzureißen und zu Boden zu strecken, und Creedy, der Decksoffizier der *Moon,* hatte die Ruhr so weit überwunden, dass er sich bei McQuarrie zum Dienst melden konnte.
Die anderen Verwundeten – es waren über ein Dutzend – hatten die unterschiedlichsten Brüche und Verletzungen, wobei zweien der Unglücklichen eine Beinamputation nicht erpart werden konnte.
Vitus und Don Pedro arbeiteten die ganze Nacht tief unten im Bauch der *Camborne,* geschüttelt, gestoßen und hin und her geschleudert von den gewaltigen Käften des Orkans, doch sie gaben nicht auf, und am Morgen des 5. August war auch der letzte Kranke, so gut es ging, versorgt.
Mehr tot als lebendig hangelte Vitus sich an Deck, erklomm die Heckgalerie und wankte nach Steuerbord, wo Isabellas Kammer war. Er trat ein und sah ihren Leib im spärlichen Schein der Deckenlaterne liegen. »Schlafe gut, Isabella«, flüsterte er.
Dann legte er sich neben sie.

Auch in den nächsten Tagen hielt der Orkan mit unverminderter Stärke an. Die *Santa Maria de Visón* und die beiden anderen Spanier waren zwischen den turmhohen Wellen spurlos verschwunden. Das Leben der Männer bestand nur noch aus dem Willen, zu überleben – ein schier endloser Kampf zwischen Wache gehen, Segel setzen, Segel reffen, Tauwerk kappen, Pumpen bedienen, Schäden reparieren. Nach vier Stunden und einem Essen, das wegen der gelöschten Feuerstelle nur aus Hartbrot und Wasser bestand, fielen die Männer völlig erschöpft in einen todesähnlichen Schlaf, rafften sich nach weiteren vier Stunden wieder auf und warfen sich erneut dem Orkan entgegen.

Die *Camborne* war ein junges, starkes Schiff, doch wie mochte es den zahlreichen schwer zusammengeschossenen spanischen Galeonen ergehen?

Nach sechs Tagen, an einem Sonntag, machte der Wettergott in seinem Zorn eine kurze Pause, lichtblaue Flecken erschienen am Himmel, Wind und Dünung nahmen ab. Sofort nutzte Vitus die Gelegenheit und ließ sämtliche Kranken, die transportfähig waren, aufs Hauptdeck tragen, damit sie sich dort wärmen und die heilenden Strahlen der Sonne genießen konnten. Ferner ließ er sämtliche Luken und Türen öffnen, damit Klammheit, Schimmel und Feuchte, die Hauptverursacher von Hautkrankheiten, durch die frische Seeluft vertrieben wurden.

Und doch hatte dieser Tag nicht nur Sonnenseiten: Sieben Tote, darunter Isabella und Abbot, galt es zu bestatten. Vitus hatte während des Orkans angeordnet, die Leichen im großen Beiboot auf dem Hauptdeck unterzubringen, wo sie kühl und fest verzurrt unter einer spritzwasserdichten Plane lagen.

Bevor die Feier, in deren Rahmen die Verstorbenen dem Meer übergeben werden sollten, ihren Anfang nahm, ging er zu dem Beiboot und schlug die Plane zurück. Isabella lag auf der Seite, das Gesicht unter dem Verband kaum sichtbar. Er war dankbar dafür, denn es machte ihm das, was er tun musste, leichter: »Isabella«, sagte er leise, »ich habe in den vergangenen Tagen viel über uns nachgedacht. Du

warst eine einzigartige Frau, faszinierend und – unwiderstehlich. Ich war dir verfallen, aber du hast dich für mich aufgeopfert und mir dadurch die Entscheidung abgenommen, zu der ich sonst nicht in der Lage gewesen wäre. Mit deinem Tod gibst du mir Nina zurück, meine sanfte, schöne, strenge Nina. Ich denke, Gott wollte es so. Er sei dafür gelobt und gepriesen.«
Er schlug das Kreuz und murmelte: »Ich habe da noch etwas, das ich dir für deine letzte Reise mitgeben wollte.« Unter seinem Wams zog er die Zeichnung mit Odders und Isabellas Kopf hervor, rollte sie ein und schob sie in den Ärmel ihrer rubinroten Abendrobe.
Dann verharrte er einen Augenblick und fuhr fort: »Bitte verstehe, dass es sein muss.« Er ergriff ihre kalte Hand und nahm ihr Ninas Ring ab.
»Bitte, verstehe«, sagte er noch einmal. »Gott gebe deiner Seele Frieden.«

Die Trauerfeier war kurz und eindrucksvoll. Jede Leiche wurde in Leinen eingenäht, mit einer Kanonenkugel beschwert und mittels einer Rutsche dem Meer übergeben. Die Toten glitten unter der englischen Flagge in ihr nasses Grab, wobei McQuarrie einige Bibelverse zitierte und mit der Mannschaft gemeinsam betete:

»Our Father who are in heaven,
hallowed be Thy name,
Thy kingdom come,

Thy will be done on earth, as it is in heaven.
Give us this day our daily bread,
and forgive us our trespasses …«

Isabella glitt als Einzige unter einer spanischen Flagge ins Meer, und Don Pedro, der von Vitus darum gebeten worden war, sprach das spanische Vaterunser dazu:

»Padre Nuestro que estás en los cielos
santificado sea tu nombre
venga a nosotros tu reino …«

Danach setzte schnell der Schiffsalltag wieder ein, denn das Leben ging weiter, und vieles, was während des Orkans nicht repariert werden konnte, musste wieder instand gesetzt werden. Vitus begab sich auf das Kommandantendeck, wo McQuarrie die Sonne nutzte, um mit Jakobsstab und Astrolabium zu hantieren. »Wo stehen wir, Captain?«, fragte er.
McQuarrie legte die Instrumente aus der Hand. »Was die westliche Länge angeht, Sir, so lässt sie sich, wie Ihr sicher wisst, noch immer nicht messen, doch von der Breite her müssten wir ungefähr auf Höhe der Conachair-Eilande stehen, wobei ›Eilande‹ fast schon zu viel gesagt ist. Es sind nicht mehr als Fleckchen und Felsen im weiten Meer. Wir werden sie entweder an Backbord oder an Steuerbord passieren, aber vielleicht sehen wir sie auch gar nicht.«
»Ich dachte, wir wären schon viel südlicher, auf Höhe von Irlands Nordspitze«, sagte Vitus.
»Leider nein, Sir. Der verdammte … oh, verdammt.« Mc-

Quarrie verzog schmerzvoll das Gesicht und krümmte sich nach vorn, doch er richtete sich rasch wieder auf. »Der verdammte Orkan hat uns tagelang aufgehalten. Aber nicht nur uns, Sir, auch die Dons dürften nicht viel weiter gekommen sein.«
»Was hattet Ihr da eben, McQuarrie?«
»Nichts, Sir, gar nichts! Bin gleich wieder da.« McQuarrie lief in Windeseile zu seiner Kajüte und verschwand darin.
Vitus war nachdenklich geworden. Er wartete einige Augenblicke und folgte McQuarrie dann. Ohne anzuklopfen, betrat er den Kapitänsraum und hörte blubbernde Geräusche der Darmentleerung. McQuarrie saß hinter dem Paravent auf dem Nachtstuhl und erleichterte sich.
Vitus wartete, bis er fertig war und wieder hervorkam.
Als McQuarrie ihn sah, blieb er stehen und sagte nicht eben freundlich: »Ich habe Euch nicht anklopfen hören, Sir.«
»Das liegt daran, dass ich nicht angeklopft habe«, erwiderte Vitus kühl. »Setzt Euch da auf den Stuhl neben dem Kartentisch.« Er schaute so grimmig drein, dass McQuarrie sofort gehorchte. »Aye, aye, Sir.«
Vitus legte ihm die Hand auf die Stirn und stellte fest: »Ihr habt Fieber. Wie steht es mit Schwindelgefühlen, Übelkeit, Krämpfen? Wie lange habt Ihr schon die Beschwerden? Wie sieht euer Stuhl aus, ist Blut darin?«
Nachdem McQuarrie alle Fragen beantwortet hatte, stand für Vitus die Diagnose fest: Der Nachfolger von Kapitän Steel hatte sich die Dysenterie eingefangen – wahrscheinlich bei dem Gespräch mit Creedy, dem er in der Quarantänestation die Hand gegeben hatte. Das lag zwei Tage zurück und entsprach der Erfahrung, die besagte, dass die

Krankheit in der Regel zwei bis fünf Tage nach der Ansteckung ausbrach. »Es tut mir leid, McQuarrie, Ihr habt die Ruhr, und Ihr habt sie deshalb, weil Ihr meine Anordnung, die Quarantänestation auf keinen Fall zu betreten, nicht befolgt habt. Jetzt ist es umgekehrt: Jetzt muss ich Euch befehlen, sie aufzusuchen, damit Ihr niemanden infiziert. Auch so ist leider die Wahrscheinlichkeit groß, dass Ihr es bereits getan habt. Ich darf also bitten.«
McQuarrie streckte sich. »Mit Verlaub, Sir, das geht nicht. Ich bin der Captain und für das Schiff verantwortlich. Schaut hinaus nach Süden, wo sich schon wieder gewaltig was zusammenbraut, dann wisst Ihr, dass der heutige Tag nur ein blaues Loch in dem Orkan ist, den wir bislang durchmessen haben. Das Schiff braucht mich, es braucht einen Kommandanten, der sich in Seemannschaft und Nautik auskennt, und da der arme Abbot tot ist, gibt es niemanden mehr außer mir, der dazu in der Lage wäre.«
Angesichts der Weigerung McQuarries musste Vitus daran denken, dass der drahtige Schotte schon einmal Schwierigkeiten gemacht hatte, als er ihn bat, die *Santa Maria* zu verfolgen. Damals hatte er zum letzten Mittel greifen müssen und den Earl of Worthing herausgekehrt. Das wollte er diesmal vermeiden, denn er ging ungern mit seinem Titel hausieren. »Die Isolation eines Kranken kann nicht von der Entwicklung des Wetters abhängig gemacht werden, McQuarrie, und Ihr seid zweifellos krank. Niemand bedauert das mehr als ich.«
»Und wer soll das Schiff führen, Sir?«
»Das wird sich finden. Bitte folgt mir.« Vitus ging einfach voran, in der Hoffnung, McQuarrie würde ihm folgen.

Gott sei Dank tat er es wirklich, wenn auch widerstrebend.
Unten in der Quarantänestation wies er dem Kranken eine Pritsche zu, hieß ihn, sich gründlich zu waschen, und gab ihm saubere Kleidung. »Bleibt in jedem Fall hier und spielt nicht den Helden, McQuarrie, ein Schiff voller Dysenterie-Patienten ist dem Untergang geweiht.«
»Aye, aye, Sir.«
Der Widerstand McQuarries schien gebrochen. Vitus atmete auf. »Wen habt Ihr in den letzten Tagen körperlich berührt?«
»Bei dem Orkan, Sir?« McQuarrie überlegte, während er sich wusch. »Wenn ich es recht bedenke, niemanden.«
»Hat jemand in der Zeit Euren Nachtstuhl benutzt?«
»Meinen Nachtstuhl? Das wäre ja noch schöner, Sir.«
Einigermaßen beruhigt überließ Vitus McQuarrie seinem Schicksal und wandte sich Stonewell zu, der noch immer sehr schwach war, aber offenbar über eine gute Leibeskonstitution verfügte. »Nun, wie geht's, Stonewell?«
»Besser, Sir. Ich bin gestern sogar einmal aufgestanden, aber der Sturm hat mich sofort wieder von den Beinen gerissen.« Der Assistent grinste, was Vitus als gutes Zeichen wertete. »Kümmert Euch, wenn es die Kraft erlaubt, ein wenig um den Captain. Ihm stehen schwere Tage bevor.«
»Jawohl, Sir, mit Freuden, Sir!«
Vitus verließ die Station und stieg wieder hinauf auf das Kommandantendeck. Er war in Gedanken, denn nicht nur McQuarrie, sondern auch der gesamten Besatzung standen schwere Tage bevor. Ohne Führung fuhr kein Schiff. Aber was hätte er tun sollen?

Don Pedro stand an der Querreling und grüßte freundlich, Vitus trat neben ihn und sagte übergangslos: »McQuarrie hat die Ruhr.«
Don Pedro erschrak. »Die *disentería*? Allmächtiger! Und wer soll nun das Schiff führen?«
Ich weiß es nicht, wollte Vitus sagen, aber bevor er sprach, kam ihm ein Gedanke, der so kühn war, dass er ihn zunächst für sich behielt. Nach einer Weile sagte er: »Die *Camborne* läuft so brav wie ein Gaul, der allein nach Hause findet.«
Don Pedro stutzte. »Meinst du, das reicht?«
»Aber ein Gaul scheut bei Sturm, und wenn er keinen Reiter hat, der ihn führt, rennt er blindlings drauflos und läuft sich zu Tode.«
»Was willst du damit sagen?«
»Unser Gaul rennt auch in einen Sturm.«
»Schon richtig. Und?«
»Hör mal, Pedro, ich wollte dir sagen, seitdem Captain Steel tot ist, besteht aus meiner Sicht überhaupt kein Anlass mehr, am Ende unserer Reise ein Lösegeld für dich zu verlangen.«
»Oh, das freut mich. Ich danke dir.«
»Ich könnte mir vielmehr vorstellen, dafür zu sorgen, dass du zurück in deine Heimat kannst.«
Don Pedro wandte sich Vitus zu und blickte ihn an. »Das ist mehr, als ich erwarten konnte. Aber wie kommst du plötzlich auf solche Gedanken? Dahinter steckt doch etwas? Heraus mit der Sprache.«
Vitus gab den Blick zurück und sagte langsam: »Ich möchte, dass du als Capitán die *Camborne* übernimmst. Es gibt

außer dir niemanden, der die seemännische Erfahrung dafür hat, mich eingeschlossen.«

»Das ist nicht dein Ernst.«

»Mir war selten etwas so ernst.«

»Aber, aber …!« Don Pedro gestikulierte wild, was sonst nicht seine Art war. »Ein gefangener spanischer Admiral, der im Krieg gegen England ein englisches Schiff nach Portsmouth segelt, wie stellst du dir das vor? So etwas hat es noch nie gegeben!«

»Ich weiß. Aber vielleicht hat es auch noch nie eine solche Situation gegeben.«

»Das mag sein.«

»Oder traust du es dir nicht zu?«

»Vitus, mein Freund, komme mir nicht so! Natürlich traue ich es mir zu.«

»Du machst es also?«

Don Pedro kämpfte mit sich.

»Du machst es also?«

»Wenn du mir dein Wort gibst, dass ich dieses Schiff niemals gegen meine Landsleute ins Gefecht führen muss.«

»Du hast es. Sofern du mir dein Wort gibst, die *Camborne* nach England und nirgendwohin sonst zu segeln.«

»Du hast es.«

»Ja, dann …«

»Dann?«

»Willkommen an Bord, Capitán Don Pedro de Acuña!«

»Wenn zwei Feunde etwas wirklich wollen, kann ihnen die ganze Welt entgegenstehen, sie werden es trotzdem schaffen. Genauso wird es mit mir und Don Pedro sein.« Vitus hatte soeben dem staunenden Zwerg in allen Einzelheiten von dem Kommandowechsel berichtet.

Der Winzling nahm den großen Kochlöffel aus dem Suppenkessel und stülpte sein Mündchen vor: »Wui, wui, Örl, der span'sche Peter is'n fitzer Gack, er wird's schon richten, aber wie soll er truschen mit den Gacken vorm Mast? Obacht un wahrschau! Er truscht span'sch un die andern angelsch.«

Vitus kostete von der Suppe. Der Zwerg hatte, wie es seine Art war, von allem reichlich hineingegeben, ohne darauf zu achten, ob die Vorräte es erlaubten oder nicht. In seinem heutigen Machwerk schwammen große Stücke Pökelfleisch, was die Suppe einerseits schön dick, andererseits aber auch sehr salzig machte. Vitus verzog das Gesicht und antwortete: »Die Sprache wird kein Hindernis sein. Manoel und Diego werden Don Pedro bei der Führung unterstützen. Sie kennen mittlerweile alle englischen Kommandos und können bei Bedarf übersetzen.«

»Wui, wui, wenn du's sagst, Örl.«

»Ach, da ich gerade hier bin« – Vitus rührte die Suppe für den Zwerg um –, »du bist doch Blutstiller und hast manchmal den sechsten Sinn: Glaubst du, dass der Magister und ich wieder zusammenkommen?«

Der Winzling kratzte sich mit seinem Puppenfinger im roten Haarschopf. »Wui, das is 'ne Sach! 's is schwer zu holmen, 's kann sein, 's kann auch nich sein. Kann's nich genau spähn, 's is alles so wuselig im Futur.«

Enttäuscht gab Vitus den Löffel zurück. »Du machst mir wenig Hoffnung.«

»Wiewo, auf Flössel folgt Blauspreit, Örl.« Der Zwerg rührte emsig die Suppe weiter um, denn er wollte nicht, dass Vitus die Tränen in seinem Gesicht bemerkte. Der Grund dafür war, dass er Ungewissheit in der Zukunft gesehen hatte, aber Gewissheit in der Vergangenheit – die Gewissheit, dass mit »der Örlin« etwas Schreckliches geschehen war.

Aber darüber konnte er nicht sprechen.

»Auf Regen folgt Sonne, hoffen wir, dass du recht behältst«, sagte Vitus und ging.

Zwei Stunden später, nachdem Vitus sich abermals um alle Kranken gekümmert hatte, stand er neben Don Pedro auf dem Kommandantendeck und beobachtete, wie die *Camborne* mit gerefften Haupt- und Bramsegeln geradewegs in den nächsten Sturm hineinkreuzte. Er hatte sich zu dem Spanier gesellt, weil er es für seine Pflicht hielt, diesem in der ersten Zeit seines Kommandos zur Seite zu stehen.

Doch wie sich zeigte, war das nicht vonnöten. Don Pedro hatte das Wasser aller Meere geschmeckt und verstand sein Handwerk exzellent. Seine Befehle kamen kurz und knapp und wurden von Manoel und Diego mit großer Lautstärke ins Englische übertragen. Die Männer der Wache führten sie aus und machten sich weiter keine Gedanken darum, denn wer auf dem Kommandantendeck stand, hatte das Sagen. Das war schon immer so gewesen, und das würde auch immer so sein. Im Übrigen hatte Vitus mit Chock, dem Maat der Backbordwache, und mit Creedy, dem neuernannten Maat der Steuerbordwache, gesprochen, außerdem mit Muddy, Ted und Dunc, den salzwassererprobten *Falcons.* Alle waren Männer der Praxis und froh, einen erfahrenen Captain in den kommenden Unwettertagen zu haben.

»Was meinst du, wie lange wird es diesmal dauern, bis wir den Sturm abgeritten haben?«, fragte Vitus.

Don Pedro antwortete, ohne den Blick vom Schiff zu nehmen: »Das ist schwer zu sagen. Jeder Sturm ist anders, jeder brüllt, röhrt und ächzt auf seine Art, je nachdem, über welchem Winkel der Erde er tobt. Bei den stärksten Stürmen aber ist es so, als hätte Gott eine gewaltige Orgel auf einer Empore über das Meer gestellt und zöge alle Register, um ihr das tiefste und dumpfeste Brummen zu entlocken, das ein menschliches Ohr vernehmen kann. Es ist ein Brummen, das du überall spürst und das dich am ganzen Körper zittern lässt.«

»Wenn das so ist«, sagte Vitus nachdenklich, »wünsche ich mir, dass Gott seine Orgel nicht spielt.«

»Ich auch«, sagte Don Pedro.

Gott schien das Gespräch zwischen Don Pedro und Vitus nicht gehört zu haben, denn er spielte seine Meeresorgel sechs Tage lang ununterbrochen, und die Melodie der Verdammnis erstarb erst langsam am siebten Tag.

Wer zuvor geglaubt hatte, er hätte die schlimmsten Unwetter bereits kennengelernt, musste leidvoll erfahren, dass er sich gründlich geirrt hatte.

Die *Camborne* hatte den Basanmast und den Kreuzmast verloren, sie war leckgeschlagen, ihre Pumpen liefen Tag und Nacht, und ihr Deck glich einem hölzernen Trümmerhaufen.

Trotzdem hatte sie sich Meile für Meile nach Süden gekämpft, immer wieder gischtgepeitschte Seen, die wie graue Wände vor ihr auftauchten, überwunden und die Schläge turmhoher Brecher ertragen.

Sie war in einem jammervollen Zustand, was nicht nur für sie, sondern auch für die Besatzung und erst recht für die Kranken galt, deren Zahl sich durch die Seekranken nochmals erhöht hatte.

Die Seekrankheit war ein Zustand, der sich durch große Willkür auszeichnete: Manch einer lernte die gefürchtete Übelkeit gleich bei seiner ersten Fahrt kennen, spie sich die Seele aus dem Leib, wollte am liebsten sterben und stellte fest, dass er danach nie wieder von ihr heimgesucht wurde, andere machten jedes Mal aufs Neue Bekanntschaft mit ihr, egal, wie alt ihre Seebeine waren, und wieder andere hatten das Glück, sie niemals am eigenen Leibe spüren zu müssen.

Zur dritten Gruppe schien Don Pedro zu gehören. Er stand bis zu zwanzig Stunden ohne Unterbrechung auf seinem Posten, unerschütterlich und unzerstörbar, bis er schließlich Vitus' Drängen nachgab, sich in seine Koje warf, kurze Zeit ruhte und anschließend das Kommando erneut übernahm. Seiner Umsicht und Tatkraft war es in erster Linie zu verdanken, dass die *Camborne* nicht längst auf dem Meeresgrund lag.

Nur langsam spielte sich der Alltag an Bord wieder ein. Überall fehlte es an tüchtigen Händen, und die Aufräumarbeiten kamen nur schleppend voran.
Es war wieder Sonntag, und trotz der Wetterbesserung war eine Andacht auf dem Hauptdeck nicht möglich. Vitus hatte sich deshalb unter Deck zu den Kranken begeben, um mit ihnen den Herrn zu loben und um Genesung zu beten.
McQuarrie ging es nicht einen Deut besser. Um es mit seinen Worten zu sagen »schiss er sich die Gedärme aus dem Arsch«, und Stonewell hatte einen Rückfall bekommen, vielleicht, weil er von allen am stärksten unter der Seekrankheit litt. Vitus sprach mit beiden eine kurze Fürbitte und verließ die Quarantänestation.
Die Kranken im Behandlungsraum und den angrenzenden Kammern betrachteten ihn aus hohlen Augen. Es waren ihrer noch immer mehr als genug, und Vitus sah, wie elend sie sich fühlten und wie sehr sie einer Aufmunterung bedurften. Deshalb sprach er nicht wie beabsichtigt von Gott und seiner Güte und Gnade, sondern machte ihnen mit allgemeinen Worten Mut, indem er ihnen sagte, der Sturm sei überwunden, die Heimat sei nahe. Vom Zustand der *Camborne* sagte er nichts.
Doch alle Kranken waren erfahrene Seeleute, und was die fortwährenden Pumpgeräusche zu bedeuten hatten, wussten sie nur zu gut.
»Lasst euch nicht unterkriegen, Männer!«, rief er. »Strengt euch an und werdet gesund, oder wollt ihr als Sieche den Fuß auf die Heimaterde setzen?«
So und ähnlich redete er eine ganze Weile, und während er

das tat, bemerkte er nicht, dass der Seegang weiter nachließ und der Wind schwächer wurde.

Er wollte gerade zum Schluss kommen, als Muddy in der Tür erschien, grüßte und meldete: »Empfehlung vom Captain, Sir, er bittet Euch aufs Kommandantendeck.«

»Ich komme.« Vitus wünschte seinen Anbefohlenen gute Besserung und machte sich daran, über die vielen Decks den höchsten Punkt der *Camborne* zu erklimmen.

»Ich wollte dir etwas zeigen«, sagte Don Pedro und wies mit der Linken nach Backbord. »Kannst du es erkennen?«

Vitus spähte in die angegebene Richtung. »Land«, sagte er. »Die Umrisse einer Küste. Ich glaube nicht, dass es schon England ist.«

Don Pedro lächelte fein. »Da hast du zweifellos recht. Es ist, wenn Steels Karten stimmen und meine Berechnungen mich nicht trügen, die Donegal-Bucht auf der Ostseite Irlands. Aber deshalb allein habe ich dich nicht heraufgebeten. Wenn du genauer hinsiehst, entdeckst du noch mehr.«

Vitus schirmte die Augen ab. »Drei Schiffe!«, platzte er heraus. »Sie scheinen gestrandet zu sein. Sie sind schwer auszumachen, weil sie ziemlich weit auseinanderliegen und keine Segel tragen. Wahrscheinlich ist es ihnen wie uns ergangen, und sie haben ihre Masten verloren. Meinst du ...?«

»Ja«, sagte Don Pedro, »das meine ich. »Ich weiß nur nicht, welches der Schiffe die *Santa Maria de Visón* ist.«

»Dann lass Ted mit seinen scharfen Augen ins Krähennest steigen, sag ihm, wir suchen das Schiff, das am Heck das Kreuz *Sant Jago de Compostela* trägt.«

Gesagt, getan. Wenig später meldete Ted, dass es das mitt-

lere Schiff sein müsse, es sei das einzige mit einem reichverzierten Kreuz unter der Hecklaterne.
»Está bien!«, rief Don Pedro, und es bedurfte keiner Übersetzung, um zu erkennen, dass er zufrieden war.
Vitus wusste nicht, was bei ihm überwog: die Freude darüber, dass die *Santa Maria* trotz aller Fährnisse gefunden worden war, oder der Zweifel, ob es ihm gelingen würde, den Magister zu treffen.
»Was grübelst du?«, fragte Don Pedro.
»Ach, nichts. Ich weiß nur nicht, wie ich den Magister vom Schiff holen soll – falls er überhaupt bereit ist, mitzukommen.«
»Ich könnte die *Camborne* etwas näher heranbringen, aber ich weiß nicht, ob es dir etwas nützt?«
»Ich weiß es auch nicht, Pedro. Ich gehe bis zum Dunkelwerden unter Deck, vielleicht fällt mir etwas ein.«

Nach einem einfachen Abendessen, das Vitus und Don Pedro in Steels Kajüte eingenommen hatten, fragte der Spanier: »Was willst du mir sagen, mein Freund? Ich sehe es dir an, dass du etwas vorhast, es aber nicht aussprechen magst.«
Vitus wischte sich den Mund und rang sich ein Lächeln ab. »Es ist so, wie du sagst. Ich habe hin und her überlegt, wie ich unbemerkt an die *Santa Maria* herankomme, aber mir ist nichts eingefallen. Es geht nicht.«
Don Pedro riss die Augen auf. »Heißt das, du willst dein Vorhaben aufgeben?«

»Nein.«
»Nein? Ich verstehe nicht …«
»Ich will mein Vorhaben durchführen und dabei durchaus bemerkt werden – als Spanier.«
Don Pedro lachte. »Du machst Witze.«
»Keineswegs. Zunächst machen wir aus der *Camborne* ein spanisches Schiff, indem wir die spanische Flagge am Mast auswehen lassen, und dann lasse ich mich morgen früh in der Dämmerung mit dem Beiboot zur *Santa Maria* rudern. Du müsstest die *Camborne* zu dem Zweck bis auf siebenhundert oder achthundert Yards an den Strand heranbringen. Er heißt hier Streedagh-Strand, wie mir einer der Matrosen berichtet hat. Das Ganze wird nicht leicht, aber morgens ist der Wind meistens ablandig, und die Gefahr, an der Küste zu zerschellen, ist somit geringer.«
Don Pedro schob sich den letzten Bissen in den Mund. »Wenn ich dich recht verstehe, willst du dich also als Engländer von einem vermeintlich spanischen Schiff aus an Land rudern lassen und deinen Freund besuchen? Wenn das mal gutgeht.«
»Ich werde meinem Freund nicht als Engländer begegnen, sondern als spanischer Admiral.«
»Wie bitte?« Don Pedro blickte verständnislos.
»Vorausgesetzt, du bist so freundlich und leihst mir deine Admiralskleidung. Sie ist durch deinen Schiffbruch zwar etwas ramponiert, aber immer noch ansehnlich genug, um damit gehörig Respekt einzuflößen. Deine Oberschenkelhose könnte mir etwas zu kurz sein, weil du kleiner bist als ich, aber das dürfte in der Morgendämmerung kaum auffallen. Wenn du erlaubst, werde ich als Admiral Don Pedro de

Acuña die *Santa Maria* besteigen und nach meinem Freund suchen.«

Don Pedro fehlten die Worte.

»Die Gefahr, dass die Besatzung meine Identität anzweifelt, ist gering einzuschätzen, weil sie dich kaum kennen dürfte. Du kommst von der *San Salvador,* einem Schiff des Guipúzcoa-Geschwaders, die Offiziere und Mannschaften der *Santa Maria* dagegen gehören dem Levante-Geschwader an. Es wäre schön, wenn Manoel und Diego mich hinüberrudern könnten, denn sie sind Spanier, was meinen Auftritt noch glaubwürdiger machen würde. Die Gefahr, dass sie mich verraten, halte ich nicht für groß, weil sie jetzt englische Matrosen sind und ihren Eid auf die Königin geleistet haben.«

Don Pedro kam aus dem Staunen nicht mehr heraus. »Du hast wirklich an alles gedacht. Am liebsten würde ich mitkommen.«

»Das würde ich dir nicht raten. Die Sache ist gefährlich. Die Iren kennen als Strandräuber keine Gnade. Jedes Schiff, das an ihrer Küste strandet, rauben sie erbarmungslos aus, und die erschöpfte Besatzung machen sie einen Kopf kürzer. Gleiches gilt natürlich für die englischen Truppen, die Irland besetzt halten: Sie warten nur auf entkräftete, hilflose Spanier, um ihnen den Garaus machen zu können. Bleibe also besser auf der *Camborne,* sie braucht dich dringend bei dieser Aktion.«

»Scheint, dass du recht hast.«

»Wirst du mir also helfen?«

Don Pedro grinste. »Was bleibt mir anderes übrig. Und wenn du schon meine Admiralskleidung anziehen willst,

dann besorg dir noch ein großes Barett, das möglichst bis über die Ohren reicht.«
»Warum das?«
»Weil es keine blonden spanischen Admirale gibt.«
»Werde ich tun!«
Beide gaben sich die Hand.

Am Montagmorgen, noch vor dem ersten Hahnenschrei, ließ Vitus sich als Admiral Don Pedro de Acuña an Land rudern. Neben Manoel und Diego, die sich in die Riemen legten, waren noch Chock, Muddy, Huck und Ted mit dabei, alle vier mit mehreren schon geladenen Musketen bewaffnet. Sie lagen auf dem Boden des Boots, um nicht gesehen zu werden.
Nur langsam näherten sie sich der *Santa Maria*. Das Schiff lag schräg auf der Steuerbordseite und war durch die Ebbe trockengefallen. Grau-verschwommen grüßte im Morgenlicht ihr Heck, und Vitus fiel auf, dass die große Laterne darüber nicht brannte.
Manoel und Diego ruderten mit aller Kraft, doch sie konnten nicht verhindern, dass ihr Boot durch die Strömung abgetrieben wurde. Vitus schätzte, dass der Landungspunkt vier- bis fünfhundert Yards vom Ziel entfernt sein würde.
»He, Ted!«
»Sir?«
»Komm hoch und sperr mal die Augen auf. Kannst du irgendwelche Aktivitäten auf der *Santa Maria* entdecken?«
Ted spähte angestrengt und sagte dann: »An Deck ist nie-

mand zu sehen, Sir, aber am Rumpf scheinen ein paar Männer zu arbeiten. Sie sind schlecht wahrzunehmen, weil sie sich vor dem dunklen Hintergrund kaum abzeichnen.«

»Kannst du erkennen, wie viele es sind?«

»Schwer zu sagen, aber bestimmt nicht mehr als eine Handvoll, Sir. Sie versuchen, geborstene Planken zu erneuern.«

»Hm.« Vitus fasste sich weiter in Geduld. Ein Schiff wie die *Santa Maria* hatte ein paar hundert Männer an Bord, und er fragte sich, ob alle außer den paar Arbeitern am Rumpf noch unter Deck schliefen, doch dann verwarf er den Gedanken. Viel wahrscheinlicher schien ihm, dass die Schiffsführung Trupps zusammengestellt hatte, die Lebensmittel von der Landbevölkerung besorgen sollten. Aber dazu waren nicht mehr als ein, zwei Dutzend Mann nötig. Wo war der Rest?

Nach einer kleinen Ewigkeit stieß der Bug des Beiboots endlich in den Ufersand. Vitus sprang als Erster an Land und verlor fast das Gleichgewicht. Er war auf etwas Hartes getreten. Er blickte nach unten und sah etwas schimmern. Es war – Gold!

Er bückte sich und fasste zu. Es war ein Gegenstand. Eine goldene Kette. Wie kam eine solche Kostbarkeit in den Sand? Er überlegte noch, da hörte er Manoel hinter sich: »Sir, hier!«

Er fuhr herum und sah, dass der Spanier einen Degen in der Hand hielt. »Woher hast du den?«

»Lag im Sand, Sir, wie die Kette.«

»Großer Gott!« Langsam dämmerte es Vitus, welche Katastrophe sich hier abgespielt hatte. Die *Santa Maria* war vor einigen Tagen im Sturm an die Küste geworfen worden, sie war auf Grund gelaufen und hatte sich nicht mehr freisegeln können, da der Wind direkt aus Westen kam. Brecher auf Brecher hatte auf ihren Rumpf eingeschlagen, und ihn teilweise zerstört. Die Entfernung bis zum rettenden Strand war für die Schiffbrüchigen so weit wie die zum Mond gewesen. Dennoch mussten viele versucht haben, ihn zu erreichen – auch Offiziere, die genauso wie alle anderen ertrunken waren. Und dabei die goldenen Attribute ihres Standes verloren hatten.

Vitus widerstrebte es, aber der Zweck heiligte die Mittel, er hängte sich die Goldkette um den Hals und schnallte sich den Degen um. »Kommt, Männer.«

Während sie am Strand zu dem havarierten Schiff gingen, sahen sie angetriebene Leichen, das Gerippe eines Boots und noch mehr Preziosen im Sand, darunter auch einige goldene Dukaten, aber Vitus befahl Manoel und Diego, die Finger davon zu lassen, und vertröstete sie auf den Rückweg.

Je näher sie dem Schiff kamen, desto mehr wurde es Vitus zur Gewissheit, dass die *Santa Maria* ein Wrack war. Sie reparieren zu wollen, war hoffnungslos. Wie verzweifelt mussten die Männer sein, die es dennoch versuchten!

Als sie auf Rufweite herangekommen waren, ging es wie ein Ruck durch die Arbeitenden. Einer von ihnen hatte Vitus bemerkt. Er rief etwas, sie schlossen sich zusammen und starrten den Ankömmlingen furchtsam entgegen.

Vitus ließ Manoel und Diego, die beide eine geladene Muskete über der Schulter trugen, hinter sich und ging noch ein paar Schritte vor. Dann blieb er stehen und gab den Männern der *Santa Maria* Gelegenheit, ihn zu betrachten. *»Bu-*

enos días, marineros«, sagte er in akzentfreiem Spanisch und dankte gleichzeitig seinem Schöpfer dafür, dass er achtzehn Jahre seiner Jugend in einem spanischen Zisterzienserkloster verbracht hatte. »Ich bin Don Pedro de Acuña, Admiral Seiner Allerkatholischsten Majestät Philipps II. und stellvertretender Befehlshaber des Guipúzcoa-Geschwaders aus dem Baskenland. Erkennt mich jemand von euch?«
Der Mutigste unter den Matrosen traute sich zu antworten: »Leider nein, Admiral.«
Es war genau die Antwort, die Vitus hören wollte. Spätestens jetzt war er ganz sicher, dass seine Maskerade niemandem auffallen würde. Mein Schiff, die *San Juan de Córdoba,* liegt da draußen.« Den Schiffsnamen hatte er mit Bedacht gewählt, da es in der Armada mindestens sechs Einheiten gab, die *San Juan* hießen, oder deren Name mit *San Juan* begann. Niemand würde auf die Idee kommen, dass es die *San Juan de Córdoba* nur in seiner Phantasie gab. »Sie ist eine Prise, die ich vor zwei Jahren den Engländern abgejagt habe. Offenbar hatten meine Männer und ich mehr Glück mit dem Wetter als ihr. Nicht wahr, Leute?«
Manoel und Diego nickten eifrig.
»Wo sind die anderen Mannschaften? Ihr seid doch nicht die einzigen Überlebenden?«
Der Mutige wollte antworten, aber Vitus kam ihm zuvor: »Wie heißt du?«
»Eduardo.«
»Gut, Eduardo. Wo sind die anderen?«
Gestenreich erklärte Eduardo, dass von den vierhundert-

dreißig Männern etwa zwanzig von Don Francisco de Marcos, dem Capitán, ausgeschickt worden seien, um bei den umliegenden Bauern Vorräte zu beschaffen. Es solle in der Nähe ein Dorf namens Grange geben. Das sei vor drei Tagen gewesen. Vor zwei Tagen sei das Schiff in der Nacht überfallen worden, von wem, wisse er nicht, aber die Angreifer hätten sämtliche Decks durchkämmt und alles niedergehauen, was sich ihnen entgegenwarf. Anschließend hätten sie geplündert und das Wenige, was noch von Wert war, von Bord geschleppt. Er und seine Kameraden hätten nur dadurch überlebt, dass sie abkommandiert worden waren, um an Land eine Latrine einzurichten. Nun versuchten sie, das Schiff wieder flottzumachen. Die Hoffnung, es zu schaffen, sei nicht sehr groß, aber vielleicht würden die Furiere ja doch noch zurückkommen, und irgendetwas müsse man ja machen.

»Heißt das, niemand ist im Augenblick an Bord?«, fragte Vitus.

»Niemand, Admiral.«

Vitus versuchte, sich seine Enttäuschung nicht anmerken zu lassen. »Bist du sicher?«

Eduardo zuckte mit den Schultern.

»Ich werde mir selbst ein Bild machen. Ihr bleibt hier und ruht euch aus. Das Schiff ist ohnehin verloren. Was aus euch wird, werden wir sehen.«

»Jawohl, Admiral. Könnt Ihr uns nicht auf Euer Schiff mitnehmen?«

»Wie gesagt, wir werden sehen. Manoel und Diego, ihr bleibt ebenfalls hier und passt auf, dass Eduardo und seine Männer sich auch wirklich ausruhen.« Vitus zwinkerte

vielsagend, und die beiden verstanden: Sie sollten die Überlebenden bewachen.
Er ergriff ein am Rumpf herunterhängendes Tau und hangelte sich empor, wobei er hoffte, keine allzu schlechte Figur zu machen. Es lag schon einige Zeit zurück, dass er derartige Kletterpartien gemacht hatte.
Oben an Deck fühlte er sich an den Anblick auf der *Camborne* erinnert. Nichts befand sich mehr da, wo es einmal gewesen war. Er überlegte, wo er seine Suche am besten beginnen solle, und entschied sich für die Kammern unter dem hohen Achterkastell. Sie waren den Offizieren vorbehalten, und da der kleine Gelehrte ein studierter Mann war, hatte er sicher einen entsprechenden Raum bewohnt. Er suchte die Kammern systematisch ab, wobei er wiederholt »Magister!« rief, doch es war, als brülle er gegen den Wind. Wo er auch nachschaute, nirgendwo fand sich eine Spur. Ihm fiel ein, dass der Magister verletzt worden war und demzufolge vielleicht im Bauch des Schiffs steckte, dort, wo die ärztliche Versorgung vorgenommen wurde, aber er fand weder den Magister noch einen solchen Ort. Stattdessen begegneten ihm überall nur Chaos und Zerstörung und – Tote. Bei jeder Leiche, die von kleinerer Gestalt war, sank ihm das Herz, doch der Magister war nicht dabei. Vitus begann an seinem Verstand zu zweifeln. Er hatte doch genau gesehen, dass der Magister auf dem Achterkastell von einer Kugel getroffen worden war! Wo also war der kleine Gelehrte?
In seiner Verzweiflung begann er, ihn auf Lateinisch zu rufen, denn er wusste um seine Vorliebe für die Sprache der Wissenschaft. Er rief: *»Hic Vitus gaudium magnum!«*, was

so viel wie »Hier ist Vitus, die Freude ist groß!« heißen sollte.
Natürlich war das sinnlos, und er schalt sich dafür. Deshalb begann er seine Suche von vorn und beschränkte sich darauf, »Magister!« zu rufen.
Umsonst, umsonst, umsonst.
Er konnte nicht den ganzen Tag auf seine Nachforschungen verwenden, am Strand warteten die Überlebenden der *Santa Maria* und Manoel und Diego, und im Beiboot warteten Chock, Muddy und Ted, und auf der *Camborne* warteten Don Pedro, der Zwerg, die Kranken und sämtliche Männer der Besatzung.
Er konnte die Rückreise nicht länger hinauszögern, nicht wegen eines einzigen Mannes, der überdies unauffindbar war.
Er kämpfte um Haltung. Es half nichts. Er musste zurück. Er nahm das erstbeste Seil, das vom Rumpf herabhing und kletterte daran nach unten. Erst als er im Sand angekommen war, merkte er, dass er auf der falschen Schiffsseite stand. Er umrundete den Bug, um zu den wartenden Männern zu gelangen, doch ein leises Geräusch ließ ihn stehen bleiben. Er blickte sich um. Niemand war zu sehen. Gerade wollte er weitergehen, da erklang das Geräusch wieder. Es hörte sich an wie ein Seufzen, das manche Schläfer von sich geben.
Doch woher kam es?
Eine Möwe kreischte über ihm im Flug, aber sie konnte nicht die Urheberin des Geräusches sein. Dennoch schaute er nach oben. Und was er sah, war ein Anblick, den er zeit seines Lebens nicht vergessen würde: Im Netz unter dem

Bugspriet, in zwanzig Fuß Höhe, lag ein Mann. Ein kleiner Mann. Er lag da mit angelegten Armen, den Kopf nach vorn gewandt, und sein Gesicht zeigte nach unten.
Es war der Magister.
Vitus musste an sich halten, um seine Freude nicht herauszuschreien. Er hatte seinen Freund gefunden! »Magister«, rief er. »Kannst du mich hören? So hör doch! Ich bin hier unten, ich komme hoch und hole dich da raus! Sag doch etwas! Lebst du überhaupt noch? He, Magister, lebst du überhaupt noch?«
Ein Zucken ging durch das Gesicht des kleinen Gelehrten. Er blinzelte. Dann seufzte er wieder. Und blinzelte nochmals.
»So hör doch, Magister, ich bin's, Vitus! Ich hole dich da oben raus! So sag doch etwas!«
Der Magister gab einen krächzenden Laut von sich und grinste schief. »Unkraut vergeht nicht.«
Vitus' Herz machte einen Sprung. Er glaubte, niemals zuvor einen schöneren Satz gehört zu haben. »Warte, ich hole dich!«
Mit fliegender Hast erklomm er das Deck erneut, eilte zum Bug und stand wenig später über seinem Freund. »Ich fürchte, ich kann nicht ...«, krächzte der Magister.
»Du brauchst gar nichts zu können, überlass nur alles mir«, sagte Vitus froh. Er stieg hinab in das Netz, hielt sich am Bugspriet mit einer Hand fest und zog mit der anderen Hand den kleinen Mann zu sich heran. Obwohl der Magister bis auf die Knochen abgemagert war, fiel es Vitus schwer, mit seiner Last den Weg zurück zu bewältigen, doch die Freude verlieh ihm zusätzliche Kräfte. Auf dem breiten

Deck des Vorkastells wollte er seinen Freund auf die Beine stellen, aber es gelang nur halb. Der Magister keuchte: »Bin etwas schwach im Schenkel.«

»Das macht nichts, ich seile dich ab und dann geht's zurück zur *Cam*…«

»Sir!« Vitus wurde unterbrochen. Die Stimme war schrill und voller Angst. Sie gehörte Manoel. »Da hinten am Strand, Sir, Reiter! Es muss die *Lavia* sein, auf die sie's abgesehen haben!«

Vitus schaute in die angegebene Richtung und erkannte, dass Manoel recht hatte. Das Wrack wurde von einer Schar Reiter umkreist, von denen einige absaßen und auf das Schiff kletterten.

»Wenn es mit der *Lavia* so steht wie mit der *Santa Maria*, werden die Herren nicht viel finden«, sagte Vitus grimmig. »Und wenn dem so ist, werden wir es sein, die danach die Ehre haben, sie zu empfangen. Es sind mindestens fünfzehn Mann, nichts wie weg!«

In großer Eile knüpfte Vitus zwei Schlingen, in die der Magister seine Füße stellen musste, warf das dazugehörige Seil über eine noch stehende Rah und zog an. »Versuche, dich aufrecht zu halten, Magister!« Der kleine Mann hob ab, schwebte in der Luft und wurde Zug um Zug außenbords abgeseilt.

Vitus folgte in halsbrecherischem Tempo, warf einen Blick zur *Lavia* hinüber und sah, dass sämtliche Reiter wieder aufgesessen waren und auf die *Santa Maria* zuritten. Verdammte Plünderer und Halsabschneider! Es würde wenig nützen, ihnen zu sagen, er sei kein spanischer Admiral, sondern der Earl of Worthing, und es würde noch weniger

nützen, sie darum zu bitten, ihnen allen das Leben zu schenken.
Nein, das Heil lag in der Flucht. Von den Reitern bis zur *Santa Maria* waren es vielleicht noch tausend Yards, von der *Santa Maria* bis zu dem auf der anderen Seite am Strand liegenden Beiboot vielleicht die Hälfte. »Kannst du laufen, Magister?«
Der kleine Gelehrte schüttelte den Kopf. »Jede Schnecke wäre schneller.«
»Gut, dann geht es nicht anders.« Vitus nahm den Magister über die Schulter und brüllte: »Los, Männer, folgt mir, auch du, Eduardo, mit deinen Leuten, los, los, kommt alle mit, rennt um euer Leben!«
Er lief los, ohne sich umzusehen, und fluchte insgeheim über den weichen Sand, in den er bei jedem Schritt einsank. Weiter, weiter! Hinter sich hörte er den stoßweisen Atem der anderen. Manoel überholte ihn. Er schien schnelle Beine zu haben. »Ja, lauf voraus zum Boot!«, keuchte Vitus. »Sie sollen schießen ... uns die Bande vom Leib halten!«
Weiter, weiter! Sein Puls raste, seine Brust drohte zu zerspringen. Der Magister schien einen Körper aus Blei zu haben. Weiter, weiter!
»Sie kommen näher!«, schrie hinter ihm jemand.
»Hilfe, Hilfe!«
»Lauft, verflucht noch mal, lauft!«
Er wurde langsamer, seine Kraft reichte einfach nicht. Er musste aufgeben.
Er wollte nicht aufgeben.
Niemals!

Schüsse krachten plötzlich. Eine Stimme schrie: »Köpfe runter!« Es war Chocks Stimme.
Er riss die Augen auf. Das Beiboot erschien wie im Nebel vor ihm. Mündungsblitze stachen ihm in die Augen. Er mobilisierte die letzten Kräfte. Noch fünfzig Schritte, noch dreißig, noch zehn …
Irgendjemand nahm ihm den Magister ab und hob ihn ins Boot. Er taumelte hinterher. Noch mehr Schüsse. Rufe. Pferdegetrappel in unmittelbarer Nähe.
»Pullt, Jungs, pullt!«
Er lag auf einer Ducht und sah Chock und Muddy, die beide mit aller Kraft ruderten.
Schüsse fielen. Manoel, Diego, Huck und Ted feuerten auf die Reiter. Sie standen am Strand und schossen zurück.
»Runter mit den Köpfen.«
Weitere Schüsse.
»Pullt, pullt, pullt!«
»Wir schaffen es!«, hörte Vitus eine Stimme rufen. Es war die von Ted. *»Hooray, hooray, hooray!«*
Er sank zurück und verlor die Besinnung.

»Das war knapp«, sagte jemand zu ihm.
Er schlug die Augen auf und erblickte den Magister. Der kleine Gelehrte lag wie er noch im großen Beiboot und wartete darauf, an Bord der *Camborne* gehievt zu werden. An Deck erklangen Befehle, Schritte polterten, Geschäftigkeit herrschte. Er hörte, dass die Geschützpforten geöffnet und die Kanonen ausgerannt wurden. Ein Gefühl grenzen-

loser Erleichterung durchströmte ihn. Die Gefahr war überstanden, der kleine Gelehrte gerettet. »Ja«, sagte er, »aber jetzt bist du in Sicherheit.«

Ein Tag war vergangen. Vitus hatte sich von der ungeheuren Anstrengung so weit erholt, dass er sich die Wunde des Magisters ansehen konnte. Es war ein faustgroßes Loch oberhalb des rechten Beckenknochens. Das Fleisch war durch die Musketenkugel bis zum Ansatz der unteren Rippe herausgerissen worden, die Leber war gottlob nicht verletzt.

»Es ist nur ein Kratzer«, sagte der Magister, der auf der linken Seite lag, damit Vitus die Verletzung besser betrachten konnte.

»Kratzer ist gut. Du musst Höllenqualen durchgestanden haben, als ich dich im Schweinsgalopp zum Beiboot trug.«

»Ich habe noch ganz andere Sachen aushalten müssen.«

Vitus fragte sich, was damit wohl gemeint war, beschloss aber, sich zunächst auf die Wundversorgung zu konzentrieren. »Ich sehe, jemand hat die Blessur schon behandelt. Wer war das?«

»Ich selbst.«

»Was, du?« Vitus wunderte sich. »Hattet ihr keinen Arzt an Bord?«

»Ich würde ihn eher als Schlachter bezeichnen. Er fiel schon im Kanal. Seitdem waren wir ohne Arzt.«

»Das müssen ja schlimme Zustände bei euch an Bord gewesen sein.«

»Schlimm ist gar kein Ausdruck.«
Vitus beschloss abermals, nicht weiter zu fragen. Die Verletzung hatte Vorrang. Er ging zum Regal des Behandlungsraums, wo er mehrere Pulver aufbewahrte, und entschied sich für eines, das die Wirkstoffe von Arnika und Beinwell enthielt. »Die Wunde ist tief, die Wundränder sind entzündet. Aber am Boden hat bereits der Heilungsprozess eingesetzt.«
»Ist mir auch schon aufgefallen. Habe die Wunde gewaschen und danach gut bluten lassen, um dem Wundbrand ein Schnippchen zu schlagen.«
»Das scheint dir gelungen zu sein.«
»Habe eben gutes Heilfleisch.« Zum ersten Mal, seit sie wieder zusammen waren, lachte der Magister.
»Trotzdem wollen wir den Genesungsvorgang unterstützen. Ich werde die Wunde nicht nähen, dazu ist es zu spät, sondern nur die Ränder behandeln.«
»Womit?« Wie immer wollte der kleine Gelehrte alles ganz genau wissen.
Vitus erklärte es ihm. Anschließend legte er einen Verband an und verordnete Ruhe. »Am besten, du schläfst dich gesund.«
»Ich will aber nicht schlafen.«
Vitus musste lächeln. Der Magister begann wieder der Alte zu werden. »Und warum nicht, wenn ich fragen darf?«
»Ich … ich muss mit dir reden.«
»Was, jetzt? Ich glaube nicht …«
»Doch!«
Vitus kannte den Starrsinn des kleinen Gelehrten. Wenn der sich einmal etwas in den Kopf gesetzt hatte, dann war er

durch nichts davon abzubringen. Andererseits war die Gelegenheit günstig, denn niemand sonst befand sich im Raum.
»Gut, reden wir.« Er setzte sich auf die Kante der Pritsche.
»Tja.« Der Magister kratzte sich an der hohen Stirn. »Jetzt, wo du einverstanden bist, fällt mir auf einmal nichts mehr ein.«
»Mir würde es auch schwerfallen, den Anfang zu machen.«
»Habe mir in der Vergangenheit tausendmal überlegt, was ich sagen würde, wenn wir uns wieder träfen. Aber jetzt ist Ebbe in meinem Hirn.«
Vitus legte die Hand auf den Arm des kleinen Gelehrten: »Sag doch einfach, dass es dir leidtut. Dann erginge es dir nämlich genau wie mir. Mir tut es auch leid, dass der verdammte Krieg uns auseinandergebracht hat. Wie leid, das kann ich dir gar nicht sagen. Es gab Tage, da hätte ich mein Leben dafür gegeben, mit dir reden zu können.«
»So war's auch bei mir.« Die Augen des Magisters leuchteten.
»Ich hätte mich niemals so benehmen dürfen, als du Greenvale Castle verlassen wolltest.«
»Ich hätte niemals gehen dürfen. Nicht wegen dieses Scheißkriegs.«
Eine Weile sagten beide nichts.
»Ist jetzt wieder alles gut?«, fragte der Magister.
»Natürlich, altes Unkraut.«
»Selber altes Unkraut!«
Sie lachten. Und das Lachen nahm ihnen die Verlegenheit.
»Weißt du«, sagte der Magister, »wovor ich am meisten Angst hatte damals, bevor ich ging? Ich malte mir aus, ein

spanischer Soldat der Invasionsarmee würde nach Greenvale Castle kommen, mich verächtlich von oben bis unten anschauen und mich fragen, warum ich nicht zu den Fahnen meines Vaterlands geeilt sei. Ob ich ein Feigling sei, ein Drückeberger, ein Hasenfuß. Und das wollte ich um alles in der Welt nicht sein.«

»Das bist du ja auch nicht.«

»Ich hätte trotzdem mit dir kommen sollen, dann wäre mir viel erspart geblieben. Bevor ich damals ging, habe ich dir auch gesagt, dass von zwei Kontrahenten nicht immer nur einer das Recht auf seiner Seite hat und dass es keinen Ausschließlichkeitsanspruch darauf gibt. Ich sagte, der Allmächtige möge entscheiden, welcher Partei er den Sieg schenkt. Nun, er hat sich entschieden – für England und gegen Spanien.«

Vitus nickte.

»Nie hätte ich gedacht, wie viele Intrigen, Bestechungen, lächerliche Eitelkeiten auf dem Offiziersdeck eines spanischen Kriegsschiffs zu Hause sind. Jetzt weiß ich es, denn ich habe eine entsprechende Kammer bewohnt. Ich war der persönliche Schreiber des Capitáns Don Francisco de Marcos, eines hartherzigen Mannes, der nicht den kleinsten Widerspruch duldete. Er war ein humorloser Blaustrumpf, dünkelhaft und dumm. Bei jeder Kleinigkeit ließ er die Peitsche sprechen und spielte innerhalb der Besatzung einen gegen den anderen aus – es war das Einzige, was ihm wirklich Freude bereitete. Alles andere war ihm egal. Sogar der Krieg war für ihn nur insoweit interessant, als er sich durch ihn Reichtum und Beförderung versprach. Und wie er dachten viele. Viel zu viele.«

»Ist er tot?«
»Ja, erschlagen von Strandräubern, wie fast alle anderen, die nicht ertrunken sind. Wenn ich mich versündigen wollte, würde ich sagen, Gott sei Dank!«
»Nicht alle spanischen Schiffsführer sind so wie dieser Don Francisco de Marcos.«
Der Magister blickte Vitus überrascht an. »Woher willst du das wissen?«
»Weil dieses englische Schiff von einem der fähigsten und ehrenhaftesten spanischen Offiziere befehligt wird.«
»Willst du mir einen Bären aufbinden?«
»Nein, es ist wirklich so.«
»Und das mitten im Krieg?«
»Du sagst es.« Vitus erzählte die außergewöhnliche Geschichte von Don Pedro, der als Gefangener an Bord gekommen war und nun als Kapitän die *Camborne* nach England segelte. Als er geendet hatte, sagte der kleine Gelehrte nachdenklich: »Das klingt wie ein Märchen aus Tausendundeiner Nacht, aber wenn du sagst, dass es so ist, wird es so sein. Jedenfalls gibt es mir ein wenig den Glauben an meine Landsleute zurück. Im Übrigen bin ich ein Mann der Jurisprudenz und allein schon von daher verpflichtet, gerecht zu sein. *Discite iustitiam moniti*, wie es so schön bei Vergil heißt.«
»Glaub mir, es gibt in jedem Volk und an jedem Ort solche und solche. Denk an die Schlagetots, die euch Wehrlose nach dem Sturm überfallen haben.«
»Ja, das stimmt.« Der Magister krächzte und räusperte sich.
»Möchtest du etwas trinken? Ich habe frisches Wasser.«

»Wasser? Willst du mich vergiften?«

Vitus lachte. Der Magister war wirklich schon wieder der Alte. Er stand auf und holte zwei Becher mit Brandy.

»Prost, altes Unkraut!«

»Selber altes Unkraut!«

»Jetzt musst du mir aber erzählen, wie es dir gelang, den Überfall der Strandräuber zu überleben.«

»Wenn ich bedenke, dass ich zu dem Zeitpunkt noch kaum aufstehen konnte, ist es fast ein Wunder, dass ich überlebt habe. Genau genommen habe ich meine Rettung nur dem heiligen Jakobus zu verdanken.« Der Magister trank noch einen Schluck.

»Der heilige Jakobus? Meinst du den, nach dem der Jakobsweg benannt wurde? Was hat denn der mit der ganzen Sache zu tun?« Vitus folgte dem Beispiel des kleinen Gelehrten und trank ebenfalls noch einen Schluck.

»Genau den meine ich. Der heilige Jakobus war aus Holz und schon ziemlich wurmstichig und altersschwach, als ich ihn in La Coruña kennenlernte. Er war die Galionsfigur der *Santa Maria,* die ich dort bestieg, um den Dienst für mein Vaterland aufzunehmen. Weil der heilige Jakobus so altersschwach war, brach er schon bei einem der ersten Stürme im Kanal ab. Wahrscheinlich wollte er die Bekanntschaft von Poseidon machen, vielleicht auch mit einer hübschen Meerjungfrau anbandeln, auf jeden Fall war er spurlos verschwunden. Fortan fuhren wir ohne Galionsfigur, aber jedes Mal, wenn ich in den Garten musste, fiel mir die Bruchstelle auf. Einige, die bei der Gelegenheit neben mir hockten, meinten, es brächte Unglück, dass der heilige Mann nun nicht mehr am Bug voranpilgerte, und wenn ich ehrlich bin, ging es mir auch ein wenig so. Aber du weißt, dass ich von Haus aus optimistisch bin, und deshalb machte ich mir keine weiteren Gedanken. Das erste Mal jedoch zweifelte ich, als ich den Schuss in die Hüfte bekam, ich …«

»Das war beim Kampf mit unserem Schiff. Einer unserer Musketenschützen traf dich, ich sah, wie du zusammenbrachst. Es war, als wäre ich selbst getroffen worden. Seitdem ist die *Camborne* hinter der *Santa Maria* her. Ich wollte dich unbedingt einholen und deine Wunde verarzten. Und wie du siehst, ist es mir gelungen.«

Der Magister blinzelte. »Die ganze Zeit bist du hinter mir her? Beim Blute Christi, ich wusste gar nicht, dass du so hartnäckig sein kannst! Spätestens jetzt weiß ich, dass du mir mein Fortgehen nicht mehr krummnimmst.«

Um die neuerlich aufkommende Verlegenheit zu überbrücken, fragte Vitus: »Und wie ging es nun weiter mit dem heiligen Jakobus?«

»Das zweite Mal zweifelte ich an meinem Optimismus, als der Sturm uns hier an die Küste warf, und das dritte Mal, als die Strandräuber kamen. Es war ein bunt zusammengewürfelter Haufen, man sah, dass die Kerle sich von überall her zusammengerottet hatten. Sie waren mit allen nur erdenklichen Waffen ausgerüstet, vom guten Militärdegen bis hin zur gemeinen Mistgabel, aber in ihrer aller Augen stand nur eines: Mordlust und Gier. Es war in den Abendstunden. Wie die Ameisen krabbelten sie auf das Schiff, und ich überlegte verzweifelt, wo ich mich verstecken könnte. Es schien aussichtslos. Die Schandbuben durchsuchten auch den kleinsten Winkel, ihren habsüchtigen Augen entging nichts, sie schienen das Ganze nicht zum ersten Mal zu machen. Ich floh vor ihnen von Kammer zu Kammer, von Deck zu Deck. Die Situation wurde immer kitzliger, zumal ich kaum noch laufen konnte. Ich befand mich mittlerweile im Vorschiff, und da fiel mir, *Deo gratias,* der heilige Jakobus ein, der seinen Platz schon im Kanal verlassen hatte. Ich beschloss, an seiner statt dem Schiff voranzupilgern, kletterte über den Galion nach vorn, kroch unter den Bugspriet, machte mich lang und hielt mich an einigen gespannten Seilen fest.«

»Donnerwetter, darauf wäre ich nicht gekommen.« In Vitus' Worten schwang Bewunderung mit. »Du warst sehr klug.«

»Ich war der heilige Jakobus. Und ich überlebte als Einziger, denn niemand von den Schlagetots merkte, dass ich nicht aus Holz war. Irgendwann, als die Hunde fort waren, fehlte mir die Kraft, mich weiter zu halten. Ich musste loslassen und fiel in das Netz unter dem Bugspriet.« Der Magister blinzelte kurzsichtig.

»Und dabei hast du wieder einmal deine Berylle verloren.«

»Die habe ich schon viel früher verloren. Ein Windstoß blies mir das Gestell von der Nase.«

»Wir werden dir in Worthing neue Gläser machen lassen.«

»Endlich wieder besser sehen! Das ist Musik in meinen Ohren.«

»Noch ist es nicht so weit. Erst einmal schläfst du.«

»Aber ich …«

»Keine Widerrede, oder willst du einen neuen Streit vom Zaun brechen?«

»Da sei Gott vor!«
»Na siehst du.« Vitus zog dem Magister die Bettdecke bis zum Hals und verließ den Raum.
Er war glücklich.

Der Magister García

»Ich sehe sowieso nichts. Alles, was weiter als drei Schritte entfernt ist, erscheint mir nur als Nebel. Aber wenn du gestattest, bleibe ich bei meinem Optimismus und sage: Was von Süden auf uns zukommt, dürfte kaum zur Armada gehören.«

Am 21. August lag die *Camborne* noch immer in der Donegal-Bucht, weil ein steifer Westwind sie dort festnagelte. Sie zerrte an ihren Ankertauen, schwoite im Wind und kam nicht vom Fleck.

Gegen Mittag erschien der Magister auf dem Hauptdeck, hielt die Nase in die frische Brise und blinzelte zu der zerstört am Strand liegenden *Santa Maria* hinüber. Vitus, der ihn vom Kommandantendeck aus gesehen hatte, kam den Niedergang herunter und trat neben ihn. »Ich wusste gar nicht, dass der Patient schon aufstehen darf?«

»Wo ist denn hier ein Patient?« Der Magister blickte sich um und spielte den Unwissenden. »Falls du mich meinst, der Kratzer ist schon so gut wie verheilt. Wann geht es denn endlich ab in Richtung Heimat?«

»Hast du eben ›Heimat‹ gesagt?«

»Hab ich.« Der kleine Gelehrte grinste. »Ich meinte damit Greenvale Castle. Ich sehe mich schon wieder bei Nina am Klavichord stehen und spanische Wiegenlieder trällern.«

Vitus stand die Freude im Gesicht. Es war klar, dass der Magister seine Worte mit Absicht gewählt hatte; sie entsprachen seinem Wunsch, alles möge wieder so werden wie früher – ein Wunsch, der sich mit Vitus' Hoffnungen deckte. »Wir brauchen nördlichen oder östlichen Wind, sonst kommen wir nicht aus der Bucht heraus.«

»Das hat Fancisco de Marcos, der schurkische Capitán, vor ein paar Tagen auch gesagt.«

»War er wirklich so schlimm?«

»Ja, das war er, mein Alter.« Die Augen des Magisters umwölkten sich, er zeigte auf die *Santa Maria.* »Ich bin mit hohen Erwartungen und besten Absichten an Bord gegangen, aber schon nach einem oder zwei Tagen wäre ich am liebsten wieder an Land gesprungen. Doch da waren wir schon auf See. Wegen meiner Kurzsichtigkeit machte mich der Capitán zu seinem Schreiber, zu etwas anderem taugte ich ja nicht. Es dauerte nicht lange, da erkannte ich anhand der Papiere, dass der Capitán die Mannschaften nach Strich und Faden betrog. Er hatte Staatsgelder für Proviant und Ausrüstung erhalten, sie aber in die eigene Tasche fließen lassen. Entsprechend schmal waren Kost und Ausstattung. Die Matrosen und die Seesoldaten versuchten trotzdem, das Beste daraus zu machen, und wie du erlebt hast, schlugen sie sich wacker im Kampf. Weil es aber an allen Ecken und Enden fehlte, hatte sogar der ›Schlachter‹ kaum Medikamente. Aus den Büchern ging hervor, dass keine fiebersenkende Rinde, keine purgierende Arznei, keine schmerzlindernde Droge, ja nicht einmal Pulver oder Tinkturen gegen Hautflechten und Ekzeme an Bord waren. Dafür war der Schlachter immer schnell mit dem Skalpell zur Hand. Wer zögerte, seine zweifelhaften Dienste anzunehmen, dem sagte er: ›*Quae medicamenta non sanant, ferum sanat.*‹ Als ob das Messer alles heilen könne.«

»Das ist kaum zu glauben.«

»Und doch war es so. Und wie immer, wenn Versorgung und Ausrüstung schlecht sind, kam es zu der einen oder anderen Disziplinlosigkeit, was wiederum gnadenloses Auspeitschen zur Folge hatte.«

»Wo du gerade davon sprichst: Stimmt es eigentlich, dass die Armada ganze Schiffe voller Geißeln mit sich führte, um die ketzerischen blonden englischen Frauen zu züchtigen?«

Der Magister winkte ab. »Gerüchte, mehr nicht.«

»Und was ist mit den Ammen, die für die erschlagenen Mütter einspringen sollten? Was ist mit den Folterinstrumenten, die mitgeführt wurden, um Geständnisse zu erpressen, den Gluteisen, um Häretiker auf der Stirn zu brandmarken, den Hanfstricken, um hartnäckige Sünder aufzuknüpfen?«

»Gerüchte, Klatsch, Parolen! Dafür hatten wir drei eifernde Priester an Bord. Äußerst unangenehme Zeitgenossen, die zu allen möglichen und unmöglichen Zeiten zur Messe am Hauptmast riefen. Nicht einmal der Capitán mochte etwas dagegen sagen, weil Unsere Majestät in Madrid ja so sehr katholisch ist. Du weißt, ich habe nichts gegen ein frommes Gebet und glaube auch an meinen Schöpfer, aber diese bigotte Heuchelei war unerträglich.«

»Das kann ich mir vorstellen.«
»Die ärmsten Kreaturen an Bord aber waren die Pferde. Sie standen an Deck in engen Verschlägen und wurden verrückt vor Angst, wenn die See hochging und sie hin und her warf, wenn es blitzte und donnerte oder wenn zerfetzte Segel ihnen die Sicht nahmen. Sie brachen sich buchstäblich Hals und Bein und mussten während der Unwetter über Bord geworfen werden. Viele von ihnen lebten noch, und jene, die noch lebten, ersoffen jämmerlich.«
»Wir haben welche gesehen, treibend im Meer, sie wiesen uns bei Schottland den Kurs nach Westen und gaben uns die Sicherheit, den richtigen Weg eingeschlagen zu haben.«
»Das könnten unsere gewesen sein.« Der Magister seufzte. »So waren die armen Viecher doch noch zu etwas nütze.«
»Ja, sie haben ihr Scherflein dazu beigetragen, dass wir beide wieder zusammen sind. Und weil das so ist, hast du jetzt wieder jemanden, der auf dich aufpasst und dir sagt, dass es höchste Zeit ist, das Krankenbett aufzusuchen.«
»Ich bin nicht krank.«
»Ob jemand krank ist oder nicht, entscheidet der Arzt. Und der sagt: ab ins Bett!«
»Ja, doch. Kaum hat man sich wiedergefunden, wird man auch schon drangsaliert. Du bist wirklich unverbesserlich!«
»Ebenso, ebenso.«

Am Abend bestand der Magister darauf, am gemeinsamen Essen in Steels Kajüte teilzunehmen, denn er wollte endlich »die Lichtgestalt des spanischen Mannestums«, wie er sich ausdrückte, kennenlernen. Doch als er Don Pedro vorgestellt worden war, sagte er zunächst einmal nichts. Zu karg erschien ihm das, was auf den Tisch gekommen war. »Fürwahr«, sagte er schließlich, »auf diesem Schiff scheint Schmalhans Küchenmeister zu sein, wie karg wird da erst die Kost der Mannschaften aussehen?«

»Wir essen dasselbe wie alle anderen«, sagte Don Pedro ernst. »Auf ausdrücklichen Wunsch von Vitus.«

»Keine Extrawürste?«

»Nein.« Don Pedro schmunzelte. »Das Einzige, was wir uns gönnen, ist ein guter Tropfen. Ich bin zwar der Jüngere von uns beiden, aber ich möchte dir trotzdem das Du anbieten. Ich heiße Pedro.«

Der Magister blinzelte. »Du scheinst von schnellem Entschluss zu sein.«

Vitus grinste. »Wir haben es vorher abgesprochen. Pedro und ich duzen uns, und da wäre es komisch, wenn ihr beide es nicht auch tätet.«

Der Magister gab das Grinsen zurück. »Was ist denn in den Gläsern, mit denen das Du besiegelt werden soll?«

»Bester spanischer Brandy.«

»Dann bin ich einverstanden. *Salud,* Landsmann, ich heiße Ramiro, aber es ist besser, du sagst ›Magister‹ zu mir, weil alle meine Freunde mich so nennen.«

»*Salud,* Magister! *Salud,* Vitus!«

»*Salud* und *cheers!*«

Sie prosteten sich zu und tranken.

Vitus rief: »Damit wäre der offizielle Teil erledigt, jetzt kommen wir zum gemütlichen Teil des Abends.«
»Der aber leider nicht lange dauern wird«, ergänzte Don Pedro. »Jedenfalls für mich. Ich hatte bisher noch keine Zeit, die spanischen Matrosen von der *Santa Maria* zu begrüßen, und will das jetzt nachholen. Danach sollen sie die Männer an den Pumpen ablösen. Außerdem spüre ich, dass der Wind bald umspringt und uns die Möglichkeit gibt, diese ungastlichen Gewässer zu verlassen.«
»Das höre ich gern«, sagte Vitus und nahm einen Löffel der Fleischbrühe, die mit Köpfen des Stockfischs und grünem Gemüse angereichert war, um eine antiskorbutische Wirkung zu erzielen. »Je früher wir zu Hause sind, desto besser!«
»Sicher«, sagte Don Pedro, und ein Schatten legte sich auf sein Gesicht, bevor er die Kajüte verließ.
Als er fort war, sagte der Magister: »Ich wusste gar nicht, dass spanische Admirale so menschlich sein können. Dass er einfache Speise, ohne mit der Wimper zu zucken, vertilgt, finde ich bemerkenswert. Ach, wo ich gerade von einfacher Speise rede: Ich vermisse den Zwerg. Er war es doch sicher, der für diese Suppe den Kochlöffel geschwungen hat?«
»Dem Zwerg geht es gut. Es gibt nichts, was ihn erschüttern könnte. Er war gestern schon unten im Orlopdeck, um nach dir zu sehen, aber du hast geschlafen. ›Wui, wui, der Blinzler lullt‹, hat er gefistelt. ›Soller ruhich. Hat'n Loch in der Lende, is aber nich bösich, ich spür's im Hintergeschirr. Knäbbig, dasser krick präsent is, is besser für alle, nich, Örl?‹«
»Dem ist nicht zu widersprechen«, sagte der Magister.

»Trotzdem werde ich bald mit dem Winzling reden müssen, damit seine Portionen größer werden. Er scheint vergessen zu haben, dass ich ein starker Esser bin.«
Vitus lachte. »Komm, wir gehen hinunter in den Behandlungsraum. Ich will nach den Kranken sehen.«
»Einverstanden, aber ich weiß natürlich, was du in Wahrheit willst.«
»So, was will ich denn?«
»Mich schon wieder ins Bett nötigen.«

Don Pedro sollte recht behalten, denn eine halbe Stunde später sprang der Wind tatsächlich um. Die Anker wurden gelichtet, und die *Camborne* machte sich daran, bei einem frischen Nordost aus der Donegal-Bucht hinauszukreuzen, wobei das Unterfangen schwieriger als angenommen war, denn es herrschte Finsternis, und ihre Manövrierfähigkeit war durch den Verlust von Kreuz- und Besanmast eingeschränkt. Dazu kam, dass sie ständig Wasser machte und tiefer als normal lag.
Dennoch gelang es Don Pedro, sein Schiff im fahlen Licht des Mondes an Felsen und Untiefen vorbei nach Westen auf das große Meer hinauszusteuern.
Gegen Morgen, als die *Camborne* sich freigesegelt hatte, ließ er Kurs Süd abstecken, rief Chock, damit dieser ihn auf dem Kommandantendeck ablöse, und fiel todmüde in seine Koje.

Zum selben Zeitpunkt kletterte Vitus hinunter in den Bauch des Schiffs, um nach den Kranken im Allgemeinen und dem Magister im Besonderen zu sehen. Zu dem vorhandenen Krankenstand waren noch zwei Matrosen von der *Santa Maria* gekommen, deren Hände und Unterarme blutige Ekzeme aufwiesen. Die Hautkrankheiten waren feucht, weshalb Vitus sie mit Kalkpulver behandelte, immer getreu der Erkenntnis der alten Meisterärzte, nach der Feuchtes mit Trockenem und Trockenes mit Feuchtem bekämpft werden sollte.
Während Vitus die Männer behandelte, spürte er, wie sie ihn verstohlen musterten. Wahrscheinlich fanden sie es erstaunlich, dass der spanische Admiral, der ihnen am Streedagh-Strand das Leben gerettet hatte, in Wahrheit ein Schiffsarzt und Cirurgicus war, aber Vitus beschloss, nicht näher darauf einzugehen. Mochte Don Pedro bei Gelegenheit einige erklärende Worte dazu sagen.
McQuarrie laborierte weiterhin an seiner Ruhr, dennoch fand er die Kraft, sich nach dem Zustand des Schiffs zu erkundigen, woraufhin er aber nur unbestimmte Antworten von Vitus erhielt. Er wollte den drahtigen Schotten nicht beunruhigen. Stonewell dagegen schien den Kampf gegen die Ruhr zu gewinnen. Er fühlte sich schon so weit wieder hergestellt, dass er die Pflege von McQuarrie teilweise übernahm. Vitus ließ ihn gewähren, ermahnte ihn aber, er dürfe die Quarantänestation auf keinen Fall verlassen. Er wünschte allseits gute Besserung und verließ die Station, um sich in den Kammern nach den anderen Patienten umzusehen.
Der Mann, dem das zerschossene Schienbein amputiert werden musste, machte weiterhin gute Fortschritte.

Der Bursche mit der abgequetschten Hand würde wieder Dienst machen können – allerdings mit drei Fingern weniger.
Der Matrose Clark, dem eine Musketenkugel das Gesäß quer durchschlagen hatte, musste nicht mehr auf dem Bauch liegen, sondern konnte schon wieder auf einer Backe sitzen. Er schien ein Spaßvogel zu sein, denn er erklärte, diese Position sei gar nicht so schlecht, wenn man sie einnehme, könne man viel leichter furzen. Vitus lachte höflich, bat ihn aber, er möge den Beweis dafür nicht antreten.
Die anderen Amputationen, Brüche, Quetschungen, Stauchungen und Wunden sahen alle mehr oder weniger gut aus. Vitus sprach den Kranken Mut zu und ging zu seinem letzten Patienten – dem Magister. »Na, wie geht's, altes Unkraut?«
»Habe prächtig geschlafen.« Der kleine Gelehrte gähnte.
»Ich will mir deine Wunde ansehen.« Vitus nahm den Verband ab und betrachtete den Zustand im Schein von mehreren Laternen. »Mit dem Heilungsverlauf bin ich zufrieden, doch in den Rändern steckt immer noch die *inflammatio.* Wir werden sie weiter mit Arzneipulver behandeln.« Er gab das Pulver auf die entsprechenden Stellen und legte einen neuen Verband an. Er war so in seine Arbeit vertieft, dass er das plötzliche Geschrei an Deck überhörte. Erst als der Magister ihn darauf aufmerksam machte, wurde er es gewahr. »Was hat das zu bedeuten?«, fragte er.
»Ich weiß es nicht«, sagte der Magister »Aber es könnte damit zusammenhängen, dass du mit deinen schönen gelben Pantoffeln im Wasser stehst.«

»Was?« Vitus fuhr hoch und sah, dass der Magister recht hatte. Er eilte nach oben und griff sich an Deck den erstbesten Matrosen. »Was ist los?«
Der Mann hatte schreckgeweitete Augen. »Wassereinbruch am Bug, Sir, mehrere Planken hat es fortgerissen. Wir versuchen, das Leck abzudichten.«
»Und? Schafft ihr es?«
»Weiß nicht, Sir, sieht schlecht aus. Muss weiter.« Der Mann rannte fort, und Vitus blickte nach oben zum Kommandantendeck, wo er Don Pedro sah, der heftig auf Chock und Manoel einredete und sie anschließend fortscheuchte. Die Situation schien in der Tat prekär zu sein. Die *Camborne* hatte seit dem letzten Sturm nur durch ständiges Pumpen schwimmfähig gehalten werden können, und ob dieser Zustand so bleiben würde, war angesichts der neuen Entwicklung mehr als fraglich.
Wenn der Wasserspiegel im Schiff weiter stieg, musste er dafür sorgen, dass seine Kranken umgebettet wurden in ein höheres Deck.
Ein Deck höher aber befanden sich zahllose Fässer mit Trinkwasser, Proviant, Segeln und Tauen. Dieses Ladegut würde wiederum ein Deck höher zu verstauen sein, und die Dinge, die dort gelagert wurden, erneut ein Deck höher, bis hinauf zum Batteriedeck …
Als Vitus mit seinen Gedanken so weit gekommen war, hatte er eine Idee. Er lief zum höchsten Punkt des Schiffs, wo Don Pedro mit sorgenvoller Miene stand. »Das Wasser steht schon im Orlopdeck, Pedro«, sagte er möglichst ruhig. »Ich kann meine Kranken nicht da unten ertrinken lassen. Sie müssen umziehen.«

»Natürlich«, sagte Don Pedro, »daran habe ich auch schon gedacht. Wir könnten ihre Pritschen aufs Hauptdeck bringen lassen, dann wären sie gleichzeitig an der frischen Luft.«
»Ich glaube, das wird nicht ausreichen«, sagte Vitus. »Wenn die *Camborne* trotz aller Bemühungen weiter Wasser macht, müssten wir sie erleichtern, und zwar erheblich.«
»Du meinst …?«
»Ja, ich glaube, wir haben keine andere Wahl.«
Don Pedro nickte. »Dann machen wir es … Chock!«
Als der bewährte Veteran der *Falcon* erschien, befahl Don Pedro knapp: »Alle Kanonen über Bord, *rápido, rápido!*«
»Sir?« Chock schluckte. »Aye, aye, Sir. Darf ich mir eine Bemerkung erlauben?«
»Bitte.«
»Sollte uns ein Schiff der Dons, äh, ich meine der Spanier, über den Weg laufen, sind wir wehrlos, Sir.«
»Das müssen wir in Kauf nehmen«, sagte Don Pedro.
»Lieber wehrlos als abgesoffen«, sagte Vitus.

Die nächsten Stunden waren eine einzige Schinderei. Jede der Kanonen wog mehrere hundert Pfund, musste mit Hilfe von Taljen vom Batteriedeck aufs Hauptdeck gehievt und von dort mühsam mit Stangen und anderem Gerät über Bord gehebelt werden.
Die Arbeit war so hart, dass sie alle Gegensätze, alle Unterschiede zwischen den Männern unwichtig machte. Zank, Neidereien, kleinliches Geplänkel waren vergessen. Was zählte, war einzig und allein das Überleben. Sie kämpften

Seite an Seite bis zur völligen Erschöpfung, halfen einander, fluchten in allen Sprachen, zogen, schoben, stemmten die schweren bronzenen Geschütze, dass ihnen die Stirnadern schwollen und die Luft aus den Lungen wich. Sie boten ein Bild bester Kameradschaft, und doch ging die Plackerei nur schleppend voran.

Gleichzeitig versuchte ein anderer Trupp, das große Leck im Vorschiff abzudichten. Die Männer arbeiteten von innen und außen, wobei die Matrosen, die sich außenbords hatten abseilen lassen, zusätzlich mit den Widrigkeiten der gischtenden See kämpfen mussten. Sie waren von oben bis unten durchnässt und bemühten sich, neue Planken aufzuziehen und kleinere Löcher mit Werg abzudichten, doch die Bugwelle machte ihr Werk immer wieder zunichte. Es war eine Sisyphusarbeit.

Vitus richtete derweil über dem Orlopdeck eine neue Quarantänestation ein, stattete Krankenkammern aus und ließ den Operationstisch seefest machen. Alles musste in Windeseile vonstatten gehen, was auf große Schwierigkleiten stieß, denn obwohl der Magister tatkräftig half und Stonewell sich kurzerhand als geheilt erklärte, fehlte es überall an helfenden Händen.

Zu alledem musste das Schiff weitergesegelt werden, was unter den erschwerten Bedingungen äußerste Anstrengungen erforderte.

Einziger Hoffnungsschimmer war das Wetter. Es besserte sich zusehends. Seegang und Wind nahmen ab und beanspruchten die arg gezeichnete *Camborne* nicht mehr so stark. Doch das Leck im Vorschiff konnte nicht abgedichtet werden. Nach wie vor drangen große Wassermassen in

den Schiffsrumpf, was dazu führte, dass die Pumpen immer schneller bedient werden mussten und Don Pedro sich gezwungen sah, die Männer in immer rascherem Wechsel ablösen zu lassen.
Die Sorgenfalten auf seiner Stirn wurden nicht kleiner. Er stand allein auf seinem erhöhten Posten und musste mit ansehen, wie der Rumpf des Schiffs trotz aller Bemühungen tiefer und tiefer in die See eintauchte. Er überlegte gerade, ob er Kurswechsel befehlen sollte, um die *Camborne* an der Südspitze Irlands auf Grund zu setzen, als eine Stimme ihn vom Hauptdeck aus anrief: »*Buenos días,* Landsmann, mein Augenlicht lässt zwar zu wünschen übrig, aber ich habe eine gute Portion Optimismus zu verteilen. Wie steht's, darf ich deine heilige Stätte betreten?«
Trotz der misslichen Lage musste Don Pedro lächeln. »Komm nur, Magister, eine Portion Optimismus ist immer willkommen. Ich frage mich allerdings, woher du sie nehmen willst.«
»Das weiß ich selbst noch nicht.« Der kleine Gelehrte grinste entwaffnend. »Aber auch da bin ich Optimist.«
»So wie du aussiehst, könnte das tatsächlich stimmen. Wenn sich nur das vermaledeite Leck am Bug abdichten ließe, dann ginge es mir gleich viel besser.«
Der Magister überlegte. »Wenn uns das große Schiff unter den Händen wegsinkt, könnten wir vielleicht das kleine nehmen?«
»Du meinst das Beiboot? Das würde uns nicht weit bringen, da gehen höchstens fünfzig Mann hinein, und wir sind über dreihundert.«
»Dann müssten wir eben den Schiffsraum vergrößern.«

»Was meinst du damit?«
»Wir könnten ein Floß bauen, indem wir mehrere Dutzend Fässer zusammenbinden.«
Don Pedro pfiff durch die Zähne. »Allmählich begreife ich, warum Vitus so große Stücke auf dich hält. Du bist wirklich nicht unterzukriegen.«
»Serva me, servabo te«, wie wir Lateiner sagen. »Ihr habt mich gerettet, jetzt rette ich euch ... nanu, Landsmann, warum kneifst du auf einmal die Augen zusammen, gefällt dir mein Vorschlag nicht?«
»Das schon«, erwiderte Don Pedro gedehnt, »aber es könnte sein, dass deine Rettungsversuche gar nicht mehr zur Ausführung kommen. Sieh nur, Steuerbord voraus nähert sich ein Schiff.«
»Da brauche ich gar nicht erst hinzugucken.« Der Magister schürzte die Lippen. »Ich sehe sowieso nichts. Alles, was weiter als drei Schritte entfernt ist, erscheint mir nur als Nebel. Aber wenn du gestattest, bleibe ich bei meinem Optimismus und sage: Was von Süden auf uns zukommt, dürfte kaum zur Armada gehören.«
»Da könntest du recht haben. Warte hier, ich bin gleich zurück.« Don Pedro eilte zur Schiffsmitte und stieg dort höchstselbst in die Wanten des Hauptmasts. Nach wenigen Minuten war er wieder da. Seine Stirn hatte sich etwas geglättet. »Der Bauweise nach ist es ein Engländer. Wenn die Distanz nicht so groß wäre, würde ich sogar sagen, das Schiff kommt mir sehr bekannt vor.«
»Welches ist es denn?«
»Das möchte ich lieber nicht sagen, womöglich irre ich mich.«

»Komm schon, Landsmann, wie heißt es so schön: Wer die Lippen spitzt, muss auch pfeifen. Also?«
»Nun gut. Es könnte sich um die *Falcon* handeln.«

Es war die *Falcon.* Eine Stunde nach der Sichtung durch Don Pedro kam sie längsseits und mit ihr ein auf einer Elfenbeinprothese stehender, grimmig dreinblickender alter Seebär. »Gott sei's getrommelt und gepfiffen, das wurde aber auch höchste Zeit!«, brüllte er. »Ihr sauft ja ab wie ein vollgesogener Schwamm!«
Vitus, der mittlerweile zu Don Pedro und dem Magister gestoßen war, brüllte zurück: »So sieht man sich wieder, Sir! Wenn das kein Zufall ist!«
»Ob das Zufall ist, möchte ich bezweifeln, Cirurgicus! Ich kreuze hier seit geschlagenen zwölf Tagen herum, seit ich weiß, dass die *Camborne* als einziges Schiff die Spanier verfolgt. Von den Outer Islands im Norden bis Lizard Point im Süden spricht mittlerweile ganz England davon. Habe mir schon gedacht, dass die *Camborne* von den gewaltigen Stürmen ziemlich gerupft sein würde, und musste mir zig fette spanische Prisen entgehen lassen, nur um Euch hier aufzugabeln. Das könnt Ihr niemals wieder gutmachen.«
Vitus lachte. »Dann will ich es gar nicht erst versuchen. Würdet Ihr uns Schiffbrüchige trotzdem aufnehmen?«
»Was bleibt mir anderes übrig! Bringen wir die Sache schnell hinter uns, anschließend darf ich auf ein Gläschen in meine Kajüte bitten!«

Mit dem Gläschen in Taggarts Kajüte sollte es jedoch für die nächsten vierundzwanzig Stunden nichts werden, zu viel war hüben wie drüben zu tun, um die Männer der *Camborne* auf die *Falcon* zu schaffen. Neben der Besatzung, die bis zum Eintreffen in England mit den Männern der *Falcon* in drangvoller Enge würde leben müssen, wurde auch mancherlei an Ausrüstung, das von Wert war, übernommen, sowie Proviant, Wasser und stärkende Getränke, dazu seemännisches Gerät, nautische Bestecke, Karten, Insel- und Küstensilhouetten und sonstiges Material. Selbst das große Beiboot der *Camborne* wurde zu Wasser gelassen und durch eine Schleppleine mit der *Falcon* verbunden.

Als endlich alles getan war, kam der Moment der offiziellen Begrüßung in Taggarts Kajüte. Am großen Tisch saßen Taggart und sein Erster, ein neuer Mann namens Summer, ferner Vitus, der Magister, Don Pedro, der wieder genesene Stonewell und der Zwerg. Letzterer hatte sogar die Ehre, rechts neben dem alten Korsaren Platz nehmen zu dürfen, während Vitus die linke Position einnahm.

Taggart schnaufte geräuschvoll und erhob sein Glas: »Gentlemen, gestattet mir, vor der allgemeinen Begrüßung ein Wort an den Admiral Don Pedro de Acuña zu richten: Sir, es ist mir eine Ehre, Euch an Bord haben zu dürfen. Ihr seid ein tapferer Mann und schneidiger Kommandeur, wie ich in Cádiz mehrfach beobachten konnte, überdies habt Ihr, ungeachtet der Kriegssituation, mit der *Camborne* ein feindliches Schiff übernommen und gen Heimat gesegelt, weil die Menschlichkeit es gebot. Ich trinke auf Euch und auf alle Spanier, die so sind wie Ihr.«

Der Magister rief dazwischen: »Das ist ein Wort!«
»Wui, wui!«, krähte der Zwerg, »der span'sche Peter is'n fitzer Gack!«
»Können wir jetzt?«, fragte Taggart leicht irritiert.
Die Männer tranken.
Don Pedro setzte als Einziger sein Glas nicht ab, sondern sagte: »Die Ehre ist ganz auf meiner Seite, Capitán Taggart. Ich danke Euch für Eure freundlichen Worte und bin froh, den Mann kennenlernen zu dürfen, der meine Männer in der Schlacht von Cádiz verschont hat. Es wäre Euch ein Leichtes gewesen, die brennende Galeere zu zerstören, aber Ihr habt es aus Rücksicht auf die wehrlose Besatzung nicht getan. Dafür gebührt Euch höchster Respekt. Wenn Ihr gestattet, trinke ich auf Euch und auf die Ritterlichkeit, die uns alle verbindet. *Salud!*«
Die Herren tranken erneut, und Taggart, der sich seine Befangenheit um alles in der Welt nicht anmerken lassen wollte, brüllte: »Tipperton! ... Tipperton!«
Endlich erschien der Schreiber in der Tür. »Ihr habt mich gerufen, Sir?«
»Nein, ich wollte nur ein Lied singen! Natürlich habe ich Euch gerufen. Füllt unsere Gläser neu, aber ein bisschen plötzlich, wenn ich bitten darf.«
Tipperton gehorchte mit beleidigter Miene, und als er seine Pflicht erfüllt hatte, sagte Vitus: »Leider kann McQuarrie nicht mit am Tisch sitzen. Er hat die Ruhr, und zwar ziemlich schwer. Ich denke, wir sollten auf den alten Haudegen ebenfalls anstoßen.«
Der Vorschlag fand allgemeine Zustimmung. Die Herren tranken erneut.

Tipperton wurde als Mundschenk abermals bemüht, und da er wie immer zu langsam war, musste er sich von Taggart die Frage gefallen lassen, wann er endlich gedenke, mit den Getränken zu Stuhle zu kommen.
Danach machte Stonewell den Vorschlag, auf den Zwerg zu trinken, da dieser den Kranken bei jedem Wetter kräftigende Kost zubereitet habe und darüber hinaus als Blutstiller erfolgreich gewesen sei. Die Idee fand allseitige Zustimmung und wurde prompt in die Tat umgesetzt.
Don Pedro wiederum regte an, auf Vitus, den Cirurgicus, zu trinken, da dieser ihn nach dem Untergang der *San Salvador* so kunstgerecht verarztet habe. Der Anregung mochte niemand widersprechen.
Der Magister mahnte, man dürfe nicht vergessen, auch auf sich selbst und die Göttin Fortuna zu trinken, schließlich heiße es: *Sui quique mores fingunt fortunam.* Diese Aussage wurde von niemandem bezweifelt, schon gar nicht von jenen, die des Lateinischen nicht mächtig waren.
Später meinte der Zwerg, man solle auf den »Mattich« trinken, und als keiner wusste, wen er damit meinte, erklärte er in seinem Kauderwelsch, Mattich heiße Sommer, und der Sommer sei ja nun da und mache als Erster Dienst, auch wenn er sich »angelsch« schriebe.
Noch später, als die Zungen schwerer und die Reden distanzloser wurden, meinte Summer, man müsse auch auf Tipperton trinken, aber da dieser selbst nach wiederholtem Rufen nicht erschien, mussten die Gläser so geleert werden.
Es wurde an diesem Abend noch auf viele und vieles angestoßen, auf Persönlichkeiten wie auf Gegenstände, auf Ga-

lionsfiguren, Talismane und altes Unkraut, auf Golddublonen in Schädeldecken, turbanförmige Verbände und Beinprothesen aus Elfenbein, auf die Gesundheit und den gesunden Appetit, auf die Jugend, auf das Alter, auf Wein, Schnaps und den Alkohol an sich, einfach auf alles, was einem benebelten Hirn einfiel, nur auf die gekrönten Häupter der kriegführenden Länder wurde nicht getrunken, was aber niemand groß vermisste.
Ebenso wie niemand bedauerte, dass die offizielle Begrüßung durch Taggart unter den Tisch gefallen war.

Am darauffolgenden Tag, einem Samstag, stieg eine goldene Augustsonne aus dem Meer und schien ein letztes Mal auf die sinkende *Camborne*. Der Bug des braven Schiffs war schon vollständig vom Wasser bedeckt, und bald würde auch das Heck verschwunden sein.
Taggart, der jedes Schiff liebte, stand grimmig dreinblickend auf dem Kommandantendeck seiner *Falcon* und fluchte lautlos vor sich hin. Vitus, der neben ihm stand, missdeutete den Gesichtsausdruck und fragte: »Sir, ich hoffe, Euch brummt nicht allzu sehr der Schädel?«
»Von dem bisschen Alkohol gestern Abend? Lächerlich!«
»Dann macht Euch sicher das verbliebene Knie zu schaffen?«
»Das Knie? Ich strafe es mit Missachtung, stehe sowieso mehr auf meinem Elfenbeinbein.«
»Was bedrückt Euch dann?«
»Der Untergang der *Camborne*. Sie stellt beste englische

Schiffbaukunst dar; es ist ein Jammer, dass Poseidon sie zu sich holt. Viel zu früh! Ich werde in dem Moment, wo ihre letzte Planke im Meer versinkt, einen Salut schießen lassen. Sie hat es verdient, und die tapferen Männer, die ihr Leben auf ihr ließen, auch.«

»Recht so, Sir.« Vitus musste an Isabella denken, die ebenfalls ihr Leben auf der *Camborne* gelassen hatte, um das Leben eines anderen zu retten – seines.

»Mister Summer!«

»Sir?« Der Erste eilte herbei.

»Wir wollen die *Camborne* würdig verabschieden, wenn sie auf ihre letzte Reise in die Tiefe geht. Die Stückmeister sollen Backbord und Steuerbord je eine Breitseite abschießen. Geschützpforten öffnen, Kanonen ausrennen, laden, richten und so weiter. Feuerbefehl erfolgt extra. Ich erwarte schnellstmöglichen Vollzug.«

»Aye, aye, Sir!« Summer wollte gehen, aber Taggart fiel noch etwas ein. »Meine Empfehlung an den Admiral de Acuña und an den Magister der Jurisprudenz Ramiro García, ich bäte beide Herren zu mir.«

»Aye, aye, Sir!« Summer verschwand, und Vitus nutzte die Gelegenheit, um Taggart zu fragen: »Sir, Ihr sagtet, ganz England spräche davon, dass die *Camborne* hinter den Spaniern her sei, aber wieso wusste ganz England das?«

Taggart grinste schief. »Ihr habt wohl vergessen, dass Ihr in Kirkcaldy haltgemacht habt, um Wasser und Proviant an Bord zu nehmen? Außerdem ist es Lord Howard natürlich nicht entgangen, dass eines seiner Schiffe nicht befehlsgemäß umgekehrt, sondern weitergefahren ist. Was er davon hält, wird er Euch sicher irgendwann selbst sagen. Ich jedenfalls habe mir gedacht, dass vor Poseidons Wut alle Schiffe gleich sind und auch die *Camborne* von den Stürmen über Schottland arg mitgenommen sein würde. Also habe ich mich mit meiner *Falcon* auf die Socken gemacht, um Euch abzufangen, für den Fall, dass meine Hilfe vonnöten sein sollte. Und wie sich herausgestellt hat, war sie das in der Tat.«

»Ganz recht, Sir.«

»Aber auch ich habe eine Frage: Warum seid Ihr eigentlich den Spaniern so wild entschlossen hinterhergejagt?«

Vitus zögerte, entschied sich dann aber, die Wahrheit zu sagen. Er erzählte von dem Streit mit dem Magister, der Suche nach ihm, dem Gefecht mit der *Santa Maria de Visón,* der Verletzung des kleinen Gelehrten und dem glücklichen Ausgang am Streedagh-Strand.

Taggart schnaufte zufrieden. »Gut, dass Gott Euch wieder zusammengeführt hat. Der Magister ist ein prächtiger Mensch.«

»Das höre ich gern«, sagte der Magister, der in diesem Augenblick auf das Kommandantendeck kletterte. »Wie komme ich zu dem Kompliment?«

»Nichts, nichts«, knirschte Taggart, der froh war, dass Don Pedro im Kielwasser des kleinen Gelehrten folgte. »Willkommen hier oben, Sir. Ich hoffe, Ihr hattet eine ruhige Nacht?«

»Danke, Capitán.« Don Pedro blickte sich um. »Sie war, dank Eurer freundlichen Einladung, nur kurz, aber ich konnte endlich einmal wieder durchschlafen.«

»Das kenne ich … He, Mister Summer, bald ist Weihnachten, und ich warte noch immer auf Vollzug!«

Summer hastete mit gerötetem Gesicht herbei. »Feuerbereitschaft hergestellt, Sir.«
»Mein Gott, hat das gedauert. In der Zeit wachsen ganze Jungfrauen heran!« Taggart wandte sich an Don Pedro: »Ihr müsst einen schlechten Eindruck von der Schnelligkeit englischer Geschützmannschaften bekommen haben, Sir.«
»Das Gegenteil ist der Fall.« Don Pedro blickte auf Summer, der in strammer Haltung dastand. »Wenn unsere spanischen Kanoniere so schnell wären wie die Euren, wäre manches Gefecht zwischen uns wohl anders ausgegangen.«
»Mag sein, mag sein. Wenn ich es richtig sehe, fehlt es auf Euren Schiffen an vierrädrigen Lafetten, auf denen die Kanonen besser bewegt werden können?«
Bevor Don Pedro antworten konnte, erscholl ein Ruf vom Hauptdeck: »Sie sackt gleich weg!«
Sofort richteten sich alle Augen auf die *Camborne,* die sich in der Tat anschickte, ihre Reise auf den Grund des Meeres anzutreten.
Taggart ließ bis auf die Geschützbedienungen alle Mann an Deck pfeifen und in gerader Ausrichtung Aufstellung nehmen. Dann straffte er sich und sagte zu Don Pedro: »Es muss jeden Moment so weit sein. Ihr als letzter Captain dieser stolzen Galeone sollt das Privileg haben, ihr einen eisernen Abschiedsgruß hinterherzuschicken. Gebt unseren englischen Befehl ›*Port side: fire!*‹, und die Culverines werden losdonnern.«
»Ich … ich danke Euch.« Don Pedros Stimme klang belegt. »Das ist wirklich eine große Ehre für mich. Sollte ich jemals die Heimat wiedersehen, wird mir das niemand glau-

ben.« Er beobachtete zusammen mit Hunderten anderer Männer, wie die *Camborne* langsam, fast widerwillig, mit dem Bug voran versank. Das Heck richtete sich senkrecht auf und stand dann einige Herzschläge lang still.

»Port side: fire!«, rief Don Pedro, und sämtliche Backbordfeldschlangen der *Falcon* brüllten auf.

Als hätte sie darauf gewartet, setzte die *Camborne* sich wieder in Bewegung, knarrte, ächzte und glitt dann mit einem majestätischen Rauschen hinab in die nasse Finsternis. Was von ihr blieb, war einiges Treibholz und wirbelndes Wasser an der Untergangsstelle.

Taggart, Summer und auch Don Pedro grüßten militärisch, und Taggart bellte: *»Starboard: fire!«*, woraufhin die Steuerbordgeschütze mit gewaltigem Krachen antworteten.

Doch es blieb nicht bei diesen Breitseiten, denn abermals erklang das Getöse feuernder Kanonen, nur war es viel weiter entfernt. Alle blickten zum Horizont, wo im Norden mehrere Schiffe auftauchten. Offenbar waren sie es gewesen, die den Salut so kriegerisch beantwortet hatten.

»Könnten Spanier sein«, knurrte Taggart. »Ted mit seinen scharfen Augen soll mal nachsehen.«

Wenig später meldete Ted vom Krähennest des Hauptmasts herunter: »Ein Riesenpott, Sir. Könnte sich um das Flaggschiff der Armada handeln.«

»So groß?«, bellte Taggart ungläubig.

»Aye, Sir, sieht nach der *São Martinho* aus. Zwei kleinere Schiffe sind dabei.«

»Bei allen Riesenkraken! Hat der Herzog von Medina Sidonia es also bis hierher geschafft, nachdem Dutzende seiner Schiffe bei den Stürmen im Orkus gelandet sind.« Taggart überlegte, ob er das Gefecht aufnehmen sollte, aber Ted unterbrach seine Gedanken mit dem Ruf: »Sie scheinen nach Hause zu fahren, Sir.«

»Und die Schüsse?«

»Könnten Warnschüsse gewesen sein, Sir. Die Dons interessieren sich nicht für uns.«

»Wollen unbehelligt bleiben, die Burschen«, knurrte Taggart. »Nun ja, vielleicht haben sie recht. Der Krieg ist aus.«

»Wenn Ihr erlaubt, Sir«, sagte der Magister, sollten wir den Herzog und seine *São Martinho* vielleicht doch behelligen.«

»Wie das?«

Der kleine Gelehrte blinzelte. »Nachdem Don Pedro sich so selbstlos für die englischen Belange eingesetzt hat, sollte er die Gelegenheit erhalten, mit dem Herzog zurück in die Heimat zu segeln.«

Taggart kratzte sich an seiner Narbe. »Ihr habt Ideen wie ein altes Pferd! Aber mal davon abgesehen: Wie soll das funktionieren?«

»Ganz einfach: Don Pedro nimmt das Beiboot der *Camborne* und rudert hinüber. Wir könnten ihm eine spanische Flagge mitgeben, damit er freundlich empfangen wird.«

»Nein.« Zur Überraschung aller winkte Don Pedro energisch ab. »Das ist gut gemeint, aber nicht möglich.«

Vitus mischte sich ein: »Warum sollte das nicht möglich sein, Pedro? Wenn Captain Taggart seine Genehmigung gibt, ist das kein Problem, nicht wahr, Sir?«

Taggart grunzte.

»Es geht trotzdem nicht. Ich lasse meine Landsleute nicht im Stich. Es wäre mir unerträglich, zu Hause in Freiheit zu sein, während auf die Matrosen der *Santa Maria* die Gefangenschaft wartet.«

»Wer sagt denn, dass es so sein muss?«, fragte Vitus und blickte Taggart auffordernd an.

Der grunzte abermals, gab sich einen Ruck und knurrte in Richtung Don Pedro: »Von mir aus nehmt die Männer mit, Sir. Meine *Falcon* platzt sowieso schon aus allen Nähten, so vollgestopft, wie sie ist. Das Beiboot dürfte groß genug sein.«

Don Pedro staunte, blickte ungläubig, dann strahlte er über das ganze Gesicht. »Das nenne ich großmütig, Capitán! Ich weiß nicht, wie ich Euch danken soll.«

»Schon gut!« Taggart wandte sich ab, damit man ihm die Rührung nicht ansah. »Mister Summer, Ihr habt gehört, worüber wir geredet haben. Lasst das Beiboot klarmachen und verteilt genug Riemen, damit Admiral de Acuña standesgemäß von seinen Leuten zum Flaggschiff hinübergerudert werden kann. Und beeilt Euch, der Herzog mit seinen Schiffen steht schon fast querab!«

»Aye, aye, Sir!«

Während der Befehl ausgeführt wurde, nutzten Vitus, der Magister und auch Taggart die Zeit, um sich von dem ungewöhnlichen Spanier zu verabschieden. Nachdem der alte Korsar und Don Pedro einen kräftigen Händedruck gewechselt und sich allzeit raumen Wind gewünscht hatten, umarmten Vitus und der Magister den Scheidenden kurz, aber heftig. »Grüß mir die spanische Erde, Landsmann«, murmelte der kleine Gelehrte, und Vitus sagte: »Es ist gut, dass es in diesen Zeiten Menschen wie dich gibt. Bleib, wie du bist.«

Don Pedro nickte nur, man sah, dass ihm ein Kloß im Hals steckte. Er schien noch etwas sagen zu wollen, doch dann wandte er sich jäh ab und lief hinunter zur Deckspforte an Steuerbord, wo die Männer der *Santa Maria* bereits angetreten waren.

Taggart und die Freunde standen hoch oben auf dem Kommandantendeck und beobachteten, wie die spanischen Matrosen das Beiboot bestiegen, die Riemen aufrecht stellten und warteten, bis Don Pedro den Befehl zum Anrudern gab. Vitus winkte aus seiner luftigen Höhe, und Don Pedro winkte zurück, bevor er auf der hintersten Ducht Platz nahm.

Das Boot entfernte sich rasch und steuerte auf die spanischen Schiffe zu.

»Hoffentlich schießen sie ihm nicht zur Begrüßung ein paar Kugeln um die Ohren«, knurrte Taggart. »Hätte nie gedacht, dass ich mir irgendwann Sorgen um das Leben eines Dons machen würde.«

»Nein, das Flaggschiff dreht bei, und die beiden Begleitfahrzeuge machen es ihm nach«, sagte Vitus. »Scheint tatsächlich so, als würde Don Pedro nach Hause kommen.«

»Verflucht sei mein Augenlicht«, sagte der Magister. »Ich sehe nur einen bunten Brei.«

Da auch Taggarts Augen nicht mehr die besten waren, übernahm Vitus es, die beiden auf dem Laufenden zu halten. Er schilderte ihnen, wie man auf der *São Martinho* die Geschützpforten schloss und stattdessen den Ankömmlingen Leinen zuwarf, wie Don Pedro die Jakobsleiter langsam emporkletterte, noch einmal herüberwinkte und hinter dem hohen Schanzkleid des Flaggschiffs verschwand,

wie seine Matrosen nacheinander folgten und wie schließlich das Beiboot der *Camborne* in Schlepp genommen wurde.
Dann gingen die Spanier wieder in den Wind, steuerten in guter Ordnung nach Süden, und Taggart knurrte: »Da ziehen sie dahin, als wäre nie etwas gewesen. Mögen sie niemals wiederkommen.«

Acht Tage später, am Sonntag, dem 1. September, machte die *Falcon* in Portsmouth fest, nachdem sie drei Tage zuvor schon Plymouth angelaufen hatte, und die Männer der *Camborne* von Bord gegangen waren.
Vitus befand sich in der provisorischen Krankenstation unter Deck und entschied, welche seiner Patienten noch weiterer Behandlung in einem Hospital an Land bedurften. Leider gehörte auch McQuarrie dazu, der immer noch nicht vollständig genesen war. Zwar hatte er auf die Frage nach der Beschaffenheit seines Stuhls grinsend geantwortet: »Der hatte heute Morgen schon wieder Konturen, Sir, zwei stattliche Ringe und 'ne Spitze«, aber Vitus wusste um die Hartnäckigkeit der Ruhr und wollte kein Risiko eingehen.
Der Bursche mit dem amputierten Schienbein würde ebenfalls noch der Pflege bedürfen, ebenso wie einige andere.
Zu den Glücklicheren gehörte Clark, der Spaßvogel mit dem durchschossenen Gesäß: Er wurde als geheilt entlassen, nachdem er bewiesen hatte, dass er wieder auf beiden Backen sitzen konnte.

Vitus wies Stonewell an, die letzten Formalitäten zu erledigen, und stieg an Deck, wo schon große Aufbruchsstimmung herrschte. Tipperton zahlte wie üblich die Mannschaft aus, und Taggart stand mit grimmiger Miene daneben, denn er musste den Lohn für seine *Falcons* aus der eigenen Tasche begleichen. Allerdings stand er damit nicht allein, denn so dankbar die *Lady of the Seas* den Männern ihrer Flotte war, so knauserig zeigte sie sich bei der Entlohnung: Auch Lord Howard hatte das schon erfahren müssen und viele seiner tapferen Teerjacken aus der eigenen Schatulle bezahlt.

Doch das konnte die allgemeine Freude an diesem Tag nicht trüben. Wie alle Matrosen dieser Welt zog es die *Falcons* mit Macht in den Hafen und in die dortigen Schenken und Bordelle. Sie standen in Grüppchen auf der Pier und beratschlagten, wohin sie zuerst gehen sollten.

Auch Vitus, der Magister und der Zwerg standen da, nachdem sie Taggart, Stonewell, Chock, Muddy, Ted, Dunc und den vielen anderen prächtigen Männern Lebewohl gesagt hatten.

Taggart hatte Vitus' Hand einen Augenblick länger als notwendig gedrückt und gesagt: »Grüßt mir recht herzlich Lady Nina, Cirurgicus, oder soll ich wieder ›Mylord‹ sagen, jetzt, wo die Reise zu Ende ist?«

Vitus hatte abgewinkt und an seine sanfte, schöne, strenge Gemahlin denken müssen, der er versprochen hatte, in zwei Wochen wieder daheim zu sein, und die nun schon knapp sieben Wochen auf ihn wartete. »Ich werde für Euch immer der Cirurgicus sein, Sir. Grüßt mir im Gegenzug Euer Weib und sagt Ihr, ich wäre auf dieser Reise leider nicht dazu gekommen, ihre legendären salzwasserfesten Biskuits zu kosten. Vielleicht beim nächsten Mal.«

»Werde ich ausrichten, Cirurgicus, werde ich ausrichten«, hatte Taggart geknurrt und war, bevor es vertraulicher werden konnte, unter Deck gestelzt, um sich von McQuarrie, seinem alten Maat, zu verabschieden.

Das alles lag erst eine halbe Stunde zurück, und die drei Freunde wollten gerade eine Kutsche besteigen, als plötzlich eine schwungsvolle Melodie im Dreihalbetakt über die Pier wehte. Es war eine *Hornpipe,* einer der beliebtesten Matrosentänze überhaupt. »Knäbbig, knäbbig«, fistelte der Zwerg, »wo strömt die Schallerei wohl her?«

Seine Frage sollte umgehend beantwortet werden, denn unter den aufmerksamen Augen von Stonewell wurden die Kranken auf Tragen an Land geschleppt, und auf der ersten Trage befand sich McQuarrie, der die Backen aufblies und seinen Dudelsack mit Inbrunst im Liegen spielte. Gelächter und Gebrüll setzten überall ein, und viele der Matrosen begannen tatsächlich zu tanzen.

McQuarrie rief: »Wenn wir schon krank sind und nicht zu den Hafenschwalben können, wollen wir wenigstens lustig sein, was, Leute?«

Und seine Leidensgenossen antworteten: »Aye, das wollen wir.«

McQuarrie spielte weiter, und während die Kranken zu den wartenden Transportwagen getragen wurden, stimmten sie stolz ihr Lied an: *»Brave bird,* Falcon, *brave bird, fights like an eagle, fights like a knight, fights by day and fights at night …«*

»Das nenne ich Haltung«, sagte der Magister blinzelnd,

»diese *Falcons* sind wirklich durch nichts zu erschüttern, wahre Teufelskerle!«

»Das sind sie.« Vitus fühlte Stolz, denn er war einer von ihnen.

»Wui, wui, sin eckerne Gacken, die Teichfahrer!«

»So kann man es auch nennen, Zwerg.« Vitus, der seine alte Kiepe umgeschnallt hatte und den Wanderstock trug, warf noch einen letzten Blick auf die belebte Pier und drängte die Freunde dann in die bereitstehende Kutsche. »Reißt euch los«, sagte er. »Auf nach Greenvale Castle!«

Er hatte beabsichtigt, schon am nächsten Tag das Schloss seiner Väter zu erreichen, um Nina in die Arme schließen zu können, aber ein Radbruch kurz vor Chichester machte ihm einen Strich durch die Rechnung. Die Reparatur schien ewig zu dauern, zumal der Kutscher, ein junger, unerfahrener Mann, sich der Situation kaum gewachsen zeigte.

Dem Zwerg und dem Magister machte die Verzögerung nichts aus, im Gegenteil: Der kleine Gelehrte gab auf der Weiterfahrt aus voller Brust einige spanische Weisen zum Besten, und der Zwerg steuerte einen lustigen Ländler aus dem Askunesischen bei.

Vitus sang nicht. Er war in Gedanken schon bei Nina. Je näher das Wiedersehen mit ihr rückte, desto häufiger fragte er sich, ob zwischen ihnen alles wieder so wie früher werden würde. Die Affäre mit Isabella war für ihn zwar abgeschlossen, aber beendet sein würde sie erst, wenn er sie Nina gestanden hatte.

Konnte er das?
Wäre es nicht klüger, zu schweigen und die geliebte Frau nicht zu belasten?
Die Zeit verging, Wälder, Wiesen und abgeerntete Felder zogen am Kutschenfenster vorbei, und es dunkelte bereits an diesem 2. September, als der Kutscher anhielt und fragte, ob es nicht besser sei, in einem Gasthof zu übernachten und die Reise am nächsten Tag fortzusetzen.
»Nein«, sagte Vitus. »Es sind nur noch rund zwanzig Meilen bis zu unserem Ziel, entzünde die Laternen an der Kutsche und fahr weiter.«
»Jawohl, Mylord.« Der Kutscher fügte sich.
Bald darauf fuhren sie in völliger Dunkelheit, und es war nur Vitus' guter Ortskenntnis zu verdanken, dass sie sich nicht verirrten. Vitus verteilte Decken, in die sich die drei Freunde hüllten, denn die Septembernacht war kühl und feucht.
Plötzlich blieb die Kutsche stehen.
»Was ist los?«, rief Vitus.
»Nebel, Mylord«, meldete der Kutscher. »Man sieht die Hand nicht mehr vor Augen. Wir können nicht weiter.«
Vitus blickte hinaus. Der Mann hatte recht. Im schwachen Licht der Kutschlaternen war nur eine graue Wand erkennbar.
»Da seht ihr mal, wie wenig ich immer sehe«, witzelte der Magister.
»Wui, wui, die Dunkelwüst is dull«, krähte der Zwerg.
Vitus biss sich auf die Lippen. Er war der Einzige, der die Situation nicht lustig fand. »Es sieht nicht so aus, als würde sich der Nebel bald lichten. Wir gehen zu Fuß weiter, es

sind höchstens noch zwei Meilen bis Greenvale Castle, wir können den Weg nicht verfehlen.«
Der Magister blickte zweifelnd. »Bist du sicher, dass du das wirklich willst? *Errare humanum est!*«
»Ich möchte endlich ankommen.«
»Na dann, erledigen wir den Rest *per pedes apostolorum.*«
Der kleine Gelehrte sprang hinaus auf den Weg und verkündete: »Es ist, als würde man in einen Topf mit Grießbrei eintauchen. Das kann ja heiter werden.«
»Wir werden es schon schaffen.« Vitus half dem Zwerg aus der Kutsche und entlohnte den Fahrer. »Wenn du nicht weiterwillst, bleibe hier«, sagte er zu ihm. »Morgen früh kannst du dir im Schloss eine Mahlzeit geben lassen. Sage einfach, der Herr habe es so angeordnet.«
»Danke, Mylord.« Der Kutscher zählte die Münzen nach, erkannte, dass er ein gutes Trinkgeld bekommen hatte, und strahlte: »Ergebensten Dank, Mylord, möge der Herr alle Eure Wünsche in Erfüllung gehen lassen.«
Vitus antwortete nicht, hoffte aber, dass die Worte des Mannes sich bewahrheiten würden. Er hieß die Freunde, sich links und rechts bei ihm unterzuhaken, damit sie sich gegenseitig Halt geben konnten, und begann, den letzten Teil der Strecke unter die Füße zu nehmen.
Es war ein mühsames Marschieren. Alle Augenblicke drohten sie zu fallen, weil einer von ihnen gestolpert war. Sie rappelten sich hoch, stützten sich erneut und tasteten sich weiter vor. Sie verloren jegliches Zeitgefühl, sprachen nicht und hörten nur das angestrengte Atmen der anderen.
»Geht es noch, Magister?«, fragte Vitus einmal. »Was macht deine Verletzung?«

»Welche Verletzung?«, war die Antwort.
Als sie endlich den vertrauten Platz vor der großen Freitreppe des Schlosses erreicht hatten, glaubten sie, der neue Tag sei schon Stunden alt.
Wie zum Hohn lichtete sich bei ihrer Ankunft der Nebel; ein schwach scheinender Mond wurde zwischen Wolkenfetzen sichtbar und beschien die Umrisse des Schlosses.
Ein einsames Käuzchen schrie.
»Wir sind schon zahlreicher begrüßt worden«, sagte der Magister, aber niemand lachte.
»Hauptsache, wir sind da.« Vitus versuchte, sich seine Eile nicht anmerken zu lassen. »Gute Nacht, Freunde. Morgen früh sehen wir uns wieder.«
»Nacht, altes Unkraut. Will mal sehen, ob mein Bett noch an der alten Stelle steht.« Der Magister machte sich auf den Weg zu seiner Kammer.
»Glatte Schwärze, Örl.« Der Zwerg hüpfte zum linken Flügel des Schlosses, in dem sich die Küche befand und die ungeliebte Mrs. Melrose dem neuen Tag entgegenschlummerte.
Vitus lief die große Freitreppe zum Hauptgebäude empor und gab sich dem Wachtposten gegenüber zu erkennen. Der Mann machte große Augen, seinen Herrn plötzlich vor sich zu sehen, stellte aber keine Fragen und grüßte nur militärisch. Bereitwillig gab er den Weg frei.
Vitus betrat das Schloss. Drinnen nahm er eine der Nachtfackeln aus der Wandhalterung und eilte hinauf zum gemeinsamen Schlafzimmer. Vor der Tür hielt er inne. Er wollte nicht so hineinplatzen. Nina schlief sicher tief und fest und würde sich zu Tode erschrecken, wenn er unver-

hofft vor ihr stünde. Er atmete durch und steckte die Nachtfackel in eine leere Wandhalterung. Dann entzündete er eine Laterne. In ihrem sanften Schein würde die Begrüßung harmonischer ausfallen.

»Liebste?«, rief er leise, während er die Tür öffnete. »Liebste, werde wach, ich bin wieder da.«

Er ging mit der Laterne zum Bett und leuchtete hinein.

Es war leer.

Der Verwalter Catfield

»Ich habe Hartford schon gejagt, Mylord. Ich wollte, dass er für seine Schandtat büßt.«

Liebste?« Vitus konnte nicht glauben, was seine Augen sahen. Das Ehebett war leer, als wäre es nie benutzt worden. Die Decke war glattgezogen, die Kissen lagen an ihrem Platz. Nochmals leuchtete er, als könne er dadurch das Bild vertreiben und Nina herbeizaubern.

Doch es änderte sich nichts. Sie war nicht da.

Er versuchte, das ungute Gefühl, das in ihm aufkeimte, nicht zu beachten und sagte sich, dass es sicher eine einfache Erklärung gäbe. Aber welche? Noch niemals hatte es eine Nacht gegeben, in der Nina nicht in dem gemeinsamen Bett geschlafen hätte – die Kinder immer in unmittelbarer Nähe.

Die Kinder!

Er lief in die benachbarten Räume und schaute nach. Nein, sie waren wie vom Erdboden verschwunden. Auch Hartford, der eine der angrenzenden Kammern bewohnte, schien fort zu sein.

Da stimmte doch etwas nicht!

Er hastete hinunter in den Küchentrakt, wo er den Zwerg am Gesindetisch sitzend antraf. »Enano!«, rief er. »Nina und die Kinder sind fort!«

»Wiewo?« Der Winzling, der sich vor dem Zubettgehen noch rasch aus Mrs. Melroses Speisekammer bedient hatte, legte den gebratenen Hähnchenschenkel beiseite.

»Nina und die Kinder sind fort! Sie sind nicht oben in ihren Gemächern!«

»Wiewo?«, wiederholte der Zwerg, und unerklärlicherweise sagte er weiter nichts, aber dicke Tränen liefen ihm über die Wangen.

»Was ist, warum weinst du?«

»Nix für ungut, dassich flössel, Örl. Kann nix dafür. Hab mir's schon gedacht, 's is was Schlimmes passiert, spür's im Hintergeschirr.«

»Was soll passiert sein? Was weißt du?« Vitus rannte um den Tisch und stieß dabei einen Schemel um.

»Nix, ich weiß nix, spür's nur im Hintergeschirr.«

»Blitz und Donner, was geht hier vor?« In der Tür stand Mrs. Melrose, die Nachtmütze auf dem Kopf, das Schlafgewand zerknittert und bis zu den schwammigen Knien hochgerutscht. Ihr gewaltiger Busen wogte. »Oh, da ist ja mein kleiner Prinz! Mein Schätzelein! Wieso sagst du mir nicht, dass du zurück bist, ich hätte doch …«

»Genug!« Vitus ging dazwischen. »Wisst Ihr, wo Lady Nina und die Kinder sind?«

Mrs. Melrose besann sich. Es fiel ihr schwer, den Blick von

ihrem vergötterten Zwerg abzuwenden. Hinter ihr im Türrahmen erschienen weitere Gestalten. Mägde und Knechte, die verschlafen blickten. Sie stemmte die Arme in die Hüften. »Ja, wisst Ihr denn nicht, was geschehen ist, Mylord?«
»Sonst würde ich nicht fragen.«
»Ja, ja, natürlich. Verzeiht. Mylady und die Kinder wohnen seit Tagen im Haus des Gutsverwalters.«
»Gott sei Dank!« Vitus fühlte grenzenlose Erleichterung. Doch schon im nächsten Augenblick drängten sich ihm weitere Fragen auf. »Warum wohnt Lady Nina dort? Es muss dafür einen Grund geben! Welchen?«
»Nun, äh, Mylord, das ist eine längere Geschichte.«
»Dann will ich sie nicht hören.« Vitus drängte es nach draußen. Er lief hinüber zum Gutshaus, so schnell ihn seine Beine trugen.

Catfield wachte davon auf, dass jemand dröhnend den Türklopfer betätigte. Seit seiner Zeit als Seemann und Offizier hatte er einen leichten Schlaf, und es hätte weit weniger Lärms bedurft, ihn aus seinen Träumen zu reißen. Ein kurzer Blick hinüber zu seiner Frau sagte ihm, dass sie nichts mitbekommen hatte. Wenn Anne einmal schlief, konnten neben ihr Häuser einstürzen, ohne dass sie es hörte. Aber vielleicht war das ganz gut so. Man konnte nie wissen, wer nachts vor der Tür stand.
Sicherheitshalber ergriff er einen festen Knüppel und lief den Gang hinunter zur Tür. Bevor er öffnete, rief er: »Wer ist da?«

»Euer Herr!«
»Mylord?« Catfield schob den Türriegel zurück und machte auf. »Das ist aber eine Überraschung.«
»Wohnt Lady Nina mit den Kindern bei Euch im Gutshaus?«
»Aye, Sir.« Unwillkürlich verfiel Catfield in die Sprache der Königlichen Marine.
»Ich will zu ihnen.«
»Selbstverständlich, Sir.« Catfield versuchte, sich sein Zögern nicht anmerken zu lassen. Bevor Lady Nina die leeren Räume im anderen Teil des Gutshauses bezogen hatte, war viel geschehen. Zu viel nach seinem Geschmack. »Wenn Ihr gestattet, Sir, schicke ich meine Frau zu Ihrer Lordschaft hinüber, damit sie ihr die freudige Botschaft von Eurer Rückkunft übermittelt. Wenn Ihr so lange Platz nehmen wollt?« Er deutete auf einen hochlehnigen Stuhl.
»Danke.« Vitus fasste sich in Geduld, und während er wartete, kreisten seine Gedanken um die seltsame Reaktion des Zwergs. Warum hatte der Wicht geweint? Er spüre etwas »im Hintergeschirr« hatte er gesagt. Was mochte das sein? Vitus wurde immer unruhiger. Er sprang auf und wanderte hin und her. Wie lange sollte das noch dauern? Es konnte doch nicht so schwierig sein, Nina zu wecken und zu ihm zu bringen!
»Mylord.« Anne, Catfields Frau, stand notdürftig bekleidet vor ihm. »Wenn Ihr mir bitte folgen wollt.«
»Was hat das nun wieder zu bedeuten?« Vitus wurde immer misstrauischer und sorgenvoller.
Anne schien seine Frage nicht gehört zu haben. Sie ging voran, führte ihn auf die andere Seite des Hauses und öff-

nete eine Tür am Ende des Gangs. Sie steckte den Kopf in den Raum und sagte: »Mylady, hier kommt der Herr.«
»Ja, Liebste, hier komme ich!«, rief er und schob Anne zur Seite, denn seine Geduld war erschöpft. »Endlich sehe ich dich wie…«
Abrupt blieb er stehen. »Liebste …?« Vor ihm saß eine kleine Gestalt an einem einfachen Tisch. Sie wirkte zerbrechlich und fremd, denn sie trug eine Klappe über dem linken Auge und den Arm in der Schlinge. Es war Nina. Sie lächelte scheu.
Langsam dämmerte ihm, warum Catfield so umständlich vorgegangen war: Er hatte Nina die Aufregung eines plötzlichen Wiedersehens ersparen wollen und ihren Ehemann zunächst nur angekündigt, bevor sie ihn leibhaftig zu Gesicht bekam. Braver Catfield!
»Liebste, ich habe mir solche Sorgen gemacht, als ich dich nicht im Schlafgemach vorfand! Kannst du mir sagen, was passiert ist?«
Nina vermied seinen Blick und schwieg. Nach einer Weile deutete sie auf ihr Gesicht.
»Ja, ich sehe die Klappe. Ist dein Auge verletzt? Und dein Arm auch? Warte, ich werde dich sofort untersuchen. Du hast recht, es ist unwichtig, wie das alles geschehen konnte, die Behandlung ist wichtiger.« Er bat Catfield, der in diesem Augenblick dazukam, ihm seine Kiepe mit den Arzneien und Instrumenten aus dem Schloss zu holen, und schickte Anne mit einem kurzen Dank fort.
»Nun sind wir allein, Liebste. Lass mal sehen.« Er wollte die Augenklappe abnehmen, aber Nina ließ es nicht zu. Sie flüsterte irgendetwas.

»Was sagst du?« Er beugte sich vor, um sie besser verstehen zu können.
»Ich … ich bin so hässlich.«
»Es gibt nichts auf dieser Welt, was dich in meinen Augen hässlich machen könnte.« Behutsam löste er die Schnur der Klappe und musste an sich halten, um einen Ausruf des Entsetzens zu unterdrücken. Ninas Augenlider waren von entzündlicher violetter Farbe, nahezu geschlossen und angeschwollen wie ein Ball. Sie ließen sich kaum auseinanderziehen. Es war eine Verletzung, wie er sie schon häufiger gesehen hatte, doch bei Nina kam sie ihm viel schlimmer vor. Unsagbar schlimm. Bemüht, möglichst sachlich zu bleiben, sagte er: »Der Augapfel scheint intakt zu sein, allerdings dürfte die Hornhaut Schaden genommen haben.«
»Eure Kiepe, Sir.« Catfield war zurück und übergab den Tragekorb.
»Danke, Catfield, Ihr könnt gehen. Versucht, in dieser Nacht noch etwas Schlaf zu finden.«
»Aye, aye, Sir.« Catfield entfernte sich, und Vitus entnahm seiner Kiepe ein irdenes Gefäß mit einem *unguentum*, dessen Trägerstoff überwiegend aus Wachs bestand. Es enthielt ein Bleipflaster und dazu Alaun und Arnika. Er hielt Nina die Salbe hin und lächelte. »Erinnerst du dich noch daran, als wir vor vielen Jahren über Augenarzneien sprachen? Es war der Tag, an dem wir uns zum ersten Mal küssten. Mir ist, als wäre es gestern gewesen.«
Nina nickte. Ihre Lippen zuckten.
»Weine nicht, bitte.« Er beugte sich zu ihr hinab und küsste sie auf den Mund, gerade so, wie er es damals während des Gewitters getan hatte: sacht und zärtlich und beschüt-

zend. Es war der Kuss, nach dem er sich die ganzen Wochen gesehnt hatte, der Kuss, der alles, was war, vergessen ließ – zumindest für eine Weile.
Nina schwieg, als er seine Lippen von den ihren nahm.
»Jetzt sind wir wieder vereint«, sagte er und begann, unendlich vorsichtig die Salbe zu applizieren. Nina hielt still, doch an ihrem raschen Atem erkannte er, dass er ihr Schmerzen zufügte. Um sie abzulenken, sagte er: »Willst du mir nicht sagen, wie das passiert ist?«
»Nein.« Ihre Antwort kam schnell, fast zu schnell.
Er beruhigte sie, während er ein Wundkissen auf das verletzte Auge legte. »Du brauchst nicht darüber zu reden, wenn du nicht magst.«
»Ich ... ritt aus und bin gestürzt.«
»Wann war das?«
»Es liegt Wochen zurück. Ein Zweig bohrte sich in mein Auge, und den Arm habe ich mir auch gebrochen.«
»Ein Unfall also«, stellte er fest und beschloss, nicht weiter zu fragen. »Zu dem Arm komme ich gleich noch. Wer hat ihn dir in die Schlinge gelegt?«
»Der alte Doktor Burns.«
»Burns, so, so. Was hat er dir für das Auge verschrieben?«
»Waschungen mit Kamillenwasser.«
»So, so«, wiederholte er. Und verschwieg, dass Waschungen mit Kamille bei einer derartigen Verletzung bei weitem nicht ausreichten. Er fixierte das Wundkissen und band die Augenklappe wieder darüber. »Nun zu deinem Arm.«
Er nahm die Schlinge ab und untersuchte Verband und Schiene. Drückte hier und prüfte da, stellte fest, dass es gottlob ein einfacher Bruch oberhalb des Handgelenks zu

sein schien, und sagte schließlich: »Das hat der Arzt mit dem Gärtner gemein – er muss sich in Geduld fassen und auf die Wachstumskräfte der Natur bauen. Du bist noch jung, Liebste. Deine Knochen werden wieder zusammenwachsen, und du wirst den Arm und die Hand wieder wie vorher gebrauchen können.«

»Ja, Vitus.« Ninas gesundes Auge blickte traurig.

Er bemerkte es, und versicherte ihr noch einmal: »Nichts auf dieser Welt könnte dich in meinen Augen hässlich machen, Liebste.« Dann erschrak er. »Um Gottes willen, was bin ich für ein Rabenvater! Ich habe noch nicht einmal nach den Kindern gefragt. Wo sind sie eigentlich?«

»Sie schlafen schräg gegenüber, auch die kleine Jean. Nella ist bei ihnen und sagt mir Bescheid, wenn Jean sich wieder meldet. Ich ... ich ...«

»Ja, Liebste?« Liebevoll strich er ihr über das schwarze Haar.

»Ich fühle mich nicht wohl.«

»Natürlich. Aber das wird sich geben, jetzt bin ich ja wieder da.« Plötzlich merkte er, wie müde er war. »Sag, gibt es in diesen kargen Räumen irgendwo ein Bett für dich und mich? Ich schlage vor, wir gehen schlafen, am Tag wird alles besser aussehen.«

»Hoffentlich hast du recht.«

»Natürlich habe ich recht.« Vitus gab sich überzeugter, als er war. Er half Nina auf die Beine, und sie gingen in ein Nebenzimmer, wo sich eine einfache, mit einer Strohmatratze versehene Lagerstatt befand.

»Ich weiß nicht, ob ich schlafen kann«, sagte Nina. »Es war alles so viel in letzter Zeit.«

»Wir werden es gemeinsam schaffen, Liebste.« Er versuchte einen Scherz: »Im gemeinsamen Einschlafen haben wir doch einige Übung, nicht wahr?«
Nina lachte nicht, doch wenigstens lächelte sie flüchtig. Ohne sich zu entkleiden, schlüpfte sie unter die Decke, und Vitus legte sich neben sie. Er drehte sich zu ihr, streichelte sanft ihr Gesicht und flüsterte: »Träume süß, mein Mädchen, ich bin wieder da und wache über dich, träume nur süß.«
Kurz darauf schlief sie tatsächlich ein, er selbst aber blieb noch lange wach, gefangen im Karussell seiner Gedanken. Schließlich musste er doch eingenickt sein, denn er schreckte auf, als Nina sich irgendwann erhob, um die kleine Jean im Nebenzimmer zu stillen.
Die erste Nacht mit ihr hatte er sich anders vorgestellt.

Am Morgen des 3. September lachte die Sonne, alles Düstere der vergangenen Stunden schien vergessen. Zu Vitus' Erleichterung erklärte Nina sich einverstanden, mit den Kindern und Nella wieder ins Schloss zu ziehen, und gegen zehn Uhr saßen alle einträchtig im Grünen Salon und nahmen ein verspätetes Morgenmahl ein. Da Hartford verschwunden war, hatte Mary das Servieren übernommen. Ihr freundliches Gesicht ließ dic hochmütigen Züge des Dieners leicht vergessen.
»Morgenstund hat Gold im Mund!«, rief der Magister, während er mit vollen Backen eine Eierspeise vertilgte. »*Aurora musis amica!* Das könnt ihr euch gleich merken,

ihr Rangen! Der frühe Vogel fängt den Wurm! Und des Morgens studiert es sich am besten! Was macht eigentlich der alte Doktor Burns? Wenn ich mich nicht irre, versucht er, euch die Sprache der alten Römer näherzubringen?«
»Doktor Burns kommt heute im Laufe des Tages, um sich meinen Arm anzusehen«, antwortete Nina für die Kinder. »Er meinte, das sei wichtiger als Vokabeln und Deklinationen.«
»Oh!« Der kleine Gelehrte verschluckte sich fast. »Da bin ich wohl ins Fettnäpfchen getreten, liebe Nina? Aber nichts für ungut, die Sache mit deinem Arm wird sich schon wieder einrenken, äh, ich meine, er ist ja schon gerichtet, was ich sagen will, ist, dass er bald verheilt sein wird.«
Die Kinder kicherten.
Nina lächelte.
Der Magister wurde rot. »Vielleicht sollte ich als Mann der Paragraphen nicht so viel über Medizinisches reden. Schuster, bleib bei deinem Leisten.«
»Er hat es schon wieder gesagt!«, brüllte Odo. »Schuster, bleib bei deinem Leisten! Er ist so lange weg gewesen, und nun hat er es schon wieder gesagt!«
»Ja, das hat er!«, krähte Carlos.
»Schreit nicht so«, sagte Nella. »Und macht den Mund zu beim Kauen.«
Vitus sagte nichts. Er war glücklich, wieder zu Hause zu sein, die kleinen Kabbeleien am Tisch hörten sich wie Musik für ihn an.
Der Magister tupfte sich mit einem riesigen Tuch den Mund ab. »*Narratio argentea, silentium vero aureum est.* Reden ist Silber, Schweigen ist Gold, ihr Rangen. Schreibt euch

das hinter die Ohren. Ich werde jetzt ebenfalls schweigen und mir ein bisschen die Beine vertreten.« Der kleine Mann blinzelte und grinste, erhob sich und ging hinaus.
Auch Nella stand auf. »Ich schau mal nach Jean in der Wiege, Tante Nina.«
»Wir wollen auch aufstehen!«, brüllte Odo.
»Ja, wir sind schon lange fertig!«, fiel Carlos ein.
»Dann macht, dass ihr rauskommt.« Vitus konnte an diesem Morgen nicht streng sein, außerdem hoffte er auf ein Wort unter vier Augen mit Nina. »Liebste«, hob er an, als sie allein waren, und nahm ihre Hand, »willst du mir nicht sagen, wie du vom Pferd gefallen bist? Ich meine, das passiert doch nicht einfach so. Du bist eine geübte Reiterin und noch nie vom Pferd gestürzt.«
Nina presste die Lippen zusammen.
Vitus spürte, dass viel mehr geschehen sein musste als ein einfacher Abwurf. »Wenn du es mir nicht sagen willst, ist es auch gut.«
»Doch …«
»Ja?« Er drückte ihr aufmunternd die Hand. »Erzähl mir alles in Ruhe, wenn du magst.«
»Ich … ich war mit Hartford unterwegs.«
»Mit Hartford, dem Diener? Wieso denn das?«
Nina erzählte, wie es dazu gekommen war, und schilderte den Ritt bis zu *Mary's Stool,* wo sie die Armada und ihn habe sehen wollen und der hinterhältige Hartford ihrem Hengst Telemach einen so brutalen Schlag auf die Hinterhand gegeben habe, dass er in Panik über die Böschung geprescht sei und sie abgeworfen habe. »Wir stürzten beide in die Tiefe, Telemach und ich, aber während das arme Tier

sich unten am Strand das Genick brach, landete ich auf halbem Wege in einer vorstehenden Krüppelkiefer. Ich muss dem Gewächs dankbar sein, obwohl es mir den Arm brach und fast das Auge ausstach.«

»Hartford, dieser Hundsfott!« Vitus drückte Ninas Hand unwillkürlich so fest, dass sie aufschrie.

»Oh, verzeih mir, Liebste. Weißt du, warum dieser elende Lakai das getan hat? Ich meine, er hatte doch gar keinen Grund dazu?«

Nina seufzte. »Hartford missbrauchte mein Vertrauen. Ich bin sicher, er wollte mich aus dem Weg schaffen. Deshalb war es mir auch nicht möglich, weiter in meinen Gemächern zu leben. Der Gedanke, dass Hartford nur wenige Kammern entfernt gewohnt hatte, war mir unerträglich.«

»Das verstehe ich. Nun wird mir manches klar. Aber warum wollte Hartford dich aus dem Weg schaffen?«

Nina ging nicht auf die Frage ein. »Wenn Nella nicht gewesen wäre, würde ich heute unter der Erde liegen. Ich wäre tot, mausetot.«

»Nella?«

»Sie ritt heimlich hinter Hartford und mir her, sie verfolgte uns, denn sie traute Hartford nicht. Sie ahnte, dass er etwas Schreckliches im Schilde führte. Als ich nach dem Sturz aus meiner Ohnmacht erwachte, hing ich in dem Kieferngewächs und hatte furchtbare Schmerzen. Hartford war natürlich nicht mehr da, aber Nella stand am Klippenrand und rief mir zu, ich solle keine Angst haben, sie würde Hilfe holen. In der Tat kam sie nach einer kleinen Ewigkeit mit einem alten Mann zurück. Der Alte erzählte, er heiße Hank und sei Bernsteinsammler und er würde einen Fischer namens Teddy Dunn holen. Eine weitere Ewigkeit später, mir waren in der Zwischenzeit wieder die Sinne geschwunden, kamen ein paar Männer mit Pferden, zwei von ihnen seilten sich zu mir ab, knüpften mich an ein Tauende und ließen mich dann von den anderen hochziehen. Und während der ganzen Zeit harrte Nella aus und sprach mir Mut zu. Sie ist ein prächtiges Mädchen, viel erwachsener, als ihr Alter es vermuten lässt.«

»Ich werde mich nachher bei ihr bedanken. Aber Hartford, dieser Lump, kann was erleben! Ich werde ihn jagen, bis ich ihn gefunden habe und mit dem größten Vergnügen eigenhändig erwürgen!«

»Das wird nicht nötig sein, Mylord.« In der Tür stand Catfield.

»Catfield? Woher kommt Ihr denn so plötzlich?«

»Verzeihung, Mylord, dass ich so hereinplatze. Ich habe mir nur erlaubt, Eure Kiepe zurück ins Schloss zu tragen. Ich könnte mir vorstellen, dass Ihr sie braucht.«

»Das stimmt allerdings. Und was meintet Ihr eben mit Eurer Bemerkung über Hartford?«

»Ich habe Hartford schon gejagt, Mylord. Ich wollte, dass er für seine Schandtat büßt.« Catfields Gesicht nahm einen finsteren Ausdruck an. »Ich bin noch am gleichen Tag zur Küste aufgebrochen, damit sein Vorsprung, falls er flüchten sollte, nicht zu groß würde. Aber meine Sorge war unbegründet, denn ich traf den alten Bernsteinsammler, und der zeigte mir eine Stelle im Wald, wo der Halunke sich versteckt hatte. Ich habe ihn festgenommen und nach allen Regeln der Kunst gefesselt. Er war nur noch ein Häufchen Elend, keine Spur mehr von seiner hochmütigen Art. Er stammelte immer wieder, er hätte niemals ein zweites Mal morden dürfen und er habe sein Leben verwirkt und so weiter. Dass er sein Leben verwirkt hat, habe ich ihm gern bestätigt. Ich wollte ihn zurück nach Greenvale Castle bringen, aber er flehte mich an, es nicht zu tun. Es wäre der letzte Wunsch auf dieser Welt, den er noch habe. Nun, ich sagte ihm, dass ich ihn dann einem Sheriff übergeben würde, denn es wäre mir egal, wo er für seine schauderhafte Tat büßen müsste, aber er wollte um jeden Preis nach Dursley in Gloucestershire, weil er dort geboren sei und dort sterben wolle. Deshalb habe ich ihn dahin gebracht und dem Sheriff übergeben. Hartford hat in meiner Anwesenheit ein Geständnis seiner Schandtat abgelegt und einen weiteren Mord zugegeben. Irgendeine Eifersuchtsgeschichte in seiner Jugend. Der Scharfrichter dürfte ihn mittlerweile einen Kopf kürzer gemacht haben.«

»Ich danke Euch, Catfield. Ich kann es noch gar nicht fassen. Hartford ein hinterhältiger Mörder? Aber wenn Ihr es sagt, wird es so sein. Ich hätte mir den Spitzbuben gern selbst vorgenommen, aber so ist es auch gut.«

»Sehr wohl, Mylord.« Catfield verneigte sich und verließ den Raum. Vitus und Nina waren wieder allein.

Eine Weile verging, während Vitus die Hand seiner Frau weiter streichelte. Dann sagte er: »Eines ist mir noch nicht klar, wieso hat Nella Hartford nicht getraut?«

»Sie sagte mir, sie habe eines Nachts etwas gehört. Aus dem Spanischen Zimmer seien so komische Laute gekommen.« Trotz des ernsten Hintergrunds musste Nina lächeln. »Es waren wohl Laute, die sie aus unserem Schlafzimmer kannte. Jedenfalls hatte sie das Gefühl, dass da etwas Unschickliches, etwas Verbotenes passierte. Sie nannte Hartford einen ›fiesen Schomser‹ und erzählte mir, ihr ›Altlatz‹ hätte nicht nur ihm, sondern ebenso wenig Isabella über den Weg getraut. Alles in allem war das der Grund, warum sie mir und Hartford hinterherritt – und mir letztlich das Leben rettete.«

»Sie ist eine bemerkenswerte kleine Person. Ich bin froh, dass sie zur Familie gehört.«

»Ich auch.« Nina entzog Vitus ihre Hand. »Was Isabella angeht, so weiß ich, dass sie eine Diebin ist.«

»Eine Diebin?« Er heuchelte Erstaunen. »Wie kommst du denn darauf?«

»Sie hat mir den Wappenring der Collincourts gestohlen, den Ring, den schon deine Mutter trug. An dem Morgen, als du gingst, hielt ich mich im Ankleidezimmer auf, und der Ring lag auf der kleinen Schubladentruhe vor dem Spiegel. Ich bin ganz sicher, dass er dort lag, denn dort liegt er immer, wenn ich ihn nicht trage. Dann verließ ich das Zimmer für einen Augenblick, um hinüber in den Kleinen Salon zu gehen und nach Jean zu schauen. Sofort danach kehrte ich zurück und sah Isabella, wie sie das Ankleidezimmer verließ. Sie lachte und sagte, sie habe mich gesucht. Ich dachte mir nichts dabei, nur später, als ich bemerkte, dass der Ring fort war und Isabella auch, wusste ich, was sie wirklich gewollt hatte.«

Vitus wurde der Mund trocken. Er musste an die Situation denken, als er nichtsahnend seine Kammer auf der *Camborne* betrat und Isabella dort schon auf ihn wartete – in der Rolle seiner Frau, ausgestattet mit ihrem Ring.

»Danach war Isabella verschwunden. Sie war fort, als sei sie

niemals Gast im Schloss gewesen. Sie hat mich grausam enttäuscht, nachdem ich anfangs so große Stücke auf sie hielt. So vertrauensselig werde ich nie wieder sein! Der Tag, an dem sie für immer verschwand, war übrigens derselbe, an dem du gingst. Das ist doch seltsam, findest du nicht auch?«
»Gewiss, gewiss.«
»Wahrscheinlich war es nur ein Zufall?«
Er schwieg.
»Sag, dass es nur ein Zufall war.«
Er versuchte, sich nichts anmerken zu lassen. Er wollte über seinen Fehltritt sprechen, aber es war ihm unmöglich. Noch nicht. Nicht jetzt. Nina war krank und nicht stark genug, die Wahrheit zu ertragen. Es würde besser sein, zu warten. »Es gibt viele Zufälle im Leben«, murmelte er unbestimmt und schämte sich dafür. »Berichte weiter, Liebste.«
»Da gibt es nicht mehr viel zu berichten, Hartfords tückischen Anschlag auf mich kennst du ja bereits. Allerdings habe ich mich immer wieder gefragt, warum die Diebin mit ihm schlief, denn dass sie das nicht aus Liebe tat, steht außer Zweifel. Sie könnte ihn angestiftet haben, mich zu ermorden, aber wozu? Was hätte sie davon gehabt? Ich weiß es nicht. Ich bin sicher, Hartford würde es wissen, aber er kann nicht mehr sprechen, nachdem er sein jämmerliches Leben ausgehaucht hat.«
»Sicher, sicher«, krächzte er. »Es ist Zeit, dein krankes Auge zu versorgen und nach dem Arm zu sehen. Warte, ich hole die Arzneien aus der Kiepe.«
Hastig stand er auf und spürte dabei Ninas Ring in seiner

Tasche, und es war ihm, als sei er ein glühendes Stück Kohle. Er musste den Ring zurückgeben, jetzt gleich, er durfte nicht warten. Doch wenn er ihn zurückgab, musste er die ganze Wahrheit über seine Affäre mit Isabella beichten, und das brachte er nicht fertig. Er konnte es einfach nicht. Was war er nur für ein Feigling!

Nachdem er Nina behandelt hatte, wollte er sie küssen und etwas Belangloses sagen, doch sie wich zurück und schaute ihm direkt in die Augen. »Du hast meine Frage vorhin nicht beantwortet, Liebster. Ist es Zufall oder nicht, dass du und Isabella am selben Tag verschwunden wart?«

»Ich ... ich ...«

»Du kannst es mir ruhig sagen. Sag mir alles, was dich bedrückt. Wir haben uns einmal geschworen, niemals Geheimnisse voreinander zu haben.«

»Es ist so viel passiert, es ist so furchtbar viel passiert.«

»Ja, das stimmt.« Nina nickte langsam. Sie wartete darauf, dass er weitersprach, doch sie wartete vergebens.

Als nichts mehr folgte, blickte sie zur Seite, damit er nicht sah, wie ihr die Tränen in die Augen stiegen.

Er schritt hinüber in das Zimmer, wo Nella auf die kleine Jean achtgab, und sagte, nachdem er sein Töchterchen geherzt hatte: »Nella, ich weiß nicht, wie ich dir danken soll, ohne dich wäre Tante Nina jetzt tot. Du hast klug und umsichtig gehandelt, du bist eine wunderbare junge Dame.«

Nella sah ihn ernst an. »Du brauchst dich nicht zu bedanken, Onkel Vitus. Der liebe Gott hat das so gewollt.«

»Ja, ja, das mag sein. Sag, gibt es irgendetwas, das du dir wünschst? Ich meine, kann ich dir mit irgendetwas eine Freude machen?«

Nella zog die Stirn in Falten. Sie sah dabei sehr erwachsen aus. »Ja, vielleicht gibt es etwas, Onkel Vitus: Ich würde gern öfter auf Shorty reiten. Ich mag ihn sehr, und er mag mich auch.«

»Shorty, ist das der kleine Shetlandhengst?«

»Ja, er ist sehr brav.«

»Ich schenke ihn dir, dann kannst du mit ihm ausreiten, sooft du willst.«

»Oh, danke, Onkel, danke!« Nella flog in Vitus' Arme und drückte ihm schmatzend einen Kuss auf die Wange. »Du bist der beste Onkel auf der Welt!«

»Na, na, nun übertreibe mal nicht.« Er dachte, dass er mit Sicherheit nicht der beste Onkel auf der Welt war – und der beste Ehemann schon gar nicht.

»Hast du was, Onkel Vitus?«

»Nein. Warum sollte ich etwas haben?«

»Ich dachte nur. Wenn du was hast, musst du es sagen, das sagt mein lieber Altlatz auch immer. Also sag's.«

Er schüttelte den Kopf und ging.

Er trat aus dem Schloss und nahm den Weg zu dem Rondell, wo der Magister auf der Bank vor der alten Ligusterhecke saß und selbstvergessen mit fünf Bällen jonglierte. Er wollte vorbeigehen, doch der kleine Gelehrte brach sein Geschicklichkeitsspiel ab und sagte: »Weißt du noch, wie wir mit den Gauklern über Land nach Santander zogen? Lang, lang ist's her, meine Hände waren damals weitaus geschmeidiger. Man rostet eben ein. Das Antipodieren mit zylindrischen Rollen traue ich mir schon gar nicht mehr zu.«

»Niemand verlangt das von dir.«

»Nanu, warum so ernst? Ist was, altes Unkraut?«

»Nein.«

»Nun setz dich schon, du hast doch was! Ich seh's dir an der Nasenspitze an. Ist es wegen Nina? Machen dir ihre Verletzungen Sorgen? Ich sage dir ...«

»Es ist nicht wegen ihrer Verletzungen.«

»Also wegen Nina selbst?«

»Ja ... nein ... ach, ich weiß nicht.«

»Nun aber heraus mit der Sprache! Deine Sorgen sind meine Sorgen!«

Vitus kämpfte eine Zeitlang mit sich, dann murmelte er: »Es ist ja egal, irgendwann wird es sowieso herauskommen.«

»Was?«

»Meine Liebschaft mit Isabella.«

»Isabella?« Der Magister stieß einen Pfiff aus. »Der Name klingt nach Rasse und Feuer. Wer ist sie? Los, erzähle.«

Vitus fiel ein, dass der Freund nichts von der eigenwilligen Spanierin wissen konnte, zu lange waren sie beide getrennt gewesen. Er holte tief Luft und begann, die Geschichte von Anfang an zu erzählen. Es dauerte lange, bis er fertig war, auch deshalb, weil er zwischendurch immer wieder Pausen einlegen musste, um nicht die Fassung zu verlieren.

Als er geendet hatte, sagte der Magister heftig blinzelnd:

»Das ist etwas, das du dir so schnell wie möglich von der Seele reden solltest! Ich weiß, wie du leidest. Ich kenne dich. Andere würden mit einem Lachen darüber hinweggehen, aber dich trifft es bis ins Mark. Mache dem ein Ende. Gehe zu ihr, sie wird dich verstehen. Wenn sie dich liebt, wird sie dich verstehen. Du musst nur das erste Wort über die Lippen bringen. Nach dem ersten Wort ist alles einfacher.«

»Ja«, sagte er, »ich schäme mich so.«

»Das solltest du auch. In Grund und Boden schämen solltest du dich. Nina ist die prachtvollste Frau, die ich jemals kennengelernt habe. Wenn du jetzt nicht zu ihr gehst, werde ich es tun.«

»Das wird nicht nötig sein.« Er erhob sich wie ein alter Mann und machte sich auf den Weg zurück. Bei der kleinen Kapelle, in der seine Ahnen in ihren Steinsärgen ruhten, war er versucht, hineinzugehen und sie um Rat zu fragen, doch er unterließ es. Er konnte die Stunde der Wahrheit nicht länger aufschieben, er musste sie hinter sich bringen. Nach kurzer Zeit kam das Schloss mit dem Vorplatz und der großen Freitreppe in Sicht, und auf der Freitreppe stand Nina. Sie stand allein auf der obersten Stufe, als hätte sie auf ihn gewartet.

Unwillkürlich beschleunigte er seine Schritte. Er winkte ihr zu.

Sie winkte zurück, zögernd, zaghaft. Er spürte den Ring in seiner Tasche, der noch immer wie ein glühendes Stück Kohle war, und beschloss, ihn ihr als Erstes zu geben, bevor er ihr seine Verfehlungen gestand.

Er ging noch schneller, lief schon fast. Nina, Liebste!, wollte er rufen, doch die Kehle war ihm wie zugeschnürt. Er eilte die Stufen der Treppe empor und blieb atemlos vor ihr stehen. »Ich … ich muss dir etwas geben«, keuchte er.

»Ja«, sagte sie ruhig, »ich dachte es mir.«

Er griff in die Tasche und holte ihren Ring hervor. »Ich habe Schuld auf mich geladen, große Schuld.«

Sie nahm den Ring. »Du musst mir alles sagen, hörst du? Und wenn du mir noch so weh tust! Ich will alles wissen, ich muss alles wissen, denn anders kann es mit uns nicht weitergehen.«

»Liebste …«

Ihre Lippen zuckten. »Wenn es überhaupt mit uns weitergeht.«

»Liebste, ich …«

Sie schluchzte auf und lief zurück ins Schloss.

Tausend Worte, Gedanken und Erklärungen schossen ihm durch den Kopf, während er ihr mit schleppenden Schritten folgte. Wie würde sie reagieren, wenn sie von seinem Treuebruch erfuhr? Was würde sie sagen? Was würde sie tun?

Er durfte nicht erwarten, dass sie für sein Verhalten Verständnis zeigte.

Und doch …

Ein kleiner Funke Hoffnung war da.

Ein Funke Hoffnung, der Liebe hieß.

Epilog

Mehr als drei Monate dauerte es, bis Nina sich in der Lage fühlte, das zu verzeihen, was Vitus ihr noch am gleichen Tag gestanden hatte. Es war eine Zeit des Hoffens und Bangens für ihn, eine Zeit, in der er manchmal glaubte, es würde zwischen ihm und ihr niemals wieder so werden wie früher.

Doch in der Vorweihnachtszeit des gleichen Jahres, als stimmungsvolle Lieder im Schloss erklangen, die Düfte von Kuchen und Mandelkäse durch die Zimmer zogen und draußen die ersten Schneeflocken auf die Felder fielen, begannen die Wunden, die er ihrem Herzen geschlagen hatte, allmählich zu verheilen.

Er erkannte es daran, dass eines Abends sein Bett nicht mehr in dem kleinen, abgeteilten Raum stand, der ihm nach seinem Geständnis als Schlafgemach dienen musste. Das Bett war verschwunden, und während er sich noch darüber wunderte, hörte er Nina leise von nebenan rufen: »Wo bleibst du, Liebster, es ist spät!«

Zum ersten Mal hatte ihre Stimme wieder wie früher geklungen: natürlich, freundlich und ohne Distanz, und eine unendliche Dankbarkeit durchströmte ihn, als er die wenigen Schritte zu ihr hinüberging.

Nach dieser Nacht zog wieder Friede in Greenvale Castle ein, rechtzeitig zum Fest von Jesu Geburt, und jeder spürte das: Der Magister, der sich während der Wochen und Monate das Hirn zermartert hatte, wie er die beiden wieder versöhnen könne, der Zwerg, dem es trotz der Kochkünste seiner dicken Mrs. Melrose nachhaltig den Appetit verschlagen hatte, und auch Odo, Carlos und sogar die kleine Jean, die wieder unbeschwert lachen konnten, weil sie fühlten, dass nichts mehr zwischen ihren Eltern stand.

Die Weihnachtstage verliefen voller Harmonie, nicht nur auf Greenvale Castle, sondern überall im Land, denn die tödliche Bedrohung durch die Armada war abgewendet worden. Von den hundertdreißig Schiffen, deren Besatzungen einst losgesegelt waren, die Britannische Insel zu erobern, kehrten bis zum Jahresende nur die Hälfte zurück. Philipp II., der finstere Herrscher, schien angesichts der verheerenden Niederlage wenig beeindruckt. »Ich habe meine Armada zum Kampf gegen die Engländer ausgesandt, nicht gegen Naturgewalten«, war alles, was er sagte. Anschließend sorgte er dafür, dass die spanische Flottenrüstung unverändert weiterging.

Doch das konnte die Hochstimmung in ganz England nicht trüben.

»Genießen wir den Augenblick«, sagte Vitus zu Nina in

einem dieser Glücksmomente. »Wer weiß, was die Zukunft uns bringt.«

»Ja, Liebster«, flüsterte sie und schmiegte sich an ihn, denn sie war eine Frau, die erfahren hatte, wie launisch das Schicksal sein kann: Freude, Leid, Frieden, Krieg, Reichtum, Armut, Gesundheit und Krankheit waren seine Bestandteile, und in welcher Reihenfolge sie den Weg eines jeden kreuzten, wusste niemand auf Erden vorherzusagen.

Nur der Eine, der Allmächtige, der die Geschicke lenkte.

Alles lag in Seiner Hand.

»Brillant geschrieben, spannend bis zur letzten Zeile.«
Schweriner Volkszeitung

Wolf Serno bei Knaur:

Der Puppenkönig

Roman

Die Altmark im Jahre 1782: Der Bauchredner Julius Klingenthal ist auf dem Weg in das Städtchen Steinfurth – zusammen mit seinen Puppen, die für ihn so lebendig sind wie Menschen. Da begegnet er der geheimnisvollen Alena, die sich ihren Lebensunterhalt als »Klagefrau« verdient – und um Julius ist es geschehen. Die beiden ziehen gemeinsam weiter und werden von Pfarrer Matthies aufgenommen, der Alena als Haushälterin einstellt. Plötzlich wird die kleine Stadt von einer furchtbaren Tat aufgeschreckt: Ein Salzkaufmann wird mit einem Schwert getötet. Bald passiert ein zweiter Mord – und Julius gerät unter schweren Verdacht …

Das Spiel des Puppenkönigs

Roman

Berlin, anno 1783: Als der Puppenspieler Julius Klingenthal die Stadt an der Spree betreten will, wird seine gesamte Barschaft beschlagnahmt. In seiner Not wendet er sich an niemand Geringeren als Friedrich den Großen, der in Potsdam residiert. Friedrich zeigt sich gnädig und hilft ihm. Doch beim Verlassen des Schlosses taumelt ihm ein Sterbender in die Arme, und wider Willen wird Julius in einen Kriminalfall hineingezogen …